惊人奇侠传续编

民国武侠小说典藏文库·赵焕亭卷

赵焕亭◎著

中国文史出版社

图书在版编目（CIP）数据

惊人奇侠传续编／赵焕亭著. — 北京：中国文史
出版社，2019.3

（民国武侠小说典藏文库·赵焕亭卷）

ISBN 978 - 7 - 5205 - 0947 - 3

Ⅰ. ①惊… Ⅱ. ①赵… Ⅲ. ①侠义小说 - 中国 - 现代

Ⅳ. ①I246.5

中国版本图书馆 CIP 数据核字（2018）第 276225 号

点　　校：顾　臻　杨　锐

责任编辑：卢祥秋

出版发行：中国文史出版社

社　　址：北京市海淀区西八里庄 69 号院　　邮编：100142

电　　话：010 - 81136606　81136602　81136603（发行部）

传　　真：010 - 81136655

印　　装：廊坊市海涛印刷有限公司

经　　销：全国新华书店

开　　本：720×1020　1/16

印　　张：22.5　　　　字数：416 千字

版　　次：2019 年 3 月第 1 版

印　　次：2019 年 4 月第 1 次印刷

定　　价：69.80 元

目　录

第　一　集

第　二　集

3

第 六 集

第　一　集

第六十一回

法兴寺会众开筵
王老一白衣送酒

且说绳其、建中趔入山门，只见徐大山劈面走来，却笑道："您快来吧，如今耿先生和王爷都到了。少时大家拈过香，就要吃酒咧。今天耿先生很高兴，那会子在村头上遇着王爷，便拖了王爷散步。游逛了好久，所以两人这会子才到庙哩。"

绳其等听了，忙和大山入去。只见世禄、麻娘娘都在院中，还有一群会众围定他们笑语打趣。遥见大殿上业已人众济济，香烟缭绕，殿前用长杆挑起一挂喜鞭。了明忙得趔进趔出，一面命小沙弥手持一根香火准备燃鞭，见绳其等趔近，便笑道："今天大会是喜庆事，少时燃放总要响响亮亮的才好哩。"正说着，恰好麻娘娘趔来，了明因笑道："麻大嫂来得恰好，且劳乏你少时燃鞭。这小行行子是靠不住的。放喜鞭取个顺适，若燃得不好，放跐溜屁似的半天一响，不透着别扭吗？"说着，急匆匆转身进殿。

这里麻娘娘一面接取沙弥的香火，一面却笑道："这秃厮倒会给人找营生，说不得俺只好等末了儿再给佛爷磕头了。"绳其等听了，正在相顾一笑，便闻殿内磬声徐作，慌得麻娘娘等理鞭头药捻的当儿，这里绳其等即便厮趁进殿。一眼望见了明又已手执磬槌，立在佛案之旁。王原、耿先生和众父老分作前后两排，都已恭恭敬敬站向案前，准备行礼。于是了明磬声又作。

王原等一齐跪倒之间，便闻殿外喜鞭砰啪两声，忽地竟没下文。即闻小沙弥噪道："哟！麻大娘，莫非你身上不煞利（俗谓不干净也）吗？竟自扑（俗谓冲触也）得这鞭不响了。"

麻娘娘道："小猴儿，老娘娘有甚不煞利，你怎不说是药捻湿潮，说闲话。"又闻砰的一声，接着似起火飞鼠一般一响。绳其听了，便想出去瞧瞧。无奈这时王原等行礼将毕，世禄、徐大山等又已拥簇在自己背后准备行礼，只略一逡巡，却闻麻娘娘唾道："小猴儿！你还说俺身上不煞利哩，如今俺想起来咧，俺那会子被那群害邪的夺肠儿闹了两把油。进庙来便洗了回手，这不消说，是手湿涴了药捻咧！如今只好略晾晾就好了。"

绳其听了，正在好笑，只见王原等行礼已毕，退向一旁，忙得了明又要照顾外面，又要照顾敲磬，昂起头来只顾东瞧西望。

这时绳其不暇笑他，忙同建中、世禄行过礼，接着便望徐大山、张起、赵发一班人，大家行礼都毕，外面喜鞭还是不声不响。绳其、建中挤在人群后面，再瞧了明已自不见，却闻麻娘娘道："我就不信它不响！你瞧着，咱撤了这鸟杆，堆在地下，放他个痛快的。"正说着，忽地轰然一声，一个雷子花炮飞上半天，接着便乒乒乓乓一阵乱响。又闻了明啊呀一声，会众们拍手乱笑道："你还不躲开那里。幸亏是崩了头顶，要崩到衣领中越发难受咧。"

即闻麻娘娘笑道："该，该！崩煞这秃厮，谁叫他找这营生丢给我？不要管他，我且给佛爷磕头去。"说话间，绳其瞧着麻娘娘身影儿在殿门前一晃，便闻了明道："慢着，慢着！你等我先拜佛吧。俺伺候了一早晨，再走在你屁股后头，可有这个道理？"声尽处，大袖一晃，嗖一声跳进殿来。

恰好麻娘娘健步如飞，也便抢到神案前。两人彼此不肯退让，只相顾咦了一声，竟自双双拜倒。偏巧麻娘娘因今天大会喜事，特地戴了一朵大红绒花儿。这时了明是秃头起落，麻娘娘是绒花摇摇，再衬着两旁众父老一个个整冠束带，就如一班喜宾一般。瞧得殿上大家正在忍笑不住，忽闻人丛后有人拉起音调，慢条斯理地念道："伏以祥年瑞月，吉日良辰，喜协凤卜之占，为咏好逑之什。千里姻缘牵一线，僧俗不分，满堂花烛闹嘉宾，鳏寡得所。大师脱却袈裟，阿婆新着红袄，此际双双拜佛座，公修公德，婆修婆德，他年养个小孩儿。我里有你，你里有我。"

大家听到这里，向人丛中仔细一望，不由哄然大笑。便连耿先生、王原也笑得眼睛没缝儿。原来绳其正在那里摇摇摆摆，一面笑瞅着了明和麻娘娘，一面口内念诵哩。于是大家笑过一阵，麻娘娘跳起来便噪道："方相公，你这几句喜歌儿编得倒煞好的。若是别人，怕不臊得脸儿鸡下蛋似的，但是我却不理会。"

正说着，恰好了明拜罢站起，无意中向麻娘娘一嘻嘴儿。这一来招得大家又复都笑。就在这一片喧笑声中，但闻庙外面欢声雷动，各棚中呼酒唤茶，接着便划拳叫起，开锅似热闹起来。大家知是庙外会众业已坐席吃酒，于是也便一拥价趱赴会事厅中。只见里面桌椅座位都已摆设停当，是正中一席，左右两席。

这时，绳其望着耿先生，欲询问诗中之意，无奈王原和众父老正拖了耿先生苦逊首座。耿先生一条胳膊被王原捉牢是向前力拉，耿先生是向后力挣，麻娘娘在后面瞧得不耐烦，便笑道："左不过大家吃酒，又没得生人远客，先生坐下不结了吗？倒省得大家都麻林似的在这里候着。"说罢，赶近一步，意思是推耿先生快快就座。

哪知一脚方迈将去，不提防前面王原猛一脱手，闪得先生向后跄踉一退，啪的一脚后跟正踩在麻娘娘脚尖儿上。只痛得她啊呀一声，就势攒起眉头，蹲在地下，却一面又笑得什么似的。于是众父老趁势笑道："今天吃酒，理应是先生首座，快请，不必客气。"说着，大家齐上，将耿先生按就首座，即便各自都坐下来。

中席上是王原、绳其、了明，还有两位父老；左边席上是各村父老并建中、世禄；右边席上却是徐大山、张起、赵发一班人；唯有麻娘娘却自掇了一张长凳子，一屁股坐在右席下首横头，一面还捻着脚尖儿发怔。

这时各席上自有伺候的庄众，一面奔走端菜，一面斟上酒来。王原举目四瞩，便笑道："今幸蛟患已过，金堤无恙。今天这场酒咱大家都须吃个痛快。"众父老道："正是，正是。咱那日在堤上上祭罢，正要饮福，却被蛟老官扫了兴头。如今安安稳稳，咱真须痛饮一场，找补找补哩。"

即有一父老笑道："此话不差。那日麻大嫂唱的秧歌儿委实有趣，可惜也被蛟老官打了搅咧。如今既讲找补，索性便请麻大嫂再找补两支歌儿，岂不甚妙！"众人道："妙，妙！少时待麻大嫂吃过两杯，润润嗓子，咱们还一定请教的。"王原听了，亲与耿先生斟上一杯，正要举起杯来嘱饮四座。只见麻娘娘摇着头儿笑道："我这唱儿非同小可。那日一唱，招得地下老蛟都愣钻出来听唱儿。如今再一张口，知他又出什么岔子呢？"

大家听了，正在都笑，忽闻庙外微微喧哗了一阵。大家略为倾耳，都以为是乞丐们趁棚中吃喝热闹前来乞讨。再不然，就是村坊无赖之辈成群结伙，专以探听人家或有红白事，或有大筵会，他们便都打扮得奇形怪状前去起腻。有的挂副苞谷（俗谓玉黍）须的假胡子，有的戴顶破头盔；再没臊的，便就黑的面孔上抹了铅粉，搽了胭脂，绾起个钻天锥的髻子，插上朵通草花儿，弄一件女人破裥子披在身上，下面却是灯笼裤子、打板鞋，露着两条滋泥腿，便这么扭扭捏捏直哄了来。但是其中领头的那人还须真有点儿伶俐口才方能胜任。讲的是见景生情，出口成章。外挂着合辙押韵，一张寡嘴念起喜歌儿，须正合人家的身份，方见口才。不许打沉儿，不许嘴别扭，讲的是赶板垛字，一气呵成。譬如见着老者挂着杖儿，便唱道："老寿星，龙头拐，斗大盘桃你先呔（读如歹，俗谓吃也）。"见着富翁，便唱道："哼了个哼，金一坑，银一坑，黄的白的满地扔。你老放个跐溜子屁，香倒一座八面城。"举一反三，余可类推。至于这领头的，神情儿越发可笑。大概是短衣椎髻，脚下草鞋，再抹个三花脸儿，手持一扇牛胁骨，上缀铜钱数枚，摇起来哗啷啷地山响，便如打八角鼓一般。趁着他翻花似的溜口，且唱且跳，一哄价登门上户，总须吵得主人家把出钱来方算了事。这种无赖名为“数来宝的”，又诨名儿“耍骨头”，最是村坊间一种恶习哩。

当时麻娘娘听得喧闹，便诧异道：“这奇怪呀！那会子丐头王二和数来宝的邱大屁股俺都将他们打发过，说的是不许再来胡闹，这是怎么档子事呢?”说着站起，正要出去瞧望，只见院中跑来一个庄客，一面走一面嘟念道：“这样送贺礼的倒也别致。也不说是张三、李四、木头六谁来送的，马马虎虎，丢下礼物便走。瞧他那样儿还挂着八分气。一伸大拇指道：‘少时俺家主人就到，你们自然晓得。’这个主儿却是哪个呢?”

厅内大家正在诧异，便见那庄客后面又吆吆喝喝踅进三个庄客。前面两人用大杠抬定一只大酒坛，新箍的泥头尚在未干，斜系着一块红彩绸；后面一人牵着两只瘦羊，羊角上也系彩绸。一行人直踅上厅廊，就廊柱下系了那羊，置下坛酒。当由先进来的庄客进厅，向王原等道：“好叫爷台们得知，便是方才有两个外村汉子，一色的短衣色头，各带腿叉（俗谓短刀），领了抬夫，一径地担酒牵羊直到庙外。声言是他主人闻得爷台们开庆功大会，特来送致贺礼。小人因这次大会全是咱红蓼洼人众，是不收外村贺礼的，因赔着笑，向那两个汉子一说此意。其中一个汉子便瞪起眼睛道：‘收不收由你。少时俺家主人就来贺喜，你们小心些好多着的哩。’说着，喝令抬夫置下羊酒，转身便走。小人忙问他主人是哪个，那两个汉子只是微微冷笑，竟自扬长而去哩。”说罢退出，和那三个庄客拿了杠子逡巡踅出。

这里王原等望了大家，好不诧异。那众父老彼此相看，登时便纷纷议论。有的猜疑是王原在县城内所认识的朋友，闻得大会前来致贺；有的猜疑是金墉堤北面的居民们，因感红蓼洼收恤赈济之惠前来致贺的。一时间大家只顾乱吵，酒都忘吃。唯有徐大山却睫毛乱展，两只滴溜溜的鲜眼睛只管矐矐上耸。正一面价瞟向绳其，忽见麻娘娘跳起来道：“这班死面揉的村客们，真别煞人，就都像锯了嘴子的葫芦，他不说是谁送的礼，难道你就不会问他个底儿掉吗？等我去追那两个鸟汉子转来，这哪里像是来送礼，不透着八分怄气吗?”

说话间正要拔步，忽闻庙外又是喧哗一阵，并夹着庄客们乱喊道：“你这客人好没道理！你便是前来致贺的，也该通个姓名，俺们好与你通报，怎便向内乱闯呢?”接着似闻滚跌之声。

这里麻娘娘等一怔之下，陡觉院中一片白花花的，照得眼光一亮。便闻有人响亮亮地大笑道：“诸位今天庆功大会委实可喜，小可不揣冒昧，特具羊酒前来称贺。但是俺一步来迟，来来来，且罚我三杯。”

麻娘娘等急忙定睛望去，不由登时一怔。正是：

　　客来何鹘突，望去且逡巡。

欲知后事如何，且听下回分解。

第六十二回

刺健膊大耍骨头风
持酒杯敬求好汉血

且说麻娘娘等定睛望去，便见院中大叉步趸来个凶实实的汉子，生得长躯伟干，颀颀精壮；披着辫发，脸上煤垢狼藉，只辨得灼灼眼光。内穿伶俐短靠青衣，结束劲健；外面却披一件白孝袍儿，腰系麻绳，肉袒出一只虬筋暴露的大胳膊。就那肉厚磊落之处，系着一块大红彩绸。再望到他脚下，却着一双挖云绿牙缝、青缎薄底抓地虎的快靴。一面眼望厅中呼呼冷笑，一面提着油钵大小的拳头汹汹走来。

大家见那汉子这身奇诡装束并尴尬情形，正都诧异之下，一面审视他面目之间，便见他三脚两步趸到厅阶下。恰好那会子张起所置的石锁适当其前。那汉子只随脚一踢，那石锁已滚出数步之外，却撞在偏东面的阶石上，砰然一声，火星乱爆。于是厅内大家越发诧异，各席上哄然尽起。

那绳其料得有异，方要起迎来客，便见右席上徐大山先向自己一使眼色，即便趸来，向王原等低低数语。王原听了，正没作理会处，耿先生微微含笑，绳其方双眉略挑，却失笑道："原来便是他呀！既如此，咱不可怠慢人家。"说着，向王原附耳数语。

王原点头站起，方和绳其趸离座位，不想麻娘娘这当儿也认清来客。原来麻娘娘曾因贩卖山果等事到过那石幢峪一带村落，所以认得。

当时麻娘娘不管好歹，一径地趸向厅门，便笑道："哟！你不是石幢峪的王老一吗？这是怎么说呢！你家老家局公母俩（谓其父母也），是哪个死掉咧？你这就不该的，怎的丧气拉拉的，穿着大白袍子向这里来贺喜哩？"说着，两手一挓挲，竟要去挡住来客。

说也不信，这次世禄居然伶俐，便跑过去拖开麻娘娘道："这里用不着你。"两人拖拉着向旁一闪之间，那汉子业已昂然趸入。咑的声一踏足势，右拳搭向左腕，先是哈哈哈一阵狂笑，然后瞪起眼睛道："哪位便是这主持金塘堤事的首事人？俺姓王的佩服得很，且请过来见礼，容俺奉贺。"

这时各席上并厅外许多来探望的会众听那汉子说罢，方知此人便是石幢峪的王老一。大家想起以前所闻的风言风语，正在心下怙惝，便见王原、绳其双双趋近。当由王原拱手道："好叫王兄见笑，只俺两人便是操办堤事的。今天这聚会，本不敢惊动外村朋友，但是既蒙王兄辱临，却不胜荣幸；便请入座吃酒，容俺们敬致谢意如何？"说罢，便是一揖。

哪知王老一理也不理，却瞟着眼向绳其道："方兄大名俺久已闻得。便是这次主持堤事的手段，越发令人佩服。真是敢作敢为，英雄出于少年。可惜俺王老一没得福分，不能居此福地，托你庇荫之下。"说着，目光炯炯端相绳其，又一面目瞩耿先生，却大笑道，"今天贵处吃这般的快活酒，却不晓得俺们那里的人们只剩了揉着饿肚皮吐苦水了。如今闲话休提，咱且吃酒。"

绳其听他语有锋棱，不由暗暗准备。果然王老一一甩健腕便来握手。这里绳其满面含笑，啪一声搭住他的手儿，却登时单臂攒力，只作向前推挽之势。两下里略为相持的当儿，绳其是屹然山立，那王老一偌大身量竟自晃了两晃。后面王原不晓就里，只顾乱噪着王兄请坐。那耿先生望得分明，不由暗喜绳其武功进步。欣然之下，也便同在座两位父老离席起迎。

若说王老一地痞出身，虽没什么惊人本领，但是手把儿上却委实用过几年苦功。因为当地痞的，抢大胳膊要骨头等事先讲究手把儿上结实，可以撑虚架子，所以他这时便施展出来。哪知绳其本有殊力，这几年间经耿先生尽心教导，不但气力日增，并有青出于蓝之势。所以王老一一个开门炮打将来，竟没找得半点儿便宜哩。

当时，王老一急稳那晃动的身形，正在略为一怔，恰好耿先生抱拳趋近；后面王原也便紧走两步，给耿先生和王老一彼此一番指引。接着便是那两位父老也掺在那里面，嘴内夹七杂八地一阵客气。

正在鸟乱得不可开交，偏那麻娘娘会凑趣儿，一面直着眼儿望着鸟乱，一面甩开世禄拖拉的手，便马马虎虎退坐向自己的凳子。不想屁股方才一落，便似蜻蜓点水般赶忙地站将起来。但闻清脆脆一声响，一个酒杯碎在地下。

大家听了，一齐瞩目，却见了明一面坐在长凳一头儿，弯着腰子拾取酒杯，一面嘟念道："可惜这杯酒，想是不该我喝，巴巴地端到这里，还是打碎了；也没见麻大嫂这么巴叉（俗谓粗鲁也），幸亏这一屁股坐在酒杯上，若再差一差，蹾到我这里，未免有些不……"麻娘娘听了，不暇理会，便唾了一口，坐向了明身旁，仍是只顾望着中席。

原来，了明往年因做佛事曾到石幢峪，也识得王老一。今见他尴尬情形，料事不妙，趁中席上耿先生等起迎王老一时，他却三不知地溜到这里。因慌忙之下手中还端了自己的杯子，竟坐向麻娘娘的空凳儿上，随手儿置杯于凳，只顾呆望中席，不想麻娘娘却忽地跑来哩。

当时大家都不暇笑了明等，许多眼光又急忙飞向中席。便见王老一更不客气，一径地掉臂而前，直据首座。绳其向王原、耿先生等一使眼色，一面命庄客进酒上菜，一面也便纷纷就座。

那庄客手忙脚乱，方执着酒壶要斟向王老一面前的杯子，却被他劈手夺过，大笑道："今天这喜酒，须容俺吃个痛快。少时，俺还有好酒奉敬哩。"说着，霍地站起，略偏身儿，咱一脚踹向座椅，提起壶来，嘴对嘴咕嘟嘟地便是一气，并一面伸手抓起一块肉来填入口中。便这等连吃带喝，顷刻之间，那酒壶业已底儿朝上。

大家见了，又是好笑又是怙惚。便见他啪嚓声蹾下酒壶，倏地仰起一张似哭似笑的脸子，双眉一挑，却向绳其等道："你等今天这样的庆功大会却这样地吝酒，只一壶便没得咧。既如此，且抬过俺那坛酒来，容俺遍敬各座三杯。"说着，一手叉腰，转面向外，竟自昂然而待。

王原忙道："岂有此理！王兄既然光降，若吃自己送来的酒，却不是上门怪人？但是王兄既盛意赐酒，且叫大家同饮此惠，倒也不错。来来来，王兄且请安坐，待俺命人即便取来，俺们好当场拜赐。"说着，向左右庄汉一努嘴儿，便有两庄汉应声跑去。

须臾撮进那大酒坛，置向席前，砰啪扑哧一阵价打去泥头。这时王原离座，执杯趋近坛前，准备着舀取头杯，先敬王老一，以伸主人之意。左右席上大家也便众目齐注。只见那庄客先揭起坛盖儿，向内一望，不由哟了一声。同时王原低头望去，也便捏起鼻头，满面现出诧异之色。百忙中回顾，王老一只剩下了干张大嘴。原来那坛内哪里有酒，竟是满满的一下子滋泥臭水。这种臭水闷在坛内，猛地一开，真个的比屎尿气味还难闻几分。

这一来，闹得满厅人众正在一面掩鼻，一面诧异到十二分。忽见王老一嗷然大哭三声，又复鼓掌大笑。这时绳其眉梢早竖，耿先生是微微含笑，便是王原也生起撅尾巴浊气。那左席上，世禄却不管好歹，忽地风风火火跑将出去。百忙中也没人理会他。

正这当儿，王原回身置杯于案，便气吼吼地向王老一道："王老兄，你这就不是咧。咱们同处乡里，俺王某并不曾得罪于你，你今丧服肉袒前来胡闹，已经有些说理不下。既蒙赐酒，怎又装坛臭水？恁地时，却不是特地来消遣人！"

绳其在一旁听了，方要趁势开口，却被徐大山一使眼色止住。便见王老一猛地剔起凶眉，冷笑道："怎么？你既晓得同处乡里的情谊，咱们便有话交代咧！如今你们红蓼洼安稳稳开庆功大会，吃快活酒儿。据俺看来，简直是喝的俺们石幢峪人众的鲜血。你可晓得，石幢峪被你毒计修堤，以邻为壑，至今还是一路哭声吗？"

王原听了，气得张口结舌，百忙中还没抓着话茬儿。那王老一一抖孝袍子，忽地换出一副慷慨面孔，却喟然道："王兄，你瞧俺丧服肉袒，请你不要见怪。俺石幢峪既遭偌大灾患，俺王某又受了全峪父老的嘱托，前来恳求王兄，为全峪灾民请命。如此患难大事，俺今来打搅，早已办了个死字来，哪得不哀戚将事！至于坛中装水，俺并非戏侮于你，皆因俺石幢峪所有的只剩了水，再不然，还有灾民的血泪。如今将水当酒，没奈何，还请你原谅一二。但是俺王某是个粗鲁汉子，今既来为敝处灾民请命，自当有杯好酒特来献上。且待俺献上酒来，然后再呈献敝处人众的公函。如三日之中，不蒙鉴察，没别的，俺王某虽懦弱无能……"说着，目光一闪，照及全厅，却鼓掌大笑道，"也只好拼掉这条命结识王兄，咱们便克期在金塘堤下相见就是。"说着，一勒祖臂，回过手探入怀中。

大家以为他是探取什么公函，正在相与注目，便见嗖的一声，白光一闪，却是一柄泼风般牛耳尖刀冷森森的业已在手中。吓得那一旁的两位父老啊呀一声的当儿，便见王老一咔嚓一声，先将尖刀插向案角。一时间战战有声，震得席上碟碗都动，即便睁起凶睛，大喝道："俺王某没得别物奉敬，诸位且扰俺这杯好酒何如？"说着，拔起尖刀，向那祖臂上系彩之处，哧的声一刀划下，顷刻间鲜血飞溅。

这一来，闹得王原并众父老未免一阵价惶乱失度。正在乱吵道："王兄这是怎的？有话咱好说就是。"这时王老一见众人惶乱，不由越发得意。正在那里甩却一只血胳膊顾盼自得的当儿，便见耿先生目视众人，哧地一笑道："好笑你们这班老实主人家，客人特加敬意，滴得这样好酒来，你们也不晓得用杯子接一接，真是岂有此理！来吧，待俺效劳何如？"说着，竟由案上取过一只准备罚酒的公盅儿，足有茶杯大小，笑吟吟置向王老一面前，并躬身道："王兄肯这样出血，为贵处灾民请命，端的可敬！但是血为人身之宝，您若割舍得太多了，一来与您身体有损，二来俺们也觉过意不去。咱如今这么办，您多少滴这一酒杯，俺们大家各尝一滴，也就领情不尽了。好汉的血，赛如黄金般贵重，只此一杯，足见盛情哩。"说着，一整面容，拱手而待。

这几句话不打紧，竟说得个火杂杂的王老一一时间干眨大眼。原来耿先生多经世故，两只眼睛甚是精灵，一瞧王老一做作的神气，便知纯是地痞要骨头调吓虚诈的行为，是没得什么真气骨的。所以便趁势凑个趣儿，折折他这股子乌烟瘴气。

因为地痞调吓人，先讲究开山带彩，弄得鲜血模糊，好使敌人见了气慑。

其实他哪里肯真个出血？凡当地痞，先须习练这带彩的功夫。据说他的皮肤另有一路习练之法。你别瞧快刀划下去皮，翻肉肉绽，长血直流，他的功夫练到了，便不觉怎的痛楚；并且练得皮肤活泼，创口易收。不怕割个孩子嘴似的大口子，只要用冷水洗净了血，再敷上好金疮药，不消半日，就能皮肤完好。

作者往年曾听人家说起，有清同治年间，北京地面赌风甚盛，其时有两个专吃赌局的大地痞，一名"铁臂熊"谭三。这小子生得膀阔腰圆，傻大黑粗，浑实实的生铁蛋一般。他伸出胳膊横到车辙里，那三四套的大牛车愣从他胳膊上碾过，谭三喝一声，攒臂力，咯噔一声，车轮碾过，他臂上只起一道白迹儿，故得此绰号。

那一个人称"登山倒"袁八奶奶，是河间府地面绳妓出身，后来转入北京某大宅门内当了一名姨奶奶，没过得一月，她把人家那位正太太打了个头破血出、鼻塌唇歪，便一屁股跑将出来，仗了一对拳头，抓吃地面，降伏混混，没到半年光景，居然闻得声震京师。街坊少年提起袁八奶奶来，无不立竖大拇指头。

原来，北京混混们虽是无赖，却有一种阳性劲儿，最能服人捧人。只要你的本领真不含糊，他们便可以立时把这人捧到云眼里。袁八奶奶所以能得这"登山倒"三字的徽号，就因腿脚上有体面功夫。她起手降伏人家时，曾被十余个愣小伙子困在垓心，袁八奶奶霍地一个扫堂腿，着地扫去，那十余人扑通、啊呀，应声都倒。也是她活该叫响儿，又有一个凶神似的大汉抢到，袁八奶奶就飞腿迅扫之势，便喝一声，照准那大汉后臀，啪的声便是一脚。这一下，直将那大汉踹出数十步远近，一头抢在地下，再也转动不得。大家跑去扶他，业已胫骨跌折。

从此袁八奶奶大名越著。妙在袁八奶奶也真够个江湖样儿，左右是抓的地面上不心痛的钱，她便就势大起宅第，辉煌阔绰，里面一切的铺陈客位，便如富室显宦一般。整日价酒食纷纶，笙歌缭绕，座上宾客简直日夜不绝，酣歌豪宴，往往达旦。

大家有时见了袁八奶奶都鹄立凫趋，掩口而语。袁八奶奶偶然嘤咛一声，大家便叫应如雷。那阶下趋走的狡童健仆，便是狗颠一般，单瞧着八奶奶一颦一笑以为进退。

袁八奶奶有时高兴出游，门外是大鞍儿车、对儿骡子早已伺候停当。这时袁八奶奶扎括得花枝一般，单命那俏皮狡童坐向车里，自己却翩然飞身跨向车辕，用那一捻香钩向骡子屁股上轻轻一蹴，即便轮碾街尘，飞驰而去。闹得道旁行人都急忙避道，不敢仰视。那座上宾客并趋附门下的一班地痞，苟有缓急相求，袁八奶奶立解千金，从无吝啬。

原来，这时袁八奶奶业已挥霍金资，交接显要，并替人赂说关节等事。骎骎乎大有京师女侠之势咧。但是她不忘根基，仍操旧业，有时高兴仍然混向街坊，和一班地痞们逐队嬉游。她生得娇小妖媚，乍望去就如弱不禁风的样子。那不知底细的偶遇见她，不过以为是个浪荡女人罢了。

其时袁八奶奶独霸南城，铁臂熊谭三却独霸西城，两人曾大会宾客，订下了此疆彼界各不相扰的约言。话虽如此说，你想他两人各领了一班戴疙瘩软帽、抹鬼怪花脸的角色（俗谓打手也），整日价在街上晃来晃去，不是你横眼儿，便是我龇牙儿。久而久之，岂有不相冲撞之理？没过得个把月，为着在彼此疆界交错处收取街坊上的月例钱，一言不合，两下里厮打起来，归根儿西城党吃了大亏，众地痞不敢惹袁八奶奶，也便忍了这口鸟气。于是南城党大得其意。其中浅薄的就不免狗仗人势，有时借酒仗胆，喝得红扑扑脸儿，径向西城党疆界上骂个不亦乐乎，仿佛叫陪一般。

西城党虽气穿肚皮，无奈这时谭三已是当老了的光棍，将那火燎急毛性儿消磨殆尽，殊不欲轻开战衅。当时便马马虎虎，抚慰了弟兄们几句言语，以为袁八奶奶是心宽眼亮、知进知退的人，自己既表白退让，难道她还真个的赶尽杀绝不成？

哪知袁八奶奶这时已养尊处优，两党里厮打鸟乱一段事通不晓得。又过了几天，两党里因为收疆界上的一项赌规，火儿碰儿的三不知又打了吵子。这次南城党更来得别致，愣捉住西城党内一个小白脸子，不容分说便愣给他栽上一支大蜡，闹得那小子鲜血满腔，咧着乖乖只管叫妈。便这等被大家搀搀架架，直哄到谭三跟前。

这一来，那铁臂熊便是个泥人儿也耐不得咧。于是哇呀呀一声怪叫，登时抖起当年威风，便命人致意于袁八奶奶，约日讲话。袁八奶奶料是有事，先就自己人一问所以，尽知底细，便微微一笑，暗做准备。到了讲话之期，两下的英雄好汉都结束停当，各带了应手家伙，由谭三、袁八奶奶率领了，眼睁睁地就是一场厮并。

不想还没一顿饭时，铁臂熊竟领了一班弟兄偃旗息鼓而回，从此袁八奶奶几乎有独霸九城之势咧。

你道怎样？原来那讲说之所便在二闸地面一处宽敞茶馆中。两下打手都屯在茶馆外空场中，一个个横眉怒目，单刀铁尺，照眼生辉，一面价乱骂。那茶客胆小的早已溜之大吉，其余茶客却要瞧个全武行的大轴子。

这时正当夏月，敞厅中明窗四启，大家正在挥汗而待，只听茶馆外马蹄隆隆。大家望去，早见红尘起处，一骑紫骝马泼风也似跑来。上面一人，秃着头儿，身穿凉绸裤褂，外披一件葛布长衫，脚踹肋巴扇的搬尖洒鞋，腰间皮带上斜掖着一柄锋芒如雪的尖刀儿，正是那威震西城的铁臂熊谭三爷。这里茶伙等如飞迎出之间，便见谭三滚鞍下马，早有跟人牵开马去。这里茶伙刚道一声："三爷才来吗？"那谭三却一路哈着腰儿，满脸是笑道："才到，才到。今天打搅诸位，容俺改日再谢。"说着，略略抱拳，一路侧身碎步直趋肆门。

看官要晓得当时风气，混混们能在北京地面创出个"秃头几爷"的称呼来，便须有很老的资格。凡是大混混外面上都非常和气，谦尊而光，绝不像那巡街狗似的小混混说话就瞪眼哩！

当时谭三步入茶馆，那茶馆中有认识谭三的，便哄一声纷纷离座。有的哈腰拱手，有的乱吵道："三爷今天闲暇呀，我会了吧（谓会茶钱也）。"谭三道："彼此，彼此。诸位早到了吗？"说着，满面赔笑，直奔自己预定的茶座。后面忙坏了看座的茶伙，正在三脚两步抢向茶座，一面擦抹座位，一面乱喊"泡茶"之间，只听外面车声辚辚。

众茶客向外一张，不由都纷纷站起，顷刻间鸦雀无声。正是：

　　两豪会燕市，顷刻决雌雄。

欲知后事如何，且听下回分解。

第六十三回

叙逸闻两党争胜
闹茶肆一妇称雄

　　且说众茶客向外一张，只见袁八奶奶这股子摽劲儿来得好不干脆，梳一个松松的懒髻子，粉黛不施，簪珥全卸，只鬓边斜插一朵粉粉淡淡、奇光灼灼的异样花儿，衬着她那玉面樱唇、两道含威带秀的蛾眉、一双流波送媚的杏眼，越显得风流隽爽、大方不拘；穿一身蝉翼似的白纱裤褂，内衬粉红色小衣，乍望去玉肌掩映，便如裸体一般；那撒管脚裤却提得高高的，露着藕也似一段小腿腕，衬着尖翘翘一对大红平底凤头小鞋儿，好不丢秀得紧。

　　这时她乘一辆十三太保飞帏走幰的热车儿（当时北京豪富相尚以走马热车），只斜跨在车辕上。那车夫是个二十多岁漂亮少年，头戴红缨儿凉帽，那猩红缨儿直披到肩；身穿黄葛布长袍，腰系子儿玉扣带；袍前襟掖起半幅，露着蜀凉绸的中衣；下衬一双官快式青缎薄底靴，迈开了流水步法，微晃鞭丝，真个是上身不摇。再望到袁八奶奶身旁，还有个十四五岁的俏皮小厮，打扮得便如玉娃娃一般，一手扶辕，一手拎着根凤眼竹长杆儿翠嘴旱烟筒，滔滔走来。

　　当时众茶客一见袁八奶奶鬓上那朵花儿，不由都登时一吐舌儿。有的便咂嘴俏语道："你瞧，光说不算，还是人家八奶奶。错非她谁能得到这朵花儿呢？"有的便点头道："是的，你这话我不和你抬杠，人家就凭得到这朵花儿，在北京城里便是这个主儿。"说着一竖大指。

　　原来，那花儿名为太平花，是宫苑里的一种奇葩异卉。花形儿介乎芙蓉海棠之间，异香扑鼻，气似芝兰。据说此花产自西域，还是当年年大将军（羹尧）出征青海时所得，一径地植向宫苑，外间是没得第二株的。又相传此花盛开为太平之兆，故得此名。你想袁八奶奶居然得到此花，可见她声气结纳直通禁掖了。所以惊得众茶客咂嘴叹羡哩。

　　当时袁八奶奶车方到门，慌得铁臂熊如飞迎出，刚抱拳带笑喊得一声"八嫂"，那袁八奶奶却略抬俊眼，咯咯地笑道："老三早到了吗？怎么你偌大的汉子遇事沉不住气，总似吉了屁（俗谓性急也）呢？针尖大的事就闹得惊天动地。孩子们胡吵嘴乱打架，你压派着给他个有理十三、没理十四、臭骂一顿不结了吗？这么大热天，还劳动咱姊儿们嘀嘀剥剥在此讲话，你也太客气咧。那一天，俺得着你约会的信儿，倒吓了一大跳。俺以为是不知从哪里钻出便三头六臂的野岔儿来要塌咱们的台哩！不想却是咱自己这点点子没要紧的事。老三，你瞧着办就是，不算回事。倒是咱姊儿俩好多时不见，今天拉个家常嗑儿（北京谓说话曰拉嗑）倒也不错。"说着，翩然下车，径自握了谭三的手儿道："老三，你瞧嫂嫂近两年这精神实在差咧！孩子们三番两次滚得泥母猪似的（谓厮打也），好笑我竟不晓得！我看老三你精神还不错。"

谭三一面走，一面谦逊道："俺精神也差了，若能事事照顾到，即如今天这事，还至于请八嫂来处分吗？"袁八奶奶笑道："你又来咧！我只晓得吃喝拉撒睡，又会处分什么呢？"说着，忽地凑向谭三颌下一瞧，却大笑道，"怪道俺自觉精神不济，你瞧你儿时光嘴巴的漂亮小伙子，如今竟像成气候的黄鼠狼，闹了个黑嘴头咧。咳！光阴真快，咱老姊儿俩还少相儿时？由他们孩子闹去吧。"说着，一路价俏摆春风，携了谭三竟就茶座。

这一番干脆俊样的神情儿，瞧得众茶客正在相顾啧啧，便见谭三一阵周旋。先将袁八奶奶让在上座亲递过茶去，自己将座儿略为一移，靠近袁八奶奶，刚道一声："八嫂，您不要见怪，我这里先告个罪儿。本来呢，咱两家孩子们说不上什么彼此的话，但是……"

袁八奶奶这时正斜着身儿，略伸出一只脚儿，就那椅子腿上蹭鞋底上沾的尘土。因略抬眼皮咻地一笑，道："你先搁搁你那话头儿，等我歇霎儿再说。"于是向身旁小厮一瞟眼儿。那小厮登时装上烟筒，就旁几上香盘吸着，用手中汗巾擦擦烟嘴，然后哈着腰儿递与袁八奶奶，即便轻轻移步，转向袁八奶奶身后，竟捻起一对美人拳，向袁八奶奶腰背之间款款地细擂起来。

这时，袁八奶奶星眼微眯，略含倦态，樱唇间烟气微袅，似吸不吸。但见她鬓上那朵太平花儿微微摇动。直至一顿饭时，她索性连眼皮都不肯抬。但闻那小厮一对拳头轻飞细滚，擂出了许多疾徐高下的音调，便如软捶细腰鼓儿一般。

这时满厅茶客悄悄归座，正在彼此含笑默望，只见袁八奶奶就案置下烟筒，忽地长长地伸了个懒腰，却笑道："老三哪！咱们许久不见，你先搁着那些要紧的话，左右咱姊儿们这点点事，还不好办吗？我且问你，近来都是干吗消遣哪？"

谭三赔笑道："惭愧得紧，俺除了照料街面，约束手下，无非是抓空儿吃两杯闷酒，睡上一觉罢了！倒是俺这踢跳功夫还没扔掉。八嫂，你瞧俺新得的这把小刀儿，钢口锋刃，真还不坏。"说着，眉头微挑，嗖一声抽出那刀来，随手儿向案上轻轻插定。

大家见了，正在一齐怙惜，便见袁八奶奶笑道："老三，真有你的，但是依我看来你却是想不开。咱姊儿俩既创到这个份儿，若再准备着自己拿刀动杖，岂不有失身份吗！你买这劳什子做甚？不瞒你说，像这劳什子一类的东西，俺早已不摸它咧。俺是有空儿吃吃喝喝、玩玩逛逛。"说着，一瞟那俏皮小厮，道，"再不然，俺便哄着他们解个闷儿。不瞒你说，俺如今只懒得浑身拧钻儿。漫说是踢跳，便是大门都懒得出。今天若非老三你将我捉弄出来，俺这会子又该脱得光溜溜地洗澡儿，叫他们轮班替我擦脊梁咧！但是俺快活虽快活，若讲功夫，究竟是不成功咧。"

正说着，恰好那小厮哈着腰儿前来斟茶，正斜睃眼儿向袁八奶奶嫣然一笑，不提防袁八奶奶一抬手儿，向他嫩腮上便是个清脆脆的框子。那小厮脸儿一红，慌忙退下。袁八奶奶却笑得咯咯的，向谭三道："老三，咱姊儿俩是无话不说，皆因这班崽子们都生得红里套白、白里套红的小脸蛋，怪得人意的。俺又丢下练功夫闲得没干，未免和他们耳鬓厮磨。"说着，抿嘴一笑，道，"哟！老三，你说呀，人真是逞不得强。从先俺的腿脚儿你是晓得的，如今不知怎的，两条腿就似灌了醋一般，休说是硬挣劲儿，便是连皮肉都像有些发松。老三，你不信就瞧瞧，好在咱们如今也用不着什么踢跳，所以俺也就不大理会。"说着，竟弯起左腿，搭向右膝盖，将那撒脚裤向上一勒，直及腿弯，早露出那白生生、伶俐俐的小腿儿，便趁势用脚尖一抵谭三的膝头，道："老三，你瞧瞧，老嫂是不说瞎话的。"说着，便随手拔起案上的小刀来，就腿儿上轻轻刮蹭。

众茶客正望着她皴皮乱落、如霏玉屑的当儿，便见谭三哈哈地笑道："八嫂，你这真不是吹牛胯骨，本来你这时身份很够瞧的，真用不着再练什么功夫。说到我就可怜了，整日价锣响猴跳，是不敢丢掉功夫的。饶是如此，人家还有赶着来骑脖颈屙屎的哩！"

袁八奶奶略闪秋波，哧地一笑，道："你瞧你这股子劲儿，说着说着就来咧。你不用和我含着骨头露着肉地玩甩腔儿，你有什么月白屁便请放吧。乖乖，今天这么大热的天气，俺还等着回去洗澡儿、练腿又去哩。"说着，索性将那裤管又复向上一勒，简直直及腿叉。招得大家一面惊笑，一面望着她那玉柱似的大腿，都恨不得她再向上勒一下子，好叫大家饱饱眼福。

正这当儿，便见谭三一勒左臂，随手接过袁八奶奶手中所持的小刀来，就左臂上略为蹭蹭，然后笑道："论理呢，孩子们打架的勾当，本不值聒噪八嫂。但是你既说到这里，且待俺将西城孩子们所吃的亏一件件告诉您。可是您说得好来，有理十三，没理十四，少时，请您将南城孩子们压派上两句，免得他们趁着火头儿上一阵价浑打愣干，闹得街坊上都不太平。"说着，便略颠刀儿，忽地双眉剔起，道："今天俺向八嫂讲这片话，也就为大家都太平哩。即如某日某事，您瞧南城孩子们该这样吗？"说着，用刀尖向左臂一划，哧一声，鲜血飞溅，道："八嫂记着，这是一件了。又如某日某事，西城孩子忍了气，顾两家面子，总算够瞧的吧，这又是一件……"一个"了"字没说出，哧的声刀尖又下。于是一气儿又说一事，道："八嫂记着，这一共是三件了。"

声尽处，刀尖到臂，惊得大家就他臂血模糊中一瞧，横看成三、竖看成川的三道大口子，翻皮裂肉，好不难看。再瞧谭三面上时，笑吟吟地便如没事人一般。

这时茶馆外西城党便趁势喊声大举，闹得众茶客正在心摇股栗，都呆在那里。便见八奶奶哧一声，先夺过谭三的刀儿，就鞋底上蹭蹭血迹，却摇着头儿笑道："老三，你方才只管喊着为大家太平，怎的却闹这种老掉牙的旧把戏？反招得孩子们吱吱哇哇不太平呢！老嫂如今却没你这种彪劲儿咧。只好借你这刀儿划两个字儿，叫南城孩子们瞧瞧，不许吱哇，大家都太平些就是咧。"说着，笑顾那小厮道，"怎么你这孩子听话儿就听愣咧！还不快给我装筒烟来。"慌得那小厮连忙递上烟筒。

袁八奶奶一面慢慢吸烟，一面就自己光腿上只管抚摸。少时，命小厮收过烟筒，却笑道："老三，你瞧我如今就恁地娇嫩。昨儿晚上在院中乘凉，小腿上被蚊虫叮了两口，便麻查查地起了一片大疙瘩，如今不晓得禁得刀儿禁不得，我来试试看。"说着，脆生生一拍大腿，斜攒刀锋，轻轻地向下一划，忽地趿眉道："不成功咧！"

谭三听了，正在顾盼得意，那茶馆外的西城党也便越发地狼嗥鬼叫。就这一片喧哗声中，便见袁八奶奶蛾眉倒竖，杏眼圆睁，顷刻间运刀如飞，就那赛雪欺霜的大腿上一阵价纵横宛转，便如一片雪地上落了一阵桃花雨一般。不消顷刻工夫，竟端正正划成"天下太平"四字；偏那"太"字的一点儿，划得小些。

袁八奶奶便咯咯一笑，顺手用刀尖向点处一剜，哧一声，一缕鲜血竟激出老远。这里袁八奶奶掷刀大笑之间，但闻茶馆外马蹄声动，又是震天价一声喝彩；接着便闻谭三大声道："八嫂，真有你的，佩服，佩服！容俺明日谢罪吧。"慌得大家向外急瞧，但见谭三一骑如飞，竟领了一班西城党鼠窜而去。以上所述，便是作者所闻地痞们耍骨头的一段逸事哩。

如今且说那王老一，做梦也没想到被耿先生这么一较劲儿，一瞧那茶杯大小的酒杯，若真个出起血来，真有点儿二姑娘玩老雕——架不了。先是发出狼烟大话，站在场儿上又说不上不算来。

正在十分为难、假作慷慨大笑的当儿，活该他救星到来，便闻庙外脚步杂沓、棍棒乱响，接着有许多人大呼道："什么石幢峪的王老一，便敢弄臭水来戏侮咱们。难道咱们红蓼洼的人们便怕他不成？咱们自修堤，自吃庆功酒，干他石幢峪鸟事？咱且拖出那厮来，先打他娘的。"说着，一声喊，四五十个会众已到院中，为首一人正是世禄，倒拖着一根齐眉棍，大叉步就要闯上厅来。

原来，那会子世禄跑出竟去知会庙外会众。偏巧这时会众们已吃得有八分酒儿，于是不管好歹，各抄家伙，便随世禄蜂拥而至哩。

当时王原见了，忙跑向厅门，方喝得一声："世禄不得无礼！"便见王老一趁势抓起那只酒杯，连同尖刀哗啦一声摔在地下，即便手拍胸膛，一跳丈把高，哈哈哈一阵狂笑，说出一片话来。正是：

掷杯亦慷慨，决斗在须臾。

欲知后事如何，且听下回分解。

第六十四回

掷杯闯宴函约打降
拜月中庭闲征俚典

上回书交代到王老一被耿先生一较劲儿，真出血吧，是真痛；不出血吧，又不够交代。正在为难之间，恰好世禄愣怔怔地来给他接了台阶儿。当时王老一狂笑罢，便抡动那血胳膊道："你们有家伙，只管向这里来，姓王的接着你的。"说着，跳向筵前，挺然而立。

这时，王原已喝过世禄等，便和绳其拖转王老一，按他坐下道："王兄，有甚话说讲，只管说来，不必如此模样。"王老一瞪起眼睛道："俺此来，虽说没甚大事，却也有件小小公函。便是俺石幢峪数村人众向贵处乞怜的。三日之中，便请贵处见复。不然，咱只堤下相见就是。"说着，从怀中取出一封书函，抛在桌上，大步向外便走。

及至王原、绳其追送出去，那王老一头也不回，竟自扬长而去。两人连忙趓回，但见满厅人都挤在那里，瞧着耿先生看那书函。耿先生是微微含笑，众人中唯有徐大山站在耿先生背后，也似乎面有笑容。

那麻娘娘却叉着腰子噪道："你们不要慌，凭他石幢峪来多少王八蛋，我一个人儿都给他们撅了杆子。好嘛！他向这里玩儿硬的，我若不弄得小子们淹头夺脑，都似出了那个的那个，就不是了。"

王原、绳其也没暇理她，便凑向耿先生，忙瞧那书函，当由绳其朗然念诵与大家听来。原来函中大意是石幢峪人众责数红蓼洼人众不该修堤遏水，以邻为壑；并索赔石幢峪此次水患的损失以外，还须红蓼洼人众置酒赔礼，并限三日中答复。不然，便请在金塘堤下械斗打降。

大家听了，未免七嘴八舌地一阵乱吵。其中胆小的父老们竟有搔首踌躇主张着烦人去疏通讲和的。绳其便笑道："依我看，王老一纯是地痞虚吓的行为，不足为虑。我料他是假借全峪人的声势，自己想从中攫利。咱若烦人去搭理他，却正堕其计。他必要讲交情，自任向峪众疏通，以为自居功劳，索取咱的谢仪。况且他如此无理取闹，咱不趁势将他折服下来，以后怕不常来捣乱吗?"

王原道:"正是,正是。好端端的一席酒,却被他搅了半晌,出这岔子。咱快都归座吃酒,慢慢商议。"麻娘娘便笑道:"亏得俺没唱,若唱,出这个岔子,又是我唱的了。"大家听了,不由都笑,便各归座位。

这里了明已被麻娘娘撮回中席,兀自抹那秃头上的惊汗。伺候的众庄客也便一阵价端菜进酒。

须臾酒到三巡,菜过五味,大家未免又议论对付王老一之事。绳其便笑道:"我看王老一是只纸老虎儿。不必说俺和他一握手,俺已晓得他没甚能为;便是他踢那石锁儿,举步间就欠根柱。不是我说句大话,只我一个人足可以料理他,何况又有先生呢?三日之后,咱便和他见个高下,也未为不可。"

王原听了,目视众父老正在沉吟。耿先生便道:"绳其之话虽是不差,但是王老一他也是多年的地痞,未从举事,必然斟酌有个先手安置,他岂不自知本领平常?今他居然敢前来挑战,一定是有所恃。说不定他背后还另有人。古语云:知彼知己,百战百胜。为今之计,咱似宜先遣人到他那里探个仔细,然后再定对付之策方为妥当。"

大家听了,尚未答语,只听右席上一个笑道:"先生此话有理。便是小人也想到这里。因为前些日子小人没入咱会中时,曾想在王老一宅中做工,无意中却见一个远方汉子在他那里吃罢酒,又打了一趟拳脚。王老一手下的一群驴球马蛋都夸那汉子本领了得。小人就他宅中人一探听那汉子,却是王老一新从北京拉拢到家下的。当时他宅中人说王老一因要大大地出息出息,所以到处瞎拉拢。由此看来,他背后的人巧咧就许是那个远方的汉子哩。"

大家一瞧,那说话的人却是徐大山,于是大家哄然道:"既是这样,真须先遣人去探听一回方好。"

一言未尽,只听左右席上有人齐叫道:"我去,我去!"大家望去,却是世禄和麻娘娘。两人业已张牙舞爪,都要站将起来。

大家正在扑哧一笑,世禄已向麻娘娘摇手道:"你是一百个去不得。你那副小模样儿人家都认得。扮个卖花婆吧,你不会花说柳道;扮个缝穷娘儿吧,你不会穿针纳线。再者,还有一件不老好的,你无论怎的巴叉,总是个娘儿们。倘若王老一看破了,一下子捉弄住,那小子正在气头上,万一他要抖抖飘儿,给你个没人样,不显得咱红蓼洼人们都有点儿不大够瞧吗?依我看,就是我去。你想刘彪他妈藏一条血灌肠还被俺探查出来,何况王老一藏着偌大一个活人呢?"

绳其听了,正含一口酒,忍不住扑哧一声喷在地下。便见麻娘娘也只顾笑作一团，便指着世禄道："你这呆子，我不好说你什么就是咧。你可晓得馋着嘴巴子和人抢猪蹄吃。这等机密勾当，你若去了，怕不闹个稀糊腐儿烂槽吗？"

两人正在一阵争执，绳其忙笑道："你两人休得争论，依我看是一对儿去不得。一来你们路径不熟，二来真怕王老一识破行藏，便费手脚。"

麻娘娘方哟了一声，恰好了明迷齐着眼儿瞟向麻娘娘道："正是，正是。麻大嫂，你真须保重点儿。俺听说王老一那家伙是六亲不认哩。"一句话招得大家都笑之间，绳其道："咱别只管逗笑儿。正经的，我看去这个能行探子便烦徐大山走一趟吧。"大家听了，都各称善。商议既定，这才彼此地开怀痛饮，一时间庙内庙外拇战喧阗，好不热闹。

绳其因见耿先生酒兴颇豪，便笑道："先生留些酒量，且待赏今晚月，才有趣哩。"

耿先生笑道："俺正因今天是中秋佳节，虽在客中，亦觉欢喜。当俺由塾中向这里来时，已在村头一处酒家先沽饮了三杯。既是准备是晚上赏月，俺就少吃些儿。"

绳其听了，正要趁势动问耿先生题诗之意，恰好众父老向耿先生一阵劝酒，彼此只顾互相客气，绳其只得压住话头。

不多时，酒罢席散，已是日西时分。建中要先转去，却被绳其拖住，道："咱们好多日没畅谈，今晚你到塾中，咱陪先生赏月何如？"建中道："怎地时，俺先转去禀知俺母亲。届时俺赴学塾就是。"说罢自去。

不提这里了明一起起送出众人，并那庙外会众也便纷纷各散。且说绳其和耿先生向徐大山斟酌一回，又嘱咐了徐大山探听石幢峪之事，命他小心在意，便别过王原，慢步向剑虹村而来。及至趄入学塾，业已月光将落。绳其到里面见过方老太，一眼便望见廊下一只矮桌上供月儿的纸马、果品都已摆设停当，并有个一尺来高的泥兔儿爷，却作将军装束，一般的金盔亮甲，手执捣药仙杵，耸起两只大耳朵，撅着一个小尾巴，很透着像个角色似的。

绳其因顾笑道："你这东西本是个臭泥坯子，偶然披上两件威吓人的全副武装，也就据着你那三窟的地盘，受人香火。饶你凶狡到十二分，总有遇着走狗老哥的那一天。你倒不如早早地下野，钻在豆棵底下啃走，好多着的哩！"

方老太太道："哟！你这孩子，敢是在庙里喝成醉猫了吗？怎的连月亮爷都挖苦起来？那会子俺问说有人送你们大缸的酒、整只的羊，怪不得你喝成这样儿。便是你家先生想也喝得趴桌底咧。"

绳其笑道："奶奶快不要说起，今天是有人送酒，几乎没打起吵子。"方老太太惊笑道："怎么呢，莫非大家争酒吃，打起来吗？"绳其道："那种臭酒，没人争它。"因将王老一在庙情形并致函叫阵之事一说。方老太太甚是骇然，便道："俺如今不知怎的，便这样的心气虚，就怕听什么驳杂事。王老一虽没道理，咱总不必和他一般见识才好。"

正说着，恰好建中踅来，起居过方老太太，大家一阵谈笑，也便将话头岔开。须臾，盘大的皓月渐渐东升，偏搭着这夜浮云尽敛，碧空如洗，庭中桂始作花，天香馨妙。绳其高起兴来，因向建中道："少时咱就在学塾跨院场中陪先生赏月。那所在地势敞旷，赏月最妙。那会子可惜没把世禄约了来。有他才有趣哩。"

方老太太笑道："你就是打趣人没够，又惦着吃。"正说着，绳其向外张张，忽拍掌道："兀的不是吃食来也。"方老太太才一回头，早见一个仆妇笑嘻嘻提着一只蒙红纸的提篮儿，业已踅近跟前道："老太太，这是南村王爷那里送来的。说是今天因庆功会事忙，所以这当儿才送节礼来。"

方老太太道："哟，这是怎么说呢？咱没给人家送礼，人家倒送来咧。"因向绳其道："你瞧俺自经地震后，总是颠三倒四，打不起精神来。今天早晨，俺还想着给南村里送礼，不知怎的，一打岔便忘掉咧。咳！人老了真是废物。"

这时，绳其已从篮里先抓出个沙果儿，到口便嚼，招得建中正在好笑，便见仆妇将篮中食物一件件取置案上，顷刻摆了一大堆。无非是些月饼炸食并瓜果梨枣之类。还有几只新摘的公领孙葡萄，上面略挂白霜儿，色侔紫玉，甚是鲜亮。

那仆妇置罢诸物，掂掂篮儿正要踅出，方老太太却一面抓给建中一把枣子，一面笑顾绳其道："你别只顾吃，还不快给送礼的数出赏钱来。"那绳其果核堵嘴，又去揪葡萄，尚未答语之间，那仆妇笑道："不用赏钱咧，这礼物是王相公亲自送来的，现在学房和先生拉嗑儿哩。"

绳其听了，赶忙吐出果核，便拖建中道："妙，妙！咱正想他，他就来咧。咱快去捉弄住他。"因向老太太道，"奶奶也快着命人摆拜月的供吧。少时，俺们便陪先生赏月哩。"

方老太太笑喝道："你这又慌了神咧。你瞧拖得弟弟跑摇船似的，什么样儿！"一言方尽，只听二门外有人喊道："喂，绳其老弟，你家兔子摆上了吗？俺家兔子还没空去摆它哩！横竖都是兔子，谁家的都是一样，俺趁空儿弄他一下子，便要跑回去困大觉咧。"说着飞步跑入，正是世禄。于是绳其、建中都迎出来。

方老太太也踅向外间，早见绳其、建中一边一个，将世禄搀搀架架撮将进来。因笑道："这是怎么说呢？大远儿的，天又黑咧，倒劳乏王相公送这许多礼物。"世禄道："不值什么，送给你老人家吃，不和送给兔子吃一样吗？有兔子吃的便有你老吃的，谢什么呢？"一句话招得方老太太并那提篮的仆妇正在扑哧一笑。便见世禄拖拉着绳其、建中一径地便奔那廊下的矮桌儿，并笑问绳其道："你这兔儿倒好玩，威威武武，门神爷似的。他妈的，真晦气，俺今天因为事忙，由庙中回家后方找兔子，偏偏兔子摊子上把兔子都卖光，只买了个兔子晃子（俗谓招牌也）。那兔子插花抹粉，三瓣子小嘴上还抹着胭脂。卖兔子的说是兔子奶奶。没奈何，俺把兔子奶奶抱到家，倒惹得俺妈骂了一顿，便赌气子不用神马咧。如今事不宜迟，等我就这里拜罢月，便须快回去。俺妈和俺爹还等着俺圆月罢（合家饮酒赏月，俗谓圆月）早早困觉。他们说今夜困觉叫作圆房。俺也不晓得圆些什么哩。"说着，甩脱绳其等就要向矮案拜倒。

慌得方老太太一面命绳其拖住他，一面笑着命仆妇等将那矮桌移置庭心，自家也便颤颤巍巍下得阶来。

仆妇们知是老太太要拜月儿咧，便连忙上香点烛，又拿起桌上供的毛豆枝儿就兔儿爷嘴上抹了一下；然后拿起预备的小挂火鞭，就院中墙角边放将起来。

这里绳其等一同拜罢月儿，退向一旁。方老太太一面命仆妇另点起三炷高香，一面整整衣衫，又瞧瞧那扬辉吐彩的月儿，便笑道："人不用别的，只年年拜月，便把人不知不觉地都拜老了。俺如今算起来，整整拜了七十来回月儿。你们想，谁能不老呢？"

仆妇笑道："这才是老太太的福气哩！人家说得好来，月圆人寿。老太太拜回月，就添一回福气。"方老太太笑道："什么福气呀！不过拜一回月少一年，脸上多一层皱纹，头上增几根白发罢了。俺还记得七八岁时拜月儿，只管望着月儿月亮爷、月亮奶奶地乱吵。又说它像个大冰盘，又说它像个王八盖子，招得大家都笑。并且不错眼珠地瞧着供月的果儿、饼儿，恨不得都搂到怀里才好。那时节，瞧着那月儿也似乎比这时的月儿亮得多。不知怎的，这当儿做梦也没那种高兴咧。"说着，望望月儿，大有感慨之意。

绳其恐方老太太不高兴，忙笑道："奶奶不晓得，这今月不如古月之亮，其中有个缘故。俺听先生说过，这月亮是七宝合成的，其中还有几千几万的门户，所以能吐彩扬华，普照青天碧海。有一位仙人名叫吴刚，专管着修理这广寒清虚之府。他有一把宝贝爷头，名为'修月斧'，就用这把斧头时时地刮垢磨光，修理月儿。但是从古至今多少年代，那吴刚虽是仙人，未免也有学陈抟老祖的时候。奶奶瞧下如今的月儿欠亮，怕不是吴刚打盹失于修月的缘故吗?"一席话听得众仆妇真个都愣着眼儿。

方老太太却笑道:"你别来胡说乱道咧!这月亮内只一株娑罗树并嫦娥娘娘,再就是娘娘豢养的玉兔在娑罗树下捣药。俺听说这位嫦娥还是古来的一位国君的妻子,因偷吃了那国君所得的长生不老药,所以做了太阴娘娘。"说着,笑向建中道,"你们读书人料是晓得,你听听我说的这典故对不对呀?"

建中听了,正在含笑点头,世禄却拍掌道:"这日头、月亮的典故,俺都晓得。如今先说这日头吧。当初一日,一日当初,这日头原是十个,晒得大地皆焦,人们如处洪炉,堪堪都晒成人干儿咧。亏得二郎爷杨戬运用神力,一晃膊子担起两座大山来便赶太阳。无论是里国外国、东海西海,他老人家赶到哪里是哪里,便这么啪嚓一家伙,一座山压住一个日头。整整地压落九个,方才罢手。所以,后人都说二郎爷担山赶太阳哩。至于这月亮呢,却是因东王公和西王母老两口子,不知为什么鸡肠鸽胆的事情竟自打了一架。当时老两口子拳来脚去,各逞英雄。一边是阳春当令,一边是肃秋应时,阴阳交搏,打了个天昏地暗。那西王母虽是巴叉,究竟是个女人家,三晃两晃,被东王公揪住小纂儿一把按在地下,捶了个一佛涅槃、七佛出世。及至西王母哭号着爬将起来,一瞧东王公业已气吼吼地撅着白胡儿跑向东方,忙乱着生育小人儿去咧。于是西王母大怒之下,便登时撒了个雷头大风,揪乱头发,甩掉花鞋,随手儿向妆台上一掠,稀里哗啦,什么脂盒咧,粉罐咧,修眉镊咧,刷牙缸咧,七谷八杂落下一大片。说也凑巧,恰恰落在下界大海里,便登时化为无数的岛屿。但是西王母怒气不息,又随手抓起那面照脸的太阴宝镜向外一抛,但见霞光万道,瑞气千条,那宝镜登时飞上天空,便化为一轮明月。所以后来文人们咬文嚼字,不是以镜形容月,便以月形容镜。因为这月儿便是西王母的梳妆镜哩。"

一席话不打紧,听得那执香仆妇竟自忘其所以。那三炷香头上的热香灰一下子都掉在她手腕上,烫得她啊哟一声。

大家正在都笑,方老太太便道:"咱别只管说古迹咧。今年咱这里多灾多难的,总算是诸神保佑。且待俺多给月亮爷磕个头吧。"说着,由仆妇手中取过一炷香,便祝道:"头炷香,愿今年五谷丰登,地方安静。"于是举香至额,插香于炉。仆妇进上二炷香,方老太太又祝道:"二炷香,愿赐俺阖家安乐,疾病不生。"祝罢,便向月深深万福。这里仆妇忙进上三炷香,绳其便笑道:"这三炷香,俺替奶奶祝告吧。三炷香,愿你老人家寿比南山,福如东海。"方老太太也不理他,却望望月儿,满面生春,道:"三炷香,愿今夜天下夫妇个个团圆。"

众仆妇听了,都笑道:"老太太有这愿心不就是个活佛吗?"方老太太插上那香，拜罢站起。忙得绳其左拖建中右挽世禄道："走，走，这里没咱的事咧，咱快瞧瞧先生去。少时就要赏月咧。"

一言未尽，只听当啷一声，瓯音清越，竟出自学塾之中。接着便叮叮当当，手法如雨，一片价清音婉转，疾徐高下，凄凄切切，如残荷落雨，如玉盘滚珠，好一片悠扬音调。原来这击瓯之戏起于唐时，是诸般音乐中的一种别调逸响。便如近时乡下的瞎先生们，能吹一种小葫芦，妙合宫商，十分有趣哩。

当时大家正在倾耳，便闻耿先生趁着瓯音节奏，慢声价唱出两句俚歌道：

> 月子弯弯照九州，几家欢乐几家愁。
> 几家夫妇同罗帐，几个飘零在外头！

绳其听了，不由喜得跳钻钻地道："有趣，有趣。先生一个人闷在学塾，倒会取乐。咱快瞧瞧他去。"

正乱着，只见世禄甩脱绳其，拔脚便跑。正是：

> 击瓯传逸韵，对月起乡愁。

欲知后事如何，且听下回分解。

第六十五回

起乡心逸兴击瓯
赏中秋豪情舞剑

且说绳其正要拖建中、世禄去瞧耿先生，只见世禄甩脱手便跑，道："俺还要快转去圆月哩。"绳其道："你这呆子！大家共此一个月儿，在哪里不是圆，何必家去？"说着，拖了世禄等便跑。

不提这里方老太太一面命仆妇等看香撤供，一面准备耿先生赏月的酒筵。又特将世禄送来的公领孙葡萄摆了一盘，交给厨下。且说绳其等一阵风似卷入学塾，只见耿先生正盘膝坐在榻上，用一只细竹箸击那瓷瓯，还在余音摇曳。榻几上焚一炉好香，横一把短剑。一见绳其等趱进，便置下瓷瓯含笑下榻道："你们想是听得俺击瓯都跑得来咧。俺因寂寞，方才拂拭回短剑，便随手击瓯消遣哩。"

绳其笑道："先生倒好兴致，怎的唱的歌儿似有思家之意呢？"耿先生大笑道："见月思家，这是文人老例子，俺不过未能免俗，聊复尔尔罢了。"说话间，那世禄不管好歹抄起箸儿便击那瓯。绳其笑道："快算了吧，你这一来，不像卖酸梅汤的吗？"说着，夺过那箸，叮当几下，笑得世禄只管打跌道："不羞，不羞，你说俺像卖酸梅汤的，你这几下也就似摇盒子卖茶碗的哩。"

正乱着，只见塾童来报，赏月的酒筵停当，于是大家趱向艺场跨院。只那席酒筵摆在靠北面一处空旷所在，兰馐蜜醴早已摆列整齐。这时月到中天，分外皎洁，照得满院中树影凌乱，便似水中荇藻交横。隔墙内院桂香吹来，好不助人清兴。偏那靠北面后墙外便是几家小户人家，这当儿也因供月，妇女孩子的嘻嘻哈哈闹成一片。

便闻一妇笑道："他大婶呀，你瞧瞧今年月儿真是又亮又圆。偏巧今年他大叔又在家，那么你老不要只管耽搁，快些回去脱剥脱剥……"便闻又一妇笑唾道："呸，什么呀！"

先语的那妇人笑道："脱剥脱剥洗个澡儿不好吗？俺可没敢说别的。"那妇人唧地一笑道："不害臊，当着孩子们俺不待价说你罢了。今年你那口子在家里，你便有说有笑，也不知哪个没臊的，去年这当儿，便似个淹蛇儿，擦抹得两只眼红红的，便似猴儿屁股，恨不得连月儿都没心肠去供。我老人家久惯牢成的咧，就不理会这样子。"

正说着，又闻有个孩子似乎上爬着墙头喊道："妈呀，俺爹要向外吃酒去哩，说是今夜不回来咧，请你快来看家哩。"即闻那妇人道："哟！可了不得。好孩子，你快拉住那醉鬼爹，等我家去再说。"说着扑通一声，似乎是跑慌跌倒。

先语的那妇人便大笑道："好一个久惯牢成哪。"于是连许多孩子一齐喧笑，便你争果儿、我要枣儿地喧闹起来。

这时绳其暗瞧耿先生，竟倾耳墙外略为一怔，不由暗笑道："怪不得先生歌中诗中都有思家之意。如今听得人家家人笑语，还似有触动哩。"怙惚间，即便请先生上座。不消说是建中、世禄左右相陪，自家坐了主位，当由塾童斟上酒来。

耿先生取杯在手，先遥敬月儿，然后一饮而尽，却笑道："古人说得好来：明月几时有，把酒问青天。今晚咱大家正对此景，便可不拘师弟形迹，大家饮几杯才是。"绳其道："正是，正是。"于是亲自斟过一巡。

世禄却笑道："今天白日吃酒，终究被那王老一搅得人不大痛快，这当儿快饮几杯吧。"说着，便连吃带喝闹过一阵。耿先生等也便欣然举杯，遥听得村中各家火鞭乱响。

耿先生便笑道："一年中唯在这中秋节最为有趣。因为秋收方罢，人众心闲，无论贫富人家都能办几样蔬果，斗酒自劳。若讲到俺家乡风俗，今夜晚大家却敞着门儿，摆设酒肉。见有人踅过，便硬拖住吃酒，名为'拉秋膘儿'。并且都说，越拉得人多，这家一定是肥狗胖了头地十分兴旺。不知这风俗这里有没有？"

世禄笑道："俺这里虽没拉秋膘儿的风俗，却有个摸秋的说法。便是那没孩子的妇人，单等今天晚上拜罢月，裙儿衫儿扎括着，三不知地钻到人家菜园里，合上眼儿乱摸一气。摸着一样菜蔬，用裙子裹了，一面价白丫头、黑小子地唤回家。若摸着葫芦，便是得小子之兆；若摸着倭瓜，便是得女孩之兆哩。"耿先生听了，不由哈哈一笑，于是彼此传杯弄盏，笑语款洽。

绳其高起兴来，便笑道："如今只管闷饮，须不畅快，先生怎的行个酒令才好。"耿先生道："行酒令，咱就说这'月'字吧。只说一句诗或成语，不必拘泥俗雅，只须末尾有一个'月'字便成。先从俺这里起，轮接下去，如何？"

绳其刚道得一声："好，好。"世禄忙摆手道："别算着我吧，我肚里没月经，哪里找得出'月'字来。"建中听了，扑哧一笑。绳其却道："你这呆子，不许乱令，成语俗话都能用。先生原说得明白，你再乱吵，这酒令大如军令，先罚你十大杯再讲。"吓得世禄笑吐舌儿之间，这里耿先生便举杯道："隔千里兮共明月。"说罢，吃过酒，向建中一照杯子。

绳其含笑，方向耿先生望望，建中已举杯接令道："欲上青天揽明月。"绳其喝声："好！"瞧着建中吃过酒，便应声道："飞羽觞而醉月。"于是自饮一杯，忙与世禄斟满道："喂！王兄，该着你咧。"世禄昂然道："你道我真说不出吗？你听着吧。"于是干咳两声，大笑道，"有咧，有咧！一更里月出东山。你瞧这句不含糊吧？"

耿先生等正在含笑，绳其忙道："罚你，罚你。你这'月'字夹在句子当中是不算数的。"世禄一面饮酒，一面沉吟道："好啰唆，那么再说个什么好呢？"少时，忽拍手道，"你听这句多么响亮，看你再挑什么疵儿？"于是迭屈五指，一字字念出道，"一年十二月。"

绳其笑道："岂有此理！哪个与你念黄历？既非诗句，又不是成语俗语，不算数，不算数。"说着，与世禄斟满罚杯。这时世禄一面缩项而饮，一面摇头合眼地搜索枯肠。绳其等见他窘迫神态，正在好笑，只见他忽地站起，两手据案，大笑道："有了，有了。"于是起离座位，指手画脚，一气儿念将来道："门后头一杆枪通天彻地，地下无人事不成，城里妈妈去烧香，乡里娘，娘长娘短，短刀截径，敬德打朝，朝天蹬，蹬里藏身，申公豹，豹头环眼，燕张飞，飞虎刘庆，庆八十，十麻九俏，俏冤家，家家有个观世音，因风吹火，火烧战船，船头借箭，箭对狼牙，牙床上睡着个小妖精，精灵古怪，怪头怪脑，恼恨仇人太不良，梁山上众好汉，汉子打锣娶老婆，婆子上床，就会作月。"

当时世禄这一阵赶板垛字，直说得口角边白沫横流，不但听得绳其等一时都怔住，连便那侍酒的塾童儿也只管愣着眼儿。

正这当儿，世禄却没事人似的欣然归坐，竟趁势与耿先生斟起酒来。少时，大家悟会过世禄说的一大套，末了有"作月"两字，不由哄然大笑。

世禄得意道："怎么样？准是俺说对，你们就都乐咧。"绳其揉着肚儿，道："很对，很对。你这个绕口令真不含糊，便是北京的随缘乐（当时以口技著名者）还怕输给你哩。"于是，大家笑过一阵，即便收令，随意慢饮。

29

耿先生觉得口燥，便摘取公领孙葡萄下酒，忽笑道："此种葡萄在此地可谓嘉果。俺家在东海之滨，那所在有一种玫瑰葡萄，端的不让此种。但是俺不尝乡味，竟已蟾圆屡易了。"说着，望望月儿，大有怅触之意。

绳其听先生说东海之滨，忽想起他所题诗来，不由笑道："俺今天曾在村头一家草店土墙上见先生划的诗句。细味诗中词意，先生颇有久客思家之意。不知先生家下都还有什么人？"

耿先生笑道："俺因那当儿由塾赴庙，时光尚早，自在草店徘徊一回。偶然疥壁，不过是佳节思乡，文人结习，不想竟被你瞧见。俺家下无多人口，只有一个山荆，所以将她把来当诗料哩！"

绳其听了，尚未答语，不想世禄一面向嘴里塞葡萄，一面笑道："妙，妙！先生那里既有玫瑰葡萄，又有山荆好吃，不知您那里山荆和俺这里山荆都是酸溜溜的一般味道吗？怎的先生把您那山荆给我尝尝才好。"

几句话不打紧，不但听得个耿先生眙着眼儿一时怔住，便连那静默吃酒的王建中也忍不住扑哧一笑，喷酒满地。于是绳其一面笑一面从席上拿起一颗红郁郁小沙果似的东西，置在先生面前道："俺这里呼此物为'海棠果'，俗又叫'山荆子'。先生尝尝，从甜甘甘中还有些酸溜溜的味儿。"

耿先生恍然之下正在大笑，这里绳其又笑附世禄之耳喊喳两句。慌得世禄跳起来道："这是怎么说呢？都是你，放着酒不吃，无端地诗呀文呀地乱讲，招得先生也这般咬文嚼字。简直说家里还有个老婆子不结了吗？"一句话招得大家又复哄然。

绳其便道："你这呆子，怎又埋怨起我来？这不是自己栽个筋斗埋怨地皮吗？"因向耿先生道，"原来先生家中还有位师母。但是先生诗中又有'避弋自怜成久客'之句，莫非先生因什么不得已的事故才出门游学吗？"

耿先生慨然道："事是有些儿，但是以往前尘，何必说来败兴！俺生平有两次中秋最为颓气。一是俺离家之日，正值中秋；一是俺往年时驰骋文场，不自检束，被人捉将官里去，也正值中秋之日。今天对此令节，未免感触，所以偶然题诗遣兴，谓之有怀也可，谓之无聊也可。如今四美俱，二难并，咱且举杯邀明何如？"说着，引满一觥。

绳其见先生微有酒意，也便不好再问。于是大家杯来盏去，说说笑笑，十分款洽。

这时，一片月华水也似泻向院中，照得大家如身入琉璃世界。那月影由高树柯叶中穿漏散碎明光，俨如筛银撒玉，玲珑满地。耿先生翘首四顾，不由逸兴遄飞，便慨然道："今夜风景，大似俺离家那日夜奔海神庙时。当时，

30

俺百忙中还胡乱地做了一件快意事。此情此景，俨在目前。哪知俺客里光阴，又已消磨数稔。且待俺舞回短剑，以助筵前清兴何如？"说罢，举杯吸尽，哈哈大笑。

这时，绳其巴不得这一声儿，于是跳起来，大乐道："月下舞剑，有趣得紧！且待俺取先生的短剑……"一个"来"字没出口，早见世禄的背影儿业已跑到跨院的角门。

须臾，世禄取得剑来，耿先生霍地站起，只将前襟略为扎掖，接剑在手，便大叉步趋向院正中一块板石旁。略略一敛步定息，即便放开门户，嗖嗖舞起。你看他前超后越，左盘右旋，一条条剑光凌乱，罩住全身，真个是进退如风，顿挫有法。

须臾，越舞越紧，一片白光泼开来，直及数步之外，团团地就地乱滚。再瞧耿先生的身影，便如游龙隐雾，不过时露鳞爪。一时间月华剑气，上下争辉。乐得个绳其只管就一旁拍掌喝彩。

正这当儿，便见耿先生舞势将收，却倏地一矫身躯，奔向那板石。手起一剑，咔嚓一声，火星乱爆，耿先生却掷剑大笑。喜得绳其跑去，拾剑在手，一面挥舞，一面笑道："先生有此本领，便是王老一真个来不知进退，咱还怕他怎的？"于是将短剑递与塾童，大家重入席吃过几杯。但闻街坊上人众笑语，彼此间又相语道："今年月色真妙，咱们下年是全班的人给他个不醉无归呀。"又有人笑道："此话不错！哪个不肯醉的，便是乌龟。"说笑着，一片履声似乎纷纷四散。原来是些醵饮赏月、酒罢归家的人。于是建中站起道："时光不早，俺也好转去咧。"

不提当时建中和世禄相偕价踏月转去。且说绳其陪耿先生直饮至三鼓天后，方才各自归寝。次日，绳其、王原等依然聚在法兴寺中，一面价将昨天王老一寻衅之事通知全洼会众，命他们都为准备，一面静待徐大山前来回报。

转瞬间一日已过，不见大山回头，那麻娘娘便有些躁不可耐。哪知次日依然不见大山影儿，麻娘娘便嘟念道："石幢峪离红蓼洼不过像虮子离卵子那么远。又不是山南海北，怎的他便似风筝断线咧！徐大山是个酒包，说不定他又醉猫似的趴在哪里哩！"大家猜测一回，只得静待。

第三日这日，绳其、王原等并各村首事父老都自早晨便集在法兴寺中，一个个舒眉展眼，等雁似的等候大山。不想左盼左不来，右盼右不来，大家面面相觑，都急得热锅上蚂蚁似的。堪堪地日色平西，更无消息。

须臾，寺中晚钟响动，大家便趋向寺门外张望。眼看着苍然暮色自远而至，躁得个麻娘娘一面揎拳勒袖伸长脖子，一面噪道："这光景，不须说咧。

说不定是徐大山露了机关，被人家捉弄住，咱们该想个道理才是。"

大家听了，正没作理会处，只见世禄遥指道："你瞧，兀的不是大山来也！"大家望去，不由大悦。正是：

侦回心已慰，望久眼将穿。

欲知后事如何，且听下回分解。

第六十六回

王老一联庄合会众
徐大山乔丐侦详情

且说大家随世禄手势望去，只见从老远处影绰绰奔来一人。及至近前，大家不由哄然都笑。只见大山蓬头垢面，脸上是灰土狼藉，仅露得灼灼眼睛，发如乱毡，上面点着许多稻草碎叶。穿一件七零八落的破小褂，腰系草绳，正屁股后头挂着一大嘟噜物事。仔细一瞧，是一把沙酒壶并半段狗肉腿，还有卷作枕头的破草鞋、油垢不堪的布食带，里面鼓鼓囊囊装着些锅巴、干馍之类。下穿一条破裤，业已前穿后洞，当腰下还掖着块麻布手巾。但见他一瘸一拐，仿佛是困累不堪的光景。于是大家呼一声围将上去，争问他探听的情形。

大山一面向寺内走，一面望着耿先生道："先生，果然不出咱们所料，那王老一真个是背后有人。不但是那个远方的汉子给王老一撑腰眼子，并且还有只母大虫在里面作祟。俺就因探听这母大虫是哪个，所以才耽搁到这时转来。你道这母大虫是哪个？原来便是咱放掉的那个女拐匪刮地风。因为刮地风如今又在京门左近一帮流民中充起了头儿脑儿。那个远方的汉子本在她帮中厮混，知得她在咱们手中栽过跟头，所以特地约她前来帮打，并泄前愤。"

大家听了，正在诧异，麻娘娘便噪道："不打紧的，慢说到什么刮地风，就是震天雷咱也不怕。等她和王老一来时，待我一前一后先给他们插上两只大棒槌再讲。"大家听了，也不暇笑她，便似众星捧月般将徐大山拥入会事厅中。那大山也不暇更衣歇息，便说出一片探听的情形。

原来徐大山过得中秋那夜，次日便略为结束，带了些零星钱钞，兴冲冲奔石幢峪而来。不想刚趱过石幢峪地界的一处村落，只听身旁有人喝道："呔！你这汉子哪里走？你是哪村中人，到此何干？"

大山四下一望，便见有两个长大庄汉，一色的短衣伶俐，各持棍棒，由身旁树林中大叉步趱来。大山不晓就里，便赔笑道："你二位闲暇呀！俺姓徐，便是剑虹村的人。因为常在贵处一带村中做短工，今天是来兜揽些工作，倒惊动二位则个。"

其中一个庄汉一瞪眼睛,向那庄汉道:"喂!你瞧这小子,翻眼撩睛,又从那所在来的,没得许是那话儿吧?咱且捉他给王爷送去。"说着,一捧胳膊便要动手。那庄汉却摇手止住他,道:"得咧!你装这使不得样儿,吓人家做甚?难道咱能路断行人吗?话不说不明,咱说明了,叫他转去就是。"因向大山道,"你不晓得,如今俺石幢峪人众没得三两日便要和红蓼洼拼命打降。现由峪中王老一王爷调度一切,恐那红蓼洼或有人前来侦探,所以知会峪中各村留意盘查。凡是红蓼洼各村中人,都暂时不许入峪。你老兄既是由剑虹村来的,说不得且请你回步。好在你一个做短工儿,到哪里也是一样卖气力,何必向石幢峪凑这种热闹哩!"说着,望望大山,向那庄汉道:"这人不错,是姓徐,常在峪中做短工的,大家都认得他。咱便放他去吧。"说罢,一径地踅向村头,就一株大树下歇坐下来。大山见此光景,只得逡巡转步,一面岔向别径,一面怙惙入峪之策。

正这当儿,只见从对面唱唱扬扬手舞足蹈地踅来个四十多岁的叫花子。大山见了,不由灵机一动,暗想道:"俺的面貌峪中人大半都认得,料想是混他不入。今不如如此这般,倒也是一条妙计。"

正在怙惙,恰见花子就道旁树下歇坐下来,一面含笑四望,一面还拍动两手哼唱不已,仿佛乐不可支一般。于是大山放慢脚步,趁到他跟前,便笑道:"朋友,咱且借个树荫歇歇吧。"花子道:"请坐,请坐。你老从哪里来呀?"

大山一面含糊答应,一面就他一旁坐下,便搭讪道:"你这人也好笑得紧!既落到乞讨场中,怎还高兴唱歌,就似个乐不够呢?"那花子笑道:"俺这乐处,你老兄没要过饭,是不会晓得的。俗语云:要饭三年懒做官。此话再也不错。俺从先没要饭时,不瞒你老说,家中是金银满库、骡马成群。吃起了山珍海味,穿起了绸缎绫罗,居家是呼奴唤婢,出门是走马热车。偶然放个跐溜子屁,人家都说香闻四十里,还捎带着香倒半趟街。你老说,俺这么阔绰,应该整天地嘻开大嘴,学那弥勒佛了。然而不然,那时,俺一张脸子总是苦得待滴水,瘦得只剩皮包骨头。因为钱多苦恼来,人多冤业重。不要说料理钱财累得人心血枯耗,便是一身家累也就令人烦煞。一天到晚累得要死,究竟也是端个饭碗,睡上一觉算是自己的真正享用。及至鸡声一唱,又复懒驴子上磨套。后来亏得老天嘉惠,一把天火将我家烧了个精眼毛光。

"哈哈!这下子,可把我乐大发咧,一切拖累登时放下,真个是头清眼亮,便如脊梁上去了千斤重担。虽说是高堂大厦换了草房土炕,走马热车换了长行步辇。但是俺无家一身轻,有饭万事足,睡到日高三丈,爬起来踅向十字街头，叫上几声爷爷奶奶，唱他娘的几句莲花大落，那朱门绣户中的太太小姐樱桃小口内吃不了的残茶剩饭，也只管向俺破篮内丢。俺回到破庙中，幕天席地，欣然一饱，栩栩然梦入华胥。睡得不耐烦，爬将起来，冷眼儿瞧着眼前人拼命价熙来攘往，真不知为的何来！这时俺无拘无束，自由自在，只要肚皮一饱，便天是王大，俺是王二，不怕有多少混世魔王，乱得世界翻转来却也不干俺鸟事。你老想，俺既有这么大的乐事，所以不知觉便要唱两句儿。你老莫小觑俺，这乞讨场中，却一般也有公侯将相。不要说亚夫邓通常和俺呼兄唤弟，便是那当朝一品的严阁老，昨天晚上还特地寻我来，闹了两盅儿才醉哈哈地打道回朝，面君见主去咧。"说着，白眼看天，哈哈大笑。

大山听至此，方恍然这花子是个癫子，不由暗笑道："这个宝贝，一定是穷得痰迷心窍咧！但是俺却正用得着他这身行头。"于是趁他得意之下，便拍掌道："朋友，你这话不错。俺倒不晓得乞讨之中有些乐趣。朋友，咱们如今这么办，你把你这一身全副的行头借与我，待我也尝尝这乐儿如何？"

花子摇头道："不成，光了屁股上街，人家是要捶肉的。"大山笑道："俺并非白借你的，你就穿俺这身衣服不好吗？另外，俺再把与你些钱钞如何？"那花子听了，不由大悦。

不提花子登时交割了那身行头，穿了大山衣服，携了钱钞匆匆自去。且说大山得了这一身漂亮行头，赶忙扎括起来。就道旁一洼积水中一照尊容儿，几乎连自己都不认得自己。于是更不耽搁，即便取路进峪。所经村落果然一无搁阻。但见许多村众都短衣包头，来来往往，仿佛有啥事体一般。又有许多青头愣少年，意气扬扬地就空场中操练枪棒。大山都不管他，一径地奔向王老一所居的村子。

刚一脚踏进村坊，抬头一瞧，便是一怔。只见各家门首都摆列着枪儿刀儿，出出入入都是些高一头、夯一膀的雄赳赳的庄汉们。有的乱吵某村人众业已到齐，有的乱噪明天王爷还许有什么号令。大山溜溜瞅瞅，转过两条街，早望见王老一宅门前人众如蚁，十分热闹。宅之左偏还有一片空场儿，靠北面高搭席棚，棚前高竿之上挂起一面蜿蜒走缘、飞火烈焰长方形的大旗，上面是"青石峪联壮会"六个剪绒大字。场内正有四五簇人众分两列站在那里。每簇之前有一人手执小旗，旗上写着某村字样。

当时大山料是王老一业已聚集村众，准备向红蓼洼捣乱。便一面逢人伸手假作乞讨，一面蹭近那场儿。

正在东张西望，恰好趔过一个领着孩子的老头儿，一面走一面向那孩子道："阿大，你只管走马灯似的乱跑怎的？累得我老人家到处里寻你。少时老一爷就到，还不快躲开这里。"说话间已到跟前。大山便迎上一步，苦着脸子，一龇牙儿。

那老头儿只认是大山乞讨，便笑道："你这花子快躲远些。这所在你来讨什么？"大山趁势道："你老逛会回头，便赏俺个钱吧。"老头儿失笑道："你说什么鬼话！这时不年不节，有什么会可逛呀？"

大山道："你老别哄俺，您瞧了热闹会，只少吃一杯香茶，便赏俺一两文钱咧。"说着，向空场儿中一指，道："您瞧瞧那一簇簇的人，手拿旗，不都是上会的吗？"

那老头儿笑唾道："上会，上会，地方受累。你这花子敢是新来的，便通不晓得。"说着，便一伸大拇指道，"那是俺石幢峪这个主儿，从今天起陆续集阅各村的联庄会众，定于三日后和人厮并打降。你一愣鸟似的穷朋友，快走开是正经。"

正说着，遥闻街坊上泼啦啦马蹄响动，那老头儿忙道："你这花子还不快去！如今王老一爷查尽外村会众，回头就要来检阅这里哩。"

这里大山赶忙闪开道路，眼望那老儿拖了孩子匆匆趱去之间，便见自己来路的街坊上尘头坌起，便有两骑马衔尾价如飞跑来。马上两人一色的花布包头，密扣打衣。腰束皮带，脚下快靴，正是那王老一和那个远方汉子。马前还有两个长大庄汉，一个掮着一口花带缠杆，冷森森、亮晶晶的双手带大研刀，一个掮着一杆三棱起脊的半蛇矛式的红缨长枪。便这等人骑如飞，直由自己眼前刷将过去。于是街坊人众一阵奔走，都向空场。

大山随众张时，早见王老一和那远方汉子就空场前滚鞍下马，大叉步竟奔席棚。于是，满场中小旗都举，接着便雷也似一声暴喏。

大山料得是王老一检阅会众，闹点儿臭排场。方想趁在人众背后觇个仔细，恰巧人众一拥，将自己夹在中间，便有人瞪起眼睛喝道："你这贼花子，不去赶门挨户，只管在此胡撞怎的？"说着，呼地一推，竟将大山推出老远。

大山方在一怔，又有人笑道："今天王老一爷宅内大排宴筵，大吃二喝，你去候个门儿，多少也闹点儿汤水哑哑。不强如在此讨厌吗？"

正说着，便闻场内点唤应名之声，居然像那么回事似的。大山暗想道："看此光景，王老一成心要捣蛋是不须说咧。果然不出俺所料，那远方汉子便在其中。但不知他的帮手还有什么人，待俺且到他宅前张张再说。"怙慌间，趱向王宅门前，只见这时出入的人众越发热闹，并有许多的老弱丐者，都蹲在宅墙根下等候乞讨。一见自己人趱来，便互相挤眉弄眼。大家登时横躺竖卧，占宽地面，意思是怕自己挤上去，掺了他们的份儿。

大山暗笑之下，想先从他们口中探点儿消息，便装作大麻木，横着膊子愣挨上去。可巧有个粗眉暴眼的老丐向一个少年丐妇尽力地乱使眼色，意思是叫丐妇横躺下来，占了地位，以免大山加入其中。不想那丐妇低着头儿，瞅着自己脚尖儿正在发怔。

逡巡之间，已被大山一屁股坐在那里。于是老丐大怒，跳起来便向那丐妇恶狠狠地唾了一口，道："你这老婆，凭你这股子怠懒劲儿，也该当花子老婆。该歪倒的你不歪倒，不该歪倒的你却随便歪倒。仰拉着，叫人那么着！你这歪刺骨思量哪个？便低着头出得神去，白白地叫他来掺了份儿。难道他是你的野汉子不成？"

那丐妇唾道："你没的浪声张，老娘歪倒不歪倒干你甚事？难道这是你的一亩三分地，就不许别人来吗？"

大山听了，方觉丐妇之话甚是有理。正要喝那老丐的当儿，只见老丐越怒，嗖一声向丐妇便是一掌。慌得丐妇急忙一闪，可巧又撞了别个丐者，趔趄跄两人同跌。一个是嘴啃地，一个是两脚朝天。那老丐得起意来，正在那里摇头晃脑，不提防两人猛地爬起来，四手齐上，一下子按倒老丐。于是三人滚作一团，且骂且打。

正这当儿，便有王宅执事人等前来吆喝道："这时宅内还没坐席，难道便先打发你们不成？你们快都去散散，天西时再来。少时王爷点阅回头若张见你们，须不方便。"众丐听了，只得纷纷各散。那大山想要探听，但是也留停不得。方携了破篮儿转向墙角，只听那丐妇在后面骂道："该死的老倒卧，无端地寻人晦气！"大山回头一望，不由失笑。只见那丐妇滚得鬓发乱乱的，一个髻子也歪在一旁。因撕掠之下前襟敞开，露着两只灰白色的乳头儿。她本穿件补绽破裤，这时腿胯偏裆之间撕了个挺大的三尖大口子，露出一片白莹莹的腿股皮肉。只一行动之间，便影影望了乌影影的所在。但是她气愤之下却不理会。望见大山，却唏地一笑道："你瞧这村儿里多么欺生，那老倒卧真叫人长气。但是俺却怕不着他，俺舍了前门，还有后户。说不定俺得点儿体己，比在前门还写意哩。那么你也跟我到这宅后门边等候乞讨吧。"说着已到大山跟前。

大山随口道："那老家伙真个会欺生！但是后门边静悄悄的，咱呆等半天能讨得着吗？"丐妇笑道："你不晓得，俺向后门去自然有个路数。这宅里面有个在内厨下打杂的刘妈，却是俺的舅母。不断地留些羹饭并残落吃食，悄悄地由后门把给我。"说着以手作势道，"有一次，她卷了这么粗、这么长，雪页白的大单饼，里面都是些筋头膜脑的好精肉，便趁开后门泼脏水的当儿，瞅个冷子把给我咧。咱去了管保写意哩。"

大山听了，略一沉吟，便笑道："如此敢是好。俗语云：朝中有人好做官。你这位大嫂既是宅中有人，俺想不但乞讨得法，便是宅中的大事小情想也略知一二了。不知今天这村中并王爷宅中这么热闹，却是为何?"丐妇笑道："若说起这事来，牛腰粗的手卷儿——画（话同音）长啊。等少时咱歇坐下来，待我慢慢告诉你。"

说话间，两人趱近宅的后门。大山留神瞧那后门外一带树木，地势宽敞，连个人影也无。那后门却掩着一扇儿。遥望后院中，隐约见柴草垛并更房等，并一阵阵蹄啮之声，知又有牲口棚廊。

这时，两人来至门旁一株大树下，那丐妇望望日影，便笑道："咱来得正好，不差什么俺舅母便该出来觇望咧。但是今天宅中事情忙，不知俺舅母有空没空。咱且歇坐下拉着嗑儿等候她吧。"于是两人各置下篮儿，就那树下草地上相与并坐下来。

那丐妇叉着腿儿，掩掩衣襟，抿抿乱鬓，方说得一句道："你要知今天这里为甚这么热闹，却是因……"

一言未尽，只见大山哧地一笑。正是：

> 有心探机密，何惜辱泥涂。

欲知后事如何，且听下回分解。

第六十七回

闹赌坊孤注一块肉
耍狭路拳打两泼皮

且说那丐妇正要述说热闹缘故，只见大山望着自己腿叉间哧地一笑，忙低头一瞧，赶忙用手掩住那三尖口儿。却唾道："都是那老倒卧闹的。这条裤还是俺舅母头些日把给我的，少时她见撕坏了又该唠叨咧。"

大山本来机灵，听她此说，便把自己盖篮的一块粗布递与丐妇。那丐妇接了，背过脸儿便去向腰间塞掖那布。这里大山因那癞丐的破裤衩窄巴巴的有些兜腔，也便趁空儿闪向树后，自去收拾。

正这当儿，忽听宅门边有人笑道："好巧，好巧，俺望见这黑松松的歪髻子，便知是某大嫂到了。再巧不过，你便快跟我来吧。那会子刘妈妈有些食物搁在这更房中，叫我交给你哩。"说话间足音已近。

大山悄从树后张时，却见一个五短身材、黑而且肥的厨伙模样的人，腆着大肚皮，笑嘻嘻地业已从后宅门趸向丐妇身后。不容分说，向丐妇歪髻子上摸了一把，便耸起个蒜头鼻子，咻咻地向空乱嗅道："好香，好香。"并一面扶着丐妇肩胛，向前一探头儿，便大笑道："怪不得你这会子才来，等得个刘妈妈不耐烦方才将食物交给我咧。原来你暗含着去干营生，却这么凶实，怎的连裤子都忙得揪掠破咧？"

大山见状，正在好笑，便见丐妇一面掖好那粗布，一面回身笑道："不要胡说，俺因在前门口和人打了一架，所以揪掠这样儿。既是俺舅母有给俺的食物，请你快些把给俺吧。"

那厨伙笑道："你真是岂有此理。那食物便在门内更房中，你不会跟我去取，倒巴巴地叫我与你送来。难道你怕跑大了脚，或是怕更房中有老虎吞你下肚呢？"说着，正色道，"俺是有名的老实阿二，所以刘妈妈单把这件事托付我，你倒不必胡怙惚。"

那丐妇沉吟一回，却抿嘴一笑道："既如此，我就跟你去取，但是你可要真老实呀!"厨伙道:"你瞧,什么话呢?"说着,嘻开肥嘴,只乐得两眼没缝儿。

这里大山才一转眼,便见丐妇笑嘻嘻站起,跟了那厨伙竟自趋入宅门。那厨伙待丐妇入去,便啪哒一声随手儿虚掩了那门。

正这当儿,却遥闻宅前人众越发热闹,并有人大呼道:"王爷有话,凡点阅过的各村会众暂请回村,两日内听候调动。"呼声尽处,又有人递接传呼,并各村众高声应诺。一时间竟闹得锅滚豆烂。

大山料是王老一点阅已毕,想再凑向前门探探,却又要听那丐妇的话儿。逡巡之间,只得且就树后歇坐等候。不时地向后门前张张眼儿,却不见那丐妇趋出。直到过得一顿饭时,大山忽暗笑道:"我好发呆,那丐妇诡头诡脑,说不定得了食物,恐俺掺她的份儿,便从别处溜之大吉咧。俺只管呆等怎的?且待俺去张张再讲!"想罢,便从容站起,悄悄地蹭到后门边,轻推门儿,一步跨入。

还没到更房窗下的当儿,忽闻丐妇喘促促地笑道:"你这老实法倒不错,再要不老实,还不把人吞下肚吗!横竖盐也是这么咸,醋也是这么酸,不差什么也就是咧。俺这髻子本来乱乱的,如今更成了鸡窝草咧。快放我起来吧。"说着,又低唾道,"哟!你瞧你怎的越来越没样儿上来咧。俺这破裤腰本就不成模样,你脏巴巴的只管抹手,须要赔俺新裤哩。"即闻厨伙喘吁吁地道:"少说……闲话,赔你……裤现成……"

大山听到这里,忙凑向窗缝向内一瞅,不由赶忙掩口。回转身,三脚两步趋出后门。方坐向那树荫下,便闻那后门扇儿微微一响。大山料是丐妇趋出,恐她张见自己舒眉展眼地坐在那里,未免起疑。于是向树身一靠,两眼一合,只作盹睡。果然听得她脚步响动,须臾至前。先向地下啪的声一蹾篮儿,然后长长地吁了一口气,嘟念道:"真是钱难挣,屎难吃。那会子在宅前门遇着个老倒卧,怄了一肚子气。如今在后门,偏又遇着这有名的老实人,这是哪里说起!"说着,似乎凑向自己面孔,瞧了一瞧,却笑道,"你也别说,像这个人倒真老实。这么大半晌他不但老实呆等,并且老实盹睡咧。"

大山听了,忍不住扑哧一笑,倒将丐妇吓得一哆嗦。因笑道:"你这人怎的睡梦中倒不老实呢?"及至大山睁开眼来,却见那丐妇乱髻子上略沾尘土,衣襟都皱,惺忪着眼儿坐在自己身旁,正料理那只提篮,里面却只有几枚干胡饼。

当时大山暗笑之下,便打个呵欠道:"俺见你跟那有名的老实人去后,不知不觉便困着咧。"丐妇脸儿一红道:"别提咧!俺只当他有什么好东西给俺,原来是磨牙的东西。"

大山随手拿起一枚胡饼咯嘣咬一口，便点头道："真个的哩，老实人的东西，倒好磨牙。"一句话正说得那丐妇斜眼一瞟，搭趁着捱捱鬓角。大山又道："方才你大嫂说这里热闹，只说了个头儿；如今咱们磨着牙儿，请你细拉拉（谓谈谈也）。"

丐妇笑道："哟！你倒好记性，俺已忘得连影儿都没咧。这里如此热闹聚积人，是为着和红蓼洼打降。料你也闻得，这不须细说。但是俺听俺舅母说起来，这次想打降，起意的却不是王老一，却是那个远方的鸟大汉。想借打降叫个响儿，以便他将来创字号，所以怂恿着王老一胡闹。至于王老一怎的结识这鸟大汉，却因没发蛟患之先，王老一偶然高兴，到北京去闲玩。他朋友本多，一到北京，大家无非是看戏、吃馆子、嫖窟子，吃喝玩乐。过了几天，王老一玩腻咧，便又向朋友们开的赌场中消个遣儿。

"一日，老一正在一处赌台上玩得兴高采烈，台上设的是宝局，四门上都有大注。那宝官的副手见钱注已满，便站起来喝道：'哪位还别红下注，爽利些儿，不然便揭盒咧。'声尽处，却闻人丛后暴雷也似一声喊道：'他妈的，小子们，忙什么！接着老子的么上孤丁。'一言未尽，众赌客呼啦一闪，便见个短衣大汉，头绾小鬏，上插一朵纸花儿，光着一只青筋暴露的大胳膊，一手着把牛耳尖刀，大叉步直至台前。不容分说，用刀尖向臂上一剜，便是一块血淋淋的肉枣核儿。啪的声向么门上一掷，即便掖起尖刀，哈哈大笑。你想，这种把戏北京开赌的朋友有什么不晓得？当时那赌台上主人知是耍滑头借盘川的朋友到咧。料得自己手下人搏人家不得，于是赶忙抱拳赔笑，向那汉一搞场面，邀入后场。茶点奉承之下，又暗含着塞过一包子所以然去。那汉子方向主人道得一声'好朋友'，甩着血胳膊，大笑而去。"

大山听至此，便笑道："这汉子不消说是那远方的鸟大汉了。"丐妇点头，接说道："当时王老一见那汉子去了，也没在意。因为北京地面揽赌局、吃彩行的朋友原是常有的。过得几日，恰值南顶（地名）庙会，十分热闹。老一高兴，独自去逛了一会子。瞧了些宝马香车、粉白黛绿。红尘杂沓之中，又恰值天气煦热，老一跑得汗出口燥起来。抬头一看，恰到一片敞旷所在，四处树株荫浓，清风徐拂，除疏疏落落几处小摊贩外，还有一列棚搭的茶肆。老一欣然之下，趖进一处茶肆，拣了座位。方吃得一杯茶，便闻肆外一阵大乱，并有人噪道：'今天咱非毁孩子不可！他转咱的念头，也就好大胆哩。'说话间，趖进七八个敞披大衫、歪戴帽子的人，一窝蜂价接连着占了两处宽座位。十来只手乱拍得台子啪啪啪一片山响，大喊道：'伙计，快拿茶去，老

子们吃罢还揍人去哩。'

"慌得茶伙嘴内连珠箭似的答应，狗颠似跑过来。方含笑道得一声：'诸位才来吗？'其中一人便一瞪眼睛道：'少说闲话，须知老子们今天拳头痒痒，说不定在哪个狗的脊梁上开利市哩！'吓得茶伙哈着腰儿，连连倒退。一面道：'诸位少待，茶就泡来。'一面嗖一声转身跑去。这里老一瞧那班人，似乎有些面善，都像是吃赌饭的朋友，却记不得是从哪个局场中见过。正在沉吟之间，只见两个茶伙川流不息地给他们端上泡茶并瓜子、花生碟儿。

"大家一面乱吃乱喝，一面互相摩拳擦掌。其中一个大嘴巴短胡的便一拍大腿道：'他妈的，你们这干宝贝，怎样揍来着呢？少时咱就和小子上场儿，也该惦算个谱儿才是。少时瞎抓滚屎蛋，颠倒价若叫那小子占了上风儿，咱大家便不用在北京现眼哩。没事捣乱起哄都有你们，真较劲儿，便一个个王八脖子缩向腔子里，什么双料的使不得呢？'

"众人听了，便笑道：'你瞧老大哥，又上了土鳖火咧。您这叫捧了卵子过河，过于小心。就凭咱们还怕捶不烂那小子吗？'短胡的一瞪眼睛道：'放你妈的屁！若讲打的话，只俺一个人儿就料理了他。但是你们若开腿一跑，可不像话。趁这当儿你们自去怙恼，若自知是尿囊的脑袋、挨剐的屁股，便不必去给大家伙儿剃锐气。'说着拍胸道：'你们这群没臊的狗尿，不用和我嬉皮笑脸。你瞧着，少时俺动手，单打个样儿叫你们瞧瞧。'众人听了，越发地你嘻我笑，一面乱抢吃喝。气得那短胡的正如雷秃子一般，却有个细高条子一拍他肩头道：'喂！老大，你闹的是什么？他们都是新出手儿，只好去呐喊摇旗的角色。或者经咱们指挥，壮上一股子猛劲。若讲真打实靠，还是咱弟兄。少时咱们这么办，等那小子来时，咱给他个二虎擒羊，你拦在他前面，先和他搞场面。等我溜向他屁股后面，咱们是一声口号，前后来攻，你道好吗？'

"短胡的点头道：'你这计倒也使得。但是那小子胳膊头子真也劲实，咱说是说，笑是笑，倘若那当儿你从他屁股后借个屎遁，溜之大吉，可不够朋友哇！'瘦子正色道：'你瞧，什么话呢？别人不晓得，难道你老哥也不晓得俺那老羊撞头一着儿多么霸道吗？'

"老一在旁座上，见他们鸟乱得正在有趣，只见众人忽地向外望望，便乱噪道：'来咧，来咧。'说着纷纷站起。有的盘辫，有的提鞋，有的甩却长衫，就地上团团一搅，只差着哇呀呀一声怪叫。那短胡的和瘦子也便两膀一抖，道：'咱的人来了吗？打呀！'老一这里眼光一转，早见从肆外抢进一人，向大家撮唇一哨，回头便跑。于是大家呼一声都跟将去。这一阵乱，闹得茶客们鸦飞雀乱，都拔起脚来去瞧热闹。一时间乱撞乱跑，满肆都空。急得茶伙们干瞪大眼只顾跌脚的当儿，那王老一身不由己也随众拥去。

"方趄上一处高岗儿望向空场，便见场中一个雄赳赳的汉子，捻起两个大拳头，耍得风也似的，已将众赖打得跌跌滚滚，喊成一片。其中却有两人站向高处，一面指挥，一面大叫道：'众兄弟，上哪，不要退缩，有俺两人接后阵哩。'老一急忙望去，却正是那短胡的和瘦子，在那里瘸子打围——坐着喊哩。老一暗笑之下，便又见那汉子拳头使发，逼得众无赖呼一声奔向那高处，一面乱喊道：'老大呀，你们再扇边儿耍白嘴，不接接俺们。对不住，俺们要□你娘咧。'

"老一听了，正招得扑哧一笑，便见那汉子吼一声，双拳飞舞，业已抢上高处。那短胡的和瘦子一齐啊呀一声，接着便是四外瞧热闹的人呼一声向前一围。这里老一再瞧短胡和瘦子业已影儿没得。但闻围中拳头打下，砰砰的捶牛一般，并众观者一片喝彩之声。

"这时老一只认是短胡的和瘦子真不含糊，定是施展出二虎擒羊，得了手咧，便飞步下得高岗想去觇个究竟。哪知未及拔脚，便见众无赖喊一声，便潮水似都向自己跟前跑来。随后便是那短胡的和瘦子，两人倒也天公地道，一色的鼻青脸肿，长血直流。满口里喊着'好打'，一步一颠地直抢过来。那瘦子衣裤都撕破，连鞋子都跑脱。一面走，一面向短胡的道：'好霸道小子，幸亏是腿脚上有真功夫，跑得真不含糊。不然，真不得了咧！但是你曾见俺掉的鞋子不曾？'

"那短胡的噫了一声，道：'你瞧你究竟沉不住气，挨这么两下打便颠三倒四。你在后跑，俺在前跑，你怎掉了鞋子倒来问我呢？'说话间，两人跑过。老一急瞧那汉子，早已提着拳头，大叉步赶将来；后面却跟着一个穿长衫的人，一面招手，一面喊道：'朋友瞧我吧，他们有眼不识泰山，容他们置酒谢罪，总叫您过得去就是咧。'说话间已到跟前。老一仔细一瞧那汉子，就是那天在某宝局上剺肉之人。那穿长衫的也就是某宝局的主人。老一本来认得那宝局主人，便上前拦住那汉子，一问缘故。那汉子道：'叵耐这班赌鬼小觑咱家，且待俺打煞两个再讲。'于是那宝局主人向王老一一说缘故。原来那短胡的和瘦子也是开赌场的。因那汉子曾去搅闹，所以相约在此厮并。

"当时老一见那汉子本领了得，便有心结识于他。因拖了那汉子大笑道：'咱们都是外面上朋友，不必如此。咱且去喝个认识盅儿如何？'说着，邀了那宝局主人便赴酒肆。大家吃喝之下，老一和那汉子竟自越谈越对劲儿起来。老一问起他在京何干，方知他只在京门左近一帮流民中胡混，并没得什么正业。因此老一将他邀到家下，待为上客。为日不久，便值蛟患发作，被红蓼洼的金塘堤迫遏水势，这石幢峪却大受其患。当时王老一怒发，便夜遣水鬼子多人前去扒堤，不想又被人家护堤会众觉察咧。"

大山听至此，不由哼了一声。正在暗想那夜世禄所见不虚，只见那丐妇又接着说出一席话来。正是：

娓娓闲谈处，敌情指掌中。

欲知后事如何，且听下回分解。

第六十八回

徐大山偷侦女首领
王地保备战金塬堤

且说那丐妇接说道："当时王老一见红蓼洼那里颇有防备，又知方、王二姓并不是什么好惹的。踌躇之下，也还不曾决意打降。哪知那远方汉子承王老一盛情款待，一来过意不去，二来要趁势显显本领，便竭力撺掇老一。又说他流民帮中的首领甚是了得，可以约她来帮助打降，万无不胜之理。王老一想既能必然取胜，那红蓼洼人们送得赔款来，自己又有老大的油水可揩。这等名利双收的事，倒也不错。于是一面先遣人去接那个女首领，一面通知全峪村众备了公函，自赴红蓼洼，用虚声恫吓一回。趱转来，便忙着检阅会众，准备一切哩。"

大山笑道："原来因此热闹，俺乍到这里，还当是有什么庙会哩！但是今天俺只见着王老一爷并那个什么远方汉子，却没见着什么女首领。"丐妇道："这会子你哪里见她去？她还须待两日才到哩。"大山听了，点点头儿。正要再询问两句，忽见前面人影一闪，接着便喝道："你这花子老婆，快滚开，你放着前门却走后路，招得厨伙们你来我去地往外溜。走漏东西倒是小事，这冲天冲地的把戏谁不忌讳呢？他妈的，活该我晦气。俺只一转眼没在更房中，这是哪个臭东西，却湿湿漉漉地丢在俺床脚下。"说着，唰的一声抛过一物，却落在丐妇肩上。

大山一瞧来人，却是个年老更夫，一脸的皱皮，衬着短短的花白胡子，腰背都弯，大虾似的站在那里，瞅定丐妇，似笑非笑的却无怒色。咭喽一家伙，却拖下一缕口涎。再瞧丐妇肩上那物时，却是自己把与她的那块盖篮的粗布，并且丐妇下身三不知地竟换了一条褪旧挂油垢的蓝布裤儿。

当时，大山回思窥窗时所见所闻，恍然之下正在好笑。便见那丐妇揪掉肩头那布，一抡风站将起来，却咬着牙儿指着那更夫唾道："老没羞的，我只叫你这老货馋掉下巴骨，老娘就是不舍给你。你这会子来装人样！昨天傍晚时，也不知是哪个横栏竖遮地只管向人家杀鸡抹脖地做猴相。又钱哪布的，许愿似的许了一大堆。俺那时若给你个笑脸儿，恐怕你这会子也不嚷晦气咧！老娘乞讨走遍天下，难道就稀罕你们这碗倒头饭不成？"说着，赌气子提了篮儿，即便趱去。

这里大山偷瞧那更夫，反倒嘻着嘴儿，笑了笑，然后长长地吁口气，就那低头转步之间，却嘟念道："人老了便这般讨人厌，看来支下更钱来，还是打酒吃是正经，再不必去想填那夹塞沟子咧。"

不提更夫趱入后门，嘣一声双扉齐掩。且说大山沉吟回丐妇之语，也便趱离宅后，向村中各处踏了一回。果然听得街坊上纷纷传说，王老一去邀什么流民帮的女首领。大家哄传之下，更说得十分离奇。有的说这女首领一貌如花，梳得苍蝇滑倒的头儿，裹得蜻蜓站不牢的脚儿。曾遇过异人传授，能使十二口柳叶飞刀。摆阵冲锋，全挂子武艺，便如鼓儿词上大破洪州的樊梨花、三下南唐的刘金定一般。有的说这女首领丑陋无比，赛过当年无盐娘娘。声如破锣，走及奔马，嗖嗖的两只大脚，好似河下的盐船。一顿饭斗米十来斤肉，还有些不老饱的。有时逞起性儿来，七八个愣小伙子都压不住。大山听了，暗笑之下却也想觑觑这个女首领，以便回头去报说一切。

当日晚上，便就左近一处破庙中，和众丐者歇将下来。这一歇不打紧，闹得大山一夜也没好生睡。原来众丐到庙之后，凑向一搭儿，便如临潼斗宝一般，各将讨得之物摆出。该冷吃的，即便抓吃；该热吃的，便用破砖块砌起燎灶，都合入盆中，放在灶上，拾些碎柴来便来烧煮，闹得殿廊间烟气腾腾。有的将出瓦瓶中的酒，便嘴对嘴互相传递着乱喝。并且你兄我弟地噪成一片。少时，大家吃得高兴，又五魁八马地划起拳来，直闹到二鼓将尽。

大山守着自己的篮儿，歪向一旁，方才蒙眬，似有倦意，忽觉鼻头只管一阵阵的死蛇臭，睁眼一瞧，不由赶忙站起。原来夹着自己左右，颠倒价卧着两个睡丐，一个是张开嘴打鼾声，兼喷臭气；那一个更霸道，竟老实不客气地将两只连疮大脚伸到自己的鼻尖。再一瞧两丐身旁还有三四个扎手舞脚、光着眼子的睡丐，鼾声互应之中，那一股人气并汗臭气好不来得扎实。

当时大山料得这处行辕是万万驻不得咧，模糊糊提起篮儿，便趱向东廊之下，抓把乱草，将地下的埃尘略为拂拭，趁眈困当儿倒头便睡。但是恍惚中，却觉廊屋内鼻息咻咻，似乎是有人酣睡。大山困极，也没理会。

正在栩栩自得，又仿佛身临王宅前门，见许多人众出入的当儿，忽觉脖颈上哧溜的一家伙，并且凉渗渗的。大山惊醒来，用手一抓，却是个挺大的蝎虎子，已被自己甩向一旁。大山一骨碌坐将起来，正在发怔，忽闻廊屋内有小孩儿从睡梦中哭醒来，便有妇人模模糊糊地一面呜拍那孩子，一面骂道："小业障！累人一天，睡了觉还不安生。真是我哪一辈子欠下你的账，这辈子你来磨治我。"说话间，即又闻有男子从睡梦中骂道："摔煞这崽子，大家心净。"接着便闻呵欠连连，忽低笑道，"喂，家里的，你把孩子偎在身后，我和你说个体己话儿。"

妇人唾道："没人样，你那体己话没正经的。俺可不像昨晚似的上你的当咧。人家累了一天，又在人家楼房檐下，你就天不管地不顾，只隔着薄薄土壁，上面还有纸窗儿，怕不叫人家听得窸窸窣窣。果然那房主老头儿次早开大门，只管瞅着我抿嘴儿笑。你瞧瞧，什么意思呢？"

男子道："不不，这次俺这体己话儿再正经不过，便是因咱们明天吃饱饭的勾当，待我来教给你个路数。"说话间，两人窸窣声动，似乎是凑向一搭儿。

听得大山正在好笑，又暗想道："好不凑巧，俺躲在这里，虽说是干净了鼻子，却又要腌脏了耳朵。这不消说，准是人家两口儿一觉醒来要寻个穷开心哩。"怙惚间，倒下身来，便闻妇人低笑道："哟！你这就是吃饱饭的勾当吗？我说你没得正经，热巴巴的，快好生困觉吧！"

男子笑道："你快别动，咱正经的也有，不过捎带着拉拉体己。你可知王老一邀的那个女首领后天上午准到吗？"妇人唾道："你这不是拉闲淡吗？她到不到干咱鸟事。难道这便……是你……吃饱饭……的勾当吗？"男子道："你，你……好发呆。你想……她到了，王老一准又是大排筵宴。咱们早早地去赶门儿，说不定便……闹个撑穿肚皮哩。"说话间，一阵子稻草窸窣。

那妇人喘喘地道："你不害臊，你自己想撑穿肚皮，怎拿着我比试起来。"说着，两人忽地笑语不闻，竟静默了一霎儿。但是从这静默中，倒闹得大山心头耳底大大地不静起来。没奈何，挨至天色微明，忙趑离那庙，却就街上人家檐底，放倒头一觉好睡。

当日混过一天，又见王老一和那远方汉子点阅各村会众毕，即便跨马游街。马后还有两个精壮大汉，一个生得黑黢黢的，一个生得长腿拉脚，各提朴刀，哄在王老一屁股后面，仿佛是个角色似的。

大山向人一探询，方知那黑黢黢的诨号儿"没日头"，长腿的诨号儿"高跷架"，两人都是王老一得意的心腹。及至第三日，大山绝早上街，却见各处气象登时一变。凡宽大的人家宅舍前都插起一面小旗，上书某村会众字样。人众出入，越发热闹。

大山一面假作乞讨，一面留神听他们相语的口风。又知王老一今天是聚齐各村众，只待那女首领一到，明日便率领会众前去打降。大山既得底细，急欲回报，但是总想看看这女首领方才放心。

逡巡之间业已日色将午，方趑向一条长街，忽见许多人一阵奔走，并乱噪道："快走，快走！老一爷邀的那女首领就要到咧。咱快瞧瞧，人家那小模样儿准是一百个不含糊。"

大山听了，欣然之下，正要随众跑去，忽见前面尘头大起。这里众人方跌脚道："快跑，快跑。慢了就要瞧不见了咧。"一言未尽，恰好从对面撞来三五个少年，一个个手舞足蹈，笑得腰弯。一见众人便大笑道："快跑，快跑。你瞧人家这模样儿，才称得起俊鹄鸽哩。众位小心着，莫丢了魂去。"

众人听了，真赛如脚下腾云。那大山趁在后面，冷不防地从背后抢过两个毛头小厮，一面大喊着"看媳妇哩"，一面四手乱舞。恰好大山提篮一晃，啪一声碰个正着。顷刻间，篮歪物落，闹得大山一怔之下，正在俯拾落物，只见前面众人忽地又似潮水般直卷回来，并且互相唾笑道："真是闻名不如见面。没来由咱们傻雁似的等了大半日，却等了这么一个丑八怪。"又有人笑道："包子有肉不在褶上。人家这次来，本不是来露标致面孔的，只要拳头大、胳膊粗便成功。若是个风吹就倒的样儿，还有气力和人打降吗！"说话间众人拥过。

这里大山索性弃了提篮，将七谷八杂的食物一股脑儿装入食袋。方才料理停当，便见两骑马如飞跑来，上面是王老一和那远方汉子，随后却是两个庄汉控定一匹赭白马。马上一黑丑妇人，戴花披红，只那两只大红薯似的金莲儿斜插金镫，便把大山吓了一跳。及至仔细一瞧，不由暗道一声"惭愧"，道："原来是她呀。"就这街尘抖乱之中，三骑马已飞驰而过，直奔王宅，原来王老一和那远方汉子方从村外迎得那女首领进村哩。

于是大山更不怠慢，又向王老一宅前觇望一回。知得石幢峪村众明日定去打降，这才一径地便奔归路哩。

当时徐大山一气儿将话说罢，因跑得疲乏，便一屁股坐向靠东壁一只矮脚凳上。又开两条腿子，一面喘息，一面随手把过那沙酒壶倒了一口，接接气力。

大家因为听话儿，便都围拢去，唯有麻娘娘欲知明日石幢峪村人来打降的究竟，便索性蹲向大山面前，仰着脸子，只顾问长问短。

正这当儿，王原、绳其也走拢来，因要和耿先生商议明日迎敌之事，四下瞅瞅，却不见先生的影儿。世禄便道："方才先生还在这里，想是踅出去咧，待我寻他去。"正说着，却闻耿先生在厅外笑道："不须去寻，俺因这两日只管闹溏恭泻肚，所以到茅厕中方便一回。"说着，龇牙咧嘴地踅将进来，却向绳其笑道，"这真是为嘴伤身。俺因中秋那晚上喝温凉酒多些儿，又乱嚼些水果子，所以竟致腹泻。"

王原顿足道："怎地时却不巧。明日王老一那厮便来胡闹，先生若出不得马时，这便怎处？"耿先生笑道："不须多虑！哪里这么巧，就遇着上阵出恭吗？"一句话招得大家正在都笑，只见大山一面连咂酒壶，一面分应众人所询。说得高兴，只管索索地乱抖叉腿。

不想绳其眼尖，忽有所见，便哧地一笑，走去便撮麻娘娘的肩头道："麻大嫂快躲开，你如何蹲在这里？对厮面价却不雅相。"麻娘娘愕然道："怎么，他吃酒有甚不雅相？"绳其忍不住大笑道："他吃酒固然雅相，无奈还有想吃酒的老兄。三不知的向外只管探头儿，未免有些不雅相了。"说着，眼光儿瞟向一处。

这一来不但麻娘娘啊哟一声赶忙跳起，连那徐大山也便忙忙地一并两腿，胡乱地先探身去扒从腰下掉落的那块麻布手巾。因为手势一慌，啪嚓声酒壶摔碎。这时大家也自恍然，不由都鼓掌大笑道："咱们真是听话儿听入了神咧。徐大山到了这半晌，咱竟不放他去更换衣裳，也就好笑得紧。"

不提大山听了，趁势跑出厅来，自去更换衣裳。且说王原等少时在庙中用过晚饭，便连夜价准备明日迎敌之事。一面分头派人去知会全洼村众，明日午时以前都齐集金塘堤下听候指挥，一面又细询徐大山在石幢峪所探的情形。绳其忽笑道："说了半天，那个远方汉子究竟姓甚名谁呢？"

大山沉吟道："这个他叫什么，俺却不晓得，俺只听得了人都称他'刘爷'。听他讲起话来侉声侉气，似乎是个山东老哥哩。"耿先生笑道："如此说倒是俺乡亲了。不必管他，明天先捉住他再作道理。"说话间，一瞧王原却只顾攒起眉头瞧着众父老发怔。因笑道："王兄怯惙怎的？那刮地风本是咱放掉的贼婆娘，先不足为虑，便那王老一和那远方汉子，有俺和绳其尽足料理。难道王兄还怕不能取胜吗？"

王原道："俺并非虑此，俺想这两家打降，原有文打、武打两个打法。文打是拳脚决胜，武打是枪刀相向。文打呢，及其量不过头破血出，再凶些，或至于伤筋动骨，也还不至便出人命；说到武打，却没得准稿子咧！一刀斫去，就许刷个脑袋。一枪戳去，说不定便是个透明窟窿。一来人命关天，善后困难，二来王老一独霸石幢峪一带，处咱肘腋之间。这个结儿总是宜解不宜结才好。俺是盘算着只用文打，挫了他的锐气，即便罢手。"

众父老道："此话有理，咱明日见机行事就是。"于是大家又议论回护堤会众，明晨便集寺中，以便出发。这消息传出去，登时闹得南北两村中提灯错落。一处处敲门打户，彼此相告。人语狗叫地彻夜不绝。当时各村父老有的便住在寺中，以便照料一切。那绳其回得家来，方老太太得知此事，自有一番嘱咐小心的言语，不在话下。

次日，绳其绝早起来，结束停当，兴冲冲去邀耿先生。方要踏进塾门，只见塾童一面在院中扫地，一面向自己含笑摇手。

绳其见了，不由止步。正是：

相看颇尴尬，欲入且逡巡。

欲知后事如何，且听下回分解。

第六十九回

法兴寺集众赴堤
耿先生出恭瞭敌

且说塾童一面摇手，一面凑近绳其道："先生夜里一总儿也没好生睡，屙了两次稀。四更天后才睡着，并且睡梦中只管呻吟。看光景还许不能对敌去哩。"

绳其听了，正在搔首，只见塾门一启，耿先生徐步踅出。一见绳其，便笑道："不打紧的，俺夜里因如厕疲倦，所以用了点儿坐功儿，倒招得塾童大惊小怪。如今俺精神如常，少时咱便赴寺去吧。"

绳其听了，这才放下心来，于是随耿先生踅入塾中，一面瞧着先生净面结束，用过早点，一面又说到文打的筋节儿。耿先生笑道："大概技击一道是藏锋敛锐，后起者胜。因敌之疲，方可放手纵击，断无不胜之理。此等道理你早已晓得，如今但加以仔细就是。那王老一是个轻剽无实之徒，并那刮地风都不足为虑。只有那个远方的汉子，咱不晓得他是个什么路数，倒也不可轻敌，只好临时大家留意便了。"说着两人站起，各佩刀剑，便赴法兴寺而来。

这时，两村中示人的号锣远近间徐徐敲动。各庄户什伍为队，各执器械，也便陆续价都赴寺前。绳其等方近寺门，早见寺外空场中会众列队，枪刀棍棒密杂杂麻林一般。寺门外飘起一面杏黄色三角形的大旗，上书"红蓼洼护堤会"六个大字。那张起、赵发、徐大山等都已雄赳赳站在那里，指挥会众等分地扎队。三人一色的短衣包头，各佩短刀，颇显得威风凛凛。一见绳其等都迎上来，便笑道："大相公和先生来得好早，王爷等还没到哩。咱昨夜发出去的探子还没回头。料那石幢峪人们来时也须近午时光，咱正好从容布置哩。"

绳其点点头儿，方要进庙，忽闻背后岔道上麻娘娘噪道："紧赶慢赶，单单瘸子折腿、瞎子瘪眼（意谓不凑巧也）。越他娘的等着用脚使，越出毛病。三不知地起了个大鸡眼，累我修了半夜的脚。如今走起路来，还是硌棱。倒好像耿先生的屁股眼子，只管不争气拉起稀来咧。"一句话招得耿先生和张起等正在哈哈都笑。

这里绳其循声望去，早见王原居中，左有世禄，右有麻娘娘，三个人一字并肩地滔滔走来。世禄是白裤褂、白绸包头，乍望去显道神一般；麻娘娘是青帕覆髻，穿一身佛青色裤褂，腰束青丝板带，脚端平底花鞋，鬓边斜插一朵粉红色重蕾倍萼的熟蕉花儿。这一扎括竟似乎少相三分；再瞧王原时，居然穿起一件箭袖长袍，前襟掖起，腰束扣带，足着快靴。一手按着佩刀把儿，一手持一面指挥小旗。再衬着他肥头大脑上那顶进城点卯的官帽子，颇觉得威威实实，大有全军司命之势。

当时两下里凑向前，彼此厮见。麻娘娘一眼望见耿先生，颇觉自己方才说的话儿有些不大仿佛。一时间没得搭讪，因一伸大腿，道："先生，你那里有的是奇奇怪怪的药儿，怎的治治俺这脚也好？"耿先生攒眉道："不成功。咱各人有病各人受吧！俺也有不争气的所在哩。"

正乱着，恰好寺中诸父老都趱出来。这当儿远近村中也便警哨吹动。王原和耿先生等料是各村会众等都赴金堤，于是索性地不复进庙，便就那大旗下略整各队。先命张起、赵发、世禄、麻娘娘、徐大山等领了各队陆续出发。眼看着那掌大旗的庄汉举起大旗，飘飘荡荡地引众去了，这里大家方才慢慢拔步。

不提当时了明并几位留守的父老自去照料护村会众，静听捷报。且说王原等取路赴堤，方至中途，早见各岔道上会众纷纷都向堤走动，一队队如结帮的行客一般。

不多时到得那金塘堤下，只见各村会众都已到齐，分列价就堤下燕翼排开。居中的那面大旗早就高坡上竖立停当，微风一吹，猎猎作响。大家望见王原等便肃然列立，齐齐地一声"喏"。就这声中，王原等便趋就旗下，向大家略说明今天决用文打。非至不得已时，万不可轻动器械之意。一面便分拨三成会众，由徐大山带领了上堤守望，以备不虞。其余者都在堤下，便由耿先生指挥着，对着堤偏西那片高林列成一座阵式。前面放出一片沙土平软的宽场儿，且好厮打。

布置既定，慌得世禄、麻娘娘便如开锁的猴子，一会儿跑向堤上望望，一会儿跑向高林边，向石幢峪来路上瞧瞧，通没些安生气儿。绳其都不管他，便就打场中略为相度，却笑向耿先生道："此处前有高林，后有偌大一片草坡，如此宽敞，便是武打，也尽足以回旋。如今咱虽是决意文打，不知王老一那厮可肯也不肯？"

耿先生笑道："不须虑得，你想王老一和咱们并没得深仇大怨。他此番举

52

动，向好处说是负气争胜，想叫响儿；向不好处说，便是妄想得咱们赔款，他好浑水捞鱼地发一注横财，也就心满意足咧。难道他真个想和咱们白刀子进去、红刀子出来不成？像此等打降的事，大半都是枪儿刀儿的鸟乱得一天星斗，其实都是彼此虚吓的勾当。俺往年在家乡时见到些打降的，大概都是如此。少时俺见王老一自有交代，咱只准备文打便了。"

正说着，只见麻娘娘从高林边觇望踅回，一面长长地伸个懒腰，便噪道："说了便了，说不了便不了。今天才是起个五更、赶个晚集哩。俺自鸡咯咯一声，直跑到这会子，连个王老一的毛儿也没摸着。不知他是在家弯了丧咧，或是出门跌折腿咧，如今索性连那王八探子也一去不回。看这光景，咱大家趁空儿都闹一觉儿，再来厮打还不晚哩。"

绳其听了，正在好笑，只见耿先生忽地揉着肚儿，却笑道："不妙，不妙。俺真个又要不争气咧！亏得王老一还没到来，俺且方便方便。"说着，四下望望，便一径地趋赴那片草坡。这里绳其和麻娘娘但见耿先生两手解裤，向深草中一蹲，接着便扑嚓一声。

两人正在相视而笑的当儿，忽见堤上人众一齐地向偏西翘首。接着便见世禄拖定一人，由高林影中跑来。仔细一瞧，却是昨夜发出去的那个探子，业已跑得气喘吁吁，一见绳其、王原等便高叫道："好叫王爷得知，那王老一领了全峪的联庄会众顷刻便到。咱们也就赶快准备吧。"

王原等听了，还未答语，那麻娘娘便跌脚道："怎的这么巧！这是什么时光，耿先生偏又方便去。他只顾屙得痛快，争不成误了正事。等我去催他快屙是正经。"说着便奔向草坡。

这里王原等也没暇理她，便又略问探子数语，匆匆地带领人众且就林旁一处土阜上觇望敌人。这时麻娘娘早已一路喊叫，跑到耿先生所蹲之处，用手披着深草，乱噪道："先生快着，屙不差什么也就是咧。如今王老一顷刻便到，您莫如憋着些儿，少时消停了再为找补，也是一样。"说着，披草一望，却是个空。

麻娘娘正在一怔，便闻耿先生在自己身旁一处草凹中，笑道："麻大嫂吗？你来得正好。王老一来不打紧，且请你给我叫绳其来，俺有话讲。"麻娘娘只认是先生有什么吩咐应敌的言语，因跌脚道："先生怎的越忙越啰唆起来？您有话快说与我，您也就快屙吧。"

耿先生道："慢着，慢着。这话儿你大嫂听不得的。"麻娘娘搓手道："先生如何只管蝎螫？那么你就快屙，自寻方相公去说。"

正这当儿，恰好堤上警哨吹动，麻娘娘是越发着急。哪知耿先生索性一声不哼，只管在草内窸窸窣窣，也不知摆布什么，并且自语道："这种东西真用不惯。如今弄得沫沫渍渍，这便怎好？临来时有些粗纸偏又带在绳其身上。"说着，啪的声，似乎是一掷土块。

这一来，怄得麻娘娘再也耐不得，便不管好歹趄近草凹向内一探头儿，赶忙回身，扑哧一笑，道："也没见你先生这么累赘的！既是屙稀，为什么自己不带粗纸，如今却用松土块横抹竖垩？事不宜迟，先生且等等，待我与你寻粗纸去。"说着，笑嘻嘻趄离草凹，背过身儿，解裤蹲身，整理了一会子，忽地掣出一大条叠的粗纸儿来，便随手撕叠作一沓儿，置在一旁，然后站起来，系裤停当，拍拍胯下，平坦如故。这才如飞地趄临草凹，向先生蹲处一丢那搭纸道："先生快着吧，如今王老一堪堪就到，你先生却应了俗语咧，屎到屁股门才拉哩。"说着，便如飞地奔向土阜。

这里耿先生好笑之下，拈起那搭粗纸，却闻有一种异样气味。又见上面略有几星儿淡红斑点，略一怙惔，不由暗笑道："这倒不错，倒成了弯刀遇着瓢切菜咧。俺有这等用项，她就有这等粗纸。这不消说，定是她月信垫布内粗纸。不要管他，只要应用就好。"于是拈起两张，向臀上擦抹停当。方站起来，又觉肚内略为作痛。耿先生晓得自己屙稀挂点儿微痢性儿。虽然肚痛，却不一定立时就拉。但又恐再拉起来没得粗纸，没奈何揣起那沓余剩之纸，紧紧腰身，也便拔脚便跑。一眼便张见王原、绳其等都在林旁土阜上，向偏西方面指指画画，那堤上瞭望的警哨也便连吹不断。徐大山是手提朴刀，往来巡视，并向堤上会众道："诸位莫乱，少时王老一到来，咱只小心堤上就是。"

耿先生料得事急，三脚两步奔上土阜一瞧时，不由鼓掌大笑。正是：

虎威虽可假，乌合亦堪嗤。

欲知后事如何，且听下回分解。

第七十回

王老一耀武拳场
麻娘娘观阵土阜

且说耿先生上得土阜，向偏西方面一瞧，只见距足下里把地外，那石幢峪的来路上尘头大起，隐隐地呼喊连天，夹着乱骂乱卷。仔细望去，却不见什么首尾行队，便这般漫山遍野一阵蝗虫似的直卷过来。里面小旗乱展之中，当头价却有一面长方形的大旗，但是那大旗却东倒西歪，如败军之旌，如将沉之帆，时而偃倒，时而揭起。但微闻旗缘上缀的小铃儿嘟嘟嘟一片山响。那各小旗之下，倒也器械簇簇，耀眼生辉。但是定睛一瞧，却又叉、耙、杠、帚无所不有，并且都是些笨实实的老弱村农，凑在一处，七长八短，一面走一面乱骂。仅有那执小旗的似乎是队长模样，远望去还似稍微精壮些。但是有的头戴大笠，有的穿着大褛襕似的长衫儿，走起路来摇摇摆摆，竟似乎上社火的会头一般。

原来石幢峪开联庄会，本来是有名无实的勾当。大家有时凑合来，丢下锄头，摸摸枪棒。再高兴，拉将出去，就左近兜个圈子，出出风头，便算是操练已毕。这次都跟着王老一起哄，是怕老一威势，不得不来。那王老一也明知他们不成功，不过借他们人多势众给自己壮壮威风罢了。

当时耿先生见此光景，便鼓掌大笑。因向王原道："王兄，如今可以放心了。你瞧这班人分明是老实村农，被王老一胁迫而来。既如此，咱越发只宜文打，方免得滥伤人众。但是这一片七糟八乱中，怎的不见王老一等从中督队呢？"

正说着，只见敌人前阵堪堪切近，忽地一声喊，齐齐驻步。耿先生方在怙惼，绳其却遥指道："先生你瞧，兀的不是王老一来也。"耿先生随指望去，果见那王老一全身硬装，一骑马撒开来，泼啦啦四蹄生风，直入高林。就林中巡视一周，突地一抖辔头，一径地抢向自己阵前。吓得王原方要高举那指挥小旗，却被耿先生连忙止住。

正这当儿，便见自己阵中张起、赵发等一声喊起。那王老一更不理会，依然地就阵前驰骋一番，然后方徐回辔儿，竟由土阜旁扬鞭而过，直入高林，便如没见土阜上有人一般。

这一来，闹得王原只管发怔。耿先生却笑道："他这是应有的虚张声势，咱且瞧他据林设阵吧。但是两家既明白打降，彼此断无潜袭之理。可见老一这厮简直不够角色哩。"说话间大家望去，便见老一一骑马穿过林去，向后面队众似有所语，一面价翻身下马。

这里耿先生等眼儿略眨，便又见队众一声喊，小旗乱展，登时就林后结作个方形阵式。那面大旗忽地一举，却有一队庄汉分两翼价趸向林前。既见那执旗之人卓定旗儿，那队庄汉便雁翅排开，权作个旗门形儿。接着方阵中警哨大鸣，一阵价烟尘抖乱。

耿先生料得王老一是依林布阵，厮打在即，便向王原等一使眼色，即便纵步下阜，径入自己阵中，准备迎敌。

哪知这时麻娘娘只顾了伸长脖儿向敌阵中东张西望价，四觅那远方汉子并刮地风。忽地回头，却见耿先生等已入自己阵中，忙得她哟了一声，方要拔步，便见高林前门旗闪处，王老一手提单刀，用一个鹞子翻身式，嗖一声跳向当场。用刀一指对阵，却大喝道："咄！你们红蓼洼一班死囚可要听真。俺三日之前，那等地给你脸面，无奈你们执迷不悟；今日之事，却莫怪俺。因为俺全峪人众愤不可遏，便是俺也压服不得。但是俺王爷一生一世最好的是排难解纷，你等此时如有觉悟，快些把出赔款来，咱今日之事还可风平浪静，不然这却莫怪。"说罢，一摆单刀，使个旗鼓，很透着气势虎虎。

这里麻娘娘方要趁空儿溜掉，无奈这时业已两下对阵，会众们大喊声举。那土阜下颇有人众往来。麻娘娘稍一逡巡，便见耿先生徐步出阵，向王老一抱拳笑道："朋友，话不是这等讲。今日事已至此，无可解说，既以拳头从事，咱便从拳头上想个道理。你想两下会众都是浑愣儿，若一任他大杀大斫，须不是办法。虽说是负气打降，难道杀人就不偿命不成？依俺之意，咱们只须文打，以决胜负，你道好吗？"

王老一冷笑道："姓耿的，你不必抖飘劲儿。若讲拳脚，你还在孙子辈哩。你王爷拳打南山碎虎豹，脚翻北海走蛟龙。料你也不晓得俺拳脚上多么霸道！你说是长打短打，分打合打，只要你点出名儿，王爷就接着你的。"耿先生大笑道："如此妙极。咱两下便开场儿吧。"说话间，忽地眉头一皱，手摸肚皮。

这一来，招得麻娘娘暗笑道："我的老佛爷桌子，你老人家若这当儿出了大恭，可是笑话。"怙愡间，便见耿先生、王老一霍地回身，各归本阵，接着便两下里警哨大鸣。

麻娘娘料得厮打在即，便索性就阜上一株树后隐住身体，瞧个仔细。方才隐伏停当，便闻场中有人破声咧气地喊道："小子们快来挨揍哇。俺揍完人，还……"一声未尽，即又闻啪砰扑哧一阵乱打。那人接着大笑道："你瞧怎么样？凭你小子就敢和俺没日头递爪儿，也就好大胆哩。"

麻娘娘急忙望去，却见张起业已两脚如飞，败回本阵。场中正有个黑黢黢的大汉提着拳头，在那里来回大踱。那高林门旗下却又跳跳地钻出个长腿拉脚的汉子，三步一摇，趔近那黑汉，却笑道："没日头老哥真不含糊，一开手便揍了一个。没别的，你且歇息，也该我露两手咧。"

没日头道："岂有此理！俺这里劲头儿刚憋足了，你如何却来扰人高兴？那会子俺仿佛见他们阵中有个戴熟蕉花的大脚婆娘。少时你捉弄她干一下子，不好吗？你这高跷架正配她那槎杈精，且是妙相哩！"

那长腿汉摇头道："不，不。俺就忌讳女人们和我交手。你想她劈腿撩脚地向着人，和她干一下子，少说着也须丧三天气。俺响当当的好朋友，为甚和骒马（俗谓牝马也）比试呢？"说着，肩儿一耸，竟自和那黑汉彼此大踱起来。瞧得麻娘娘暗骂道："这两个宝贝，真是枣木榔头一对儿挨揎的脑袋。若是那个什么远方鸟大汉也是如此怠懒模样，今天十成有九成九，王老一要输到底了。"

怙惚间眼光略眨。忽闻啪的一声，那黑汉便嚷道："哈哈！你小子真打呀？但是你这是冷不防，不算数儿。咱爷儿俩再来来。"接着，又闻那长腿汉大笑道："没日头老哥，您别找二皮脸咧（俗谓打倒复起之意，如今之军阀失势，卷土重来，亦找二皮脸之类也，一笑），瞧我的吧。"说着，一阵价啪砰踢跳，登时打成一片。

麻娘娘急望时，那黑汉已捶着后腰胯，退向本阵场中。那长腿汉正和赵发打了个龙争虎斗，再瞧自己阵前，王原、绳其等都簇在那里，世禄业已摩拳擦掌价准备厮打。

正这当儿，便见长腿汉卖个破绽，叫赵发一拳打入，他却略闪身形，飞起一脚。那赵发躲个不迭，扑地便倒。长腿汉大悦之下，急忙进步。正要提拳打下，便见唰的一声一人飞到。一声不响，竟来了个乱劈柴的式子，一阵价拳脚齐上。

说也不信，这一来竟闹得长腿汉招架不迭，一径地跄踉后退。于是两阵上喊声大举，各助威势。麻娘娘瞧那来人是世禄，不由暗笑道："瞧这呆子不出，真还有两手儿。强将手下无弱兵，耿先生的拳头儿毕竟不错哩。"想至此，望望耿先生正在自己阵前和绳其相视而笑。

逡巡之间，却忽地又一攒眉。麻娘娘暗笑道："好歹的你老人家这当儿别去方便吧。"思忖间，忽闻两阵上齐声喝彩。麻娘娘急望场中，那长腿汉已被世禄一蹼脚直颠出丈余之外。方在那里拉着脚子挣扎爬起，将个世禄得意得一跳丈把高。便摆一拳头，使个旗鼓，向敌阵大叫道："俺听说你们放肆，全仗着一个什么远方鸟大汉。快将那厮把出来，尝尝俺的拳头。"

一言方尽，便闻敌阵中破锣似一声喊叫。正是：

　　　　突闻牝狮吼，犹未见雌风。

欲知后事如何，且听下回分解。

第 二 集

第七十一回

一把抓巧计胜凶雌
两碰头敌场逢故友

　　且说麻娘娘见世禄跳跃叫阵罢，便闻敌阵中有人怪叫道："你这小厮，本是老娘手中逃脱的一头猪崽，如何还敢来逞强？且待老娘牵你去宰肉吃吧。"说着，嗖一声跳出一人，双拳一摆便奔世禄。

　　这时麻娘娘望得分明，只见来人非别个，正是那年大闹破窑被绳其等放掉的刮地风。原来麻娘娘虽没见过刮地风，但是听大家讲说过她那小模样儿，所以一见也自识得。

　　当时麻娘娘见那刮地风打扮得怪模怪样，梳一个钻天椎的高髻子，穿一身大红裤褂，衿襟大敞，却束在腰带之内，露着个灰白白的大肚皮，连兜肚都没得。上面却哆嗦嗦地露着两个大瓠子似的大妈妈（俗谓乳房）。便这等张牙舞爪，直奔世禄。

　　麻娘娘方暗笑道："人都说我巴叉，看起这婆娘来，俺怕不算个袅娜角色！不要管她，且待我瞅个冷子，帮世禄毁这婆娘再讲。"怙惚间，紧紧腰身，提提鞋子，端相好跑下路径的当儿，便见世禄、刮地风大呼交手，顷刻间搅作一团。

　　世禄是前蹿后跃，刮地风是指东打西，两人彼此颉颃，滚屎蛋似的滚了良久。倒闹得麻娘娘两只眼睛兔起鹘落，只管跟了他两个的身儿乱转。但是没得十来个回合，麻娘娘不由吃惊，暗想道："这婆娘究竟是身大力不亏，俺快去帮世禄是正经。"

　　逡巡间，正要大呼驰下，恰好世禄一拳揸空，累得身儿向前一栽，那刮地风侧身取势，举起油钵似的拳头，向世禄后脊上便是一下。亏得世禄身还灵便，便就那前栽之势一阵价碎步急趋。刚刚抢至阜下，因脚势慌忙，收煞不住，猛可地脚下一蹶，堪堪要倒，却闻后面刮地风大喝道："你这厮哪里走！"

　　这里世禄一跤跌翻，忙用个鲤鱼打挺的式子，一跃而起。便见麻娘娘从土阜上大呼驰下，一径双拳挥舞，便奔那刮地风。于是两阵上，喊声又举，警哨又鸣。连那堤上徐大山会众等并高林前观阵的王老一，大家许多眼光也便顷刻间都注向当场。

这时世禄如飞地跑回本阵，不暇言语，且自观斗。早见麻娘娘施展开全副本领，正在那里酣斗刮地风。一个是鲜花颤颤，一个是椎髻摇摇。拳头处油钵飞空，脚起时鲇鱼出水。两人这一阵吆吆喝喝，实胚胚地拳来脚往，打作一团，本已可观。偏搭着两人，又是一对儿骚嘴岔子，一面打，一面贪街搗巷，歪刺骨、浪蹄子地乱卷乱骂。这一来招得两阵人众忘其所以，不由微微都笑。

须臾两人越打越凶，已成手搏之势，扭作一团。刮地风一个下托额抢将来，麻娘娘一侧头儿闪开来，照她大肚皮上便是一个黑虎掏心。刮地风赶忙双手下劈，趁势骈起两指，向麻娘娘腰眼一点。

麻娘娘喝声"来得好"，托地闪开，顺手儿扭住来腕，用一个猛捵的势子，原想拧过敌人胳膊，哪知刮地风笨力既大，手腕上紧皮滑溜。两下里一挣，麻娘娘手势滑脱的当儿，但闻扑通声，两下里一齐闪倒。麻娘娘是大脚朝天，刮地风是肥臀坐地，偏搭着两人相距不过咫尺，那刮地风不暇站起，便用两脚向麻娘娘仰的屁股蛋子上乱踹乱蹴。那麻娘娘因跌得势重，似乎微微岔气，一时挣扎不起。

说时迟，那时快，刮地风一个大脚尖子，不知踹着麻娘娘什么所在，麻娘娘便大叫道："哈哈！你这浪老婆，真这么干哪。"说着，索性竟不挣起，便趁那高舞两脚之势，只管向刮地风头项之间也便乱蹬乱踢起来。于是四只大脚伸缩飞腾，一边是臀儿乱闪，一边头儿乱摆，并夹着彼此乱骂。

你想两阵人众等闲哪里见过这等阵仗，于是不约而同竟自忍不住哈哈大笑。便是王原、王老一不但禁不得众人，便连自己也自微微含笑起来。

正这当儿，便见麻娘娘左脚踹去，却被刮地风挟入胁下。麻娘娘急欲挣出，便将右脚极力乱踢。说也不信，一下子又被刮地风捞入手中。这时刮地风不暇去踹麻娘娘，只顾撮了麻娘娘那只右脚没作理会处，想要添上一手再作道理。无奈麻娘娘那只左脚正在胁下乱挺乱拔，大有稍纵即逝之势。

逡巡之间，竟牵扯得自己身儿左晃右摆。于是刮地风人急智生，便狠狠地唾了一口，骂道："看起来今日老娘就该劈了你这老蛤精。如今说不得香臭，且叫你受用一下儿。"说着，举起麻娘娘右脚来，向那老壮（读仄声，俗谓粗也）的尖儿上下口便咬。

哈哈，哪知麻娘娘合该不挨这老婆毒口。因为那右脚被刮地风撕揉良久，鞋带松解，那个老壮的脚尖儿早已离却凤头香窠。这时刮地风是吭哧一口，咬牢鞋尖；麻娘娘是嗖的一声，来了个金蝉脱壳，拔出只白亮亮、汗渍渍的丫丫儿（俗谓脚也），趁势向刮地风鼻孔上一塞。

诸公请想，麻娘娘的尊足儿虽说是因挑鸡眼洗了半夜，总该去些深醇厚味，但是她脚打后脑地跑了半日，接着便厮打挣命，又被人家捉住脚，着急出汗。总此三因，您想她那只莲钩儿该怎样的酝酿深醇。

当时刮地风只慌得哕了一声，头儿乱摆。一个恶心，只顾了大呕不迭，便索性放了麻娘娘那只脚，一跃而起。本想是趁势且打倒卧，不想将起未起、头儿一低之间，那麻娘娘眼明手快，蹶然坐起。唰一声，一把揪住她钻天髻子，也便趁她上跃之势，牵连着同时站起，却又尽力子向下一掠，那髻子登时散掉。两人霍地一分，同时甩拉得打了个团团转儿。一边是披散着青丝万缕，一边是跣露着新月一弯，各自摇摇头儿，挫挫牙儿，猛地四掌齐拍，双脚一跺道："哈哈，我把你这浪婆……"一个"娘"字没出口，早又彼此一个箭步蹿向前，打作一处。

这时两阵观众气息稍舒，索性鸦雀无声。但闻两下阵旗被风儿吹得哗哗作响。那麻娘娘于指东打西、左格右拒之中，却闻得耿先生向绳其道："绳其仔细点儿，俺去去就来。"

麻娘娘料得耿先生又去方便，略一怔懥，正想望望他的去向，无奈刮地风拳如雨点，只顾没头没脑地向自己下三路攒打将来。麻娘娘招架之下，也便转怒，觑准她那两只大妈妈，正想用个仙人摘豆的式子去抓那灰白乳头儿，哪知手还未到，刮地风却会凑趣儿，竟来了个下取的势子，一伸大手，竟向自己裆中掏来。

麻娘娘哟了一声，赶忙一并两股，这一来，倒登时提醒自己，因笑骂道："饶你如此歹毒，当不得老娘自有准备。你这歪刺货，且瞧我的。"说着，猛一矬身，飞起左拳，直向刮地风腰胯之间虚揕将来。

那刮地风赶忙一闪，未免腿裆一开，麻娘娘右手起处，接着便咯吱吱一咬牙儿。这一来，也不知掏着什么所在，但见刮地风登时弯了腰儿，一面用两手就麻娘娘右臂上乱撕乱打，一面却杀猪也似乱叫起来。逡巡之间，早已额汗雨下。

起初两阵观众者还在茫然，以为两个是动起拿法来，彼此靠扭，及至这时，却见刮地风夹骑了麻娘娘一只手，乱挣乱叫。大家恍然之下，竟顾不得什么阵容阵规，竟自一片声价喝彩如雷。就这一片声中，忽闻刮地风腿裆间哧啦一声，那刮地风便如饥鹰脱鞲一般，趔趄踉倒退两步，回头便跑。但是身形才转，早已现出白莹莹的一片臀肉。原来那裤裆已被麻娘娘掏撕了个挺长的口子哩。

当时麻娘娘大得其意，掣起那只右手来闻了闻，只顾乱唾，便就场中打了个旋风脚，喝声："贼婆娘，哪里走!"迈动那只光脚丫儿正要赶去。只听背后绳其大叫道："麻大嫂，且请歇息，让我来打这野厮。你瞧，兀的不是那远方汉子来也。"说话间，便闻徐大山在上也叫道："大相公，仔细呀!那姓刘的出阵来咧。"语声未绝，便闻敌阵中警哨大鸣。接着便是哈哈哈一阵狂笑。

麻娘娘忙退向场后望时，只见敌阵前旗影一闪，托地跳出个壮健汉子。生得中等身材，微紫面皮，两道扫帚眉，一双大环眼，衬着掩口的微髭，很透着精神饱满。头裹包巾，腰横皮带，穿一身纯青短靠打衣；下面是裹腿洒鞋，十分伶俐。望得麻娘娘方暗想道："这只远方野鸟儿，若论胎貌，倒也像个角色。"

便见那汉子满面含笑，大叉步趋向绳其，却一拱手儿道："俺闻得足下少年英雄，一向价主持尊处会事。今日之事，依我看来，不如由我为你们两家转圜。俗语云：相骂没好口，相打没好手。没的为争气倒伤了两家和气。"

绳其喝道："你这厮休使狡猾，俺闻得王老一这番的无理取闹，通是你从中作祟。且叫你吃俺两拳去。"说罢，托地一撒步，使个旗鼓。

那汉子忙叫道："且慢动手，俺且问你。"绳其喝道："问什么?等我打了你再讲。"说着，左手一晃，起右手嗖地一拳。那汉也怒道："你这人好没道理，俺游行各处，专打硬汉。难道倒怕你这毛头小厮不成?"说罢，一闪身势，即便举拳相还。

顷刻间脚拳纷绘，各逞英雄，翻翻滚滚，打作一处。绳其是跳荡如风，那汉是从容肆应。拳起处，飘瞥无方；脚到时，腾踏有力。一个是初生乳虎，锐气方张；一个是久闯江湖，深心不露。两人这一阵吆吆喝喝，往往来来。忽而分，如双峰并峙；忽而合，如两水朝宗。各逞两段身形，使出诸般解数。

少时，两人拳法屡变，越打越凶，还没转眼之间，早已绕场三匝。瞧得个麻娘娘嘻开大嘴，只顾由场后向自己阵前倒退。冷不防地后脚跟啪的一下，便闻背后有人叫道："啊哟，好痛。亏得你是光着丫丫儿，若穿了鞋子，俺这五个脚指头管保被你踏掉咧。"麻娘娘回头一望，却是世禄。正提着自己脱落的那只花鞋子，攒起眉头，一面价弯身摸脚。原来世禄那会子趁刮地风跑掉的当儿，便去拾起那只鞋子。

当时麻娘娘一面接过那鞋来，坐地穿好，一面笑道："今天这场打，真是他娘的闹了个丢盔卸甲。"世禄道："真个的，俺正纳闷哩。你是用的什么巧招儿，掏着那贼婆什么所在咧?怎的她便立时败阵呢?你何不再用那招儿去掏这鸟大汉，不省得绳其兄尽管和他恶打吗?"

麻娘娘笑道："休得胡说！你且在此瞭望，待我去寻耿先生，莫非他又方便去了吗？这是什么时光，他却只管去厕屎。"世禄道："他哪里只管厕屎？那会子，俺望见他跑向草坡边，因见你和刮地风打得凶，却立住脚呆看。直待你一拳得胜，他方笑嘻嘻钻入草内。这会子敢好也该厕完咧。"麻娘娘道："如此，俺快寻他去。"

正说着，忽闻两阵上喊声大举。麻娘娘急瞧时，便见绳其和那汉业已动了手搏拿法，彼此价扭作一团。一阵子背骱托靠，盘肘拱膝，贯耳托腮，互相乘隙，互相破解，直牵拽得风团一般。

那汉至此，却精神愈奋。少时，一腿叉入绳其胯中，用一个掖绊的式子，喝声"倒"。接着，便猛地一松上面撕扭之手。亏得绳其脚下有根，趁他一绊之势，却托地双足一蹦，又复立稳。那汉愕然之下，忙又叫道："住手，住手！我且问你。"绳其喝道："着家伙吧！"于是双拳一摆，两人又复交手。

这时麻娘娘唯恐绳其失手吃亏，料得别个又非那汉对手，正要去寻耿先生的当儿，忽闻背后耿先生大叫道："住手，住手！怪道老远地俺见这拳法厮熟，原来你是刘东山兄哪。这真是他乡遇故知了。"说着，抢过来一把拖住那汉，只顾了哈哈大笑。

那汉定睛一瞧耿先生，也便大笑道："怪得俺在石幢峪听说红蓼洼有位教书的耿先生，甚了得，却不道便是兰溪兄。原来这些年你竟托迹这里。便是俺出门漫游时，尊嫂还曾嘱咐俺物色于你。不想今天却在此相遇。"说着，把住耿先生一只胳膊，只顾乐得打跌。

两人这一来，不但当时两阵人众都望得一齐怔住。作者窃料读者诸公也都要怔住了。那么，且待作者来个倒插笔儿，叙出两人事迹，诸公便一目了然了。这么大热天儿，有劳诸公来听作者胡诌乱嘈，若只管心头闷个大疙瘩，却不是耍处哩。正是：

　　　朋游欣把臂，事迹叙从头。

欲知后事如何，且听下回分解。

第七十二回

矜意气两豪跌宕
闹文场一客羁囚

原来那山东登州府地面依山靠海，地势雄奇，民风朴健。不但文风极盛，并且有好武之风。漫说那闾里少年眦睚带刀，矜言意气，成日价把臂市廛，显弄些花拳绣腿，便是读书人士也往往于课余之暇，搏弄枪棒，习些拳脚。相习成风，殊不为异。所以登州地面，民既武健，盗贼亦多，素号难治。当道用人，往往选那武健严酷之吏以临之，这也不在话下。

其时栖霞县中有两个游侠角色，也可说是搅地面的魔头。高起兴来，便排难解纷，挥金如土，若耍起顽皮来，休说是当地的绅衿富户、监当商贾人等，须老实实捏了鼻儿受他的，便是官府也怕他难缠。

这两个角色，一文一武，是一对儿泼皮秀才。武秀才居乡，仗了一对拳头，愣打蛮干，交朋结友，庇赌包娼。大把价抓得钱财来，除吃喝玩乐之外，便是散漫着用去。人有缓急相求，无不立应，因此之故，颇为乡人称道。他虽是酒肉笙歌，座客常满，闹得乌烟瘴气，其实却家中空空。那钱财是东手来、西手去的勾当，全仗他东拉西补。应了一句俗话儿是"把式打得圆"。他有时手头紧起来，被人邀去打降，或被捕家请去办案，他都欣然乐从，插胳膊干一家伙。此人姓刘名东山，便是上文所述的那个远方汉子了。

那文秀才却世居城中，是个老旧家子弟。此人聪颖异常，文名藉甚，十七岁上便中了一名簇新新的秀才。但是他却不以为意，因生性好武，只管和左近一班游侠子弟们鬼混。和那刘东山便是从拳头上打出来的交情。其为人机警伉爽，疏财好义，并且多才多艺，真是全挂子本领。却有一件，属噘嘴骡子的，不讨人欢喜，便在一张嘴上。他使酒骂座等事，不消说是家常便饭。若遇着他不耐烦，挖苦起这个人来，真能使人入地三尺。往往这人被他周济，本是很感他的情分，他无意中挖苦人家两句，登时可以叫这人反德为怨。正应了俗语说的"成事两条腿，坏事一张嘴"。屁股下夹个大笤帚，将从前好处一扫精光。今略说他三两件笑闻，便可见其为人。

有一个朋友自负写得好字。一日大会宾客，巴巴地取出新写的字来请他赏鉴。他接过那幅字来，便大赞道："妙，妙。这纸是真白，墨是又黑又亮。"那朋友大悦之下，单等他赞到字上。哪知他置下字幅，通没下文，将那个朋友羞得要不得。

又有一日，县中有个暴发户新捐了一名监生，在街上衣冠拜客，作张作致，本来有些俗而且厌。事有凑巧，过了两天，恰值文庙丁祭。那监生见许多秀才老爷衣冠济济地都赴文庙。他张得眼热，便也靴乎其帽，袍乎其套，戴上那颗金灿灿的监生顶儿前去探头探脑，却被秀才们一阵呵斥出来。当时县中传为笑谈。

那监生正没好气，不想次日文庙前影壁上，有人写了几行大字道："监生入圣庙，孔夫子吓一跳。哪一科里中的你，我怎么不知道！财神过来打一躬，这是我的大门生。"写这戏词的是哪个？不消说是那文秀才了。当时监生知得了，只有干眨大眼，却也没奈何他。

又有一个流寓的商店老板，初到栖霞时本是个穷光蛋，挑了一副姜担子，成日价上街喊买。因他腿快嘴紧，"姜、姜"地乱喊，大家都戏呼他为"一步三姜"。合该他发些外财，他邻居有个很有积蓄的寡妇，生得黑而且丑，两只大脚赛如莲船，久有招夫之意，却无问鼎之人。也是天缘凑合，一日寡妇扎括得花鹁鸽似的前去串亲。及至回头，距家下还有一条长街的光景，正在扭捏之间，忽地长风吹处，头顶上簇起一片乌云，接着刮啦啦一声霹雳，便是倾盆大雨。慌得那寡妇以袖蒙头，撒开大脚，方跑得一段路，那当儿时当夏月，街坊上抛的西瓜皮到处都是，寡妇一脚踏去，嗖一声直滑出丈把远，闹了个大面朝天。招得两旁店肆中人正在哧哧乱笑，恰好那老板挑着担子，就这等大雨之下喊着"姜、姜"地趔将过来。一见那寡妇，忙来搀扶道："怎么你老人家出门，连个小轿也舍不得雇。如今俺送你转去吧。"于是两人双双地牵扶了，一路好跑。

原来那寡妇常在门首买他的姜，彼此很厮熟的。当时寡妇扶了那老板，一脚踏进家门，直入内室。休说寡妇通身连鞋带都是湿的，便是那老板也浑如落水鸡子一般。两人彼此相看，不由都哧地一笑。但是那阵雷头雨虽是渐小，还未免飘飘飒飒。那老板更不放下姜担，便道："你老且收拾身上吧，俺也要去换衣裤咧。"

寡妇笑道："劳乏你这么一趟，连杯茶都没吃，又顶了雨跑来去，可有这个道理！俺有的是粗布短衣裤，你且换一身儿，歇歇儿便吃过中饭去，还不迟哩。"说着，命他将姜担放在穿堂屋内，自入里间。先寻出一身衣裤，由帘内抛与他，道："你便将旧衣拧干，置在凳上，俟明日俺与你洗净了再拿去吧。"说罢，自在里间脱换衣裳，并脱去泥榔头似的旧鞋，换上一双簇新的鞋子。一面整理，一面暗想道："不想一步三姜这个人倒这么和气知趣。宁自浇着自己和姜担，却肯扶了我慢慢走。并且俺瞧他背厚膀宽，圆拥拥的，前影后影里似乎挂些福相。但是他只挑个姜担子，能够几时发迹呢？"怙惚间结束停当，却不闻那老板的声息。

寡妇只认他是换毕衣裤，悄悄趄去，便趄就帘缝向外一张，只见那身衣裤还好端端地置在一张椅儿上。那老板却光溜溜的，背着脸子，就一条宽凳上两臂用力绞压那旧衣裤的含水。一面抖开来，迎迎风儿，居然业已半干。张得寡妇暗笑道："这个人好没打算。你不会穿上干衣裤，再整治湿衣吗？却恁地赤条条柳树精似的。"

正在怙惚，恰好那老板一转身儿，坐在凳上，便穿干裤，正和寡妇是对斯面儿。这一来那寡妇也不知瞧见了什么稀罕儿，登时觉得心头一跳，浑身软洋洋的。赶忙离开帘缝，退坐榻上，却摸着热辣辣的腮颊，怔怔地想道："瞧他不出，他穷虽穷，却这么精壮。"想至此，悄悄站起，还想去张张，却闻他唤道："你老便收进衣裤去吧。如今天色已晴，俺要去了。"

寡妇趁势掀帘趄出，便笑道："哟！你怎么没穿俺的衣裤呢？那都是新浆洗的，并不肮脏。"老板道："罪过，罪过！这等齐整衣裤，如何说是肮脏？俺觉得这衣裤雨后泥泞时穿了未免可惜。横竖是几步的道儿俺便到家，为甚又沾污一身干衣裤呢？"

寡妇听了，不由暗喜道："此人如此惜物，倘拥有资财，怕不会作家？"逡巡之间，念头已定，于是坚留那老板吃过中饭再去。

当时两人就内室对坐了，摆上好酒好肉，三杯之后，彼此嬉笑无忌。那寡妇虽是丑些，但在那有鳏在下的穷光蛋眼中，也就觉着美丽无度了。少时，那寡妇借着促坐斟酒，只将那簇新的鞋尖儿向老板腿胫上轻轻一蹴，却咯咯地笑道："那会子咱两个一路好跑，只觉疲倦。你且慢饮，俺向里间歪一霎儿去。这里没得人来，你不要客气。"说着，一丢眼儿，竟自趄入。

那老板始而一愣，继而却恍然大悟，继而却色然而喜，继而却偬然而趋，继而却嗤然而笑，继而却怡然而感，终至于吁然而喘。原来这时，他已不为

68

座上之客，来做入幕之宾咧。于是那寡妇满欲之下，自谓赏识不虚。

　　从此两人朝来暮往，打得火一般热。本是芳邻，却成鸳偶。但是那寡妇却不肯便吐出欲嫁之话，只稍微把出些资本来交他营运。又故意地大咧咧地拿出资本家的面孔，每当枕席之间，便令他一一报账。可怪那老板真能记得一清如水。有时一面耸送，一面道："某日用去某项，某货用了若干。"身口两下里只管忙个不迭。一时间，闹得东家竟自无话可说，只剩了笑吟吟地乱颠屁股，似乎夸奖这位掌柜的真能办事一般。

　　又过得些时，寡妇瞧那老板勤俭耐劳，妥当不过，这才说明了自己欲嫁他之意。那老板乍闻之下，只疑是梦，不消说是一百个肯而且肯。从此将那一副姜担捐向寡妇家中，便据其室，妻其人。又搭着借助雄资，善于居积，不数年获利无算，直开了四五处大商号。

　　那老板出入舆马，穿得缎棍一般。并且貌随运转，从前挑姜担的猥琐样儿一些儿也没得咧。竟自白白胖胖，肥头大耳，居然有些老爷气度。把从前一班街痞子羡妒得要死，见了人家，休说是不敢再像从前似的尽力欺侮，便想伸出舌头，给人家舐舐眼子，溜溜沟子，还恐人家嫌舌头硬，扎了大爷的屁股哩。只好暗地里叹口气道："像人家一步三姜，总算姜出个所以然来咧。"但是老板虽然豪富，还不敢滥厕衣冠，公然与绅矜人等往来。一来自惭形秽，二来栖霞秀才们颇为讨厌，顶难缠的，还有那位文秀才。若贸然去亲近他们，没的倒求荣反辱。因此老板拥有巨资，且媚丑妻，自过他那快活日月，这也不在话下。

　　哪知人到有钱时光，自有机会来凑。一日，老板从一处朋友家饮酒回头，只是闷闷不乐。可巧那寡妇不知因些什么事，也是有些没好气，因指着脸子唾道："我看你这穷坯子，好生不知足！从先你挑担上街，喊一天姜，磨两脚泡，挣个百儿八十文，闹块大锅饼，喝碗糊涂粥，狗也似趴在草铺上困上一觉，便算你享了顶天的福咧。如今你住的使的、吃的穿的，哪些不好？凭你个穷光蛋享这等福，依我看也就罢了。你却无端地奔扯着哭丧脸子给老娘看，难道你还有什么不如意吗？"说着，眼睛一转道，"哼哼，你不要血糊心窍，胡思妄想。这不消说，你是见人家有钱的，一弄小老婆就是三四个。你这天杀的瞧得眼热，也有些心下动动的咧。怎地时却也好办。咱们是马上散伙，刀割水洗，你给我交清店账，快挑了你的那副姜担子，走你的清秋大路。总算俺瞎了眼睛，错认你这王八狼羔子，这才叫有好心没好报哩。"说着，便以手掩面，呜咽起来。

慌得老板忙笑道："你乱吵的是什么！哪个不知足？哪个想弄小老婆呀？俺因方才在那朋友酒座上瞧见人家大半都顶戴荣身，说笑之间，总似乎不屑理我一般。所以俺这会子有些闷闷的。谁有什么胡思妄想呢？俺一向靠了你的福气吃饭，这会子再不知足，可还是个人？"

寡妇笑道："你如果真为没顶戴，这却好办。昨天前街上胡奶奶对我说，他大儿子由南省军营中来家望望，带了两张空头功牌（如古之军功告身）来咧。都是四五品的武官职衔，大概百十两银子就能买得。等我去和她商量，弄一张来，填上你的名字，你出去，也捐上蓝顶大翎，谁敢来放个屁呢？"

寡妇说得高兴，便立时去寻着胡奶奶办置停当，索性置酒开贺，就满堂宾客的当儿，那老板穿了簇新公服，翎顶辉煌地出来。与众客斟酒让座，倒也十分写意。当时宾主尽欢，轰动街坊。那老板乍得荣耀，正愁没处去显弄。恰好某街上某宅因娶媳妇的喜事撒帖请客，老板接到请帖，真是高兴极咧。

这日前去贺喜，前有顶马，后有随仆。那老板捎着顶儿翎儿，在马上顾盼得意。正在缓辔徐驱的当儿，忽见满街人们都望着自己哈哈地笑，闹得他摸头不着。正疑惑自己乍戴翎顶，或者不如款式，便闻"姜哪"一声起于背后。慌得他回头一望，赶忙地策马如飞，从岔道跑回家中，一把揪下那顶官帽来，只顾了跌脚叹气。原来，他背后却是那文秀才跨着一头毛驴子，戴了一顶破草帽，上面安着山楂顶、松枝翎儿，一般地学他那马上姿态，并且喊着："好干姜哩！"

当时那老板闷在家里，只好装大麻木，不去理会。哪知那文秀才更会讨厌，老板不出则已，只要翎顶的架弄出来，他算是属要账的，总给你个腔后跟。后来治得老板没奈何，烦人去从中周旋。文秀才叫他把出一注款子来修理学宫，方才罢手。你道这个文秀才是哪个？不消作者点出，诸公自然知得是上文所述的耿先生了。

当时耿先生和刘东山真是栖霞县一对儿好歹的魔头，疏财仗义也是他，泼皮无赖也是他。两人所做的痛快事并可笑的事甚多，不必细叙。就中单表这耿先生，虽是旧家，却是精穷。他落落拓拓，不甚理会家人生产。他除交游吃酒、读书技击之外，便一无所事。娶妻谢氏，却是个作家妇人，便出其奁资，以供家用，又做些针黹去卖，因此，耿先生不致十分窘迫。夫妇相得，自不必说，但是耿先生小试虽利，下了两三次乡场却没中，未免家中用度日渐匮乏。却亏他有支文笔，颇能支持。他并不去调词架讼，调弄笔花去抓钱，却是就小试的当儿去当枪手。一来他文笔犀利，保管必中；二来他交游多、人情熟，办那传递关节等事非常得法，那被枪的只要肯出大钱，便稳稳地一名秀才装入腰包。因此之故，每当小试之年，耿先生便居然阔绰异常。

久而久之，耿先生枪手大名无人不晓。每次学宪按考登州府治，便悬牌指名捉他。但是耿先生浑身是胆，耍枪的本领又神出鬼没，他哪里把捉他的具文搁在心上，仍然干他的营生。累次价，幸没发觉。不想有一次，合该耿先生晦气，有两个富家童生都想请耿先生干活儿，只差得一盏茶时，甲生先到，彼此方才说妥，耿先生送出甲生，趑回室内，乙生亦到。一说来意之下，耿先生既应了甲生，自然摈退乙生。不想那乙生竟至迁怒，便悄悄到学宪那里告发了耿先生藏身作文的所在。

你想，耿先生便是做梦也想不到。及至试期作文那日，耿先生在试场旁一处小胡同里面的一家私娼室内，和那私娼饮酒调笑罢，忽然想起还有正事来，便连忙屏退娼妇，先就案上铺纸蘸笔，自己仰靠在椅背上，正在摇头晃脑地瞑目构思，只听室外哗啷啷黑索一响，登时趑近三四个做公的，不容分说，飞黑索向耿先生脖儿上一套，道："先生，对不住，如今学宪大人要请您会会，谈谈文哩。"

耿先生料得事坏，也便满拼着革掉自己的一名秀才也就是咧。当时被捉到官，听候发落。不想那位学宪因自己当年考秀才时，累次因当地富家多雇枪手，蹭蹬了自己的功名，所以他老先生听得"枪手"两字便恨之入骨。当时他提讯耿先生之下，照例地责革功名，自不必说，他还拿耿先生做个榜样，惩一儆百。于是就他起马，按考他郡。愣把耿先生项系长绳，拴在马脖子上，命之一并驰驱。

当时耿先生披发跣足，形容如鬼，两条腿愣和四条腿的赛跑，这份罪受得可就大咧。还幸得耿先生素习武功，腿脚上不含糊，以此，小命儿还能保却。但是那位学宪虽然快意一时，及至放掉耿先生之后，没过得四五日，这日在某郡中高坐堂皇，各属教官都来堂参，列座讲话。堂上下侍仆林立，辕门内还挤了许多瞧热闹的。

正这当儿，忽听学宪面颊上干脆脆噼啪两声，两记肥耳光业已敬上来。接着便人影一晃，恍惚闪入堂下人群中。于是堂上下登时大乱。执事官役等就辕门内外大索良久，连个鬼影也没得。事后，却有人见耿先生科头箕踞，在辕门外街坊上一家酒肆中吃酒。大家明知打学宪耳光的便是他，哪个肯来多嘴多事。从此耿先生没得秀才，倒脱然无累，便益发佯狂自喜。除和那刘东山杯酒酬歌外，便时时漫游各处。但是他虽经那学宪痛惩，还是技痒难耐。

有一年，适值省中秋试，他的游踪恰值来到稷下，被朋友们拉着，逛了两日千佛山、大明湖，也便游兴阑珊。他正想去的当儿，却有个朋友替人来关说枪替，并且酬款甚丰。耿先生因自己没得秀才，入不得大场，正在有些牢骚，便想借他人福命，为自己文章吐气。于是欣然应允，由那朋友向那被枪的关说停当，办好传递。耿先生仍用前法，在贡院左近一家卖豆腐小店中落脚。

这店中只有夫妇两口儿，男的出门卖豆腐，女的料理店面，十分僻静。那女的是个二十多岁的俏丽妇人，且是和气，好说好笑，便将耿先生安置在后院中。其中宽洁，少有花木，后墙外便靠近明湖之滨，往往有画舫游船在那里，笙歌笑语隐隐可闻。

耿先生见这幽静所在，不觉文思沛然，头二场老早地将文字交完，便和那妇人说笑打趣。偏搭那妇人妖妖娆娆，甚是知情识趣，瞧出耿先生是个散漫角色，况且做这大场的枪手，成几千地落银两。倘把他服侍欢喜了，一定能多多地得些赏钱。于是问茶问饭，扫地铺床，不断地在耿先生面前晃来晃去。

耿先生一想，自己若回到客寓中，哪里寻这等解闷的宝贝，便索性住在那里，等作三场文字。

这日恰值中秋，耿先生文字已毕，方才黄昏时候，却听得后墙外来回游行准备赏月的花船上笑语喧哗，夹着哀丝豪竹不断地顺风吹来。耿先生遥想那青帘白舫、鬓影衣香之盛，不由游思勃然。但是因那位经手关说的朋友约定了今晚在此交割酬资，没奈何，只好在此等他。因就那作文静室内盹睡了一霎儿。

及至醒来，业已月到中天，亮如白昼。但闻得满城丝管，远近相闻，并微闻贡院中也有纷纷笑语之声。原来今夜五更时便要放场，这时士子们交卷都毕，静候出场。大家闲得没干，又当此佳节，你说他们哪里肯安生！有的凑集了考篮中的食物，大家赏月；有的乱串号房，寻朋觅友。再高兴，便上明远楼，题诗的题诗，谈天的谈天。还有不敢高声却哼哼唧唧来段皮黄、闹支小曲的。监试的官员们因放场在即，只要哄得这班大爷们好端端出去，便已公事都毕，所以也就不去认真地禁止他们了。

当时耿先生静坐室内，对着幽晖半窗，颇触身世之感。正在无聊无赖，忽听院中妇人笑道："哟！今年真好月儿，圆圆的镜儿似的。想是月宫娘娘开了镜奁，要梳盘拢髻子咧。你先生既在这里，便好歹地扰俺杯酒、赏个月儿

72

吧！"说话间，一路小脚走动，已至室外。

耿先生迎出一瞧，只见那妇人扎括得俏生生的，髻儿上斜插一枝丹桂花儿，手内提着只精致食榼，笑吟吟趑近阶前。一见自己，便笑道："先生不要笑，您在俺这里屈尊了好几日，一向也没好生吃杯酒。"说着一摆食榼道，"今天巧咧，这是俺两口儿准备着今晚赏月的东西，偏巧，方才他被朋友拖去吃酒，咱两个便替他受用了，且是好哩。"

耿先生听了，不由哈哈一笑。正是：

　　　　酒怀方若渴，恰有解人来。

欲知后事如何，且听下回分解。

第七十三回

栖霞县晦运遇贪官
贺剥皮慕财娶丑女

且说耿先生正在无聊，忽听妇人这般识趣言语，又且月下看佳人，有七八分姿色，便觉有十分。当时耿先生见妇人月下风姿，不由逸兴遄飞，因哈哈地笑道："俺承大嫂如此错爱，曷以克当！但是俺竟替你那个他，若只是吃酒，还能强勉应命。"

妇人笑道："不要要贫嘴，你若是想替他别的，便请你挑豆腐担上街吧。"说笑间，方迈上一只小脚儿。

耿先生道："慢着，你瞧如此月色，咱两个若钻在屋中吃酒，一来辜负了月儿；二来咱两个吃到八分酒上，你瞧我我看你的，再趁着天上团团的月光，未免都有些不得劲儿。如今咱这么办，便在院中吃，又敞豁，又爽快，你道好吗？"

妇人听了，俊眼一笑道："院中吃便院中吃，什么话到你们先生嘴里便多些花样。俺却不晓得有什么不得劲儿的。"说着转步下阶，先将食榼置向当场，然后同耿先生两人一阵嘻嘻哈哈，掇了几儿，搬了凳儿，就那靠后墙宽敞之处安置停当。妇人从食榼中一一取出美酒佳肴，摆在几上。两人对坐下来，即便浅斟慢酌，一面说笑，一面望着那亮晶晶的月儿，好不有趣。

这时耿先生醇醪自饮，香泽微闻，瞧那月色照到妇人俏庞儿上，溶溶漾漾，另映出一种宝光瑞彩。少时，那妇人吃过几杯，莲颊微酡，更漾出一段风致。于是耿先生开怀之下，只顾了杯不离手。

正这当儿，恰好一阵柔曼歌声远远地从湖滨吹来，耿先生因拍掌道："有趣，有趣。古语说得好：对酒当歌。可见吃酒便须唱唱儿下酒。那么大嫂，你何妨唱个唱儿呢？"说罢，竟自离座，学那打花鼓剧中丑公子的姿态，一扭身段，却笑道："大嫂快来，我与你帮腔如何？"

妇人笑道："啊哟，可了不得！你见我几时会唱来？"耿先生道："你休要瞒我！那一天，俺向前院，还听得你一面喝那毛驴儿转磨，一面哼啊什么姐在房中弹棉花，又是什么思念他哩。"

妇人笑道："你别胡搅蛮缠咧，那是棉花房里胡乱唱的唱儿，比地秧歌还不济，竟是些撒村的话，俺却不唱给你听，大夜晚里，白不赤的什么意思呢！"说着，站起来哧地一笑，就要跑去，却被耿先生一把拖住道："好大嫂，不要作难，你只唱上三四句，俺痛痛快快再喝两盅就是咧！"

那妇人被缠不过，因吓耿先生道："你别胡闹！你在这里干这种严密把戏（指当枪手也），理当静悄才是。若这么乱吵，这里离贡院近近的，倘被人听得了，可是要处？"

在妇人之意本是劝他安静，哪知耿先生业已被酒倒，登时大醉道："不打紧的，俺干这次枪替活儿是神不知、鬼不觉，哪里便有人听去咧！"说着，越发地大嚷大笑。逡巡之间，竟自颓然醉倒。但是还没一个更次，却被巡场的番役捉入官中。原来有几个番役在湖船上赏月，其中一个登岸散步，适经妇人家后墙之下，正闻得耿先生大嘴，所以一径地带了人便捉将来。

当时耿先生被发在首县衙门，因夜深姑且监押起来，这个中秋过得好不扫兴。次日，经官研询，幸喜那问官是个忠厚读书人，不欲兴大狱牵连多人，便以"醉人狂言，按无实据"八字轻轻了之。饶是如此，耿先生还被押多日方才脱然。及至榜发，那被枪之人居然高中，耿先生这次营生虽吃惊受罪，终是得到了一注大钱，于是兴冲冲回到家下，略置产业，且过那悠游岁月。

这时刘东山也因些讼事诖误，远避他处，隔个一月半月回家望望，又复他出，因此耿先生好事的性儿也便稍减。这一来，地面上倒觉安静许多。耿先生家居多暇，除读书、击剑之外，往往以医卜、符咒等术消遣光阴，这也不在话下。

光阴转瞬，过得四五年，合该栖霞县人民晦气，这当儿却来了个有天没日、贪而且酷的"贤"父母，诨号"贺剥皮"。诸公但听他这诨号，其人也就可想而知了。此人姓贺，名雨田，浙江绍兴人氏，从小儿没家没业，便跟了一位绍兴刑名幕友当书童，在山东各县胡混。因他脸子漂亮，人都呼为"小贺"，见了他，大家便搂着抠抠摸摸，他也恬不为怪。

那逆门公署中人本是杂乱不堪，小贺长到十六七岁，一张脸子吹弹得破，不消说自有些逐臭之夫去给他凿开一窍。但是那位幕友是个鸦片烟鬼，俾昼作夜，睡到日西时才起，哪里理会小贺的事！却见他十分聪慧，便提拔他跟着自己学幕。

原来小贺当书童时，业已练得文义都通咧，及至学幕，十分顺手，不消四五年，已能帮着幕友料理刑事稿件。喜得那幕友什么似的，便在自己寓所给小贺收拾了一处静室，命他专办文稿，自己省下工夫来，越发地喷云吐雾。

这时的小贺不但那幕友喜他，便是幕友的老婆也喜他。因小贺从先原是书童小厮，穿房入户，由来已久，所以那幕友并不在意。

也是合当丑事发露，一日，那幕友因惦记着一件紧要的公事，居然午后时光醒来，一瞧老婆没在屋中，便自己胡乱地提水来，洗漱已毕，匆匆检出那件公事去寻小贺，想吩咐他起个稿底。方一脚踏到小贺室外，却听得老婆在里面笑道："难为你老师还夸奖你会办事，说是知轻识重，管前照后，八下里合适。怎么俺叫你办这点儿事，你就没紧没慢，叫人不痛不痒呢？"

幕友听了，暗诧道："好奇怪，难道她也来起稿底吗？"怙惚间，便闻小贺哧哧地笑道："你不晓得，这来回活脱，不许死巴巴的，并且叫人不痛不痒，正是俺们名手刑名办事的秘诀，你怎么还嫌不济事呢？"

幕友听至此，暗暗吐舌道："这厮真个精灵，俺的本领他已都会。再过些时，就好荐他去就馆了。但是俺老婆有什么吃紧的事寻他来办呢？"一面想，一面放轻脚步，悄就窗缝一张，不由倒抽一口凉气。原来他老婆正光着白馥馥的下身儿，仰卧在榻沿上，叫小贺来回活脱，办那桩没要紧的事哩！

当时那幕友真个是怒从心上起，恶向胆边生，方要捻起拳头大呼闯入，忽转念道："不妙，这一张扬，于自己面孔委实不好看。莫如如此如此，撵掉这厮为妙。"想罢，竟自悄悄踅转。

过得两日，便向小贺道："如今某县里专请我办一桩棘手的稿件，你同我去，办得爽快些。船已雇妥，明日就去。"原来那县份却通大清河的水路。小贺听了，哪知就里。这里幕友选定了两名心腹健仆，也便准备停当。

次日下午之后，那幕友主仆三人同小贺上得船来，即便启行。那幕友上船之后，自在中舱发狠地吸他的鸦片烟，从烟气腾腾之中，现出一张铁青的面孔，就如煞神爷一般。小贺有时来兜搭说话，那幕友通不理他，小贺只认他是思索稿件，心内发烦，也没在意，仍然在船上怡然自得。

须臾，日色渐西，水急船快，早来至一片旷莽所在。两岸上草树连天，除芦苇战风萧萧瑟瑟之外，远望去连个人家都没得。原来这所在名为"剥狗港"，荒僻得很，并时有歹人出没，船行至此，都是急棹而过，不敢停留。

当时小贺站在船头上，正在颇有戒心，只见那船家一打口哨，即便撑船靠岸，竟自抛锚停泊。小贺便吵道："岂有此理！这是什么所在，就好停船？倘有歹人撞来，可是要处？"船家一瞪眼道："某师爷吩咐在此停船，干我鸟事!"

小贺道："俺就不信，等我去问问再说。"说着刚一转身，却被一人劈面一掌，打得眼前金花乱爆。仔细一瞧，不是别人，就是自己那位恩师，业已满脸上杀气横飞，背后站定两个健仆，都提着马鞭子，瞪着大眼。

当时，小贺一愣之下，便气愤愤地叫道："老师这是怎的？难道俺有甚错……"一个"处"字没出口，那幕友赶近一步，啪一脚将小贺踢翻，便大喝道："你这没人伦的禽兽，弄得好乾坤哩!"于是喝命两健仆马鞭乱下，登时将小贺打得半死，然后又命举起他来，向岸上一掼，竟自转船而去。

不提那幕友回到寓所，自去寻他老婆且算那本疙瘩账。且说小贺被掼在苇地里，及至悠悠醒转，业已夜半光景，浑身痛楚得寸步难移，只得爬向干道上卧着将息。呻楚下一思量幕友的情形，情知自己和他老婆暖昧之事已被他察觉咧！此处饭碗既已打破，只好别作道理，幸得身边带有些散碎银两。挨至天明，却遇着一帮行客，将他搀扶起来。小贺诡言遇盗，大家便同投前途逆旅。

客人们饭罢自去，小贺却淹留在旅店中。及至打伤养好，早已腰缠将罄，但是他却不以为意，因为自己习幕已成，不怕没得事做，于是去投那幕友的一位朋友。足才到门，已被挡架，原来那幕友各处驰函，告知他的亲朋，说小贺为人品行不端，已被自己逐离门下，倘在外有招摇等事，概与自己无涉。所以小贺方到，已经见摈。但是小贺还瞒在鼓里，以为此处不留爷，自有留爷处，便忙忙地又投他处，谁知还是依然见摈。一连四五处都是如此，这时小贺也便瞧科，情知幕道上是不成功，只得逐处里给公署里当个贴写，胡乱混两顿饭度日。

这一年，流落在某县内，合该他后庭发迹，署内有个专权的仆人，酷好男风，一见小贺，便如拾到香饽饽一般。两人那件秽事，自不必说。又是凑巧，那仆人虽是专权，却不通文理，既得小贺，那舞弊弄权等事越发来得明公。小贺分些余润，也自囊橐充然。外县人们眼孔小，见小贺出入鲜衣怒马，扎括得公子哥儿一般，便以为他是发了大财咧！

正这当儿，那位县官儿卸事离任，那仆人跟官去后，小贺手中稍有积蓄，便淹留在那县中，想寻机会向仕途上混混。正在没缝可钻的当儿，又该他官星照命，其时因南省某项军务，朝廷特开捐纳之例，凡是拥有多金者，无论厮养龟兔，都有弹冠之庆，黄金朝兑，紫绶夕拖。这个例子一开，气煞读书人，乐煞臭财主，暗含着又苦煞无量的小百姓。因为这捐班官员是贩本来的，一朝印把子在手，先须挖地皮，捞还本钱，真是一本万利。朝廷家只知得到他们几个钱，却不知他取偿于百姓的不可数计。此等理财之法，也可谓弊政之尤了。

其时有个笑谈，讥嘲这捐班人员，说是某官在某县内大肆搜刮，饱载而归。离任时偏要抓抓面孔，便示意于当地人们，命他们送份万民伞旗。当地人们没奈何，只好昧着良心与他置办。独有伞上颂扬的四个字儿没发着笔。义取实录，既所不可；违心颂扬，又所不甘。其时有位名士便奋笔大书道："天高五尺"。某官见了大悦，以为是明镜青天之意，用在颂扬德政上，真是再好没有。于是兴冲冲回到家下，便将那伞夸示宾客。有他位老友却大笑道："你老兄是被他们骂了去了，他说你所治境内天高五尺，便是地皮被你挖得低了五尺，所以才显出天高来哩！"

闲言少叙，且说小贺当时见捐例既开，好不眼热，但是自揣腰包，连捐个佐杂实职都不够用。正在闷闷之间，恰好有个朋友来邀他散步排闷，于是两人携手行去，不觉已远。少时步入一处很大的村落，行经一片大宅跟前，气象潭潭，十分阔绰。小贺便道："你瞧村落中竟有这般整齐宅舍。"

那朋友道："咳！这是孟百万家，那财势大得凶哩！可惜是个老绝户，只有一个丑八怪似的女儿，诨号儿'心里美'。"小贺失笑道："怎么呢？"

那朋友道："因为那女儿好妖妖娆娆地扎括，又好吊小白脸的膀子，故得此号。听说她在家中还有些不大安静，气得孟百万老两口家什么似的，恨不得立时嫁她出去，多给些奁资，倒不在乎。但是因她丑，又不安静，却没人愿要她。"

说话间两人蹑过，忽闻背后一阵车马之音。两人回头望时，却见那大宅门首驻有一辆绣幰香车。两个仆妇正搀扶一个女子下车。那女子珠翠盈头，遍身罗绮，打扮得便如贵妇一般，正伸出两只盈尺莲船，扶了一个仆妇的肩头下车。忽地一扬脸儿，倒把小贺吓了一跳。只见她焦黄的头发，黵黑的脸子，疙瘩眉，巴狗眼，更衬着掀鼻豁齿血盆似大嘴，七上八下地含着两排子黄板牙，就这等扭头折项甩着个肥大屁股，被仆妇等簇入宅。

当时那朋友微微含笑，拖了小贺蹑离那宅门，却笑道："咱们眼福真个不浅，你瞧这女子便是心里美。前两月时，还有媒人向我来说，我因委实瞧不得她这副小模样，又不愿担心戴绿帽子，便一口回绝那媒人。不然，我娶过她来，稳稳地落注大奁资，只怕捐个佐职小官儿，还用不了的哩。"说着哈哈一笑。

小贺不由眼睛一转，便笑道："娶妻在德不在色，虽丑何妨？你真是见了大钱不抓，那么你将此事来做成我如何？"

那朋友听了，不由鼓掌大笑。正是：

匪求好逑匹，实具热中心。

欲知后事如何，且听下回分解。

第七十四回

觐奁资故纵淫风
施毒计重明瞽目

且说那朋友鼓掌大笑之下，便一拍小贺肩头道："贺兄，你又几时学会了说道学话咧？你虽不嫌她丑，但是你不担心当这个物儿吗？"说着，举手作势，将中指做伸缩样儿（俗象形乌龟）。小贺正色道："不打紧的，凭我这副面孔，还怕她不安静吗？你只给我做成就是。"

那个朋友听了，反倒笑他不得。于是两人趔回之后，那朋友真个去寻那位媒人，通意于孟百万。自古道"媒人的口，无量的斗"，自然将小贺怎的才貌出众、怎的腰包甚富夸了个天花乱坠。又恰值那心里美在家中烂污得不可开交，那孟百万恨不得将女儿铲狗屎似的一下子铲出去。今既遇着收烂货的，自然是一口应允。

两下里婚事既定，各不耽搁，没过得十来天，由小贺准备青庐，弄了一乘花花轿，叫了一班吹鼓手，便这等吹吹打打将那心里美迎娶过门。那随轿前后的嫁妆枱子，简直得塞满半趟街。大雕皮漆箱就有十几对。四个壮汉抬一，都压得黑汗白流，瞧得街坊人家登时轰动，都道小贺有福气，娶得个财神奶奶来咧。小贺得意自不消说。

当日拜堂成亲，应酬贺客，一切繁文都罢。夜静时分，小贺步入洞房，自不免要做些破题儿第一夜的勾当。但是珊枕之上，翠被之中，彼此脱得光溜溜，互相辉映，一丑一俊，倒似颠倒了个个儿。

这时小贺未免不大高兴，但是想到将来的功名大事，也只得鞠躬尽瘁地去博这位夫人的欢心。在那心里美既挟富而骄，又阅人已多，殊不理会新郎这番报效。然而见小贺是个俏皮小白脸儿，未免也添了许多兴致。于是两人一个贪财，一个爱色，这夜同床合梦的光景，也就不必细表。

从此小贺极尽献媚之道，凡是趋奉心里美的事体，真是无微不至。本想是赚她奁资去捐功名，哪知心里美执掌财权，一些儿也不放松咧！便趁枕席之上，婉婉转转，一说想借用夜资去干功名的话，却被心里美一顿抢白，骂了个狗血喷头，从此更把紧夜资，直弄得小贺有痒没处去搔。于是他眉头一皱，毒计早生，趁奉那心里美越发加意。但是枕席之上，却自告才力不及，往往独宿外厢，也不知弄了一种什么药抹的眼睛，便如烂桃儿一般，只说是目疾甚重，说不定就许瞎掉。一面价却物色了两个貌美大阴的娈童置在家中，托言是服侍自己。

这一来，倒闹得心里美一般地有痒没处去搔唎！但是见了那两个水葱似的娈童，未免暗暗心喜，只是碍着小贺还有一只半瞎的眼睛。虽有时和他两个眉来眼去，却不便公然如此云云。

正这当儿，恰好天从人愿，一夕，小贺大叫一声，竟自双目失明。心里美瞧他双目果然白蛤蜊似的和瞎先生一般，吃惊之下又是暗喜。

那小贺却一挤瞎眼，垂泪道："拙夫不幸，遂成废人，只好有累娘子，便请你与我收拾出一处静室，俟我静心养目，或有重明之时，也未可知。"

心里美道："你且宽心静养就是。"于是沉吟一会儿，便命婢仆将后院高楼收拾出来。楼上是里外间儿，甚是整洁，小贺住了里间，就命两娈童住在外间伺候。心里美不时地上楼去照料一切。

过了两天，只见小贺动转需人，不差什么，便嘣一头撞在板壁上。心里美故意站在他面前，他还是高唤娘子，真个是瞎就成唎！于是心里美放下心来，不消说将两个娈童一并收用。始而还在别处偷摸，继而因婢仆眼多，图这楼上僻静，横竖小贺是瞧不见的，怕他什么，便公然在楼上外间淫媾起来。好狠小贺，有时听得他们许多声息，恨不得割掉自己耳朵，却咬紧牙关置之不理。

一夕，月色大明。时当暑天，两个娈童都在外间熟睡，心里美趸上楼来，一瞧那两个活宝都赤条条地睡在左右榻上，一个是侧身而卧，露着粉妆玉琢的臀儿；一个是大面朝天，烛影光中，不但显得他粉棠花似的脸儿，十分可爱，并且有件妙相物儿，只管向自己略点头儿，似迎来客。心里美欣然之下，便随意坐在正中凉榻上，一面倾耳里间动静，一面先脱却裤儿。

正在左顾右盼地思量事齐乎、事楚乎的当儿，却听得小贺在里间嘟念道："啊呀，好热。外间莫非是娘子吗？叵耐这两个小猴儿怎地死睡，由我喊得口燥，他们都不醒。娘子且递与我一杯茶吃，扶我到外间凉凉也好。唉，人瞎掉眼，真是活受罪，在里间只是热得睡不着。"说着，窸窣声动，竟似乎摸下榻来。

心里美听了好不扫兴，便光着下身站起，一面向里间走，一面道："你瞎

81

模糊眼的,便在里间安生睡吧,又转动怎的?"小贺道:"毕竟外间风凉些,娘子也陪我困一觉儿,不好吗?"心里美啐道:"你别没人样!小猴子们醒来听了,什么意思呢?"

小贺听了,不由暗笑,当即扶了心里美的肩头,慢慢趄向外间正榻上歪倒。恰好有一阵凉风吹过,小贺狠狠地打个哈欠道:"好困,你瞧,还是这里凉爽,那么娘子,你也就……"说着一伸懒腰,语势模糊之间,已自沉沉睡去。闹得个心里美心头热辣辣的,坐在他榻脚上,通没作理会处。

正在歪着头儿,略欠臀儿,倾着耳朵去听小贺的鼾声是否熟睡。忽觉臀儿上有物件撞了一下。心里美回头一瞧那人,赶忙一使眼色,一面回手,也不知捞着那人什么所在,两人便挨肩叠背地同听了一霎贺声。料得小贺熟睡,便拖抱了,竟就左榻烛光之下,正在做出奇妙光景,便闻右榻上转侧有声,即有人嗤然低笑。

心里美从百忙中望见,兴发之下,连忙一招手儿。这一来,左边榻上的心里美,登时成了"冲繁疲难"四字的缺唎!这个去补缺,那个便卸事;这个卸了事,那个又补缺,只管轮着替,尽力子掘那块膏腴之地。三个人这一番美满风光写意之至,自以为能够赏鉴这妙景的只有楼头月儿,榻上那瞎厮便是做梦也瞧不到的。

不提当时心里美直被两个娈童摆布得花憔柳困,方才整衣趄去。且说小贺次日里仍困在楼上,咳声叹气,心里美也不去理他。傍晚时分,在自己室内洗了个凉爽澡儿,重理晚妆,想起昨夜风光,便要去寻两个娈童调笑。于是整整罗衫,摇动白绢团扇儿,扭扭地趄将来。

刚上楼梯,却听得小贺响亮亮地唤道:"娘子快来,我告诉你件天大的喜事。"心里美笑道:"你两只眼瞎得久惯牢成,又有什么喜事呢?"小贺笑道:"黄河尚有澄清日,岂可人无得意时。娘子不要问,且听我告诉你。"

说话间,心里美趄上楼去,只见两个娈童都没在外间,只有小贺坐在外间榻上,背着脸儿,低着头儿,似是沉吟什么事体哩。心里美笑嘻嘻走向塌前,一拍小贺肩头,方得道一声:"你这瞎宝贝,有什么天大喜事呀?难为你自己便瞎摸出来,他两个小猴儿哪里去唎?"忽见小贺身形一转,霍地一睁两眼,直射向自己面孔。这一来,吓得心里美一个整颤,几乎跌倒。却被小贺一手挽住,大笑着一抚双眼道:"这便是俺天大喜事。俺昨晚在这榻上恍惚中似得一梦,分明有人向我道:'你明日灾难已满,应当瞽目重明。'不想这会子果然重见天日。这些日有累娘子照料,便是昨晚那等热天,还劳娘子陪俺困觉,实在令人感情不尽。没别的,卑人这厢有礼了。"说着放手下榻,向心

82

里美便是一个大揖。

这一来不打紧，心里美登时心头乱跳，便变貌变色地说出几句话来。正是：

一朝见青眼，三尺系红罗。

欲知后事如何，且听下回分解。

第七十五回

入粟得官白丁横带
草差科派秀才聚谋

且说心里美见小贺瞽目重明，又说到昨晚困觉的话，不由心头哔剥一跳，登时由耳根簇起一片红云，直晕双颊，忙搭趁着理理鬓角，抹抹汗珠儿，却笑道："你的眼好了，真是天大喜事，自家夫妻，说什么感情！但是你这眼一定是今天才好的了。"说着，便瞟着左榻上，气息颤喘。

小贺暗笑之下，便道："连我也模模糊糊的，想是今天才好的哩。"心里美听了，心下稍安，只得一面怙愡，一面道："谢天谢地，这可是天开眼咧。"小贺笑道："俺也觉得是真正开了眼咧。"

一句话，听得心里美心头又似十五个吊桶打水一般，只管七上八下。便搭趁着用团扇给小贺扇了扇，却笑道："你眼睛才好，须要将息，等我唤那两个小猴儿来给你开晚饭，饭罢早早安歇吧。"

小贺笑道："俺昨晚安生生地困得好觉，不需将息。倒是夫人昨晚在此陪我困觉，未免大大地累乏咧。你瞧今夕月色，想是不减昨夕，待卑人制酒，一则与娘子酬劳，二来娘子也该贺我三杯才是。"

心里美听了，正在越发怙愡，恰巧两变童双双趑入，一瞧小贺目光炯炯，都呆在那里。小贺便喝道："你这两个崽子，昨晚狗也似睡在这里，劳乏你们什么来，却一个个都躲出去困觉。还不快到厨下与我唤整齐酒饭来，待我与夫人赏玩这楼头月色。"

两变童相对一怔，又略瞟心里美，唯唯趑出之间，这里小贺却携了心里美就榻对坐，随手儿取过那柄白团扇，却笑道："你瞧这柄扇儿，还是俺春月间由某扇铺中买来，眨眼数月光景。可喜今天俺又得见这扇儿咧。"于是一面摇动，只和心里美说笑些闲话儿。

心里美心下虽安，却未免觉得小贺眼明得诡异。正在陪了他，没说强说，没笑强笑，恰好由两变童端到酒饭，便就外间临窗案上摆设停当。方要退去，却被小贺喝住道："难道你们昨晚死睡还没睡醒，又要躲懒去？还不快斟上蛊儿。"

两娈童望得心里美一眼，只得斟上酒，立侍左右。这时心里美被小贺撺掇弄着相对坐下，只怯慑得低了头儿，想起自己昨晚在左榻上的光景，端了酒杯，只顾颤笃笃地勉强着吃过两杯。亲与小贺斟上一杯，偷眼瞧小贺时，却只顾望望左榻，又瞧瞧两个娈童，慌得心里美强勉笑道："你眼睛方好，这酒是辛辣之物，不宜多吃，便请用饭，俺也要下楼歇息去咧。"小贺笑道："娘子不要忙，等少时卑人同你去。"于是斥退两娈童，索性移了座儿，靠近心里美，一面温存调笑，一面连饮数杯。

这一来闹得心里美良心发现，正在如坐针毡，恨无地缝可钻。只见小贺一摇团扇，却笑道："今晚这样月色，不由令人诗兴发作，待俺就这扇儿上题诗一首，与娘子拂暑何如？"说着，趄就靠壁案上，研得墨浓，蘸得笔饱，向着心里美笑吟吟点点头儿，即便大书几句。趄过来，将扇儿抛向心里美怀中，却大笑道："娘子且自瞧我新诗，俺且去方便方便。"说着，竟自踉跄下楼。

这里心里美拿起扇儿，眼花缭乱地仔细瞧时，却是寥寥四句道：

> 昨亦不必言，今亦不须说。
> 尔我各自知，楼头有明月。

哈哈，说也不信，这寥寥二十个字，并没奇处，但是心里美瞧到眼里，就如头上打个焦雷一般。情知是自己丑态被人瞧去，顷刻头晕眼花，手儿一颤，扇儿落地。正在羞急难当，没法下楼，忽闻楼下鞭笞声动，两个娈童杀猪也似叫将起来，接着便闻小贺喝仆人道："快与我打煞这厮们，奴才欺弄主母，这是要斫头的。"说着，鞭声愈厉。

两娈童直声怪哭，只乱叫"主母救我"，听得个心里美正如滚油沸心、万镝丛体，却又闻许多婢仆都哄了来，拉的拉，劝的劝，既已闹作一团。又夹着小贺暴跳如雷，两娈童哭声动地，其中又有人乱吵道："你们到底也分两人去上楼瞧瞧主母，若吓坏了还了得吗？"一句话，更听得个心里美走投无路，羞极之下，短见立生，于是解下束腰的红罗带儿，竟自自缢而死，那偌大的奁资便轻轻落在小贺手中。

事发之后，那孟百万虽痛女儿，却也奈何小贺不得。小贺假作瞎眼，用羞激之法，既治杀心里美，奁资到手，便登时捐了个县丞职分，在山东候补。他的钻干才情并外面的八面风本是绝顶，那许多的谄附要路的丑态自不必说。没多几年，便夤缘着河工保案，闹了个过班知县，历膺要差，他宁可赔钱去干，以博上峰的信用欢喜。果然此计有效，上峰以小贺堪称能吏，便委他代理某县，又署了一次缺。

那小贺初握铜符，一来不敢贸然掊克，二来还想结实实坚了上峰信用，得补肥缺之后再作道理。所以在署缺代理任中，倒弄得很有声誉。于是历任上峰都靠小贺，小贺能吏之名也便越发大著。这时小贺又历署他县，便渐渐施展贪酷手段。起初还惴惴然，恐地皮硬或者扎手，哪知他累任之县，都是些棉花地，一任他搓圆拍扁，那县人们连个响屁都不敢放。于是小贺放手大干，敲骨吸髓之下，济以淫威，创为种种毒刑，压榨取财，陷诬的良民也不知有多少。弄得满县人踏足而走、侧目而视，见了小贺便如见了活阎罗一般。又因他曾捉获盗窃，酒醉之下，便硬生生剥皮示众，所以大家赠他个"贺剥皮"的徽号。

其时县人中也有大家气不过，联名上控的。无奈小贺手眼通天，将上宪处打点停当，倒将那联名为首之人摆布得鸡飞狗跳、家败人亡，因此越发没人敢去捋虎须咧。那小贺得意之下，恩仇快意，沾沾自喜。他落魄时那班狐群狗党不招自集，都来当他的爪牙。这种人只知势利，哪知廉耻，昔为小贺朋侪，今都甘为二爷（俗谓县官之仆）。

其中有两人最为小贺所喜，便都重用了。一个派为司阍稿案（稿案为县衙仆人中之最握权者），一个派为跑上房跟班。那稿案姓尹名贵，外号儿"杠穿死尸"，生得身躯健膊，颇有膂力，也会两手狗儿刨的把式。一张黑麻驴脸，偏又是两只红烂边的斜眼子。有时挤溜着去瞅人，便如瞎厮，因此人又呼他为"瞎尹"。此人阴狠胆大，最会弄权，倚势取人钱财，本是某县中一个滑吏。当年小贺被其师逐掉后，东投西奔没落子时，曾受过瞎尹推解之惠。

那跑上房的叫作金荣安，年岁和小贺相仿，脸子漂亮亦如小贺。他本是某县署中一个剃头匠，当年小贺随其师习幕时，两人都是美少，于是暗含着有些断袖之好。至于是否贴得好烧饼（俗谓互做龙阳），也就不必给他们断定咧。

那小贺爪牙既多，每历一任，便如老虎率领了一群狼崽子一般，贪酷之行简直不可胜纪。那官蠹之丰自不待言。于是小贺除高坐堂皇，一番鼓吹闹罢之后，便以声色自娱。那群雌中却有一个最得宠的爱妾，名叫瑞莲，生得白白胖胖、妖娆多姿，一颦一笑能使小贺随她宛转。若比较起群雌姿色，她也不见得便高人一筹，但是小贺离却她便有食不甘味、寝不安席之势，竟自由爱生畏，但见瑞莲一发娇嗔，便吓得小贺不知所为。

那瑞莲既摸着小贺性格儿，自然是恃宠而娇，有时撒起泼悍性儿，往往抓得小贺面颊上长血直流，还须小贺百般告饶儿才罢。那小贺一帆风顺，历署各县，正在兴头当儿，却又补受了栖霞县。不多几日，由藩宪挂出牌示，饬即日赴任。这消息传到小贺署中，直喜得一班人们横蹿乱蹦，有的便噪道："金福山（县名）、银栖霞，这是登州属下有名的肥缺。这次咱宦儿做个任满，管保落他十数万雪花银。便是咱们也该发个小财，回家去当财主了。"

那瞎尹却摸着焦黄的狗蝇须儿，笑眯眯地骂道："你们这班臭屎蛋，晓得什么！你以为登州地面像别处那么没筋骨吗？那里人们动不动便讲殴官差、砸衙门，凶得紧哩！你不想法儿先制服住他们，便想发财吗？"说罢，腆起大肚皮，去见小贺道，"如今栖霞地面人情犷悍，老爷到任，先须给他个下马威，镇吓一下。依小的之见，老爷须求上宪加个营务处的虚衔，老爷再多带上几名小队子（俗谓县衙卫队），方觉威武。"

小贺听了，颇合心意，于是办完离任交代，就到省谢委之便，面求上宪加了虚衔，便登时赶做了旗牌伞扇，制起两面大旗。一是"栖霞县正堂贺"，一是"钦加五品衔营务处"字样。又购置了二十余杆耀眼增光的大马刀、二十余条红缨长枪，特选了数十名彪形虎躯的小队子，一色的青布包头，杏红马褂，下系战裙。当莅任之日，前驱头踏，全副执事，接着便是轿前少队，各执枪刀，从大旗飘展、伞盖飞扬之中，早现出一乘四人大轿，其中端坐着一个穿靴戴帽、笑面虎似的官强盗，便是小贺。当时一窝蜂价卷入栖霞县署，将当地人们都瞧得发怔，又素耳这位"贤"父母的大名，大家私心惴惴，便觉不妙。

果然，次日大堂抱柱上挂起一副对联，便是小贺亲题，其词曰：

我如卖法脑涂地；
尔若欺心头有天。

后面又有几句跋语道：

本县历任为政，意主搏击豪强，唯除暴乃能安良。不博慈惠之名，而遗姑息之患。今下车伊始，书此自誓，愿与邑人士共勉之。

大家见此语气，正在相与吐舌，向大堂东西壁下一望，那吐出的舌儿简直收不得咧！只见两壁下齐臻臻设着十架跐笼，好不怖人。原来跐笼这刑具十分酷惨，笼上端有两块木枷似的厚板，可以掐住人的脖儿。人站在笼里面，脚下垫砖，只要那砖一撤，这人便上掐木板，下面是两脚悬空，活活吊煞哩！

当时大家惴惴然各自散掉，只好给他个闭门家里坐，暗自留神。但闻今日派某人的差徭，明日捐某富户的款项。街上锒铛铁索之声，夹着吏喷差骂，又闻今日捉到什么强盗，明日捕获什么要犯，那二堂上是终日敲扑，大堂上跴笼内总有五六个奄奄待毙的人们。更可怕的还有那群小队子，在街坊上挑是寻非，酗酒瞧小娘儿，自不必说，并且借着巡缉为名，分头下乡。到村中，先寻富户首事，大骂尽兴，然后大马金刀地要吃要喝，要牲口喂养，要辛苦钱。

主人家若唯唯应命倒还罢了，倘或面色稍沉，口吻间有些嗫嚅，那群副爷（俗呼小队子为副爷）们则是抢皮锤打个落花流水。重则说你是窝主盗钱，老长的铁索飞向主人家脖颈上，愣拴在马后胯，拖了便走。这时那瞎尹大权在握，业已成了站着的知县，另在县衙旁赁起大宅，自有一班趋附他的劣绅刁生、蠹吏狼役人等，日夜价向他那里关说事体，直然地其门如市。因为小贺这时富贵意满，颇有养尊处优之势，略省官事，便退入内院，只和一班小婆子们鬼混。所以瞎尹趁这当儿竟自大得其手。

自小贺到任没得三四月的光景，那栖霞县中已然弄得暗无天日。便有一班秀才们气他不过，正思量寻小贺的过节儿，想铲去这位"贤明"老父母，恰好小贺又科派下一种草差。这项草差，因为十分累民，已经前任费了许多气力，通禀上宪永远革掉。这时小贺却因其中很有肥肥油水，愣要规复起来。

当时众秀才一闻此事，便相与聚议，七嘴八舌地吵过一阵，有的主张鼓动各乡抗派，有的主张联名上控。末后议决，以上控为是，但是讲到为首列名之人，大家又未免面面相觑，互相推让。俗语云"秀才造反，三年不成"，当时大家鸟乱了半日，通没作理会处。其中还有两个假解手为由，竟自溜之大吉。

便有一人愤然道："可惜刘东山没在家中，不然咱大家推他为首，却再好没有。你别瞧他是个粗鲁朋友，一铳子性儿，遇了事真能咯吧吧地干两下子，绝不含糊哩！"

正说着，又有一人拍掌道："何必刘东山，现在还有一人堪以为首哩。"于是叠起两指，说出一片话来。正是：

巨擘谁堪属？从容叠指中。

欲知后事如何，且听下回分解。

第七十六回

众秀才筹议上控情
唐二乱演说不平事

且说那人叠起手指，却笑道："如今耿兰溪正在家居。咱们推他为首，连作上控呈词的人都有了。他那支笔正好做刀用哩！"秀才轰然道："妙，妙。咱们快寻他去。"

其中又有一人道："慢着！若是前几年的耿兰溪，不消咱去寻他，他还许出头齐合咱们去上控哩！如今他自做枪替闹事后，不甚好事咧。他若好事时，便是瞎尹那厮如此胡闹，他早生法儿摆布他咧！如今去寻他，知他可肯？"

众秀才踌躇道："那么怎样呢？终不成便由小贺胡为吗？"于是大家各自搔首，乱过一阵，只得去寻耿先生看机行事，这且慢表。

且说耿先生这日散步街坊，刚踅进一爿茶肆跟前，只听门内有人道："屈先生，你是识文断字的人，再者，俺家主人的性格儿大概你也有些晓得，他是什么客人说话的茬儿？你先生只怪我不与你方便，却不知我吃他的骂也好作囷了。如今再展你两月限，无论怎的你须本利交清。不然，俺家主人发作起来，却有些不好说了。"

即又有一人有气没力地赔笑道："左右求您转去好话多说，俺只赶快筹措便了。"即又闻先那人哼了一声。说话间踅出两人，头一个敞披袍子，歪戴帽子，生得獐头鼠目，兔耳鹰腮，满脸上油滑之色，手内拎着只大雀笼子，一径地摇摆出来。仔细一瞧，却是跟瞎尹的三小子（俗谓仆人之仆，曰三小子），名叫马二的。后面一人年可六十来岁，形容憔悴，衣冠黯淡，却生得面目清癯，文绉绉的，低了头儿，攒起老大眉头，用那瘦长的手指只顾在自己胸前乱画圈儿，似乎是思忖什么。

耿先生定睛一瞧，认得是学中朋友叫屈明峻的。原来这屈秀才能书善画，是县中风雅知名之士。大凡风雅之士十个有九便是穷骨头，却不道这屈秀才穷得更狠，一家三口儿只仗他卖书鬻画胡乱度日。还亏他只有个老伴儿申奶奶并女儿玗姑，一来人口轻，二来申奶奶母女做些针黹营生添补日用，以此尚能过活。但是笔墨生活原非恒产，没得抽展时，典当都空，只好从事借贷，这也不在话下。

当时耿先生瞧得是屈秀才，正怙惙他和马二嘟念的或是什么借贷等事，便见马二沉着脸子，一回头道："屈先生，你莫怪我说，你们念子曰的人，办什么事总是粘皮带骨，一辈子没个清爽。今天这件事，俺就是瞧你面子，拼着回去挨骂，给你两月的限。你若和我玩搪托，到时光叫我坐蜡，可不够交代。再者，若惹得俺主人兴起，大概你也脱不得清净的。好嘛！你打听打听，栖霞县哪个主儿敢欠下他的借贷呀？"

屈秀才道："就是吧。你老哥但请放心，这几日中俺已张罗得有些头绪咧！两月后准能交清便了。"

耿先生听至此，方要招呼屈秀才，恰好有一班茶客从自己背后拥将来，一哄之间，再瞧屈秀才时，已和马二匆匆地转入肆旁一条短巷中。这里耿先生正在望着短巷略为逡巡，只听背后有人笑道："耿兄瞧什么呀？想是瞧那屈老呆吗？"

耿先生回头张时，却是常在衙门前闲荡的朋友唐二乱子。原来这二乱子也是在学的一位朋友，整日价闷闷混混，放着书本不摸，吃了自己的清水老米饭，专好做个无事忙。不怕是狗打架的事他也要探个底细，又专好就衙前探些事体，用做谈助，说起话来又撩天摸日头，很是有趣，因此得了这"二乱子"的绰号。那耿先生有时寂寞，却好寻他谈个天儿，以为消遣。

当时耿先生便笑道："唐兄来得正好，咱且吃杯茶谈谈。却也作怪，怎的屈老先生和马二那厮同走呢？"

二乱子笑道："那怪什么！若说起那老呆也是有些作死。便是借贷，哪里不好借贷，却借贷这个王八蛋的。"说着，一挤眼，作个瞎势，又笑道，"等我慢慢告诉你吧。"

说话间，和耿先生踅入茶肆。那二乱子不等就座，便一路乱喊，慌得两个茶伙紧跟在他屁股后头，赔笑道："唐爷今天请客吗？咱这里诸般茶点、过口高摆，一概俱全，您就请吩咐吧。"二乱子道："好啰唆！你就来一盘茶点，先端过口来就是。"说着一拍胸口道，"算我的！"

两个茶伙赶忙答应，一个便跑去泡茶，并端过口，一个忙着擦抹茶案之间。这里耿先生不由暗摸摸自己的腰包儿，暗笑道："老唐今天准是没抓着什么东道，且由他去。"思忖间却笑道，"唐兄不必客气，还是俺候了吧。"二乱子道："什么话呢？一定须算我的。"

说话间，两人就座，恰好茶伙先端到茶并四色过口高摆，是一碟瓜子、一碟干姜豆腐丝、一碟花生粘、一碟栗子糕。

那唐二乱子更不理会什么茶，先抓瓜子敬过耿先生，然后抓起一大块花生粘塞向嘴内，随手儿又抓了一块糕，准备在嘴唇边，这才咕嗒声咽下那口花生粘，却笑道："不知怎的，俺一天到晚，总是连吃饭的工夫都没得。今天才起床，便被邻舍家捉去写了两封家信。方才搁下笔，又有人来找。我敛上的打更钱，脚步儿还没到家，又遇着后巷的张老奶奶，说她儿媳妇添小人，只管添不下，死求白赖央我替她向仁育生药店中买催生药去。药方买到，三不知地又被县衙后身开木作坊的董大下巴张见我咧，不容分说，硬拖住我，灌了一阵子苦茶。所以我这会子只觉肚儿发空。"说着大嘴一张，一块糕业已入肚，又伸手去抓第二块之间。耿先生却笑道："还是唐兄能者多劳。像俺这愈懒人，再也没人来找。"

这时唐二乱子又已嚼到第二块糕，塞得两腮气蛤蟆一般，一面连连摆手，一面递与耿先生一块糕。顺手儿又按住第四块糕，猛地伸伸脖儿道："可噎煞我咧！这栗糕真还得味，耿兄怎不闹一个呢？你真是没得说，俺哪里配称能者呢？不过俺是走星照命，若老实实坐一霎儿，屁股上便像起刺。但是你说没人找你，这句话我却不信。如今有许多学中朋友因小贺子科派草差，大家起哄要去上控，这其间没人找你吗？说不定还许举你做个头脑哩！"

耿先生愣然道："什么起哄？这事俺连影儿都不晓得。"二乱子笑道："不晓得也没什么打紧，左右他们也是瞎捣乱的勾当。"说着，那第四块糕又已入肚，望望碟儿内却没得咧，因伸手抓过耿先生面前那块糕道："这糕冷了发硬性，不中吃的。等我替你装入肚，你等着用点心好咧！"说话间吞入那糕。瞧得耿先生正在好笑，恰好茶伙端到点心，是一盘芝麻薄脆、一盘闷驴烧饼、一盘儿油糖蒸饺。那一盘儿耿先生还没瞧清，已被唐二乱子嗬一声拉到自己面前，抢食膀子向案上一趴，便如猫儿获食一般，忙笑道："这样儿油腻得很，你老兄是吃不克化的。倒是俺这空心肚皮还能将就。"说着，油晃晃把抓口喃（俗谓吃也），嚼得口角只顾流油，转眼间盘儿见底。那饿狼似眼光，又已射向那油糖蒸饺。原来他所据的那样儿，却是一盘肉心烧麦。

当时耿先生好笑之下，吃过两杯茶，方嚼得两片薄脆，正要问他屈秀才之事，便见二乱子又找补了半盘蒸饺，便向胸前一抹油手，恶狠狠打个饱嗝，却皱眉道："不知怎的，俺如今食量就是恁地不济，真是沾口就饱。耿兄慢吃，俺这里只好用茶陪你了。"说着，连耿先生的茶杯都拿过来，一面斟茶，一面却笑道，"真是人吃饱了有精神，俺如今便想起些新闻来咧！即如学中秀才们要上控小贺，这是一件了。前些日，北乡中有个富户，因家宅不安，召集了一班四不像的火居老道，敲钹打磬地打了一日醮。老道们又胡乱弄了几张鬼画符给他贴向宅门。这一来不好了，那瞎尹竟矫官命，飞签火票，将富户一索拴来，愣说他是习练邪教。原来上月里，府城左右曾有个借卖针为由，惯用邪咒迷惑小儿的妇人，被官中捉住。

"这迷人拐子，本也是常见的事，并不甚奇。哪知咱们这位府太守他便小题大做起来，便疑惑那妇人是什么兖沂一带的白莲余党。本来那兖沂地面老年时寿张王伦曾闹过白莲教，也难怪他想到这里。当时府太守像煞有介事似的，便行文所属，命留意盘缉奇诡人们。小贺接到这公事倒没在意。那瞎尹想钱的本领本来可观，于是借此为由，便找寻到富户身上。后来整治得富户没法儿，终究被瞎尹榨了一注大钱去方才了事。

"还有一件没要紧事，便是署中那个小白脸子金荣安，不知为什么事体被小贺鞭笞一顿，火杂杂地还要逐掉。不想小贺的爱妾叫瑞莲的，她却不肯，三言两语和小贺翻了面孔，撒泼打滚还不算，又将小贺挠了个长血直流。归根儿金荣安也没去掉，出入扬扬，倒越发得意起来。俺想做姨奶奶的护着仆人，这里面总有个螺丝转儿。等消停些，俺还要探个底细哩！"

耿先生不由扑哧一笑，道："喂，唐兄！我且问你，你肚里这么些新闻，从起床跪到这当儿，怎还治不饱自己的肚皮呢？可见你乱子之名，定非虚得了。"

一句话招得二乱子也自笑将起来，便长长地一伸懒腰，却笑道："连我也不晓得是怎么档子事，只要我一觉醒来，便觉有许多没头没脑的事都等我去办似的，两只鸟脚不禁不由便向外溜。走马灯似的转大半日，猪圈狗窝都要探探头儿。一张嘴，由出而归，通不许合煞，也不知乱的是什么。如此回家，便闹一碗粗粝冷饭，也香甜得了不得。不然，俺便浑身紧绷，就似绳儿缚的一般，八下里不舒齐。你道这鸟性儿怪不怪呢？"

耿先生笑道："那一些不怪，你瞧世界上人，哪个不是走马灯似的乱转，直转煞方罢，谁又能转出什么头脑来呢？"说话间，两人又吃过两杯茶。唐二乱望着案上所余的食物，一面摸肚皮一面沉吟的当儿，耿先生却又说到屈秀才。

二乱子道："说起老屈，真也可怜。他因家计艰难，笔墨支持不得，欠了一屁股两肋叉的零星小账，总计来，就有二百多银两。不是米铺掌柜来讨，便是布店伙计来寻，还夹着许多的小贩生意人们来敲门打户。闹得老头儿对付过一个，不了一个，连笔墨都没暇弄。于是他便想到零欠不如整欠，倒省得许多麻烦，这还是去年冬月里的话。正这当儿，恰好瞎尹那厮死掉老婆，便借发丧要打穴。当地人们于是盛治丧仪，铺陈客座，却因缺些好画挂，瞎尹便自寻老屈挑拣画儿。

"老屈那里本来是窄巴巴的屋子，只好让瞎尹就内宾中坐地。说也奇怪，那瞎尹竟和老屈要好，从此，不时地便去买两张画，一坐便是大半晌，两人日益厮熟。那老屈无意中说起自己想借笔整债还零债之意，可怪瞎尹那厮忽地慷慨起来，居然借与老屈二百五十两银子，并且利息甚轻，只是无论何时要归还时便须归还。话虽如此说，那瞎尹自借出银两，一向也没问老屈取月利，到此时，已是数月之久。老屈既无力归还，瞎尹也不哼不哈，两下里是豆儿干饭，给他个老闷着。

"哪知数日之前，那瞎尹忽然狗脸一变，登时命那马二向老屈索取那二百五十两银子，加上利息，就有三百多两。你想老屈穷得筋都要断，一时间哪里有这注钱。前数日，俺偶遇老屈在街上慌慌张张地跑。问起他来，他说现方向各处亲朋张罗款项，因说起借用瞎尹银两一段事。当时俺便说他道：'你老兄这算盘却打错了，那平常零一，不过他们讨要时显得麻烦些。你今改作一大泡整债，又与小人作缘，瞎尹那厮何曾有过人心？你知他怀着什么歹毒主意？这项钱，你不是向亲朋处拜门去，总宜早早还他为是。'过了两日，俺又从乡间遇见老屈，说项张罗的款项，已经稍有眉目，今天他和马二一同走，想又是被马二迫索款项咧。"

耿先生道："不错的。那会子，俺听马二说展老屈两月的限哩！"二乱子哼了一声，道："我看便是展四个月限，老屈要归清那款也是难的。头一件，他近来多病，连笔墨进项都少咧。前两日因家中没人使，便是申奶奶和女儿玗姑都自己上街买菜籴米。那玗姑虽穿着平常，倒是好个俊秀人儿，穿着双褪旧小鞋儿，一下子踏到泥污中。当时俺不由暗叹道，像这等脚首的人儿，若生在富贵家，怕不打扮得像莺莺小姐吗？如今就自己满街跑，真是委屈了一双小脚哩。"

耿先生听了，不由大笑道："你这乱子真可以的，又乱到人家小脚上去了。俺瞧你起坐不安的光景，又该乱到别处去咧！那么，咱们也就散吧。"说着，回手探怀，意思是掏出钱钞，便唤茶伙会账。

二乱子一见，赶忙跳起，一把揪住耿先生道："慢着！你……你……我就是整个的王八蛋。"

正是：

　　茗谈一席话，中有不平情。

欲知后事如何，且听下回分解。

第七十七回

访屈生赠金敦友谊
避罗织收债走东乡

且说唐二乱子一把按住耿先生，便噪道："你若这么办，我就是王八蛋！这个小东道，无论怎样算我的，现钱赊账倒不在乎。真个的，这点儿东道，你还不赏脸吗？"

耿先生见他急吼吼的样儿，以为他真要抓抓面孔，便一径地退出手来道："唐兄既如此说，俺就从实了。"

二乱子登时一怔，眼睛一转，却忙笑道："这便才是！咱们自己人，还有客气吗？"耿先生方要喊唤茶伙，二乱子却连忙握手，便登时扯起前衣襟，将所剩食物夹七杂八地倒在里面，把来兜好，却笑道："算盘不可不打，咱出过钱的东西，为甚白丢掉呢？"

正说着，恰好茶伙趑来，一见二乱子臃肿兜物之状，便笑道："你老真是不发财怨命，剩点儿食物便舍不得便宜俺们。"说着，一面检点空盘碟，一面一样样报罢价目，高声道："连茶带点，共是四吊八百二十文。唐爷若不赏脸，俺们候了，便记上您的账吧。"

二乱子道："走……走……再饶你一个走。你当是唐老爷没现钱，总是记账吗？如今俺衣袋里有的是钞票，便劳你驾，替我掏出一张六吊的来，连小账都有在里面了。"说着，两手兜物，腆起个大肚皮凑向茶伙。

那茶伙不知就里，真个的向他衣袋中便掏。你也别说，里面真个有一张叠折的纸票儿，那茶伙因为二乱子一向吃茶照老例的都是记账，这次竟真有钱票，不由喜噪道："唐爷这次真个不含糊，看来您要发财咧！"说着退出手，一瞧那票，不由大笑道，"你老真会开玩笑，这是张当票儿，如何当钱用？"于是仍与他装入袋中。

二乱子却望着耿先生，顿足道："你瞧，我真是乱出所以然来咧！因为俺的钱票和当票都置在一个枕匣中，想是出门慌忙，一下子便装差咧。那么耿兄你借与我六吊钱，这点儿账不值得记的。"说着，兜了食物，拔脚便走。临出肆门，却回头道："耿兄，咱们是傍晚时光再见，这六吊钱，你总须收回我的。不然，我便是个王八蛋。"说着，一脚跨出肆，竟自笑眯眯地乱向他处。至于这六吊钱唐二乱子是否归还耿先生，阅者诸公也就不必找下文咧。

且说耿先生暗笑之下，只得付清茶账。趄离茶肆，一面散步，一面怙惚回唐二乱子所说的新闻。及至趄回，业已过午大后。刚一脚踏入内室，只见娘子正在榻上检点一个盛杂物的小篓。对榻案上茗具犹陈，似乎是有客来过的光景。

耿先生问起所以，娘子便笑道："那会子你出门后，不大的时光，冷锅爆热豆似的，那屈秀才的浑家申奶奶忽然来咧。我见了她几乎有些不大认得，因如她又黄又瘦，顶着一头白头发，并且满眼里泪淫淫的。还没等我开口，她便一行鼻涕两行泪地说出来此之故。原来屈秀才该（谓欠也）了人家一笔款项，那账主儿催得凶，所以他老两口儿分头价向各认识家挪移钱项，凑还人家那笔账，并且说那账主儿便似逼命似的催还。我因你没在家，没处去商量，却记得这小篓内有些散碎银两，约有二两多，我便寻出来把给她。那申奶奶还苦着脸子，哭了回穷才去。所以这会子俺顺手儿检点这篓。也不知他该的谁的账，便这么吃紧？"

耿先生道："可知他吃紧哩！"因将所闻唐二乱子的话一说，又笑道，"你给她这二两多钱济得甚事？咱那衣箱中还有前些日子收回来的一笔银子，你不会多给她些吗？"娘子道："那是四百两的整数儿，你没在家，俺就敢动吗？"说话间，娘子检点停当。

夫妇用过中饭，那耿先生怙惚一回，便从衣箱中取出一包二十两的银子，一面掂弄，一面向娘子道："那屈先生为人不错，又和我厮熟。他今有紧急用款之处，待我多助他些儿。"说着，将银两置下。正在整理衣冠，只听二门外脚步乱响，似有多人涌入，并乱嘈嘈地道："今天咱非捉住他不可。"接着便有人大喊道："喂，耿先生在吗？"

这一来不打紧，闹得耿先生一面向后院撒脚便跑，一面向娘子道："你快瞧瞧去，若是什么官人来，你只说我没在家便了。"说着，一径地闪向后院墙下，先望望跳墙的出路，在那里凝眸侧耳，且候消息。

原来耿先生是钟鼓楼上的雀儿，受过惊的。因干枪替两次被捉，总有些心虚似的。这时在家，虽不干枪替，但是因经营财物、放债取利等事，未免猜疑着或是出了什么岔子，所以便暂避后院。

当时耿先生侧耳听去，但闻娘子吱吱喳喳和那班人吵了一阵，接着便笑道："原来诸位是寻他来闲谈的。既如此，请客室里坐吧。"即闻一阵脚步响，似已哄入客室。这里耿先生正在怙惚，只见娘子趄来道："不相干，来的是群学中人们，俺只认得咱后街上那个李佩玉秀才也在里面，向我夹七杂八地说了一阵，我也听不清爽。其余人们只顾草差草差地乱吵，你自家瞧瞧去吧。"

耿先生听了，不由恍然，因将唐二乱所说秀才们要上控小贺之事一说，娘子惊道："若真是这么回事，他们撺掇你当为首的或是列名，你可不要应他。"

耿先生笑道："我傻憨咧！没来由穿那虱子袄去。秀才做事都是热气起哄，一见了针尖大的厉害，便都缩头不出，大家撒手，只瞧那为首的哈哈笑咧。你只放心，俺自有道理。"于是一面命娘子烹茶伺候，一面踅出。

刚踏到二门外，便听得众秀才蛤蟆吵湾似的，正在客室内呱呱而谈。有的道："士气须盛。"有的道："贪吏须惩。"只管没头没脑说些个不三不四的话。其中又有人高声道："今天李佩玉先生发起这事真令人佩服。你瞧李先生平日价大妮子似的，连个大言语都没得，办起大事真是肚内有牙。"又有一人道："你瞧，什么话呢，这才是仁者之勇哩。"

耿先生听了，正在好笑，便闻李佩玉托地一口痰吐在地下，喘吁吁地道："咱大家且别乱，今天咱公推耿先生为首，是不须再说。只是这上控的呈文还没起出稿儿，诸位哪个愿动大笔，少时和耿先生斟酌好，咱也该办着咧。"

众人哄然笑道："李兄休得取笑！秀才荒三年，赛如白丁。俺们肚内唯存有几个看老家的字儿，这些年早就饭吃掉咧！如今愣往外掏字，哪里会有？咱索性一客不烦二主，少时也请耿先生偏劳吧。"李佩玉道："便是如此。"

正说着，忽又闻咕咚一声，众人哗然道："某兄，快些起来，你准是上了闷火咧！快些静坐一会儿便好咧。虽说是为着义愤，这事也不可过于着急。小贺虽凶，大概也难逃公论的，若八字没见一撇，只管自己动火，还成功吗？"即有一人呻吟道："咱全县人们如今都在水深火热，怎会叫人不着急呢？"于是大家一阵价唏嘘太息。

耿先生听至此，不由暗笑道："这干宝贝，既上了这股子酸馊劲儿，若和他讲事之利害、力之敌否，一定是缠扰不清。不如顺他们意儿说上两句，推脱开，由他自去为是。"怙悝间，便放轻脚步，先有气没力地咳了两声，然后微倭身儿踅入客室。一眼先望见李佩玉腆着个油篓似的大肚皮，气喘喘地坐在正面椅儿上，案上置着白纸呈儿。其余人鸦飞雀乱地随意散坐。耿先生大略一瞟，无非是些城乡间素来好事的秀才。

这里耿先生方含笑向大家点点头儿，还未及客气，众秀才早已一拥而上。当由李佩玉止住众人乱吵，便义形于色地一说来意，众人便趁势哄然道："这领袖为首一节，耿兄料是谁无可辞，此节不必再议，咱就烦耿兄先撰拟呈文吧！"

耿先生一面听，一面夹着微嗽，先让大家落座，然后向佩玉道："论理呢，诸位有此义举，俺应当追随诸位之后才是。但是俺近来多病，真没这份精神；二来诸位也应晓得，俺耿某已革掉功名。今诸位都是在学的，倒叫俺已革的秀才去做首领，可有这个道理？此次义举，既由佩玉兄发起，最好便是佩玉兄为首列名。若说到撰拟呈文一节，俺当效劳。至于贱名，一来无足轻重，二来已没得秀才，混入诸位中，倒显得人众杂乱。"

大家听了，先是面面相觑，继而却攒三聚五地交头接耳。末后却簇拥了李佩玉趋就远坐，大家围住他只管喊喳。

这里耿先生偷眼瞟去，但见李佩玉只管搔首，并大把价抓脑门上的汗。少时却顿足道："诸位既如此见推，俺就和他干一家伙。"瞧得耿先生正在暗笑李佩玉已经上了恶当，便见大家又已哄到自己跟前道："耿兄既如此谦让，俺们便推李先生为首，这个上控呈文，便请劳动大笔吧。"

耿先生道："当得，当得！"于是趑就案前，一面展开那白纸呈文，一面提笔略加思索，即便一挥而就。

不提大家见了那呈文都各称善，道声"打搅"，便拥了李佩玉一哄而去。且说耿先生送客回头，和娘子一说搪塞众秀才的情形，彼此笑了一回。耿先生更不怠慢，便袖了那包银子亲自与屈先生送去。问起他凑集的款项来，知已有过半之数。耿先生暗料，还有两月的展限，那一半之数一定也能凑集得了，便把屈先生这段事抛在脑后，只顾了探听李佩玉等上控小贺的消息。

转眼间过得个把月，却闻得上控风声有些不妙。那小贺又向府太守处走了一走，回来便越发催办草差，急如星火。耿先生想寻列名的秀才们探探底细，却又懒怠接近那班人。正在怗惙当儿，恰好唐二乱子趑来闲坐，耿先生谈话之下，便提起李佩玉等上控之事。

二乱子拍膝道："糟咧！难道这段事你还不晓得？如今小贺在府里使了手眼，说李佩玉素行无赖，这次胁众上控，意在鼓动抗差，这等劣衿非拿办警众不可。府尊信了他的话，便把上控的呈词批驳，命他回县审慎拿办。小贺还没回县，咱们这班秀才先生凡列名的早已闻知消息，便一个个蹬开兔子腿，躲得影儿也无。只苦了个李佩玉却被小贺一索提去，押向礼房，听说还要革掉他秀才，再为惩办。俺又听说，小贺见那呈词作得厉害，和瞎尹商量，又要访拿这秉笔的人哩！"

耿先生愕然道："真个的吗？不瞒你说，那呈词便是俺作的。"因将前者李佩玉等来访自己之事一说。二乱子吐舌道："亏得你乖觉，没当那为首的，不然，这会子便糟了糕。但是你既作那呈词，小贺这当儿正在风火头上，你不如躲他两天是正经哩。"

耿先生笑道："俺不过替他们代代笔，又没列名，怕贺官儿咬我鸟去？"二乱子道："话不是这等讲，那小贺本就是没缝还想下蛆。又有瞎尹那厮惯会遇事生风，你还是躲两天为是。横竖俺是大闲人一个，等我听到什么风声，便来知会你吧。"说着，自行趔去。

这里耿先生也没在意。一日遇着屈明峻，谈话之下，问起他凑集的款项来，业已将次齐备。耿先生欣然之下，偶见明峻眼皮下有些青隐隐的晦暗，因骇然道："你这眼下气色，却怕闹什么病症。"明峻道："俺倒不觉得怎的，想是连日价奔走凑款，上些火气，也未可知。"于是从耿先生处寻了些清解药儿，即便别过。

耿先生送客回头，还未坐稳，那唐二乱子却忙忙地趔来道："耿兄，你还是躲躲吧。如今瞎尹那厮已风闻得那呈词是你作的咧！咱好鞋不沾臭狗屎，为甚和他怄气呢？"

不提二乱子说罢，又自乱向他处。且说耿先生既因二乱子之话，又想起东乡里有几户债利该去收取，便告知娘子缘故，即便下乡。本想是暂避数日，哪知自己朋友颇多，一到东乡彼此便盘桓起来。逡巡间，已是小个半月的光景。耿先生探得自己事没得动静，即便趔回。

次日慢步上街，想要到县衙前探探消息。方一脚踏到县学街前，只听一个肴肉店内有人唤道："喂，耿兄哪里去，几时回来的呀？你真口福好，俺这里买些酒肴，想自己消个遣儿，如今咱快去受用吧。"声尽处，已到面前。

耿先生一瞧，却是唐二乱子，秃着头儿，满脸上僵僵皱皱，似乎是连脸面都没洗。穿一件肮肮脏脏的短袍儿，跋着一双破鞋子，手内提着一挂草绳令，上面系着七大八小的几个油纸包儿，大概是酒肴之类。

耿先生因笑道："唐兄，你瞧你这脸子，少说着也有三天没洗咧！却只顾快乐馋嘴。"二乱子笑道："告诉你不得！自从你下乡后，俺便忽然闹起疟疾来。起初是隔个三两日发作一回，渐渐地加了紧班儿，是隔日一回。热便几乎热煞，冷便冷得要死，气得我想了个主意，单等那冷劲儿来时，我便脱得光溜溜，向风道口一坐，命人用大桶价提到新汲井水，披头便浇。"

耿先生大笑道："你这呆子，不是作死吗？这一来，保管发作起更凶些儿。"二乱子道："谁说不是呢！当时我那么一来，那疟鬼居然叫我治回去咧。但是没过三天，猛可地疟又发作，一下子弄得我直卧病了二十多日。近两日方才大好，可以街上走走。病倒不算什么，只是这小个把月的光景竟弄得我没出大门。并且一向不敢吃荤腻，嘴内要淡出鸟来。所以俺买些酒肴，没娘的孩子早穿棉袄，自己疼自己，要自己起起这病。如今遇着你，就权当与你接风何如？"说话间，拖住耿先生便趋就街上一处酒肆。

耿先生一面走，一面道："唐兄病体方好，不可只顾贪酒浑吃。咱今天小饮三杯，见个意思就是!"二乱子道："不打紧的! 俺这三两日早又在街上消遣，业已好人儿似的咧!"于是两人就肆中临窗坐定，喊过酒保，只命来酒。

二乱子一包包将包儿打开，七谷八杂堆了一案。两人吃过两杯，耿先生便略谈自己在乡下的情形并昨日方回的话。因笑道："方才咱两人若不相遇，俺在街上转一霎儿，也要寻你老哥去咧! 不知瞎尹那厮近日还怙惙我不怙惙?"

一言方尽，只见二乱子用两手食指互相压叠（示交媾之意），便哧地一笑，说出一片话来。正是：

> 捐金损弱女，义举在须臾。

欲知后事如何，且听下回分解。

第七十八回

觊觎佳丽豪奴抢亲
奔走街坊学友急难

且说唐二乱子一面手指交叠，却笑道："你放心吧，如今瞎尹那厮只顾了准备屁股眼子朝上，哪里还有闲心怙惚你去！"耿先生茫然道："你这是什么混话？"

二乱子道："哟，哟！难为你，连个屁股眼子朝上都不懂。你想瞎尹要做崭然的新郎，娶个花不溜丢的小媳妇，洞房之内，锦被之中，譬如你老兄做了瞎尹，能够屁股眼子不朝上吗？"

耿先生恍然之下，便笑道："你这张嘴再不会呧好话的，瞎尹要娶老婆就是咧，却说得这等费解。但是你一向病得没出门，怎会知瞎尹要娶老婆呢？"

唐二乱子道："方才我没说吗，俺三两日前已在街上消遣。便是昨天傍晚，俺偶在瞎尹门首踅过，只见人众出入，十分热闹，又有马二那厮只管兴冲冲地踅出踅入。少时，却送出彩轿行的沈歪嘴来，一面吵着道：'明天午后便用彩轿。若不整齐时，小心着打折你腿。'当时俺随便问了问歪嘴，所以知得瞎尹要娶老婆哩！"

耿先生听了，不由大笑道："瞎尹……"一句话没说毕，忽见二乱子向窗外望望，赶忙摆手。耿先生向外张时，原来正是瞎尹穿戴着阔绰衣冠，挺胸腆肚地从窗外踅过。后面跟着个狗颠似的马二，一面笑眯眯用袖儿不时地与瞎尹掸后衣襟上的尘土，一面却笑道："你老到那里也不过一盏茶时，咱的人轿也便随后到咧！你老只要一瞪眼，新人上轿就算成功，不要和他们牵藤扯蔓。好在那病汉管不得事，只剩个老妈妈子，都有我哩。她便是撒泼打滚，难道还跳出咱爷儿们手心去不成？"那瞎尹听了，只哼了一声，两人即便匆匆而过，瞧得耿先生颇觉诧异。

二乱子便笑道："你瞧瞎尹，被你一声喊，真就来咧！真是说着曹操，曹操便到。看这光景，他们定是娶亲去。但是新人上轿，怎么还用瞎尹瞪眼呢？

这事有些蹊跷。"耿先生道："这不消说，瞎尹那种人，什么阴功事办不出？既讲瞪眼，说不定就是抢孤孀等事。"

正说着，忽闻远远地鼓乐声动。二乱子一面搔首，一面向外张望，忽地遥指道："你瞧，兀的不是沈歪嘴引着彩轿来也。等我再问问他，瞎尹那厮娶的是哪里的老婆。"说着跳起，一径地趋向肆外。

这里耿先生凭窗张时，果见两行吹鼓手，一色的十字披红，拥定一乘花花彩轿，颤颤地直整将来。当头一人正是沈歪嘴，一面走一面指挥轿夫道："快着些儿，咱们这份生意不图赚钱，只图省事。老早地抬到那里，他没得说。若迟了，他抓个邪岔儿，不但不给轿钱，便是抢你顿马棒也是白挨。人家当时当道，你向哪里说理去呀？啧啧，天理良心，咱这轿被他雇了，干这种事，我就觉于心有愧哩。"

耿先生听了，正不知他吵的是什么，便见轿后又是雄赳赳抢来两人，一色的短衣伶俐，手提马棒。一面抢起马棒纵横作势，一面瞪起大眼，向沈歪嘴道："喂，老沈哪，快着些儿，咱们是早去早回。此事已毕，大家吃尹爷的喜酒，没的惹得他急声怪气，大家都不好看相。俺们要先行一步咧。"说着，前一人一拄马棒，做个虎跳，方在那里略撅屁股，后一人一个箭步赶将去，便用那马棒头儿向他臀孔一抵，却大笑道："老尹今天请咱们保镖，你也该抖点儿威风才像回事，怎的在街上便乱兜主顾。"前一人回头笑骂道："他妈的，怎的揍来呢？"于是两人一路歌呼，竟自各飞而去。

耿先生认得这两人都是县衙中的小队子。正在怙惙他所说瞎尹请他们保镖的一句话，便见唐二乱子三脚两步地从肆门前跑过来，一径地迎住沈歪嘴道："喂，沈头儿哪里去？尹二爷娶的是哪家亲事呀？"

那歪嘴正在走发，猛被二乱子一拦，逡巡之间，后面彩轿人等已一拥而过。这里唐二乱子都不管他，便顺手一把，索性拖住歪嘴，急得歪嘴顿足道："唐爷别乱跑，等我稍闲了再告诉你。丈二的手卷，画（话同音也）长哩。"说着，一面挣脱手去追彩轿，一面回头道，"这喜轿就发向屈明峻那里。"

耿先生听了，不由心中一动，也要跑去问个端的之间，便见二乱子嗖嗖地两个箭步，又一把拖住歪嘴。这时两人离得肆窗下业已较远，耿先生听不清爽。但见歪嘴一面价四外溜瞅，一面附了二乱子耳朵喊喳良久。末后，却拍拍心窝，指指天上，忽地大声道："你瞧他竟办这等事，不过说着是娶亲好听些罢了。"说着，甩脱身便赶彩轿。

这里耿先生正在暗想自己所料不差，那瞎尹一定是去抢什么孤孀，所以和马二先行到场，彩轿后面又跟了两个小队子以逞威吓。但是屈秀才那里，一家三口却并没得孤孀。怡惚间二乱子踅回，嘻着嘴道："哈哈，真是咱栖霞县天高皇帝远，这不成了野人国了吗！这次俺可探听仔细咧，原来这彩轿就是向屈秀才家去的。那一天俺就和耿兄说，屈秀才是耗子啃猫，有些作死，竟与瞎尹接近，借他的钱用。如今瞎尹借他欠债为由，竟这么做出来，真个令人气破肚皮哩。"

耿先生听了，愣着两眼专待他说出下文。哪知二乱子咳了一声，便去吃酒，并且一蹾杯子道："如今的年头儿，恶人当令，只好待天开眼再说吧。耿兄不要管他，咱且吃酒。"

耿先生发急道："唐兄说话却怎地吞吐，他到底怎样做出来呀？"二乱子道："无非以人抵偿，愣去抢人罢了。"耿先生一时懵住，便扑哧一笑道："岂有此理！那屈秀才的浑家申奶奶，论年纪直可以做瞎尹的妈，难道瞎尹缺老太太，便去抢抬她？"

二乱子拍膝道："耿兄，你莫非气糊涂了吗？那一天，我没向你说屈家没人使，连玗姑都上街买办吗？如今他抢的就是玗姑。"

一句话不打紧，听得耿先生直立起来，大声道："你说什么？"二乱子一手持杯，乜起半醉的眼儿，却笑道："好没来由，你问我发急做甚？如今我索性抖底儿都告诉你，都是沈歪嘴方才说的。便是瞎尹那厮自从他老婆死后，前去屈家买画，张见玗姑小模样儿，便起了贼心烂肺。以后和屈秀才靠近，慷慨借钱，故意不取月利，都是为玗姑。一面命马二值知屈秀才窘迫当儿便去索债。也是屈秀才活该晦气，自马二给他两月限后，屈秀才东挪西借，只过得一月余，不差什么款便齐备，正要赶紧还债，那屈秀才却一头病倒，至今还卧在榻上，半死不活，那挪借之款早又为医药费掉。真个是福无双至，祸不单行，屋漏偏遭连夜雨，船歪又遇打头风，越紧越加箍，越渴越吃盐，他妈的，真是再别扭没有。"说着，引起一杯，刚要张嘴，早被耿先生劈手夺过，啪的声摔在地下。

二乱子一愣道："怎么？"耿先生慨然道："你不须说咧！以下定是瞎尹倚势，抢玗姑娘折债。但是这事已至紧迫，怎么办呢？"二乱子咦然道："这只好由着瞎尹今夜里屁股眼子朝上罢了。"

耿先生顿足道："岂有此理！难道唐兄你不是学中朋友？瞎尹如此地欺辱屈明峻，便是欺辱全学，唐兄既遇此事，岂可坐视？"二乱子笑道："你又来咧！凭我有甚能为，不坐视怎的？没事价瞎乱倒可以的，若办正……"一个"事"字没出口，耿先生忙道："你只要瞎乱就成功。今天俺用你这两条快腿，你只要肯去辛苦，耿某自有道理。"于是附他的耳朵匆匆数语。二乱子跃然道："这点儿事俺干得了。好在县学衙左近住有三四个秀才，你赔好吧。"说着，撒开腿跑出酒肆。

这里耿先生方探头窗外去望沈歪嘴一行人的后影儿，只听背后二乱吵道："不成功咧！俺就这么空手白嘴地去向你家索取三百多银，俺那老嫂一定不会信的，须请你写个字儿方才成功。"

耿先生一瞧二乱子气急败坏跑回的神气，倒觉好笑，忙道："唐兄此话有理，俺倒忘了这层咧。"于是两人趄向酒肆账桌上，借了纸笔，顷刻写就。

不提耿先生这里一面静候，一面时时外望，唯恐瞎尹等抢得人来。且说二乱子接了字柬，连颠带撞地跑出肆，真个是两脚如飞。方低着脑袋趄到县学前，却被一人从背后拖住道："乱子老哥哥哪里去？今天咱们少说着也须闹两盘，我就不服气你那稀臭的屎棋。"

二乱子回头一瞧，却是住在县学隔壁卖笔的陈先生，诨号儿又名"陈大官"。因为他落落拓拓不修边幅，卖笔之暇最好下象棋，只要有人对局，他的正经主顾登门他就可以不去理会。那二乱子每日瞎乱，乱到无可乱处，便寻大官做个收场。两人见面，更无别话，先彼此一勒胳膊道："你敢再来吗？"就这声中，一个是由鼻孔里发笑，一个是瞪起眼睛，接着便噼噼啪啪棋子乱响，就仿佛棋之胜负，全在人的劲头儿大小一般。

开场儿业已如此，少时，便觉得只用气力在棋子上还不济事，于是继之以口，继之以手，一面喧争，一面抢吃棋子；再少时，便继之以脚，或踩得啪啪山响，或拉开骑马势子，以助威风。终至于彼此乱架胳膊，无论如何，愣不许吃子儿，没理由可讲的。到此程度，算是一局将终，不定由哪个一掠棋布，棋子满地，彼此价更谈不到胜负，只都背过脸子去，或气喘如牛，或骂骂卷卷（俗谓骂之甚），看那光景，发指皆裂，就像永世价不再对局。哪知还没转眼，又复棋子叮叮然响成一片。

但是陈大官虽是笔贾，为人却颇耿直。他卖笔货真价实，少一文钱他也不卖。他也不肯无端地扰人一杯茶酒，大有一介不与、一介不取之风，因之学中秀才们都接近他。至于唐二乱子更是他的棋友了。

当时唐二乱子猛可地被他一拖，几乎跌倒，因连挣带吵地道："今天可没工夫杀你的屎棋咧！俺还要赶紧地去寻这街住的赵先生、李先生并王、郭两位。放手放手，你瞧，你还只管厮缠。"说着，便揣起字柬，硬劈陈大官的手。

陈大官一面瞟着那揣入的字柬，却笑道："你终日瞎乱，又有什么正事？来来来，咱且过棋瘾。"二乱子急得暴跳道："快放手，俺还有天大的正事哩。"说着一挣，几乎牵得大官都跌。

大官见他真像事忙，但是拖住的手，还不肯便放，却笑道："你既有事，且饶过你一盘，但是你有甚事，便这等忙？"

二乱子顿足道："好啰唉！俺寻他们自然有事。"于是先将瞎尹硬抢玗姑一段情节一说，然后道，"如今耿兰溪仗义出头，便替屈生还债，保全玗姑。并邀赵、李等拦阻瞎尹，以理折服他，俺这便去邀人取银。刻下瞎尹等已赴屈家，这等风火事可是耽搁得哩？"

大官笑道："梦话，梦话！只是你败军之将想逃脱俺手罢了。清平世界，那瞎尹也没长三个脑袋，他就敢领人愣抢人家的大闺女不成？这不成了戏台上的费德公、华德雷了吗？便是耿兰溪也就肯白花花地拿出三百多两吗？乱子哥，你便是乱也要乱出个情理来。如今闲话少说，咱还是闹一盘吧。"说着，索性又添上一只手，拖得二乱子只管东倒西歪。

这一来急得二乱子忙掏出那字柬道："你瞧，这不是耿兰溪叫俺取银的字据，没来由俺哄你做甚？可笑。"

陈大官这当儿还不肯便放手，便就二乱子手中一瞧那字柬，忽地大叫道："哈哈！这个王八蛋瞎尹，真这么办哪！"说着，两手齐放。二乱子不曾提防，吭哧声早闹了后坐儿。这里大官一面来扶，一面噪道："唐兄，如今咱这么办。你便飞了去取银两，这街上赵、李等人由我去知会他们，咱们都到那茶肆中聚齐儿，你道好吗？"二乱子道："便是如此。少时咱们茶肆见吧。"

不提大官听了应声跑去，并二乱子两步作一步直奔耿宅。且说耿先生的娘子这日见耿先生出门后，忽想起耿先生下乡多日，一定没吃到什么可口的饭食，便自己上街，买了些时新菜蔬并一头肥鸡子，把向厨下整治中饭。一面烧滚水，焯退鸡子，一面将所余滚水舀入一只大木盆中，又将耿先生脱下的一件要洗的长袍儿准备在手下，意思是整治饭食停当便去洗衣。

你想一个小小厨房中，烟熏火燎，又搭着手脚忙乱，那娘子做饭才毕，早已累得顺鬓角儿只管流汗，里面衣裤也便汗渍渍地黏在身上。于是娘子掇过木盆，暂置下那件长袍儿，且自脱得光溜溜洗个澡儿。又因自己脱下的衣裤横竖是要换的，便顺手儿按向盆中，且做浴布。

须臾浴罢，将浑身擦干，一面迎风去去湿气，一面扎束鞋脚。逡巡之间，忽然想起耿先生下乡躲避瞎尹的事，不知这时瞎尹可能忘掉耿先生。

正在穿好鞋子，坐在盆前浴凳上，一面怙惚，只听大门上啪啪两声，接着便擂鼓似敲起。又有人急促促地乱喊道："大嫂开门，如今耿兄有紧要事，叫我来寻大嫂商量哩。"

这一声不打紧，只吓得娘子啊呀一声，猛地站起，向前一跑，便闻一阵价稀溜哗啦，顷刻弄得厨屋内一塌糊涂。正是：

中怀方辗转，闻语自仓皇。

欲知后事如何，且听下回分解。

第七十九回

觑闺人二乱得笑趣
拦彩轿一掌挫豪奴

且说娘子正在怙惚耿先生下乡躲避瞎尹之事，忽闻有人敲门既凶，又说是耿先生有紧急事，叫他来寻自己商量。那娘子吃惊之下，只认是耿先生被官中捉去，于是啊呀一声，发脚便跑。百忙中，却忘掉足前还有浴盆。

当时娘子一脚踢翻浴盆，赶忙一跳，闪开来那盆中之水，哗啦声泼满一地。娘子都不管它，便这等光溜溜跑了两三步，方想起没穿衣裤。正急得翻回身，乱抓地下那湿漉漉的旧衣裤的当儿，只听大门上啪啪啪又是几记。

这一来闹得娘子忘其所以，便丢下湿衣裤，披上耿先生那件长袍儿向外便跑。这时娘子只顾了心头乱跳，三脚两步趑到大门洞内，又不敢贸然开门，不由颤笃笃地问道："你是哪个呀？"

那人喘吁吁道："你瞧瞧，怎的大嫂连我的声音都不识了？俺就是姓唐的，开门，开门。"

娘子听了，如何晓得他是哪个？惊急之下，因微嗔道："你这人好没分晓！便是猫儿狗儿也有个花儿虎头的名称，你这说是姓唐的，俺怎知是糖疙瘩糖饼哪？"说着，悄就门缝向外略张，反倒放下一半心来。因为唐二乱子不时地也到耿先生处瞎乱，那娘子不但认得他，并知他是个忙神急燎鬼似的性儿，说起话来就像有什么大不了的事似的。如今他虽说耿先生有紧急事打发他来，不一定便是被捉入官哩。

当时娘子不由哧地一笑道："唐二哥，不要见怪，不知者不作罪。俺没想到却是你，只管混吵起来。如今二哥寻我商量什么？他又有什么紧急事呢？"说着，哗啦啦门儿一开。不提防唐二乱一个虎势抢进来，啪嚓一脚，正踏到娘子脚尖上。这里娘子一皱眉头，方由袍袄间弯起一只雪白的小腿儿去摸抚脚尖。二乱子不由分说，便从怀内掏出那字柬，递与娘子道："大嫂快拿来，三百二十两银子，耿兄立等着就用哩。"

一句话劈空而来，闹得娘子又是一怔，只得颠三倒四地且瞧那字柬。只见上面有歪斜字儿，确是耿先生写的。其词道：

今有急用，须三百二十两银，特烦唐二兄代取此项。见字速付，不得有误。作何用途，问唐兄自知，切切！

兰溪具

当时娘子看罢，知耿先生定有急用，因向二乱子问知缘故，便惊道："既如此，您且向客室稍待，俺就取来。"说着，匆匆地趄入二门，便奔向内室。

这里二乱子马马虎虎，只就客室中略稳屁股，也便随后趄入二门，却闻得一股炙香只顾扑鼻。逡巡间趄入厨房一瞧，只见一个洗衣木盆翻在当地，地上是盆水汪洋，还有一身女衣裤掺在水中。厨桌上一个马尾罗罩儿里面罩着很整齐的菜蔬，再掀掀灶锅盖儿，却是煮的香喷喷肥鸡子。

当时二乱子不由啯地咽口唾，暗想道："可惜俺今天事忙，不然，我总须劈只鸡腿尝尝，不知这娘子烹调手段何如？"逡巡间用两指掐了半个鸡翅膀儿丢入口，暗想："人家都夸兰溪的娘子善会作家过日子，活计虽忙，却能摆布得开。看起来此话不虚，瞧这厨中光景，她准是一面做饭，一面洗衣，想是她听得俺敲门紧急，所以慌得连衣盆都踢倒咧。"思忖间，将两个油指向灶旁墙上一抹，趄出厨房。只见院中盆花草卉位置楚楚。

二乱子瞧望之下，又自慨然道："人能遇到个会作家的娘儿也是福气，瞧这院中多么洁净！像俺老唐的老婆就不用说咧，丢得满院中柴横草竖，锅头灶脑上是盆朝天碗朝地，隔年的泔水都不泼，里面生挺长的带尾巴蛆。饶是如此，还累得她猱头撒脚，一天价总要抱八份委屈，那才是磨坨（俗谓濡滞也）老婆不拾闲（俗谓忙碌），摸了锅台摸炕沿哩。"思忖间，坐向院中一只矮凳上，等候良久，却不见那娘子趄出。但闻室内窸窸窣窣又似有掇移椅凳之声。

二乱子一面倾耳，一面躁得站起来，就院中来回大踱。顺步儿趄近正室窗下，从窗缝向内一张。只见那娘子正站在一只高凳上，去开检靠北壁立柜顶上的一个衣箱。那靠柜高案上已堆着六个桑皮纸的银封儿，整整三百两，还有个粗布袋儿也置在案上，似乎是准备装银的。

那娘子正略低头儿，脸儿朝里，探手入箱，一面只顾摸索，一面嘟念道："这箱儿真该整理咧！里面物件就似乱屎一般，分明有两个十两的银包儿，莫非漏到箱底了吗？"说着，拿起一物，略扭身置在案上。二乱子一瞧，却是两件折叠的衣服。须臾，又是一个花绸包儿跟手取出。

这里二乱子的眼光正在跟着人家手儿乱转，忽闻娘子自语道："可寻着

107

咧！怎样我就似吃了忘蛋一般，这小银包儿分明在这布包中，却各处瞎翻。"说着，从箱内取出个浅红花布包，略弯腰儿，就高案上打开来。

这里二乱子不由眼睛一亮，暗道："怪道人都说这娘子又爱作家，又爱俊儿！你看她就有着许多漂亮物事。像俺那老婆，鲇鱼样、死蛇臭的困鞋子就提不得咧！"原来那包内零零碎碎，都是娘子的琐亵物件。无非中衣兜肚并叠卷的足缠之类。其中还有两双簇新的困鞋子，一红一绿，一色的花帮平底，软绸提跟，尖翘翘好不伶俐。这两双鞋儿却另用包儿包着。

便见娘子从那双红鞋子里面掏出两个小小银包。瞧得二乱子正在暗笑道："这等藏银用所在，倒也妙相！这不消说准是她的体己银两，如今都把来应付了。"

正这当儿，便见娘子将两个小银包置向六封大包中，一包包都装入粗布袋内，挽结停当，然后又收拾诸物件，逐件地归入箱中。依旧将鞋包并兜肚、足缠之类打入那浅红花包中，拾起来掂了掂，却自然笑道："这一来却轻了许多。真是千日打柴一日烧，俺好容易积攒了三十两银，如今就去了一大半儿。"

一句话听得二乱子又自慨想道："真是老天没有错配的婚姻，鲇鱼配鲇鱼，鲤鱼配鲤鱼，夫既好义，妻亦慷慨。若是俺那老婆，愣拿出这么些体己，还不坑掉老命吗？"思忖间，忽见娘子两手举包，身形一长。二乱子忙望时，不想那窗缝上端特狭，望不甚清。

正这当儿，忽闻里面高凳微动，娘子哟了一声。那二乱子天生乱性儿，他不瞧瞧哪里受得！于是忙以手指蘸唾，戳窗张时，只见娘子正支起脚儿，高举那包儿，向衣箱内放，踏的凳儿还在微微晃动。那娘子身儿也便随凳儿略为摇摆。

二乱子恐她跌下，那闲扯淡的心也跟着人家扑通之间。说时迟，那时快，便见娘子忽地手儿一滑，因举得太高，那花包儿骨碌碌地竟从她背上直滚下来。慌得娘子忙反背两手向后一抄。因手势慌急，一下子连后面袍儿都抓提起来。那包儿虽是抄住，却有一个光滑滑粉臀、两条白生生玉股，一径地耀入二乱子眼中。

这一来张得二乱子出其不意，百忙中只管要笑，便赶忙掩紧口，提轻脚步，一溜烟似跑回客室。暗笑道："这娘子却也作怪，怎的便光着屁股，又穿着耿先生的旧袍儿？怪得她开门时，由袍裆边露出一段光腿儿。可笑我只顾说话，竟没理会她穿的是男袍儿。难道她洗衣怕湿了自己的中衣，特用长袍遮掩吗？但是遮掩也罢，为甚里面便光屁股呢？"怙惕一回，忽地恍然道，"是了，是了！她定是在厨中趁滚水方在洗浴，听得打门紧急，慌乱中却错穿了衣服。亏得我方才跑出得快，不然，倘被她张见影儿什么意思呢！"

正这当儿，忽闻二门边脚步乱响，接着便闻娘子唤道："唐二哥快接接儿，这三百多两银还老沉的哩！"

二乱子应声跑出，只见娘子将那粗布口袋置在二门阶石上，身倚门框，一面用袍袖抹汗，一面却微揭前袍襟儿，只顾扇取风凉。二乱子见此光景，哪里还敢耽延，便含笑低头，取了口袋道："这银两既备，大嫂且请回，俺便去寻耿兄去了。"

娘子笑道："只是二哥忙碌，连杯茶也没吃得。"二乱子道："不消，不消。"说着，转身便走。

这里娘子送他去后，依旧关了门踅回厨房。见满地杂乱光景，不由暗笑道："好没来由，为屈家那妮子却忙得我手脚挖挲，又被二乱子蹴门打户地吓了我那么一跳。这半晌灶上没添火，也不知那鸡子烂了不曾？合该我是个忙命，方消停停洗罢澡儿，又被人搅了这么一阵。"

思忖间移盆扫地，又将那一身衣裤拧干晾在一旁，便踅去一瞧那鸡子，不由暗诧道："这事奇怪！怎的好端端一只整鸡，却短了半个翅膀呢？"锅盖儿盖得严密，断非野猫偷馋。再瞧瞧罩下，别的菜蔬都好端端的。

当时娘子遍瞧一回，通没作理会处。逡巡间仍踅向灶前，拈起几根柴草向壁上戳戳。方要添火，忽望见壁上影绰绰的有两个油手指节儿。娘子一面添火，一面暗想道："这事越发奇怪，俺向来沾油的手不去摸墙扶壁，这是哪里来的指印呢？"添罢火，凑向前仔细一瞧，略一凝想，不觉暗笑道："这不消说咧，大概是唐二乱子在外面等银子发急，三不知地却乱到厨房里来。他是个乱抓瞎的性儿，见了肥鸡子岂肯不尝尝？想是随手儿掐了半个鸡翅膀，却将油指抹在墙上咧！不要管他，如今且去洗那件长袍儿要紧。"想罢，重新拖过那盆来，再就滚水锅中舀了水，将坐的矮凳安置停当，去寻那件袍儿时就是不见。

当时娘子东瞧西望，四下乱寻，以为忙碌中拧绞在自己衣裤之中，便重新抖开那一卷衣裤，也是不见，躁得娘子什么似的，却没作理会处。逡巡间忽又暗想道："哦！莫非那会子百忙中又将长袍抓入正室内了吗？"于是一扭身儿，向正室便跑。

方离得厨房三五步远，只听鸡锅内沸的一声，似乎是火力太紧，汤汁溢出，慌得娘子掉转身去。方一迈步，却觉得两腿一裹，几乎跌倒。娘子顺手儿一摸衣襟，这才恍然悟会到自己只穿了件长袍儿，竟自光溜溜地跑了半晌，不由暗暗好笑道："都是唐二乱子报丧似的乱敲门，将人闹得颠吹倒打。亏得那厮只顾乱，想也没理会俺身穿什么。不然却是笑话。"

不提娘子这里且去更衣洗袍儿，一面价盛出鸡子，专待耿先生趑回。且说那唐二乱子离得耿宅，撒脚便跑。两手撮了个粗布口袋，趁着跋破的鞋子，跑了个踢哒乱响，招得街众们都笑道："唐先生，这会子又向哪里乱去呀？那会子陈大官也在这左近慌张马似的直跑，一定是寻你要下一盘哩！你不曾遇见他吗？"

二乱子听了，情知是大官抓寻赵、李等人，于是哼了一声，越发地脚下加快。须臾，将到那茶肆跟前，抬头望去，不由一怔。只见那茶肆窗外空场中黑压压的许多人，围了个风雨不透。有的向场中指指画画，有的彼此交头接耳，又有气得粗脖子红脸，一面勒胳膊捻拳头，一面乱吵道："打呀！县城里面就要抢男霸女，还有世界吗？打煞这瞎厮再说。那么大工夫，和他讲理哩！"又有叹气的道："按实情说呢，三人抬不过个理字去。人家这位先生既慷慨还你账，你还有甚说的。但是栖霞县久已有天没日，你瞧那瞎厮，他还抹眉溜眼，不是当理说哩。"

二乱子见此光景，料是瞎尹抢亲回头，已被耿先生拦住。心急之下，偏偏人似排墙，挤不入去。

正这当儿，便闻场内暴跳如雷，接着便闻瞎尹大喝道："耿先生，你的大名俺却久仰。但是今日之事，你不要自讨没趣。你虽说是替屈某还债，但是钱在哪里？空口说白话，便想我与你抬转这人儿去，恐怕没有这等便宜事。依我看，咱们是井水不犯河水，好多着的哩。"

耿先生道："尹二爷，话不是这等讲。俺耿某既然替鄙友还债，自能有钱。方才已遣人去取，少时就到。你若不信，且屈尊驾到茶肆稍候，以便俺当面交割。你是识道理能听俺良言相劝的，便当速命手下人抬回此女，交还屈家。人自人，债自债，岂有以人抵债之理？你依俺的话，还可从此将就下台，不失体面。你如再倚势胡为，不但招得众怒难犯，便是俺耿某一对拳头上也没得眼睛，未必认得什么尹二爷、尹三爷哩！"

二乱子听至此，料得事已紧急，于是一晃膀子，趁势将手中粗布袋硬邦地向面前人背上只一推，哈了一声，直连身儿颠将入去，推挤得前面人乱跌乱骂。二乱子都不管他，一径地穿过几层人，挤到人背后，伸长脖子先向场内张时，只见瞎尹和耿先生两人如一对将斗的公鸡一般，正在那里四目怒视。

瞎尹是反掖起前袍襟儿，勒着胳膊，提着油钵似大拳头，只顾跳喊。耿先生却从从容容，屹然山立，一面左遮右拦挡住去路，一面却微微含笑。再望到瞎尹背后，却由沈歪嘴指挥着轿夫、乐工人等，将那乘彩轿暂停路旁，隐闻得轿内有人嘤嘤而泣。那马二却躁得红头涨脸，竖跳一丈、横跳八尺的，只管向轿夫乱吵快走，却也没人理他。再瞧那两个小队子越发写意，一对儿箕踞轿旁，一个望着那彩轿绣帘儿，一面摇头晃脑，一面嘴内乱哼小曲儿，一个却用手中马棒就地下乱画圈儿。

急得那马二跑过来，向他们吵道："我的爹，你们到底干吗来咧？怎的人家拦住咱们就通不上前呢。"那两个小队子一眨眼儿道："上前干吗呀？"马二顿足道："你瞧瞧，你们倒来问我，上前打呀。"

一个小队子便由鼻孔里一笑，那一个便拍胸道："讲打，现成！但是棍棒上却没眼睛，一下子打出人命来，是你小子偿命呢，是你们贵上尹二爷偿命呢？"一句话气得马二回身便走。这里小队子却悄骂道："他妈的，怎么揍的人种呢？老子们赏你脸，给你们壮壮威风也就是咧！老子们扰你一席酒的过场儿，还不是你们买倒的骨头肉哩。"

瞧得二乱子又急又笑，正举起布口袋，想如前推挤之间，便见瞎尹大跳道："姓耿的，你这厮素不安分，俺早晓得。今日之事，实对你说，你是一百个管不着。"说着，回头大叫道，"咱的轿子只管走啊！等我先捉住这厮，问他个串通债主起意搅婚的罪名再讲。"说罢，猛地一翻身，便是个黑虎掏心的式子，嗖的一拳，直向耿先生心窝揣来。

耿先生微微一笑，略一侧身，用一个拨云退月的式子，啪的一掌磕开来拳，顺势骈竖掌锋，只向瞎尹臂肘间唰地一削，却喝道："你这厮想要怎的？今日之事自有公道，你这时论讲蛮打，却莫怪俺耿某无礼。"说着，纵身进步。正要举拳相还，忽见瞎尹跟跄跟向后一退，险些栽倒，一面甩着那只膀臂，只顾咧嘴。

这一来为势已急，暗地里却急坏了个二乱子，正在用那硬邦邦的布口袋在众人背后乱顶乱撞。只听场外侧首有人大叫道："慢打，慢打，如今学中诸先生都到，咱大家且评个理儿就是。"

二乱子循声望去，不由大悦。正是：

相持不下处，恰有解围人。

欲知后事如何，且听下回分解。

第八十回

闹茶肆捐金全弱息
急女难跣足舞申婆

且说二乱子循声望去，便见场侧首众观者呼啦一闪，先是陈大官勃跳而入，手持一面小锣儿，随后便是赵、李等人，共有七八个秀才摇摆进来。最末后还有十余人，都是县学街一带的商家住户。

原来陈大官去寻赵、李等人，恰值街上有个卖糖的，正敲得锣儿起劲。陈大官不容分说，抢过那锣儿即便敲起，一路乱喊瞎尹倚势抢人之事。及至他寻齐赵、李等人，业已有十余个好义的街众都随他来哩。

当时二乱子见陈大官一路伏兵业已赶到，自己越发着急，便使出全副气力只顾乱钻。偏巧他面前人众既多，又有个山精似的短衣汉子，又开长腿站在那里，便如铁柱一般，一任二乱子在后乱拱，他却通不理会。

正这当儿，便见赵、李等人侧身当场，一径地将耿、尹隔开。当由赵、李向瞎尹拱手道："足下所为之事，俺等都知，实实在理上差些儿。今耿兄既仗义还债，还请足下就此放手。那屈明峻虽是老病可欺，还有俺在学同人，岂能坐视足下如此妄为？今便请足下先命人送回玕姑，然后请耿兄偿还尊债何如？"

那十余个街众也便趁势道："正是，正是。俺想尹爷此举，是因索债无着，气恼头上不加思索的举动。凭尹爷身在公门，什么律条儿不明白，岂有真个抬人抵偿之理？如今话既说开，俺们都愿做个和事人，便请您和耿先生都到茶肆谈谈，以便交割尊款吧。"

这一来，大家一番话软硬都有，弄得瞎尹登时怔住。原来瞎尹从屈家抢得玕姑，耀武扬威地趑到此间，虽被耿先生劈头拦住，却还不以为意，及至被耿先生生削了一掌，只觉奇痛彻骨，方知是遇到硬茬儿上咧！今又见赵、李众秀才和街众们都到，情知自己所为难逃公道，一时间虽无奈何，却暗将耿先生恨得牙痒痒。

正这当儿，忽闻街众们交割尊款的话，于是趁势收帆道："诸位之话不错，俺果然因一时气愤，致此举冒昧，便请耿某立时价还俺银来便了。但是若没得银两时，却莫怪俺……"

一言未尽，只听人丛后有人大喊道："呔，着家伙吧！"声尽处，先飞进个粗布口袋，沉甸甸地落在地下。大家见了，方在略怔，便闻又有人大喊道："慢着，慢着，你这朋友好没道理，怎的在人屁股上乱顶乱蹭呢。你瞧瞧，还只管乱……"一个"顶"字没喊出，这里大家眼光一闪，便见一个短衣大汉子叉着两条长腿，直颠进来。他胯下却钻出个人脑袋，一面乱喊"耿兄银子取到"，一面向前直伸脖儿，意思是想急离胯下。偏那大汉腿长步快，竟夹着那脑袋歪歪斜斜颠了四五步远，方才轰然一声同扑于地。

这时大家望得分明，只见那胯下之人非别个，却是唐二乱子。原来二乱子在那大汉背后，见瞎尹说到银两，急欲挤进。怎奈那大汉挡得一堵墙似的，推搡不动。于是他情急之下，先将银袋抛入场，一低脑袋，向那大汉胯下便钻。那大汉猛被人钻，不知是怎么回事，惊诧中也便向前乱跑，所以两人作一搭儿跌倒于地哩。

当时大家见二乱子和那大汉对爬起来干瞪大眼的神情儿，正在好笑，只见瞎尹冷笑道："若没得银两时，却莫怪俺且将人儿抬去为质哩。"

这时耿先生已将布口袋拾起，知是银已取到，因笑道："你休这般说，如今俺银已取到，咱便当着大众，彼此交割就是。"

大家趁势道："正是，正是。今天耿先生是慷慨仗义，尹二爷是从善如流，都是十分难得，便由俺们与你两家解和。闲话休提，且办正事。这才是不打不成相识，来来来，且都到茶肆谈谈吧。"说着，由赵、李当头，簇拥了耿、尹便走。

那二乱子和陈大官也便忘了腿子辛苦，便相与先入茶肆，一面价夹七杂八互说彼此的忙碌之状，一面拣好宽绰座头儿。这时，肆中茶客是不消说各据座位，且瞧热闹。并有肆外许多闲人，也都趁到肆门口，探头探脑。倒忙得肆伙们一面忙碌端茶，一面直喊让路。

就这一片喧闹声中，赵、李一班秀才连同耿、尹，并那几个商家住户，共有二十来人，大家都趁到座头。当由赵、李指挥，大家满满地坐了三桌。那二乱子更不待赵、李开口，便喊茶伙端茶点，闹了个乌烟瘴气。

须臾稍定，大家都因跑闹得口燥，且各用茶。偷眼瞧瞧尹时，直挺挺坐在那里，一张丑脸子忽而红，忽而白，便如五月黄梅天气，阴晴不定。也不知是羞是愤，只管半晌价盯上耿先生一眼，那气头儿简直说可就大咧。百忙中却又有人且笑且吵道："你不要忙，停会子消停了，我是一连拿你三个下马。"又有人笑道："搁着你那吹大气，我不吃得你子儿都光，只剩个老将儿

113

耍傀偏不算数儿。"大家循声瞭去，却是二乱子和陈大官，两人一面大嚼点心，一面叫阵讲象棋哩。

当时大家茶毕，又闲谈了两句，那赵、李便笑向耿、尹道："如今事不宜迟，咱早把事了了，先送转屈家姑娘，也好叫明峻老夫妇放心。那么耿兄便请把出所以然来，当尹爷之面见见数目，就此交割。"

众人道："此话有理，事早完，大家都安。"因向瞎尹道，"那么尹爷也请将屈明峻的借据拿出，并示明本利的数目吧。"

耿、尹两人尚未答话，二乱子却哈哈地笑道："那银两数目是三百二十两，六封大包、两个小包，俺亲见耿家大嫂一总儿装向布袋内，只是方才那一摔，不知摔破包漏掉银渣儿没有。"

大家听了，都各一笑之间，便见瞎尹冷笑道："本利数目是三百一十八两零些儿，今去掉零头就是。但是屈某的借据却没在身边，那么诸位稍待，且待俺去取来如何？"说着，昂然站起，满脸生痛的就要拔步。但是逡巡之间，已被耿先生推归座位道："你不必再去耽搁，如今你见过数目，俺便将此项交与赵、李两位，明日你持据向赵、李二位换取银两就是。"众人道："此话不差，办事总要爽快。"

瞎尹听了没奈何，却越发气得气蛤蟆一般。原来瞎尹想借此脱身，再作道理。岂知这个馊主意早被耿先生料着。当时耿先生目视大家，大家更不怠慢，便一面从布袋中掏取银两，一面道："这大包的是五十两一包，六封儿，整整三百两，不须秤得。这两个小包是十两一包，须要秤出二两来，方合还债的数目。哪位从左近借个戥子来用用。"正说着，恰好茶伙来换茶，因笑道："俺柜上就有戥子，待俺取来。"说罢趱去。

这里大家见硬邦邦的大包银两堆在案上，不由都目注耿先生，暗赞他真个慷慨。便见他起手，打开一大包儿，都是十两、五两的纹丝圆锞儿，白花花、亮晶晶，宝光腾踔，好不俊样。

大家乌黑的眼珠正跟着银光乱转，便见赵、李将打开的包儿置向瞎尹跟前道："尹爷瞧清，这是五十两的包儿，余五包，都是一样，不必都打开费手咧。"这里瞎尹没滋搭味地应了一声，赵、李便随手包好，仍置向银堆。耿先生便一封封将六个大包儿先装入袋，正拿起一个小包儿，要解缚绳，恰好那茶伙取到戥子。

这时大家都围拢着瞧望，只剩个瞎尹低着脑袋，坐向一旁去生闷气。于是耿先生解开小包，却是些散碎银两，当即从里面秤出二两，随手儿把与茶伙道："这是俺今天的茶钱，多多少少，咱随后再算。"赵、李忙道："耿兄不要恁地，今天这小东儿，是俺们候咧。"

耿先生道："岂有此理！今天因俺此举劳动诸位，如何再叫诸位破钞？"那茶伙哈着腰儿，接了银两，并取了戥子，匆匆自去。

这里耿先生包好那十八两的包儿，也投袋中，又取起那小包儿，方要打开，赵、李忙道："既是十两的包儿，便装入就是。"

耿先生笑道："不瞒诸兄的话，这两个小包儿却是贱内的体己私房钱，妇人家马马虎虎，知她包得可对数目？咱还是打开瞧瞧为是。"说着，起手解包，却有一片花花绿绿的光彩射将出来，慌得耿先生哟了一声，赶忙得将包包好，揣入怀中的当儿，大家业已瞧清，不由都相视而笑。

唯有二乱子更笑得拍手打掌，笑了半晌，兀自揉肚抹泪。说了半天，你道那包内光彩毕竟是何物件？原来却是妇女们扎括金莲儿的一对重台，俗又名为里高底儿。这对重台外蒙彩帛，制作精工，又簇新新的，所以觉得光华射目。

当时耿先生愣怔怔地瞅着二乱子道："这事蹊跷！"二乱子越发大笑道："蹊跷什么？这银两既是老嫂装出来的，你回去问她便知分晓。只是这当儿少十两银，怎么办呢？"

赵、李笑道："这不打紧，明天交此款项子时，由我们暂垫十两，以后耿兄再还我们便了。"说着，便取起布袋，向瞎尹道，"如今尹爷也就不必耽搁，俺们便陪您转去，一俟明日据银交换，这里屈家姑娘自由耿先生等派人送回。"说着，和其余秀才并同来的商家住户都站起来。

这一来，弄得瞎尹气满胸膛，却苦于不能不从，只得偻地站起，冷笑道："俺并非囚犯，何劳众位押解。既如此，俺便失陪，先行一步。"说着，气吼吼又向耿先生望了一眼。刚要拔步，恰好那个该挨骂的马二趑将来道："如今那两个队上的（即小队子）也吵着要回衙去，便叫他们送送您且是便当。"

你想瞎尹这时如何会有好气！便恶狠狠一口浓唾吐向马二，却骂道："叫他们送你娘。好个不睁眼的浑蛋！"说着，分开众人，掉臂便走。

说也凑巧，这里大家刚送出瞎尹，便见那彩轿旁人众大乱，接着便闻有人大哭道："姓尹的，还我人来，不要走，今天咱须拼个你死我活。"即又闻众人乱吵道："你老人家快搁下那剪子，锋快的钢口，不是玩的。"

这里大家见状，正在怔望，便见轿前人众呼啦一闪，即有一人疯婆似的直抢将来。脸上哭撞得泪血模糊，身上是滚跌得尘垢狼藉，须发都乱，便似草鸡窝一般。一个苍白小髻儿直乱拖到脖颈儿上，左脚上没得鞋子，却似曾踏到污泥内，黑魆魆的便似个泥榔头，手持一把锋快的钢剪，便这等直着眼睛乱望道："姓尹的，贼奴才，你是好些的，先打煞我，不然……"

大家仔细一瞧，却是屈明峻的浑家申奶奶。于是大家一拥而上，好歹地先拦住她。偷眼瞧瞧尹时，早逃得影儿也无。这时唐二乱子不管好歹，先劈手夺过她那把剪子，气得申奶奶却大跳道："好啊！你们这班强盗，难道都和瞎尹是一气吗？却怎地拦我放掉他？既这样，咱就……"说着，向二乱子一头撞来。

二乱子不曾提防，登时闹了个仰八叉。那申奶奶嗖的一个健步，方从二乱子身上跳过，却被一人一把拖住。申奶奶一面力挣，一面大哭道："耿先生，你不对呀！你和俺丈夫素来交好，如今不说是助俺一臂之力，怎倒拦我？啊呀！我的孩儿，却苦煞你咧！我还要这命干吗？"说着，一个坠嘟噜坐在地下，竟自号啕大哭。

当时，大家料她是气怔，便帮同耿先生将她搀起，先一面乱嘈嘈地止住她乱哭，然后由赵、李两人，简断截说地将耿先生捐金仗义救下圩姑之事述明。听得申奶奶惊惊喜喜、愣愣怔怔，瞧瞧这个，望望那个，那眼泪重新似珍珠断线般直滚下来。百忙中又望着耿先生点点头儿。

及至赵、李语势将毕，大声道："申奶奶听明白了？如今你令爱好端端现在轿里，俺们正想与你送去哩！"

一言未尽，只见申奶奶颜色大变，猛地两手一拍，一跳丈把高，大笑道："好了，好了！噫噫，俺的女孩，有在那里了，有在那里了！"说着，竟抿抿乱鬓，一阵价扭头折项，又飞起七八层的皱皮俏眼儿，向大家咻地一笑道，"你们这班闲汉们只管光着眼瞧什么？谁家没个年灾月晦糟心的事？快躲开这里，不要讨厌。"说着，一个旋风舞式，飞起右脚。

闹得大家正在错愕相顾，便见一件乌油油的东西从斜刺里直飞起来。可巧那唐二乱子因那一个仰八叉跌得后腰胯生疼，这时方龇牙咧嘴扬着脑袋爬将起来。忽望见那乌油东西已自盘旋而下，刚道得一声"慢着来"，却已啪嗒一家伙正中面门。仔细一瞧，却是申奶奶右脚上的一只鞋子。

招得大家哄然一笑之间，那申奶奶髻子散落，光着两脚，便似跳高跷一般，只顾了乱扭身段，拍手狂笑道："噫！有了，有了，女孩有了。"就这一片笑声中，竟欲突围而出，并且劲头儿来得十足。于是大家一阵大乱。

耿先生忙摇手道："不打紧的，她这是喜极痰涌，便如迷惘。只须如此如此，便能定她的心神哩！"

二乱子不待词毕，便凶神似走到申奶奶面前，大喝道："你这老妈妈子，有了什么？你女孩已被姓尹的抬将去，这当儿怕不拜堂成亲，生米已成熟饭吗？"一言甫毕，但见申奶奶嗷然一号，应声便倒，两腿一挺，业已晕得直撅撅的。

当时大家拥上，一阵搯唤，又由耿先生趖近她身，按摩了几处穴道。那申奶奶方呼得回转这口气，双眼一睁，望望耿先生，不觉泪如雨下，便趁势向耿先生翻身跪倒，纳头便拜，并望着大家满口称谢，那眼泪又簌簌地落将下来。

耿先生忙道："屈大嫂不必耽搁，快同令爱转去，安慰屈兄要紧。"因向二乱子笑道，"如今索性再劳乏唐兄一趟，便送屈大嫂母女转去如何？"

二乱子一面乱搥腰胯，一面从脸上乱擦鞋泥，一吐舌头道："慢着！耿兄且慢吩咐，俺虽不算什么，但是俺家里还要俺哩。"于是娓娓数语，招得大家哄然大笑。正是：

趣语相闻处，朋侪一粲然。

欲知后事如何，且听下回分解。

第 三 集

第八十一回

闲居趣侠士乐家庭
嗟来食财竖辱旧主

且说唐二乱子一吐舌儿道："我的妈！这趟美差，俺是要告才力不及的咧！耿兄你想，俺是迈开飞腿去取银两，直着鸟脚跑到这当儿，方才又被一跌一砸，若再去跑上这么一趟，不等时交待了吗？"

大家听了，哄然一笑之间，那陈大官却跃然道："我去，我去！他是属于王八炝脚子的，有前劲没后劲。便是下起棋来，初手的开门炮好不扎实，末后便稀松。他那毛病儿我是晓得的。"

不提大官说罢，便奔彩轿。这里申奶奶赶忙穿上地下那一只鞋子，又向耿先生等千恩万谢，这才追上陈大官跟定彩轿，匆匆而去。到家后，一家相见，屈秀才得知耿先生捐金仗义的情由，自有一番感激悲喜的光景，这都不必细表。

且说那赵、李等人见事已完妥，便提了银袋，别过耿先生，大家趱去。耿先生望望日影也要趱去时，却被二乱子拖住道："如今消停咧，你且陪我歇坐一霎。"

耿先生因怀内揣着一对重台，急欲回家问个底细，因笑道："这会子时光不早，咱们改日再歇坐吧。"二乱子笑道："由你，由你，你这时回去也好，那嫩鸡子正中吃咧！"

耿先生一面举步，一面笑道："你这乱子，又乱的什么混话？"二乱子随走随笑道："好叫耿兄得知。那会子俺去取银两，因在客室内等得发急，实不相瞒，却曾到你厨房内望望，所以见着锅内的嫩鸡子。不消说是俺老嫂与你准备的中饭。你这会子撞回去，不正中吃吗？但是俺听得老嫂在正室内一面似乎是寻取银两，一面却抱怨你道：'俺好容易，积攒了三十两银子，如今却去了一大半。'那两小包银两，想是老嫂的体己吧！"说罢，只顾笑得打跌。

耿先生见状，不由心中一动，随手儿向胸前摸摸那重台，却笑道："你这乱子，连人家厨房你都乱到，你没向正室内张吗？"

二乱子正色道："岂有此理！老嫂在内，俺如何向正室内乱张，若那么乱得没分寸，可还是人？只是老嫂出来开门时，俺却见她穿的是你的长袍儿，却不知是怎么档子事哩！"

说话间行至岔路。耿先生茫然之下正要问其所以，二乱子已哈哈一笑，匆匆分手。这里耿先生沉吟转步，方踅得数步，却听得二乱子在背后遥唤道："喂，耿兄！你回去吃鸡子时，若缺了什么翅膀腿子的，却不要疑惑是我嘴馋。我不过掀开锅盖，闻闻香气罢了。"说话间一路踢跶，这才扬长而去。倒招得耿先生暗笑道："这乱子还使乖觉，你看他不打自招，这不消说，他一定是偷了馋嘴咧！他既能乱到厨下，一定也要向正室内张张。怪不得他说这双重台并不蹊跷，他不定张见什么物事了哩。"怙惚间踅回家下。

那娘子迎着，先一说唐二乱持字柬取银之事，又问过耿先生在茶肆中料理的事体，因笑道："真个是事忙乱抓瞎。那会子二乱子拼命似来叫门，正值俺洗澡方毕，慌得俺只穿了你的长袍儿便跑出去咧！料他在忙碌之下也未必理会到。"

耿先生笑道："那乱子连厨房内都去乱张，连锅内鸡子他都晓得，怎会不理会你穿长袍呢？"因将二乱子之语一说。娘子大笑道："这乱子，好没人样！怪不得鸡子缺了半个翅膀儿，墙上还有油指印哩！"因也将自己所见一说。耿先生笑道："闲话休提！你且瞧这物事，怎的当银包儿把出了呢？"说着，掏出那双重台。

娘子见了，只剩了咯咯地笑，便道："可了不得咧！你瞧我便这等地忙中有错。那三个十两一包的小银包儿，都在我两双困鞋内藏着，三不知地竟错抓出这物事去咧。"

耿先生听了哈哈一笑之下，娘子却脸儿一红道："可恨这二乱子，连人家厨房内都钻到，不知他曾张见我取银两不曾？俺取银两时，只光着身儿，穿件袍儿，登高爬下的，若被他张去，可是笑话。"

耿先生笑道："据他说，不曾向正室内张，但是俺瞧他那神情儿，又似乎张见你从哪里取银一般。当在茶肆中抖出这重台时，他只是大笑，并叫我到家问你自知哩！"

娘子道："哟！这个该死的，真正促狭，怪不得这窗儿上有个指戳的窟窿。这不消说，准是那乱子干的营生。"说着一指那窗。耿先生凑去一瞧，果然上面有个指孔，于是夫妇相与大笑不提。

耿先生做了这桩仗义之举，心安理得，次日里去寻赵、李，拿了瞎尹所交还的借据，便到屈秀才那里交代清楚，依然地徜徉家居，悠游自得。

且说那瞎尹费尽心机，眼睁睁美人到手，却被耿先生横来打破。这股闷

122

气哪里按捺得下！几次价想寻耿先生的晦气，一来没得机会，二来知耿先生是游侠之流，毕竟怯他三分，三来小贺这当儿沉湎酒色，不暇理会县事，自己得以大权在握，大把抓钱，那纷纷来关说纳贿的日夜不绝，瞎尹只顾了执法舞弊，也便将耿先生暂且忘怀。

哪知为日不久，又有一件事，张冠李戴地一番怨毒又种在耿先生身上。你道怎的？说起这事来，也是件稀有的异闻。原来栖霞西乡中有个暴发的富户，若说这富户发迹，本是揣起良心发的昧心财，所以后来得此恶报。

这富户中年时节还是个穷光蛋，在一家铺面内当个二掌柜的。因他能卑趋下贱，善于迎奉，那财东有时到铺，富户便狗颠似的一路溜哄奉承。东家有时吐口唾，他便去掇痰盂儿；东家偶然松松裤，他就可以去提夜壶。诸如此类，不一而足。铺中人没一个不暗笑暗唾他，他却行若无事。果然媚术有效，久而久之，那财东颇颇喜他。

也是他合该发财，正这当儿，铺中那位大掌柜的因赌输了一笔巨款，没法料理，便索性取了柜上一项银两溜之大吉，抛下了许多没头脑的来往账目。都亏得那富户记性好，算盘清，料得一丝不差，于是那财东欣然之下，便立时提升富户做了大掌柜的。

这一来那富户大得其所。他的心计本是绝顶，又搭着那财东性既糊涂，又爱贪个小便宜。自富户做了大掌柜，财东每到柜上，一切花用都是大掌柜报效。这还不算，富户又不时地拣时新果品，一切食物用物，不断地向财东宅内送，连那位财东奶奶乐得屁股都要笑，真是无可无不可的。一家儿说起大掌柜来，简直都嘻着嘴儿。

那财东奶奶因要结大掌柜的欢心，便把个贴身丫头配给了富户。那丫头小得富户十来岁，生得白胖高大，也有六七分姿色。因她姓张，小名儿"二窝窝"，大家都呼为张姐儿。

这张姐儿本是个妖娆浪货，却亏了主人老成，并家法森严，以此之故，配给富户时居然还是完璧。那富户这时脚跟立牢，又摸准了财东之糊涂性，于是伸出老长的胳膊，就那铺中捞了个不亦乐乎。还没得三四年光景，生意关闭，亏累不堪，财东拆变家产，清偿一切，登时弄得贫无立锥，几乎抱了大瓢。那富户却腰缠累累，都悄悄搬运到乡中。初时，恐人见疑，便小携资本，自向外营运，回头时，便声言得钱若干。又自布流言，说是掘到了多少藏镪。于是就家中重建宅舍。未及三五年，几间草窝儿变了一片瓦窑似的大宅子。更拿出昧心钱，大置产业，真个是田连阡陌、骡马成群，家中是奴仆作队、粮囤生芽。

说也奇怪，人若有了钱，那面貌便少相许多。这时富户已有五十多岁，吃得肥头大脑，十分壮健。那张姐儿也有小四十岁，乍望去，白嫩嫩还像三十以来媳妇子。夫妇两个又一对儿会作家，那财势越发越凶，真是发了个沫沫渍渍。却有一件，对于贫苦街坊们却是钩割不舍；乞丐登门，任你喊破喉咙，休想他舍出一文钱半碗饭。

那富户行步低头，总似和老二算账一般；张姐儿走动，却偏好昂着脑袋，因此左近街众，知富户发财底细的，无不背后暗恨道："扬头老婆撅头汉，这等人，一室是歹斗的。你别瞧他一步邪运发了昧心财，咱且洗净眼睛，看下回分解吧。"但是诅恨只管诅恨，那富户财势却是蒸蒸日上。

这时，却苦煞了那位财东奶奶。因为那财东自铺面亏累，闹得自己赤贫如洗。虽是苦恼，还没气可生，不想后来见那富户发迹得奇怪，仔细一探听，尽知底蕴，原来人家发的就是自己的财。

说到这里，作者却有几句良言奉劝诸公。诸公若有资本，千万不可慕那陶朱公去讲货殖，开铺面。人家陶朱公累致千金，自有那份经营货殖的本领。自家若没本领，只会当糊涂财东，弄一个什么掌柜的，交与他一切财权，十个有九是财报东墩（俗谓穷也），掌柜发财。不必说通都大邑，像此类事尽有，便是作者鄙乡，就很有几个当掌柜坑东家大发其财的。你看他走在街上，摇摇摆摆，也端起大架子，见了穷朋友们，膘起一张天官赐福的脸子，真是屎壳郎戴花，臭美极咧。作者心有所感，故不觉言之扯淡，今且收起扯淡，说正经的吧。

当时那财东既知底蕴，这一气非同小可，便风风火火去寻富户，质问厮闹。哪知富户机心不浅，早将一切的假账目准备停当。当时交代之下，请财东盘查账目，竟是一个萝卜一个坑，一头大蒜分八瓣，不但一些弊窦没查出，反被富户大大地抢白了一顿。于是那财东气恼攻心，又搭着当惯财主的人受不得穷苦折磨，为日不久，即便死掉。

那财东奶奶初时当卖些取剩的衣服器具，好歹度日，久而久之，坐吃山空，没奈何去当佣妇。没过得十来天，倒串了八家子门儿。因为她享用素惯，又受不得劳苦，人家见她娘娘似的，讲究起吃喝穿戴来，比主人家还在行。偶有使令，她却扭扭的，一步挪不了四指，又受不得一句大言语，动不动便哭天抹泪，于是大家便不敢请教她了。那财东奶奶到此地位，说不得只好携个破篮儿下街讨要。

一日，大风雪地里一路叫化，来到西乡一带村落。讨至日色平西，仅得了半碗冷饭。那西北风儿飕飕地刮着大雪，便似小刀儿只管向脸上削。好容易蹅到一处大宅门口，方坐在门凳上略为歇息，只听门外车声辚辚，便有人大喝道："喂，你这丐妇儿好不晓事。这门口儿向来不打发要饭的，还不快去。"

慌得那财东奶奶一面提篮跑出门洞,一面张时,只见一个仆人正伺候一个很阔绰的妇人下车。那妇人珠翠满头,鬓子上的珠光宝气直射多远,浑身穿得缎棍一般,外披白狐斗披,恰扶着仆妇肩头跳下车来。那财东奶奶不看时犹可,一看时登时一心感触都到心头,也不知是酸甜苦辣何等滋味。原来那宅门便是富户家,下车的便是张姐儿,因赴邻村宴会方才回头哩。

当时财东奶奶不由失声叫道:"你不是张姐儿吗?可还认得……"一个"我"字没出口,早已哽咽成一堆。那仆妇便喝道:"你这疯乞婆,可要作死?怎向俺家奶奶提名道姓的起来。"这时张姐儿分明认得她,却假作失惊道:"原来是你老人家,今日为甚贵足来踏贱地呢?"

正说着,恰好那富户从内蹀出,瞟得那财东奶奶一眼,便冷笑着向张姐儿道:"这风道口儿,你受了凉可是耍处?还不快进去。"张姐儿听了,趁势蹓去。这富户却向财东奶奶道:"论理呢,你丈夫说我丧了良心,捞摸的都是你家财,看起来俺便不该怜恤于你,但是你又这般光景,你且在此稍候就是。"说着,也便负手蹀入,一面吩咐仆人道:"少时叫厨下预备整齐酒饭,俺还要在内院赏雪哩。"

这里财东奶奶见此光景,腿子一软,也不顾地湿雪滑,竟坐向门阶石上,那心头便是油煎一般。暗想自己偌大的家业,都被奸人一手捞摸来,累得自己饥冻不堪,反觍颜向他求食,世界上就有如此冤苦事!想至此,哀楚欲绝。忽地冷风吹过,瑟瑟地浑身发抖,不觉拭拭泪眼,一面望着宅内,一面又暗忖道:"瞧方才张姐儿光景,还似乎有些情意,只好盼她周济于俺,且顾眼前了。"

正在怙惙,恰好那仆人从内蹀出,手内捏了十来个铜钱,并两个干得裂缝的蒸馍,向自己破篮中一丢,却叹道:"某奶奶,你将就着快些去吧!这所在是没得什么生发的。"

那财东奶奶见了,好似万箭攒心,不觉大叫一声,往后便倒。正是:

　　　炎凉看世态,鬼蜮见人情。

欲知后事如何,且听下回分解。

第八十二回

姿燕婉无心谈亵事
度鸳针有意逗风情

且说那财东奶奶一见那钱和干粮，羞气之下，不由晕厥于地。慌得那仆人忙捶唤她醒来，一面叹道："某奶奶，你有什么不晓得！俺东家那种人，他如何肯怜贫念旧？依我说你早些趱去，不要自寻苦恼。"说着，从自己腰中掏出三四百文钱抛入篮内。

那财东奶奶没法儿，只得向仆人称谢了，掩泪自去。临走时，却指着宅门骂道："皇天有眼，叫你这对狗男女得发生去吧。"

哈哈，这不过是两句诅语，哪知富户后来竟果得恶报。诸公且往后瞧，这恶报奇特得紧哩！原来这时富户宅中寓居着一人，名叫孙胜，他老子诨号儿"孙寡嘴"，能说善道，是篾片一流人物。起初是在那死过的财东家帮闲，及至富户当了那铺面中的大掌柜的，他便趁热灶钻上前去。小人既合，自然是气味相投，那富户便把铺内管账先生去掉，用了孙寡嘴。这一来两人狼狈为奸，大得其手。

及至铺面将闭，活该横财不发命穷人，那孙寡嘴却一病死掉，捞摸的昧心钱都在富户手中。富户自然是不客气地暗暗笑纳了。便从孙寡嘴原籍家下，叫得他儿子孙胜来料理父丧。

孙胜不知就里，还感激得什么似的。事过之后，即便回家。后来闻得富户发迹，他自恃是故人之子，便投了来，想寻些事做。富户一时间没处安置他，只好暂留他住在宅内。因他在家时素以贩卖骡马为业，颇能蓄养头口，自己有两匹心爱的走骡儿，一向养在后园中，都是自己亲去料理草料等事，颇为劳顿。孙胜既来，便命他经营那骡儿，命他种些菜蔬，就近住在后园闲屋内。

那孙胜有二十四五年纪，生得白皙精壮，且是个伶俐后生。为人又颇勤精干，虽是住在宅内，似乎是吃碗闲饭，大家倒都不厌他。转眼间在宅内半年之久，这也不在话下。

126

且说这一年，时当夏月，连阴久雨。一日，富户和张姐儿用过晚饭，彼此都洗了个快活澡儿，那张姐儿松绾懒髻，微敞纱襟，下面只穿一条单裙儿，一面弯起腿儿来，束裹莲钩，一面斜睐着富户笑道："今晚凉爽爽的，少时咱须安生生睡个自在觉儿。哪个王八才搅人胡闹哩！自己又没本事，却只管向人讨厌。像昨天晚上似的，还没狗眨眼的工夫，你就闹那样丑形儿。"

富户笑道："你不要打趣人，凡事都有个时来运转。譬如我当年受穷，怎的如今发财呢？便是这物儿，有时淹头奋脑，有时也会出头露面，都是一个道理，没的都像昨晚不成？"

原来这富户中年以后，只顾了耗精疲神地役使钱财，至于床第之间久已是张姐儿的手下败将，所以说这番话自为解嘲。

当时夫妇嘲笑一回，便就榻上安排了竹簟凉枕，随意歪坐。仆妇们送进香茗面水，也便退去安歇。那富户偎着张姐儿，说笑良久，忽想起有笔收债利的账目还须核算，便起就案前，拿过算盘叮叮然拨起盘珠。

正在歪着脑袋思入豪铿，细较锱铢，却闻得后园骡厩中微有响动，并张姐儿在榻上软软地呵欠道："好困，俺可要先睡咧！"富户听了，也不暇去理她。及至核算已毕，业已二鼓天后，于是略为歇坐。方要解衣登榻，却又闻骡厩中有人走动。富户以为是孙胜给骡儿添夜料，也没在意，便脱却衣履，一头歪倒。就灯影中瞧那张姐儿时，正云鬟贴枕，仰着脸儿，一梦沉酣，从纱衾半揭中，掩映出浑身白嫩嫩的皮肉，那尖翘翘脚儿上着双水红困鞋儿，好不写意。于是富户欲心略动，便偎将去，轻揭纱衾，只顾就张姐儿浑身抚摸。

少时，觉得有些意思，正想腾身而上，如此云云，忽闻厩中骡儿略为嘶叫。富户暗想道："孙胜这厮如此贪睡，这不消说准是缺了夜料。"于是重新着衣下榻，径入后园。先张张孙胜室内，却没得人。

富户诧异之下，逡巡间踅向骡厩。遥见厩内壁上挂着提灯，那孙胜站得高高的，正偎在骡儿臀后，只顾摆动。富户暗喜道，原来他如此勤性，半夜里还起来洗刷骡儿，既如此，倒不必惊动他。怙惚间轻轻向前趋了两步，仔细一张，不由登时呆在那里，暗想道："真是古老相传的话再也不虚的，说是有种异性人，好与兽类交接，如今俺竟亲见此事了。"原来这时孙胜赤着下体，用木凳接脚，正偎在骡子臀后，居然如此这般。并且那物儿佼异寻常，便如野心家好容易得着用武的地盘一般。

当时富户愣了一阵儿，赶忙悄悄转步，一路暗笑道："真是世界之大，无奇不有，这孙胜一定是少年久旷的缘故，俟稍晚些，应当劝他回家才是。"到得室内，依然解衣就寝，瞧那张姐儿时，恰好因天热掀去纱衾，整个儿玉体

127

横陈。那富户兴发之下，直从梦中将张姐儿颠耸醒来。

须臾事毕，那张姐儿疲乏了，正在重新睡去，也是富户坑人一场，合得恶报，三不知地他却偎定张姐儿，不住地咪咪乱笑，招得张姐儿起疑，问其缘故。那富户忍不住，便将孙胜与骡交之事说出，招得张姐儿笑作一团，便唾道："俺就不信就有这等奇事，想是你眼瞒。孙胜偎在骡后，或是做别的营生，也未可知。"

富户笑道："俺分明见他如此，岂有眼瞒之理？他人物异性，那物儿也不同常人，怪不得书上说那大阴人有可以拨转车轮的哩！"于是口绘手摹，细述其状。

在富户是燕私之间，说笑遣兴，哪知自己一条老命便断送在这一番话中。可见这瞎三话四，孟浪发言，不但不宜于稠人广众中，便是闺房之内也要仔细哩。

当时张姐儿听了，虽是且唾且笑，但是思量起孙胜气体精壮来，也未免信了三分。便是这夜里那富户睡去之后，这张姐儿不知怎的，只管辗转不寐起来，并且心头腮上一阵热辣辣的，舒舒胳膊，伸伸腿儿，只觉得没着没落。合合眼儿，也不知恍惚中梦见什么，只管睡梦中咪咪地笑。少时，颠笃笃地遽然醒转，惺忪着眼儿，两手一抱，却闻富户吃语道："你还没睡吗？这次俺可来不得咧！"

不提当时一宿晚景，且说次日里那富户早饭之后，便命仆人备上那两匹走骡儿，向张姐儿道："如今外面还有几处债利，到期当收。这一趟敢好有四五日的耽搁，你且好好看家吧。若那个怠懒东西三立子来歪缠时，你只稍稍地打发他些钱米就是，不要和他置气。"

张姐儿恨道："你还提那东西哩，真恨煞人。前两日孙胜偶然上街，园里没人，他便三不知地跳入园，连拳头大的小茄苞儿都摘去咧！又在孙胜屋内屙了一泡臭屎。他不来便罢，若来时，我只是一条大棍打发他。"富户笑道："你没的爱理他，气着自己，倒值得多？"说罢，和仆人各骑骡儿匆匆而去。

原来这三立子是富户的近族侄子，相貌既猥琐不堪，为人又无赖之至。家中日子本可过活，被他吃喝嫖赌，一阵价抢得精光，连老婆都租给人家，他却搭一班打游飞的人们胡混，不断地蓁恼街坊，骂人逗狗，却也没人理他。乡人有时劝他习些正业，以便生活，他便笑道："只要俺叔叔喇叭头一响（俗谓人死也，因人死必动鼓乐），俺便登时是个大财主。习那鸟营生做甚？"原来富户无子，他颇有过继之望哩。

三立既无赖如此，又指望去当现成财主，便不时地撞到富户处讨厌。起初富户夫妇还有些情面相关，成斗的米、成吊的钱也给过他多次。哪知三立子不但不知进退，并且得到甜头儿，越来越勤。久而久之，视为固然，横着眼子乱吵乱要，就像一百个合得着一般，并且口内夹七杂八直嚷道："你们老绝户的钱，早晚都是我的，为什么放着河水不洗船，这般悭吝？真是绝户的钱、瞎子的命哩！"

看官须知，凡绝户人最恶听到"绝户"二字，真赛如用刀子戳他心窝。三立既如此一来，真是土块擦屁股，自垩门儿。从此富户夫妇见了他，便如眼钉肉刺，只如打发乞丐，好歹地叫他去掉，有时还骂将出去。然而三立却有不要脸的本领，依然是常来胡闹，有可以袖藏怀揣的物件，他便偷偷地捎带着。所以将个张姐儿真恨得有咬掉他肉的心肠哩。

且说当时张姐儿送出富户，趑转内室，怔了一会子，拿起针线来，想做些活计，却因夜来春梦迷离，没好生睡，便懒懒地伸伸腰儿，随便将带线的针插向鬓子，向榻上一歪。本想是歇卧一霎，不想眼儿一合，竟自盹去。

正在栩栩蒙眬之间，忽闻园内似乎有人拌嘴。张姐儿以为是仆人之辈，懒软之下，也不暇去理会。但是闻得越吵越凶，少时并闻得推撞之声，似乎是有人厮打起来。闹得张姐儿一骨碌爬将起来，惺忪睡眼，抹抹香汗，侧耳听时，便闻三立跳骂道："他妈的，这真是墙倒众人推，破鼓万人擂咧。俺至不济总是一家子，一个姓儿没掰开，你这厮是什么东西，竟敢架我胳膊？哈哈！你也不晓得老子是什么根基哩。有朝一日，俺登基坐殿，你们都给我滚屎蛋。这会子你却会欺负穷爷哩。"

即又闻孙胜唾道："没的你放屁不臭。官有职，人有管，俺既在此管园子，就能问得着你，难道眼看你来拔园不成！你馋掉牙，要吃南瓜，应当向你婶婶问妥当，不怕你连蔓抱去，干我鸟事？如今你凭空伸手，就有些儿使不得。"

张姐儿一听，情知是三立子来厮缠，便嗖的声跳下榻来，抿抿乱发，紧紧鞋子，抢到房门后，抄起一条老粗的枣木门闩。正要跳出的当儿，又闻三立跳得嘣嘣山响，便躁道："老子摘了南瓜，你待怎的？我没大工夫问那老劈叉，你是好些的，给我一刀子，终不成你当贼办了我？你，你……你来，你来。"即闻两人脚步乱响之中，孙胜却噪道："难道我怕你吗？不过俺看你叔婶的面孔，你既不懂好歹，咱就……"话说间，即闻奔撞之声，似乎是抓挠起来。

慌得张姐儿倒拖门闩，一路飞跑。一脚踏到后园角门边，向内张时，不但一腔怒气烟消雾散，并且怔怔地拄定门闩，一双俊眼儿注向一物，只管心头乱跳起来。原来园里三立和孙胜业已打作一团。

夏月景儿，两人都光着脊梁，只穿条单裤儿。那孙胜背后丈把远有个摔破的南瓜，想是三立把瓜做兵器，用去掷孙胜。这时孙胜是一只手揪住三立的小辫，只管往下按。三立情急，一只手却掏向孙胜胯下。孙胜裆中已被三立掏撕了个老大的裂缝，正露着奇伟物儿，荡悠悠地在那里，似乎观阵一般哩。

当时张姐儿略怔一回，不便进去，便见三立猛地一翻手，打脱孙胜揪辫的手，大喝道："且叫你这厮狗仗人势，你等着我的，咱们是夜里再见。"说着，掉臂谩骂，便由园后门扬长而去。气得孙胜一时怔住，竟不理会裆被撕破，只管直挺挺地在那里呆立。

这一来，就仿佛有心卖弄那件法宝一般，暗地里瞧得个张姐儿却如雪狮子向火，化了半边。正在踌躇进退的当儿，便见孙胜忽地一低头，忙捏紧那裂缝，却骂道："真他娘的丧气！越没裤子换，吃紧的又被他撕了个大窟窿。"说着转身。

刚要趔向室内，这里张姐儿猛然计上心头，忙就角门边倚了门闩，笑着唤道："你且慢走，三立那厮滚了吗？俺来得晚了两步，吃他跑掉，不然，俺总要挠得他花爪似的。"说着，笑哈哈趱到孙胜面前，却失惊道，"你瞧三立这东西，不气煞人吗？怎的连你的裤儿都撕破。"说着，斜眼一睃，竟自赶行两步，坐在身旁一块青石上道："你快站稳，待我就势与你弄上吧，窟窿是越裂越大哩。"说着，由鬓子上拔下针线，却只顾抿着嘴儿笑。

这时孙胜光着上身，又手捏裤缝，未免有些不得劲儿。但是当不得张姐儿已擅在前面，乱得嗫嚅道："就这么缝，不得劲吧？你老且等等，待我换条旧裤再缝这裤吧。"

张姐儿道："你好去费这种事，三针两线便停当啊！热巴巴的天气，谁耐烦等你呀？"说着，一伸手儿便扯住孙胜的裤脚。孙胜只得略叉两腿，凑将上去，且将眼望向园后门，唯恐有人撞来不大雅相。便觉张姐儿那绵绵的手儿挨着自己的手背，往那裂缝道："你放手吧，不打紧的，管保扎不了你的肉就是。"

孙胜听了，只得惴惴然放掉那手，却觉得张姐儿手势一松，忽地又咽的声咽口唾道："哟，你瞧这缝儿还着实不小。"孙胜听了，只慌得屏气凹肚，给他个心眼相关，动也不敢动。便觉得张姐儿慢慢地整理缝口，那手背指尖只管蹭触得腿叉痒刷刷的，接着却又哧地一笑道："你要站稳了，戳破肉却要怨我。"

这时孙胜只得端足了站相架儿，腿儿叉着，腰儿挺着，上身略探着，还有个小肚儿，且须凹缩着。因自知有碍手之物，倘被触着，未免更觉不雅。

这小子正在拉架屏气、软硬功都到之时，不好了，忽觉张姐儿一阵发香汗气直望上冲，甜甘甘钻入鼻孔，一直地透彻心脾。不但闹得心头摆荡，并且觉得从丹田里冲上一股子不可言喻的热辣辣的劲儿。这劲儿所到，不可遏抑。慌得孙胜尽力子瘪下肚皮，暂遏其势，两只眼睛哪敢瞅去张姐儿的面孔。没奈何从远处收回眼光，按到地下。本想是徐起眼光，望到张姐儿手缝之处为止，哪知眼光才到地，不好了，登时觉得那股热力万万再也遏抑不得。原来孙胜眼光正落在张姐儿两只小脚儿上，一瞥之间，又瞧到张姐儿两半段雪白的小腿儿。

当时孙胜只慌得哟了一声，不管好歹，往后便退。哪知张姐儿更来得老气，只咯咯一笑，伸手一捻，登时弄得孙胜弯着腰子蹲了下去。

两人相视一笑之间，以后下文再要交代，未免就有人不答应咧！没别的，只好请诸公意会就是。正是：

> 不着一个字，尽能得风流。

欲知后事如何，且听下回分解。

第八十三回

中菁墙茨秽传帷薄
冷嘲热骂揭示通衢

且说当时富户后园中，不知怎的另换了一番风光，园后门和角门是深闭牢关。园中是绿荫满地，除蝉鸣雀噪外，便是微风徐拂。但是孙胜室中却添了一片喁喁呢呢悄笑低喘声。

良久良久，却闻室门呀的一声开了，那孙胜探探头儿，即便缩入，笑道："角门边没人走动，你快快去吧。"张姐儿唾道："谁要你恁地蝎螫？他这一趟出去，就须好几日耽搁。今晚上我开了角门等你便了。"说话间，两人双双踅出。

孙胜是嘻开大嘴，汗气浃背，将一块汗透的湿巾晾在窗台上。那张姐儿却鬒松的鬓儿，眼儿饧着，就似午睡初起一般。一面系着衣扣，慢行两步，又低头瞅瞅脚尖儿，却回头望望孙胜，低笑道："你瞧你这两只汗手，倒污了一双新鞋子。今晚上，你……"这里孙胜一颗头正在乱点，那张姐儿却笑骂道："贼头儿，俺倒不晓得你就有……呸，快将息去吧。"于是一转轻躯，一路价莲步细碎。那孙胜直着眼子，直望得她俏影儿闪入角门，方才笑眯眯地踅入室内。

诸公若问张姐儿无端端地撞入孙胜室内做甚？连作者也不晓得。没别的，只好援旧例，又请诸公意会了。

话休烦絮，从此孙胜既得张姐儿刮目赏识，但值富户出门，两人便厮并得不可开交。那富户是个守财奴，只顾了放债盘剥，刮取人财，十日中倒有七八日不在家。因此两人越发地肆无忌惮。有时节白昼宣淫，弄得丑声四塞。街坊家知得了，都说富户应得此报，谁去管他的闲账？因此张姐儿等在宅中，只管闹得云酣雨腻，那富户却瞒在鼓里。不过有时盘算之暇，想息息心神，和张姐儿高兴起来，只觉她容量恢廓，有异从前。

那富户磨宕之余，倒很能反躬自责，不过以为是自己年衰，无复当年英勇罢了。这时孙胜早已抛却厮养之役，被张姐儿拔擢管理内外宅事，出入阔绰，那一切车马衣服饮食之美，自不消说。那张姐儿又欲掩人耳目，想孙胜出入方便，自己可似取携任意，便和孙胜商量了，自己装病，孙胜却求医问卜、衣不解带地服侍了十余日。于是张姐儿言之于富户，盛称孙胜大有良心，可以认为义子，将来给他说房媳妇子，便可以一辈子帮你过活。

富户听了虽不大如意，却当不得张姐儿一力主持，只得点头，择日认亲。张姐儿又欲铺张其事，请街坊们来吃喜酒。富户不敢违拗，也只得应允了，这且慢表。

如今且说那三立子自那天和孙胜打后，居然好些日没去登门。过得数日，却闻街坊上传说张姐儿和孙胜的丑事，三立暗骂道："好哇！你们暗地里狗也似的厮并，就是该的，这次落在我的眼里，我看你们还敢欺负穷爷？至不济，也许在我跟前进些贡，烧些香火，不然，咱便大家抖搂，我怕甚鸟！"

想得高兴，便一径地闯入富户门房中，大马金刀地吩咐仆人道："你去向你主母说，小爷今天没落子咧！快多多地把出些钱物来给我用，花光了我再来取。二句话不用说，他们不憨，我也不是傻子，彼此心照，比什么都强。等我叫将出来，都不好看相哩。他妈的，她只顾快活，小爷跟她丢这份面孔还丢不起哩。你叫她不要血糊心窍，装她娘的使不得咧。"说着，就房中拍台打凳，索酒唤茶，闹了个乌烟瘴气。

气得那仆人干眨大眼，只得稳住他道："你且别乱，等我与你瞧瞧去。俺主母若高兴时……"三立喝道："放屁！她不高兴是活该，谁叫他们高兴大发了呢？小爷这里却高兴哩。"

那仆人听了，气他不过，正要发作，哪知三立子这番嚷叫，早被张姐儿一个心腹仆妇窃听了去，便跑去向张姐儿一说。气得个张姐儿发昏，便不动声色，唤进那仆人来，吩咐他如此如此，一面打点了一大包衣服布帛，并散银百十来两，叫仆人送与三立。

你想，三立两只穷眼忽地火杂杂地见了这许多物事，真个是喜出望外，暗想道："这一下子可叫我逮着把柄咧！不然想见她个秃钱儿也是难哩！既有这股子长流水，且容我慢慢受用。"于是负了衣包，携了银两，跳跃而去。

他住在一处破草房中，乍得许多钱物，反弄得他一时没作理会处。顶要紧的，是那百十两银子放在这里也不好，放在那里也不妥。颠来倒去，从日中闹到黄昏，好容易藏到炕洞内，方才心下稍安，便胡乱地嚼了两个干馍，倒头便睡。

说也奇怪，每日里头方到枕，即便鼾声大作。这夜三立就似成两地吸了鸦片烟一般，一双眼皮赛如棍支，合合眼便见银子乱滚。又不时惊觉，爬起来摸摸炕洞，直闹得天色将亮。

正在蒙眬，忽地门外有人喊道："贼在这里了！"说话间啪的一脚踹开柴门，便有两个捕家作公的撞将入来，不容分说，拴了三立便走。其中一个早从炕洞内起了银两，又拿了炕上的衣包。惊得三立方要叫屈，却被一人夹耳根一个肥耳光，便骂道："贼坯子！你族婶告了你的盗窃，如今人赃都获，且请你到捕班受用吧。"于是一步一棍，直将三立拖入捕房。原来这三立被捕，就是张姐儿的狠毒计划，所给钱物便做赃证哩。

看官须知，捕班中摆布小窃，好不厉害，何况捕役们又受了张姐儿的买嘱。当时三立这个大苦头吃得自然可观。那捕役们临放三立时又喝道："你这厮既在此挂了名儿，便是积窃。好便好，你再向你族婶家胡搅，我们便可以随时抓你来，请你受用哩。"可笑三立居然被捕家吓住，虽恨张姐儿，却没奈何。也是他合该吃二回苦头，及至富户家大排筵席认孙胜为义子的那日。三立这时正穷得要命，瘪着肚皮去寻一班无赖谈天儿。大家横三竖四，歪卧在破草荐上，你也哭穷，我也诉苦。

三立手摸空腹，眼望屋梁，却长叹道："怎的这会子来盘肥的肉包儿，便是没福吃，闻闻香气，这鸟肚皮也受用些。"便有一人扑哧一笑道："真是说什么有什么，这才是奇哉怪哉，天上掉下馅儿饼来哩！你有本事，这会子肥肉大酒都吃不迭，稀罕闻那肉色香气吗？如今你那不害臊的族婶，大排筵席地认干儿子，你就不会趁势闯去抹点儿油水？"说着，向大家一挤眼儿。大家会意，便冷笑道："你这场气话别向他说，癞狗若扶得上墙，哪里找松蛋包去呀？"

一句话激得三立跳起来，拔脚便跑，一径地去寻张姐儿。这里无赖却拍掌大笑，便从破席头下提出一篮食物来，大家且吃且笑。原来众无赖正要吃时，被三立闯进来，其中出手快的便将篮儿藏在席下，这会子赚他去掉，方才分吃。但是这一赚不打紧，三立在张姐儿处起腻之间，又被捕家捉去，愣说某宅丢了一条大狗，一定是三立拖去。这次摆布比上次还狠几分，三立有什么不晓得？明知是张姐儿的手段，虽是从此不敢再去撩拨，但是那怨恨之心也便日甚一日，这也不在话下。

且说那张姐儿自认孙胜为义子之后，越发宣淫无忌，反看得富户如老厌物一般，又恐一旦被他觉察了，事便不妙，便暗暗和孙胜计议停当，趁那富户偶然临病的当儿，由孙胜买嘱了一个混账医生，用了一剂反药。若说医生们救活人是千难万难，若成心杀人则易如反掌。当时富户登时死掉，自不消

134

说，便择日开吊下葬，闹将起来。

正这当儿，早有张姐儿、孙胜的心腹人传到一种风声，说是三立探知底细，意欲告向当官，说某富户死得不明不白，并要举发张姐儿和孙胜的奸情。孙胜听了，未免慌了手脚，虽知三立是穷之所使，意在吹风，挟取财赂。但是若不理他，他未免狗急跳墙，真个做将出来。于是向张姐儿一说，把与三立些财物，以免他生是生非。

那张姐儿却冷笑道："难为你是个男人家，遇点点事就没抽展！咱宁堵城门，不堵水沟，你若一次把给他钱，一辈子也缠不清他哩。俗语云'火到猪头烂，钱到公事办'。如今咱县中瞎尹当权，只要有白花花的大东西塞给他，怕那三立怎的？老娘破着一注大银，把那厮逐出境外都是平常哩！"于是不听孙胜之话，只暗暗自做准备。

那三立哪知就里，尽力子吹了几日风，见没得动静，未免也就上了土鳖火咧！于是一纸状子告向当官，说富户身死不明，请为追究张氏。那状词隐约中便带着张氏与干儿孙胜通奸之意。

瞎尹接到这状子，素知张氏是有名的富家，暗喜生意上门，便姑且拟下这状子，使人通意于张姐儿。张姐儿也正想走他门路摆布三立，于是两下里一拍便合。瞎尹便命张姐儿递纸诉状，说三立诬陷揽丧，觊觎嗣产。瞎尹既受贿祖护张姐儿，自然是一面的理，便撺掇那酒色迷心的小贺，登时将三立办了个枷责示惩，限即时逐出境外。这段事轰动起来，人都替三立叫屈，一时相传，瞎尹受张姐儿之贿有数千金之多。

一日，唐二乱子和耿先生闲谈，说起此事，便笑道："这个窝窝头（张姐儿小名二窝窝也），真正中吃。"两人一笑，即便别过。

事有凑巧，不多几日，满街坊却贴有一种偈子讥嘲瞎尹道：

漫云饽饽面重罗，曾记馒头领略过。
毕竟不为黑面饼，最为好吃二窝窝。

这个偈词你道如何解说？原来瞎尹日以搜刮诈财为事，未受张姐儿贿赂之先，曾经事由儿诈了一个卖饽饽的铺东，又因署中官用馒头，把承办的行头罚了一注钱。至于黑面饼，却是一个私门头婊子，在县中诱人聚赌，手中很有积蓄，瞎尹晓得了，便借逐娼为名，不但挟取了她一注钱，并且高起兴来，便去白玩住宿。综此三项事，又合着张姐儿纳贿一段儿，便有那轻薄子弟攒了这么四句俏皮话，却不道暗含着与耿先生背了个老大的黑锅。因为瞎尹自被耿先生挫折后，总疑惑耿先生寻他的过节儿，既见了这偈词，便以为定是耿先生所为。

当时瞎尹只恨得咬牙切齿，就署中门房内大骂耿先生道："姓耿的，你不要张致，早晚叫你晓得俺的手段！"他这里只顾肆詈快意，不想却被个无事忙唐二乱子听得去咧。正是：

> 微风屡相荡，缓缓起波澜。

欲知后事如何，且听下回分解。

第八十四回

贺县令甘为曳尾龟
跃鲤湖大作盂兰会

原来那唐二乱子没事时只在衙门口乱晃，作公的人们也都认得他。当时瞎尹既疑是耿先生作的揭帖，在门房中痛骂，但有公人们悄向二乱子一说瞎尹疑及耿先生之意，并笑道："你们读书人有点儿才情，专好闹这把戏，快乐嘴头子，其实有什么益处，倒惹人怪？恁和耿先生相好，应当告诉他以后不可如此。"说着，挤眼作瞎势道，"这个主儿阴毒得紧，何必撩拨他呢？"

在公人之话原是好意，不想二乱子莛去，向耿先生一说这事，恰值耿先生被酒之后，因冷笑道："瞎尹那厮既疑到我身上，将来遇着机会，我倒要编个揭帖给你瞧瞧，看他咬掉我鸟。"两人一笑之下，也便各散。

哪知没过得十余日，真有段揭帖资料凑将来，却是小贺帏薄中掀腾起一件丑事。原来小贺起初时宠爱瑞莲，无所不至。那瑞莲好不伶俐，明知小贺爱自己内媚之术，离却自己不得，她便故意忽喜忽嗔，张弛其术，弄得小贺伏服在地，她便渐渐地娇纵起来，偶不如意，便施展出三样伎俩。第一是哭，猱头撒脚，歪在绣榻，如泪人儿一般，向小贺说些割心断肠的决绝话。第二是不理小贺，无端地长吁短叹，弹袖低鬟，水灵灵的眼儿含着无限的委屈抑郁，任凭小贺缠在身上如拧股糖一般，她只是背面低头，要见她个笑脸儿，势比登天还难。那第三却是吵，每逢施展这一手儿，她还有两个步骤。头一步骤，是未吵之先，必要浓妆艳抹，扎括得花枝似的，瞅着小贺那股子劲发作，她便借事为由，登时价大闹大吵。小贺越着急，她越吵闹得凶，便似个花蝴蝶儿，只管向小贺拱头扑脸。有时兴起，那粉团似的拳头、红菱似的脚儿，冷不防地就要照顾小贺两下。待至小贺忍不得，忙忙地屏退左右，向她矮了半截时，她这才嫣然一笑，又用那第二步骤。这第二步骤越发了得，便是趁小贺帖然就范之时，大显媚术，直弄得小贺骨软筋麻，一个身儿飘飘然如在云端，方才罢手。那小贺被她如此陶熔日久，所以由爱生畏。那瑞莲娇悍性儿也便日益加大，这也不在话下。

且说小贺自到栖霞之后，聚敛得意，日事声色，后房中许多的娇花嫩蕊任意采掇，自然瞧得这马齿加长的瑞莲似乎有些过时一般。虽还不断地点缀点缀，但是每当歇宿之时，那两只脚子便不禁不由地趱向诸妾房中。那瑞莲有什么不晓得，不但不去理他，并且绝不吵闹，反比往时性儿安静许多，那小贺虽然诧异，却也摸头不着。

一日月明之夜，那瑞莲忽地盛装置酒，请小贺就房中饮宴。饮至半酣，屏退仆妇。那瑞莲嫩脸微酡，便坐向小贺膝头，却勾了脖儿，低声道："我且问你，怎的你们男人家专好见一个爱一个，横竖盐不过这般咸，醋不过这般酸，正宫娘娘穿龙衣，脱了裤子一样的。难道新的便比旧的好吗？"

小贺一面抱了她腰肢，摸摸索索只管肉麻，一面笑道："那还用再说嘛，是个新的，自然另有一番妙趣，不然人家为什么三房四房地弄小婆子呢？可惜你们妇人家受礼法所拘，是尝不到什么新味的。"说着，哈哈一笑。

瑞莲点点头道："你这话不错，果然是新的有趣。但是那什么鸟礼法，是给没出息妇人说的。不瞒你说，俺虽尝不到什么新味，却也多少地略知其趣哩。"说着，推开小贺，跳下膝头，忽地解开衣襟，露出了白馥馥酥胸至乳，竟引起一杯，一吸而尽，娇滴滴向小贺喊个"干"字，啪一声蹾在案上，略蹙眉头，咯咯而笑。明灯光中，荡得两只耳环闪闪烁烁，便如打秋千一般。又忽地似嗔似笑，向小贺点点头儿道："乖乖，你不要卖弄，老娘如今也尝了新，单瞧你这上堂会打人的县太爷，把我怎的哩。"

这时，小贺酒意微醺，瞧了瑞莲狂态颇觉有趣，又以为她是玩笑的话，因笑道："你尝新尝旧，我都不管，只要你不拦我尝新就是。"说着，含笑低头，自斟一杯。方要引满，忽觉项旁嗖的一股凉风儿，眼前白光一闪，急望时，却见瑞莲从衣襟底抖手掏出一柄雪亮的解手尖刀，咔嚓声插向案角，却笑道："你不信我尝新时，我是叫你瞧瞧。老娘做不惯偷摸勾当，是杀是剐，我这里接着你的。"闻得小贺正直了眼儿发怔，忽见那复室的软帘儿只管索索乱抖，瑞莲便笑骂道："原来你们男人家都是屄蛋，有我在这里，你怕什么。"说着，飞步趱去，从帘里连推带挽地撮进一人。那人吓得战抖抖的，两只腿子便如斗败公鸡一般，只挣了三两步，一个坠嘟噜，早向着小贺长跪于地，哪里敢抬起头来！原来那人便是金荣安。

这时小贺做梦也没想到瑞莲如此老辣，公然搭上了金荣安还不算，又这样明白举出，当面和自己叫起板来。于是气极之下，顿足站起，方骂得一声"好奴才"，只见瑞莲蛾眉倒竖，杏眼圆睁，猛地一伸手，将自己推就座上道："你待怎的？冤有头，债有主，你不必寻他晦气。今晚这席酒，便是请你来给我个分晓。"说着，拍胸道，"如今刀子在此，你是好些的，请向这里扎。不然，请你莫管闲事，好得多哩。"说罢，挽起荣安，依然推入复室。

好笑小贺一下子竟被瑞莲雌威逼住，当时没奈何，只得装个大度量，竟自一声不哼，默然而遁。从此金荣安居然做了瑞莲的面首之人，没时没响地出入房闼自不消说。但是小贺究是气他不过，便寻事由将荣安暴打一顿，意欲逐掉，却被瑞莲抓得面孔长血直流，便是上文唐二乱子所闻那段事了。

当时瑞莲既治倒小贺，独擅了如意郎君，那恣意淫媟嬉笑之声，往往达于户外。小贺既黔驴技尽，虽是不敢过问，却当不得瑞莲淫兴日高，有时和荣安酣畅起来，连仆妇们都不避忌，笑得阖街人众嘴都要歪。弄得小贺很觉得不够瞧的，那日积月累的火头儿，潜伏得也就不在小处。

也是合当有事，这时方入七月初旬，小贺恰借事故勒罚了人家一项款子，寻思着将一作十地开销出去，好吞此项。因历年城中有个盂兰盛会，都由官中办理。当年举行这会时，是因为栖霞地面遭过七之乱，其时有位好佛法的官长，便由官中立项酌支些小小款子办理这会，超度那遭乱枉死的冤魂，其后遂沿为例。但是举见一次，所费无几，不过招一班僧众，搭个小法台，梵诵铙钹地闹半夜，便算完事。

当时小贺寻思半晌，便要铺张这会，以便开销那笔肥肥的罚款。于是传下谕去，令在公人们操办这会，务要整齐热闹。这一来轰动城乡，大家都援着腰板，光着眼儿，准备来游湖瞧会。原来栖霞地面富于山水，那城中有一片老大的湖荡，名为"跃鲤湖"。大家相传，古仙人琴高跃鲤上升便是此处。那湖中稍有芦苇芰荷之类，空明萧瑟，风景绝佳，岸上更多丹枫，最宜秋景。那地面便在城北衙署之后，宽广几占全城之半，北有水门，直通城外汇波陂。陂之左近，弥望价都是水田，乍望去俨似江乡水国，大有江南风景。那水门启闭有时，以通舟楫，绕湖沿上颇有市廛。住户人家大半都是些公人们的宅客，因地近衙署，往返便利，所以都僦居此处。

当时公人们奉到小贺之谕，明知他意有所在，大家一来迎合他意旨，二来想趁势瞧个热闹，于是便分头价料理起来。先传知扎彩匠，准备几丈长的渡生船，并精巧荷灯十余盏，都要蜡涂彩画，不怕风吹的。那阴阳界的牌坊并鬼门关的彩楼，都要扎画精工，不许潦草。然后传知面行头，准备净面若干，叫那高手塑匠用面塑就冥王鬼判并牛头马面之类。又叫高手画匠把诸像彩画停当。又到四乡各庙中传知僧众，准备全副的法衣法器，以便届时诵经，大放荷灯，并放撒食焰口。诸事大半就绪，那小贺又下手谕，命先期拘拿三只整齐游船，以备本署宅眷并幕宾们游湖之用。这一铺张热闹，险不曾轰动了栖霞全境。

及至七月十五日傍晚时光，那四外的游人扶老携幼，便如潮水般都向潮岸一带直灌将来。更有许多的少妇长女，都扎括得花鹁鸽似的，一个个穿着冰纨雪柳，髻子上珠兰茉莉，香气如雾，彼此价牵衣挽袖，嘻嘻哈哈，只管向人丛中乱拥乱挤。

这当儿乐煞了许多的轻荡少年，属溜边鱼的，专趋在妇女左右。有的轻嗽怪笑，说些风言风语，有的趋在人家背后，便如尾巴一般，只作人多乱拥，便趋势向前一闯，不是撞撞人家的臀儿，便是蹭蹭人家的胳膊。更有促狭的，只作鞋挤掉，弯身去摸，上上手儿便捏人腿叉，下下手儿便捻人脚尖。及至人家吵骂起来，他却趁闹中向人丛中一钻，反登时掉臂抢出，向四外乱喝道："别在这里耍他娘的轻薄咧！你瞧，他还装大麻木。小子，说你哩！"

就这一片纷扰声中，大家已排队似的都到湖岸，抬头一望，好不热闹。只见左搭一处高大经棚，十分壮丽，横额大书"普度幽冥"四字，左右柱上大对联是"金绳开觉路，宝筏渡迷津"。棚内挂起全副的水陆道场，正中经坛佛案一切俱全，有十二僧众，一色的头戴毗卢，身披袈裟，各执铙钹法器之类，正在那里叮叮当当，和着笙箫细乐，吹起一套五圣佛的开坛法曲。正中座上，一位年老僧人垂眉合掌，似乎是念念有词。佛案上鲜花招展，旃檀微袅，好不庄严肃静。湖边广场中有四只朱红长凳，上处一只数丈长的纸扎彩船，上面是楼橹毕具，舱窗俨然，并有纸扎的童男童女，一色的锦衣绣履，各持桡楫，分站向船的首尾，顾盼如生。船头上数面长帆迎风飘拂，更用老长的画竿挑起一挂重台簇蓉的九莲灯儿。据说当年地藏王菩萨打开地狱门，救其母刘氏，便仗这挂莲灯。前桅上挂起一面长方旗，上面大书"慈航"两字。

这时，船左右妇女如鲗，有的嘻嘻眺望，有的喃喃念佛，又有那老妈妈子相与赞叹道："看起来，人要吃斋就须诚心，不怕见了唐僧肉，也不可嘴馋开斋。你瞧当年地藏王的妈老刘奶奶子，因为开斋受了若干的罪，还押入阿鼻地狱，遇着撒食的，才到口边便化猛火，若不是有个成佛作祖的孝顺儿子还了得吗？"又有笑的道："俺也不指望有那样的孝顺儿子，只盼着俺死后，俺儿子给我糊这么一只送路的船，便心满意足咧！"

大家说笑之间，前行数步，早望见一座矗天矗地的彩画纸牌坊，上面大书"阴阳界"三字，两旁也有一副黑纸白字的对联，是"轮回生死地，人鬼去来关"。牌坊那面有两个狰狞鬼卒，一色的身缠彩带，下围豹皮裙，张牙舞爪，蓝面朱发，手举着狼牙铁棒，向人作扑跃之势。

大家拥入不远，便是那金碧辉煌的鬼门关，用彩布画就城门，甚是雄壮，门横额上大书"你来了吗"四字，两旁对联更来得老当，是"早晚来此，迟速有期"。关门之旁，端坐着一个虬髯判官，头戴软翅巾，身穿大红袍，腰横板带，足蹬皂靴，身旁侍立两个鬼卒，一个手拉铁蒺藜，一个抱着生死簿，那判官一手托带，一手伸出，仿佛指挥鬼卒之状，远远望去很有神气。进得这关门，左右价植木悬缰，给做个方城形儿。据说入夜后，缰上遍悬荷灯，僧众们先须到此绕行诵经，名为跑火城。一切都毕，然后方放荷灯入湖，任其随波而去。

当时那跃鲤湖岸上游人若织，喧阗如市。不多时，皓月渐生，各处灯火毕张，亮如白昼。经棚上梵音凄切，杂着湖里游船上的管弦呕哑，一时灯月交辉，人声浩浩，端的是非常盛会。

须臾，湖内游船愈多，也有停泊的，也有来回荡漾的。船上都是明窗四启，灯烛辉煌。那携眷游瞩并携妓作乐的，更是鬓影衣香，迷离五色。瞧得大家正在兴高采烈，忽地背后人众乱卷，势如波分浪裂。便有几个作公的人手提老大皮鞭，只顾向人头上乱打将来，并一面大喊道："让道，让道！"

大家急忙避道怔望，只见两乘软舆，倒有四五个如狼似虎的健仆簇拥了飞驰而过。游人中有识得的，便乱吵道："如今县官儿和宅眷都去登船游湖，想是快放荷灯咧。咱们快去瞧哇！"正乱着，又有四五乘小轿鱼贯而过。

大家一面奔走，一面又吵道："如今连衙中幕宾们都来咧！咱快到高岸先占地势，去瞧荷灯吧。"于是大家喧然之下，一拥价都到湖岸。只见湖内游船如织，靠岸边泊有两只很齐整的大船，船头上高悬纱灯，都有"栖霞县正堂"字样，便是小贺宅眷并幕宾等的游船。这时众幕宾都下轿登在右边船上，小贺却笑嘻嘻站在左边船头上，一面拈着几根鼠胡儿，向幕宾等微微而笑，一面瞧着岸上一个妇人被仆妇们撮拥了上船。那妇人打扮得妖妖娆娆，说什么月里嫦娥、蕊宫仙子，一面扶着仆妇迈出一只小脚儿，趿住跳板，一面微歪玉颈，向一个俊仆笑道："你少时只在船尾，不要远去，说不定我还……"于是哧地一笑。

那俊仆笑应道："小人自理会得，这湖中虽说是没得什么风浪，小人如何不仔细呢？"说话间，一行人上得船去。便见小贺忙携了那妇人手儿，先入中舱。于是两船上水手开船，岸上是舆轿驻候，扰乱之间，那两只大船早厮并着漾向中流，容与而去。

那岸上游人中有识得那妇人并那俊仆的，便相与悄笑道："你瞧这双男女，便是官儿的姨太太瑞莲和仆人金荣安，果然好一对标致面孔，但是……"即又有人摆手道："少说闲话，若被人家一索拴去，便该直了眼子咧！咱自瞧热闹，别找别扭。"于是大家一笑，即便沿岸逛去。

这时，金风去暑，玉露生凉，偏搭着这夜月色十分皎洁。那岸上人家门首，也都挂着壁灯，妇孺杂错，指点笑语。湖中是灯船远近，杂以笑语笙歌，又有酒酣以后燃放花炮的，就水面上个乒乒乓乓，花焰景色弥空，俨似金蛇乱掣。

大家正在慢步游瞩，只听水门方向一个雷子花炮飞上半天，接着便闻众人齐声喝彩。夜静侍声，又趁着水音儿，便如天崩地塌一般。大家忙望去，便见水门边波面上隐隐约约放下几碗荷灯，在波面旋回停住。须臾，荷灯愈多，成串价灿若繁星，顺流四散，都顺着芦泾苇港漂漂荡荡，或聚如众曜拱斗，或散如流星满天，一条条灯影映入水中，更幻作闪烁奇彩。

大家知是水门边大放荷花灯，正要奔去瞧个畅快之间，又听得鬼门关内花炮响起，便有人大呼道："快走，快走，咱快瞧跑火城去吧！"正是：

　　　　盂兰开盛会，月夜闹游人。

欲知后事如何，且听下回分解。

第八十五回

荡湖船灯红酒绿
争虎子玉殒香消

　　且说众游人闻得人呼跑火城，便一拥价都到那里，果见那悬缅上荷灯都燃，燦若云锦，有一班僧众正在那里绕缅梵诵。

　　大家观望良久，直至执事人都撤灯入湖，僧众都去，大家又跟到经棚前，听法坛上吹起一套《普安神咒》的佛曲。这套佛曲本是异常地凄清婉转，又搭着夜深月明，微风拂拂，吹得棚内灯焰摇摇，长幡飘动，便似有许多的幽灵鬼物纷集经棚左右攫拿乞食一般。大家听到入神处，恍惚间心念都静。

　　正这当儿，却遥闻湖岸上歇驻舆轿之处，尽力子喧闹了一阵，并有公人们乱吵道："本官吩咐的，谁敢拗他？你们且到衙后身木作坊董大下巴处取一具上好的棺木，送入衙中，俺便知会经棚上去。"

　　大家听了也没在意，依然静听佛曲。直至一曲将终，业已三更敲起，大家两只脚子都站得有些疲倦，正要寻所在坐落的当儿，只见一个公人如飞地便上经棚，向那大和尚匆匆数语，回身便走，一面道："请你带几位师父就去吧。"大和尚连应道："晓得，晓得。"望得大家正在摸头不着，便见大和尚手忙脚乱地整整衣服，便领了四个僧人，各执法器，出棚而去。棚内其余僧众登时便挤眉弄眼的，现出诧异的神气。那伺候经棚的人们也便彼此交头接耳。

　　须臾，有一人出棚泡茶，游人中有好事的，便就他一问公人来此之故，方知小贺那位姨太太瑞莲在船上忽然中恶，不多时竟自死掉。便由仆人们扛尸回衙，小贺特地唤取僧众与她念倒头经，以便装殓哩。大家听了都觉诧异。

　　其时游人中却有两人携手而行，一人便笑拍那一人肩头道："耿兄，你瞧这又是蹊跷事。那会子咱们在湖岸边瞧那妇人上船，还舒眉展眼、欢虎儿似的，怎愣会中恶死掉呢？这其间必有缘故，等消停了，我探探底细再说。"那人笑道："唐兄，你是个无事忙，这又该你乱两天咧。"于是彼此一笑，即便趑去。

　　看官，你道这两人是哪个？人家彼此都叫出尊姓来，似乎可以不劳作者来点明了。不提当时众游人游玩看兴，纷纷各散，并都诧异瑞莲中恶之事。且说唐二乱子和耿先生从经棚边趄去，又看了回荷灯，即便分手。他乘兴到衙前探望时，却也没甚动静，没奈何跑回家倒头便睡。

次日醒来，业已巳分时候，他猛地想起，还有正事待他去乱，便忙忙结束，到厨下去抓早饭。哪知他老婆等他不起，已自偏过，正在厨下背着脸子刷洗锅碗，并一面嘟念道："这个天杀的，一天乱到晚，乱累了挺尸，挺到这会子还不起来。米没了他也不管，柴缺了他也不问，还须老娘上街跑巷，弄一顿早饭吃。也不知他只以乱出什么来。"

二乱子一面好笑，一面瞧锅台上只剩半碗饭锅巴，情知不是路，索性一声不哼，回身便跑。哪知身影一晃，已被老婆瞧着，因从后追唤道："喂，转来，转来！你便是乱神又附了体，也该好歹地吃些锅巴再去呀！"

二乱子遥应道："那好东西留着你捣揉吧，今天有好几处价请我吃酒，我还愁吃他不迭哩。"老婆唾道："你少说梦话吧！这可是在外充朋友，回家哄老婆。少时你跑回来，瘪着肚皮向人龇牙儿，咱再算账。"

不提老婆这里仍就厨下料理一切。且说二乱子一气儿跑到衙前，只见公人出入，十分忙碌，又一迭声地传唤棚匠并吹鼓手人等。二乱子就熟识公人一探听，却是瑞莲今日停丧开吊，三日后便要厝柩于学宫旁节孝祠内，问起瑞莲死状，都道是中恶暴卒。

二乱子蝎蝎螫螫乱过一阵，不觉泛上饿来，摸摸腰包，亏得昨夜游湖时还剩有数十文钱，不由暗笑道："这几个钱，真个是买饭不饱，买酒不醉。没奈何，只好到衙后董大下巴隔壁钱老娘处买几个炊饼、闹碗黍米粥罢了。"

原来这钱老娘既做稳婆，又开个粥饼小店，专做些署中小生意。因为署中内外的下人们早晚要吃点心，便买她的粥饼，历任都是如此。钱老娘为人和气世故，也往往到署内寻仆妇们闲谈谈，大家都不厌恶她。

当时二乱子跑向钱老娘小店中，吃罢粥饼，方一脚踏出门，却见那木作坊的董大下巴枯眉燥眼地从内趄出，仿佛是才起床的神色。一见自己，却笑道："唐爷便起得怎早，请进来坐坐吧。"二乱失笑道："老董，你莫非还做梦吗？你瞧这不是将午了吗？"

那老董望望天色，却失笑道："昨晚没来由地乱了一夜，天亮时俺方困觉，所以觉得这会子还早哩。"说话间，让进二乱子相与落座。

二乱子便笑道："老董，你偌大年纪不说是养养精神，还成夜地和老嫂乱什么？"老董笑道："不要取笑，因为昨夜衙署中急用一口棺木。三四更天气，跑来买办人等，吃吃喝喝，敲门打户，闹得我老汉一夜价也没生睡。"二乱随口道："衙中取棺木，想是装殓那瑞莲姨太太了。你说这事也诧异，昨晚俺去游湖，还望见那瑞莲欢天喜地地下轿上船，不想没多时，她就会中恶死掉咧！"

董大下巴微笑道："活跳跳的人，哪里便会中恶死掉？不过如此说法好听些儿，其实满不是这么档子事。若说瑞莲之死，一来是贺官的孽报，二来也是她自己找死。小贺虽当乌龟，毕竟也是官府，愣挤得他回不过脖儿，他自然也要发作了。但是你唐爷是个浅碟子嘴，盛不住话，俺说与你，你发卖出去，倘被小贺晓得了不是耍处，咱且莫谈国事吧。"

二乱子听了，哪里肯依，便杀鸡抹脖地向董大下巴闹了一阵。董大下巴吃他缠不过，只得笑道："我说与你，你可不许向人胡讲。瑞莲死的底细，我怎么知道呢？皆因昨夜衙中装殓事忙，仆妇们便叫进隔壁钱老娘去帮忙儿。钱老娘因见瑞莲脑门上有个挺大的血窟窿，脑子都出，甚是可惨，便偷偷地一问随去游湖的仆妇，方才知得底细。那钱老娘既见了那惨状，及至回到店内，偏巧她儿子又撞出去赌博，她一个人儿在店内，只觉越发恐悸，便踅到我这里，坐到天亮方去。我所知的一番话，都是钱老娘说的。原来王八上了火性儿，也可怕得紧哩！"于是从头至尾一说缘故。

原来昨晚小贺和瑞莲携手登船后，便就舱中开筵置酒，一面价荡漾中流。幕宾那只船上也一般地大家坐席，觥筹交错。两船只是慢慢厮并着行，为的是笑语相闻，宾主彼此地遥相酬酢。

酒至半酣，那瑞莲因船中郁热，便罗襦襟解，酥胸半露，只顾向幕宾船中乱瞟眼儿，小贺只作不见，依然和她衔杯笑语。须臾，两船停在一处热闹所在，只见四面荷灯错落成彩，那瑞莲高起兴来，便斜着身儿，一面从船舱中探出半身，一面和金荣安说笑，指点荷灯，作张作致。招得岸上游人都囤聚在那里，只管向船上乱望。

小贺见了，本已不是意思，只得低头闷饮。思忖半晌，便唤荣安由后舱取到一具锡虎子（即便壶），置在船樯之下。在小贺之意，并非内急要用虎子，不过借此遣拨开荣安，好使瑞莲安静些儿，免露风狂丑态。

哪知这一来，瑞莲趁势反倒唤住荣安，就命他在席旁侍酒伺候。小贺虽不敢说什么，但是心头那股酸溜溜的闷气，也便和一腔酒意逐渐发长。亏得他忍性还好，仍然是低头而饮，只是偷眼儿瞧那幕宾船上猛然地人客都无，只剩空筵，并两支红烛秃秃地只管摇焰。小贺明知众客识窍，都回避上岸游玩去了。

正在怊惆羞愧之下，忽听耳边喷的一声，忍不住偷望时，却见瑞莲微仰着红红的嫩脸，斜瞟荣安笑道："你这小厮，只管自己往下坡子溜，我赏你一杯酒吃，你还背过脸去吃怎的，难道你就上不得台盘吗？有我在此，你怕

145

什么?"

小贺见状,正在略回眼光注向筵中,只见荣安回身低了头,置下杯子方要退后,瑞莲却笑道:"你且站住。难道你只会给人提虎子,就不会给我斟一盅儿。"说着,斜睨自己,一撇嘴儿道,"我实对你说,你少管闲事,好得多哩!只要我和他说话,你那用不着的事故全都来咧!方才巴巴地叫他提进虎子,难道你就等着挤猴儿尿吗?"

小贺听了,虽是越发长气,却因为积威所慑,一时想要发作委实不易,只得憨着脸子笑道:"你少要狂相,这是游船上耳目昭著之地,快安静吃两杯,少时咱也该转去咧。"说着站起,将两面船窗一一关牢,又搭趁着笑道,"夜间湖风,不是耍处,受了凉便要生病。我且歇卧一霎,也便好回船咧。"说着,就榻歪倒,用袖儿一蒙面孔,只作盹息,但是心头那焰腾腾的火气也就越来越大。

在小贺关窗的意思,一来是恐岸上人瞧望瑞莲的狂态,二来就此示意于瑞莲,叫她适可而止,遣去荣安。哪知瑞莲久已视小贺如无物,自己据有荣安,业经视为固然,又搭着此时酒后狂性大发,哪里理会什么耳目昭著之地。

当时小贺但听得哧哧而笑,百忙中又听得荣安颤抖抖地道:"小人只站着吃半杯就是。"瑞莲唾道:"谁许你拗手拗脚,你怕怎……"便又闻荣安促息道:"姨太太,你且放手,小人,小人……"接着便闻喷的一声。

这时小贺再也忍不得。不张时还倒罢了,从袖缝一张时,不由猛然跳起,便霍地一推荣安,却向瑞莲冷笑道:"今天我告诉你,你这般不要面孔,便使不得。"原来小贺从袖缝中,正望见瑞莲一手挽了荣安的脖儿,一手持杯,笑嘻嘻地就要将荣安挽坐膝头。当时,这小贺趁势一转脸子,便就船榻前极摆大踱,并顿足道:"不要面孔,不要面孔!"

正这当儿,瑞莲当啷声掷碎酒杯,跳起来,便拖小贺道:"你休要使你那王八官的鸟威风!使不得便该怎样?你倒须给我说说。老娘高兴,偏叫他使得,终不成你就治煞我。"说着,从背后只抓拖着小贺跟跄跄。

这时小贺虽已气极,却一时没作理会处,恰好脚下一绊,踢着榻下置的那虎子,因势一甩瑞莲冷笑道:"哪个与你逗笑儿,不要逞强,我这里还要小解哩。"说着,提过虎子,就要扭身解裤。

在小贺本是无聊之举,想借此搪过这场,叱出荣安,趁势就此回船,也便罢咧。哪知身儿还没扭过,已被瑞莲劈手一把将虎子夺去,随手儿递与荣安,却喝道:"你与我拿稳了,老娘今天玩个新鲜花样,难道这物事,我就不

146

许用吗?”说着两手下抄，拉开罗带。

小贺望去，不由大怒。正是：

奇情眼前至，杀气胆边生。

欲知后事如何，且听下回分解。

第八十六回

招怨毒胡调琵琶段
遭罗织术毙锦绦蛇

且说小贺见瑞莲居然解开罗带，褪出一张白馥馥的粉臀儿，略叉两腿，竟凑向荣安手中的虎子就要胡闹。看官且慢往下瞧，请您合合眼儿，想想当时光景，并揣揣瑞莲是何用意，难道她真个想用虎子解手吗？若真个如此，那虎子嘴儿还须开拓得有喇叭头大小，向她胯下扣牢，方才适用。不然，便要像胡子老兄吹细管，一定要闹得口沫淋浪。

话虽如此说，但是如今的年头儿也说不定。您瞧如今的女子，事事不让男子，不必说踢踢跳跳，挺腰板，撒大脚，一切都学男子，便是好端端的云鬟宝髻，也都剪得像鸭屁股一般，方觉得合乎男女平等的理由。推其所极，焉知不觉得男子撒尿用虎子多么方便，随意价歪着卧着，都可以用，自己撒尿还须爬起来，或蹲在地下，去用尿盆，简直累赘极咧！这个便宜，岂可让男子独占？将来真个发明出喇叭头大小的虎子嘴，亦未可知哩！但是当时瑞莲却不是真想用虎子撒尿，不过是和小贺怄气罢了。闲话少说，再说该打。

且说当时小贺见瑞莲如此撒泼无耻，真个是怒从心上起，恶向胆边生。一时间也不知哪里来的气力，便劈手夺过那虎子，左手起处，只一掌，将金荣安打得直跌出舱门之外，一扭身形，向瑞莲腿叉中便是一脚。

那瑞莲啊呀一声，向后便倒，愤极之下，喊一声方要挣起，恰好小贺气喘喘地一个踉跄绊将来，两腿一叉，却站着骑向瑞莲身上。瑞莲趁势一伸手，向小贺裆中便是一个下取的招数，咯吱吱一挫牙儿。小贺忙喊道："放手，放手！"

瑞莲大哭道："老娘今天便和你这强盗拼了吧！你是好些的，就打煞我。"说着手势一紧，只捏得小贺颜色如土，浑身乱抖，一只手提着锡虎子，直嚷道："你这淫妇，真要作……作……死呀！"

这时后舱中仆妇们见闹得不像模样，正都赶来扯劝之间，但见小贺大喝一声，举起虎子向瑞莲脑门便是一下。顷刻间，桃花点额，红雨四飞，画烛

148

光中，一个娇滴滴的美人儿业已僵卧在血泊里咧。当时船头仆人们都吓作一团，于是小贺转怒，便先命两个仆人押荣安入狱，一面吩咐，不许声张此事，只说是瑞莲中恶暴卒哩。

当时董大下巴说罢，招得唐二乱子哈哈大笑。他肚里装了这等新闻，哪里肯不向人说？便走去先向耿先生一述其事。

事有凑巧，恰值耿先生近些日因长日无聊，不是弄游戏符咒消遣，便闲瞧些弹词唱本解闷儿，于是耿先生大笑之下，兴之所至，便走笔撰了一段俚词，以示二乱子，彼此笑过一场，耿先生也便将词纸稿毁掉。哪知次日里，满街坊上早将那段俚词贴揭出来，并有些闲汉们在大街小巷中处处唱动，招得满城人们都掩口匿笑。那词儿道：

> 破琵琶，不可弹（谈同音），栖霞坐下了贺雨田。
> 草菅人命不必讲，任用瞎尹会抓钱。
> 一弹弹出瑞莲女，再弹弹出金荣安；
> 三弹弹出剥皮匠，争风吃醋闹花船。
> 虎子打煞妖娆女，香魂哭过鬼门关。
> 盂兰胜会真热闹，恶鬼未度色鬼添。
> 明公莫笑这段事，这便是贪酷的风流果报，理之当然！

你道这俚词既经耿先生毁掉稿儿，如何却又张扬开去？原来唐二乱子一张破败嘴，从耿先生处趸出后，即便逢人笑述俚词，便有受过小贺害的人们，登时闹起揭帖来，以泄暗恨。

当时那揭帖既轰动一时，那瞎尹有什么不晓得？又访知是耿先生所为，便怂恿小贺拿办耿先生，以泄自己的宿愤。小贺大怒之下，却苦于没得由头儿，又知耿先生素有豪侠之名，也不敢轻举妄动。

正这当儿，合该耿先生晦气来临。一日瞎尹行经衙后湖岸边，只见一片沮洳水草广场边围拢了许多男女，只顾了惊诧乱吵。其中又有妇人儿呀、肉呀的哭成一片。又有人道："瞧这咬的创口直淌黑紫水，这毒气真个不小！你大嫂只管哭不济事，快设法弄他家去，请医生吧。"那妇人听了，便越发哭起苦命儿来。

瞎尹趸去，闪在人背后一瞧，只见场中卧着个蓬头赤足、十四五岁的小厮，路旁丢着个荆篮儿，里面还有半篮菱角。那小厮面色铁青，牙关紧闭，合着眼儿，痛颤得浑身索索地动，挺着腿子，那左脚面上却有一处栗子大的创口，翻皮裂肉，津津然淌出些黑紫血水。小厮身旁却坐着个中年贫妇，一面抚摸着小厮胸口，一面大哭。瞎尹从身旁瞧的人一问所以，方知那小厮姓金，便是左近的住户，因采取菱角，踏向岸湮里丛草深处，不知被甚毒蛇咬坏脚面，当即痛昏在这里，眼睁睁便性命不保。那贫妇便是小厮的母亲。

当时瞎尹听了，也没在意，方要转身踅去，忽见众人向湖岸东边枫林窄径间一望，便拍手道："某大嫂不要哭咧！合该你儿子有救，你快求这位先生弄点儿符咒救你儿子，保管比医生强得多。"说着，便有四五人向东迎去。

这里瞎尹忙望时，却是耿先生从枫林窄径间飘然而来，一手还拎着个小小酒葫芦，似乎方从湖上酒家沽酒而回。瞎尹不由暗想道："俺久闻这厮好弄这符咒玄虚营生，今且看他怎的？"于是依然闪向人背后，便见那四五人迎拦着耿先生，乱嘈嘈一说小厮被蛇咬坏之故。耿先生一面点头，一面踅入广场。那贫妇不容分说，早向耿先生磕下头去。

耿先生一面摇手，一面踅近那小厮，却笑道："你等且别乱，等我瞧瞧创口再说。既淌黑紫水，其毒不小，恐怕单用符咒还不济事。"那贫妇听了，只顾落泪之间，耿先生低下头去，反复地向小厮伤处一瞧，不由吃惊道："了不得！这光景是被异样毒蛇所伤，总须拘捉此蛇，捣烂了以敷伤口，方能保得性命。且待我略施小术，试法试法，看这小厮的福命吧。"

大家听了，都各骇然。耿先生便略为扎拽衣袖，领了大家，踅离那小厮数步之远，一面就地下置了酒葫芦，一面吩咐众人从左近人家借水盆一个、尖刀一把、黄纸一张。须臾诸物取到，耿先生先将黄纸折叠作小帽形状，用尖刀挑起，插向水盆之旁。那小帽招招摇摇，映着盆中碧清的水。

大家见了，正在相视而笑，不知耿先生捣得甚鬼。便见他凝神静气，口中念念有词，向东方一招生气，随即撒向盆中，用手指在内一搅。说也奇怪，那盆水顷刻化作乳汁颜色。便命众人从街坊上借个杯子来，舀起一杯水，灌入那小厮口中。但闻小厮腹内碌碌地响了一阵，面上颜色似稍和缓。耿先生便道："如今咒水入腹，不过止他痛苦，若保全性命，非拘捉那伤人的毒物不可。"说着，命众人都闪向远远的一处高坡上，便围着盆水，用石块锋儿划了一个很大的月阑，即便在阑内禹步作法，手掐剑诀，喃喃地诵起咒语。这时大家众目齐注，张得个瞎尹在人背后也只顾了张开大嘴。

正这当儿，忽闻四面价萧萧有声，水草纷披，便有百十多条大小不等的各样蛇儿，衔尾价都到阑里。一时间纠缠蜿蜒，五色斑斓，都堆挤在阑之一角，便如蛇山一般。其中最大的竟有吊桶粗细，一个个望着耿先生睁眼吐芯，似乎静听命令一般。张得大家正在作声不得，便见耿先生诵咒愈疾，一面向众蛇戟指作态，便有一条从蛇堆内蜿蜒而出，踅近水盆，从盆内饮一口水，即便嗖一声由尖刀帽儿上刷将过去，一径地出得阑外，钻入水草。那阑内群蛇蠕动之下，早又有两条相继而进，一般地都如前蛇，饮水蹿刀，出阑而去。

话休烦絮，便是如此光景，顷刻群蛇都去。张得大家且骇且诧，正在莫名其妙，耿先生却顿足道："这毒物，真个歹毒，它竟敢迟延不至。"说着，重新地禹步作法，绕盆三匝，向后略退，以待蛇至，并指向众人道："众位仔细，只可远远地静看，这毒物却非同小可哩。"

众人听了，正在越发吃惊，哪知呆望半晌却没动静。于是耿先生大怒，霍地从地下酒葫芦内含了一口酒，向四外喷去。一个"疾"字未喝罢，便闻西面水草间长风遽起，倏地一个彩毯儿似的东西飞堕场中，刚才落地，便嗤然横飞数步之远，一径地落向盆旁。

大家急望时，却是一条七八寸的锦绦蛇，周身上缕金错彩，还似有亮晶晶的栽绒似的细毛儿，便似个绝大的毛毛虫。但是它身才七八寸，睒睒地吐出毒芯，却有四五寸长短。原来这锦绦蛇俗又名为"七步蛇"，因被啮者行过七步必死，却是歹毒得很哩。

当时大家猛见那锦绦蛇，都怕它横飞到身上，正在一阵价乱向后退，便见耿先生叱声起处，又叠起一个剑诀，猛地向那蛇一指。那蛇登时跃起尺把高，一径地饮过盆水，便蹿刀尖。

说时迟，那时快，那蛇身方触刀尖，纸帽儿忽地自落，但闻哧的一声，从蛇身直割至蛇尾，便如两条锦绦飘落于地。于是大家都鼓掌喝彩，闹得瞎尹也只顾跟向人背后，不错眼珠地呆看。便见耿先生倾去盆水，就盆中用尖刀剚割那蛇，又拾石块一阵捣烂，便命大家与那小厮敷在伤处。果然妙术非凡，须臾之间，那小厮竟自呻吟有声，面上气色也便转来。喜得那贫妇向耿先生只顾乱拜之间，大家却瞎赞道："这才是神仙似的妙法，若那不晓事的人见了，还以为是白莲教的邪术哩！"

耿先生听了，哈哈一笑，便提起酒葫芦徜徉而去的当儿，这里瞎尹猛然心有所触，暗喜道："叫你这厮且等着我的。"于是匆匆拔步，即便回衙。

不提这里众人自帮着那贫妇扶挽小厮，送他家去。且说耿先生这日当晚正和娘子在内室闲坐，并谈起救治金姓小厮之事。只听外间有人叩门，并有人唤道："耿先生在吗？俺是金家邻舍，那小厮业已痊愈，他家特央我与你送谢礼来咧。"

耿先生听了，因向娘子笑道："你瞧金姓妇人，就受不得人一点儿好儿，却巴巴地与我送谢礼，却不知俺那法术与辰州祝由科相类，一受人谢礼，便要不灵哩。"娘子笑道："既是如此，你快打发人家去吧！"

耿先生道："俺一出去，那送礼人未免纠缠，只消命仆妇回他就是。"于是命仆妇去讫，这里耿先生便在室内慢步徐踱。却听得那仆妇只管乱吵道：

"你们这班人到底是干吗的呀？俺家主人就要歇息，你们明天再来吧。"即闻有人喝道："如今官府请他讲话，可是耽搁得哩。"说着脚步杂沓，已到院中。

耿先生诧异之下，方要趋出觇问，只见帘儿掀处，提灯一闪，呼一声拥进三四个作公的，不容分说，黑索飞处，套了耿先生的脖儿便走。耿先生忙道："诸位这是怎的，俺犯了何等事故，且请见示。"

公人们冷笑道："俺这是上命差遣，概不由己。如今官儿专候你讲话，你到那里自然晓得。"说着，吆吆喝喝，簇拥了耿先生一径趱出。这时娘子早已惊呆在座，定了一回神，只得命那仆妇去寻唐二乱子，好央他去探听一切，再作道理。

慢表那仆妇如飞趱去，且说唐二乱子这日日西时分，因没得事可乱，便披上短衫，趿着破鞋子，想到街坊上喝两盅儿。一摸腰包，恰好一文也无，不由暗笑道："俺老唐近些日就穷得如此吃紧。昨天连老婆一件蓝布衫都吃嚼入肚，一根压鬓簪也换了肉馅馒头。如今再和她商量去，定不成功。"怙惚间蹭到里间屋内，一瞧他老婆卧具底下却露出寸许长的红钱串儿。掏出瞧时，居然是整整的一吊老钱。二乱子登时气壮，便把来揣入怀里，却暗笑道："可笑这老婆这般手紧，昨晚上我那么央及她，她只说没得钱，不要管她，且去吃酒。"

刚转身来至院中，却闻老婆在隔壁院中笑道："他大婶，快回去吧。常来不要送，只要大小人都平安就是福气。俺早就想来瞧瞧，皆因俺当家的整日价在外乱，牵得我守在家里，东游不得西转；不然咱们隔壁近邻的，俺就该来道喜才是。"又闻邻妇笑道："你大嫂，不要客气，这是怎么说呢，又劳动你一趟！明天恰是孩子满月，请您早过来吃喜酒吧。"老婆道："好咧，好咧，明天俺定来叨扰的。"说话间，两人脚步声响，似乎是直奔大门。

二乱子不由恍然道："怪道这吊钱用红绳串着，这一定是她准备出去向邻家贺人做满月的。三十六计，走为上策。若被她抄着踪影，又是一场麻烦。"思忖间，脑袋刚撞到门首，却闻对面有人道："站住，你这会子慌张马似的，又向哪里去乱哪？"

二乱子抬头一瞧，正是他老婆，业已挺胸腆肚地趱到跟前，并且亮亮的眼光，似乎瞧着自己胸前。二乱子慌张之下，急智忽生，因攒眉道："你不晓得，方才俺忽然想起件要紧的事来咧。便是隔壁子明日要做满月，人情大如王法，况且咱是近邻，你无论如何，须去贺喜。所以这会子，俺想出去挪借个一两吊钱，不省得你临时抓瞎吗？你若不愿意去贺喜，俺便不去跑这趟腿子。"说着，脚下趔趄，就要转步。

那老婆听了，不由笑逐颜开道："不想你今天也乱出件正事来咧。邻居份

152

礼，俺为甚不去抹抹油嘴头子，俺正愁没得钱做份礼哩!"

二乱子一听，几乎笑出，便道："既如此，俺赶快就去，倘若挪借得钱多时，你也扎括些头脚，换换衣裳。虽不必擦脂抹粉，总也要光头净脸，什么话呢? 你一个相公娘子家，火燎杆似的坐在人家客位上，不要惹人笑吗?"

老婆听了，越乐得嘻开嘴合不拢来。二乱子已冷不防地拔脚便跑，一气儿趱上街坊。方望着一处酒肆想要步入，忽被一人从后拖住，却笑道："好巧，好巧，如今场儿上正缺一位。二句话不必说，你就快来吧。"

二乱子回头一瞧，不由哈哈一笑。正是:

酒怀方若渴，赌兴又相催。

欲知后事如何，且听下回分解。

第八十七回

窃酒资觅醉逗闲情
探衙署奓夜传惊耗

且说二乱子回头瞧时，却是街头上惯放妇女牌局的萧妈妈。原来二乱子平日价落落拓拓，不持仪节，除酒之外，又好斗个小纸牌儿，因为大些的赌局中都嫌他过于捣乱，不愿招他。二乱子没法儿，只好就妇女场中聊以遣兴。一来是小小输赢，二来没得抓赌的，三来二乱子还有一番特别见解，他说和妇女作局，便是输光，也不委屈。因为和妇女作局，领略些香泽微闻、曼情妙态，自不必说。尤其是妇女们输到火头上，有的通红嫩脸，有的揎臂勒袖，有的吱吱喳喳，画眉儿一般。这当儿都收起娇羞两字，不是摔牌，便是抓席，可口的撒村胡数都是等闲听不到的奇妙骂谱。满场中花飞钏动，燕叱莺嗔，已然可观，其中更有蝎蝎螫螫，丢眉扯眼，作手弄脚，闹些个鬼八卦儿。偶被人发现了，便家雀子打架一般乱吵一阵。须臾静下来，依然是眉欢眼笑，有这许多的旖旎风光，所以二乱子越发地乐此不疲哩。

当时二乱子见是萧妈妈，不由笑道："真好，又去作局吗？但是这会子俺又想吃酒去，这可怎么好呢？"萧妈妈笑道："你快来吧，少时你赢了钱，再吃酒不更好吗？"于是不容分说，撮了二乱子直到街头一处草房跟前。

二乱子一眼望去，早见那短墙之上露出一张雪白的俏脸儿，见了萧妈妈撮得二乱子来，便哧地一笑，缩下墙去。二乱子知是来作局的，因笑道："这个俏俐媳妇子，往时却不曾见。"萧妈妈笑道："这是南街转角开皮具铺景老二的女人。我可告诉你，少时坐位子你不要挨着她，她不但眼明手快，惯会瞧牌偷牌，她还有些腋臭气，外号儿'臭大姐'哩。"

二乱子笑道："你瞧她眼神儿多么精灵，但是我却不怕她，她偷牌，除非藏在裤兜内，不然，我会搜得出的。"说笑间，和萧妈妈趸入院内，只见绿荫荫的一片葡萄架下，早已设局停当，很光洁的芦席上围坐着三个妇人，正在那里笑嘻嘻地拈弄牌儿。

二乱子望去，除景老二的女人外，却是两个街坊上的妇女，无非是张大嫂、李二姨之类，席子角上还有个小女孩儿，自在那里摇头晃脑地抢石子玩耍，却是萧妈妈的孙女儿，准备着伺候局的。当时大家嬉笑厮并各坐好位子，二乱子却挨着张大嫂。

那景老二的女人因初见二乱子，未免稍微腼腆，只顾低头洗牌（顺牌之次序，俗谓洗牌）。半晌价一抬眼皮，瞟瞟二乱子，却笑向张大嫂道："这位唐爷俺虽是初见，不知怎的，就像再熟识没有，总仿佛一天见他几回似的。"

萧妈妈从旁一面整理茶具，一面笑道："他是有名的唐二乱子，巡街狗似的，哪一天不从你皮铺前踅几个来回。连这一带的狗见了他都不咬，你自然觉着似熟识咧。"大家听了都咯咯一笑。

二乱子瞧那妇人伶俐之状，正颇觉有趣，忽觉身边一阵热腾腾的。原来那张大嫂生得有八分肉彩，这时因天热，只穿件齐腰短衫，肉屏风似的靠挨着二乱子，好不发热。二乱子忙向身边的李二姨道："俺这所在，不便伸腿，咱且换换位子吧。"说着，撤身后退。那李二姨一歪屁股，来了个挪一位，裆风一扬之间，二乱子便闻得有一种馊腻腻的馊膜气味，没奈何，换了她的位子。虽隔开了张大嫂的肉烘热气，但是逡巡之间，又有一股微妙奇馨钻向鼻孔。

原来这时那景家妇人一手摊牌，扬起一手，去理鬓发，那奇馨便从她袖管中发出。二乱子不由暗笑道："好没来由！俺放着酒不去吃，却夹在这里闻她们的狐骚乱臭。"正在怙悒，忽觉膝头有尖尖的脚儿触了一下。

那妇人便笑道："你们谁要当庄家（首发牌者，俗谓庄家）就快些抓牌，不然，便是庄家不发（发牌也），屁股长痧；庄家不上，眼子发胀。"张大嫂便笑道："你少要发疯，当着人家唐先生须安静些。"

那妇人瞟瞟二乱子，哧地一笑，想待说甚，却又忍住。萧妈妈便笑道："你的话我替你说了吧。你敢是说唐爷是有名的乱子，恐怕长了这么大，也不晓得什么叫安静哩。"

一句话招得大家都笑之间，二乱子一瞧自己膝头边正挨着妇人的小脚，尖瘦瘦穿着宝蓝色的平底小鞋儿，好不写意。于是二乱子模模糊糊又将吃酒忘掉，大家便嘻嘻哈哈，抹起牌来。

不多时，互有胜负，当时三个妇人态度各异。张大嫂是蹾牌摔钱，满口乱噪，两片红郁郁的肥腮，衬着鼓挣挣似的两只大乳，抖擞得十分热闹；那李二姨是越输越没话，低着头，一声不响；唯有景家妇人十分精灵，眼波儿一面价罩及全场，一面还和大家闲磕牙儿，又不时向二乱子抿嘴而笑，或逢催促发牌时，便用脚尖触向膝头。二乱子只顾了瞧得有趣，不知不觉，一串钱业已输光。

正这当儿，忽冷眼瞧见妇人一回手儿向臀后搔搔，却笑道："在这所在玩钱，还须受虫蚁的气，不知什么虫儿，三不知地叮了人这么一口。"

二乱子只作疲倦，一个呵欠，向后略仰身瞧时，却见她臀下微露点点牌角，不由暗笑道："萧妈妈之话不虚，这婆娘真就弄手作脚。"逡巡间恰好见她臀边爬来个碧绿的葡萄虎儿（青虫之类，似蚕色绿），不由心生一计，因顾身旁那女孩儿道："你瞧那葡萄虎儿多么好玩，还不快捉住。"那女孩儿一把扑去，却笑道："你们瞧景大娘屁股下还有张牌哩。"

一句话不打紧，便见满场中纸牌乱飞，三个妇人早已吵成一片。原来张、李两个正输了钱，便借此和景家妇人乱将起来。

正这当儿，却闻短墙外似有脚步响动，大家因正乱作一处，也没人理会。二乱子钱既输光，又见天色将晚，即便一笑踅出左院门外，伸伸懒腰，便趋向街头外一株大树前去解小手。因输得火腾腾的，尿得十分滞涩，不由颠弄着，一面仰天嘟念道："好好的一串酒钱，却这么着快活一霎儿用掉咧。回去时，那婆娘问起来，还没法交代。有咧，还是说吃酒用掉就是。"说着，摆荡余沥。

方要系裤，忽闻树后唰的一声，接着便啪的一掌打在自己背上。二乱子一惊之下，回头不迭之间，早有一只手从背后抄来，一把揪住自己那话儿，便骂道："你这天杀的，只顾这么着和那浪蹄子快活，却不道急煞老娘，咱快到家算账就是。"说着，手势一紧，揪得二乱子乱叫不迭，一瞧来人，却是自己的老婆。

原来那老婆自二乱子出门去后，只顾了欢喜得意，在院中各处料理了一会子，忽想自己卧具下还有一串钱来，便怙恻道："这乱子一时高兴前去挪借，少时回头，张见那串准备出的份礼，说不定他借来的钱就不把出，还留着他灌丧黄汤子哩。俺不如再藏严密了为妙。"想罢，跑入里间屋，向卧具下一摸。叫声苦不知高低，休说是钱，连串儿都没得咧。

当时那老婆有什么不明白，因一面跑出大门，虚掩了，一面暗恨道："怪不得他忽地说话顺情顺理，又是随人份礼，又拣我爱听的话说，原来他是虚晃一招儿，却摸了我的钱去吃酒。且待我赶去，多少也夺些钱回来。"于是撒开大步，直上街坊。踅过两处酒肆，去问时却都没得。

正气得没作理会处，却有个街坊上的小厮，笑道："那会子俺仿佛见唐爷踅向街头那所在，也有所小小酒肆，还许在那里吃酒哩。"老婆听了，如飞便走，三不知地脚下一蹶，只绊得脚下生痛，当时那气头越发加大。到那小酒肆张问二乱子时，却又是个空。气得她出得酒肆，向着街头空旷处正在发怔，忽又觉内急起来，左顾右盼地正愁没处出脱，忽望见距街头不远有处小草房儿，东墙根下颇有草树，甚是静僻，于是一径跑去。

方要解裤转身，却闻院内有妇人笑语之声，那老婆也没在意。方蹲下去，却闻二乱子在里面哈哈地笑道："你瞧，俺这么长的一大段儿，眼看着都进去咧（谓输钱也）。"又闻有妇人笑道："你的都进去，谁又没累得腿麻腰懒呢，这种蹭席子的把戏，真不老好的。"

老婆听了不由大诧，便顾不得小解，忙系裤跳起，略踏墙下碎石块，从短墙头上乱草缝中向内张时，只见二乱子正和三个妇人围坐斗牌。其中有个妖妖娆娆、略有碎白麻子的妇人，正挨着二乱子，一面掀起衫襟扇取风凉，露着银红纱兜肚，隐约间微见白肚皮，一面用盘腿的脚儿触着二乱子膝头道："你只吵你的进去，却不知闹得我的脚都麻酥酥的哩。"

当时老婆见状，不由气得发昏，暗想道："这乱子越发乱得没人样咧！他摸钱吃酒还情有可恕，不想他还走这俏道儿。"怙恢间却见局中大家吵起局来，那妖娆妇人被那两个妇人牵拖得前仰后合，一个儿身，直歪到二乱子怀中。那老婆气忾之下，离却墙下，要奔大门，一时内急，只得跑向大树后出脱。方才了事，恰值二乱子也到树前小解，那老婆见他形状，并听他嘟念的话，越觉着自己所料不差，气极之下，所以便扑出，先捉住把柄再作道理。

当时二乱子一面退身，脱离她手，一面系裤道："你胡说的是什么？对不住，钱是输咧，却没别的勾当。"老婆唾道："你自己做着猴相，亲口说这么着快活用掉钱，还赖到哪里？快走，快走，咱到家再讲。"于是两人厮趁便奔归路。二乱子是垂头丧气，老婆是嘟嘟囔囔。

须臾到家，业已黄昏大后。老婆赌气子先不理他，气吼吼地掌上灯，蹾碗摔箸地搬上晚饭自己吃。偏偏这碗饭有邻家送来的鸡肉、糕蛋等喜菜，老婆只顾大口价受用，二乱子猴在一旁，哪里敢正眼来觑。

正这当儿，老婆却冷笑道："俺倒没想到，你几时又会钻狗洞，和那麻货捣弄上咧！怪不得前些日，你把俺的蓝布衫都摸去，原来是塞到无底洞里咧。"二乱子忙道："岂有此理！剜口拔舌，乱说人不好价的。那妇人是开皮铺景老二的老婆，人家是正经人，你怎说是烂污货呢。"

老婆唾道："你没的替她遮掩，若说是开肉铺的我还信些。你瞧那麻货浪张形儿，歪到你怀里，恨不得当着大家就脱出来。还有你这天杀的，不住地用膝头触她的脚，两只眼子又盯住她屁股，你还分辩什么？"

二乱子道："这真是冤哉枉也！她自用脚触我，催我发牌，干我鸟事？我瞧她屁股边，是为她偷牌之故。"老婆忙道："既是这样，你在大树前又颠弄着，嘟念的是什么？"二乱子失笑道："这是事有凑巧，你误会俺的话咧。你想，余尿未净，岂不要颠弄。俺说快活用掉钱，是说斗牌，你当是那么快活

157

吗？那景家妇人因有些腋臭气，外号儿臭大姐，哪个不知，人家怎是烂污货呢？"说着，便蹭近前，想要用饭，却被老婆一手推开道："却又来，你连她的腋臭气都闻得，还推得什么干净。这话若翻回来说，若有人闻得我什么香气臭气的，你答应吗？"

一句话问得二乱子只好干眨大眼。那老婆以为他是理屈词穷，便越发吵个不休。二乱子没奈何，只盼她吃罢，自己吃点儿残落儿再作区处。哪知老婆吃罢，竟自搬向厨下，一阵风似跑进来，踅入里间倒头便睡，却还气得哼唧有声。

二乱子暗笑之下，悄悄地踅入厨中，寻些剩饭吃罢，暗想道："今天就恁地巧，偶然斗个小牌，却被她张见，惹这鸟气！看此光景，非这和事佬儿来出头是不得了的哩。"于是匆匆地关好大门，踅入屋内里间。灯影下一瞧老婆，却好正光溜溜的，略盖单衾，仰卧在榻。当时二乱子急欲转圜，也顾不得分肌擘理，先扼要害，再细细解说，便上得榻去，不复客气。

哪知老婆并没睡去，当时一阵价乱扭乱唾道："你没的却来遮羞儿，老娘是吃不得人的剩货的。"二乱子急于求功，一面跃跃，一面道："你还说哩，你瞧俺那会子若和她那么着，这会子还来得及和你这么着吗？"

那老婆触手之下，果然略有几分解疑，但是一时间还不肯舒气。两人正在撕扭之间，只听大门上有人轻敲，并细声娇气地道："唐先生在家吗？快请出来，俺有句话说。"

二乱子忙碌之下，好容易将得地盘，哪肯下野？因一面作据鞍之势，一面遥问道："你是街坊上哪位大嫂？有甚事明天说吧。"这里老婆方道得一声："你且放我起来，待我瞧瞧去。"便闻那妇人急促促道："怎的你唐先生连俺的语音都听不出？俺是耿家打发来的。"

这时老婆被二乱子窸窸窣窣只管乱闹，一时耳乱，只听得是景家打发来的，于是不管好歹，猛可地推下二乱子，一手拧着他大腿，咬牙恨道："你这天杀的，还要嘴硬！如今景家老婆都寻上门来，且待我撕那老婆再讲。"

二乱子忙道："这是耿先生那里打发来，黮夜间必有要事。"说着，匆匆结束，即便跑出，就那仆妇问知来此的缘故，不由惊道："就有这等事？俺这便向衙前探听一切，你便回复你家主母，静候消息吧。"说着，猛一转身，却和老婆撞了一下。原来老婆放心不下，早跟来窃听哩！

不提二乱子顾不得再和老婆厮缠，即便命她掩门而待，忙忙地直赴衙前。且说那仆妇因奔驰好久，这时回途未免慢将下来。离耿宅还有十来步远，因脚下鞋子有些松脱，便坐向人家阶石上，置下提灯，方想收拾好再走，忽闻背后有人笑道："巧咧！俺还赶得上就步亮儿。"

声尽处，抢到一人，仆妇望去，不由略怔。正是：

归途犹未竟，惊耗已飞来。

欲知后事如何，且听下回分解。

第八十八回

遣羁愁杯倾季雅
起雄心刀窃孟牢

且说那仆妇一瞧来人，却是唐二乱子，因怔问道："怎的唐爷不赴衙前，却又撞到这里？"二乱子道："巧得很，俺方到衙前街口，正遇着礼房吴先生去打酒，是他向我一说你家主人被捉的缘故，并言你家主人已被押在礼房中，料也没甚大不了的事，且见你家主母再说吧。"于是仆妇站起，提灯前导，方到门首，早见耿先生的娘子愁眉苦脸地倚门而待。

当时大家也不暇客气，便相与入去。二乱子先述说耿先生被捉之故，是因耿先生用法术拘蛇，被瞎尹张见，又因前些时，府太守曾有口文，命属下留意奇诡人们，瞎尹便借此为由，撺掇小贺，说耿先生妖术惑人，说不定便是白莲余派，理当拿办的，所以闹出这个岔子。

娘子听了，发急道："这都是他好事伤人的缘故，不知他在堂上曾受苦不曾？"二乱子道："那礼房曾说来，耿兄到堂上据理分辩，倒把小贺问得张口结舌，所以才暂押了礼房。大嫂不必气苦，俟明天，由俺召集学中朋友，动个公呈，保耿兄出来便了。"娘子听了，只得含泪称谢，二乱子也便踅去。

次日，娘子亲向礼房探望一回，又与耿先生送去应用之物并花用的银两，只好且听二乱子口递保呈的消息。哪知呈儿递进，通不中用。不提娘子这里十分着急，且说耿先生被押在礼房中，转眼已十余日，虽是急躁，却没奈何。亏得那礼房吴先生是个酒鬼，耿先生一来投其所好，二来自己将酒排闷，便日日出钱和他衔杯。一来二去，连吴先生的老婆毛氏也凑来吵白嘴吃。耿先生因住在他家，诸事仰仗，便不断地送些花粉钱去点缀她。

妇人家见不得点把好儿，便向耿先生道："耿先生是君子，不会跑掉的，咱为甚不落个好儿呢？"吴先生也因吃人家未免过意不去，因此看守得便疏散下来。耿先生在他宅中倒能行动自如。闲时到他后院中张张、散散步，都可以的。那后院中颇颇敞旷，也有群房，便连着毛氏的住室。院外却是一片荒僻空场，颇有草树。耿先生仔细望去，离自己的宅后身儿不过隔两道街坊远近。

一日耿先生在前院押房外散步，因中秋节近，想怎的通融吴先生一下子，暂回家中过这佳节。正在思忖，只见吴先生忙忙地从外趸来道："今天晚半晌，还有两个被押人来此，那么耿兄便搬向后院，不清静些吗？"

耿先生哪知就里，只得依他，搬向后院群房中。但是这日到晚，前院中并没得被押人来。耿先生狐疑之下，当晚在押房中正在怙惚，却闻得吴先生两口儿在住室中只管喊喳，又闻毛氏叹道："他若不妙了，那好酒好肉的咱也别想再抄吃咧！"

耿先生听了，不由大疑，忙悄步至住室窗外，倾耳听时，便闻吴先生道："你这馋老婆，只知抄白嘴，哪知厉害？俺所以搬他到后院中，便是因他消息不好，加一番仔细看守。既是重犯，倘有疏脱，那还了得？咱只等他押入大牢，便没咱的干系咧。"毛氏道："他到底怎样便不好呢？难道就因他拘条把蛇，便办他罪名吗？"

吴先生道："你好糊涂！是官府要成心毁这人，还不现成吗？刻下官儿已将他的名字窜入一件劫盗案中，说他是潜习妖法，私通盗匪，上详的公文已经发出，只等回文到来，怕不要了他的性命？俺今天才闻得，所以搬他入后院，仔细看守。便是你也该替我加些小心哩。"毛氏笑道："那是自然，以后他便是屙尿去，俺也瞟个眼儿。只是这么个很好的人，冤枉死掉，怪可叹的！"

吴先生叹道："咱这里遇着剥皮匠，何争他一个。你瞧大堂前跕笼里，哪一天不倒出三两具死尸去？看此光景，耿先生在此押不了多少日咧！咱常常扰人家，我想到中秋，趁着咱家中过节，有现成的酒肉也请请他，你道好吗？"

毛氏道："这便才是！可有一样，你可不要见了酒便忘掉正事，倘有疏忽，不是耍处。"吴先生笑道："那时你照顾俺些就是。不然，只顾吃得口滑起来，俺这鸟嘴可没大准儿。"

夫妇一笑，熄灯就寝之间，这里耿先生早已惊愤交并。回得押房，略一沉吟，也便得计。次日，见了吴先生夫妇，仍然嘻嘻哈哈，不动声色。又趁唐二乱子来望时，托他买了些精致针黹送来，什么花钿咧，丝带咧，兜肚咧，鞋片咧，并绒花怀镜等类，花花绿绿，作一包包了，瞧得个毛氏眼欢似的，摸摸这件，瞧瞧那件，耿先生却不理她。原来这时毛氏已成了耿先生的尾巴，只在臀后跟定，寸步不离。耿先生没得消遣，单等她忙碌时，便声言屙尿等事，累得她跑来趸去，甚觉好笑。

光阴迅速，这日已是中秋，耿先生的娘子早遣人送来许多吃食，如瓜果月饼之类。毛氏见了，正在垂涎，耿先生便笑道："大嫂先将这些东西收去，少时，俺寻出碎银两，还要烦劳大嫂给俺准备一桌酒食，算俺一番敬意，以便今宵赏月如何？"

毛氏笑道："可了不得，不当家花拉的，今番可不许你坏钱咧！俺们早就商量着，今晚请你吃酒哩。你不信到厨下瞧瞧，鸡鱼菜肉并甜辣辣的新熟酒都已准备停当。你不见我这会子连围裙都穿上，就要造厨去吗？"耿先生笑道："如此，我倒要受用大嫂。"毛氏一睃眼儿道："你说话要清楚些。"于是笑嘻嘻收取诸物，便入厨下。果然，为时不久，厨下便刀砧乱响起来。

须臾，吴先生踅来，致过相请之意，自行踅去。这里耿先生沉思一回晚间的事体，便信步儿踅向厨下，只见毛氏正在那里揎臂动袖地忙碌一切。菜案上，置着一把明晃晃剔骨尖刀，有尺许来长，十分锋利。耿先生见了，心有所触，一面搭趁着和她说笑，一面瞧她用那刀切好菜蔬，随手儿挟入榻席之下。耿先生因笑道："今日为俺，却叫大嫂如此忙碌。"

毛氏一面抹抹鬓汗，一面笑道："今天忙碌倒不怎的，就是热得俺很，若非整治酒食，早去洗澡儿去咧。"耿先生攒眉道："便是哩，俺自到这里，一总儿也没洗澡，浑身腻歪歪，真个难受。"毛氏听了，也没搭腔，仍去忙碌。

耿先生踅回押房，又沉思一回自己被陷之事，只觉得愤不可遏。少时，不由决然道："这两个狗男女，在天理也难容得，如今俺也虑不得许多咧。"于是主意既定，索性歪倒大睡，以养精神。

及至醒来，业已黄昏时分，瞧瞧后院中却静悄悄的，但是靠西面大树下却已台椅杯箸摆列停当。那毛氏住室后窗下，衣绳上还晾着两件汗透的女衣裤，又有个浴盆，兀自湿惝惝倚靠在墙下。耿先生怙惙一番，逡巡间踅近住室，却微微嗽一声，然后唤道："大嫂在吗？怎的这当儿便摆上杯箸，吃酒不早些吗？"

便闻毛氏在室内笑道："耿爷早早醒来，我只道你被日头爷压住连了夜哩。俺这是笨鸟先飞着，不省着临时忙碌吗？"说着又窸窣良久，然后整理着衣襟，笑吟吟踅出。

耿先生一瞧，倒陡觉眼光一亮。只见她梳抹得光头净脸，穿一身新衣裤，脚下却着一双褪旧小鞋儿。耿先生因笑道："可是过节咧，大嫂便这等高兴扎括。这一来真少相三分，但是俗语说得好，利首利脚，您为甚倒脚下欠整呢？"

毛氏脸儿一红，却笑道："你倒会端相人，又瞧得这么仔细。俺因跟你这个走马灯奔跑忙碌，便是好鞋子也踏毁了，所以不耐烦去换新的。便是俺方才敢洗个澡儿，也是因你睡熟之故哩。"

162

耿先生大笑道："如此说来，你倒成了我的保姆，看俺这个大孩儿。其实不打紧，俺岂肯跑掉连累你们。"说笑间，向毛氏一问吴先生，却被他的朋友们拉去吃酒。耿先生暗喜机会之下，便笑道："既这样，咱们吃酒越发不忙。吴兄回头大约不能太早吧！"毛氏道："他临去时，说咱们吃酒不必等他哩。"

耿先生听了，越发欢喜，逡巡间主意早定。便跟毛氏踅向前院一瞧，只见庭心中供月的铺设都已齐备。须臾一轮皓月飞上东溟，端的是扬华曜彩。那街坊上爆竹喧闹并妇孺嬉笑之声，业已远近相续。

这时毛氏只顾就厨下端取菜品向后院送。耿先生坐在庭中一只凳子上举头望月，不由一时间愤慨交萦，又偷眼望望厨中榻席下，默默地只管发怔。

正这当儿，却闻毛氏在背后笑道："耿爷发怔怎的？大约是因不能回家圆月，少时只好多喝两盅，解解闷吧。"说着，手持香炷，踅到跟前。耿先生便笑道："少时，俺陪大嫂吃酒也是一样，何必回家圆月呢？"

毛氏笑道："你少说疯话，你可知俺是监押你的。好便好，不好俺便给你个刑法尝尝，也不打你，也不骂你，只把你拴在酒罐旁，馋得你从口里钻老大的酒虫。"耿先生大笑道："虫儿越钻越有趣，难道大嫂你不觉得？"

毛氏笑唾道："你这人不说好话，俺不理你咧！"说着，向供月的案上插好香炷，自己先拜罢，便向耿先生道，"你快来吧。"耿先生嗫嚅道："这可是大嫂说的，那么我真就……真就来吗？"

毛氏听了，笑着跑上前，向耿先生额上戳了一下。耿先生趁势一转身，即便向那盈盈月儿拜将下去。原来耿先生常将些小意思点缀毛氏，久已和毛氏嬉笑无忌，今晚特地发些风言风语，以便疏她防范，好做手脚。当时耿先生对月拜罢，未免昂首四顾，百感交集。两人便相与对坐庭中，以待香尽，收拾毕好去吃酒。

耿先生恐毛氏瞧出自己的怯馁样儿，因猛地正色道："你瞧我好马虎，大嫂你今有天大的祸事，我还不曾告诉你哩。"

一句话闹得毛氏一哆嗦，又见他是正经面孔，不由不信，因惊问道："怎么？"耿先生道："嗬！了不得，你还问哩！你自想想，你不是今天洗澡来吗，这便是天大的祸事。"毛氏扑哧一笑道："原来你又说疯话，今天洗澡怎便是祸事呢？"

耿先生道："你真个不晓得？听我道来。今天是八月中秋节，月宫娘娘当今最忌讳阴人赤身露体地冲犯她老人家，轻则降灾病，重则罚死，便是魂儿还须受种种罪苦。你大嫂不早不晚单趁今天洗澡，岂不是天大祸事？"

毛氏笑道："你没的胡说，便是整本的《玉匣记》上都没这话，你却来捣鬼。"耿先生道："慢着，大嫂。你瞧过《阴阳河》那出戏没有？那不是夫妻中秋赏月，因为一高兴团圆，冲犯月宫，罚得夫妻冥途相会吗？"

毛氏道："没得相干，他那是不知净洁。难道俺洗个澡儿，便冲犯月宫吗？"耿先生道："横竖都是赤身露体来，怎不冲犯呢？"毛氏听了，真个有些发慌，便道："如此怎好呢？"

耿先生忍住笑，一指那供的鬼儿道："你瞧这位主席先生便是你的救星。你只消多抓把豆儿喂喂他。他欢喜了，不把你冲犯的事去报告月宫，自然就没得祸事了。"说着，哈哈一笑。

毛氏听至此，知是打趣她，因笑唾道："你别只顾耍花嘴，你也干点儿事，厨中酒已温好，劳您驾提向后院，俺也就撤供咧。"于是两人一笑，各自分头忙碌。

听听街柝业已二记，那当头明月越发水也似泻将下来。耿先生趱入厨中，就不明不灭的厨灯瞧时，只见温酒之外，还有一锅温水，大概是准备酒罢刷洗器具的。耿先生由灶上提出两大壶酒，方想趱出，蓦地想起一事，不由双眉轩动，先就厨门向外瞅瞅，霍地回身，便奔榻席。正是：

　　酒怀增郁勃，剑气动光芒。

欲知后事如何，且听下回分解。

第八十九回

闻笑语忽息杀机
别家园夜奔荒刹

　　且说耿先生霍地回身，从榻席下抽出那把剔骨尖刀，正在略为拂拭，四顾踌躇，便闻毛氏在后院中唤道："耿爷怎的只是慢腾腾的，还不快将酒来？"

　　耿先生连应之下，忙将刀掩带在襟底，提了酒壶。到后院时，只见毛氏摆设的一桌酒食早已停当，于是耿先生置下酒壶，先入押房，窸窣了一会儿，然后趄出。毛氏便笑道："请你吃酒，你倒像大闺女上轿，只管磨蹭？"

　　耿先生道："敢是大嫂你洗过澡，身上清爽，俺这汗渍渍的，又没得第二身衣裳换，能不抹抹汗吗？"说话间，两人对坐下来，斟酒便吃。

　　耿先生知毛氏没得酒量，并且自己妙计已定，便索性不去相让，只顾自己开怀痛饮，狼吞虎咽，并望着那月儿，点头咂嘴。瞧得毛氏颇觉好笑，便道："耿爷你吃是吃，却不要吃醉了。俺当家的临出门时说得明白，叫我管着你哩。"

　　耿先生笑道："管着最好，俺早就被你管下来，你看我哪里敢挺头晃脑地向你硬……挣。"毛氏笑道："没人样，你又来说疯话。"于是两人杯来盏去，吃过数巡。毛氏微红着脸儿，有些倦意，便停杯不吃，只顾乱嚼水果，以解口燥。耿先生听听街析，还未交三记，只得寻些有一搭没一搭的话来敷衍毛氏，并且一面大杯价只顾吃，一面嚷热，索性解开衫襟，以引凉风。

　　毛氏不由懒懒地一个呵欠，却失笑道："你与其嚷热，少吃两杯便请安息吧。俺脚打后脑勺忙碌一天，也要困觉咧！"耿先生道："大嫂只管请便，这里收拾一切，都交给我吧。"毛氏笑道："好轻松话儿！那么，将你交给谁呢？俺去困觉，你若三不知地溜掉了，可是小事？"

　　耿先生听听街析，已交三记，也恐吴先生万一撞回来，便推杯道："既如此，俺瞧大嫂困得怪难受的，咱就大家歇息。但有件事要奉求，那会子俺从厨下提酒，看那锅中还有温水，请大嫂推些情分，容我洗浴一回如何？你若不放心怕我跑掉，便将我的衣服鞋子暂都收去，难道我赤条条地还能跑吗？"

毛氏听了，一面沉吟，一面失笑道："你倒会生法地磨治人。依我说，你洗什么澡儿？"耿先生道："好大嫂，请你方便则个，俺身上汗腻委实当不得哩。等明日我央人拣那上好的花朵儿，与你买些来。"说着，便站起，作揖打躬地一阵乱央。闹得毛氏没法不依，便一面站起收拾杯盘器具送向住室，一面道："你洗便洗，须快着些，俺困得什么似的，可没工夫只管与你看守衣服。"

耿先生听了，暗喜之下，便就墙下掇取浴盆送入押房，然后又忙忙提得温水来，便掩上门，一阵脱光。那毛氏唯恐他不交出衣服鞋子，又不便进房去取，正在门外徘徊之间，只听耿先生道："大嫂快接着！"

声尽处，由门隙抛出一大团物件，毛氏只当是衣服鞋子，上前仔细一瞅，却是自己前些日见的那个针鬐包儿。方拎在手中，业已香气扑鼻，因笑道："你洗个澡也是瞎抓，不将衣服鞋子交出来，却抛这包儿做甚？"

说犹未了，耿先生却将衣服鞋子真个抛出，又笑道："大嫂快连那包儿都收去，那包是俺准备送你的节礼，连日地模模糊糊就忘掉咧！"

毛氏听了，只喜得心头乱跳，便笑道："这是怎么说呢，又叫耿爷如此费心。您且慢慢洗吧，少时用衣服，只消唤一声，俺就送来。"说着，提了那包儿并衣服鞋子，一径地跑入住室。

不提这里耿先生只用手巾摆动得浴水浪浪山响，一面价倾耳凝目，趁空儿自做手脚。且说毛氏既收取了耿先生的衣服鞋子，好似心头一块石落地，又乍得那包针鬐，真是喜得心窝怪痒，便就灯下打开那包儿，一件件摆弄起来。瞧瞧这件，鲜艳得可爱；闻闻那件，又喷香得有趣。拿起怀镜，照照自己的尊容，又抬起脚儿，比比鞋片的大小。一时间，又联想到自己自嫁吴先生以来，便是三个匣子一盏灯（俗谓贫女妆奁也），接着便给他烧锅做饭、汲水搬柴，每日价火燎鬼似的，总也没造化扎括打扮。可叹自己一副俏庞儿，便这等委屈了。如今既有这些物儿，无论怎的，总须想法儿施展一下子，也叫街坊上浅眼皮子的老婆们吃我一吓。但是没缘没故的，便扎括得花娘子似的扭将出去，未免也不老好的，这总须抓个由头儿方说得出。

想至此，便屈指道："东街上王奶奶寿日还须十来天才到，那是叫人等不得的。西街上张大嫂添小人儿，做满月，还有二十多天，更不成功。南街上毕老娘常放牌局，虽可以去串门儿，但是她那里局面阔绰，显不出俺扎括漂亮。唯有北街上孟老太婆病得死去活来，她如果天从人愿，明天嘎嘣死掉，俺扎括了去吊丧，自然是再好没有，不然，借着探病，去出出风头，也是好的，只是未免须搭些探病的礼物，然而为显摆俊物，也说不了。"想至此，只管颠弄诸物，对镜憨笑。

这一耽延不要紧，听听街柝，业已五更敲过，倏地鸡声喔喔。那毛氏如梦方醒，忙置下诸物，拿了衣服鞋子去瞧耿先生时，不由叫不迭的连珠箭的苦，就押房内外以至前院都寻遍，哪里还有耿先生的影儿？再瞧后院，自己晾的衣裤也没得咧！情知耿先生是穿了逃去，只得央人去寻得吴先生来，且乱作一团。哪知这时耿先生早已逃向栖霞城外十余里之遥，在一处人家歇坐来。

原来耿先生当时既用计稳住毛氏，更不怠慢。稍静片时，听得毛氏室内没动静，便赤身趿出，胡乱地穿了晾的女衣裤，且喜光着脚板，步下无声，便翻回押室中，提了那把剔骨尖刀，一径跳出院后墙，对着亮晶晶月儿长吁一口气。一时间那股火气哪里按捺得下？略一沉吟，暗恨道："俺耿某为一方除害，便是死掉，却也值得，待我且了却那害民贼，再要那瞎尹的狗命。"想罢，一路价遮遮掩掩，便奔那县衙的后身儿。原来县衙后颇为荒陋，虽是官舍，那后墙却残缺得很。俗语云"官不修衙"，凡县衙大半如此，所以耿先生想由此入去。

当时耿先生愤气攻心，真赛如煞神附体。刚到县衙身后，却见街旁一处矮屋中尚有灯光，从临街窗中射出，并有斫柴添灶男女说笑的声音。耿先生从那窗下经过，恐人撞出，便放轻脚步。无意中由窗隙向内张时，只见里面热气腾腾，却是个豆腐坊，正在地灶上做得好大豆腐。有少年男女两个都赤条条的，只着双鞋子，被那锅灶中热气所蒸，兀自抹汗不止。男的一手扶头，一手握拳拄膝，直着眼儿，满面怒色；女的就灶前矮案上，一面用布包压沥豆腐，一面向男的笑道："我说你就不必闹气，寻什么孙三孙二的打架去。虽说是饭争一口食，人争一口气，但是也要再思再想，不然，闹出了不了的事来，家破人亡，你就后悔不迭咧。"

耿先生猛闻此语，正赛如当头一瓢冷水，手中挺的那把尖刀向下一拉拘之间，便见男的站起来道："叵耐那厮，真叫人出不来气。我若不因着放不下你，真跑去做出来哩。"

女的笑道："你别胡思乱想，且帮我压豆腐，赶早市去卖吧。"说着，弯身笃臀，向下一压，连小肚儿都挤在布包上。少时一起身，却招得耿先生几乎笑出，一腔怒气早已化了一半。原来那布包上都是白渣渣的豆腐浆水，弄得那女的小肚下好不有趣哩。

当时耿先生猛悟，转念之下，趄离窗外，暗想道："如今且好歹地放过这双狗男女，似此恶人，不怕他没得天报，且到家望望，出外暂避，再作道理。"想罢，便一径转步。

如今且说耿先生的娘子当这晚三更打后，没情没绪地独自望了回月儿，正要歇卧，忽闻院后墙上唰啦一声。娘子因仆妇业已歇困，正要自去瞧瞧，忽闻窗外耿先生微笑道："娘子，这时光还没安息吗？"声尽处，一步蹿进，吓得娘子直立起来。只见耿先生秃头跣足，穿一身女衣裤，手内还提着把明闪闪的尖刀，一见自己，不由满面感慨之色，劈头便道："娘子莫惊，俺今特来走别娘子，你且与我略备衣装银两，事不宜迟，俺须要急速登程。"说着，便坐向榻头，一说自己设计逃押的情形并须即刻出亡之意。

那娘子听还未毕，早已一行鼻涕两行泪地挥洒起来。耿先生摇手道："娘子不必凄苦，事已至此，只好出亡，暂避恶人。俺没得真罪名，料那恶人也畏公论，不敢来搅俺家属。天可怜见，恶人去任，咱们仍可完聚，如今只当远方游学罢了。"

娘子听了，只顾了含泪点头，倒也无别话可说。于是先与耿先生换上衣履，并寻出帽儿，便匆匆去收拾包裹银两。这里耿先生放下那尖刀，自取了短刀杆棒，一面价扎拽停当。须臾诸物都备，耿先生带了短刀，背了包裹，提了杆棒，只向娘子道得一声："咱们再期后会！"即便匆匆拔步。这里娘子随后哽咽着，只挣出"保重"两字，那耿先生的身影儿业已翻落后墙之外。

不提娘子对着墙呆立良久，只得掩泪归房，提心吊胆地且听官中消息。且说耿先生跳出墙来，真个是心忙似箭，脚快如飞。百忙中，且思混出城去，再作道理。他知那东城一带城垣有缺坏之处，并且距东城十余里外，便接连一片海滩，沙树丛莽，道路荒僻，可以匿迹，于是便取路向东。且喜这时街上各家儿正在做团圆好梦的当儿，街坊上甚是静悄。

耿先生一气儿跑上城缺之处，方一挂手中杆棒，脚下作势待要跳时，却闻得县衙方面似乎隐隐喧动。耿先生只认是自己事体发作，慌忙之中即便一跃而下，且伏向城壕边听时，却又没甚动静。但是逡巡之间，又觉身后有个人影儿乱晃。回头瞧瞧，不由唾了一口，原来是自己的身影儿被斜月射在一株短树上，若即若离，就似有人影在背后一般。于是略为踌躇，即便施展飞行步法向东趱去。一路怙惚起投奔哪里，好不焦躁。因为在县中朋好虽多，却势难藏身，远投他县，一时没得栖止。

沉吟间趱过五六里，忽闻溪声潺潺。隔溪望去，从夜色微茫中，遥见一带远山迎面而起。耿先生趱近溪边板桥，略为歇息，又掬饮了两口冷水，清清神思，细辨那远山方向，却是县东著名的五峰山。

耿先生触目之下，不由暗笑道："我好发呆，如今俺流转无定，正好去邀游山水，且隐踪迹。但是山深林密，还属那东海崂山，只索去那里托迹，再作区处。"算计已定，不由心下帖然，于是匆匆地渡过桥去，一路逶迤，直奔

168

海滩边的荒僻道径。

约莫又趱过七八里之遥，刚穿过一带黑魆魆的高林，瞧那高岗斜坡上树木丛生，乌隐隐的一片中，似乎现出个斗竿尖儿。耿先生站在树边，正在细辨道径，并怙惙那斗竿所在或有庙宇之间，忽闻后面喧呼隐隐，一阵风处过，并闻有人大呼道："快追，快追。即有人见她投东去，咱好歹地须捉她回来！"说话间，一声呼哨，其声渐近，惊得耿先生忙回望时，早见一片火燎，飞也似从隔林岔道上转将出来，一径地便奔高林。

这一来，耿先生大骇，百忙中，直趋高岗，想就树木后暂隐身体。不想择地未定，后面呼声业已赶入高林，一条条火燎光影直射到自己背后。于是耿先生急不暇择，方撞到一株大树前，却脚下一蹶。抬头望时，已来至一处破落庙宇跟前，且喜那两扇山门东倒西歪，阶石前便荒草多深，料是没得什么庙祝僧众的。于是耿先生不管好歹，匆匆便入，更不暇东张西望。

方一脚踏入那七零八落的正殿当儿，便闻庙外一阵价脚步乱响，并有人诧异道："这事也怪，既有人见她投东去，怎的不见呢？不要管她，咱且到庙里张张。"说话间火光照耀，已到山门。

慌得耿先生三脚两步抢入神龛后，向下一蹲之间，却觉得头顶上有物儿触了一下。耿先生忙乱之中哪里理会，急从那龛的裂缝向外张时，只见一片火光中，现出五六个村农模样的人，并且长袍短衣，各色都有，手中并无器械。其中一个五十来岁的老儿，生得满面红光，像个财主模样，一面价气急败坏，一面手中颠弄着一只女鞋子道："真他妈的异样，她既是没向东跑，怎又在半路上拾着她的鞋子呢？"

众人道："你老且慢着，容姐儿她究竟鞋弓袜小，跑不快路。说不定还在半路上哪里藏躲，咱们也许是赶过了头咧。且到殿内张张，若没得的，咱们回头细寻吧。"说着，便拥了那老者一齐入殿。张得耿先生好不诧异，但是瞧他们形状并听那语气，似乎是与己无干。

当时心神稍定，且在偷张时，便见众人各持火燎，就殿中寻了一遍。其中有一人方要趱向龛后，却被一人拖住道："算了吧，龛后面便是破院，是没得什么的。"于是大家聚向龛前，略为歇坐。那老儿颠着那只女鞋子，只顾发怔。

众人一面丢下两只将尽的火燎，另薪新燎，一面向老儿笑道："今晚生这是非也有好处，俺老嫂吃着一吓，以后那股子酸劲儿也该收敛些咧！"众人听了哈哈都笑，便拥了老儿一径出庙。

这里耿先生摸头不着，耳听庙外，知道那班人业已去远，略长身形，正要趋出。忽觉头上又有物儿触着，忙举手一探，只吓得一个箭步蹿出龛后。正是：

　　亡命来孤客，穷途叹女郎。

　　欲知后事如何，且听下回分解。

第九十回

海神庙逃人救缢女
南沙铺村众觅容娘

且说耿先生举手探去，说也不信，竟是两只尖生生的小脚儿荡悠悠地悬于头上。忙急步蹿出取起地下将尽的火燎，向龛后照时，只惊得倒退两步。原来那龛后殿后门横楣上，高挂着一个二十多岁的妇人，穿一身油垢破绽的衣裤，发乱头蓬，面上还有条条血迹。衣裤上，滚跌得尘土狼藉，左脚上却没鞋子，踏得缠帛一塌糊涂。瞧她眉目，却颇颇俊样。但是这当儿，面如白纸，塌眉吊眼，咧着小嘴儿，微吐着红郁郁的细舌儿，好不怖人。

偏这当儿凉飕飕由殿后门吹起一阵旋涡子风，后院荒草一时价萧萧戚戚。就这声中，那将尽的火燎被风吹得余焰摇摇，只待就灭。那点儿余光照到那妇人面孔上，好不难看。当时瞧得耿先生竟有些怕将起来，赶忙又取到那支火燎，并作一处，插向神龛之旁。倾耳听那妇人喉咙间，且喜余气未断，微有喘促之声。于是耿先生抽出短刀，先用左手略托妇人臀股，然后右手举刀，一跃作势，向上面悬的带儿只一割，但听扑通一声，妇人和耿先生同落于地。

亏得耿先生临事不乱，真有个见解，且不忙抽取她的项上松带扣儿，却就她半蹲半坐之势，且伸过腿去，尽力子抵住她前阴后臀，这才一面价揽她坐稳，一面抽去项下缠带，便用按摩之术，先就胸口熨摸良久，徐及四肢，并一面轻轻捶唤。原来这自缢的人，只要闷闷的那股元气不从下部孔窍泄出，便能救转。耿先生通晓医理，所以施救得法。

当时耿先生按摩一会儿，已觉她气息渐转，心头跳动。须臾，那妇人呼的一声，长出一口气道："哎哟，可闷煞俺咧。"接着双目一张，忽见耿先生揽抱自己，又惊得只顾乱抖。

耿先生知她骇诧，便道："娘子莫怕，俺并非歹人，却是行路客人，偶遇救你。你且略定神思，且细说姓名字谁，端的为甚黑夜到此自寻短见呢？"说着放手，将妇人轻轻靠坐在门框旁，即便站起，收了短刀，又将火燎振动发亮。百忙中却听得远近间鸡声动野，那启明星闪闪烁烁，东方已自发些鱼肚

171

白颜色来咧。

那妇人定神一会儿，双泪忽落，便呜呜咽咽说出一席话来。耿先生听了，倒觉好笑，至此方觉那会子所见的一班人寻的就是她。原来这妇人名叫容姐儿，是左近大户家的一个小婆子。

那大户姓单，便是耿先生所见的那提女鞋的老儿。大户因无子息，便硬着老头皮纳容姐儿为妾。他大婆子霍氏生得傻大黑粗，小模样已自够瞧，偏又好生闷气，一来二去，脖颌下生了个老大瘿袋，便如个大白瓠悬在那里，说起话便如山汉一般。她只管生得如此漂亮，唯有那件事倒吃紧不过。

当时霍氏拘于礼面，咬着牙，叫大户纳了容姐儿，但是那股子酸溜溜的火气，可是由脚跟直彻额门，只因自己有不争气的所在，也叫作无可如何了。俗话说得好，一槽上难拴两头叫驴，何况单氏因自己之丑，越显人家之俊，倒还不在乎，只是有件在乎的事，未免也叫人家占了上风儿。

那单氏由愤而妒，由妒而恨，便瞧容姐儿如眼钉肉刺，于是哇呀一声，向大户撕破面孔，登时摆出大奶奶吃醋的威风，将容姐儿诸般虐待，继以捶楚，自不消说。又恨容姐儿为甚长副俊脸儿，便如特地形容自己一般，便索性将她衣饰收去，只叫她蓬头垢面，又命她杂在佣妇中，日做粗重营生，一面价自为修饰，想挽回丈夫的爱意。一张脸上，恨不得论斤地擦起脂粉，插上满头花，险些儿穿起龙凤袄，拼命价跐上里高底，两只脚一步一格楞。自以为如此扎括，一定可观咧。哪知大户见了，还是掩面而趋，两只脚子还是只管向容姐儿房中溜，可怪容姐儿乱头粗服，依然不掩其美。

那霍氏气愤之下，又是诧异，便偷偷地对镜一照，连自己也不禁扑镜大叫起来。原来那镜中形容，何曾还像个人？简直花花绿绿，怪眉怪眼，衬着个瓠子似的大瘿袋，成了老妖精样儿咧。

当时霍氏没奈何，只得寻些鸡蛋里找骨头的棱纵儿，和容姐儿日相争吵。那大户周旋其间，甚费周章。始而是轮番当夕，过了几日，霍氏觉得有些不合算，因为大户到自己房中，闷恹恹地枯坐一会子，便倒头大睡，丢得自己没着没落。有时自己耐不得凑将去，无论如何，通是没账。霍氏一想，大户到容姐儿房中，一百个不会如此的，自己只担个虚名儿，倒给大户做了休息之所，这等气苦哪里忍得。于是更出新法，命容姐儿同宿一榻，以便监督，好使大户的雨露无私，同沾实惠。大户虽不高兴，也只得由她，这也不在话下。

及至中秋这晚，大家吃酒赏月罢，团圆节令，三人歇卧下，那大户自然须握雨携云，准备点缀风光。这时霍氏毫不踌躇，待要去当头阵，又恐大户留了全力，以遗容姐儿；待要去杀后阵，又恐大户强弩之末，势难穿缟。怙

172

悒良久，还是去当中间为妙，莫如令大户和容姐儿先小小登场，即便住手，既可引起自己兴致并大户的精神，又暗含着给容姐儿个痒儿挠不得。自己上场时，拼着做些娇情媚态，哪怕大户不登时了账，以后容姐儿所得，也就有名无实了。想至此，拨亮灯光，一推大户道："你两个去歇卧，但是不得过半个更次，须到我这里。以后你们再随后找补，哪怕直到天亮，我都不管。"说着，便卧向一旁，放开战场，索性合了眼。

大户只当她是酒后盹倦，也没在意什么半个更次后便须交代的话。于是揽过容姐儿，从容价温存调谑。那容姐儿以为霍氏盹去，也便态有余妍。须臾，两人渐入佳境，声容之茂也便越来越妙。又须臾，两人兴致一齐发作，都有欲罢不能之势，谁还顾得什么半个更次。

正在俯仰婉转、彼此价杀到垓心之时，那大户臀胯上猛觉有人拧了一把，接着便拉着腿子从容姐儿身上拉下，又骂道："我就知你这天杀的不听号令，老娘却听得更次清楚，你这官儿也该离任办交代，上新任咧。"说着，老粗的臂腿齐上，早已将大户箍入怀中，仰翻在榻，百忙中，就要来个倒插莲的式子。原来，霍氏假装盹睡，却从旁偷觑得逼清，见那容姐儿风情毕露，便知大户全力已到。这节筋儿如何耽搁得，所以便一径抢来。

当时大户一瞧霍氏那丑脸子，嗖的声只觉一股凉气由脊骨下达尾闾，方才那横戈跃马的雄威早已无复存余。那霍氏见状，虽是长气，但是兴发之下，只得且耐一霎，于是依然乱颠乱耸并且摹仿起容姐儿媚态。这一来闹得大户一阵肉麻，浑身起栗，便是用大车祭礼来祭这物事，也休想得起。于是啊呀一声，只得双睛紧闭，虽然弩在弦上，却是发出不得。

也是容姐儿合当晦气，自己趁这时穿起衣裤，提上鞋子，也不知是有意无意，一面去开房门，一面自语道："真个的，如今厨下还有些剩肴物未曾度入食厨，没的倒被夜猫儿衔去，待俺去收起来。"

大户听了，因势翻下霍氏，跳下榻，结束停当，便笑道："亏了你想得到，咱且去收拾。"说着，抄起房门后一根木棍，就要因公外出。

哈哈，你想这时霍氏的气头儿该当如何？当时霍氏瞟着容姐儿，恨不得夹生的一口，先咬掉她拳头大的一块肉。但是她却不露声色，反笑道："你们不用和我捣鬼，离了我眼睛，知你两个去收拾什么？要去收拾，咱都去，难道谁是瘸子瘫子走不动？"说着，抓衣穿裤，一抢风跳下榻来。趁大户、容姐儿不曾提防之间，那霍氏一个虎势扑向前，抓住容姐儿，唰唰唰便是几记耳光，接着便连撕带咬，将容姐儿按倒在地。慌得大户抛了木棒，忙来拉劝。

霍氏一足飞处，登时将大户踹了个仰八叉，咯一声就地下抄起木棒，便雨点似向容姐儿身上盖将下来。余势所及，那大户臀股之间也就暗含着扰了两下。于是容姐儿号叫声、大户奔走扯动声并霍氏的棒声、骂声、跳掷声，登时大乱起来。于是鸡犬为盛，家人尽起，当由仆妇们拉开霍氏。那霍氏还指天画地，小老婆长、浪蹄子短地秽骂万端。

大户和家人等只顾得了弄这位大奶奶，便不暇去顾容姐儿。好容易霍氏气头稍平，大户又低首下心地溜哄她好久，急觅容姐儿时却已影儿没得。满院前后都寻遍，烛笼火燎的，大家聚在门首，嚷成一片，连近邻街坊人们都闹得惊惊诧诧地跑来，只认是贼起火发。及至讯明情由，方知是霍氏吃醋的勾当，大家不由哈哈一笑。

便有人向大户道："你老兄这把子年纪，不度德，不量力，还愣唱出《双摇会》，也该叫你着些急哩。"说得大户正在红着脸没有道理处，恰好有个村人打着提灯由邻村夜欢归来。见大户门首人众火燎，热闹非常，便趱来问明缘由，却笑道："不打紧的。那会子俺出得邻村，却遇着容姐儿慌张马似的沿大道向东去咧。俺问她因何夜出，她只摇摇头，也没理我哩。"

不提大户听了，便趁势约了邻人等，出得本村，沿大道向东便赶。且说容姐儿趁闹里抢出宅门，惊悸之下，只思暂避毒棒，也忘却遍体疼痛，一路价沿村外大道向东奔窜，也不知若干远近，忽地脚下一蹶，痛倒在地。就星月之光一瞧那所在，却已来至一处破庙跟前，四外价草树阴森，哪里还辨得清路。这时惊定而痛，直然地寸步难移，那左脚上便似针刺的一般。暗中摸摸，已然丢掉鞋子，没奈何只得蹲入庙中，就那破神龛后一屁股坐下来，暂为歇息。

这一来，惊魂稍定，创痛转来，摸索身上到处都是棒伤，不由悲痛之下，浊气上涌，暗念自己苦楚，何时是受尽的时光，倒不如死掉，一了百了。于是挣将起来，解下外边束衣的腰带，又摸索着弄了石块垫脚，便就殿后门楣上结扣自缢。正在奇苦难当、香魂欲断的当儿，却被人救下哩。

当时耿先生听罢容姐儿所述，便道："娘子不必苦楚，那会子寻你的一班人方从这里转去，事不宜迟，待我索性送你到家便了。你家在哪里，能知路径吗？"容姐儿哭道："多承尊客好意，回去的路径俺也晓得。但是俺回去，吃那霍氏的毒棒，到头也是死去。"

耿先生一捏拳头，却笑道："不打紧，你只管跟我转去，那霍氏能听我良言相劝，从此善待与你，固然是好，不然，我自有道理。"

正说着，四外鸡声业已乱唱。那容姐儿就熹微晨光中，一瞧耿先生气概，知非歹人，只得含泪低头，跟了耿先生便走。耿先生紧紧身上包裹，就龛后提了杆棒，和容姐儿厮趁出庙，一瞧那庙额，却是"海神庙"三字。

正在略为逡巡，那容姐儿却一步一格楞蹭到身边，向西南一指道："您瞧瞧那片森郁郁的村儿，村头边有株大桑树，那所在便是俺家。村名南沙铺，距此不过三二里远近哩。"说着，脚下一歪，几乎跌倒，却赶忙扶住耿先生的肩头。

耿先生随她指处望去，果见那远村头上有株大树，童童然如伞盖形儿，便道："既不远，越发方便。娘子快些走，咱就去吧。"说着，拽开大步，滔滔便走。却闻容姐儿在后急叫道："尊客慢走，等我一等。"

耿先生回去时，只见她离自己业已数步之遥，正在那里且前且却，一步迈出，倒退回两步。耿先生只认她是疲乏走不得，便趑回来道："娘子虽是疲乏，也要挣扎些儿，不然几时得到？"

容姐儿听了，却低头不语。耿先生忽地瞧她左脚，不由恍然，暗笑之下，却又没作理会处。还亏得这时晓色初动，道路上没得行人。耿先生正在踌躇，只见容姐儿腿儿一颤，坐在地下，便呜咽着说出几句话来。正是：

　　村墟方在望，步履又愁人。

欲知后事如何，且听下回分解。

第 四 集

第九十一回

单明轩鸡黍留宾
耿兰溪海滨亡命

　　且说耿先生见容姐儿左足无履，势难行走。正没作道理处，便见容姐儿坐地呜咽道："俺这种苦命人，还不如死掉痛快。尊客不必顾俺，你就去吧。"

　　耿先生听了，颇为焦躁，举手搔首之间，却触着所背包里的系绳，忽地心下得计，便笑道："娘子不必苦恼，待俺索性背你去吧。"说着，将所系包裹由脖儿上转向胸前，顺势向下一蹲便道："娘子快来，趁这时咱们快走。少时道上有了行人，便不雅相哩。"

　　容姐儿听了，只得扑到耿先生背上，双弯玉臂，先搂定耿先生的脖儿，然后下面两腿一蜷，分插在他两胁之间。这里耿先生回过手去，略抄她两腿弯儿，一长身形，匆匆便走。手中那杆棒却拖到地下，一路价划得地沙沙山响。那容姐儿忽然猴在陌生男子的背上，一来羞悚，二来不知此去吉凶如何，那眼泪便如珍珠继线般直滚下来。耿先生也不理她，只顾拿出全身功架，直奔村头。

　　方到得那大树跟前，正要放下容姐儿来，命她扎挣前导，只听树旁岔道上有人喊道："喂，好了，好了，你瞧，那不是容姐儿吗？却怎的叫个野男人背了来呢？"

　　这里耿先生忙放下容姐儿望时，早见从岔道树丛后转来一班人，便是夜间在庙中所见之众。那老儿一瘸一拐夹在大家中间，手中还紧捻了那只女鞋子。耿先生回顾容姐儿，不由一笑。

　　正这当儿，忽见那老儿莽熊似奔向自己，一面叫道："耿爷，你从哪里来呀？却怎的得遇小妾呢？"那容姐儿见了，不禁又嘤嘤细泣。

　　这里耿先生仔细一望那老儿，不由大笑道："俺再没想到这位容姐儿便是你老哥的爱宠，亏得巧遇着我，不然不得了咧！如今闲话休提，且把那只鞋子给容姐儿，咱再细说一切吧。"

　　那老儿听了，不由笑逐颜开，忙将鞋子递与容姐儿，却又望着耿先生发怔道："耿爷这等结束，哪里去呀？"耿先生道："咱且到府上细谈。"

这时容姐儿已是穿好鞋站起来，众村人便道："如今容姐儿亏得转来，俺们也要别过咧。"那老儿忙拦道："有劳诸位奔走，且屈到舍下吃杯茶去。"说着转身前导，大家即便匆匆举步。

原来这老儿叫单明轩，从先没发家时，在县学中当过书手，和耿先生颇为相得。后来辞掉书手，只在东乡中勤务农业，当起财主，没事价轻易不入城，所以和耿先生渐渐疏略。他当时由海神庙领众回头，又在本村左近寻觅容姐儿，直到这时，却好遇着耿先生哩。

且说耿先生跟定单明轩，趑过一段村坊，却见坐北朝南，有一片高大宅舍，门首正聚集着几个佣工，还有两个仆妇。大家相与张望，一见容姐儿，都失惊打怪地围上来。明轩便命容姐儿跟仆妇先自入内，这才一面引众发行，一面吩咐佣工们速备茶点。

须臾大家都入客室，宾主坐落。耿先生解下所负包裹，倚了杆棒，举目望时，只见那客室虽然宽敞，却铺陈得七乱八糟。农具笨重之物堆垛得两壁下横三竖四，还有鸡笼渔网之类，也反挂在老粗的室柱上。至于两壁所悬，更是无所不有，成串的干菜、隔年的谷穗种子、懒龙似的猪毛绳、人头似的大葫芦，已陈列满壁。还有些龟壳似的锅盖、狼尾似的笤帚，并守夜的火枪、救火的警锣，也都乱哄哄挂在那里。

北壁上，贴几幅过年的画儿，一幅是招财进宝，和气生财，许多小孩儿乱滚大元宝；一幅是庄稼忙，画许多农夫田妇正在打场忙碌，场边上鸡儿狗儿意态闲闲。其中有个老头箕踞在谷堆旁，望着一个就地坐的媳妇子笑。那媳妇盘着腿儿，一手卧着脚尖儿，一面敞胸露肚，一手捻着乳向怀里孩儿嘴内塞，却一面稍蹙眉头，咬着唇儿，斜睨老头儿，似笑非笑。背后却有个老太婆靠树而坐，手中拾了一把谷穗，却耷拉到腿胯上，两眼蒙眬，靠树仰着头，张开大嘴，似乎打鼾。她对面斜刺里大石上却立着一个顽童，正脱出那话儿，向老太婆口中，欲作尿之势，画得来颇有神气。年画之外，便是贴得满墙的账条并请酒简帖之类，还有一副对联，其字俗劣已到不堪，写的是"一家多福禄，四季保平安"。

靠北墙是一张多年不动的大方桌，下面桌脚已经霉烂得似乎蜂窝。桌上面油垢尘土有一钱来厚，也已融混作一种异样光彩，积垢厚有似鱼鳞，上面堆了几本账簿并一方砚瓦。那砚瓦足有方砖大小，但是为历年积墨所壅，那受墨之处只有酒杯大，便就砚上壅墨处，胡乱穿凿了三四个孔窍，插那开花破笔。砚旁又有一具破算盘并一个白柳木大茶桶，桶内是柳罐似的大瓦茶壶，茶桶旁，几只黄砂大碗，便是茶杯。

当时耿先生见此光景，不由暗笑道："怪不得人都说老单近来很发家，你看如此陈设，焉得不富？"思忖间，大家客气数语，由佣工提进开水，从一旁小几上茶罐内撮把柳叶似茶叶，放入茶壶，泡好了便与大家各斟一碗。耿先生一瞧那茶泥汁似的，一面正要述说得遇容姐儿之故，只见单明轩忽地一红脸儿，道："不怕耿爷笑话，你想小妾一个妇女家，如此夜里胡跑去，皆因……咳……"

耿先生笑道："单兄不必费话，令宠出衅之故，已经她自己说明，俺已尽知。家庭中碟大碗小的冲撞，本不算什么，但是令宠若非遇着俺，也就好险哩。"于是将在海神庙内救得容姐儿的情形一说，大家听了都各吃惊。

那单明轩站起来连连顿足，一面向耿先生揖谢不迭的当儿，只听客室外破锣似的喊道："什么姓耿的便敢来多管闲事？人家吃醋啃盐的勾当，用得着他野男人家吗？难为你这老王八，眼看着小婆子和野男人过了夜，自家戴了绿帽儿，还和人家打躬作揖。老娘眼里却揉不得沙子，待我打跑这野汉，再和你们算账。"

耿先生听了，方在略怔，便见嗖的声门帘一启，早有件尺把长的暗器劈面飞来。耿先生急忙站起，侧身一闪，那暗器啪的声打在背后墙上，倏地撞回来，翻落于案，啪嚓声打碎两只茶碗，却是一根捣衣木杵。

这一来众人大乱，慌得单明轩拼命价闯向室门，想要拦阻来人。这里耿先生急忙注目，便见木杵到处，单明轩大叫便倒，遂由他身上托地跳进一个黑丑婆娘，倒提木杵，一面价眼张失落，似寻自己，一面向众人道："我看你们都是狗拿耗子多管闲事。难道那小老婆是你们大家的前世妈，便叫你们这般关心？哪个是姓耿的？是好些的不要缩王八脖子。"说着，抢起案上那只木杵就趁势向案上一掠，稀溜哗啦一阵响，连那木茶桶都滚于地。

耿先生料是霍氏，也不理她，便踅向室门前，先扶起明轩，自己却堵门叉手而立，猛地大喝道："住了，你这妇人想是单家大嫂了，俺今正有话奉劝哩。"

这里明轩一时间吓得脸儿都白，正向耿先生乱握两手，早见霍氏一个虎势抢将来，双挥木杵，向耿先生当头便盖。但是还没转眼之间，被耿先生一使手法，早夺过她两只木杵，一径地抛向门外，却大笑着指着北墙上的画儿道："大嫂不必如此，你瞧那画儿画得不差，居家之道，是和气生财。容姐儿年轻，有些不是，你只好担待于她，如何便痛加毒楚，使她黄夜乱蹿，险些儿丢掉性命。一句话抄百总，你从此后须善待于她，不然，俺这野男子就不依的。"

霍氏大怒道："你没的放屁不臭，俺们吵窝子的勾当，用得着你来？俺百事都能担待，不怕饿着半个肚皮都使得，就是不能担待那丢眉扯眼的小老婆子。你不说善待她还倒罢了，这样说时，俺就立时扯出她来，当面打个样儿你瞧瞧。"说着，一勒健膊，正要奔去，便见耿先生双眉一挑，嗖的声由腰中拔出短刀，大笑道："大嫂既要打个样儿，俺先割个样儿，只要你禁得住割，尽管去打。"说着，奔向室柱唰的一刀。

大家正在惊望那柱皮落地，恰好闯进两个仆妇，好歹拖了霍氏向外便跑。那霍氏一面跳，一面大哭，闹嚷嚷直入内院。大家见此光景，不便久坐，便向明轩一齐告辞。明轩忙拦道："诸位慢去，便在此用过早饭，陪陪远客，且是便当。"众人笑道："不必客气，你老兄且陪远客，并照顾两位老嫂去吧。"

不提众人含笑各散，且说单明轩送客回头，命佣工们先收拾净地面，一面陪耿先生歇坐吃茶，一面问明耿先生出亡之故，不由惊道："原来耿爷竟遭此冤苦之事！俺等闲不进城去，这事竟一些不晓。依我说，你不如在此暂避几日，听听官中风声再作道理。那狗官如不去扰你家属，你便去游学，也放心些。"

耿先生听他此话甚是有理，二来恐怕霍氏还是虐待容姐儿，便趁势暂住下来。那明轩感佩耿先生救了容姐儿，又与他驯服了一只母大虫，酒食款待，极尽地主之谊自不消说，又抽暇时时入城，探听风声。

耿先生闲得没干，又恐露了踪迹，只好在宅中徘徊，却听得内院中静悄悄的，不闻霍氏谇垢之声。从佣工们一探听，方知霍氏已不复苛待容姐儿。耿先生欣然之下，正要辞去，却闻得明轩述说官中情形。原来小贺初得耿先生逃押之报，大怒之下就要追捕，并要捉系耿先生的娘子，研问耿先生藏匿之所。却亏得瞎尹极力拦阻，将这事搁置起来，只薄责礼房吴先生出示海捕，便算了事。耿先生听了，心慰之下又是诧异瞎尹举动反常，但因家属无累，心下稍安。那单明轩还欲留耿先生盘桓些时，耿先生哪里肯依。

这日，明轩置酒，为耿先生饯行。主客两人正在酬酢，却有一位客人不待通报，闯然竟入。耿先生一见那客，也便欢然把臂，明轩无识此客，即便拱手促坐，增箸添杯，顷刻间三人痛饮起来。

席间耿先生向那客托付照料家属，那客慨然道："这何消耿兄说得？俺便是耿兄逃押之次日远游方归，因听得官中风声不妙，略施小计，吓住瞎尹那厮，吾兄之事便缓下来。俺方从嫂夫人处得知耿兄在此，所以寻到这里。"于是一说所施之计。耿先生听了，方恍然瞎尹拦阻小贺之故。当时称谢之下，又和那客欢饮良久。那客直吃得面色微醺，方慨然站起，道声珍重，一径地掉臂自去。

原来此客便是刘东山，远游方归，恰值耿先生逃押事起。东山料小贺等必不肯放过耿先生并其家属，于是夜入瞎尹之宅，做了桩寄柬留刀的故事。那柬中词意，大概是汝以狗彘奴才，为蠹一邑，本已罪不容诛，今又怂恿恶主，诬陷良善。若此后知悔，汝头且寄汝项。不然，吾将有以处汝矣！下署"不平人"三字。

当时瞎尹既见那柬，又见那泼风似的尖刀儿，不由不怕。他本知耿先生手段了得，便以为这刀柬定是耿先生所留，因此之故，才去拦住小贺胡闹哩。

且说耿先生见东山既去，酒罢之后，结束停当，也便别过明轩，匆匆上道。一路上择行僻路，直趋那东海之滨。虽是亡命逃人，倒领略些山水风景，凡遇名胜所在，必要勾留些时，又留心武功朋友，倒也殊无所遇。

这日，深秋时节，来至即墨县境，遥望数十里外，靠海的那座东海崂山崒然起于苍莽之中，峰峦插天，竞秀争雄，一处处烟霏雾结，一层层走气飞云，好一派雄丽风景，真似有仙灵来往一般。

耿先生一路观玩，不觉心旷神怡。逡巡之间又暗叹道："人都说古来隐居山林之士或托迹缁黄者流，大半是有所托而逃。但看那山势幽邃如此，焉知其中没得托迹之士呢？俺如今亡命无依，若山中得有机缘，便托迹黄冠，从此修道倒也甚好。"感叹之下，不觉心下洒然。

须臾夕阳将落，来至一处小小之山村，大概已近崂山山麓，但见四外价晴岚翠霭，竹树烟云，一片村墟都罩在山色之中，远闻海涛震耳，有似松风澹澹。那村之东南角上突起一座小山，从林木映带之中，还隐隐见樵人牧竖。耿先生不暇细望，便紧紧包裹，提着杆棒，一径地趑入山村。只见昭烟起处，村中各家都大半静闭柴门，只有唤鸡的妇孺并驱犊的田夫还有在街坊上互相笑语的，见了自己，都光着眼乱望。

耿先生一面趑去，一面留神店道。直至村坊将尽，却没得店道。正在徘徊，恰好从横巷中趑出个驱豕的顽童。耿先生便道："喂，借问小哥一声，这村中可有店道吗？"

那顽童听了，便略为驻足，端相着耿先生，笑嘻嘻说出几句话来。正是：

> 问途逢牧竖，觅寓起羁愁。

欲知后事如何，且听下回分解。

第九十二回

望仙村旅店谈玄
下清宫羁人访道

　　且说那顽童一面笑望耿先生，一面指着坊尽头一家草房儿，道："你老若住店，只好向那家豆腐店去。他那里卖豆腐挂住客，这村中是没得正经客店道的。"耿先生随他指处望去，正要蹀去，只见顽童向自己身后一望，却拍手道，"李大婶呀，你不用各处里去浪张咧，如今俺与你拉住客人，就够你受用的咧。"即闻那妇人笑骂道："小猴儿，你还只顾乱嚼蛆，你瞧瞧你的猪子都钻入人家篱笆里咧。"

　　那顽童哟了一声，撒脚赶猪之间，这里耿先生回头望时，却见身后蹀来个三十来岁的伶俐妇人，手内还提着个豆腐筛盘，一见自己便笑道："客官敢是住店吗？如此且随我来。俺方向主顾家去送豆腐，不想客官却到咧。"

　　耿先生料得她便是店婆，因一面举步，一面笑道："大嫂既卖豆腐，又挂接客，真个忙碌。难道店中就是你自己吗？"妇人道："便是哩。俺丈夫在崂山下清宫道观中当了一名水夫，没事价不回家，所以店中只由我自忙碌。"

　　耿先生道："此村何名？倒好一派幽雅风景。"妇人道："俺这里名为望仙村。若说景致真个不错。"因遥指前面道，"你看那座青郁郁画儿似的大山，便是天下闻名的东海崂山，人家说起来，真是神仙洞府。山里面许多景致，便是逛一年也逛不完。又因山中惯出神仙老爷，不用说修成了的真仙，便是将成未成的神仙胎子老比丘，坐得各处都是，因此这村名为望仙。你老到此，莫非为逛山去吗？若去了，保管也沾一身仙气哩。"

　　耿先生听了，不由心下欣然，暗忖道："如此名山，或有真仙，俺当此颠沛时光，或转遇仙缘，倒是入道的机会。"思忖间和妇人进得豆腐店，只见院中倒还宽洁。当由妇人引入一处厢房客室，那妇人自去忙碌汤饭，并送进灯烛茶水。

　　这里耿先生倚了杆棒，解了短刀包裹，掸掸行尘，歇坐下来，业已初更时分。那一痕月色早已映上纸窗。耿先生稍息疲足，吃过两杯茶，偏那隔壁人家有一阵阵妇孺笑语之声。正听得耿先生乡思慨然，愈深出世之想，恰好那妇人端进酒饭，就案上摆列停当。耿先生望那酒时，却只得小小一壶，斟出一杯来，其色绀碧，清醇扑鼻，因笑道："这点点酒只好润俺喉咙，大嫂快再取几壶来。"

妇人道："哟，可了不得！这等酒成几壶价吃下去，不要醉煞吗？此酒名为醉仙桃，是专取山中泉水酿成。味虽清淡，酒力却大得紧哩！"

耿先生听得"醉仙桃"三字，越发欣然，取酒一尝，果然清醇可口，因拍手道："妙，妙。此酒既名醉仙，俺便拼着一场烂醉，且做一霎儿仙人，哪些不好？大嫂，你开店如何倒怕起大肚子汉来。不瞒你说，俺有的是酒钱，不会赊欠你的。"

妇人笑道："话不是这等讲，俺这里靠近山麓，夜间时有豺狼出没。你若吃醉，万一胡撞出去，好多不便。"

耿先生道："不打紧的，俺只稍微多吃些，不醉就是。"说话间，那一小小酒壶业已底儿朝上，倒招得妇人咯咯地笑，便去取到两壶。耿先生生性本通脱，又值客中无聊，因笑道："大嫂此时想还没用晚饭，何妨就此同用，也省得俺将你只管呼来唤去。"

妇人笑道："多谢你老，但是俺却吃不得酒。既如此，待我且去关好门户，倘撞进个狼崽子来不是耍处。"说罢趔去。

这里耿先生怡然自酌，正思量村名望仙，酒名醉仙，颇有意趣。只见妇人笑嘻嘻手持碗箸，自己趔来，便就横头坐下道："你老仔细，这酒后力却大，便是下清宫道观中都用此酒。这酒的名儿就是道观中一位神仙老爷给起的。"

耿先生欣然道："如此说，下清宫道观中真有神仙了。这位神仙出在何朝代，至今观中还有些仙踪奇迹吗？"

妇人失笑道："什么何朝何代，人家这位神仙老爷刻下还活跳跳的，修炼得又白又胖，若打扮起来，真赛如画上的吕洞宾。俺当家的回家来，便夸说他参星拜斗，打坐朝元，全挂的本事。有许多的大官富户慕名访他，他连眼儿都不瞅。他又生得神仙异相，正眉攒间有颗血点红的朱痣，你说不是神仙吗？"

耿先生惊喜道："不想山中竟有这等仙翁，真是异事。"妇人笑道："什么翁翁的，人家刻下只得二十四五岁年纪，生得脸子且是俊样。他俗姓陶，名叫保成，不知是何方人士。方云游到观中时，只是随身一剑，在观中当寄迹的道友，也没人理会他。为日不久，恰值山中有一伙强人窃发，探得下清宫富有，便赳夜去结伙打劫，却被他一柄剑杀掉强人六七个，那观中连个草刺也没失掉。当时那观主吃此惊恐，又因年岁已高，不久便一病死掉。观众既无主，又恐那被创的余盗前来报复，便公举了保成为那下清宫的观主。如今人都称他陶法师，好不有名哩。"

耿先生越发欣然道："如此说真是活神仙了，明日俺逛山去，定要先拜神仙。"

妇人笑道："俺这里惯出神仙，也不算稀奇。你老来时，曾见这村东南角上有座小山吗？那山俗名'气不忿'，距此只四五里地，山腰间有一石洞，名为'呼猿洞'，其中有一常常打坐的老道，一身之外，并无他物。有时他去，有时在洞。见了凡人不大说话，人都说他也是个神仙。因为他夜间打坐，或念经时，洞口时发光亮。"

耿先生听了，大悦之下正要细问其人，只听门灶下哗剥有声。妇人道："你瞧，咱只顾瞎三话四，灶下的柴草俺还没扫净，倘引烧起来，可是要处？"说着站起，匆匆趑去。

这里耿先生怡然自酌之下，不由好奇之念顿起，暗想道："既有神仙近在咫尺，何妨先去访访这打坐的老道呢？"正这当儿，只听妇人在院中道："客官快来瞧瞧，那个打坐的老道又放光哩。"

耿先生赶忙跑出，果见那东南角山腰间隐有光亮，从林木亏蔽中闪闪烁烁，半晌价一亮，似乎流萤，又似磷火。于是耿先生大悦道："这倒是件异事。大嫂，如今俺酒饭已足，你且给俺听着门儿，待我便去瞧瞧这位神仙。"

妇人道："你真没得说咧，便是瞧神仙也须日间去。这会子黑夜上山，倘遇着野兽，可了不得！"

耿先生听了，微微一笑，心计已定，便不复语，和妇人入得室内，命她撤去酒饭，即便和衣卧榻，假作盹睡。须臾，听得妇人收拾一切都毕，自去安歇，静了下来。耿先生悄悄下榻，蹑足出房，一径地由院后短墙一跃而出。望见疏星动野，斜月在林，光被道路，约略可辨。遥望那座小山儿突兀于夜色之中，恍如近在咫尺。于是出得村头，觅路前进。一面瞧附近村落中还时有夜绩的灯光，并闻得春歌断续。

须臾，近着山脚，穿过一片短林，忽眼前白光晃曜，仔细一瞧，却有一道小溪横截去路。耿先生方趑过溪上板桥，忽闻背后泼啦一声，便有个老大的黑影从身旁刷过，一径地飞入前面丛莽之中，接着便磔磔大笑。耿先生料是夜猫子（即枭鸟也），唾了一口，拔步便走。

不多时转入山径，脚下道路好不崎岖，更兼荆棘丛灌，一条条歧途杂错，从夜色微茫中细辨去，哪里能十分清爽。耿先生正在竭蹶，恰好一脚滑向斜坡，一跤跌去，直滚下多远。偏巧那所在是个蒺藜碎石洼儿。耿先生爬得起来，合手头面业已刺伤多处，不由暗笑道："好没来由！俺放着好觉不困，无端地到此胡撞。知他神仙在也不在？不如明日再去为是。"想至此，正要转步，忽遥见山腰间又复光亮一闪，急忙趱向高处，从林木影中望去。只见隔林不远，便现出一条蚰蜒小道，逶迤盘纡直通那光亮发处，仔细望时，竟是一线灯光，似乎是从石壁隙中射出。

耿先生欣然之下，又复自恨道："古来多少求道的人，必须一念坚诚，蛇虎不避，方能有济，俺为何忽地退念起来？"想罢，便鼓动勇气，趱过林木，直奔那蚰蜒小道。

这时夜深月朗，足音远闻，那道旁深草伏的獾兔并丛树中栖的鸟雀之类，闻得足音，都惊得一时飞蹿。耿先生都不管他，一气儿跑到发亮之处，略为喘息，向前望看时，果见山腰石崖下有个洞口，洞口外藤葛遮映，有似篱门，那灯光便从藤葛隙中射出。急向内张时，其中果然有个穿深蓝布道袍的老道，在石榻上垂目闭目，正在打坐。细张洞内，除壁角上有插松明灯亮之外，果然并无他物。但是细瞧那老道面目，虽有些古怪气象，挂一二分仙气，只是生得油晃晃一张大脸，肉眼凡胎，一嘴的攒腮短胡，十分难看。

耿先生见此光景，略为踌躇，当不得好奇心盛，一时间又暗想道："俗语说得好，真人不露相，古来神仙托迹，还有装作疮癞乞丐的哩！不要管他，且去叩求金丹大道。"想罢，披开藤葛，径入洞门，向老道纳头便拜道："弟子颠沛余生，庸愚俗骨，不想幸有仙缘，得遇吾师，便请度脱愚顽，指示道要。"说着，只管连连地拜将下去。偷眼瞧瞧老道，却端的架子十足，纹丝不动，只微启眼缝，略点头儿。耿先生不敢多渎，只好悚息伏地。

便见老道喘喘地又自调息良久，忽地面上略现笑容，然后双目一张，从容下得石榻，向耿先生道："吾今遇汝，乃是缘法。方才吾趺坐神游，早见你竭蹶上山，具有求道的诚心。吾本以度人为怀，今便当传汝道要。但是仙诀深奥，领略为难，今当用服食之法，启汝智慧，方能言下立悟哩。"说着，从石榻壁隙中，摸出两个干瘪红枣子，郑重价递与耿先生，道，"汝休轻视此物，此名益智仙枣，产于海上仙山。虽不比安期火枣食之者脱胎换骨，却能启人智慧哩。"说着，目光闪闪却只管注向耿先生腰间。

耿先生将枣入口，还没辨得是何方仙味，只见老道倏地拍手道："倒也，倒也。"就这声里，耿先生趁跪势早已软卧于地，只剩了清醒地干眙大眼。便见老道笑吟吟地凑将来，直摸向自己腰间，却笑道："老子晦气，今天却撞着你这酸丁。这一两多碎银虽济不得事，老子且去醉上两场也是好的。"说着，将一包碎银揣入己怀，向耿先生拱拱手儿，道声"有扰"，竟自出洞而去。

这里耿先生料是遇了骗手，长气之下又是好笑，没奈何只得高卧石洞，直至天光大亮，方才四肢如故，能以转动。跳起来搜寻那石榻壁隙，还有两个干馍，并一包松香末儿和一只缺嘴的吹火筒儿。于是恍悟那夜间发亮，定是那骗子用松香火儿闹的玄虚，以示神异。当时耿先生出得洞来，好不颓气，还亏得只失掉腰间带的散碎银两。

方一脚踏进望仙村，早见那妇人猱头撒脚，正在店门前四下乱望。一见耿先生，便吵道："你这客人却没有的，夜间哪里去胡撞？累得俺觉既没困，连干豆腐都没做。"

耿先生一面笑着，便入店中，向妇人一述自己被骗之故。妇人惊笑道："原来那老道竟是个骗子，怎的人家都传说他像个神仙呢。可见人口传说，没得大准头。如此看来，便连下清宫那陶保成也许是个假神仙哩！"耿先生道："那倒不然，陶保成既能为一观之主，又能服得众人，总该有些道行。"

不提妇人这里一面价收了店账，一面送客出门。且说耿先生出得望仙村，一路上问途觅径，直奔崂山。果然是名山景物不同寻常。方入山口，早已一处处流泉怪石，一阵阵鸟语花香，远峰叠翠，近水拖蓝，便恍如置身画图。更兼山中村落，高下都是一色的蛎墙瓦屋，辉映于岚光林影之中，那鸡犬鸣吠恍似云端飘落。偶涉高岭以望东海，但见烟云倾洞，洪涛际天，从一片海气微茫中，望那沿海岛屿，便如点点青螺，浮于镜面。

耿先生身入名山，对此奇景，不由愈动求道之念。时方将午，已趱过两层岭头，一路上都是盘折磴道，松柏夹路，清风谡谡，加以远近间丹枫点缀，青红相映，燥烂如锦。那危崖峻壁下，多有土石窑洞，里内颇有老比丘栖止，只剩肉身，就如枯腊一般。雨淋日炙，和以历年积尘，霄色如添，其坚似铁，以指甲叩之，居然作金石声。但是那比丘爪甲头发都长得奇怪，其中爪甲最长的，可以绕身三两匝。用手探向他鼻孔，却还是气息不断。原来这比丘道者，是修炼将成之人，只差一层火候，或是误入魔道，便开不得天门，出不得元神，却因他有导息之功，所以肉身不坏，非生非死，不生不死，便历劫价成了这么一种物件。

说到这里，诸公莫笑，你瞧咱中国的世局，还不是不生不死、混混沌沌，如老比丘一般吗？

当时耿先生一路观玩，盘道看处，却渡过一处小小石梁。石梁那面有一白石高坊，上刻"下清仙境"四字。向四外一望，但见云峰合沓，空翠插天，脚下道路是碧草如茵、碎石碍步。有许多乱泉随地涌出，却汇作一道小溪，湲湲然流向前路，为行树所映带，加以歧路纵横，哪里辨得前进路径。

耿先生见那坊额，料是去下清宫不远，正在坊下坐地稍歇、纵观风景的当儿，恰好前面沿溪小径，趱来个负载的老头儿，佝偻着，走得一步一瘸。

耿先生因迎上去，拱手道："借问老丈一声，此去下清宫还有多远，从哪条道路前进？"

那老儿望望耿先生，却笑得两眼没缝，便抹抹额汗，说出几句话来。正是：

名山非具茨，入者亦皆迷。

欲知后事如何，且听下回分解。

第九十三回

聋人指路误走霞青
挟客求仙初觇陶道

且说那老儿抹抹额汗，又摸摸自己耳朵，略伸脖儿，却笑道："客官敢是问路吗？这所在就叫乱泉溪。"说着，整整自己所负，却叹道，"人老了，真要不得，背这点儿物事，就闹得腿酸腰软。"说话间便要拔步。

耿先生料他有些耳沉，因大声道："俺问向下清宫去，从哪里走？"

那老儿倾耳笑道："原来你是向那里去呀。不瞒你说，我老汉有些耳朵不受使，莫怪，莫怪。"于是回身，向沿溪道上一指道，"你只沿溪去走，略为偏东，转过两重岗头，再过一片大竹林，望见一段老长的红墙，那里便是。"说着又笑道，"客官莫非高兴去到那里白相吗？那所在真个好玩。老汉少年时，曾在那宫中当过佣工，至今想起来，还有趣得紧哩。"说着，儴佯踅去。

这里耿先生也不晓得他噪的是什么，便循他所指之路一径奔去。初行里余地，沿途岸上都是平沙软草，远近间，山鸟钩辀，野花吐艳，甚是有趣。但是转过一曲溪湾，不好了，只见嵌空的羊肠窄径，直接前面一处岗头。那岗上草树茂密，云气萦回，隐闻樵歌并丁丁伐木之声，出自林坳树隙。

耿先生都不管他，一径地越过岗头，那地势却越走越低，真个是上如登天，下如陨谷。忽地一阵清香扑鼻，恰行至一处山洼，只见满洼中开遍兰蕙，兼以药黄野花，一处处含葩吐笑。那兰蕙更有一丛丛生在悬峭岱壁上的，挺生倒垂，千态万状。耿先生左顾右盼，俨如置身众香国哩。大悦之下，哪里还觉得疲倦，便乘兴浩歌，大步前进。

正在响振林木、回音四震之间，只见身旁短坡后，有个毛茸茸的头脸一晃。耿先生只疑是什么歹人或兽类，便提了杆棒，一手按着刀柄，直奔将去。便闻坡后有人啊呀一声，霍地跳起来，并一挂手中兵器，猛噪道："你是什么鸟人？不去走路，张我怎的？"

耿先生定睛看时，原来不相干。那坡后之人却是个采野药的，手拄药锄，身背药篓，因药苗青葱，披拂于项背之间，乍望去，好像个毛茸头脸。当时耿先生知他误会，因笑道："老哥莫怕，俺一般是行路的。请问此地何名，却这样雅致？"

采药人道："此名万花谷，不但花草甚多，并且生产药材哩。"耿先生道："这所在如此雅致，莫非已是崂山高处了吗？"

采药人失笑道："这崂山最高处直上四十余里，差不多与泰山相似。这所在只好还算是山根罢了。"说着，向远远一处高峰一指道，"你瞧那是天枢峰，峰半腰上似乎挂匹白练似的，名为天池瀑，靠瀑崖不远，便是上清宫的道观。那方是山的最高处，人迹到那里便是尽头，再要上登，只有猿鸟了。"

耿先生听了，正要问他下清宫离此多远，恰值他伙伴儿寻来，两人便一路徜徉，趄向僻境。这里耿先生遥望那天枢峰时，真个气象特异，不由暗想道："怪不得道书上说崂山天枢是道家第十四洞天，群真修养之地，由此看来，神仙之说，定非杳渺。不知那下清宫的陶保成怎生光景？俺倘有仙缘，便托迹此山，岂不甚妙？"想得高兴，逡巡间越过山洼，便登那层高岗，一路价攀藤附葛，好不吃力。

须臾上得岗头，向前路望时，又是一番光景。只见峻坂斜坡，回互钩带，岗下不远，果有绿海似的一片大竹林，极目望去，就有里把地远近，空翠浮动，从高处望去，好似波涛乱涌。

耿先生欣赏之下，下得高岗，一径地穿过竹林，却闻得水声潺湲，鸣如佩环。仔细望时，前面却横亘一道沙溪，上有石桥，石桥左右矶石上却有几个村姑田妇，都勒着胳膊，正在那里一面洗衣一面笑语。这深山中，忽有女娘儿点缀风光，倒也别有逸趣。

当时耿先生一步步趄近桥边，望向隔桥，早见数十步外从一带松杉高下现出一段红墙。耿先生一面徘徊，一面暗想那负载老者之话果然不虚，那红墙所在，大概便是下清宫了。

正要向浣妇致问的当儿，却见一个俏丽尼姑，生得俐眉伶眼，手持一件旧衣，从桥下树株后悄悄趱出。水灵灵的眼儿先向耿先生瞟得一下，便微笑着摇摇手儿，一面趁向一个浣妇背后猛地一抢那衣，当头便罩。闹得那浣妇啊哟一声，一阵撕掠，百忙中身儿一歪，往后便倒。这一来招得众妇咯咯乱笑。

那浣妇挣坐起来，见是尼姑，便笑骂道："我大料着就是你这浪蹄子，你不在庙里受用，浪张着到此做甚？"那尼姑笑抛那衣道："有劳你给俺洗洗，等我庙中啬柿子熟了，请你去吃，叫你又啬又麻。"浣妇笑唾道："你一边犯麻劲儿去吧。怎的你的孩子屎垫子不把出来叫我洗洗呢。"

听得耿先生正在好笑，便见那尼姑瞟瞟自己，便向浣妇红着脸儿道："你等我撕你这张□嘴，你这样打趣出家人，可是罪过。"即又有浣妇笑道："罢哟，你庙里哪一年不接请两趟老娘，这又算什么呢？"

那尼姑听了，唾了一口，拍身便跑。转眼间，身影儿已近红墙的当儿，这里耿先生趱过石桥，便向众浣妇道："借问诸位娘子，前面那红墙所在，便是下清宫吗？"

众妇听了，登时都相视而笑。一浣妇便道："客官说得不错，你快去玩玩吧。"耿先生谢一声，拖了杆棒，匆匆便走。偶一回头，却见众妇还在望着自己身影儿相与嬉笑，其中并有一个用两指作交叠之势。耿先生也没理会，一径地奔向红墙。遥望去，果然好大一座庙宇。

须臾转向山门，抬头望时不由一怔，只见庙额上大书"霞青宫"三字，门首有两个小尼正在那里玩耍，旁边还有个老庙佣模样的人拥帚扫地。那小尼等见耿先生趱到，便笑吟吟跑进庙去。这里耿先生一面望觇庙额，一面回思那负载老者之言，定是因耳聋打岔，却叫自己白跑到这里。这趟腿好不冤苦。因向那庙佣道："此去下清宫还有多远，可还对路吗？"

庙佣笑道："你赴下清宫，该从来路岗脚下向偏西岔路，过岗做甚？如今只好趱回到岗脚边，再向偏西走个十来里，过得经石坪，敢好也就到了。"耿先生笑道："这山中庙宇可见是多，这霞青、下清，乍听来通是一个名儿。"庙佣道："此山庙宇，大小算起来就有六十四处，其余结茅巷观还不在其内，敢是多哩。"

耿先生谢了一声，方一转，却闻背后娇滴滴地唤道："施主慢去，既到这里，怎不进庙歇息吃杯茶呢？"耿先生回望，却是方才在桥边所见的那个尼姑，正斜倚山门，一面咬着小指儿，一面笑嘻嘻向自己招手。

耿先生见了，想起那负载老者所说真个好玩的话并浣妇的谐语，不由心下恍然，忙笑道："不须，不须，俺还要赶路哩。"说话间，趱出数步，却闻得尼姑向庙佣吵道："你这老废物，通似个木头疙瘩，客人到门，就不知往里让。"庙佣倔道："俺管佣工，不管拉什么鸟客。你有本事，为甚不拖住他？"

不提尼姑听了又是一阵吱喳，且说耿先生暗笑之下，只得趱回到岗脚下，取路偏西。瞧瞧日色，业已西斜，便施展开脚步功夫，匆匆前进。喜得道径渐即平坦，远近高下间，村墟相望，又是一番光景，并且道中时有往来之人。耿先生随路问途，到得经石坪望时，只见川平路阔，林麓映带，道左边有一片数亩大的偏颇石田，都是青白板石，十分整洁，上面偏凿着金刚经的文字。那字似篆似隶，大可经尺，写得来好不雄厚朴茂。望向前面里把地外，却从烟岚合沓中现出个很高的斗竿。耿先生对此经石，只顾了欣赏赞叹，便索性就地坐下来，一面歇息，一面细玩那字势，真个是笔势洞精，越看越妙。

正在默然出神之间，却闻耳畔人语道："今天陶法师这路剑法端的不错，把许多香客们都看怔咧。"又有人答道："那不消说，人家修仙道的人，舞起剑来自然也挂些仙家妙招咧。"

耿先生抬头望时，却是两个老头儿从身旁踅过，便起身拱手道："老丈们，敢是从下清宫来吗？那下清宫离此还有多远呢？"

两老者将耿先生略一打量，便笑道："足下敢是来进香的吗？今天正是香期。但是这时光天色已晚，恐怕陶法师也安歇，不能接待了。好在那观左右许多的小户山家都挂着寓住香客，足下不如寻宿一宿，明日清早进香为妙。"说着，向前面斗竿一指道："只那里便是下清宫。及至足下赶到那里，怕不要关庙门吗？"说罢，拱手自去。

这里耿先生望望天光，业已日色衔山，返照得远近峰头青紫相间，好一片暮山景色。于是匆匆拔步，又自好笑看字入魔。

里把地须臾便到，离下清宫数步远，东西相向价有两座白石高坊，坊下都是芊芊细草，平沙坦径。纵目望去，果有许多的小户山家，围坊而居，一处处碎石短墙，衬着槿篱茅舍，倒也别有逸趣。那东西两坊上刻着"阆苑名都，蓬莱仙境"八个大字，衬着那观前数丈长的斗竿，刻着盘螭舞凤的一座影壁，真是著名琳宫，不同寻常。

当时耿先生恐关了观门，慌张张步入石坊，恰值坊内有许多香客男女纷纷散出观门前，又有一队青年妇女嘻嘻哈哈从内拥出，虽都是村妇打扮，倒也光头净脸，妖妖娆娆。最后面，还有个二十多岁的小媳妇子，生得一张鹅蛋脸儿，白白致致，两汪子溜波眼，一捻子水蛇腰，一路价扭头折颈方扭出庙门，笑嘻嘻略整衣襟，却有个小道士从后跑来就她后衣襟上拉了一把，却低笑道："今晚上不要忘了，你只备酒就是，其余的俺师……"

那媳妇忙一使眼色道："小猴儿，只管蝎蜇怎的？怕俺不晓得咧。"

那小道士吐舌一笑回身跑入之间，这里众妇女却都瞧着那媳妇子一阵价乱作嘴脸，便呼一声，一群慌蝴蝶似的直拥向耿先生跟前。这里耿先生连忙让路，早听得观内暮钟敲起，并远林中一阵归鸦哑哑乱叫，那苍然暮色早已从四面围拢了来。慌得耿先生从那群妇女丛中一晃膊，方迈出两步，却闻观门内一阵价哈哈大笑，便有个长大道士大叉步从里面送出两个客人。

宾主拱手客气之间，耿先生望得分明，只见那道士七尺以上身材，二十四五年纪，生得面如傅粉、唇似涂朱，两道斜挑剑眉，一双流动鹘眼，顾盼之间颇有精神。只是目光如醉，行步欹斜，但余酒肉之气飘然之致。望向他眉攒间，更有个血点红的朱痣。

耿先生想起店婆之语，料这道士便是陶保成，正在略为驻走，仔细端相的当儿，只见陶道士向两客道："二位明天早来闲谈吧。今天香期上却多有慢待。"说罢，大咧咧地转身入观。

这里耿先生忙紧行两步，越过两客，方一脚踏近观门，但听嘭的一声，抬头望时，不由呆呆地怔在那里。正是：

奔驰来远客，咫尺阻仙扃。

欲知后事如何，且听下回分解。

第九十四回

穴土壁诧觇欢喜相
访羽士再走上清宫

且说耿先生方到观门，只听嘭一声，观门恰闭。欲待前叩，又因日色将暮，自己灰扑扑的一身行尘，便这等的去谒仙长，叩求道要，也委实不像模样。正在观门石狮前略靠身儿、仰观观额、稍作踌躇之间，只听背后哧地一笑道："你老不用呆望，观中规矩，门闭了就不开的，因为怕小道士们夜间出来乱钻。俺那里床铺饭食再好不过，又有家出的大馒头，鼓蓬蓬，白馥馥，开花裂缝，且是中吃。你老住过一宿就晓得咧！不要耽搁，快随我去歇困吧。"说着，一只绵软软手儿从后抄来，拉住自己的手就要拔步。

耿先生忙望时，却是个中年的伶俐村婆，一只手还捏着搓而未成的麻线。耿先生料得是挂寓客的山家妇女，正要问她住在哪里，只见一个老太婆从石坊外跑来道："客官不要听她胡说八道，她那里狗窝似的床铺，吃什么没什么。若要吃馒头，还须割下她那张口来。俺那里一切都备，不用说别的，还有两个白胖大丫头伺候客人，你为什么花钱不图受用呢？"说着，跑过来就要来拉耿先生的杆棒。

不提防那村婆一伸腿儿，登时将她绊了个仰八叉，却骂道："你这老货，好不害羞。凡事有个先来后到，你为什么来趁俺的客人？你的丫头白胖不白胖，干客人鸟事？难道客人把她吞入肚便解饿吗？"说着，拖了耿先生匆匆便走。却还听得那老太婆在后面只管乱吵道："你不用闹这狐媚子样的，你有本事将陶法师拉到家去，俺才服你哩。"

耿先生听了，以为是村妇相诟的亵语，也没在意。须臾，由西面坊外石转向观后，只见一带山家约有数十户，错落杂处。其中有处黄茅草房儿，那村妇便奔将去。耿先生跟在她后面，方在门首弯下身提提鞋子，只见隔壁一家儿门儿一启，有个媳妇子探头张望。耿先生眼快，认得是方才门前那个二十多岁的媳妇子，因匆忙之下，不暇细望。跟那村妇入得院内，只见小小院宇，颇为整洁，那寓客之室便是厢房。入去一瞧，里面却是黄泥土垩附在苇

195

薄上，便算墙壁。用手叩叩，其声空空然。村婆忙拦道："不要乱叩，那面便是邻家的住室哩。"

耿先生笑道："你这里如何用这等墙壁？"村婆道："山中砖瓷，都是难的。二来这是观中的房产，他赁给俺们，哪肯修理坚牢？"说话间，掌上灯烛，村婆自去忙碌汤饭，却先送进一壶苦茶。耿先生斟出一尝，水既半温不冷，茶味复涩如草叶，但因奔驰口燥，也便登时吃了大半壶，却微觉肚内辘辘作响。

当时耿先生安置好包裹等件，正在就榻歇息，只见村婆忽扎括得光头净脸，髻子上还插一朵野花儿，先掇进一只浴盆，内有浴布，然后提桶热水倾入盆中，便笑道："客官且请干净身上，少时汤饭就到。"耿先生忙道："有劳有劳，怎还劳动大嫂如此设备。"

村婆笑道："俺这里待客都是如此，不像他们客店中冷淡客人。"说着，丢眼一笑，便去扫榻，随手将耿先生的包裹卧具移向榻头，又端相着榻脚边，笑了笑，方才匆匆趑去。

这里耿先生也没在意，便虚掩房门，解衣就浴。却闻得隔壁室内也有洗浴之声，并闻有妇人嘟念道："俺温酒做饭，都已一桩桩摆在客室内，可恨小猴儿这当儿还不送肴馔来。"说话间，便闻隔院有人叩门，妇人便应道："你自己还置客室内吧，俺这会子没空去摆布。"

耿先生倾耳听时，却已洗浴声静，从那苇壁缝中透过一些灯光来。耿先生浴罢，一面穿衣，一面趑向那壁缝向那面张时，只见室内几榻整洁，衾枕罗列妆具等物，像个内室模样。案上是红烛高烧，茗具齐整，榻头枕畔，更有一双尖生生软底困鞋子置在那里。

正这当儿，却闻门外村婆脚步响动。耿先生忙趑就案头，那村婆已端定汤饭，笑嘻嘻推门而入，当即就案上摆下汤饭，一面价掇出浴盆，却笑道："客官且自用饭，俺也趁空儿洗个澡儿。"

不提村婆自去忙碌，少时便来撤过饭具器皿，自就正室中暂且歇困。且说耿先生饭罢之后，稍微歇坐，又思量回明日去谒真仙之事。听听村柝已交二记，方要登榻安歇，忽觉肚内一阵绞痛发胀，并且辘辘山响，大有泻肚之势。耿先生暗道："不好！这定是吃温凉苦茶太多之故。"忙从包裹中取了粗纸，趑出厢房。只见大门已闭，只正室中微有灯光。百忙中又没得厕所，想要问那村婆时，无奈那位史大哥急欲出头，不容斯文。

当时耿先生不暇耽延，便从大门旁短墙上一跃而出，紧行数步，蹲向一株大树旁丛草中，扑喳一声余沥滴滴。正在十分爽快，霍地瞥见一条黑影儿，突突突快如飞鸟，直从身旁刷过，那脚步好不伶俐。还没转眼间，那黑影儿竟自跃上隔院墙头，飘然翻落墙内。张得耿先生十分诧异，一面用罢粗纸，结束站起，一面怙悷道："这不消说，一定是个什么夜行人，贪夜入人家，大概是非奸即盗。若是俺往年性儿，定要去张个仔细，如今俺准备求道，还管人闲账做甚？"沉吟间，仍由大门短墙边跳入院中，趸入厢房，倒头便睡，却听得隔院静悄悄的。

须臾却隐闻杯箸响动，并男女笑语之声出自隔院客室。耿先生不由暗笑道："听此光景，那夜行人定是个走邪道的朋友，这会子和那媳妇子饮酒取乐哩。怪不得那媳妇眉目间有些骚俏，不消说也是个烂污货。"沉吟间心下模糊，也便睡去，只是蒙眬中还闻得隔院嬉笑不绝。

少时，脚步塞窣，似有男女两人趸入苇壁那边室内，一面哧哧地笑，一面唰唰地扫起榻来。耿先生奔驰劳顿，又搭着泻肚神疲，逡巡之间，却已一梦沉酣，不觉栩栩然恍如身到下清宫中，赏不尽的瑶草琪花，走不尽的松轩鹤径，又恍惚望见陶保成羽衣星冠，轩轩霞举，端坐在法坛上，真有些神仙气象。喜得耿先生奔向坛下，正要叩求道要的当儿，却闻耳朵边娇滴滴一声"啊哟"。闻得耿先生又仿佛是方才肚胀的光景，急欲出房门，却马马虎虎摸不着门儿。但闻苇壁那边尽力子床摇帐动，咯咯吱吱，那男女嬉笑喘息之声更是紧过一阵，又慢一阵。

须臾，一片春色越发奇妙，终至于掀腾鼓荡，只觉那薄薄苇壁竟自岌岌欲倒起来。闹得耿先生摸头不着，百忙中肚胀欲穿，为势已急，于是不管好歹，恍惚中摸着房门，尽力子一脚踏去。急睁眼时，哪里是什么房门，自己却好端端卧在榻上，唯有那一片春声，不但恍如梦境，并且吃紧地一阵阵送到耳根。又壁闻得那边妇人道："快着的吧，浅窄壁户的，只管歪缠，倘被人家听去什么意思呢？"

这一来闹得耿先生竟耐不得，忙下榻就壁缝张去，不由连忙掩口，把自己热辣辣一番求道之念顷刻间雪消冰解，暗想道："真是闻名不如见面，岂有神仙中人还如此纵情色欲？我看这厮如此行为，又会夜行功夫，巧咧还不像什么善类。"看官你道怎的，原来隔壁那室内却是陶保成，正和那媳妇子光溜溜地翻云覆雨哩。

当时耿先生急离壁下，嗒然坐向榻头，面向苇壁，只顾发怔。一时间心下辗转，暗想自己求道既不成功，将来托膺何所。沉思既静，恍如木鸡，良久良久神志稍定。再听隔壁时，已自静悄，料得两人都去。

正要趁安静当儿再续残梦，只听村婆在门外笑道："这是怎么说呢，俺在床上略歇一会儿便睡着咧，却叫客官等到这会子。如今快着吧，俺总叫你爽利就是。"说着，赤条条含笑趸入，不容分说，直扑向耿先生怀中，用一手搂住脖儿，还一只手便要探向胯下。

这一来耿先生大骇，忙摆脱开，猛地躲向榻里，惊问道："店大嫂，这是怎的？"那村婆见了，就如没事人一般，反索性一骨碌，钻入耿先生被子里，伸出白生生一只腿儿，用脚尖点着耿先生膝盖道："客官不要扯脸子，俺因贪睡，误了你一霎儿，你便值得这等嘴脸？如今由你找补就是。"

耿先生越发诧异得怔住，恍惚中又疑入梦。那村婆见他发怔，因笑道："难道你真个不知吗？俺这一带山家待客都是如此，因为山中没得什么生活，住家儿便挂着这生意哩。"

耿先生忙道："这事我来不及，你大嫂快些去吧。"村婆道："不成功，俺们得一份客人钱，还须交观中一半儿，没得这钱怎生交代？"耿先生听了，直诧异得没入脚处，及至向村婆问明缘故，方知这些山家都是赁居的观中的房子。那陶保成除任意纵淫之外，还征取她们一半儿夜合之资哩。

耿先生听了，越发料得陶保成绝非善类，便问村婆道："原来如此。今咱只规矩歇卧，俺与你一份宿钱就是。"说着，便和衣卧倒，拥了村婆，不由只顾自笑起来。那店婆问知耿先生求道之意，便笑道："俺这里传闻着，只有上清宫葛道士有些道法。那道士名叫致虚，年已六旬，还修养得壮汉一般，这里却没得神仙。"

不提村婆说话间困倦上来，偎了耿先生即便睡去。且说耿先生次日里也无心去游下清宫，给过店资，别了村婆，一路价探问名胜，各处浮沉。虽不见真人真仙，倒见些真山真水。

转眼间已是月余，所带银两早已罄尽，只得一路卖字，漫游将去，虽不至衣裳褴褛，却也挂几分寒酸意态。左右是没得落着，只好去访访那葛道士，或者他真通道法也未可知。于是一路问途，直奔那天枢峰行去。

这天枢峰是崂山最高的主峰，左有白象涧，右有青狮崖，其余众峰远近环拱，如旌如旆，千态万状，加以烟云变幻，海气遥遥，登高望远，真个是气象万千。耿先生一路流连，观之不尽，虽是心目豁然，但因中有颠沛之感，外有攀涉之劳，加以金尽囊空，食宿无时，只兼旬劳顿之间，早已闹得形容憔悴，偌大包裹已如狗腰粗细。因为沿途卖字，只得写就几副白纸对联，束在包裹上。耿先生貌本清癯，这一来更显得拱肩缩背，酸气冲天，乍望去居然是游学酸子咧！

这日，耿先生行近天枢，抬头一望，不由且惊且喜。只见石壁千仞，清空峭拔。那石气香如积铁，望之可怖。从草树合沓中孤悬一线鸟道，正是"高崖虎踞迎人面，栈道蛇盘怯马蹄"。那一番险峻光景，又非他处可比。

当时耿先生贾勇行去，竟上那盘纤窄径。须臾愈转愈高，那四外山势，一处处萦青缭白，也便豁然在目。经过云谷寺、芬陀庵、回马坡、断梁涧等处，就山家乞食少许，又复起行。经一处名为落雁峡，铁壁峭峙，势如斧劈，便似石门一般。那壁上更多生短松丹枫之类，衬着那不知名山花野草生满石隙，山风吹过，另有一种草木奇馨播入鼻息。

耿先生一面瞻瞩，一面喝彩，正在飘飘然涉过石峡、苍茫四望的当儿，只见山风暴起，树叶乱飞，那西南半壁俨似涌起一片乌云，遮天盖日价直刷过来。耿先生方在怔望，却闻头顶上有人喊道："喂！你这人好大胆，还不快快向深草内。山雕来咧，当心被它张见，把你去当点心。"

耿先生大骇之下，顾不得上望来人，方侧身伏入草内，早见眼前一黑，轰然一声，却有个斗大的石块落在面前。忙从草内上望时，早见那片乌云刷向峡东，一时间山鸟惊噪，良久方定。

耿先生逡巡趱出，却见从高坡林影中转出个戴笠樵人，手中紧握樵斧，面上亦有惊悸之状，望着耿先生笑道："好了，好了，山雕既过，便没得危险咧！"于是耿先生迎将上去，谢过指告之意，便相与歇坐下来。耿先生道："这山雕便这等凶实！"

樵人道："这还不算凶，就是夏秋间，遇着雕斗才是怕人。两下里鼓起大风，真个飞沙走石，随便抓起整大石块，便如抛球。所以崂山中蛇虎虽多，却不伤人，唯有山雕这家伙着实可怕。它有时高兴，还和海中的鲨鱼去斗，鱼是鼓浪，雕是使风，那海船遇着，休想得全！"

耿先生道："这事也是异样，蛇虎毒物倒不伤人？"樵人道："这山中蛇虎起初时何尝不伤人？皆因老年间，便是这天枢峰顶有一结茅老僧，法名济化禅师。这和尚道高德重，能以驯服蛇虎，有时午夜梵诵，虎都去听经，因此此山蛇虎异于他处。"

耿先生听了，心中一动，因道："你可晓得这上清宫中的葛道士，有些道德吗？"樵人道："俺不晓得他有甚道法，俺只听得他观中阔绰得很，来往的都是大官大位并富户施主人等，都称他葛老爷哩。你老兄打听他做甚？"

耿先生随口道："俺听说他有些道法，想到他观中觇觇。"樵人大笑站起道："老哥莫怪，依我说你不去也罢！像你这般模样，他怕不把你呵斥出来？"

耿先生听了，甚是踌躇，眼看着樵人身影徐行渡峡，自己也便拔步前进。转过一带山环，忽地柳暗花明，豁然开朗，山田高下，村墟相望。脚下是很宽平的青石磴道，两旁交荫松竹，极目望去，直接前面一处高大石坊。那侧首峭壁上凿着经丈的大字，是"味虚谷"三字。一路上流泉怪石并黄独药苗之类，触目皆是。

耿先生身入竹径，胸次豁然，不由暗想道，如此住地，真个便没得真仙吗？不要管他，且到上清宫瞧个究竟。难道那葛道士便如樵人所语，挂一身烟火气吗？怙惚间已近上清，抬头望时，不由将求道之念又冷了一半。只见石坊上大书"鸣驺入谷"四字，上款是"致虚道长嘱题"，下款是登莱道的全副官衔，自赐进士出身，直至登莱青兵备道，老长的一串细字。距石坊百余步外，早现出一片玲珑道观，绕垣透迤，随山势起伏为曲折。隐望见里面楼阁参差，亭轩高下，便如蜃气吹成一般。再望到观右高崖上，果有一道瀑布，水帘似的直泻入崖下一道深涧中，方才雷鸣而逝，那崖下石壁上，却凿着"天地"两字。

这时耿先生左顾右盼，一面浏览前进，且喜上清宫已在面前，一面暗想道："怪不得那樵人说葛道士应酬仕宦，你瞧这'鸣驺入谷'四字，真个有辱名山，正是和那张盖游山、松下喝道一样俗气哩！"怙惚间，来至上清宫观前，只见那番峻丽气象，又与下清宫不同。

耿先生一面觇望，一面将包裹置在地下，倚了杆棒，方背着观门掸拂身上行尘，只听背后有人喝道："你这穷花子快躲开。少时观主就要送客出来，没的张见你惹他呵斥我们。"

耿先生回头望时，却是两个油头滑面的壮年道士，瞪着大眼直抢过来。耿先生愕然之下，不觉长气，便道："俺并非乞讨之人，远道至此，正要谒见你们观主，便烦引进则个。"后一个道士听了，只顾拍掌乱笑，前一个踅近两步，却倾耳道："你说什么？"耿先生只得忍气又说一遍。

不提防那道士一口浓痰托地吐在耿先生脸上，便手剜眼睛，指定耿先生道："你这厮敢是做梦？凭你这脑袋，愣要来见俺观主。没别的，你还须赶紧去再世投胎，搭着俺观主的神仙高寿，你能见着也未可知。俺观主连那大官大府还懒怠理他，稀罕你这穷鸟？依我说，你趁早去赶个庄户门儿是正经。"

耿先生听了，一面抹唾，正在气怔，后面那道士抢过来，一推前道士："你老是这么沫沫渍渍，有这些话和他说？他不去好办，你瞧我的。"说着，一足起处，将那包裹和杆棒踢得老远，霍地一翻手腕，便向耿先生抓来。

耿先生连忙闪开，大怒之下，正要老拳回敬，只见观门前一阵传呼，从观里牵出一匹高头大马，后跟两人，便就观前相与揖别。这时那两个道士早逼定鬼似站向一旁。

耿先生捻着拳头望那两人时，一个绅士模样，衣冠阔绰，那一个却是个须发皓然的老道士，油晃晃的皱皮老脸堆满酒肉之气，一面瞧那绅士上马踅去，一面喝那两道士道："你们也特煞没分晓，这等游学的人们撺他去掉就是，没的在此厮闹。如今里面酒筵方罢，还不快快来收拾。"说着，冷笑着望了耿先生一眼，竟和那两道厮趁趑入。

这里耿先生呆望观门，正没作理会处，只听身旁有人笑道："你这先生来此做甚？他观中着不得穷人，且随老汉来歇息吧。"

耿先生循声望去，便见斜阳影里趋来一人。正是：

神仙不可接，野老作居停。

欲知后事如何，且听下回分解。

第九十五回

解重围朋友联欢
聚学塾师弟话别

且说耿先生见那老道士，料是葛致虚，却又听他如此言语，正在又是气忰，又是自笑此行又误。听得身旁人语，忙望时，却从斜阳影里趸来个荷锄老农。当时耿先生连忙迎上去，拱手道："多承老丈好意，只是打搅不便。"

老农笑道："山中没得店道，且随老汉去歇住就是。"说着，匆匆前导，后面耿先生拾起包裹杆棒，一径跟去。

须臾，来至观左一带，老农引耿先生趸入一处草舍中，即便整备汤饭，殷勤相待。宾主谈话之下，老农询知耿先生来此之故，便大笑道："老汉世居山中，从来没听说有甚神仙。皆因此山名胜，一来是大家附会，二来文人游山，必要作甚诗句夸张。你想文人那支笔，分明一个垃圾堆就可以点缀成阆苑瀛洲。你先生真来寻什么仙、求什么道，岂非笑话！便是这葛致虚和陶保成两个，都是酒色财气的老道。葛道年老，不过趋慕势利，厮缠俗务，还不离谱儿，至于那陶保成，精娴枪棒，很交接些不三不四的人，更不知是什么路数哩！"

耿先生听了，不由嗒然气尽，这才放下了求道的妄念。次日，便将两副对联谢别了老农，又在山中浮沉累日，从此便流落江湖，只以游学随缘度日。后来辗转至平谷红蓼洼地面，得遇方老太太，便就方宅设起馆来。

以上所述，便是耿先生以往来历。哈哈，这段倒插笔委实不短。咱们只顾闲磕牙，却不道那金墉堤下还有若干人塑在那里，差不多腿子都站直，快些来发放他们为是。

且说当时两阵下耿先生和刘东山突然相遇，两人更顾不得互询别后的情形，只顾了把臂欢笑。这一来闹得王原、绳其、王老一并在场人众都各怔住。诧异之下，忘其所以，便呼一声都趸来，登时将耿、刘两人围了个风雨不透。其中更以王老一为惊诧不过，因为自己这场打降，全仗刘东山来撑脊骨，忽见他和耿先生欢然把臂，一时竟闹得没了主意。

当时刘东山抛了耿先生，左顾王原、绳其，右望王老一，便哈哈大笑道："今天俺不但巧遇故人，又是天遣俺来与你们两家解围。一来，你们同是乡邻，意气嫌隙，宜解不宜结；二来，你们两家都是俺的朋友，咱们因友及友，直然都是一家人。"因向耿先生道，"耿兄，你担保那边，俺担保这边，咱二人与他周过这场是非，且大家厮见，同吃个和事酒儿如何？"耿先生鼓掌道："正该如此。"

王原听了，心下大悦，便抢说道："既如此，俺今天便僭作主人，且请王兄和这位兄台到敝村款谈。"

大家听了，都各欢笑，那金塘堤一片杀气腾腾顷刻化作一团和气。王老一这时见自己邀来的一只劲胳膊，业已暗含着胳膊肘往外扭咧，他是个积年的光棍，哪肯瞧不开事体栽跟头？于是也便趁势笑道："今日此举，端的怨俺行事冒昧，要说吃酒，还该俺做……"一个"东"字没出口，早被东山拖过道："王兄不必客气，俺久扰你的酒，吃得有些口酸，今日也该扰扰这位王兄，换换脾胃咧！没的王兄你就不作成我？"

大家见了，竟在都笑。那耿先生也将王原撮过来，于是老一、王原彼此唱个无礼大喏。这一来招得两阵之众欢笑如雷。于是王原、绳其并王老一各吩咐两会之众，分头价先行退去，自和耿先生趱登金塘堤。一面彼此叙谈，一面瞧着两会之众，纷纷然卷甲束戈，趱出老远，四人方才漫步价趱回挂月村，便就那法兴寺中大排筵宴，款待那王老一并东山。

不提王老一酒罢之后，知刘东山必和耿先生盘桓几日，便拱手谢扰，自行趱去，从此倒和王原结了一个交儿。且说刘东山寓在法兴寺中，连日价和耿先生衔杯道故，既询明耿先生由家出亡后的情形，便笑道："如今耿兄可以安然回乡了。自你出亡之后，没过得两月，恶奴瞎尹忽地生了个斫头疮。那疮初起只是绕脖的小热疖子，后来越来越凶，生生将头烂掉，便如刀斩一般。他病中嘶唤，便如鬼嗥，又恍惚见许多鬼物攫拿索命。这还不奇，最奇的是贺官，因一时气愤打煞瑞莲，恨那金荣安不过，当时由押所提出，杖责了个死去活来，即时驱逐出境。不想金荣安怀恨之下，只管在邻县地面逗留不去，并且将他和瑞莲的丑事到处张扬，且牵及贺官的其余姬妾。其中有一妾正在怀孕，荣安便指为自己的骨血。

"那贺官闻知风声，气得发昏。正想设法料理荣安，哪知又过得数月，一日正在宴请宾客，忽传进一封书信，信面上恭恭敬敬写着'老爷安禀'，并'沐恩家人金荣安'的字样。贺官以为金荣安穷困无归，还想来吃旧锅粥，这一定是请安恩恩的禀帖。当时他启封一瞧，连忙要遮掩时，业已不及，于是众宾客都匿笑而散。原来那信是金荣安和他索要亲生骨血的信，并言某妾怎的和他偷情，某妾怎的在旁知状，说了个亵秽不堪。你说贺官儿当时那一气岂同小可？但是他不动声色，料得荣安还在左近逗留，便分头价多差心腹上前去踏探。

"一日，探得金荣安在距城十余里远近一个赌博场中落脚。这时有二更光景，淡月朦胧。贺官恨甚，不待天明，又怕差人去或漏风声，走了荣安，便喝备马，只带了两个心腹健仆，大又步踅出衙来。方踏到大堂外，正要上马，却闻那两列跕笼内的犯人呻吟有声，又突地从堂外卷起一阵冷风，惊得那马咳咳乱叫，一个劣蹶险些将贺官闪跌。当时贺官颇颇心下恍惚，但是气极之下也不理会，仍然和仆人各自上马，泼啦啦撒将开去。这时贺官一马当先，趁着那冲天怒气，方趱离城四五里地，行经一片乱坟义地之前。耿兄，这所在你是晓得的，名为'万人坑'，凡官中刑人埋尸，都在那里。"

耿先生点点头儿，东山道："当时，贺官马势跑发，距那乱坟还有百十步，忽见从坟那边飘飘忽忽，迎来一碗碧荧荧火亮的提灯。贺官只认是又有夜探来报什么消息，正在力勒马势，那马双耳一竖打一旋儿之间，说时迟，那时快，陡见那碗灯忽地熄灭，便有一股尖风突地扑向那马首。那贺官一个寒噤，还未及语，那马却长嘶一声，摆向岔道，便如腾云驾雾般直奔将去，慌得后面两仆催马便赶。没得百余步，却遥闻贺官惨号一声，以后便声息不闻。那两仆深夜中没法去寻，只得撞入左近村中，唤到地保等人，打起灯笼火燎，由两仆引路，约莫着向岔道寻去，闹得沿村里人喊狗叫。大家火杂杂跑得十来里，至一片高林边，发声喊不知高低。耿兄，你说这天报之事真是不虚，原来贺官儿已被那马拖煞在地，一只脚挂在镫里，兀自未落，头脸粉碎，脑浆迸流，竟自应了他到任时自誓言语，弄得脑涂地咧。"

耿先生听了，称快之下，又是慨然叹息，因复询起家中光景并栖霞地面上的情形。东山道："尊府都安。自兄出亡后，但是俺在家时，便时时去望候老嫂。至于地面上，近两年却颇颇不靖，路劫常有。单是五峰山中便藏匿着一伙歹人，时常出没，但是还不敢公然打村劫舍。听说那贼头儿叫什么赛韦陀何金福，是个盐枭出身，善使两条浑铁杵，手底下还有两下儿。都因历任官府懦弱不堪，纵起他们，俺因不常在家，也没大理会这些事。"耿先生叹道："你看俺出亡几年，故乡又是一番光景。古人说得好，青春做伴好还乡，横竖刘兄在外漫游，也没什么准着落，迟数日，咱一同还乡何如？"

东山笑道："不瞒耿兄说，俺近两年因手头拮据，业已坐吃不得，守在家里终是没得生发，故此漫游，寻些机遇。如此后终不遇时，再回乡未晚。好在俺在北京并京东一带颇有朋友，万一得有机遇，也未可知。迟两日，俺即别过耿兄，由王老一处仍回北京哩。"

耿先生听了，也便不再劝。这时绳其、王原连日置酒，款洽东山，连王建中也趱来陪客。东山见建中、绳其一个是恂恂故雅，一个是烈烈英风，不由心下好生钦慕，和绳其谈起武功来，更是投机。不由向耿先生笑道："耿兄此次出亡作客，倒也不虚此行。你这两位高弟怕不是人中鸾凤吗？耿兄莫怪我说，我看绳其兄筋骨劲越，天质之美，非人所及，将来造诣所至，怕不青出于蓝吗？"耿先生大笑道："何必将来，便是而今，俺这识途老马业已穷于伎俩了。"

大家听了，都各欢笑。绳其也喜东山伉爽洒落，又闻知东山要去，一日便置酒本宅学塾中，并邀同建中、世禄、耿先生，与东山饮钱。大家酒至半酣，谈笑甚欢，请一回文事，论一回武功，又有世禄愣头愣脑趁空儿便硬插一嘴。招得大家正在俯仰绝倒，只见一个仆妇慌慌张张地跑来，向绳其道："大官快瞧瞧去吧。老太太那会子还好端端的，忽地打了个呵欠，说话便颠三倒四，似乎撞磕（俗谓邪物迷附，曰撞磕）了一般哩。"

绳其听了，拔脚便跑，世禄也跳起来道："又有这等事？"因向耿先生道："先生咱也瞧瞧去，莫非又是那年迷附仆妇的那个什么仙姑吗？"说着，拉了耿先生随后跟去。

这里建中便向刘东山一面劝酒，一面说起往年仆妇着迷之事。东山道："深宅老院中，狐黄邪物往往有的。但是这种邪物也是乘人衰气，便偶来作闹，凡气充神旺的人，它便不敢相近。莫非这位老太太有些衰病吗？"

建中道："正是哩。她老人家本来壮实，皆因今年地震时吃了一场大惊，又因水患烦心，从此便心虚气弱。又搭着年岁已高，所以时闹啾唧。"正说着，只见世禄蹦跳而入，向建中拍手道："你说这事怪吗，又是那面古镜才成功。"于是匆匆一说所见。

原来绳其等跑入内院，只见众仆妇乱哄哄地方围了方老太太，就廊下坐地。那方老太太微合两眼，靠柱而坐。距她不远，还有个喷水壶丢在那里。只见她喃喃自语道："那年时，俺一个闺女家，吃你们这个也来吓，那个也来吵。你们一向人旺运旺，俺没奈何，如今俺可怕不着谁了！便是老太太你也不对，你各处乱浇花，俺也不恼，怎单趁俺出门时，便劈头一下子呢。"说着，摇摇头，只管微笑，但是面上颜色却十分尪白。

当时绳其骇诧之下，料是那年迷仆妇的邪物。向仆妇等问知缘故，方知方老太太从佛堂内拜佛之后，因见院前后许多盆花有些干枯。上年岁的老人家，单有个逞强的性儿，便自取喷壶，逐处去浇。偏那正房后身，靠阳沟堆破碎的所在有两盆大木樨，方老太太巴巴地爬山越岭前去浇灌。及至趱回正房廊下，忽地一个呵欠，腿子一软，喷壶丢去，便靠坐在廊柱之下，乱道起来哩。

当时，绳其听了更不答话，一径地奔入正房，想取那面乾元宝镜，却闻方老太太连说道："我去，我去。"接着便闻众仆妇都称奇怪。绳其取镜趑出时，却见方老太太业已平复如故，见大家围定自己，却笑道："俺方才恍惚吃了一跌，不打紧的，你大家不必惊惶。"世禄瞧至此，却先趑出哩。

当时，东山先既闻建中说古镜辟邪之异，今又听世禄说古镜成功，便笑道："如此宝镜，倒是异物。少时俺定当借观，开开眼界。"世禄道："那还不现成吗？等我去取来。"说着，重新跑去。刚一出塾门，却几乎和耿先生撞个满怀。

这里耿先生含笑就座。建中便道："老太太既欠安和，俺也瞧瞧去。"耿先生握手道："你不必去咧！少时绳其就来。如今她老人家业已安卧养神，倒不必惊动。"东山便道："俺方才听建中兄说那古镜之异，倒是件异物。"耿先生道："正是哩。"

正说着，只听世禄在门外笑道："什么宝贝，你便这等仔细，难道俺的手便污了它不成？"东山忙望时，只见世禄、绳其双双趑入。世禄手内捧着个古锦囊。东山料是那面古镜，便起身，先向绳其问过老太太安好，正想来接那锦囊，只见世禄抖手启囊，现出古镜，便有一道冷森森寒光直射过来。喜得刘东山接过那乾元宝镜，摩挲审视，又细读铭词，只顾了赞叹不绝道："此镜形制特异，古色照人，怪不得能避邪祟。"因珍重交与绳其，即便收过。

一时间大家入座，又复重整杯盘。须臾酒又数巡，绳其不由说起当年方樾因大雷雨，淘漉古井，得此镜之异。东山忽笑道："异物偶然发现，真个有之。便是俺在北京时，闻得人说，当那地震时光，遵化地面某处山崖忽地震裂丈余，其中现出古剑一柄。据人说起来，那剑削铁如泥，端的是柄名剑，却被左近一个土豪所得。传说得甚是离奇，即是那剑柄之上还系着个小小铁匣，里面却是什么天书之类。"

大家听了，都各大笑。耿先生便道："亏得那现任遵化官儿不是贺雨田之流。不然，还不拿那土豪当白莲教办了吗？"大家听了，又复鼓掌。须臾酒罢，那东山起身谢别，却执绳其之手道："咱们改日再会，横竖在下还想在京东一带勾留些时哩。"

不提东山别过耿先生、绳其等，自由石幢峪王老一处且回北京。且说耿先生归心既起，更不怠慢，便面见方老太太，辞却馆地，克日要行。绳其、建中等虽是恋恋，但是也无可如何。便一面与先生整备行装，一面与先生叙畅离愫。建中、世禄索性都住在塾内。

绳其、建中虽离怀惘惘，还能从容谈笑，唯有世禄一张嘴嘁得老长，连个笑容见都没得，便向先生道："依我说，先生不如将师母接得来，就在这里落户。热辣辣地又散伙怎的？俺有一匹小黑驴，跑得飞快，不消几日，便把师母驮得来咧！您一般地快活自在哩。"

耿先生听了，好笑之下倒触起一番离绪，便连日走别王原并诸生家父老。王原等挽留不得，便连日挨次价与先生置酒饯行，并纷纷各有馈赆，耿先生都酌受少许，以壮行色。闹过两日，择了吉期登程，当晚，师弟们在塾话别，那方老太太又命仆妇与先生送行，簇新的行装衣履，一切收拾都备。

绳其忽笑向建中道："你瞧咱们都发呆咧！一切都备，却没给先生准备头口。"耿先生道："这却不须，此一去颇有水路，登涉之间，最好是步行方便，没的有头口倒添累赘。"说话间，望望世禄却没在塾，大家也没理会。

须臾，方老太太拉了拐杖，颤巍巍地趔将来，慌得耿先生连忙起迎。正是：

在昔蒙青眼，而今对白头。

欲知后事如何，且听下回分解。

第九十六回

临歧赠物两瓣莲钩
排难文场一双侠士

且说耿先生见方老太太亲来话别，想起昔日落魄到此，蒙方老太太一番刮目，不由顿生感触，忙站起来，让方老太太坐定，自己侧身相陪。先谢过饯赐行装等，便惘然道："小可承老太太一番待遇，真个感激无尽。如今人事催促，只得转去。且幸公子辈文事武功都已略得门径，此后怕不飞黄腾达？老太太后福正长哩。"

方老太太慨然道："老身风烛残年，怕不及见他们做些事业。但是先生此去，患难已平，家团相聚，倒是一桩喜事。此后，只好时通书问，以联情愫了。"因顾建中、绳其，向先生笑道，"先生当奖说绳其的武功，便是俺总觉他跳荡可虑，不如建中来得稳当。"

耿先生正色道："俺看他两人此后都能杰出，做番事业，不过性情稍异，绳其偏好武功罢了。不是俺自谦的话，绳其从俺学的武功，只好算是略识门径，切不可自满自误。此后必当访求名师，再求深造。"

方老太太听了含笑未语。绳其便笑道："奶奶听清，先生说与俺访求名师哩。但是俺看什么名师，还能胜得过先生？"言下颇有得意之色。

方老太太道："你瞧你，说着你就得起意来。"因向左右望望，却笑道，"怎的世禄没在这里，难道他家去了吗？那孩子倒个是热心肠儿。"说着，向耿先生道："那会子世禄却吓了我一跳。我方在屋内料理什么，他却三不知地跑进来，满眼是泪。我只当是绳其顽皮，又生法儿捉弄他。正要问他缘故，他却直橛似的向我跪倒，哭道：'如今先生要舍掉俺们去了，只有老太太能劝他不走。不然，这可怎么好呢？'当时我又笑又叹，扯起他安慰良久，他方抹着泪，呆呆地看我与先生料理行装，忽地傻笑一阵，这才趱去。"

绳其、建中听了，正在扑哧一笑。耿先生道："我看世禄将来倒能享庸福，不涉世途，无灾无难，咱大家在座诸人，谁也及不得他。"于是大家都各一笑。方老太太又谈过几句话，也便由仆妇扶入内室。

不提那里师弟们灯前话别，耿先生因明年正月小试，又是乡试的年头儿，便勉励了建中等许多言语。且说次日行期，师弟们老早起来，料理一切。先命仆人将一肩行李发到法兴寺中。因为王原和诸父老都在那里，等候送别。当时师弟结束停当，略用汤点。建中等瞧世禄时，却还没到，便以为他定在法兴寺中。这时，见先生行色匆匆，都不觉凄然泪下，当即依次拜别。

耿先生一面扶起，一面也慨然道："老弟等不必依恋，人生聚散，本是无常。别瞧今日一别，安知异日不能聚会呢？但望老弟等奋志功名，图个好生相见就是。绳其弟武功一节，切勿自满。须知俺和刘东山都是寻常武功，此后若涉历世途，江湖上正多能人，千万留意求师才是。"

绳其听了，抹泪唯唯之间，便跟了耿先生直赴法兴寺而来。这时街坊上早已候满村众，数十步之间，便是个钱行的茶桌儿，上面摆着糕点。因为耿先生人缘极好，又很与村坊上做些事体，所以大家都有感恋之意。

当时耿先生一路周旋，倒闹得口无停语、足无停趾。刚到得法兴寺前，只见山门松棚下茶桌早备。了明、王原并众父老还有护堤会众、麻娘娘等一班人，都黑压压地候在那里。绳其从先生背后忙望去，却不见世禄。正在怙悔，只见麻娘娘望见耿先生，便跑过来，吵道："这是怎说呢？咱们方才弄合适了，热辣辣地正在都快活，先生又三不知的要拔……拔脚子往家溜。闪得人没着没落，好不难受。昨夜晚上，俺见世禄哥儿蹲在自己大门前只管发怔。问起他来，方知先生今天就要起程，倒惹得俺一夜价在炕上翻来覆去，就似烙饼一般。思想起来，人就不要混热了。这热辣辣忽地脱开的滋味，才不好过哩！"

大家听了，都含笑迎上。耿先生便笑道："麻大嫂，咱们再见吧。俺登州地面出好脆梨咸鱼，俟俺到家，与你寄些来，谢谢你吧。"麻娘娘笑道："梨倒可以，俺可不去臭烘烘卖咸鱼（俗谓操皮肉生涯曰卖咸鱼）哩。"一句话招得大家哈哈都笑之间，那先来的仆人已将耿先生的行李置在茶桌跟前。那了明笑嘻嘻当先迎上，正要和耿先生客气两句，忽听庙侧村道上驴声大鸣，并夹着哇哇大号之声，又听得后面有人喊道："慢走，慢走！俺两条腿和四条腿的比跑快，却不成功。"

大家忙望时，却是世禄骑了一头乌黑的毛驴儿，一面长号，一面如飞跑来。屁股后面还跟着个挑担的佣工。那担里夹七杂八许多东西，也望不清是什么。便这等前哭后喊，一径地撞到耿先生跟前。闹得了明和大家都各骇笑。那世禄却跳下驴来，向耿先生纳头便拜，一面拭泪道："如今先生真个去了，先生便是不接得师母来，也须骑这秃驴去，以当弟子途中服劳。"听得了明方白瞪了一眼，世禄已站起来，指着那担子东西道，"这是些土物路菜，请先生带去给师母吃吧。"说着，自去拉住驴子，一面命佣工歇担取物，看那光景便要向驴背上装。

当时耿先生见他这番真挚之意，倒不能笑他，忙摆手道："世禄弟，承你好意，但是俺步行登程，哪里能带这担食物？只好心领就是！"

世禄听了，正急着脸子通红，绳其已笑嘻嘻一瞧那担食物，都是些干粮果饼并有米袋面袋之类，还有两瓶村酒、一对烧鸡，作一搭包着。因笑道："怪不得你这呆子老不见面，原来却去鼓捣这些物事。你的好意先生又带不得，如今只好这么办。请先生骑了秃驴，带着鸡酒，既可代步，又可沿途价将酒排闷，你也可稍尽别意了。"

世禄听了，只好愣着点头。耿先生还要辞掉那驴子，当不得王原和众父老都来纷纷执手，便就茶桌略为歇坐，话别起来。这里绳其命仆人将行李鸡酒就驴子上安置停当，扯向道旁伺候。再瞧世禄时却跟了那挑担佣工趱回原路。绳其料他是怕见别，先自躲去。正在望得这边的官道行尘暗暗叹息，便闻耿先生慨然道："俗语云，送君千里，终须一别。诸位请回，再期后会吧。"

说话间，同了王原众父老并了明、麻娘娘等趱近驴前，正要拱手作别，只见世禄如飞转来，一面大喊道："先生慢走，俺这里还有件孝敬师母的物儿，方才忙忙的竟是忘掉，无论怎的，先生须要收的。大料着师母见了，定然欢喜。"说着，跑到耿先生跟前，便如波斯献宝一般，由怀中掏出一物，举向耿先生眼底，登时照得大家眼睛花花绿绿。

这时，麻娘娘是摔破瓢似的鼓掌大笑，了明是直了眼睛，旋即别转头去，绳其、建中只顾了乱推世禄，王原是言语不得，只望着世禄吵道："你这傻厮！"唯有耿先生却闹得辟易数步。你道是什么宝贝物儿，便闹得大家都失常度。敢情世禄手中端端正正托定一双簇新新的、三寸长短绿绣花鞋儿，锦提带绿，好不鲜艳异常。

原来世禄昨晚上既知方老太太留耿先生不得，又见方老太太给先生准备行装，他便如飞地跑回家来，向其母崔氏给先生索要衣装。恰值崔氏晚上洗足之后扎括金莲，炕上摆着两双试穿的鞋子。因世禄乱吵，衣装之为物又非仓促能备，没好气之下，便把世禄骂了一顿。那世禄如何肯罢，眼瞧着新鞋子怪好看的，他便想起送师母一双，好歹地总算在先生跟前尽些情分，所以便悄悄地偷得来哩。

当时大家一阵大乱，那世禄不管好歹，便要去赶耿先生，给他向怀里揣，却被麻娘娘夺过那鞋，一径地揣向怀中道："先生是不收这等礼物的，横竖先生是要去咧，我且连你这呆子都送回家去吧。"于是拖了世禄，匆匆便走。恰好了明一回头，麻娘娘却望着他龇牙一笑，又回头瞅了瞅绳其。

这一来招得建中几乎笑出。于是绳其亲自拉了那毛驴儿，和大家拥到耿先生跟前，便请登骑。一时间彼此执手，道声珍重，都有惘然别离之色。那耿先生长揖跨驴，一路价蹄声嘚嘚，不多时，鞭丝人影竟自没向遥林官道之中。

话分两头，且按下耿先生遄归故里，直至后文建中作宰栖霞时再露头面。且说绳其等一班人遄转法兴寺中，都赞叹耿先生之去。王原便道："如今耿先生虽去，咱还守行他料理的护堤会成法。虽是石幢峪已与咱们和好，护堤要事，却不可不备。"

大家唯唯称是，即便各散。唯有绳其、建中遄回学塾，被那冷清清室迩人远的光景，并耿先生安置书剑、行止坐卧之处，好不徘徊叹息。从此两人依然在塾读书，准备明年出应小试。世禄因帮王原料理家务，至此便辍读务农，却向塾中时来时去。其余生徒却都散掉。唯有绳其、建中相共晨夕，那塾中又是一番光景，这也不在话下。

且说方老太太自那日精神恍惚，被古镜照退邪气之后，只觉着心气不佳。入冬以来，时时啾唧不安，将届腊月，因操劳家务，又搭着寒风感冒，不觉竟一头病倒。倒慌得绳其求医问卜，都无效验。建中便道："这古镜既是异物，怕还能祛除风寒，咱何不试试呢？"

绳其听了，真个将那乾元宝镜除去锦囊，供在案上。又焚香默祷一回，便把来悬在方老太太卧榻之前。说也不信，入夜之后，但见那镜发出一道闪烁光华，着体如炙，便如烈日一般，方老太太竟是涣然汗出，霍然而愈。大家欢喜自不必说，一面越发地宝视那镜。

过得数日，已是腊月中旬，方老太太料理诸务之下，便向绳其道："今年灾变迭见，收成不好，如今年关将到，俺想建中家必然拮据。往年咱给他送年物，都是过了祭灶日才去，今年你早些送去，不叫他们宽绰些吗？"

绳其笑道："如此，明日俺就去。这几日建中没来，搁下了几次的日课，俺正想寻他去补作哩。"说话间一日已过。次日，绳其果然携了许多年物，去寻建中。只见建中正送一个邻村庄客出门，那庄客临去时却回头道："他那里明年开馆，大约须过了灯节，届时俺再来奉邀吧。"说罢自去。

这里建中让绳其入内，先起居过方老太太，又谢了送物之意，却怅然道："大哥，明年过得灯节后，咱两人也要暂时相别了。"绳其一听，不由愕然。及至建中说出所以，方知建中因家贫，却就了人家一个馆地，方才那邻村庄客便是荐馆地的人。那馆地便在密云县葛垯庄中，因学生不多，修金不菲，却甚是相宜。

绳其听了，想起耿先生既去，而今建中又要远出坐馆，闹得自己孤零零的，未免十分惆怅。但又知建中是家境所迫，殊无如何。怙惙之间，便笑道："老弟此去也好，一来可以供菽水之养；二来虽是坐馆，一般也能读书用功。还有一桩相宜处，俺姑母之子吴思恭，你也见过他，他家正在葛垞庄。早晚间你们盘桓，且是不患寂寞。老弟在家中有缝纫洗濯等事，更可以请俺表嫂料理一切。这处馆地倒也相宜。只是一件，却苦了我一个人儿离群独处了。"言下，颇露惜别之色。

建中道："不打紧的，俺有母在堂，过几月总要来家省视一次，咱依然可以欢聚哩。"说话间两人别过。绳其踅回家，见了方老太太，说起建中就馆之事。祖孙想起建中的家境，未免又慨叹一回。

光阴迅速，转眼间残冬已过，又是开正灯节，那建中却来作别赴馆。方老太太因他赴葛垞庄之便，与吴思恭寄去些人事礼物，并命绳其函致思恭，嘱咐他照应建中一切。

不提建中匆匆赴馆。且说绳其因今年小试在即，便日夜价赶习举业，居然多日不去习练枪棒。方老太太知得了，自然欢喜，便向绳其道："咱家究竟是世代以读书为本，你却偏好武功。俺但愿就俺眼在，见你得步名功，也是件欢喜事。"绳其道："奶奶只管放心，今年还有秋试，俺托你福气，巧咧还许联捷哩。"

方老太太笑道："你别叫耗子出来龇牙咧！若说建中联捷倒有指望，他比你的文字好得多。你却将工夫一半儿用在踢跳上。"当时绳其憨笑之下，依然地逐日埋头。

节届清明，建中踅转，恰值本是小试之期将到。那建中见过方老太太，说过吴思恭处一切安好，并承他照应自己等事，便和绳其商量起入城赴试之事。这时左近邻村的童生们也有来相约赴考的。连日价你来我往，各自整备考具，好不热闹兴头。这其间瞧得个王世禄早又心头小把儿挠似的，便又向王原吵着去赴考，却被崔氏喝住。

话休烦絮，当时绳其、建中兴冲冲便去赴考。入城之后，无非是觅小寓、报考名、取廪保等事，一切事毕，已届试期。绳其等逐队进场，各就号位。这时题纸未下，绳其只见许多童生们一个个挤眉弄眼，都向自己背后座上瞅。绳其回望时却吓了一跳，只见一位须发皓然的老童生，年已七十多岁，正偻着腰子，就座上略欠屁股，向一个巡场人道："劳你驾，场门外在壁下有俺一根拐杖儿，请你照个眼儿，倘被人捞去，回头俺出场，可就麻烦咧。"招得绳其忙转过脸。正在掩口，恰好题纸飞下，文题是《论语》中"视其所以"一章书。绳其这里一面构思落笔，一篇文字将次完毕。却微闻背后那老童嘟念道："他妈的，多一个字，没法安装，就欠浑括。当初老圣人说话只顾絮烦，却不顾后人没法料理，真是岂有此理!"

绳其听他忽评论到千数百年以上的圣人公，不容不回头望望。却好这时巡场的都不在旁，场正中座上那位监考的官儿也正有些疲倦，据案似盹。那老童见绳其回望，便拈起草稿道："你这位小哥老兄，下笔嗖嗖嗖，便这等草率，可见没有锻炼功夫。文字警人处，就争落笔，总要下语如铸，题无剩义，包括全题方妙。你瞧俺这两句破承题，多么浑括响亮，文中有韵，非斫轮老手是办不到的。你等少年人最宜取法。只是这道题别扭，愣他娘的末了儿来个重复句，闹得人末了这句没处安插。其实是老圣手说这话时，也许是在陈蔡绝粮，饿得瘪肚皮吱吱怪叫的当儿；也许是被匡人围住拼命，他老人家易服而逃，吓得错头奄脑的当儿，所以说起话来，只管磨豆腐（俗谓语言絮烦也）。这是他说话累赘，不怨咱不会作文。你且瞧瞧这破承儿，保管益你神智不少哩。"

绳其略歪脖儿，就他草稿一瞧那破承儿道："视所以而观所由，察所安而人焉瘦。"当时绳其连忙忍笑低赞道："老先生，你这妙文定能冠军。但是下面再添一'瘦'字，便越发浑括，越发响亮了。"

那老童听了，只乐得头儿乱点。拈起白胡儿，竟在嘴内"瘦、瘦"地得意。只见监考官业已退座，便有巡场人大呼道："交卷时将到，届时不完，便要抓卷咧!"

不提那老童赶忙地戴上花镜，颤巍巍提起笔来，且就稿上添那一个大"瘦"字。且说绳其试罢回寓，和建中说起那老童来，两人笑了一场，接着便逐队复试。及至张出榜案，是建中案首，绳其第三名。那第二名却姓晋，名楚材，住在平谷东乡豹子窝地面。当时绳其、建中彼此欢喜自不必说，便一面遣人回家报喜，一面会晤同案，且待府试、院试。这前五名中试的，县官儿照例有赐筵，便在署中花厅。

这日绳其会见了晋楚材，只见他生得白皙清俊、意致洒落，谈吐间甚是伉爽，又微带些外乡口音，因是初会，绳其也没在意。及至筵罢回寓，绳其、建中本都俊伟，又衬着楚材堂堂一表，望得道旁观者无不啧啧称叹。

过得两日，绳其、建中便由县去赴府试，及之榜发，又是建中第一，绳其、楚材亦都在前十名之内，大家欢喜自不必说。略为耽搁之间，早已院试期到。这院试考棚却在通州，分府县属，悬牌按期入试。

当时那位学宪姓李，名在田，广东南海县人，翰苑出身，词华绝代，笔札精妙，喜写一笔六朝字，是当时的一个名士。建中等探得学宪是李公，自料文章有价，好生欢喜。及至入场这日，只见场门前士子如鲫，好生拥挤。那粗野些的，便盘辫勒袖，都使出吃奶的气力，弄得许多人跌跌撞撞，十分热闹。守门的官人们只管乱喝肃静，哪个去瞅他？

原来小试诸生们专有这股子彪劲儿，倚仗着动不动鼓宕罢考的本领，便如一伙小反叛一般，在考季上都横了眼儿，那劲头儿真来得十足。那没行止的，还趁势吃喝嫖赌，搅乱街坊，便是当地光棍都须回避这班考先生。相传有句口号，是"吃喝嫖赌考"（此考字专指小试），也可见他们的一时气势了。

且说建中气体稍弱，又被诸生乱推乱挤，不知不觉已倒退了数步。再望场门，业已滚成人粥，堵得那门水泄不通。还有几个雄赳赳的人晃着膊子，向内乱闯。再瞧绳其时，却被大家架入门里，只回头喊得一声"建中弟快来"，早已影儿没得。建中着忙之下，便向前挤。刚一步蹬到场门，前膀顶在一个大胖子屁股上，便闻门旁一声喊，有五六个少年背推背地作一串价，终横不榔子，直抢将来。慌得建中连忙退步，接着那大胖子也喘吁吁地往后便倒，一个仰八叉，栽得发昏。还未爬起，又闻一声喊，眼睁睁又从人堆中滚下一批人，简直势如山倒。

最前面的三五人，那跄跄向后倒的脚后跟，早已挨了大胖子的头皮，只差呼吸之间，那大胖子便要被大家踏作肉饼。慌得建中忘却力弱，便一面大叫"慢来"，一面乱张两臂，想去抵挡众人。恰好从身旁飞步价抢过一人，两臂一张，势如山立，格楞地遏住众人挑墙后倒之势。这里建中扶起胖子，瞧那人时，却是晋楚材。

当时，大家只顾了忙着入场，也没有理会晋楚材有此大力。及至建中在场内文艺都毕，业已日西分时。但是还有许多的磨考先生正在那里句斟字酌。那催出场的大喇叭单向着他们座位上哇哇直吹，他们却不着忙。建中望了一回，不见绳其，却见楚材正秉笔疾书，也将完卷。于是，建中自去交罢试卷，遂队蹬出场门，那场门却又封了。只见街坊上许多卖食物小摊，都比赛喉咙似的尽力子吆喝叫卖。有的喊状元糕，有的喊三元面，还有弯着脖子，拉起长调，一气儿喊着道："香了个香，脆了个脆，滚圆的、焦黄的、酸甜的，外带着糊嘴的，一品大元宵（即汤圆）！众位谁来得一个儿，赶热呀赶热！"

就这喧哗声中，建中却蹬到场门左角场墙之下，正仰着脸儿瞧那墙上贴的犯规人姓名。只听绳其在背后唤道："建中弟，才出来吗？俺在此已候你多时了。"建中回望，见绳其却从一处茶摊上，笑嘻嘻直蹬过来，一面笑道："今天进场好生拥挤，老弟没受累吗？"

这里建中未及答语，猛听场墙内一阵喧哗，即有人大呼道："火，火！"接着便警锣响动。场中人乱叫乱跳，登时大乱起来。绳其、建中正在吃惊，街坊上人也便奔走如风，一时大乱，都喊道："场中火警，真是险事！里面虽有太平缸、吃水龙的准备，怕不济事。"一阵又跑又吵，早踏毁许多小摊。摊主是且号且骂，却也没人理他。

正这当儿，陡见场内一股青烟冒起，随即火头一喷，就有三四丈高，映着斜阳。长风一吹，火焰乱卷，那里面的棚幕，已有两处火杂杂地烧将起来。一时场内人声如沸。正这当儿，便闻左角场墙内哭声大震。

原来是那许多的磨考先生，见了火起，居然也把磨劲吓退，也顾不得什么交卷咧，便大家拥向场门，想要逃命。哪知吓昏之下，忘却门是封的。这一急非同小可，大家胡乱地又拥向左角墙下，急得都撇了酥儿（俗谓哭也）。

且说墙外绳其见为事已急，不由侠性发作，正要跃上墙头，想张张里面，设法救人。只听墙内暴雷也似一声喊道："诸位不要慌，且随我来。"接着便闻那墙轰轰山响，似乎是拳打脚踹并身扑肘靠之声。

绳其略为伫望，便闻里面喝声："倒！"那墙轰然一声，登时裂倒丈把长的一片。即有一人势如飞鸟，霍地先跳出来。

绳其望去，不由健步直上。正是：

　　火焰红飞处，文场鼎沸时。

欲知后事如何，且听下回分解。

第九十七回

掇泮芹三秀蜚声
走深山一客访友

且说绳其猛见一人从倒墙处飞跃而出，手持一根拨火钩竿。只双足方才落地，便向街众大呼道："救火的都随我来。"说着，舞动钩竿，向那倒墙口不消几钩，轰的声又倒了一大片，于是里面诸生蜂拥而出。

那街坊上赶救火的人众，也便各持救火具，纷纷价拥入墙口，会合了里面的执事人等，冒火冲烟，扑救起来。绳其但见那人蹿上墙头，来往如飞。那钩竿呼呼风鸣，不消顷刻，早已拉塌近墙的棚幕，隔开火道。这时里面水龙亦到，便如飞瀑般直射起来。

绳其仓促中不暇辨那人面目，只暗惊道："这人便怎地勇武！"正在沉吟，只见他就墙头一拄钩竿，一个饥鹰侧翅式，突地飞向一处高棚檐端，意思是想借径此棚。不想旁棚的一处高脊便似火焰山一般，顺风势向他身上直倒下来。

绳其叫声"不好"，抛了建中，紧赶两步。恰好街坊上一个救火的壮汉提了钩竿趸过身旁。绳其不管好歹，劈手夺过他那竿，方一跃上得墙头，眼见倒墙口还滚人粥的当儿，便闻众人震天价一声喊，就这声中，那高脊和那人业已火杂杂一同落去。登时间黑焰冲起，人声鼎沸。绳其大骇，方霍然跳落墙内，却又见那人舞动钩竿，直从火窟中钻将出来，只是鬓发微焦，面目被烟焰所熏，越发地不辨谁何。于是绳其赶去，帮着他一阵施救。须臾，救火人多，火势便熄。

绳其和那人转至墙口，恰好那个救火壮汉也在墙口边张望，一面四顾乱骂道："他妈的，也不知哪里愣撞来个愣爹，一下子夺得钩竿去，少时到救火会中怎生交代？"绳其好笑之下，忙从人背后转出，一面递与他钩竿，一面笑道："老兄别骂，俺替你救火，不省你气力吗？"一言未尽，忽见那人回顾道："哟，方兄吗？俺倒不晓得，你还有如此身手。"

绳其忙望那人，这时瞧得分明，不由急前把臂道："谁又想到你老兄也有这身武功呢?"于是两人携手,彼此大笑。原来那人却是晋楚材,那会子交卷完毕,却值火起,他便毅然挺身,竟救了若干性命。

当时,绳其直忘掉跳荡疲乏,正要扯楚材且就茶摊细谈一切,却闻场内有人喊道:"那两位救火的先生慢走,俺大家还要置酒相谢咧。"

正乱着,恰好建中趑来,一见那排墙救火的人却是晋楚材。方在上前厮见,心下惊异,绳其忙道:"咱们快去吧!少时,他们火会中人赶来,又是一场无谓的纠缠。"说着,索性连楚材所持的钩竿也交与那壮汉,三人拔步匆匆便走。

方趑出不远,却闻后面有人喊道:"先生慢走,您的茶钱还没给哩。"绳其回望,却是那设小茶摊的赶来。

不提那摊主向绳其索得茶钱含笑自去。且说三人奔回寓所,绳其、楚材都跳荡得火燎儿似的。妙在两人都忘其所以,也不暇整理头面,便大家落座,互询起所能武功,彼此都各大悦。绳其方知楚材的武功不在自己之下,不由拍膝恨道:"咱们同处一邑,俺竟不晓得东乡豹子窝地面有此快友。若非同案机缘,真个失之交臂了。"

楚材道:"皆因俺除深居读书外,不甚外出,所以与本邑贤豪都无缘晤会。今见方、王两兄,可谓足快平生了。"少时,绳其询起他家下何有何人,楚材愀然道:"小弟门祚衰薄,孤零零只是自己,言之可叹。"

于是三人又纵谈回场中文字,豪隽相逢,自然是越说越投机。正在欢笑,恰好店人来泡茶,一见绳其、楚材一对儿灰头土脸,倒吓了一跳,又因考先生们忌讳多,便蝎蝎螯螯地道:"你二位先生可要脸水?若是今天不宜动土,咱便不端脸水来。"

一句话提醒三人,不由鼓掌大笑,这才命店人端到脸水,大家洗过,接着摆上晚饭。楚材也不客气,即便欣然同食罢,又谈至夜深,方才趑回己寓。

不提三人从此相过从,且说建中因有馆务羁身,日盼院榜揭晓。这日,三人在寓中闲谈,建中向绳其道:"你且在此陪晋兄候榜,俺要先走一步。便由此取道,且赴葛坨。不然只管旷馆,却不相宜。"

绳其道:"慢着!你已两次案首,安知这次不是第一,闹个小三元呢?你还须班领同人去谒学宪,如何去得?"建中笑道:"哪里有这等巧事?侥幸的事,岂有接二连三之理?"

正说着,只听店门首一棒锣响,喜炮响动,报喜人手举报条,直抢进来。果然又是建中第一名,绳其、楚材却好挨肩,一是第八,一是第九。当时三人大悦,便忙忙地打发喜钱,出访同人,由建中订于明日大家去谒学宪。

次日,大家衣冠齐整,都在绳其寓所聚齐儿。一时间由建中领班,跄跄济济，步上街坊。张得那道旁观者无不赞羡。那李学宪接见诸生之下，奖励有加，却独向绳其笑道："俺见足下文字另有一派豪放奇致，本想取你作元，却因建中文字雍容华贵，胜你一筹，故此取他冠军。"说着，又勉励诸生数语，大家即便退出。

不提诸生出得学宪行辕，即便纷纷各散。且说建中等回到寓所，屁股还没坐稳，早有当地的学中朋友纷来拜望。因为建中等的文名已经轰动一时，当日，便迎张送李，接应不暇。次日，人越来越多，还夹着许多份请酒简帖，闹得建中昏头奋脑，忙向绳其道："大哥没事忙碌，且在此应酬几日不打紧的，俺却要赴馆地了。"

不提次日建中雇了头口，由通州便赴馆地。且说绳其和楚材在通州耽搁几日，一面游览左近名胜，一面应酬学友。有空儿便纵饮酣歌，把臂市上，两人不由互相契爱起来，便登时谱定金兰，结为契友。那楚材大得绳其一岁，便呼绳其为弟，绳其请他顺道儿到自己家下盘桓两日，楚材欣然应允。

不一日，两人行抵绳其家下，这时方老太太早已得着绳其等喜报。见了绳其，反喜得落下泪来，道："你今一步功名，也不枉我操劳抚育你一场。"于是立整衣服，先去拜谢过老佛爷，然后命备酒饭，款待楚材。

须臾，楚材登堂拜过，一切都毕。绳其陪楚材方到客室，只听院中有妇人笑道："好晦气，怎的俺方进门，便撞着你这秃厮？"即又有人吵道："若说晦气莫过于我。都是你两个，秃的秃，母的母，这股子晦气扑得我白白丢掉一名秀才！"说着，趸进三人，却是世禄、了明和麻娘娘，手中各携贺物。

大家正在厮见欢笑，那王原和村中父老数人也是携着礼物前来贺喜。忙得绳其一面周旋大家，一面与楚材指引，一一见礼。大家见楚材堂堂一表，都各称赞。当时，大家便都陪楚材用过酒饭，方才笑眯眯各自散去。

当晚，绳其、楚材在客室中联床抵足，楚材听绳其说起耿先生并刘东山等，深恨未能一面。次日，方老太太一面命绳其衣冠谒墓，一面大宴村众。一连价闹过两日，绳其又趁空儿陪楚材观玩洼中山水，直盘桓了十余日，那楚材方才辞去。这里绳其又到建中家贺过喜，许氏娘子也亲来与方老太太贺喜，并谢累次馈恤之惠。一切繁文不必细叙。

转眼间，秋闱将近，秋风荐爽，槐花始黄。许多试子自然忙碌起来。绳其想约楚材一同入都，便向方老太太一说己意，方老太太道："人家到咱家一趟，按理说你也应去回望一次。但是东乡豹子窝地面都是崎岖山路，野兽等物想是多的。你此去须要小心。"绳其应诺。次日，便略携轻巧礼物，结束停当，带了随身短剑，即便起行。

出得红蓼洼，取路向东方，趸出三十余里，抬头一望，只见川平路迥，遥接一带远山，又是一番气象。原来这东乡却是通喜峰口的一条僻径，道上来往行人甚多。骑行之外，便是驮轿、驼戴之类，都是成帮的客商或转运来的货物。间有妇女骑驴骡的，一般纵横钗钏，容光照人。

当时绳其一路浏览，将午时分，就村店中打过早尖，略为歇息。方要起行，只见店人道："客官若赴豹子窝，不如稍候成队的客人一同走，因为那一带每年七八月间田苗遍野时常闹豹子。山精似的壮汉都拖去嚼得四分五裂。你先生孤身行去，不是耍处。"

绳其手按剑柄，笑道："不打紧的！若有豹子，俺且好剥张豹皮玩玩哩。"于是大叉步竟行出店，倒闹得那店人呆望良久。

且说绳其一路行去，未及日西时分，已转入一处山口，四外崇冈复岭，草树连天，脚下是歧路交错。遥望前面偏西方向，村落似多。正北上峰峦合沓，但见一片青郁郁的，极目望去，不见边际。绳其正在徘徊择路，恰好有个樵人背着小山似一束山柴，口唱山歌，由道旁林影中转将出来。

绳其忙迎上一步，拱手道："借问老哥一声，从此赴豹子窝，取哪条路走啊？"樵人听了，似有诧异之色，一面端相绳其，一面笑道："你这位相公，自己敢撞到这里已然可怪，怎又想赴起豹子窝来？"说着，向那偏西一指道，"那一片村落便是豹子窝。这当儿正是豹子欢时，便是俺们都不敢去哩。"绳其笑道："不打紧，请你指明路径就是。"

不提樵人指明去路咄咄自去。且说绳其循路偏西，一面纵览山势，一面穿林拨草。脚下虽是崎岖，一路却甚安稳。不多时，那片村墟在望。绳其正在拔步疾趋，忽听道旁深草中有人喝道："哒！汉子慢走。"

绳其吃了一惊，只当是什么歹人，便托地闪向道那边。手按剑柄，驻足望时，只见深草中鹿头一晃，却是两个长大猎人，各执钢叉，从里面钻将出来，便将鹿头假面具向脖后一背道："亏得俺们眼快，不然你却好险哩。此处前面道上，有俺下的伏机药箭，倘若踏发，那还了得？"

绳其料他们或是捕豹子的，因笑道："多承指示。俺且借问一声，那豹子窝地面，可有一位晋先生吗？"猎人茫然道："这个却不晓得。但是那所在都是农家住户，先生却少少的哩。"

正说着，却闻前面一声狼叫，两猎人一抖钢叉，即便赶向伏机之处。这里绳其不暇去瞧，忙略取偏道，直奔那一片村墟。须臾，涉过一道没水的沙溪，里面都是白石积沙。到得对岸，却见有几个村人正在那里滤筛细沙，装入布袋。绳其因搭趁着问道："诸位滤这细沙何用？"村人笑道："你不晓得，此等沙除俺这里别处没得，名为玉溪沙，刮磨铜器，再好没有哩。"

绳其又道："前面豹子窝地面，有位晋先生，他住在哪里？诸位可晓得？"

众人都笑道："俺这里，从老年里就没得什么先生。"因回头指道，"你瞧那一带村落，都是豹子窝的地面，你只好挨去问吧。"

绳其听了，也没在意，便谢了声趱入村墟。一路访问，哪知各村人都不晓得，闹得绳其蹩蓦来去，油浇火燎，恰好望见个老妈妈子正在门首持竿赶鸡，穿一双大白鞋子，一面赶鸡，一面叹道："你连只鸡子都舍不得吃，病到那种样儿还盘算它甚时开裆下蛋；如今你去了，咳……"一抬头，忽见绳其，便笑道："劳您驾，且与俺拦拦鸡子。"绳其一面拦鸡，一面道："妈妈可晓得这所在有位晋先生吗？"

一句话不打紧，那妈妈唰啦声面色大变，接着便忙问道："你问的不是前两月从通州考季上回头的那先生吗？"绳其欣然道："正是他，烦请妈妈指明他的住处，俺特来相访与他哩。"说着，笑吟吟趱近一步。

哪知那老妈妈望望绳其，登时眼泪直泻，哽咽道："只这里，就是那先生家。可惜你晚来些日，他已于上月里病煞咧！"

绳其猛闻，但觉头顶上铮的一声，恍惚如梦之下，不由大声道："俺问的是晋先生呀！"那老妈妈越发哽咽道："是呀，他前两月方从通州回头哩。"闹得绳其通没作道理处，想起少年人玉树早埋也是有的。正对着晚山斜阳十分悲感，恰好从对面趱来个扶杖老者，见绳其怅惘之状，问明所以，便大笑道："尊客访问晋先生，却干金先生死掉甚事？"

于是绳其一说缘故，不由彼此都笑。再瞧那老妈妈时，已揾泪驱鸡，趱入一家柴门去咧。原来那老妈妈说的金先生便是她的丈夫，是个摇铃的疡医，恰从通州赶考季回头，即便病没。老妈妈两耳重听，遂致绳其白吃一吓，自己又搭了许多眼泪，也就可笑得紧。

当时，绳其又向老者一问晋先生的住处，又申明道："这晋先生名叫楚材，便是春间小试才中的秀才。"老者愕然道："哟，哟！没得，没得。自有这豹子窝以来，老汉世居这里，耳朵内何曾听说什么秀才？"说着，向那暮烟没处一指道："你瞧那所在，孤零零几户人家，其中倒有个姓晋的猎人，人都叫他作晋老侉。他既姓晋，或者晓得什么晋先生也未可知。只是如今天色已晚，近来这一带常闹豹子，尊客何妨且屈住老汉家，明日再去呢？"

绳其向烟深处一望，距足下似乎只有四五里地远近，因笑道："多谢老丈厚意，小可脚步还快，不去打搅尊府咧！"说着，匆匆拔步。

只趱过里把来地，早已暝色四合，亏得时为月之中旬，月色早出，朦胧胧地可辨道路。又趱过四五里之遥，却已望见烟深处的闪烁灯光。这时绳其奔驰颇倦，便就道旁林中一块青石上略为歇坐。只闻得耳畔溪流有声，从星月下望去，却见距身旁不远有片溪滩。从溪岸上树石影中，透出一片白花花的颜色。

绳其见了，也没在意。逡巡间颇觉口渴，便置下所负的包裹，站起来，伸伸倦臂，想就溪边掬饮溪水。方趋得两步，却隐约间见溪边有头很大的牛犊子，忽地从草间拱将起来，一径地去饮溪水。绳其暗道，这足见山村俗朴，这般时光，还敢放牛在外。怙愡间趑近那牛犊后面，用手一拍它屁股。方喝得一声"好畜生"，只见那犊子猛地一回身，却又倒退数步，接着更大吼一声，山风暴起。

绳其急望，也便托地倒退两步，大喝道："不是你，便是我了！"正是：

> 兽形方豹变，人势已龙骧。

欲知后事如何，且听下回分解。

第九十八回

杀豹子豪士吹箫
阻云程方母易箦

且说绳其托地倒退两步，仔细看时，哪里是什么牛犊？却是个青花斑的大豹子。正在对面数步外，两爪据地，嘴拄石块，掀起一条懒龙似的大尾巴，目闪凶光，吼一声，一个悬空巨跃，直向当头扑来。

好绳其，真个胆大于身，情知左右躲闪，转难回避，便一矬身形，风趋猱进，直从它悬身下蹿将过去。急转身拔出短剑，方要力刺其尾，哪知那豹子就转身之势，尾巴一摆，啪的声早已击中绳其手腕。余势一掠，竟将绳其那短剑掠飞起丈把高，唰的声斜插在乱草地里。

绳其大骇之下，那豹子身形业已转来，仍然地两爪据地，退缩狂吼，通身的威毛都竖，便似气吹的一般，其体倍大。原来虎豹搏人，必先要逞足威势，以发泄其猛鸷之气哩。

当时绳其趁豹子退缩取势，急顾左右，却见距身不远，溪岸上有一堆高下乱石，间以丛莽。方要拔步趁去，暂闪石后。说时迟，那时快，这里绳其未及拔步，那豹子吼一声，早已人立扑到。慌得绳其就地一滚，方从豹子后脚下钻跳起来。便见那豹子一下扑空，竟颠出丈余之外，赶忙地四爪聚立，身儿隆起，啪啪地尾巴乱摇，就要翻身跳转之间，这里绳其突地眼光一闪，却见明晃晃一条标枪，直从乱石丛莽间飞将出来，便有个黑衣猎人，大叉步直取那豹。一个箭步早到那豹子跟前，枪锋起处，那豹子后腿早着，他却霍地闪开来，略矬身形，挺稳枪锋，便如木鸡一般，只待那豹子怒扑将来。这里绳其方替他捏一把汗，便见那豹子怒吼直上。

那猎人从容取势，一阵引逗腾骧，登时间人兽交搏，溪岸上沙石交飞。绳其从月光中见那猎人身手好不伶俐，一条枪搅得那豹子翻翻滚滚，只顾了狂吼震地。须臾，那豹子猛地怒跃，忽见猎人拖了枪一个跟跄，往后便倒。张得绳其一个啊呀没叫出，那豹前爪一舞，眼睁睁向猎人直压下来。

绳其大骇，百忙中方要冒险去助猎人，便见那豹狂吼一声，一个倒跌背，直从猎人身上翻转下来。接着那猎人大呼而起，就那豹子两胁上唰唰唰便是几枪。眼见得那豹子四肢乱抖，登时死掉。这时绳其惊喜之下，不由失声喝彩。

这一声不打紧，那猎人不暇拔枪，忙跑至绳其跟前，大惊道："方老弟吗？你如何却撞到这里？真个吓煞愚兄咧。"

绳其细望那猎人，不由喜出望外道："好巧，好巧！原来竟是大哥。可知俺今天寻得你好苦哩。但是俺万没想到，你还会这打猎的营生。"于是两人把臂大笑。

原来这猎人却正是晋楚材。当时绳其匆匆中略说来意，楚材道："此间非讲话之所，且取了这泼畜，到舍下去安置吧。"于是两人趱向豹子跟前，先由楚材拔下标枪。绳其一瞧那豹子致命之伤，不由暗赞楚材手法之捷。原来楚材假跌取势，却觑准豹颔下刺入枪锋哩。

当时两人分头忙碌，楚材是由腰间解下拖绳，扎束豹子，绳其是取了置下的包裹并草间的短剑。不多时，都已停当，两人便分拖绳势，如拉纤一般，一径地拖了豹老官，沿着溪岸向那村中烛火处便走。

绳其于路上说起寻访楚材的情形，楚材笑道："俺应试名字，是现拟的，人都不知俺应试的事。人们只叫俺晋大侉。老弟，你只寻晋先生，哪里会有？"说话间步入那村。

绳其从月光中一路留神，只见那村只有十来户人家，却又高下散处，各不相邻。须臾趱到一处高阜，上面是长松巨槲，间以藤葛竹树。乍望去阴森肃冷，便如墟墓一般。其中靠土崖下，短墙及肩，现出数间草房儿。当时两人到得那草房篱门前，置下豹子，由楚材拨开篱门，先行入去，掌上灯烛。

这里绳其一面瞧那豹凶实可饰，一面怙惚楚材行径颇异，便孤单单往向这荒僻所在。逡巡间，楚材趱出，肃客入内，又一面拖豹入院。绳其趱入客室瞧时，只见里面陈设朴朴，白木几榻之外，临窗案上是书籍杂陈，间以笔砚。壁上挂着诸般猎具，夹以熟革兽皮。那榻头壁上还挂着一支铁箫、一柄蓝鱼皮鞘的柳叶长刀。

绳其浏览未已，楚材趱入，却笑道："老弟你且歇坐，待俺去整备粗饭毕，再来相陪。"绳其道："大哥孤身居此，真不方便。俺且帮你去整治如何？"楚材听了，也不谦逊。于是两人径就厨下，淘米烧柴，嘻嘻哈哈，一面说笑，一面忙碌起来。厨内有现成熏炙兽脯，绳其更不客气，便拣精腴之处，满满地切了两大盘。

须臾酒饭都备，两人便穿梭价端入客室，就靠壁案上摆列停当，相与坐下来，即便狼吞虎咽起来。绳其是奔走一日，楚材是跳荡多时，两人一时间酒到杯干，好不畅快。

少时，绳其却笑道："古来避世逃名的人，方才拣那山深林密之处住下来，连姓名都恐人识得。如令咱们发轫之始，正要驰骋时会，老哥却怎的如此自甘寂寞，居此荒区？便是在学业上未免也孤陋些。依我说，大哥不如移居向俺那里，咱们风雨晨夕，欢然相共，岂不甚妙？"

楚材笑道："不然！俺虽非避世之士，却因居此已惯，又习于打猎，补助生计。昔人说得好：'春夏读书，秋冬打猎。'俺虽无古人壮怀，却也颇取其意，罕接人事，却越发宜于读书击剑哩。"说罢，哈哈大笑，引满一杯。

绳其听了，耸然异之，又笑道："大哥虽说得兴致淋漓，但是在此间，居无与处，行无与语，这种寂寞却也难受。"楚材目注那壁上铁箫和长刀，又笑道："俺有那两君做伴，何患寂寞？那正是俺毕生的良友哩。"

绳其听了，不由逸兴遄飞，便趁酒兴，取下壁上那柳叶刀来，就灯下脱鞘一看，突地精光四射，逼得灯焰摇摇。只见那刀背厚刃薄，冷森森，颤巍巍，背上铸就七星攒斗的凸纹。略一振腕，那锋光漾动，湛湛如水，端的是口宝刀。

绳其欣赏之下，不由喝彩。及至细瞧柄剑之间，却凿着"彭城范氏，永世宝之"八个细隶字，因随口道："大哥此刀莫非得之彭城地面吗？"楚材慨然道："此刀传自先世，俺也不晓得自哪里。莫论古物，且斗樽前，咱且吃酒为妙。"于是亲手将刀归鞘，仍挂于壁。

这时，月华如水，照彻庭除。两人一面谈今论古，一面把盏欢笑，不知不觉已是夜分时候。须臾酒罢，由楚材收拾过，两人起身，就院中石凳上徘徊小坐。但见斜汉左界，微风悄然。正这当儿，忽有一只夜鸟哑哑地由北向南，投入一处树丛中。那楚材不由怅然呆望，少时却笑道："俺近来作得一首乌栖曲，谱入箫声，倒委实清婉可听。且待俺吹起，以醒酒意。"于是从室内取出铁箫，危坐石凳，便呜呜咽咽吹将起来。其词为：

> 失巢乌，尾毕逋，北飞避弋何踟蹰？
> 念尔何之独漂泊，江湖满地云中呼。
> 乌乎乌乎莫华逋，会当南去投故庐。
> 巢毁旧林仍俨在，反哺虽失恩情殊。
> 倦羽天涯不可久，且为矰缴立斯须。
> 乌乎乌乎莫毕逋，天衢云路无时无。

当时一片箫声，凄清呜咽，趁着夜风徐拂，山禽惊噪。听得绳其形神俱寂，便如身临异境一般。须臾一阕将毕，忽转为变徵之音，好不苍凉激楚。正在余音摇曳之间，忽扑簌一声，木叶乱落。两人忙站起，就庭树下张时，却是个松鼠儿拖着尾巴跑掉。于是两人拊掌欢笑，当即入室，各自安歇。

次日，绳其要去，又申明相约赴都之意。楚材唯唯，订于七月下旬，在绳其处聚齐。当时早饭毕，楚材又拣点了兽皮鹿脯，请归遗方母。绳其谢了，打入包裹，即便告辞。

不提楚材送客回头，且去开剥那只青花豹子。且说绳其回得家来，一面向方老太太述说得访晋楚材的情形，一面又驰书于建中，告知定期赴都之事。秀才们临阵磨枪，自是定例。这一来，跳荡如绳其也居然大姐似的坐在家里，只是揣摩简练。

方老太太好不欢喜，真是人逢喜事精神旺，便忽然健饭逾恒，十分发胖。不差什么，炖得稀烂喷香的大肘子便闹大半个。那拜佛念经的定课，又加了紧班儿。有时老远地去串门儿，挺着腰板，连拐杖都丢掉，唰唰地走，且是飞快，真是个有福有寿老太太样儿。并且一面价与绳其准备考具，便把多年不动的当年方樾赴考的那份考具一一寻出。什么考篮咧，卷袋咧，供给口袋咧，老公卷咧，七谷八杂，堆了一炕。便连日价指挥仆妇们，该擦抹的擦抹，该浆洗的浆洗，吃吃喝喝，闹成一片。又嗔着仆妇补纫那卷袋不得法，便赌气子自己上阵。巴巴地寻针觅线，哆里哆嗦去纫那针，哪里弄得清爽？

正在忙碌当儿，恰好绳其在塾中抄写文字罢，丢下笔，一面哼啊着文字，一面踅入内室。方老太太一见，不由眉欢眼笑，便道："可是懒驴子上磨咧。你瞧你这黑嘴头，不像成气候的黄鼠狼吗？"说着，手指一颤，线又脱出针孔。

绳其忙凑去纫好，一面笑道："奶奶要弄这物事，这卷袋已不中用，不如换个新的。"方老太太道："哟！你可别这般说，这是咱家书香故物，你老子当年挂这卷袋不知吃了多少场中的辛苦。如今且喜你又能挂这卷袋，方乐得我什么似的，你怎说不中用呢？假如这当儿有你父母，用得着我来摆弄吗？"说着，哈哈一笑，忽地却眼眶一酸，落下泪来。

绳其机灵，便笑道："中用，中用！奶奶瞧着这卷袋，俺多说着挂上两次，今年挂出个举人，明年再挂出个进士。你老人家更该成日价摆弄这卷袋咧。"

一句话招得方老太太正在乐得眼睛没缝，只听二门外佣工们笑唤道："你老人家慢着走，难为你这么远的路，便步行了来，又挑了这个担子。"绳其忙望时，却是余福，短衣草履，撅着苍白胡儿，挑了一担物事，一面向里走，一面笑道："俺自听得大官官中了秀才，只是吃饭没得饱，再路远些，有上两

225

副担子，俺也不觉累哩！"

说话间已至庭心，脚下一蹶，几乎栽倒。后面佣工们赶上，接卸挑担之间，这里绳其忙扶了方老太太踅出室来。这余福不暇入室，向方老太太纳头便拜，一面笑道："可喜大官官中了秀才。老奴早就想来叩喜，无奈俺那蠢儿子只管和人打架吵嘴，在家中别扭。如今老太太且是喜哩。"

方老太太一面命绳其扶起余福，一面笑道："可知你听得，也是喜咧。你自家来罢了，怎又累赘赘地带些物事？"

余福道："什么物事？便是这蠢厮在家闲得不安生，老奴命他种了几亩山园，结实些果菜之类，不过是寒贱物儿罢了。"说话间，主仆入室。方老太太一面询他家中景状，一面笑道："你来得正好，没多日绳其便须上京，家中空落落的，你便在此照料些时吧。"

余福道："如此说，明日老奴便当回去，安置了家下，即便转来。老太太不晓得，俺那蠢厮令人好不关神。俺但盼大官官连捷中会，做起大官来，叫那蠢厮跟去伺候，俺便放了心了。"方老太太听了，甚是欢喜。

不提次日余福果然踅去，过得十余日，即便转来，照料一切。又过得两日，吴思恭处也遣人来贺过喜。且说绳其连日价自课程文，功夫大进。光阴转瞬，不觉已至七月下旬。这日建中由馆次抵家，一面收给考具，一面来见过方老太太，和绳其在学塾中互出课程，相与欣赏，一面谈起晋楚材来。建中便道："晋兄这会子还不见到，没的他自己已便道入都吗？"

绳其道："楚材信士，俺想他不会失约。但是他家境不裕，只恃打猎，或因摭挡盘费上多迟两日，也未可知。"于是说起自己去访楚材的情形并楚材杀豹之事。建中听了，甚是惊异。

两人正在欢笑，却好人报楚材到来，于是两人倒履出迎。方至大门，早望见楚材身负包裹，腰佩长刀，威凛凛地大叉步踅来。当时三人厮见，都各大悦，便厮趁入内。楚材就学塾中卸却尘装，先入去拜过方老太太，然后就塾中落座，大家相叙。

正在畅谈之间，却闻余福在外面吵道："也没见你们这些人，真是拨一拨转一转，通没些机灵气儿。如今远客到来，厨下该添菜添饭，还不快去料理。你两个稍长大汉的，却吃饱了在后园跌博玩。这不是吗？后日便准备发脚喜筵，老太太也在那日上供拜佛，又是一桌素供，你们到后日若再脱懒，我便不能说话便罢！"

绳其从窗中望去，却见余福横虎似的领了两个佣工踅进。两佣在他背后却戟指其背，一面价互做鬼脸。原来余福自到方宅，真是夙兴夜寐，不敢告劳，两条腿终日不息，一张嘴嘀嘀剥剥。佣工们休说是吃酒赌博、躲懒等事，

226

便是在田中佣作，也逃不得他的背后监察，便如加了一道紧箍一般哩。

当晚建中索性地也住在塾中，三人抵足畅谈，一日晚景已过。次日，绳其、建中是分头忙碌，各治行装，楚材没得事，便就那剑虹、挂月两峰左右游玩一回。及至到晚，一切起程事备，建中携到行李，雇妥骡车，王原、世禄等送行诸人也便散去。一宿晚景已过。次日是早晨设筵，发脚登程。

这时忙坏了余福和方老太太。余福是料理行件，乱作一团。方老太太是从东方始明便爬将起来，先到佛堂中焚香祝赞，摆上素供，又到学塾中照应一回。一会儿叫人去瞧车，一会儿叫人去瞧饭，百忙中还到后园中瞧瞧菜蔬，喂喂鸡狗，追得佣工仆妇们是猱头撒脚、丢盔卸甲。须臾，学塾中酒筵摆好，绳其揖客就座。

三人方吃得两杯，忽见余福气急败坏直撞进来，向绳其言无数句，绳其不由放声大哭，痛倒在地。正是：

　　云衢方路近，天姥又峰颓。

欲知后事如何，且听下回分解。

第九十九回

白衣如雪闹丧帷
黄犊驱风惊厕妇

且说建中、楚材听得余福一席话，楚材是愕然掷杯，建中是痛泪交流。急瞧绳其时业已痛倒在地，放声大哭。当由余福扶起，两人跄踉直入内室。却见方老太太竟已身倚炕上的被堆趺坐而逝，面上似微有笑容，身旁还有两个翠生生的小倭瓜纽儿。炕上有两个仆妇左右价扶掖尸身，都急得变貌变色。于是绳其伏地大哭，良久方定。

及至细问起仆妇等，方知方老太太在佛堂内上了第二遍香之后，三不知地却踅向后园中去摘倭瓜纽儿，准备晾干菜。忽见一个小人儿似的半黄倭瓜要从墙头蔓上坠将下来。方老太太便去托那兜绳，因为墙高，脚下却踏了一个圆嘟噜的石块，冷不防的老太太人闪了一跤。爬将起来，但觉胸胁间有些气岔。当时她殊不理会，依然取了瓜纽儿，踅回室内。及至上炕去，想要卧倒，命仆妇揉揉胁叉之间，却觉得胸次气短，痰往上涌，一句话没说出，竟已瞑目而逝哩。

当时绳其止痛，只得且顾穿衣装殓等事，亏得方老太太因自己年高，一切殓服棺木都有准备。一时间，上房室内仆妇等乱作一团。七手八脚与方老太太净面理头，穿穿戴戴，什么引魂簪咧，九连环咧，裹寿衣、蹬寿鞋的，忙个不了。外间是余福指挥众佣工摆设灵堂，设灵儿，抬棺木，呹呹喝喝，乱吵乱跑。唯有绳其闪在一旁，只剩了哀哀痛哭。

少时，大家将方老太太扛抬入殓，下了棺盖，专有伺候钉棺的木匠当即手持大斧踅上前去。这时灵儿上焚香点烛，几前是化纸烧箔。

那绳其匍匐在地，一面哽咽，一面长呼祖母躲钉、往西天大路走的当儿，只听二门外佣工们一阵喧哗，便闻一佣工道："这只不睁眼的愣鸟，好生可恶。人家遭了这丧事，还用你车上京做甚？你白伺候半天，那算活该！"

又闻车夫嚷道："你说得好轻松话儿。定下车又打退，你须包我车价来。"

228

接着，便一阵价彼此口角。原来上京的车夫等得不耐烦，来催装车，和佣工们吵闹起来。当时绳其听了，猛想起还有上京之事，正在发怔，只见余福气吼吼地道："好混账赶车的，这当儿他却来磨牙。等我踢他顿窝心脚再说。"说着，勒勒胳膊向外便闯，却被大家拖住。

正这当儿，只听二门外哭声大作，绳其急望去，早见建中当头，掩面长号而入。随后是楚材，也自挥泪不止。绳其触动悲感，不由抢地大哭。

当时建中等直至灵前，叩拜毕，俯仰尽哀。又向绳其喑问过，便叹道："不意老太太竟自仙逝，方兄自然是赴试不得。便是俺们也都没得高兴。咱大家索性地待下次再去考，老炼老炼文字，也未为不可。"

绳其忙道："岂有此理！老弟等如何耽搁得？如今俺方寸颇乱，咱简断截说，你二位快去赴考，咱们回头再叙吧。"建中听了，想起方老太太相待的恩意，不由悲不自胜，定要帮绳其且理丧事，下次去考，当不得绳其执意不肯。

不提建中、楚材别过绳其，出门登车，自去赴试。且说绳其当日亲视停丧已毕，一面悬挂丧幡，一面合宅举哀。方宅丧事，登时轰动全洼。那了明先领僧众来，念过送路经，随后便是王原等纷来叩奠。建中之母许氏娘子闻信也自赶来，就灵前一场大哭，几乎昏去。绳其便留许氏暂住些日，主持内事。

次日，是方族人眷并村众等纷纷地都来叩奠，忙得个余福直了眼儿，那倔性更长了十分。佣工们偶有事来禀白，他不问事由，便汪的一声将人家撅个愣怔。原来他热辣辣地见建中等都去赴考，绳其分明将一名举人丢掉，你说他怎会有好气呢？

就这忙碌之中，转眼间三七已过，便又匆匆地料理择吉发殡等事。吉日既定，即便准备一切，搭棚、糊纸扎、安饭灶、叫厨厮。里面是许氏娘子督饬仆妇，缝孝衣孝带，扎白箍白圈，忙不开交。又叫得本族婆娘们都来料理，里里外外，直闹得人仰马翻。

原来绳其痛念祖母诚心地大做丧事。大破孝（凡来吊者，皆与孝衣孝带，并在场执事人等一律皆白，俗谓大破孝）之外，还要请僧经一棚，又由城内邀得高手扎彩匠并棚匠等，所执之事，务极华美。

那方老太太素日好行其德，人缘本好，又搭着如此一热闹，全洼人众差不多都来随礼。发丧前两日，是开吊酬宾，内是许氏，外有王原并本族父老及执客人等照应一切。这时余福倒消停下来，除了使倔气骂人，便索性地瞅个冷子闹一壶子，一醉便是半日，却也没人理他。

且说开吊这日，方宅上鼓乐声动，在场的执客们早已纷纷趱来。只见白棚崔巍，起脊攒花，衬着东西过街棚中的诸般扎彩、诸般热闹。迎门左右是两个大狮子，还站定两个挂走轮的方弼方相，高可四丈余，一色的明盔亮甲、执戈扬盾。宅之左边便是经棚，上面挂起了全副水陆。了明等十二僧众都毗卢袈裟，列坐棚内。焚得旃檀雾也似的，从经幡招展之中，吹动了凄咽佛曲。

少时，吊客们越来越涌，更有许多的本村女客都扎括得光头净脸，领了孩子，隔日价便空了肚皮，准备着来赴早席。这时也便成群作队，乔乔画画，各持了香楮吊奠之物，一面乱张街棚内的扎彩并经棚上的和尚，一面又孩子他姑、孩子他姨地乱吵道："你说人家方老太太有福有寿，合了眼，又如此风光，这一辈子总算活值咧！"有的便笑道："你瞧得眼热，你便替方老太太去死吧。"那妇人笑道："哟！你可别这么照顾我，好死不如歹活着！俺还舍不得孩子他爹哩。"

大家哄笑之间，后面吃吃喝喝，又来了各村的公祭礼份。一档档抬入时，随后连石幢峪王老一也亲来吊奠。又有些乞丐人等，因素蒙老太太周恤之惠，这时由丐头恭备祭礼也便趱来。忙忙地吊奠罢，便在大门前照料闲杂人等不许入去。一时间，宅内是鼓吹伦宁，宅外是白衣如雪，那半条街上，男女聚观，车马杂沓，好不热闹。因为人众多，那王原有地方之责，便在宅前后都安置了人，以防鼠窃剪绺人等。又就宅右空地上用席围野厕十余所，以备便溺。

须臾，时将正午，宅内宾客坐席，宅前稍为清爽。但因少时点主官将到，有几位引赞执客都顶冠束带地就门前觇望主官的车骑。

不提大门外一时价人众出入，各执其事。且说本村中有位老太婆和一个媳妇子，两人在大门前瞧了半晌热闹，那媳妇子有些内急起来，便拖了老太婆径赴野厕。老太婆在前，方一脚踏入厕，赶忙退出，却唾道："他妈的，没人样，单在这里低着头算账。"那媳妇不晓就里，便问道："怎么咧？"

老太婆道："别说咧，咱别处去吧。"偏那媳妇还不省得，探头向厕内张时，不由红了脸，转身便走。老太婆便道："这所在是给他们男人预备的。你瞧，他还瞧着人龇牙，好生可恶。"说话间，来至一处土阜之后。老太婆四外望望，却没得人，便向那媳妇道："你就在此出脱吧，俺也歇歇脚。"说着，撩撩后衣襟，坐在地下。

这里媳妇子离得老太婆数步，方解裤蹲地，脱出屁股，渐然一声之间，便闻背后呼呼风响，并有人大呼道："你这位大嫂，快些让路，误了俺赴吊，

230

不是耍处。"

慌得那媳妇不及起身，扭头望时，不由啊呀一声，咕唧一下子，泥尿四溅，一屁股坐在地下。正是：

春潮方溢谷，飞犊却惊人。

欲知后事如何，且听下回分解。

第一百回

赴秋闱建中捷高魁
辅幼主余福议家政

　　且说那媳妇听得背后风响人喊，扭头望时，早见个蠢天蠢地的大黄牛，角系纸钱，身披彩带，驾着风直奔将来。转眼间，牛的腿毛已擦着自己的屁股。扎得她啊呀一声，一屁股坐向泥溺之中。

　　那老太婆闻唤，也回头望时，见是一只扎彩的大黄牛，料是方宅所用之物。见那媳妇露着张白屁股，坐在泥尿中惊慌之状，正大笑站起，要去挽扶，便见从牛后抢出个尘头土脸的男子，不容分说，便去摆扶那媳妇肩头，并一面乱吵道："都是她不干好事，大远的倒单叫人弄这劳什子来，如今却撞跌了这位大嫂，这是怎么说呢？来来来，快些请起。"说着，力撮肩头，直闹得那媳妇两手提裤，向下直坠，一面偎擦得屁股下咕咕唧唧，一面杀猪似的叫将起来。

　　这一来，老太婆大怒，不问事由，嗖的声闯上前去，便骂道："你是哪里来的野行行子？却在这里耍轻薄。"说着，劈面一耳光扇去。

　　那男子放手急闪，一个"慢来"不曾说出，那媳妇得手系裤，跳起来，也便踊跃直上。那男子双拳怎敌四手？吃了许多肥耳光还不算，偏那老太婆两只鲇鱼脚只顾向他臀胯上踢。于是那男子情急，忽地大笑道："啊呀，我的姥姥，我只顾给你送牛来，却不道叫人家料理了这么一顿。"

　　正在厮闹之间，恰好余福一步赶到。原来余福偶趱至宅右巡望，却见许多人都向野厕边乱跑，所以他也跟来瞧瞧。当时余福一见那男子，不由惊笑道："吴表相公，你怎的这时才赶到？头些日这里遣人与你报发殡信，回头说你不日就来，却直耽搁到此时。"说着，上前拉开两妇。

　　思恭顿足道："别提咧！都是她出的好主意，这个累，俺受得就大咧。"因指那纸牛道，"她百样不叫俺带，单叫俺带这牛来。说是非带这条牛，来给老太太焚化了不可。俺也不晓得是甚道理。一路上又怕风吹，又怕雨打，俺只推了牛的走轮跑。如今又撞了这位大嫂，以致厮吵哩。"

余福一听，也是不懂，看了牛正在发怔。那老太婆见那男子和余福讲话，料是方宅远路的亲友，气平之下便笑道："你这客人，敢是方宅的上客至亲吗？这只纸牛却有道理。凡老太太们发殡时，都由出阁的闺女家糊这一只纸牛来。怎么个道理呢？是因亡人生前产育时，作践了许多污水，这水积存在阴司里，便是血污池，必须此牛去饮尽污水，那亡人方能免入血污池哩。"

余福和那男子听了，这才恍然。原来那男子却是吴思恭，方由葛垱赶来会葬。不提当时余福替思恭推了那牛，安置在扎彩栅中，便引思恭入宅吊奠罢，和绳其瞧见了，自有一番光景。

有话即长，无话即短。转眼间丧事办过，方老太太殡葬已毕，宾客各散，那思恭也要转去。绳其便道："表兄，你瞧我孤零零的不可怜吗？你好歹且住些时，也是个伴儿。"思恭道："不成功！如今大秋将到，俺若耽搁下，怕不将她急煞。老弟如闷损，且到俺那里散散心不好吗？"绳其道："这会子俺却不暇。俟后俺再去吧。"

不提思恭自行转去。且说绳其又料理了两日家事，送得许氏娘子转去，也便静将下来。但是这一静，倒弄得绳其十分寂闷之中，又添了许多的烦琐滋味。这时方知当家理纪、柴米油盐的勾当，不是什么有趣的事。寂闷之下，未免又感念祖母。还亏得有余福料理一切，又时时来劝慰。绳其没奈何，也只好闭门守制。读书之暇，但以练习武功消磨光阴。

那余福却不以为然，便直撅撅地道："大官官如今顶门壮户，须比不得老太太在时咧。依我说，这枪儿刀儿都须收起。服满之后，先说亲完婚，方是道理。只管胡踢跳怎的？"绳其听了，也不理他。

转眼间，中秋已过，节届重阳，绳其屈指秋闱放榜之日已到，建中等定在都中候榜，不知近日他家中有信无信。正在塾中徘徊怙惚，只见世禄大呼闯入道："哈哈，真有他的。方老弟，你晓得吗？如今建中弟中了，中了！噎，中了……了……了……"

一句话，喜得绳其直立起来，百忙中，又是一阵感触，便笑道："真的吗？你从哪里晓得呢？但是楚材怎样了呢？"世禄道："怎的不真呢？这时京报子正在建中家乱要喜钱，俺父亲都赶去料理了。慌得俺连高都没登，便寻你来咧！"

绳其听了，不由大悦，便和世禄跑向建中家。离门首还数步，早望见门首树上系着一匹挂响铃的马，有许多村人那笑哈哈围在那里。王原、许氏都站在门首，满面是笑，和一个官帽短袍、手提马鞭的报子正在说话。又一个报子站向远远的，正在点发喜炮。

绳其、世禄方趄过两步，轰轰的三声大炮，响彻全村。及至趱到门首，

233

早见簇新新黄纸捷报高揭壁上。写着：

捷报贵府王老爷建中，应顺天乡试，高中第三十一名举人之喜。

于是绳其大悦，一面上前与许氏称贺，一面向报子索取红录看时，知得楚材落第。当时便帮同王原将报子打发去了。许氏忙邀绳其等入内，一时间大家都嘻开嘴，反倒没甚话说似的。

正这当儿，便有街坊上妇女都来贺喜，吱吱喳喳挤了一屋子。有的向许氏乱拜，有的便道："这举人老爷是了不得的。俺听说，都是天上星官下界，到明年，一挪屁股，说不定便点个头名状元。"因顾一妇道，"大姊呀！你没见戏场上的许状元夸官游街，便接着祭塔吗？将个久在磨房受苦的李三娘乐得在塔内又哭又笑，大概是埋怨丈夫托塔天王，不该因两口子拌嘴的勾当，便把她压在塔底下。敢说是天爷爷，爷爷爷，如今俺有了状元儿子，可不怕你咧。"一席话，驴唇不对马嘴，招得大家哈哈大笑。

绳其、王原等见此光景，便趁乱踅出。王原自回家去，世禄便拖了绳其去散步登高。及至绳其踅回家，业已日西时分，就塾中稍歇一回，信步儿踅向习塾院中。只见地平如砥，耿先生常用的那把短剑还挂在兵器架上。

绳其触景生感，想起和建中在此跳荡，曾无几时，如今耿先生既去，建中便已飞黄腾达，真是人事无常。一时间，又想起方老太太若是在时，晓得建中中试，不知怎样欢喜。想至此，喜慨交并，便取下耿先生那柄短剑来，嗖嗖舞起。正在酣畅处，只见余福立得远远的，梗起脖儿，只顾呆望。

绳其暗笑之下，也不理他，依然前蹿后跃，旋转如风。须臾，收剑挂起，便向余福笑道："老伙儿，你瞧俺剑法怎样？"余福笑道："也好。但是俺看大官官多念些文章，比这个强。您瞧王相公中试不眼热吗？如今老奴既在这里，便有几句话讲，不怕谁恨得我牙痒痒，我都不理会。"绳其笑道："莫非哪个得罪了你吗？"

余福道："不是的，老奴说的是大官官的家政，该着实整理一下子。里面的仆妇去留，外插的佣工勤惰，都须规定如法。再就是钱谷出入，以至日用撙节，这些事自有老奴料理，不劳大官分心。只有一件，却须您自作主意。"

绳其听了，忙问何事，那余福便从容说出一席话来。正是：

霜锷舒怀处，葵忱向主时。

欲知后事如何，且听下回分解。

第 五 集

第一百〇一回

余庆儿力挽奔牛
吴思恭书传尺素

且说余福当时笑道："不是老奴教大官官学不厚道的话。因为行厚道，必须有个分寸，方不致花掉钱，倒叫人说是冤桶。老太太在时，又不消说，她老人家本来好惜老怜贫，更见不得人苦递哀怜。一年价单是这类钱，便用去不在少处。如今大官官更是慷慨厚道，若只管没分寸漫散用去，便恐田产中所出有限，势难为继。将来大官官奔功名，完婚事，钱的用途正多，也不可不早为积蓄备用。这便是你自作主意的一件事。"

绳其笑道："老伙儿，你这话很有道理。但是老太太好善了一辈子，像舍药、舍粥、舍棉衣等事，每年都有老例。便是村中贫苦人们求到跟前，没多有少的，也都有个照顾。如今经我都裁去，怕不像回事哩。"

余福笑道："像老太太的盛德成法，如何裁得？俺并非说的是这个。俺是说大官官以后随便周济人须要考虑。大官人不晓得，如今年头儿人情诡诈，就有那种混账人，瞧着你慷慨厚道，来弄假局子骗你的。或说亲死未葬，或说贫不能娶，甚而愣穿上孝袍子来叩头哭诉，说他老娘光溜溜地死在炕上。大把价哄得你的钱去，他却背地里大吃二喝罢，还笑你是冤桶，自卖乖觉。如此等事，大官官请想，你若没得分寸考虑，不透着出大紫冤泡来吗？"

一席话，招得绳其哈哈地笑，便道："依你，依你。俺此后，加以仔细就是。"于是趄回塾中，用过晚饭，一宿晚景慢表。

过得几日，建中由都回头，和绳其等相晤之下，大家喜悦，自不消说。绳其忙问起楚材来，却因正秋间草浅兽肥，不肯耽搁猎事，已自取岔道，直赴豹子窝咧。绳其听了，颇为怅然。当晚置酒，为建中致贺。谈了回考试之事并都中光景。建中由行装中取出一封唁信，却是刘东山的。绳其问建中怎的和刘东山相值。却是榜发之后，东山见了建中中试的名字，便寻到建中寓次，和楚材亦都相晤。东山问知绳其遭丧阻试之故，十分叹惋，所以特致唁信。

当时绳其瞧那唁信，吊慰之外，东山自诉在都景况甚好，现有友人等约赴遵化，有些事体等语。一宵晚景已过，次日建中自向家中，母子喜晤之下，便忙忙出谢邻佑，并商定建中择日祭墓。

到了那日，王原兴冲冲先在墓地内照应一切。须臾，远远地鼓乐声动，先有人抬到整齐祭礼，随后是建中，穿着起孝廉服色，靴乎其帽、袍乎其套地从容趑来。真是人是衣衫、马是鞍鞯，英俊出于少年。这一来，招得众人纵观，无不赞叹。路经村坊，更有许多妇女们都闪向墙头门角，水灵灵的眼儿都注向建中，还有咬着小指儿只管发怔的，也不知是胡想的是什么。

就这挂月村全村轰动之中，建中在墓次行礼已罢，当由王原指挥人收拾一切。那建中便直向剑虹村方老太太墓地而来。原来建中十分感念方老太太，深感自己成名，方老太太不得一见，便就祭墓这日，要向方老太太墓次一般地展拜一回。早已先遣人知会绳其，并抬去祭礼咧。

且说绳其这日听得建中的知会，料是推辞不得，忙携了余福，赶到方老太太墓前，一面价扫除墓地，一面价摆设祭礼。那余福一面扫除，一面笑道："若到明年会试后，王相公再来展拜一回，才越发有兴咧。"

正说着，建中已到，绳其迎上去，谢过来拜墓之意。两人便慨然趑近墓前，绳其一旁匍匐，感触之下，早已痛泪交流。建中是上香叩首，一时间，想起方老太太知遇之恩、周恤之惠，不由伏地大哭，泪如雨下。

两人正在涕泪滂沱，只听哇的一声，便如摔破瓢一般，却是余福远远地背着脸子，靠着树大哭道："老太太呀，俺余福扎朝天刷子（俗谓儿童小辫也）的时光，便来伺候老太太。如今余福老不死，却叫老太太早早升天。阎王爷生就的拧性，是没法说的。如今余福只好拼老命伺候大官官，便算是报答老太太了。"说着，一仰颈儿。恰好有只老鸦飞来投巢，噗叽一泡屎正落在余福胡子嘴上，白白渣渣，顺着嘴角只顾流汁。这一来，闹得余福大呕大吐，在场伺候的人都掩口而笑。建中、绳其也便俯仰哀止。两人便携手墓次，眼看余福等收拾过祭礼，方才怅然各散。

不提建中回家又应酬了街坊两日，因馆地事忙，只得别过绳其，且去坐馆。且说绳其闷在家里，除读书击剑外，一无事做。有时到法兴寺寻了明闲话，有时和世禄村外漫游。再无聊时，便是习练武功，自觉功夫颇颇大进。

转眼间残冬已过，又是春正。这时，建中到家和绳其欢聚数日，颇谈起葛垞庄风景幽雅，因二月间又须入都会试，便索性等会试后，再去赴馆，便仍和绳其在塾学中盘桓起来。

一日，两人正在拟作文字，各自沉思，只听余福在院中吵道："我又吃又喝，结实得似石头，很不用你们惦着。你既来一趟，怎不多背些寒贱物来？

主人家虽用不了许多，俺散给伙伴儿们也是好的。难道怕压偻了你吗？"

即有人瓮声粗气地道："你老人家倒会说！再有这么些，俺怕背不了吗？你自想想，那拧性小老婆子何曾割舍得？俺来时她只顾吱喳，气得我打了她个翻白，便一气儿跑到这里。"便闻余福哼了一声。

绳其等向窗外张时，却见余福领了个黑凛凛的大汉，正从窗下趑向跨院。那大汉有二十四五年纪，生得刷眉凹目、猿臂蜂腰，步履间十分壮健。头戴草笠，身穿短衣，结束似农人模样。背着等身的一具大麻袋，粗如牛腰。里面垒垒砢砢，也不知是装的什么东西。当时绳其等以为是佃户们来向余福交割粮米，也没在意，仍然秉笔不辍。

正这当儿，忽闻跨院中哞的一声牛叫，众佣工便喊道："截住，截住。"即闻一阵奔轶，众佣齐喝彩道："好劲头儿呀！"一声未已，却闻余福骂道："妈拉巴子的，你别逞强。你揪脱它尾巴，我马上揪掉你脑袋哩。"即闻牛声哞哞，并众佣笑喊之声顷刻乱成一片。

慌得绳其拖了建中向跨院张时，不由一惊。只见院中系的耕牛忽地断系奔轶，却被那大汉拖住尾巴。那牛两角抵地，使出全副牛劲苦挣，却丝毫移步不得。绳其正暗惊大汉竟有如此大力，便见众佣工一哄而上，带住那牛，系向一旁。余福喝那大汉去提地下的麻袋之间，忽回头望见绳其等，便唤那大汉道："庆儿这里来，且叩过见主人和王老爷。"于是大汉趑过，向绳其、建中纳头便拜。

绳其向余福问是何人，却是余福之子余庆儿，方由家中来瞧望余福。绳其久闻余福说其子好枪棒踢跳，今又见他有此大力，不由十分纳罕。正笑哈哈扶他起来，想问他会甚武功，那余福却吵道："你快去洗洗头脸，便捣搋饭，如今时光不早咧！"

绳其未及开口，便有佣工们抬了麻袋，并邀余庆儿趑向下室。绳其等趑转塾中，依然作文。因为建中拟的文题有两篇，并有一首应制诗，两人攒眉瞑目，直闹到日色大西方才完毕。便由余福伺候着同用晚饭。菜蔬中却有一味肉炖葫芦干儿，甚是得味，余福便笑道："这干菜便是余庆儿由俺家带来的。大官官喜吃时，下次叫他多带些来。"

绳其猛然想起，因笑道："这余庆倒好大力量，少时饭罢，俺要和他比较一回。"余福失笑道："这时余庆刚好趑出有二十多里咧。"绳其料是余福已将余庆打发回去，便笑道："老伙儿，像你这撅把棍子，也就岂有此理！他大远地跑来，为甚屁股都没煨热便叫他转去呢？"

余福道："我就犯恶年轻的人，好说走累，他背的那口袋物儿，虽说是不轻，但是他一嚷累乏，俺须立时地叫他转去哩。"

绳其、建中听了，不由都笑。少时，余福收拾饭具踅出，绳其便向建中笑道："他一家三口人，大概都是偏性头，可知他在家只管和儿子并媳妇吵窝子架哩。"

不提建中一笑，仍和绳其每日盘桓。转眼间灯节过后，建中因有约赴试的孝廉们，只得出去应酬了几日。不知不觉已是二月初旬，春暖花开，试期已近。建中不暇再伴绳其，便踅回家中，准备起程。

绳其晓得他馆金无多，便是去觇觇，想要酌馈路赆。方踏到他门首，只见建中正送出一位客人。及至和建中入内，又见案上摆着一色银两。问其所以，方知便是那位客人的馈送。原来那客人是县中一个富绅，慕建中之名，曾烦人求建中作下一篇家谱的序文，所以持金相谢。当时绳其见建中盘费裕如，他便不提路赆的话。

大家谈笑之下，许氏娘子便笑向绳其道："你瞧建中伶俐俐的，有时也说傻话。便是方才这客人来给建中提亲，说人家那位姑娘家宽业大，有貌有才，简直一百成的好，他却摇得头像拨浪鼓子一般，一口便回绝了人家。我便道：'你如今年大成名，也该说房媳妇，为甚不托人去打听那家的姑娘？倘如客人的话，咱做了这个亲事，也了却我一桩心愿。'哪知建中却说得好笑，他说：'定亲忙得什么，连俺绳其哥还没定亲哩。'我便笑道：'人的婚姻，各有早晚，哪里那么巧，你两个便一齐定亲，就有一对儿巧姑娘等着你们吗？'"

绳其听了，不由哈哈大笑，当即踅转。过了几日，建中入都赴考。及至榜发，却落了第。回头时由琉璃厂古书摊上购买书籍，无意中得了一册抄本的《易筋经》，便携来持赠绳其，匆匆地仍去坐馆。

这里绳其细玩那《易筋经》，好不欢喜，便没日夜价照书炼息。其中看不通处，姑且置之。过得两月，居然悟得似有效验，便另置一具头号石制子在习艺院中耍来耍去，咕咕咚咚，跳闹得余福胡子嘴撅得老长，绳其却不理他。

转眼间，夏令已过，又是初秋。余福便道："如今天气凉爽，正好读书，明年又是乡试的恩科，大官官怎的得中，和王相公一同去会试才好。又不去考武，只管要这劳什子怎的？人家有个笑话说得好来，是'春天不是读书天，夏日炎炎正好眠。秋又凄凉冬又冷，忙忙收拾过新年。'大官官近些日不摸书本，不成了那笑儿吗？"

绳其笑道："你不晓得，我近来只是发闷。那《易筋经》有看不通处，便想问王相公，他又在馆上。天气渐爽，想去游览疏散，却又没个伴儿。所以练习武功，姑作消遣。像你所说，俺不成了逃学的小学生了吗？"

两人正在都笑，只见由佣工传进一封书信。绳其瞧那信封是整张毛头纸糊就的，足有尺半来长，比官中马封套还大得一半。上面字迹歪歪斜斜，缺撇少捺，便和孩子胡画的一般。

绳其忙启封一瞧，不由鼓掌大笑。正是：

方思良友际，却有尺书来。

欲知后事如何，且听下回分解。

第一百〇二回

撮炕几千古奇书
吃馒头一场笑话

且说绳其展阅那封内数尺长的红纸信笺，上面字儿足有胡桃大小，却是吴思恭的亲笔真迹。写的是：

淘气表弟，你好哇！咱们是至亲，套言不叙。我好在这里，你一定也好在那里。我为甚扛着杠子似的笔，苦哈哈的，画这许多的黑道子给你呢？皆因有一件事，你却把我累苦了。什么事呢？便是去年，俺从你宅上回头，刚一进家门，你那表嫂便给了我个雷头风，嗔着我不曾多住些日，帮你料理；又嗔我不请你到我家散散闷儿。从此便嘴不是嘴，脸不是脸，只说我是废物。往日俺俩的铺盖是紧挨着。这时，她的铺盖便挪得八丈远。还不算，又在中间放了个炕桌儿。不瞒你说，俺两个自成了两口子以来，不是打通腿，便是一被窝。冷不防地这么一来，不知怎的，俺总觉困醒一觉，空空落落，八下里都不合适。巧咧！俺听听她那里，敢情也是翻来覆去。但是吃俺悄悄挪开炕几时，她又只顾乱推乱操。

俺细想来，这都因表弟你在其中作怪，这个炕几儿须得你来撮开方成功。这日早晨，俺便问她，一说此意，你猜怎么着？她登时哧的声笑咧。哈哈，写信不要啰唆，便请你火速快来。如今大秋将到，庄稼事忙，她若只管闹嘴脸，田里场里许多事都拍在俺身上，却不是要处。再者，俺这里正当果季，各山场中热闹得很。你只要有肚皮装，是随便饱吃果儿。她又给你留着这么粗、这么长的大嘎嘣脆（藕也）。你若不来吃，都叫建中弟吃去，俺却不管。

闲话少说，快来撮开炕几，是为千万之要。不然，俺便……哈哈，不须说咧。快来，快来。

某月某日小兄吴思恭，作于灯下，正当猪圈上夜食之时

当时绳其瞧罢，大笑之下，又见纸后还缀着两行小字，道：

> 表弟，请你放心，俺写罢这信，正要加封，谁想她竟笑面虎似的，将炕几儿撅开咧。但是你若见信不到，不愁她不把炕几还撅转来。俺两个的中间的转轴儿就是表弟你。快来，快来！俺刻下又有点儿要紧事，忙忙的，不暇多说了。

当时绳其瞧罢，越发地笑不可抑，向余福一说所以，又道："如今吴表相公既唤俺前去游玩，在亲情上也须走一趟。一来谢谢他去年来会葬之意，二来顺便去晤王老爷，破破俺的闷怀。明日，你便与我收拾轻行简装，我到王老爷家瞧瞧，即便前去就是。"

余福唯唯，当日便与绳其收拾一切。次日，绳其去别过许氏娘子，问过有无衣物捎寄。一日光阴，匆匆已过。次日早晨起来，结束停当，背了小小行装，带了短剑，又提了一根杆棒，即便拔步登程。

不提余福送得绳其出村，自转去督促众佣勤理家事。且说绳其撒开大步，出得红蓼洼山口，便奔那密云县境。只走得一日的宽平大路，早已转入崎岖山道之中。原来这平谷、密云都是多山的县治，人民生活种田之外，也便靠山吃山。其中以修养山园、种植果实为大宗生产，再就是烧炭养蜂、培植山柴。那盛于野草的山坡谷洼内，便成大群地放牛牧豕。又多是妇女操作，一个个都白皙长大，健逾男子，有的还带刀持棒，以备不虞。

原来这密云县是京北巨邑，自有清开国以来，便驻有一项驻防旗兵，有都统旗官坐镇其间。这旗兵们另有管房，各携家室，便屯聚在县治域外。方设兵之始，众旗兵真能震慑地面，盗贼不生。但是久而久之，生齿日繁，甲粮有限，旗兵丁口日多，又都是吃喝排摆的习气，穷之所使，便一变为搅扰地面。男子们不消说，每值秋成时，便去抢庄稼，捎带着偷鸡摸狗；便是妇女们仗着两只大脚，跑得飞快，也向地里乱去捞摸，说声打架，便蜂拥而上。因此本地妇女在田地做活时，往往带刀棒自随，这也不在话下。

且说绳其转入山道，只见山田高下，草树茂美，一处处阡陌交通，村墟相望，那远远的山峰便如画图徐展。各岔道上许多来往行骑，有驱着驴骡驮子像贩客打扮的人们，一面走，一面笑道："喂，老三呀，今年你去收果季，切记着，别和馒头老一打热咧。那家伙是个狠家子。你有多少本钱，他张张黑窟窿，管保连你都吞入去。倒是扁食小三那里还不错，人头儿既一百成，

243

又是个雏儿嫩角色，还不会张口咬人。俺去年在她那里宿了一夜。嗬，别提咧！俺回到卫里（俗谓天津也）过得两三日，还总觉得恍恍惚惚，似在她炕头上听山歌儿一般哩。"

又一人怪声笑道："好哇，这才是小三劲儿十足哩。凭良心说，那小三条小娇嗓儿，唱歌纺棉花山调儿，便是搁在咱卫里，也满叫响儿。但是俺却不喜她乔乔画画，只管装坐家女儿。还是俺那山东大饼来得解渴。虽然老干点儿，到底人家床铺上是有讲究的。俗语说得好，包子有肉不在褶上。你们哪个要闹口大饼，俺来做个媒客何如？"于是众皆大笑，便驱了驮子，歌呼着奔向前途。

绳其在旁，听他们一阵吵，简直满盘不懂。向同行的客人一探听，方知是一班向葛垞庄收买山果的卫客。当时，绳其一路上高瞻远瞩，观玩不尽。日午时分，就村店中打尖歇息。问起离葛垞远近，店人笑道："从这里赴葛垞，说远就远，说近就近。"绳其笑道："主人家，你说什么混话？"

店人道："小客官，你不晓得！从这里若走大道，任你腿子快，今天也到不得葛垞；若走小路，穿过乱石沟，趄过红树坡，走山果市场，再过两个小山村儿，便是葛垞。离这里敢好有二十多里路，不消日西时分，您便早早地到咧。却有一样，唯有你们年轻人儿走那小道却不老好的。"

绳其笑道："这是为何？难道小道上有歹人并狼虫虎豹吗？"说着，一捏拳头，砰地打在案上，又笑道，"俺有的是气力，怕他甚鸟！"店人笑道："那小道上也没歹人，也没虎狼，但是你越有气力越不妙。你若是七老八十，倒能去得。您若一定走小道，切记过得山果市场不要买吃食物件，只要一买吃食，巧咧便出麻烦。"说着，哈哈一笑，竟自收了饭钱，匆匆趄去。

绳其听了，也没在意，即便匆匆起行。出得店门不远，果见有大小两条路径。那小路上人骑纷纷，比大路上还多。于是绳其紧紧腰身，逐队行去。

不多一会儿，却见一片乱石长沟横亘面前。这时沟内除沙石外，却没得山潦。过得这沟，那道路越发崎岖。便见许多人客们都牵骑步行，又有相与说笑的道："俺破着苦了腿子，总要有快活所在。"余客一听，也都笑得两眼没缝。须臾，一片枫林业已在望，映着日光，灿烂如锦。

绳其正在暗想这所在或就是红树坡之间，只听众客一阵欢呼道："快走啊，过得这红树坡，咱们是属秋后吉了（俗谓知了，蝉也）的，是各抱一枝。"说着驱了驮骑，刮喇喇鞭声响动。

绳其逐队穿过枫林，抬头一望，只见一处处土地平坦，屋舍俨然，有许多山家住户，都依山背林而居。那近于道边的山家妇女们，闻得人骑声喧，都遮遮掩掩，争来窥客。雪白的俊脸儿隐约于墙头树隙之间，倒也别有逸趣。

不多时，却经过一片广场，场内搭着许多窝铺，并有来往挑担山果的小贩们，颇颇热闹。绳其至此略为歇坐，眼看众客都发疯似的跑向前面一带村落中。绳其就小贩们一问这所在，却是山果市场，正在准备交易，所以有许多的贩果卫客都赶来就左近村寓住，须热闹十来日方毕。并有远近游人都来观玩野景，所以虽是山村，竟闹得喧阗如市。

绳其听了，也没在意，因问葛垞所在，那小贩遂指前面道："您瞧这接连的两个小村，一名红花铺，一名绿柳坞，过得两村，便是葛垞。你老要寻寓处，须向花、柳两村，葛垞庄没得寓处，人家那里是不招闲杂人的。"绳其随口道："俺非贩客，是向葛垞探亲的。"

小贩道："这就是了，你若是外来人向那里寻寓处，不但白碰头，巧咧还费嘴舌。"说着，自去忙碌。

这里绳其逡巡之后，紧紧行装并短剑，提了杆棒，趱近两村。仔细望去，却又是一番光景。只见街坊上人家住户密如蜂房，一色的土墙紫门，十分净洁。大些的门首都贴着"吉寓出租"的牌帖，并有许多贩客笑语出入，有的正在收卸驮骑。小些的门首越发热闹，门首墙上都贴着三寸长的红纸条儿，上面字儿有的写"胡饼王家"，有的写"馒头张家"，逐家瞧去，什么"麻花李家""扁食孙家"等等的买食物的名目，不一而足。但是门首又没食物摊案，倒有些妖娆妇女们都梳掠得光头净脸，大家坐在小凳儿上，一面笑语逗嘴，一面丢眼牵眉地乱睃过客。

其中还有兼事操作的，或事缝纫，或簸米粮，或倚门儿斜喂鸡子，又有翘出尖生生的脚儿，露着半段小腿儿来搓麻线的。见绳其雄起起地负装趱来，都相视抿嘴而笑。其中还有笑嘻嘻嘴儿掀动，意思就要向绳其兜搭的。

绳其一路望去，堪堪将至村头，一面暗想道："不想小村中卖食物的倒多，一定是趁着果季，发卖与那嘴馋的客人。但是前途那店人却嘱咐我不要买食物吃，不知是甚道理？大约是趁客人喉急，卖缺儿，高抬货罢了。"怗悗间，忽觉肚内有些发空，不由暗笑道，"此一去，刚到表兄家就嚷饿，未免有些不仿佛，不如在此稍为解饥为妙。"抬头一望，恰好来至一家门首，缺脚长凳上，正坐着个老婆儿打盹儿，墙上贴着"馒头郭家，货真价实"的字样。

绳其因驻足问道："妈妈，你这里有好馒头卖吗？"那老婆儿猛醒来，望见绳其，不由笑逐颜开，忙应道："有，有。俺家馒头又白又大又绵软，发得都张皮裂缝，最好是夹条儿肉吃，两下里凑合了，真是顺缝儿流油汁。你老进来，得一个儿便晓得咧。"说着，回头向内喊道，"大妮子呀，快些收拾，有客来咧！"

便闻里面有女人撇腔拉调的道："人家这里忙不开地打发，难道你不晓

245

得？不差什么你能打发的就打发吧。莫非俺是属穆桂英的，阵阵都有俺？"

老婆儿一面引绳其向内走，一面笑道："你这就如此张致，却来拿话磕打老娘。老娘若倒退四十年，不消你说早就打发咧。想当年，老娘忙的时光，搓过一个，又揉过一个，恨不得脚不落地，身不离炕，也没像你这等张致。"

说话间来至穿堂屋内。绳其又暗想道："怪不得这老婆子自夸馒头又白又大，这发面物儿须是搓揉得法，蒸出来才起发。"正这当儿，便见老婆儿揭起东间儿的苇帘，引自己入去，却笑道："今天俺妮子事忙些，你老还须稍候候，听我招呼吧。"绳其以为是馒头未熟，便笑道："候候使得。你快瞧瞧，爽利把出来。俺吃罢，还赶路哩。"

老婆儿听了，扑哧一笑，即便踅入后面正室，便闻和人唧唧哝哝地说话，又有一五一十地数钱之声，并夹着女人低笑道："凭良心说，你方才饿狗似的吃个饱，添这几文钱还算多吗？"

便闻又有男子哧地一笑道："你这里言无二价，谁不晓得？俺若添钱，你还须搭上点儿什么？"说话间，那女人唾了一口。

这里绳其一面怙惚这家馒头定然不错，所以打发不迭的买卖，一面细瞧那室内烟熏火燎，尘土多厚，并没得饮食的饭桌儿。刚要放下行装等稍为坐歇，忽见帘内人影一晃，却是个灰扑扑的短衣汉子，一面低头抹汗，一面笑眯眯、气喘喘从帘前踅过。

这里绳其还没放下杆棒，却又见个闷混混抢起一头短发的男子踅入，一手提着大水壶，向绳其龇牙一笑，便伸出老鸦爪似的大手道："喂，拿钱来吧。"绳其料是馒头钱，因笑道："俺还没用食物，如何先拿钱？"

男子道："俺这里照例是先将钱交柜，然后再吃。是二百老钱一个大馒头，童叟无欺，不会欺生的。就是别家也是一样的价钱。果市上大行大市，你不信尽管去打听。"

绳其听了，虽颇诧馒头之贵，却又以为个儿必大，于是放下行装杆棒，从腰包内掏出零钱。那男子一面接钱，一面瞅着绳其的短剑，便笑道："依我说，你少时受用馒头去，带这累赘兵器做甚？"

绳其听了，未及答语，那男子已笑吟吟踅去。即闻正室内老婆儿和女人喳喊声，并浪浪的盆水响动。那男子又催促道："快着吧，一份买卖，便只管耽搁。少时买卖挤住了，怎的打发？咱们是属吃打穴坐流水席的，随来随待。"说着，履声橐橐，似乎是转入后院。

这里绳其正在倾耳，却闻婆儿在院中喊唤。踅去张时，却见婆儿笑着向正室西间一努嘴儿道："你老快来赶热，如今又白又大又绵软的大馒头已摆在那里。你老受用罢，俺再向你讨水钱吧。"说着，拖住绳其，向正室西间内便推。

绳其马虎虎一脚踏入，早被一人一把拖牢，啧的一声，便敬了一个嘴儿，接着便笑道："你是年轻人儿，腿脚有力，咱就在炕沿上吧。"绳其一望，不由大叫起来。正是：

饥腹雷鸣处，惊魂风断时。

欲知后事如何，且听下回分解。

第一百〇三回

葛垞庄盘查生客
高娘子巧遇亲宾

且说绳其猛可地被人抱牢，又是一阵乱噪。急瞧时，却是个二十多岁的肥麻大丫头，一张紫膛脸上业已透出红郁郁的花柳瘢点，生得眉抹大眼，抹着血盆似的阔嘴，光着下体，只敞披一件齐腰短衫，露着灰漆漆一身嫩白肉，一面用阔口吻紧绳其的腮颊，一面先自己坐向炕沿，两腿一张，便来了个玉蟹舒钳的式子。方乜起眼儿，唤声"来哟"之间，早吓得绳其摆脱开，回头便跑向院中，向那老婆儿顿足道："岂有此理！俺是买馒头的客人，你如何戏侮于俺？"

老婆儿大笑道："不说你是情哥哥没见过世面，反来怪人。俺这里家家如此，卖食物是虚幌子，暗记儿，你真个吃起馒头来如何会有？俺就是这种馒头，你爱吃不吃。你账虽交过，还欠着一二十文的水钱。快些交清，由你自去，不然葛垞庄便有保卫庄会，办你个搅闹村坊，一绳子吊起你来，都是寻常哩！"

绳其听了，又气又笑，也没听清老婆儿噪的是什么，情知和她讲不出什么道理来，只得如数把给她二十文，由穿堂屋内取了行装杆棒，匆匆便走。

那葛垞庄离这小村不过半里之途，不消顷刻，业已踅入村口。只见树木葱郁，人家稠密，端的是个富庶村落。面前不远有座大庙，门口还悬着木牌儿，写着"公所重地，禁止喧哗"。有四五庄汉都结束得短衣伶俐，有的秃头盘辫，有的青布包头，正在那里伸臂拉腿地相扑为戏。

绳其正在张望，却见从身旁岔道上踅来个二十五六岁的妇人，青帕包髻，身穿齐腰短衫，系着围裙，下面是撒脚青布裤，下露一双半大脚儿，穿着鸦头青色的平底小鞋儿，十分俏俐。掮一担挑扁担，一头系一个大荆筐，一筐中满贮山田内的杂样青果，一筐中却七谷八杂是些水果菜蔬之类，又有豚蹄生肉，作一嘟噜搭在上面。这副担粗望去就有百十来斤重。那妇人却摆动细腰，颤颤地走得飞快。嗖的声从绳其面前抄过，直奔前路。

绳其一面后跟，一面暗想山村中妇女们端的壮健。俺那里说麻娘娘是粗蠢之流有气力，倒也不奇，这妇人如此俏俐，竟会也有如此气力。怙惚间，已紧挨着妇人挑筐。恰行至大庙跟前，说也凑巧，那妇人猛一缓步，却荡得后面那筐一摆，便有一个大苹果将次价滚到筐沿，就要落地。绳其一手抄住，未及声唤那妇人的当儿，只听身旁脚步响动，接着便有人大喝道："你这厮慢走！你进庄既不向庙里声说，又趁了人家女娘儿，摸人物件。怪道你带着家伙，提了鸟棒。你这厮一定不像好人。没别的，且请你庙中歇歇吧。"说着，呼一声围将上来。

绳其驻步望时，便是庙前那四五庄汉。当头一人，生得浑浑实实，伸出挺粗的黑紫胳膊，向绳其胸前便抓。绳其大怒，略用左手一拨，那人便是一个跄踉。其余庄汉都惊道："哈哈，你别瞧这小子，真还有两手儿。不要走，着家伙吧。"说着，哈一声奋拳齐上。

绳其不及言语，托地跳开来，恐杆棒伤了他们，便索性置之于地，用一个顺风扫叶的式子，双拳一分，矬身打入。抖手一拳，先将当头那人打了个后坐儿，接着便连环脚起，砰啪扑哧一阵响，那三四庄汉早已满地乱滚。

绳其方喝得一声："你这厮们好生无礼。"便闻庙中警哨大鸣，嗖嗖嗖又由庙中蹿出三四个庄汉，各执铁尺钩杆，火杂杂直奔将来。一面大喝道："这厮擅敢动手，且提捉他，吊起来再讲！"

这里绳其忙拾起杆棒，瞅瞅场儿，只见那挑担的妇人离自己甚近。正愕怔怔呆望热闹，因挥手道："你这位娘子还不躲开，少时杆棒碰了你不是要处。"那妇人因笑道："你这位小客官从哪里来？想是不晓得此间规矩，您应当进村时先向庙中声说明白才是。"

绳其一面望着敌人奔来之势，一面道："小可姓方，便是从平谷红蓼洼来。"

那妇人哟了一声，赶忙置下扁担，忽地趱近，拉了绳其手儿道："可了不得，你莫非是俺淘气表弟吗？"

绳其听了，心下恍然，这妇人便是思恭妻子高氏。刚道得一声："不敢！请问娘子，你莫非是俺吴家表……"一个"嫂"字没出口，众庄汉兵器早到。绳其大怒，正要放对，便见妇人一面将自己拉向身后，一面向众庄汉笑着摇手道："我说你们不必逞头上脸地活跳死尸。你们趁空去赌博吃酒，外带着溜画眉、瞧你们的小妈儿，不比在这里装人样强得多吗？前夜里，你们庙里连更锣都被人偷去。这会子大天白日你们挺尸挺够了，又显出你们的能为来咧！如今这客人俺便领去，如有舛错，你们便唯我是问如何？啧啧，呸！你们这鸟样儿，别叫我恶心咧。"

众庄汉也笑道："吴大娘子，你这张嘴便这么刀子似的咔嚓，怪不得吴爷遇事体都叫你上阵，真是表壮不如里壮。但是这个人精精壮壮，又俊不溜丢的，你见了他，便淘气表弟、小表弟子的只管亲亲热热地乱喊，这其间俺们有些不大放心。没别的，还是请他到庙中吧。"

那妇人笑唾道："该死的，休嚼舌根！俺便成群地往家拉客，也不干你事。"说着，回头向绳其道，"俺正是你吴家表嫂。怪不得今早喜鹊儿只管乱叫，果然表弟你就来咧！快到家去再说话吧。"于是弯下腰，方要挑担，不想腰儿一歪，险些栽倒，连忙扶住绳其肩头。

众庄汉彼此一挤眼，便笑道："像吴爷真也没有的，弄这样重担子，却叫大娘子来挑。闪了腰眼，蹶了脚尖儿，可是玩的？便是俺们见了也觉心痛。你老闪开，等俺们送送你吧。"

妇人唾道："该死的们，俺这会子没空理你。"于是向绳其道，"今天真也巧，俺若不是从这里走，便白白错过去咧。还是头些日子，是我逼懒驴上磨似的，逼着你表兄写了一封信，请你到这里玩玩，你想是见信就来咧。不瞒你说，他若不写那信，这会子休说叫我挑担子，家里田里的只管忙，便是他一个人儿都办去，我还一百个不是意思哩！"说着，要去挑担。哪知绳其一抖机灵，早已挑起。慌得妇人惊笑道："你干不惯这营生，还是我来吧。"

绳其一笑，嗖嗖地撒开脚步，那妇人一面赶，一面乱吵道："你初次到这里，不认识门儿，只管挑向哪里去？"于是赶上绳其，厮趁便走。

原来这妇人正是思恭的妻子高氏娘子。因为今天是大秋开镰、犒劳佣工的日期，高氏早晨在田里忙了一回，赶着便料理厨下。又瞅空儿去购买果菜、生肉等物，作一担价挑将来，却在这里巧遇绳其。

当时，两人一面走一面说话。那高氏问过绳其家中景况并路上情形，便笑道："表弟，你不晓得。俺自那年打发你表兄去看望老太太回来，听他说起老太太壮实并表弟念书习武的，喜得我什么似的。后来，又接得你中秀才的喜信，直乐得我通是睡不着觉。不想后来，却接到老太太西归的信，你说呀，哭得我两只眼睛通似烂桃儿。偏你那不睁眼的惫懒表兄那时正病在床上，真急得人蚰蜒似的。依着我，就要亲去哭老太太一场才是意思。哪知俺因着悲苦，上了些急火儿，三不知地腿叉里竟生了个小热疖子。"说着，咣地一笑道，"表弟你不是外人，若说那疖子虽不算什么，但是生在腿叉里，磨磨蹭蹭。表弟你想，腿叉里都是稀嫩的白肉，并有很不便的所在。"

绳其听了，不由咯地一笑，高氏却如没事人一般，接说道："表弟你笑怎的？那小疖子在人腿叉里，发烧火燎，好不讨厌。况且俺出门都骑头口，俺一想，去不成功，只好赶紧地打发他去，又忙忙地叫人糊了一只牛。不想你表兄且是拧性，他说纸牛没法带，吃我抢白了一顿，他方带去。你说你表兄多么死样，临去时我叫他或是与表弟做伴，帮几日忙，或是请得表弟来散散闷儿。哪知他去得麻利（俗谓快也），来得快，不消四五日早已自己踅回，还说是为那纸牛受了大累。俺问起表弟你来，他却向人龇龇牙、翻白眼儿。气得我从那日便不理他。直至近些日，大秋将到，他没得撅头匠（俗谓没奈何也），才拉粗屎似的写寄了一封信，请得表弟你来。"说着，捩捩鬓角，道，"表弟，别笑话。你瞧我忙得疯婆婆似的，都是吃了你表兄的亏。他若踢跳机灵，还用着我这么瞎跑吗？"于是紧走两步，和绳其并肩而行，却笑道："你是新来的人，摸不着门，嫂嫂那夹塞沟子你更摸不着。待我溜溜腿儿（意谓快走也），引你进去吧。"

绳其听了，好笑之下，一面脚下如风，一面将高氏仔细一瞧。只见她生得细长身段、明眉大眼，一张俏脸儿总挂三分喜相。不由暗想道："果然俺祖母识见不差，一见她寄的针鬎，便料她是个精灵妇人。"怙惙间猛想起思恭信中之语，便笑道："表嫂，不是俺当面奉承的话，俺表兄得你这位贤内助，真是几生修得。"

高氏听了，直乐得眉欢眼笑，顺手一拍绳其肩头，还未答语，绳其却道："但是表嫂炕中间有几个炕几儿，如今真个早就掇开了吗？"高氏诧笑道："阿哟！表弟您怎的便知呢？"

绳其大笑，便一面走，一面述出思恭之信，招得高氏咯咯地笑作一团，便道："你瞧你表兄，二憨头似的，也会混扑哧。"说话间，用手指路，转入一条很狭窄的街坊，两边地势却高，人家栉比，家家门首都有小小农场，堆积得新谷柴草，十分狼藉。场内许多男妇忙碌，并喝驴子转碌碡之声，好不热闹。

妇女们都手帕包鬏，一个个尘头土脸，有的持叉翻场，有的坐掐谷穗，又有颠着挺粗挺长的大苞谷飞抛上垛的。那树木荫中、软沙之上，还有老太婆并孩子之辈，吱吱喳喳，赶鸡打狗。百忙中那年轻妇女又有遮遮掩掩，敞着大肚皮喂奶孩儿的，都嘻嘻哈哈，乱说乱笑。真有"汗湿粉面花含露，尘扑蛾眉柳带烟"之致。见了高氏引着绳其，都光着眼乱望。

绳其至此，方悟高氏夹塞沟子的话。正望着高氏心下好笑，只听横巷口内有人喊道："喂，方表弟来了吗？你这婆子岂有此理，那老重的担子你如何劳乏表弟呢？"说着，转出一人，正是思恭，手提一大罐新煮村酿，脸上红扑扑的，已微有酒意，便跑到绳其身旁，置下酒罐要接那担。

高氏一眙眼儿，喝道："慢着，如今三五步就到家，又显出你机灵来咧！你倒是先接了表弟的行装杆棒，去看门打狗是正经。你也就是个看门打狗的材料，酒才提来，你业已红扑扑的脸儿咧。"

思恭一面取下行装，夺过杆棒，一面赔笑道："你这又值得沉脸儿？当着表弟便排揎我。都是酒坊里张二嫂不干好事，她只管夸她酒好，叫我尝尝。其实，俺只尝了一盅儿，哪个说瞎话，叫他嘴上长个老大……"

高氏喝道："你少要向我起誓发愿，便是那个歪剌骨也是恨不得浸在酒瓮里方才如意的角色。去年时吃醉了，在街坊上撒酒疯，连裤子都揪掉，惹得她当家的呱呱地踢她响屁股。你说吃一盅，就别叫十盅听见。如今表弟特地来替咱们撮炕儿，这都是你的混账话，等少时到家再讲！"

一句话，招得绳其正在扑哧一笑，思恭却笑道："表弟不是外人，如今俺早已打算好咧。他撮开炕儿，便叫他顶那炕儿的地位，咱两个一边一个，大家拉起嗑儿才亲热哩。"

高氏笑唾道："你别发疯话，觉着哪个给你脸似的。如今做活的（俗谓佣工）都又着腰子等吃犒劳，快家去忙去吧。"

思恭道："你说得是。便是表弟也该歇歇脚子咧！"于是左挈行装，右提杆棒，瞧了地下酒罐，却没作道理处。气得高氏咬着牙儿，用一指戳到思恭额上，却笑道："恨煞人的，你看你就没抽展，你不曾背了行装，再提酒罐吗？哪件事我不着手，便不成功。你还觍着脸子，常说将来表弟出去做官为官，你便跟去。像你这样儿，只好去装大白薯（俗谓废物之意）吧。"说着，赌气子提起酒罐。那思恭果然听话，便如飞先去提防狗咬生客。

这里绳其等随后跟去，不过数十步，早已望见很高大的一所宅舍，但是历年失修，门墙间暗淡无色，间有缺坏。

绳其见思恭手提杆棒，站在门前，先作打狗之势，正要迈步入去，便闻里面豹子似的一声吼，慌得高氏连忙趋进。正是：

　　　犬吠到门客，人来中表亲。

欲知后事如何，且听下回分解。

叙亲情主客忘形
醉农场田家得乐

且说绳其跟了高氏，正要拔步入内，只听汪的一声，由门内蹿出只牛犊子大的黄狗，突地向自己便扑。却被思恭一棒戳开，便喝道："常来不认的王八蛋。"

偏那狗见了他，不肯退，反倒向着他摇尾晃脑，一阵价前蹿后跳，绊在脚下，三不知地将思恭绊了一跤。于是人狗腾踔，夹着思恭乱喊乱骂，恶狠狠跳起来，一棒打去。不想那狗正欢跃到高氏脚下，用那毛茸茸的容长脸儿，去偎蹭高氏的脚儿，见得棒到，哝的声向后一缩。那高氏哟了一声，早已置罐于地，攒起眉头，弯倒腰去捻脚尖，原来那一棒却打中高氏的金莲儿。

当时门内一阵大乱，慌得思恭抛下杆棒，居然也吹吹手来捻高氏脚尖。那高氏又气又笑，顺手一推，思恭因蹲式不牢，向后一仰，便是个仰八叉。恰好绳其担子落地，那思恭后脑勺子噗一声正碰在一只荆筐上。哈哈，真是无巧不成书，偏那筐内肉嘟噜底下又有一包儿大豆腐，被思恭后脑一压，咕唧一声，一家伙都成了豆腐脑咧。（俗谓豆腐之最嫩者，曰豆腐脑。小贩挑锅叫卖碗贮之，曰如琼浆。佐以醋蒜辣汁，别有风味。作者幼时，三文制钱，便得一巨碗，今则非三十枚铜圆不办。生活程度，可为惶怖，而吾人鬻文为活者，安得不手腕写脱，犹虞生计不支哉！言之可叹。）

这一来气得高氏不顾再捻脚尖，拽住思恭一条腿子向下便拖。百忙中，思恭的小辫儿又纠缠住肉嘟噜，一个"慢来"没喊出，早已辫子上挂了肉嘟噜，挺出数步。招得绳其笑得打跌，正想去扶起思恭，哪知那狗这当儿又瞧出秀气咧！嗖的声跑去衔了肉嘟噜，扭头想跑，拖得思恭小辫都直。

高氏抛了思恭腿子，想去赶狗，又被绳其挡在面前。这一阵人喧狗闹，却惊动了宅内后场房中佣工，便有三两人跑将出来，一面笑着喝开狗，一面忙乱着挑担、接行装杆棒并提起地下酒罐。那思恭跳将起来，瞪着大眼，还要赶狗，却被高氏喝住道："你只管和狗一般见识怎的？你瞧瞧你头脑上白渣渣的豆腐，不像从面缸里打出来的四老爷吗？还不领表弟进内歇息。"大家听了，都各大笑。

不提佣工提入诸物，分头价且去安置。且说绳其跟了高氏等暂入二门，一路留神。只见院中虽是庄户人家的模样，却收拾得十分整洁。两厢中分贮米粮杂物并农具等，都整理得井井有条。迎面是正房五间，十分宽绰，窗纸上贴得许多精巧玲珑的窗花儿，大概是高氏妙手剪制。须臾，进得正房，由穿堂向后院，还有偏厦空房并厨灶等处。靠西有个小角门，门那边似是个半截的偏跨院，隐隐闻得有佣工们笑语之声。

绳其正在觇望，却见个佣工从角门那边挑进担子来，慌得高氏跑入后院，便吵道："你们放下担子，该干什么干什么。先抱柴燎灶，烧汤洗肉，切治菜蔬，别都等我来抓瞎。"吩咐毕，转步入来，却见思恭和绳其还一对儿在穿堂内站着，便笑拖绳其道："怎的表弟才到，便沾了你表兄的呆气咧？你等他让你歇坐，怕不站直了你的腿子。"说着，让绳其进得东间。

绳其抬头望去，只见室内十分光洁，镜妆几榻位置得宜。只是墙上年画儿贴得花花绿绿，又有双褪旧小鞋儿置在榻下矮凳上。高氏一面让绳其落座，一面哧一声从榻凳上捡出鞋子来，拍拍尘土，便脱却脚上的新鞋子，举着光袜脚儿，没事人似的穿换，并向绳其笑道："表弟，你不晓得，今天俺可觉出累来咧。偏这新鞋子穿在脚上又不得力。若是表弟不给我挑担来，说不定脚上就起鸡眼哩。"说着，一瞧思恭还钢枪似站在当地，便笑道，"你还不去泡茶端脸水，只顾瞅我怎的？"

思恭道："哈哈，你也有不听我说上当的时光。这新鞋子俺叫你不要老早地施展，等表弟来再穿不迟。你却不听，穿了上街跑，如今挤掉你一个脚指头都不亏。"

绳其听了，暗笑之下，那思恭却已暨去。这里高氏一面将脱下新鞋置在矮凳上，一面笑道："表弟，你们念书的人不晓得庄稼忙。俺们大秋上过犒劳，便似做什么大事似的，家家如是。你说大热闹当儿，猱头撒脚地上街，不叫人笑话吗？所以俺穿出新鞋子。这会子俺又要造厨做饭，所以换将下来，省得沾污了。你瞧你表兄，他不知人有省有费，倒来瞎三话四。表弟来不是外人，俺还梳头换鞋的做甚？"

绳其笑道："表嫂料理家务，真是百里挑一。将来帮助表兄，怕不家道日旺吗？"高氏慨然道："别提咧。庄稼子日子，什么生发！饶是累得人黑汗白流，还是支蹾不开。你表兄又没能为，俺虽心强好胜，也是没法。俺有片桃园，前两年时都转给人家，如今俺也没有别的盼望，俺只盼着表弟你中试了，做了大官儿，将你这废物表兄带出去。哪怕叫他给你看个门儿，在外面学些人情世路，不像撅把棍子似的也就是咧。”

正说着，恰好思恭端进泡茶脸水，贸然道：“表弟那根打狗巴棍子，俺早已收好咧，还用你惦着？”说罢，忙忙地又复踅去。这里高氏却指着思恭后脊骨，笑向绳其道：“你瞧这憨子样儿，不把人气煞吗？”

绳其笑道：“我看表兄倒是有福的，人不要太机灵了。表嫂你瞧世界上还不是机灵人给憨笨人役使吗？俗语云‘伶俐不如痴’，就是这个道理了。”高氏笑道：“表弟快不要俊样他咧。他有福，只好有豆腐吧。”绳其听了，不由大笑，便一面解下短剑，一面盥洗了，歇坐吃茶。高氏瞧那短剑，便道：“怪不得那班害邪的在庙前拦阻你。你明明带了刀剑，他们怎会不盘查呢？”

绳其一问所以，方知葛垞庄自那大盗丁顺来搅闹杜家之后，庄众们便整理起保卫庄会，便请杜大娘商兰姑做个会首。庄会公所便设在那大庙中。那群庄汉便是值日的会众，遇有生人进村，便须盘查哩。

当时绳其听得“商兰姑”三字，正要动问，却听得思恭在后院厨灶下只管和佣工乱吵道：“去，去，你不会通不打紧，难道死掉屠户便连毛吃猪不成？你瞧我的。”于是咔嚓咔嚓，厨刀乱响。慌得高氏就绳其脸水洗洗手，挽挽袖子，笑问绳其道：“你瞧你表兄又拔不开麻咧。你且歇坐，等我瞧瞧去。”

正说着，忽闻二门外有人唤道：“吴兄在吗？”那绳其听得是建中的语音，正在欣然站起，高氏已勒着雪白的胳膊跑向穿堂内，拍手道：“王老弟吗？快进来吧。你的耳朵倒恁地长，是哪个耳报神向你说方老弟到咧？”

这里绳其也趋向穿堂之间，早见建中从二门外含笑而入道：“俺方才听馆童说，吴兄吴嫂领了个带剑的生客到家，说是从红蓼洼来的，所以俺知是方兄到来。”

说话间，三人厮见，相与入室。建中、绳其方互相问讯数语，高氏一面让建中就座，一面斟茶的当儿，却又闻得思恭和佣工吵成一片。忙得高氏推建中就座，道：“你们且自谈叙，待我瞧瞧他去。”

绳其因笑顾建中道：“左右咱们也闲得没干，且给吴嫂嫂帮个手儿如何？”高氏笑道：“岂有此理，哪有客来造厨的？”绳其大笑道：“表嫂，难道不晓得俺淘气的大名？俺在家时，没皮树都要上上，何况整治吃喝？俺既来到这里，不露些淘气能为，也令贵庄笑话。”于是拖了建中，当头便走。

高氏笑嘻嘻跟定，到厨灶下瞧时，只见一个佣工噘了老长的嘴，在灶下烧火。那思恭扎衣挽袖，手抢厨刀，正将那一嘟噜肉横七竖八地乱切。那许多菜蔬和水果却乱糟糟地堆在厨外一条长案上。于是高氏跑去，劈手夺过厨刀，便道：“我的妈，你快歇着吧。你把式不济，倒拉得好架儿。这肉装大盘、装大碗、摆碟儿、煮汤、炸排骨，有许多样儿，许多用项。你只糊涂乱剁，难道都做肉圆子不成？说你没抽展，你还不服气，你快去洗剁菜蔬、淘米刷饭锅，再到西跨院瞧瞧做活的大爷们，别把脑袋先扎在酒罐里（意谓佣工偷酒吃也）就是咧。"

几句话，招得建中、绳其正都含笑，那思恭望见建中，便嘻着嘴道："俺那日写信，借的你那支笔，软脓脓，毛扎扎，蘸蘸它头儿，便要滴水，很不受使。"因指高氏道，"亏得她会生法儿，叫我攒上劲，把住它头儿，才好歹地弄完咧。累得我通身是汗，就像锄一天大地一般，她还笑我没用。怎的那家伙你使弄起来，便戳戳点点那么妙相？可惜她没见你戳点过，若见过，越发笑俺不济咧！"

一席话，招得建中、绳其哈哈大笑。高氏笑唾道："你还不快去，这里用不着你。"思恭听了，这才从容踅出。原来建中自馆以来，便向思恭家来往，便如一家人。高氏见建中少年英俊，又是绳其的挚友，所以待建中便如弟弟，通不回避。

不提当时思恭奉命唯唯，且去忙碌。且说绳其和建中真个帮高氏一齐动手，就厨下料理起来。有的抱柴，有的添水，高氏在肉砧上一面弯刀齐切，一面乐得一张小嘴通合不拢来，便道："这可是没有的事。俺们过犒劳，倒来劳动你两个！也不知俺家佣工们多么大福分，便吃你两个做的菜馔，怕不折掉大牙来吗？"

说笑间，日已偏西，那思恭是足无停趾，一面往厨下添送菜果，一面照料西跨院中。百忙中又和佣工们胡吵一阵。须臾酒饭停当，便唤得众佣工来，一份端向跨院，思恭自端一份，就正室穿堂内摆设停当。高氏和绳其等洗过油手，大家方要入座用饭，早听得跨院中众佣工猫声狗气地拇战起来。高氏便笑道："这班馋痞们，便是吃喝，也须人来照料，不然便闹笑话。如今咱且吃酒。"于是大家就座，更不客气。

不消说是绳其、建中并肩上座，思恭、高氏左右相陪。一时间举杯笑语，好不款洽。绳其向建中问回馆中光景，便笑道："你与我的那抄本《易筋经》，俺有些看不通，俟有暇时咱们再考究。你久在这里，地理熟习，明天且领我瞧瞧左近风景如何？"

建中听了，还未答语，高氏却笑道："王老弟虽是久在这里，除了寂闷了到俺这里走走，老是大妮子儿似的坐在馆中，满村中谁不夸这位先生少年老成，怪不得人家早早中举。你若叫他领你去逛，管不出这庄儿就迷糊了，怕不走到人家炕头上去吗？"

建中听了，正在微笑，那思恭嘴里却塞入个大肉圆子，忙地吐出，滚向案角，便吵道："表弟，你要游玩，这一挡子却用着我咧。逛果市，逛山园，你说是逛哪里吧！再不然，咱向地里掘田鼠、捉秋蝈蝈，或是向溪里摸泥鳅，或是向园里摘老婆子耳朵（俗谓扁豆曰老婆子耳朵），都成功。"高氏笑睐眼儿道："你瞧瞧，你又逛疯。你这可是捉住淘气表弟咧。"

正说着，思恭却伸长脖子去取肉圆子，便如蛤蟆吸物一般，忒喽一声业已入肚，于是合座都笑。

逡巡间，酒饭吃毕。大家正要起座，只听跨院中一阵喧笑，十分热闹。又有人吵道："凡醉了的，都是一半装作逛性。最好是趁他光着闹，结实实敲他屁股哩。"即又闻有人硬着舌头道："喂，王弟八的，咱哥儿不错呀，你怎说我吆喝屁股呢？老哥哥拳头上站得人，胳膊上跑得马，扎一刀子冒紫血，是咯巴巴的好朋友。若那么着，可还像人？哒，走的不算好小子，老哥哥和你干上咧。"说着，便闻众佣工哈哈都笑，又有人杀猪也似叫将起来。

慌得高氏道："这班人们不消说，准是吃醉。上年时，老朱咬得小二子鼻子都长血直流，咱快瞧瞧去！"说着，引了大家当头便走。

刚一脚跨入靠西的小角门，不由哟了一声缩转身，扑一声却和绳其撞个满杯。正是：

　　亲戚叙情话，佣保闹农场。

欲知后事如何，且听下回分解。

第一百○五回

闹果园老佣拒客
逞逸兴二士偷桃

且说高氏引了大家跨入角门，一面喝道："你们怎的这么没人样？"一面张时，只见一个佣工吃得醉猫一般，赤条条地骑马式子正猴在一个佣工身上起发屁股，只管乱蹾。下面佣工是直喊带抓，旁边围了三四个佣工，有的拉那醉佣，有的向那下面佣工道："你这呆鸟，凑手的把柄都不会捉，还不快来个下取着数。"

其余的吃酒众佣在座上，有的还乱抢酒壶，有的还八马五奎地乱喊，有的吃得直眉瞪眼，手里接着分份的果饼，还端起肉碗呷口汤汁，有的吃罢，坐在那里剔牙剌嘴，一面手敲冬瓜，乱喊好儿。

正这当儿，便见那被骑的佣工尽力子来了鲤鱼打挺式子，那醉佣不曾提防，仰面便倒。有一片乌影影、赤郁郁光彩，方才跃起之间，早慌得高氏哟了一声，缩转身来，却正撞着绳其。那众佣见了高氏等，便不管三七二十一，拖猪一般，拖了醉佣且入场房。闹得高氏又笑又气，便索性不去理他们。当时大家趸回正室，建中因还有馆课，即便别去。这里思恭、高氏里外价照料都毕，早已黄昏。大家又叙谈良久，绳其自就前院客室安歇。

一宿晚景已过，次日思恭果然引绳其各处游览。先向果市，次及左近村落。那建中得空便来欢聚，绳其也到他馆中瞧瞧。

转眼间，已是七八日光景，将个高氏忙得什么似的。因为既是大秋农忙，又要款待远客。还有些不开眼的街邻妇女，见高氏每日里大嘟噜往家提肉待客，料是饭食肥肥的，便搭搭趁趁领了孩子来，指望呷些荤汤，闻闻香气。白不赤的也不管人忙人闲，一坐便是大半日，临走必要丢点儿东西，如自己簪儿或孩子的帽儿，以为借取物再来之地。将个高氏厌烦得头痛，却也无可如何。

话休絮烦，转眼间，秋场将毕，果市亦罢，绳其在葛垞庄已住了半月光景，左近风景亦都逛遍。连日价寻建中研析那册《易筋经》，建中虽略有解悟，也没作道理处。一日秋风声起，绳其便向高氏道："俺来此打搅已有多日，倒耽搁表嫂许多家务，如今天气渐凉，俺冬衣未带。一两日间，俺要转去咧。"

高氏尚未答语，思恭便道："依我说，表弟你该早就转去。"高氏笑道："你看你发疯吗？人家是留客不迭，你如何撵起客来？"思恭道："你不晓得。表弟家没娶弟妇，里外的都是余福那老头子。这过日子的勾当，你有什么不晓得，你想表弟怎的不惦着家呢？"

高氏道："话虽如此说，但是也不必忙在一时。表弟若怕没冬衣，我也会粗针大线，管保不叫他挨了冻去。明天你也动动脚步，到城里去买些新鲜物儿来，请请表弟。表弟轻易不来，难道只跟着做活儿的吃回犒劳便算数吗？"说着，又笑向绳其道，"真个的，像表弟的年岁家境，真也该说房媳妇咧。便是俺心中眼中，就有两个绝俊的大闺女，你无论说哪一个都再好没有。稍消停了，嫂嫂给你做这媒人，你道好吗？"

绳其听了正在微笑，思恭便吵道："妙，妙。还是你心思快。这两个姑娘，果然都长得花朵似的。常在菜园里掐花摘朵，招得蜂儿蝶儿都跟着她乱哄哄。那位小些的更俊样。像你这脚儿，俺量过的，是三寸壮些，人家那脚儿，据俺笨眼估去，往大里说，只好二寸七八分的光景，便是差，也有限了。"因顾绳其道，"表弟，你若有点儿心事，少时跟我走，咱就先相相去。这两个姑娘大方得紧，是不大避人的。便是前天傍晚，俺还见她们在园门口买绒线，彼此瞟着眼笑哩。"

绳其听了，不由瞧着高氏脚儿，又怔又笑。这一来闹得高氏忙缩脚不迭，脸儿一红，便向思恭吵道："你又说什么梦话。还壮些、差些地乱讲，你知我心目中的两个姑娘是哪个呀？"

思恭得意道："你觉着你乖觉，看得出丑俊，谁又是傻子，没长眼睛呢？你心目中的两个姑娘，就是我方才说的南街口张财主的两女儿，叫大巧子、小巧子的，难道我说得不对吗？"

高氏听了，只笑得咯咯乱颤，一时间揉着肚儿说不出话来。思恭越发得意，道："如何？这会子俺说对，你也笑咧。什么话呢，谁是傻子不成？"说着，跳起来便拖绳其道，"表弟你只跟我走，保管立时就相了来。你要小脚首、苗细身段，咱便说小巧子。你要伶俐模样细皮白肉，像你表嫂似的，咱就说大巧子。却有一样，那姑娘性儿急燎也像你表嫂似的，你自己忖量着。娶过来你制得住她，咱再说她。"

这一来，招得高氏越发笑作一堆，便忙拖住绳其，然后向思恭道："你瞎乱的是什么？俺致没见识，也不至于心目中有那两个慌花似的毛丫头。那张二混，什么财主？不过是坑人昧心，发了臭财。那大巧子、小巧子又整日价线牵似的满街跑，通没些闺女气儿。难道俺给表弟提这种媒吗？如今闲话少说，你快去准备挑担，明日入城买物儿是正经。"

不提三人说笑之下，一日已过。次日思恭便匆匆地入城购物，须明日方回。且说绳其因连日价虽是游览左近，在本村各处倒没涉足。这日日西时分，便寻了建中，就村中散步游览。逡巡间蓦至一片大宅之后，只见连着宅后墙是处很宽阔的园。遥望里面，桃树甚茂，压折枝儿的大秋桃儿好不鲜艳可爱。并且树上登有人众，一面摘桃下递，一面笑语，颇为热闹。

绳其等一面望，一面蓦近园，只见园门大开，却有个直撅撅的老园丁背着脸坐在那里，一面望着树上众人，一面吵道："你们别只顾吃桃子，干活儿也爽利些。咱早些交进桃子去，大家消停，眼看着天色不早，我老人家看这园一季子也没回家，快些料理完了，今晚俺还家去哩。"

绳其等听了，也不去唤他，便信步蓦入园中。只见地下已堆成筐成篮的大桃子，一股甜香直喷鼻儿。这宅后墙有个角门，正有三四庄汉出出入入向门内搬运桃子。绳其见桃子可爱，以为是山家果园，一定是卖的，因向建中道："老弟，你瞧这桃子很好，回头俺转去时，带些送人，倒是新鲜物儿。"说着，便由篮中拾了个顶大桃子，便是一口，咽的声咽下去，端的赛如琼浆玉液。绳其大悦，一仰脸儿，向那树上人道："喂，你这桃子怎么卖呀？"

一言未尽，只听背后有人气吼吼地道："你这鸟人，倒好馋嘴快手，哪个卖桃子呀？这是什么所在你便闯来。去，去，快些请出，无端地坏了个桃子，这是哪里说起！"说着，从肩后抢过来，劈手夺过绳其的桃子，咕唧声摔在地下，随手一拖绳其，向外便叉。又骂众庄汉道："我老人家眼色不济罢了，难道你们都瞎掉眼睛，便是溜进小偷来，都不管吗？"

绳其诧怒之下，忙瞧时，却是门首那个老园丁，撅胡子瞪眼，气得脖筋都胀。那光景甚是有趣。绳其见了，转觉好笑，因用两手握住他两腕，自己作拜揖之势，抖擞得老园丁东倒西歪。一面笑道："不知者，不作罪。请你不要生气，俺坏你个桃子，自赔你钱。但是这桃子委实中吃。你虽不卖，俺也须趸你些儿。"

老园丁一面乱挣，一面喝道："放屁！难道你这厮没长耳朵，这是什么所在，你便敢厮缠？去便去，不去时，先一绳子拴起你来。"

正乱着，众庄众都已趱来，一面作好作歹拉开两人，一面向绳其笑道："你不晓得，这桃子是俺主人家留着自用并馈送人，委实不外卖的。如今你坏个桃子，也不算什么，快请尊便就是。"

绳其听了，向建中一笑，那建中却文绉绉地从腰包掏出数十文零钱，把与庄汉道："俺们坏一个桃子，这便算桃价吧。"于是扯了绳其，方要拔步，只见老园丁由庄汉手中抢过钱来，登时扬了个青蚨满天，却梗着脖子冷笑道："哪个要你们的钱？没事价来麻烦人，真个不睁眼睛。"

这一来绳其大怒，方要上前分说，却被建中拉了，趱出园门。那老园丁跟在后面，见绳其等脚儿方迈出，便扑地关了园门，还兀自嘟念不已。这一来气得绳其只管发怔。只见一抹残阳业已挂高向树。园中桃树上，还有庄汉们瞅着自己发笑，又有低了头向老园丁笑着道："你老真好生气。今晚上回得家去，和俺大婶老夫老妻地说说笑笑，再亲热一下子，应个景儿有多么写意，却无端生这鸟气。人家说得好来，大怒和吃酒之后，都不要干那营生，你老今晚回家去，还须仔细点儿哩！"

绳其和建中听了，好不又气又笑。于是趱离那园，便寻归路。绳其且走且向建中道："老弟，你晓得这桃园是谁家的吗？这老货便如此可恶？"

建中道："俺在馆中轻易不出，却不晓得是谁家的园子。但听那老货口气，无非是个村中大户的果园罢了。"绳其听了，也没言语，只纳头趱去。

须臾，行至岔路，建中便道："横竖今天吴兄也没在家，你转去也是寂寞，何妨到俺馆中抵足一宵呢？"绳其笑道："好，好！俺也正在怙惚主意，便是这老货如此可恶，俺今晚略做手脚，非吃他桃子不可。"

建中素知绳其游戏性儿，料也又要淘气，正在含笑相望。那绳其且向建中低低数语，又笑道："咱横竖丢给他桃价钱，也不算偷他的。"建中笑道："如此也有趣。那老货端的倔得令人长气。但是我却笨手笨脚，跳墙爬寨子，怕是累赘。"

绳其道："不打紧，都有我哩。你只帮我多兜桃子就是。你没听见那老货只吵回家吗？今晚园中定然没人看守。虽是庄汉们只管向内宅角门里搬运桃子，那园里总剩些，咱只须跳进园，便成功哩。"

说话间，两人趱到馆中，晚饭已罢，业已初更敲过。建中自照常地办过功课，散却生徒，便和绳其准备应用之物，寻了两条麻袋，各装一串老钱。

因那桃园在馆之东面，须经过一条街坊，恐人见背着麻袋不像模样，便索性围在腰间，穿了长衫，一时间鼓挣挣的，摇摇摆摆，一径地趄出书馆。听听街柝已交二记。这时淡月朦胧，正好去做手脚。两人方趄得数步，却遇着馆童，因夜出打酒提了碗灯笼，从对面趄来。一见建中等，便笑道："先生这会子领了客人向哪里去？小人打得酒来，少时就要饮消夜咧。"

绳其随口道："最好，最好！你只把酒安排下吧。俺们向东溜溜便回。或有好桃子，便买几个来下酒哩。"说着，拖了建中，嗖嗖嗖一路好跑。

不提馆童怙惚之下自行回馆，且去安排夜酒，等候这位馋嘴的客人。且说建中跟了绳其，一路上遮遮掩掩，只觉身后似有人跟踪似的。回头望望，却是馆中喂的那只狗，只管在后面摇头摆尾，且前且却。气得建中飞足踢去，唰一声却脱掉鞋子，那狗衔了鞋，回头便跑。亏得绳其腿快，夺过那鞋抛与建中。那狗偏不肯去，只蹲在数步之外，向两人乱摇尾巴。

两人拔步方走，它又搭趁着跟来，经绳其拾块石子掷去，那狗方嗷的声跑掉。建中笑道："今晚说不定就要别扭。你瞧刚出门，狗便来讨厌，那么咱不要去咧。"绳其笑道："你快不要蝎蝥。咱取得桃子来，回馆吃酒。好不快活哩！"于是匆匆趄去。

不多时，街坊尽去，早望见路北里那所大宅门儿。两人一面从宅西转向后园，一面望宅的围墙甚是高峻。听听里面颇有妇女笑语之声，便闻似乎是仆妇道："你今天吃桃子可吃饱咧。少时，大娘娘就来上香献佛，你还只管在楼底下去偷摸桃子。亏得是我张见，若是别人去说与大娘娘，不揭掉你的皮吗？"

即又闻有婢女语音道："你老别高声，人家听见不是耍处。俺是分的桃儿小些，特来换过大的。你瞧今年的桃子，真是肥大俊样，其中还有两对并蒂的大桃子，更是稀罕，连枝带叶，好不可爱。方才喜得大姑娘姊儿俩什么似的，亲手儿作一盘，供在佛前。大婶婶，你怎不张张去呢？"

仆妇道："张它怎的？我不像你馋嘴。"说着，忽诧笑道，"猴儿妮子，你也不怕桃毛儿蹭得发痒，便四五个的夹大腿裆里，你还说来换个大的哩。"即闻婢女嘻嘻而笑，似是得意之至。少时，却道："咱快去吧。二姑娘那会子说叫我跟她去捡桃奴（桃奴者，桃实之枝上干瘪者，大如莲实，其色碧绿，用之以泡茶，风味殊绝），准备着阴干了泡茶吃哩。"仆妇道："那忙什么？明天再拾去吧。"

婢女道："你不晓得。二姑娘恐明天早晨鸟雀儿将桃奴吃去，所以忙着去捡哩。"说话间，两人履声渐渐不闻。这里建中等转宅至后围墙旁，绳其低语道："亏得咱来得不算晚。再迟些，人家将桃子都收入西院，咱就要费手脚了。"说着，仔细回望。只见宅西院高楼上微有灯火，建中因道："这家儿外宅俺也趄过两次，往往听得楼上有磬声，又往往见保卫会众们向他家出入，却不知是个什么人家。"

绳其道："管他哩，咱又不和他攀亲认眷，左不过摸他两个毛桃儿罢了。"于是引了建中，先端相一处墙稍矮处趄将去。倾耳里面，却寂然无声。绳其还不放心，又拾一石子抛入去，也没动静。偶一回头，却见建中发怔，因笑道："老弟怎么咧？你只管心头乱跳哩。须知咱是将钱买桃，不算偷摸，如此一想，自然气壮。且待我上去张张再讲。"于是纵身一跃，用两手扳住墙头，伸项向内张时，只见星月光中，树影阴森，静悄悄一无声息。那园房中亦无灯光，料是那老园丁业已回家。便跳下来向建中道："老弟，你踢跳勾当不成功，不如在墙外做个接手。"

建中道："哟！这外面黑魆魆的，离开你却不老好的。说个别扭话，有你在一搭儿，便是遇人来捉，我也有个抓挠。咱们是一条绳上拴蚂蚱，跑不了你，蹦不了我。"绳其笑道："你别说丧话。既如此，只好我先掇进你去，我再跳入。"说着蹲身墙下道，"老弟你踏我两肩，顶你进去。"建中听了，一面哆嗦嗦地踏上绳其肩头，一面小语道："大哥，里面没狗吗？"说着，腿子一软。

绳其忙道："快沉住气才成功。虽有人扶掇，也须自己撑起脊骨，踏稳脚子，什么事不是这个道理？"说着，一长身形，见建中手扳住墙，便趁势一托他腿子，建中已蟹然而下，绳其随后跳入。两人先伏地略觇，即便站起，先趄向园房门摸时，却是虚掩的。

绳其道："你瞧老园丁便这般托大，门都不锁。说不定就有好桃子藏在里面。咱都与他摸去，也出出日间那口鸟气。"说着和建中径入。

绳其由怀中取出火种，晃亮张时，休说是桃子没得，连筐篮都无，只有些推门系筐的细绳儿堆在榻上草荐旁。于是绳其灭火，两人趋出，就园中寻遍，何曾有个桃子？逡巡间，趄至一处丛花山石之旁，绳其便道："老弟，你瞧这光景，准是将桃子都收入宅内。怪不得方才那仆妇在西院中那般说。只好我跳进去寻寻，好歹总要摸他们的毛桃儿。老弟你只伏在此处，听我击掌为号，便就宅墙下接取桃子就是。"说罢，紧紧腰身，便奔宅墙。

不提绳其一跃而入，且奔西院。且说建中谨遵台命地蹲伏在丛花山石之

263

后，抬头一望，只见星月朦胧，银河耿耿。正在暗笑之下，忽地微风徐起，吹得满园树叶儿摵摵瑟瑟，枝柯摇曳，月影被地，便如人影一般。一时间闹得建中毛毛眈眈，暗想道："怪不得人说贼人胆虚，原来这心虚的滋味就是如此。"怙惙间倾耳西院中，却无响动。

这时建中居然有眼观六路、耳听八方之势，又恐风声树声混了击掌之声，正拉长耳朵，由石后注视宅墙，只听吱扭声，角门开处，便见灯光一闪。正是：

灯摇花影处，遮莫玉人来。

欲知后事如何，且听下回分解。

第一百〇六回

王建中名园窥艳
杜大娘深夜延宾

　　且说建中在丛花山石后伏觇少时。正留神绳其的掌声，又因风树之声有些发恐。忽见角门开处灯光一闪，吓得建中缩作一团。由山石后偷眼张时，却见提灯耀处，有个高高身材的小鬟，引着个长身袅娜的女子，相与踅入。

　　那女子行步之间，若往若还，灯光下遥望去，仿佛艳绝。那小鬟一面晃动那提灯，若舞火球儿，一面回头笑道："姑娘你瞧，咱趁这当儿来捡桃奴多么好！大娘娘在西院和大姑娘正谈讲什么五花八门、九转十成的拳法，娘儿俩说越高兴，一耽搁就需一个更次。咱正好仔细拣取。方才姑娘唤我一声，慌得我连泡尿都没尿，皆因今天多吃了桃子，小肚子只管发胀。"说话间，已近丛花之前。

　　建中虽是慌张，却望得分明。只见那小鬟生得眉目清秀，行动间十分伶俐，穿一身花布衫裤，脚下是平底鞋子。再瞧那女子时，建中虽在慌张中，不由登时眼光一亮。只见那女子年方二九，态若春云，润脸羞花，圆姿替月，身段儿不高不矮，肌肤儿不瘦不肥，两道远山眉，双泓秋水眼，再衬着桃腮莲靥，真个是月殿嫦娥、蕊宫仙子一般。高髻盘云，香钩蹙凤，穿一身雅淡衣服，越显得天然国色。

　　当时建中恍惚之下，倒暂时将吓忘掉。正在怙悗山村中竟有这等女子之间，便见那女子袅娜数步，却就丛花旁十余步外一块青石上坐定。一面略抿鬓角，一面弯起一只腿儿，捻着脚尖道："都是你这妮子，慌张神似的一阵跑，趄了人的脚尖。怎的大姑娘和大娘娘成日价那么踢跳都不觉累，俺就这样不济事？俺可没本事与你去捡桃奴，只在这里给你壮个胆吧。"

　　小鬟笑道："姑娘又来咧！要捡桃奴也是您，嚷累也是您。您那风吹就倒的身样，并那点点脚儿，凭什么便比大姑娘？依就前天晚上您和大姑娘一块儿洗澡儿说吧，人家大姑娘脱光了下得水去，是劈哩扑噜便如哪咤闹海一般。一会儿连腚沟腿叉、圪圪垯垯（俗谓隐曲之处也）都洗得光光滑滑。您却娘娘似的，单是脱衣裳、换鞋儿就闹了老半天。刚坐到浴板上，便嚷扎屁股，又嚷脚下水渍发滑。谁家洗澡儿还穿兜肚？您却再也不肯脱，又吵着灯火亮，怕人瞧见什么。亏得大姑娘会出主意，叫您腿叉里夹条汗巾，这才好歹地算是洗罢。又嗔俺给你搓背手重。您不晓得，您那摸皮蹭痒的洗法，只好算是肉皮沾水罢了。人家大姑娘洗完了，是大咧咧坐在榻上，待水气都干方穿衣裤，也没见她丢了什么宝贝。您就不用提咧，刚离浴盆，便慌不迭地穿衣裳。偏那当儿大娘娘一步踏进来。凭说，一个老人家怕她怎的？您就会慌得越着忙越穿不上裤，越穿不上裤，越急得都待哭咧。倒招得大娘娘笑道：'俺就喜欢我们瑶儿，无论干什么，都是一个劲儿地斯文，将来怕不是个坐大轿的夫人命吗？不像她姊，踢跳起来倒似个假小子。'您这会子又比起人家大姑娘来咧。"说着，提灯摇摇，一面从丛花前趄过，一面低头，就草间弯腰寻觅，似乎是捡取桃奴。

那女子便笑道："猴儿丫头，说起话来便胡吣。若没得桃奴时，咱便去吧。这空落落的园子，俺总觉怪怕。"

小鬟道："怕什么呀？凭咱这所在，谁敢进来偷摸？姑娘你且稍候，等我出脱了这泡尿，再向园房前寻寻。那所在曾堆筐篮，想必有遗落的桃奴哩。"张得建中一面屏息，一面又恐绳其这时击起掌声。

正没作道理处，忽微闻西院中似有喧动声息，那女子便唤小鬟道："咱快转去吧。怎的西院中似有踢跳声音呢？"

那小鬟这时已趄回丛花跟前，一面将提灯置向山石，一面道："你老就是这样蝎螫法，要来也是您，要去也是您。西院中踢跳有什么稀罕？娘儿俩讲拳法，讲到高兴处，就许玩两下子。如今闲话少说，俺这泡尿倒是紧事。桃奴没捡得七八个，倒蹩得人小肚儿生痛。"说着，解裤蹲身，淅沥便尿。灯光照处，那白馥馥的臀儿早跃入建中眼中。

这一来吓得建中连忙屏息，唯恐灯光照见自己。正在尽力子向草中伏身，便见小鬟忽笑道："姑娘，你不解手儿吗？这所在土平草软，有趣得紧。但是留个尿窝儿，湿阴阴的，明早叫人张见，倘骂声不知是哪里的呆狗挤扎的，却不值得。姑娘你瞧我玩个花样，叫你尿迹儿少时便干。"说着蹲步移动，一面价渐渐有声，一张白臀儿闪来晃去，好不伶俐。张得建中又是慌恐，又是好笑这小鬟顽皮。

正这当儿，便见那女子婷婷站起，一径趁来，一面道："你快着吧，解个手儿也没人样。这会子俺也歇息过咧，待我瞧瞧这山石前后，说不定也有落的桃奴。"说着伸手就要来取提灯。

那小鬟站起，一面系裤，尚未答语，这里建中骇极之下，竟自忘其所以，便猛地站起，乱摇两手道："没得，没得。这里是不会有桃奴的，你们快向别处去寻吧。"战抖抖方要拔步，那女子啊哟一声，回头便跑。

俏影儿方闪入角门，这里小鬟早一个箭步闯上去，抓鸡子似的抓住建中，便吵道："你这偷儿好生可恶。俺不恼你进园偷摸，你不该闪在石后瞧人解手儿。亏得是我，若是俺家姑娘，叫你自己说，算怎么回事呢？"说着，起手一搇，却被建中扭头闪开。急欲挣脱，无奈那小鬟手势既快，劲头儿又是十足。

建中窘甚，百忙中想起自己也跟耿先生学过两手儿，正要一为施展之间，却见角门内提灯错落，亮如白昼。接着便有仆妇们高叫道："秋儿妮子，快别动手，大娘娘亲自迎接王先生来咧。"

一句话不打紧，直将建中惊呆。暗想道："这不是做梦吗？这家儿开门揖盗已然可怪，怎又晓得我姓什么呢？不消说，这家主人准是曾见过我的。人家是《秀才偷蔓菁》（剧名，秦腔中有之），我却闹个举人偷桃儿，这个笑话闹得真也不在小处。"正在羞急发怔，百忙中抓住小鬟一只手，只管乱搓。早见提灯双耀，有两个仆妇引了个半老佳人，由角门内冉冉而来，并且遥向自己笑道："婢子无知，便这等冲撞先生。先生文旌久驻敝村，俺因一个妇人家，却无缘接晤。今得辱临，真个有幸，且请进内款谈吧。"说着趋步进前，远远地一个万福。

好笑建中羞得一张脸赛如霜柿，只张大了嘴，呵呵半晌，却挣出一句道："不消，不消。俺馆中还有功课未毕，且容明日再来拜谒吧。"说着，急欲回揖，却忘掉撒那小鬟的手，便连着小鬟的胳膊，只管乱拱起来。

这一来招得那人并仆妇都笑。那小鬟一面放开建中，一面吵道："这个人便是先生？想也不老实，谁家先生偷瞅人撒尿。并且方才俺抓他腰中，觉得硬邦邦的，还许是什么带把的凶器哩。"

大家听了，又各都笑。那妇人命仆妇提灯引路，即便肃客前行。这时建中好不怙惬。但是事挤到这里，如何说不上不算来，没奈何，一路忐忑，只得行去。入得角门，便是本宅正院。但见院中壁灯明亮，帘笼花木甚是整洁。正房厢室，回廊高厦，真是个大家气象。

那正房廊下遍悬角灯，亮如白昼。阶前甬道左右，立定两个厮仆，房门板帘外，侍立着三四仆妇，一个个面含微笑，垂手肃立。一见那妇人引得客来，连忙打起帘儿。建中向正室中堂内望去，却又是一番光景。但见屏榻桌椅铺设得十分整齐。中正案上，篆烟微袅，茗具已陈，案前左右，对列着八把交椅，看那光景就如特款重客一般。张得建中逡巡恍惚。

正在摸头不着，那妇人一笑回身，即便肃客入室，分宾主彼此落座。妇人嘤咛一声，早有仆妇献上茶来。那妇人一面让茶，一面却目不转睛地注定

267

建中，只顾了孜孜含笑。

这一来闹得建中心头便如十五个吊桶打水，一阵价七上八下。一面思索这开场板儿怎的发响，一面细瞧那妇人时，但见她年可四十有余，生得端丽凝重，眉带棱而含威，眼凌波而溜秀，虽是半老风姿，偏有亢爽气概。梳一个家常矮髻，略施簪珥，雅淡适宜。穿一身布素衣裳，尽谢铅华，朴质合度。唯有两道目光，虽是这般年纪，兀自电闪星转，好不异样得紧。

当时，建中被人家笑容目光所逼，觑望之下，只好低了头儿，且自吃茶。暗想道："我被小姐捉住，这妇人不待她去报说，便来迎接于我，这事好不蹊跷。并且绳其跳入西院，杳无动静，这事更是异样。为今之计，只好实打实且说实话为妙。"想罢，便蝎蝎螫螫从怀中掏出麻袋，取出那串老钱，恭敬敬地置在妇人面前，却又红着脸儿，说不出所以然来。干盹了半晌，却嗫嚅道："只这串钱，便是俺夜入贵府的缘故。皆因……"

妇人大笑道："先生且慢话，俺今有件物儿，也叫先生瞧瞧。"于是向身旁两个仆妇一使眼色，两仆妇含笑趋出。少时，一仆妇手捧漆盘，上盖布巾，笑嘻嘻踅回来置盘于案。好笑建中恍惚中以为是什么果饼之类，主人家把出饷客。及至妇人揭去布巾，建中一瞧，却是绳其所带的那串老钱。正惊诧得开口不得，那妇人却咯咯地笑道："不瞒先生说，俺因贵友方君方知先生枉驾敝园。正要去亲迎玉趾，却恰值小鬟无状。先生和方君辱临之意，已由方君见告明白。几个桃子算得什么？明日当和那老奴背一筐去相赠。如今方君在此，且请来与先生相会如何？"

建中听了，料绳其也是被捉，正瞧着妇人的笑脸儿，没作道理处，只听院中有妇人和厮仆笑吵道："你们休得瞒我！方才这街上都惊动，说是你家捉住了两个少年先生。俺那表弟有些淘气，说不定是怎的惹了你们，俺且问问大娘娘再讲。难道两个大活人便丢掉不成？"说话间，提灯闪处，踅进一人，却是高氏娘子。

原来高氏这晚上待绳其久久不回，寻思绳其定在馆中。因绳其不日要转去，当晚便加意地制些水饺儿，以备夜膳。堪堪二鼓，那制出的水饺儿都要干裂，那绳其兀自不回，于是高氏提灯寻向馆中。不想连建中也没在那里，只有馆童趴在外间酒案上打盹。被高氏揪耳提醒，一问建中和绳其，方知他两人那会子踅向馆东，说是散散步，带买桃子。

高氏怙惚之下，如言寻去，只见街坊上静悄悄，已无行人，哪里有卖桃子的？一会儿又想起杜家桃园，又知人家是不发卖的。怙惚间已近杜宅，却见从宅中踅出两个佣工模样的人，一面走，一面说道："你瞧这两个少年先生，倒是很体面模样。"

268

那一个道："那还用说嘛！先在西院中捉住的一位不必说，后来从桃园中寻出的那位，就是咱村中坐馆的王先生。人家还是位举人公，怎的不体面呢？"

高氏听了，料是建中和绳其。她是个机灵性儿，诧异之下，早已瞧科几分。一定是绳其撺弄着建中不知淘的什么气。忙紧走两步，想就佣工问个仔细，恰好两佣工一径地嬉笑趱去。高氏和这宅中主人本来熟识非常，因为思恭家都是高氏支应门户，高氏与本村人无不认识。何况这宅中主人又是本村头脑，所以高氏越发熟稔，和宅中主人嘻嘻哈哈，通不属外。便是宅中人们见了高氏，也往往闹个小吸溜儿（俗谓诙谐也）哩。

当时高氏见两佣既去，便一径地提灯入宅，向仆妇们一问捉住的两个少年先生。大家因认得建中，又见建中常向思恭家去，料高氏此来必有缘故，于是都戏言没得。所以高氏径直吵入内院。

当时，建中猛见高氏入来，真是丈二的金刚摸不着头，正愣怔怔要站起来，只见那妇人大笑站起，一把拖住高氏道："吴大嫂，你来得正好。不然俺也要请你来，领你那淘气表弟并这位王先生哩。"

高氏听了，这一怔也就不在建中之下，一面瞟着建中，置下提灯，正在转望那妇人，眼儿乱转之间，却被妇人拖坐一旁椅上，附了耳一阵喊喳。张得建中正在越发糊涂，便见高氏拍手笑道："了不得！俺这表弟真是淘气淘出大天来咧。到你这里弄手脚，真是圣人门前卖字咧。那么，你看我面孔放他两个去吧。"

妇人笑道："你可别这般说，人家还气蛤蟆似的，一百个不服气哩。但是他气质甚好，又是红蓼洼方家子弟，和俺母家商姓都有世谊，俺倒甚是器重于他。如今吴大嫂和王先生且向屏后暂避，待我和他谈讲一回，再作道理。"

高氏听了含笑点头，便拖起建中转入屏后。建中这时顾不得致问高氏，两人方才站稳，便闻院中步履响动，接着便闻绳其大笑道："你这位娘子也就岂有此理。俺们虽不该跳入贵宅，但是俺话已说明，不过是将着钱来，暗含着换两个毛桃儿。虽是俺一时不备被你捉住，俺却不佩服你那份妈妈子手脚。如今俺伙伴儿想还在后园等我，你应当放俺出去才是。却又唤俺拉什么嗑儿？难道俺便怕你不成？"说话间，履声橐橐，直入中堂。

慌得建中等由屏后张时，早见绳其大踏步掉臂入来，一团盛气地向那妇人道："如今闲话少说，谁叫我那会子冷不防地输在你手，只好由你作张作致。便请引俺到后园，寻俺伙伴儿去吧。"

那妇人却笑道："尊客且坐，令友那里自有人款待。但是客既自矜武功，想也略知各家的宗派路数。非是老妇自夸，这武功一道，老妇却也略晓一二。

因见尊客有此天姿，可惜所习非是，诚恐歧途一入，毕世无成。所以请得尊客来，欲闻高论，不知可能赐教吗?"说着，肃客就座。

这里绳其微微冷笑，正要高谈阔论，却见一仆妇含笑踅入，向那妇人道："方才大姑娘说来，叫大娘娘快放那枪棒卖艺的先生去吧，简直不必理他，他何曾晓得真正武功!"

一句话不打紧，气得绳其直立起来。正是：

长年持布鼓，一旦过雷门。

欲知后事如何，且听下回分解。

第一百〇七回

论武功贻笑大方家
比拳术小试夺刀法

且说绳其盛气之下，一听那仆妇之语，只疑是那妇人吩咐奴仆们来奚落自己。于是愤然站起，冷笑道："俺虽被捉，但是士可杀不可辱。你这娘子虽是幸胜于俺，何得只管相戏？"

妇人听了，忙一面喝退仆妇，一面笑道："这是小女无知，因见尊客拳脚特煞花哨，未免沾些江湖气息，所以误以为卖艺者流。儿辈无知，请先生见恕。老妇这里只洗耳恭闻高论就是。"

正说着，恰好那个捉建中的小鬟跫进，向妇人附耳数语，妇人笑道："二姑是不禁吓的，少时定定神也就好咧。"

建中在屏后听了，料是所见的那美貌女子吃了惊吓，正在心下抱歉，那高氏却笑附己之耳道："俺没想到你也会这么淘气。"建中一笑，忙向外张时，只见那妇人向小鬟道："你别只管走马灯似的乱跑，且在此站站，听听这位先生的议论，你也学些见识。"

那小鬟听了，便目注绳其哧地一笑，接着便略撤嘴儿，憨憨地站向妇人椅后，却低声小语道："总算他们运气好，来得早些，若迟来一霎，遇着咱守夜狗放出来，说不定都叫狗咬……"一语未尽，却被妇人喝住，便亲自斟茶奉与绳其一杯。

那绳其按膝高坐，见此光景，业已气得雷秃子一般，于是滔滔汩汩，便述论起武功宗派，就耿先生所传绪余，又加上些那册《易筋经》的片断议论。绳其口才本不累赘，这当儿，粉饰多辞，颇自觉妙绪泉涌，说到起劲处，不由手舞足蹈，声震屋瓦。末后，语势将终，却砰的一拳挂向案角，只震得案上茗具一阵乱响，便大声道："这武功宗派家数，大概价也不过如此，难道还另有奥妙不成？"说着，左顾右盼。一瞧那妇人是敛容恭听，面带笑靥，唯有那小鬟手扶椅背，却笑得咯咯乱颤。少时，头儿一低，险不曾将下颔碰了妇人髻子。

妇人却笑喝道："尊客在座，什么样儿？你还不快与先生换茶。"小鬟竭力忍笑道："俺知人家溜口（谓江湖溜口，卖艺人用以夸炫者）说完不曾，便去打搅？"一句话不打紧，招得室内外侍立人众都笑。这时，广庭中又添设了四只庭烛，点得亮如白昼。有许多佣仆们都蹭近廊下，一面交头接耳，彼此含笑，一面光着眼乱望绳其。

正这当儿，那妇人却正色向绳其道："尊客议论倒也稍具见解，只是所言派别全非武功正宗，若徇此以往，便是好煞了，不过是震惊世俗之技。倘一旦遇了真正劲敌，恐就要吃亏不小。可惜尊客如此姿质，未遇名师指点哩。"

绳其愤然道："娘子此话未免有些大言欺人。便是俺此次被捉，您也是乘俺一时不备，岂可因一时侥幸便藐视于俺。即如俺方才谬论，亦颇有所师承。娘子如不以为然，何妨见教一二呢？"

妇人微笑道："尊客勿躁，这讲论武功，总须要平心静气。俺虽有些谬见，窃恐尊客此时未能领略，便是说来徒见费辞。况且此事，徒争口舌亦觉无谓。尊客如不见信时，老妇近年来腰脚虽废，但是少年所习还略记一二，就中小小伎俩，却有段赤手夺白刃的拳法。这拳法是综合诸派之长，加以神变，虽未尽武功之要，亦可略见一斑。尊客如不以为妄，咱何妨相戏一场，便见老妇并非大言欺人了。"说着，目光烂然，射向绳其，却又微微一笑，向那小鬟一努嘴儿。那小鬟便含笑趋出，一路价莲步细碎，直趋西院。

要说这时绳其是乖觉的，或是久经世故的，便当瞧出几分。你想自己既被人捉，人家又只管考论你的武功，若是寻常庄户娘儿们断没有这等举动。无奈绳其称雄红蓼洼以来，只服膺了一个耿先生，又未尝足涉江湖多经世故。今见那妇人安详和气，并没得什么异人之处，忽地说自己所学非是，一个少年气盛的人哪里便肯输这口气！又因往时曾听耿先生讲论过赤手夺刃的功夫，说是此等大派头的武功早经失传，今一闻妇人之语，如何会信？

当时绳其略为沉吟，便大笑道："娘子倒说着好听。但是既要相戏一场，那刀剑上却没长眼睛，倘贵体有伤却是不妙。不如以棍棒代白刃，见见娘子的高艺。您若输了，不须提起。您若赢得俺，俺情愿拜你为师，你道好吗？"说着，便揎拳勒袖站将起来。张得屏后高氏抿嘴而笑，正悄悄捏了建中一把。便见那妇人笑道："何必用棍替代，尊客只管尽力子奋斫，通不打紧。俺料想一交上手，也不费多大时光。茶温在此，少时再吃何如？"于是抿抿鬓角，霍地站起，只略整衣衫的当儿，早有仆妇从里间内捧出一把带鞘的短刀。

妇人接来，脱手出鞘，一片寒光突地飞出，张得屏内建中猛一哆嗦之间，那绳其愤然之下，早已接刀在手，大叉步便向庭心。这里妇人紧紧腰身，又向屏间回头一笑，即便慢步跟出。

272

那堂中侍立的仆妇们也便呼一声拥向廊前。于是高氏拖了建中从屏后溜出，闪向仆妇们背后张时，早见那妇人趓就下场，一矫轻躯，使个旗鼓，方向绳其喝声"请"。

那绳其倒提短刀，用一个大鹏展翅式，明晃晃刀光一闪，直向妇人当头盖来。哪知妇人通不躲闪，觑得钢锋将到顶门，却猛地向后一仰，势欲欹倒，接着一个轻燕斜掠式，嗖一声闪向一旁。两只纤足刚刚落地，绳其就扑空之势，矫身疾步，斜挺那刀，用一个回风扫叶式，向妇人胁下便刺，哧的一声响，吓得大家眼儿一眨。再瞧妇人时，早笑微微站向绳其身后，正手拈一片衫襟，连连点头儿，似乎是暗赞绳其手法捷急。那绳其因刀势太猛，却牵得身儿正在微晃。

这时大家都惊之下，早又见绳其猛地翻身，向妇人踊跃直上。这一阵钩拦劈剁，上刺下挑，前削后掠，一柄刀翻飞卷舞，直将妇人俏身儿裹入一片刀光之中，并且窥瑕抵隙，恨不得刀刀见血。哪知人家是棋高一着，会家不忙。但见那妇人玉臂纵横，撒开了绵软轻巧的变法拳法，转得身儿风团一般，不但不慌，并且单就绳其横蹿竖蹦之间，施展排打揎捏的巧招儿，给你个不痛不痒、又痛又痒。说个俗话儿，便是痒痒挠不得。东戳一指，西拍一掌，外带着摸摸索索，便似一贴老膏药一般，总粘在绳其身前背后。还没两盏茶时，那绳其身上早已挨了许多记揎捏。

这一来绳其大怒，便霍地挥动那刀，奋斫如雷，越发地踊跃直上。这时空庭院里红光烛中，一个是白刃横飞，一个是云鬟闪影，来来往往，乍合乍分。逡巡间彼此驰逐，早已绕院三匝，张得大家都屏息含笑、目注绳其。

正这当儿，绳其于进退回旋间，却瞟见院墙西角门前边，由那会子去的小鬟，拥了两个女子趓入，即便站定注视，并且一面价低低笑语。绳其不暇理会，只顾抢动短刀，得步进步。偏那妇人轻趋巧避，捷似猿猱。绳其那刀斫刺去，便如分风劈流，又似捕风捉影，引逗着绳其使尽解数，休想刀着她身。

这一来绳其更怒，便倏地一矬身，来了路滚躺刀法。那刀锋霍霍，便如乱泉涌地只管向敌人下三路力刺力斫。妇人喝声："来得好！"也便撒开步法。拳势一变，纤足点地，便如蜻蜓点水，时而舞鹤腾空，时而游鱼戏浪，那飘忽腾踔之势，说什么惊鸿游龙。

少时，人影嗖嗖，只照得绳其眼花缭乱。休说是窃势取敌，便连人家的脚踪身影都已闹个不清。百忙中见人家使个手法，变个身段，简直都非自己意念料中所有，好不神妙得紧！

这时绳其盛气渐尽，却还不肯便输气，信人家的赤手夺刃能为。怙悷之下，忽得了主意，暗想道："我好发呆，横竖刀在我手，她夺不去，俺便不算输，只须与她委蛇取势便得，何必只取攻势，白搭蛮力呢？"想得得意，便倏地一敛刀锋跳出圈子。满想着稍为喘息再作道理，哪知自己虽乖，人家也自不傻，自己抽身虽快，人家进步也自不迟。

这里绳其提刀四顾，忽地不见了敌人，正在张目乱寻之间，早听得背后有人笑道："尊客莫怪，你借用俺这刀，毕竟杀不得人，快些物归本主吧。"

绳其听了，未及回顾，早觉自己右肘上有人用拳轻轻一触，登时觉一股酥麻的劲头儿直到手腕，不由当啷啷撒手扔刀，那一条右臂也便直垂下去。便见背后人倏地闪过来，踢开那刀，却微笑道："唐突尊客，幸勿见罪！但是尊客说拜俺为师的话，俺却万弗敢当哩。"

这时院中大家哈哈都笑，一面都围拢来的当儿，绳其忙望那人，正是那妇人，笑吟吟手掠鬓发，站在面前。你想绳其是何等的机警人，这时盛气都尽，只剩了暗赞佩服。于是更不踌躇，先向人家一个大揖，接着便推金山、倒玉柱向人家拜将下去，只差着头皮不曾挨着人家的绣鞋尖儿。慌得那妇人绽开樱唇，连挽带扶，连道请起之间。那绳其却觉背后有人拍了一掌，便笑道："表弟，你这气真算淘值咧！却险些儿不曾把嫂嫂急煞。如今七乱八糟，三更半夜，咱大家搅在人家这里，真有些不大仿佛。你便是磕头认师，也须明天好端端备得贽礼来才像个礼数。如今闲话少说，快随嫂嫂转去，且吃水饺儿去吧。"

一席话乱乱糟糟，随说随踅过来。绳其一瞧却是高氏。正诧异得开口不得，忽见高氏背后站定一人，却微笑道："绳其兄，原来你也被人家捉住咧。不瞒你说，俺也在此奉陪，咱们是一条绳上拴蚂蚱，当没进园时俺就说下吉祥话咧！"

一句话招得大家哄然都笑。那绳其见是建中，料他也如自己一般被捉，正越发怔得开口不得，却瞥见那角门边两女子身影一晃，嗤然一笑，闪入角门。接着那小鬟便喊道："大娘娘呀，方才姑娘们又说来，叫大娘娘快放他们去哩！省得在下笨手笨脚，叫人瞧了长气。"

那妇人听了，方望着角门边笑喝不迭，这里高氏早左挈绳其，右携建中，更不暇去取提灯，如飞地奔出二门。后面那妇人忙叫道："吴嫂儿且转来，俺还有话讲哩。"高氏笑应道："有话明天说吧，横竖俺表弟还来认老师哩。"说话间，三人行抵宅门。

绳其耐不得，正要问高氏怎的便寻到此，却见一仆妇健步赶来，不容分说，笑嘻嘻撮了高氏肩头，回头便走。慌得高氏放开绳其等，忙问道："什么要紧事，又撮俺转去？"仆妇听了，更不答语。

绳其等望她两人趱入二门，正在心下怙惙，只听门洞中哗啦啦锁链一响，呜的一声，便有个挺大的黑影儿直向自己扑来。正是：

都为园有桃，乃使犬也吠。

欲知后事如何，且听下回分解。

第一百○八回

觇气象俊眼识快婿
聊夜话笑语述娇姿

　　且说绳其等见高氏重新被仆妇挤入去，正在心下怙惄，只见呜的一声，从门洞内蹿起一只索系的大黑狗，向自己便扑，亏得索儿短，又系在一个石础上。绳其趁势拖了建中，一个箭步方蹿出宅门，却见面前提灯一闪，高氏已从后蹠来，满脸上都是喜相，便笑道："你两个这番淘气，真个是便宜大咧。"

　　绳其听了，未及开口，建中便道："若说绳其兄吃了一吓，认个老师，倒是便宜；俺只陪他白白吃吓，有甚便宜处呢？"高氏笑道："你的便宜，和他一般大，一个八两，一个半斤，谁也不多，谁也不少，并且谁也占不了谁的份儿，就不能白白吃吓就是。"说着，举灯引路，直乐得眉欢眼笑。

　　绳其忍不住，一面和建中后跟，一面问其所以。高氏笑道："此时不必问，过两日你们自然晓得，方知这番淘气便宜大哩。"说话间，三人行至岔路。建中沉吟道："这当儿，俺居停那里想已关闭大门，这时去敲门打户有些不便。只好到吴嫂儿那里打搅一宵。"说着又笑道，"吴嫂说我们淘气得便宜，须知俺们这次还各丢掉一串老钱，有甚的便宜呢？"

　　高氏笑道："你们丢掉老钱，便是得便宜处，过两日就晓得了。"建中听了，越发摸头不着。

　　逡巡间蹠入吴宅，大家就绳其住室中相与落座。建中向绳其述罢自己被捉的情形，方要致问高氏怎的寻向那妇人家，并绳其跳入那西院中怎的被捉。只见高氏提了灯笼径入内院。须臾，端到热腾腾的水饺儿并家常酒来，一股脑儿摆在案上，置了杯箸，便笑道："你两个踢跳半夜，俺也跑得脚儿发胀。这会子想大家肚内都有些空碌碌的，咱且吃喝着拉呱儿吧。"于是大家随意坐下来，更不客气。顷刻间杯箸齐举。

　　酒既可口，偏搭那水饺经高氏加意做的，又精致不过。建中还倒罢了，那绳其踢跳半夜，又和那妇人比试夺刃，真是又饥又渴，便一手把杯，一手

276

举箸，成叠地夹起水饺来，只顾往口内塞。就这狼吞虎咽的当儿，高氏且吃且谈，已将自己寻到那妇人家的情形说出。一瞧绳其时，一面连连点头，一面还是鼓着腮帮子大嚼，于是高氏大笑道："表弟，你这光景是腾不出嘴来讲话的。好在你在人家西院摸桃儿被捉的光景，人家那大娘娘已经告诉我咧。待我替你说来，也叫建中弟早些明白，并且打破那作书先生们的闷葫芦，不叫他只管闷坏看书的，你道好吗？"于是举起杯来，一饮而尽，便笑嘻嘻说出一番话来。

原来当时绳其跳入西院中，就一株桂树后隐住身体。向四下张时，只见靠北后墙却是一座高楼，楼窗四启，从里面射出荧荧灯光。仔细看时，里面还供着佛像、棐几香炉并果供之类，都隐隐可见。望到楼下，却有几堆乌影影的东西，望不清是甚物件。

这时绳其只顾了先觇路径，并倾耳人的动静，便一面留神，一面游目四瞩。只见身旁两厢都静悄悄没得灯火，唯有楼的对面正室后窗上却灯光隐隐。绳其觇望之下，回顾那楼下堆积的东西，想起那会子在院墙外所闻仆妇之语，料是桃子筐篮。正想趄去摸取，只听正室内有人道："你便是跑到哪里，我也是别住你的腿子。"

绳其大骇，赶快伏身回顾。却见后窗上髻影一晃，接着便啪的一声，又有人笑道："哟！娘，这个小卒儿倒会别人马腿。没奈何，俺只好支士垫车了。"即又闻先语的那人笑道："你瞧我，少时且捉取双士。"

绳其听了，方知室内是有人下象棋，于是放下心来，转倒好笑。恐这时去摸桃子，室内人未免听得声息，只好且觇觇再作道理。逡巡间，放轻脚步就后窗隙向内张时，果然是临窗案上，正有两个妇女相与对局。上首是一四十余岁的妇人，生得端丽凝重，顾盼间十分精神。再望到下首，绳其不由眼光一眩。原来下座上是一位二十来岁的女子，生得一貌如花，窈窕大方，真个是眉弯翠柳，脸润朝霞，眸凝春星，鼻侔瑶柱。更衬着皓齿朱唇，堆满了浑身风韵。这时只着短衫，勒起半段藕也似玉臂，用一只脚儿踏在椅上，一手扶案，用一手就局上指指画画。时而拈子，时而沉吟，两只俊眼兔起鹘落。有时望望妇人，有时搔搔鬓角，荡得两只耳环打秋千似的乱晃。少时，拈起一子，摆向腮间，忽地发恨道："你老人家只管赶尽杀绝，说不得咱就拼了吧。"说着，唰一声伸下手去。那子儿还未落局，却又赶忙缩回，"哟，哟！不，不！再瞧瞧还许多有活路哩。"说着，手腕一晃，却几乎触翻烛台。

那妇人便大笑道："慌妮子，下棋是睹心思的勾当，你还挂手脚做甚？方才我没和你讲拳法吗？静以制动，是武功上不二法门，便是下棋亦同此理。你这样扎手舞脚，心似燕儿飞，如何能胜人呢？"

女子笑道："娘倒会说。俺可没娘那菩萨打坐的本领（谓跌坐静功也）。"正说着，便见那妇人似乎是倾耳窗外。这一来，吓得绳其连忙屏息，悄悄地后退几步。便闻女子拍手道："好了，好了，娘也一般地没抽展，只顾发怔哩。"既闻妇人微笑道："快别打岔，你且悄没声的。"

女子笑道："这不消说，娘准是惦着上供的那两对桃子。横竖上完供娘拿去，俺和姊儿不要就是。"说话间，却闻妇人略略一笑。接着，又是棋子一响，便道："你且细细地想个着数，我也到榻上歪歪。"于是略闻步履微动。

绳其听了，也没在意，便一径地趁到楼下，细看那许多堆积之物，果然是成筐成篮的桃子，一股股馨香直扑鼻观。绳其大悦，便撩起长衫，从腰中解下麻袋。先将那串钱置在一个桃筐中，然后装取桃子。

须臾袋满，方想提到后园墙下击起掌声，唤建中接取。忽一抬头，望见楼上佛案前，不由想起那仆妇说的有两对并蒂桃子供向佛前的话。暗想道："并蒂桃子倒是罕见之物，不如一发摸得来，倒也好玩。"想罢，向楼上略为端相，披起前襟，一面向后略退几步。方轻轻一矬身形，脚下着力，要用个健鹘穿云的式子，一下子跃上楼去。只前足一跺，后足未起之间，忽觉身旁似有黑影一晃，那后足猛地一绊，扑哧声趴在地下。急跳起四下张时，但见满院中花影姹娅，微风飔然，距身旁数步外，有丛蔷薇花儿，四外的高枝却略有披拂之状。

绳其踌躇一回，一来是心注桃儿，二来因正室中是两个妇女，三来自己本领颇颇可信，难道在这庄户人家还会有意外之虑不成？于是心下坦然，略不在意。依然作起式子，正要上跃。

说时迟，那时快，绳其两足方才悬空，突闻背后嗖的声，早有人拉住一只腿子，便喝道："你这厮好大胆量！你瞧这是什么所在，你竟敢来弄手脚？"说着，手势一松，又搭着绳其一足着地，跟跄之急挣之势，吭哧一声早闹了个嘴儿啃地。

这一来，绳其惊恐之下方才跃起，便觉劈面刀光一闪，冷森森一股寒气正在逼得气息都噎，却闻背后有人忙喝道："住手，住手，休要鲁莽。我看这人不像什么歹人，咱且问个仔细再讲。"

绳其听了，急待回身，又恐面前刀势，只略一发怔之间，早被那背后人从后面抄手向前，捉住双手，一下子拧过去，登时用绳带反剪停当，忽地转过来，却笑道："你这人贪夜入宅，穴窗暗张，已经非礼。摸取桃子也罢，如何又要上楼，我倒服你这人好个胆量。"说着，高唤道，"你们且将提灯来，待我瞧瞧他是哪个。"

一声方尽，有三四个仆妇各执提灯，由正室穿堂门内如飞而至。登时那楼下一片光明，亮如白昼。这时绳其望得分明，只见对面价站定一个提刀女子，汗巾束腰，撒着裤脚，一张嫩脸气得通红，便是棋局下首那个女子。再瞧捉住自己那人，就是棋局上首的那个妇人，正端相着自己，微微含笑。却又微露耸然之色，便趋近一步，向绳其笑道："你这少年，倒生得一副好骨格。俺看你不像本地之人，为何无端闯人宅院？你且从实说来，俺并不难为于你。但是你这怯手脚，是从哪里学的？这等本领就敢夜入人院，这不是和自己过不去吗？"一句话招得众仆妇咯咯都笑。

那提刀女子也不禁樱唇绽开，便唾道："摸人桃儿的没有好人。依我看，赏他两个耳光，放他去吧。他先被绊一下竟不觉得，还猴儿似乱跳，怪不得娘说窗外似乎有黄鼠咻咻地出气，原来却是他。真笨得令人长气。"

妇人笑喝道："玉儿丫头，你这会子也信我的话咧。那会子你瞧我侧耳，你还说我惦着上供的桃儿哩。"说着，彼此咯咯都笑。又搭着众仆妇附和的笑声，便如群娇鸟啼花一般。

这一来闹得绳其脸儿通红，又羞又气。你说他狞龙生犊的性儿，哪肯输这口气！于是冷笑一声，朗然答道："俺不该闯你宅舍的罪过，且搁在一边，便是杀剐，一任你们。但是你这娘子侥幸擒俺，何得便笑俺本领？俺此来虽是冒昧，却不是偷盗行为。那个桃篮中有俺置下的桃价，便足为证。实对你说，俺还有个伙伴儿，一般地携了桃价，现在后园。你们若问因何来取桃儿，这其中也有缘故。俺诚非本地人，却因探亲到此，俺便住在敝亲去处。且待我说出来，凭你办罪就是。但是这等缚急，却使人耐不得，难道你们便如此待客吗？"

妇人笑道："这倒是俺忽略了。"于是走上前，亲解其缚。

那绳其便从头至尾，先说出自己的姓名、族贯，并怎的来此、怎的寓在吴思恭家、和思恭是中表兄弟、和建中是总角之友。然后又将因气愤那老园丁不肯卖给桃子，所以才备价来此摸取之故——一说出。大家听了，都为失笑道："那位王建中不就是在某家坐馆的那先生吗？他文绉绉的，怎也来淘气呢？"

于是妇人一笑，忽地端相着绳其，面有喜色，又瞅瞅那女子，然后向绳其道："原来你是平谷红蓼洼方姓家子弟。既如此，且暂屈尊驾，待我寻得令友和你相会就是。"说着，命个仆妇将绳其引入厢室少坐，自己便率领仆妇，这才寻入后园，却正值那小鬟撕掠建中呢。

当时高氏连说带笑地述毕，建中是嘻嘴憨笑，绳其那里已一盘水饺入肚，又问起高氏来，方知和那家妇人甚是熟稔。逡巡间想起明日认师之事，便笑向高氏道："表嫂，你瞧我真也闹昏咧。明日便要去认人为师，竟自没问人家是张三李四。那位娘子，一个妇人家竟有如此本领，却也可怪。她究竟姓甚名谁，是何等人家呢？"

高氏听了，用眼儿瞟瞟绳其和建中，不由笑得什么似的，便道："你两个且慢问人家姓甚名谁，左右你两个三不知地将人家两个大闺女都相了来咧。我且问你们，那两个大闺女你们瞧着俊不俊呢？"

一句话出其不意，闹得绳其、建中都有些脸上讪讪的，正彼此相视一笑，噎了一声。高氏却大笑道："再譬如拿那两个大闺女给你两个做媳妇儿，你道好吗？只要你两个愿意，不是嫂嫂夸口，凭俺一张巧嘴子，管你说得她花轿进门。那会子俺就说你们淘气淘出便宜来。如果一人得一个花不溜丢的媳妇子，这便宜才有天来大哩。"说着，俏生生站将起来，竟与绳其等各满一杯，又向两人道个万福道，"嫂嫂这里先与你们贺喜何如？"

这一来不打紧，招得绳其、建中哈哈都笑。绳其便道："嫂嫂不该的，怎的拿人家姑娘们戏耍起来？如今且慢玩笑，那位娘子有此本领，端的可怪，她究竟姓甚名谁呢？"

高氏笑道："表弟你真也有些闹昏，你自想想，这葛垞庄巴掌大的所在，妇人家会武功的，还有哪个？"

绳其略为思忖，不由直跳起来，跌脚道："怪道俺这点能为一些儿不成功。如此说，那家儿准是杜家，那娘子准是人称杜大娘的商兰姑吧。"说着，拍掌大乐道，"妙，妙！俺若非淘这回气，怎能拜她为师？这个便宜才算是天来大哩。俺祖母在时，时常谈起商兰姑，俺耳轮中听得飞熟。如今却睹面不识！"说着，手舞足蹈，向后一仰，不想一下坐空，嗵的声蹾在地下。

绳其都不理会，爬起来便吵道："表嫂，如今那娘子既是杜大娘，那提刀的女子又是何人？俺瞧她伶手俐脚，也像会些武功哩！"

高氏听了，便笑吟吟将绳其按置于座，然后答道："嫂嫂索性都告诉你吧。那娘子是杜大娘自不消说，便是那片桃园，本是俺家售与她的。当售园时，来往讲说交易，都是俺和杜大娘亲自接洽。不知怎的，那大娘娘喜俺性儿爽快，彼此甚说得来，从此俺便和她厮熟。你见的那提刀女子，名叫玉英，便是杜大娘的亲生爱女。杜大娘自孀居后，看这女儿便似个宝贝疙瘩。本想把自己所能尽数儿传与女儿，无奈玉英气质稍弱，不过略得大娘本领一二。虽然如此，那寻常拳棒武师，四五个人也近她不得。"说着笑道，"这是一个了。"

于是向建中一笑，又说道："至于建中弟所见的那个俊姑娘，却是杜大娘族中一个侄女儿，自小儿父母双亡，无依无靠。杜大娘见她小模样怪得人意，又因同族之谊，怜其孤苦，便将她收养过来，和玉英一样看待。她名叫瑶华，只小得玉英一岁，姐儿俩出落得一对儿水葱似的。只瑶华十分文弱，休说是抡刀舞剑不成功，便是走路稍快，她就会累得脸儿通红。人家却会识文断字，刺凤描鸾，整日价坐在闺中，真像个千金小姐样儿。杜大娘常说她经过许多瞎先生算命，都说她是大贵的八字，将来就许是位诰命夫人哩。"说着，咯咯一笑，却向建中道，"弟弟，你提防着吧。你冒失鬼似的钻在山石后面，瞧人家闺女家的，又撒风似的乱嚷，吓人家那么一跳，人家就许不依你，寻到你炕头上去哩。"

建中听了，正扬着脸向高氏憨笑，恰好高氏一气儿话才说完，即便举杯，咽的声咽个不迭。不及回头，但听噗的一声，这里建中却啊呀相应，登时间满面淋漓，却招得绳其哈哈大笑。正是：

欲知深浅意，都在笑谈中。

欲知后事如何，且听下回分解。

第一百〇九回

拜画像侠士得名师
觇设备大娘传剑术

且说绳其见建中被高氏喷酒满面，不由大笑道："表嫂为何说起那两个姑娘来便这般欢喜？如今闲话少说，俺本待过两日即便转去，如今既在此认师，势须在此久住。没别的只好来打搅表嫂了。"

高氏道："你不须怙惙，俺自有安置。明日早晨你表兄便可由城转来。这拜师大礼，似乎须他领你去方像模样哩。"说话间，夜膳已罢。大家又说起在杜宅情形，却觉好笑。绳其便问道："表嫂，你同俺们跑到杜宅大门时，又被个仆妇撮进去，是怎么回事呢？"

高氏大笑站起，道："那是天机，这当儿岂可泄露？日后你两个自然晓得。如今咱大家都闹了大半夜，也该歇息咧。"说着，含笑敛具，即便入内。这里绳其等疲倦上来，也便各自就寝。

说也奇怪，两人就枕后，一般地辗转不寐。夜魂颠倒中，建中是总恍惚见瑶华衣角飘瞥入角门的风姿，绳其是总如见玉英提刀忍笑的神态。两人在榻上翻来覆去，便如烙饼一般。直至五更大后，方才沉酣睡去。正在栩栩之间，却微闻有人小语道："你且不要混他们，他们昨夜真也闹乏咧。你闲得没干，何不将从城中买来的精致物儿匀出一半来，备做表弟拜师的贽礼呢？"

绳其等忽地醒来，只见业已将近巳分时候，高氏和思恭都光头净脸地坐在室中。那思恭是满面高兴之色，并且换了新衣、新鞋帽，扎括得客儿一般。原来思恭早晨间即便由城买物趱转，听得高氏说绳其等夜闹杜宅，并今日绳其去认师之事，又是好笑又是欢喜。所以忙忙地先扎括起来，准备着去向杜宅哩。

当时绳其等起身，大家厮见，思恭问起夜间杜宅之事，大家又笑了一场。建中因馆中事忙，自行趱去。这里绳其饭罢，略为结束，便由思恭提了贽礼盒，引绳其径赴杜宅去行拜师之礼。那杜大娘收得这样个佳弟子，自然是欢悦异常，当日连思恭都欲留住盛筵相待。次日，大娘又亲来回望绳其，不消说又将高氏忙了个手脚不闲，一面置酒款待杜大娘，一面请得建中来吃喜酒。

饮宴间，杜大娘上坐，绳其、建中左右相陪，思恭、高氏坐了主位。大家杯来盏去，又说又笑。那杜大娘向绳其询一回方姓光景，谈一回老年商家和方姓的世谊，更说起当年方、王二老向白涧乞援之事，只乐得眉飞色舞。又一面向建中笑道："俺早闻得有位红蓼洼的王孝廉在此坐馆，却没想到便是咱世谊王姓的人。也是足下特似大妮儿似的，老不大出馆见人，不然，咱们还许早就认识咧。"大家听了，都各大笑。

那杜大娘直盘桓到天色将晚，方才告辞，却拖了高氏到内室中密谈良久，两人方笑嘻嘻携手而出。

不提大娘欣然转去并建中自行回馆。且说绳其忽得名师，恨不得即日就学，却因家事须转去安置。次日，便别过思恭夫妇，即行回头。这里高氏也便将绳其住室就前院收拾停当。

有话即长，无话即短。不多日，绳其踅转，并带到衣物银两等交高氏收贮，以为久居之计。一切安置都毕，会过建中，便去谒杜大娘。这时杜大娘早在东院旁收拾出习艺所在，是一空敞单院儿，内有正房五间。原先本是场房，自杜大娘教玉英拳棒，便作为习艺之所。

当日杜大娘接见绳其，略问所能，便笑道："你从前所习，都是世俗脆弱武功，一遇真正劲敌势必无幸。今必当尽弃所学而从我，方能归于正派。但是俺商家剑术，自初祖以来便立有誓言，不得妄传非端正之士，并对天设誓，不可轻泄其秘。因为剑之用，正用去，则为福无量，不然，亦能流毒无穷。故授受之间，不可不慎。今俺便当引汝设誓，然后语汝以用功的次序并剑术拳棒的源流。"说罢，引绳其踅进单院。

只见室西间里业已设了香案，焚起名香。靠东壁上挂着一幅画像，上边一位披蓑笠的白胡子老头儿，气象岸然，衣带作飘拂之势，后跟一披发短童，捧剑相随。那短童相貌是虎头燕颔，英气勃勃，真有乳虎吞牛之势。

绳其见了不便致问，正在仰着觇望，便见杜大娘整整衣衫，面现严肃之气，向那画像插烛也似拜将下去，又伏首喃喃，默祝一回，方翻然站起道："俺今收你为弟子，方才通诚已毕，你便也虔心设誓就是。"说着退向一旁，肃然而立。

绳其见此光景，哪敢怠慢，便依言上前下拜，默默地设誓站起。却见杜大娘望着画像，面现戚然之色，一面和绳其就案前椅上相与落座。这时仆妇献上茶来，杜大娘便向她道："少时这炷香尽，你再来恭请画像吧。"仆妇唯唯退出。

这里绳其望着画像怙悷之下，便贸然道："请问吾师，这画中老人，莫非

283

是古来哪位剑仙吗?"

杜大娘笑道:"哪里来的剑仙? 这便是先严讳允恭,人称白头商老太的遗像。俺今收你,传授剑术,所以请出像来瞻拜一番。"绳其听了,正在肃然起敬,杜大娘又慨然道:"先严武功剑术,世所共闻,生平传授弟子,必取端正之士。所以你今天设誓,俺令你对此遗像,但期你将来成就后重侠尚义。大则御侮敌忾,为国为民;小则保身济人,好行其德,生平行谊如先严一般,方不负俺授你剑术之意哩。但是俺毕竟是个妇人家,限于天质,先严所能,俺不过十得六七。将来你学成后,如再求深造,只好自家用功去悟会了。"

绳其听了,十分耸然,便道:"吾师此话却是自谦,吾师亲承家学,定然所能十足。恐怕他老人家当年所授弟子,都不及得吾师哩。"

杜大娘听了,笑了一笑,便站起指着画上那披发短童道:"你看此人,便能得先严武功十之八九,其造诣殊胜于吾。此人姓施名照,又名老么,辽东人氏。自离先严门下,便回乡游行,隐迹不见,久已音问皆绝,不知他是否还在。当日先严门下,俺和施照都算高材,但是施照天质既好,学力又专,所以颇胜于俺。当年先严最爱此人,当他拜别先严回乡之时,先严甚惜其去,因命画师,连他童年光景绘入自己的画像中,时时展玩,以寄爱意。"

绳其听了,猛触起自己平日所闻的商老太许多逸事中,果有高弟施照。正在望着那披发短童孜孜含笑,那杜大娘已依旧落座。于是绳其起立,便叩武功之要,并用功致力的次第。

杜大娘命他归座,便朗然道:"武功之要,须先明宗派。大概古来武功技击,分为内家、外家两派。外家派起于少林僧,其法主于先制人,奋搏取势,但是勇气易竭,或失之疏略,反往往为敌所乘;至于内家派,却起于宗师张三峰。三峰本为武当道士,深思玄悟,纯以趺坐调息的静工为技击之用。当时武功拳术,号为无敌,能手挥飞鸟,走及奔马。至名达宸听,或传其已得剑仙之术。当时宋徽宗方崇道教,异其为人,便下诏征取入都。

"三峰应诏北上,行抵某处,夜宿于元帝庙中。恰值前途群盗窃发,众可数百,盘踞山径间,焚掠火光,达于远近。三峰慨然,既忧且愤,又恐己力或不足制盗,遂失英名。于是夜祷于元帝。入梦后,果恍惚见元帝授以非常拳法,其纵横变化非人意念所有。惕然惊寤之后,孤身便行。前至山径,群盗围之数匝,三峰奋拳纵击,毙盗百余,余盗皆披靡四散。但是三峰以徽宗暗主,己又不欲炫名于世,竟从此遁迹,不知所之。其法主于御敌,深明静以制动之理。敛气释躁,不露锋芒,非至敌迫势急不发,一发之后,势在必胜。这就是老子'知雄守雌,不为天下先'之意。又道是'齿以刚折,舌以柔存'。先严武功,便纯是内家宗派。

284

"这两派传留下来，其后又变衍出许多家数，毕竟是百变不离其宗，概不出两派范围，这也不必细述。如今你从我学习，自然是内家宗派。但是用功致力，又有内功、外功之分。外功是操练筋骨，增益气力，以至于仆打耸跃，运用剑法，并使用诸般的长短兵器，马上步下的诸般战法，虽似繁难，却是容易。"说着，端相绳其，微笑道，"就你这骨格气体而论，三年之中，必当武功大就。说到这内功，却似没得什么，其实倒着实不易。你要入手内功，先须沉心定虑，虽不能如老僧入定一般，也须平心静气。能静坐得住，方能用那导息运气的功夫。其间呼吸吐纳，圆滚飞走，以至凝流涵育，行气满身，都有火候次第，俺自当指点于你。"说着，却笑嘻嘻地道，"俺听那吴大嫂说你很有淘气的大名，这跳荡淘气，未免于平心静气的静坐上不大相宜，所以俺说这内功着实不易。"

绳其忙问道："莫非这内功除导息运气之外，还有什么难办的功夫吗？"杜大娘道："倒也没别的，只是趺坐导运的静功。"绳其听了，不由喜溢眉宇，便跃然道："此说，这内功有甚难处？只须婆儿似坐在那里便了。"说着望望大娘，又逡巡道，"只须像老太太们坐在炕头，准能成功。"

一句话招得杜大娘咯咯地笑，便道："功夫是做起来方知难易。此时不须多说，且随我来瞧瞧用功的设备如何。"说着，引绳其趋离香案。只见室中悬有一刀厚纸。杜大娘："此为练习拳力所用纸，虽似软，但是叠厚起来，却坚无匹韧。拳力所至，能击穿叠纸三刀，方为足用，此纸是逐渐加多。"

绳其方暗吐舌儿，又到一处，只见靠壁前设座位，座前却悬着把猪鬃短刷，刷有系绳，以手拉动可以来回晃动，便如钟摆一般。绳其见了不解何用，杜大娘道："这刷儿是为练目力的。坐在此处，瞪视着牵动此刷，须刷过眼前不得交睫。古语所说，泰山崩于前而不瞬，疾雷震于后而不惊。须有此等目力，方适剑术之用。但是手足之上，便须实力沉着，今亦有练习手足的设备。"说着又到一处。

绳其一瞧，越发不解。只见靠壁下，设有尺许厚的棉垫，又有个很高的木桶，内贮铁砂，有二尺多深。杜大娘便指那棉垫道："此为练习足力之用。必脚踏棉垫，日久使穿。对搏起时，足所到处，方有踢倒泰山之势；足所立处，方有卓立铁柱之观。"说着，又指那木桶笑道，"你练习这桩儿，不要怕皮肉受苦，若一畏难，便不成功。此为练习手力所用，练习时将五指骈齐，向砂中逐渐力戳，越戳越深，直至一戳到底，如以手探水一般，那手力方算成功。此便名为'铁砂掌'。古人说'骈掌之力下切可断牛项，直戳可洞牛腹'，便用此法练成。这手力在技击中最为紧要。欲造绝诣，不可不吃些苦头，用些苦功。"说着，伸出纤手，举示绳其道，"你瞧我此等功夫业已辍习

285

多年。至今爪甲还不甚长哩。"绳其望去，果见大娘手指齐臻臻的，如新剪过爪甲一般。

绳其正在惊异，又已被大娘引向院中。只见院中地平如砥，绝好一片艺场。东西偏厦中设有诸般器械，那靠东厦跟前，却挖有一处深坑，厦壁上悬有许多的大小沙袋。绳其呆望一会儿，正要致问，杜大娘却指那沙袋道："这是练习耸跃能为的设备。你看古来剑客，腾踔如风，飘忽无影。难道他娘生他下来，便有肉翅不成？那也是练习得法，逐渐而成。今欲练耸跃并飞行等功夫，先须腿腕上挂这沙袋。初习时，挂沙袋一二，走动起若无物，便逐渐挂那大些的。直至挂到十余斤的大沙袋，走动起仍若无物，那时解去沙袋，自然举步如风，行及奔马。"

说着引绳其到那深坑前道："这坑儿却是专习耸跃的。因为坑身窄狭，由里面上跃，全凭提气上升，脚下却不离方寸。人家武功家，有平地升雷式的跃法，便是如此练习的。初练时，只是这等深的坑，以后还须逐渐挖深，能由这三四丈深的坑中跃出，若在平地上，十几丈高的崇楼杰阁，只须一跺脚儿，不难蓦然而上哩。"

当时杜大娘一路讲说指点，听得绳其又惊又喜。惊的是功夫不易，喜的是得遇明师。回思耿先生所教导的一切功夫，真个有如儿戏。正在怙悇之下，那杜大娘引了自己又踅回室内。只见画像香案等物都已被仆妇等收去，却见最东边里间儿有帘深垂，静悄悄的。

绳其正怙悇着里面或又是设备的什么练习，便见杜大娘引自己踅向东间，一面笑道："如今用外功的设备大概便是如此，你且瞧瞧这用内功的设备如何？"说着，掀起布帘，两人踅入。

绳其抬头一望，反倒一怔。正是：

　　　　谁知内功所，反似禅栖处。

欲知后事如何，且听下回分解。

第一百一十回

获真传双习内外功
做良媒巧说婚姻事

　　且说绳其先时听杜大娘说内功之难，以为这东间内不定是怎的设备练习之法。哪知一瞧里面，只临窗木案上设有《素书》几卷、香炉一具。靠北壁下对面价设有两具蒲团。再瞧到东壁上，却挂着一幅《越女猿公斗剑图》，画得来颇有神气。除此便虚室生白，更无余物，便如老僧禅室一般。

　　这时杜大娘和绳其就临窗案前落座，略为歇足。一时间诸籁都静，只有微风拂窗，吁吁喁喁。绳其望不见什么设备，因笑道："这所在却自在得紧。在院中习练跳踢累乏了，在这蒲团上歇一霎儿，好不快活。"

　　杜大娘失笑道："蒲团上自有快活处是不错，但是初习之人，须受过许多不快活，方能觉到快活。因为蒲团上自有功夫在，却不是把来与人歇腿的。古人说得好来，欲参真觉性，坐破草蒲团。这导息的内功，虽不尽同禅家坐禅，但是也非面壁功深不可。将来俺教你练习起来，自然便知快活不快活了。"

　　绳其听了，似信不信，总觉这趺坐内功，易似踢跳外功，但是也不敢致问。须臾，杜大娘引绳其出得这习艺单院，转就客室，又给他订出用功的课程，是刚日习一切外功，柔日专习内功。除活动气血、讲明穴脉外，便是趺坐导息的静功。

　　杜大娘当时送客回头，便将女儿玉英并侄女瑶华叫到跟前。娘儿三个笑眯眯地喊喳了一会子，也不知讲说的是什么体己话儿，但见玉、瑶两人，一对儿嫩脸一红，便低头道："娘说好便好。"杜大娘也便大悦道："好，两个孝顺孩儿，娘的眼力不会错的。"

　　不提这里杜大娘暗含着相攸已定，且说绳其当日趱回思恭家，向高氏等说起杜大娘见待的情形，大家欢喜，自不消说。从此绳其便寄寓吴宅，逐日按时价前赴杜宅学习武功。

　　绳其姿质本是绝顶，经此明师，好不长进日速。那外功中如捶纸视刷、跳坑踏棉垫等，绳其都不为难，只有练那铁砂掌，那很坚利的铁砂，将绳其指掌创得血冒津津，爪甲都秃。每一戳下，那指掌便如刀劙火灸一般。但是绳其并不为苦，依然忍痛习去。唯有那内功中跌坐导息一事，却把个生龙活虎似的方绳其给叫了劲儿（俗谓难倒之意）咧。原来一坐下去，便如驾云一般，强坐片时，便自一头歪倒，将头上撞得疙疙瘩瘩，将杜大娘笑得合不煞嘴。屡次教与他静念摄心之法，无奈绳其心下越焦躁，越不成功。

坐了两次，都胡乱罢手，末后，竟有视为畏途之势。瞅到蒲团，便心怦怦乱跳，这一来越发不成功。不但绳其急不可当，连杜大娘也穷于说法，只好提纲扼要地说道："你坐上去，譬如这颗心已经死去，方有着力之处，是加意矜持不得的。"绳其听了，便如初上学的学生，突闻大学之道一般，只好干眨老师两眼罢了。

一日晚上，月色大明，绳其正在院中对月散步，听得村庙中暮钟敲过，一面价深思跌坐之法，只见杜大娘头缩懒髻，身穿青衣，徐步趔来却笑道："今夜大好月色。"这时绳其方低着头儿沉思颇深，不由猛然抬头道："哪里有月色呀？"

杜大娘拍手道："好好，你能忘境，便是跌坐的诀法。如何还只管不会呢？今俺当现身说法，指示于你。你无论怎的难过，须待我离蒲团时，一同起来，看是如何？经这次你若再不了解，俺虽有许多导息运气的内功，也无从传授了。"

绳其听了，不由悚然。便见杜大娘笑容一敛，携了自己径入室内东间。这时月色被窗，树影凌乱，香炉内篆烟微袅，好不幽静。听听四外，只有夜舂远柝之声，继续间作。绳其望着杜大娘面色沉肃，怙惙着不定是怎样教法，自己这次若再领略不得，这内功的功夫只好绝望。

正在想得心头七上八下乱跳，便见杜大娘道："你只依我坐法，看是如何！务要摄心息念，使此心惺惺然，然后息均气沉。息均气沉，是导息运气的初步功夫，不然虽有教法，都无所施。"

绳其茫然，又复唯唯之间，两人已就蒲团对面价坐将下来。绳其瞅着大娘，亦步亦趋，如法坐好。便见大娘垂眉闭目，气息数敛，早已如僧家般入定去了。这里绳其不敢怠慢，也便急急地闭了眼睛。但闻大娘呼吸气息微微可闻。少时，气息亦静。忙得绳其也胡乱地调匀气息，但是心头总怙惙着这次是否成功，越志忑越不得劲儿。百忙中又要瞅瞅杜大娘，不时地眼睁微缝，见大娘还坐得好端端的。逡巡间又恐大娘瞅见自己睁眼，便赶忙又挤紧眼睛。

闹了一会子，不但心头越发跳得厉害，并且觉得项僵腰酸，脊背上如负重甏，头脑涔涔然如戴巨石。一时间耳似蝉鸣，眼似冒火，那额汗淫淫，竟

288

顺着发颊流将下来。休说是调匀气息，便是趺坐竟有些支持不得。再微瞭大娘，依然坐得好端端的，那身影儿映在壁上，便如一尊佛儿一般。于是绳其闭目暗愤道："俺怎的这般没成头？不要管他，可是大娘说得好来，譬如这颗心已经死去，心既死去，还管他身子难受不难受怎的？"想罢，便强撑着趺坐如故，索性不去再瞅大娘，一面价极力静念。

这一来果然有些意思。但觉此身飘飘，如在云雾。耳轮中起先是恍惚风树乱鸣，又如波涛响动。少时稍静，又如小车轮儿碾行于平沙之上，沙沙有声。过了一霎时，又似秋虫振羽，冷蜂哄穴，或时暗暗嗡嗡两声。绳其都不管他，强摄片时，耳籁渐静。正似栩栩自得之间，忽闻村墟间递递犬吠，声如豹子，斯须远近间诸犬接吠。又闻有村妇遥唤道："大丑子呀，这当儿不家来，你就是会淘气。"这一声不打紧，招得绳其几乎失笑，暗想道："俺只道俺淘气有名，原来这里也有会淘气的。"

只这刹那间念头一起，不好了，再要断念哪里能够？于是顷刻间念念相续，先由淘气摸桃儿，以致得识杜大娘，驰想入手，夹七杂八，回想到思恭相邀，自己方才到此。又想到建中，怎的便偏在此坐馆，或就是两人该在此相聚之兆。一会儿又因咀嚼"淘气"两字，回溯起小时许多的顽皮事，甚至于连捉弄了明、世禄并捉弄两个瞎子打架等事，都思量起来。少时，更想起耿先生并刘东山在金塘堤下惊喜相遇的情状。倏忽之间，又想到将来自己武功大就时的快意。这一来只闹得念如乱丝，搅作一团。觉着那头轰的一声，似有巴斗大小，耳畔轰轰，如敲钟鼓。一颗心突突地恨不得跳出喉咙。还没转瞬间，早已万念纷驰，眩晕欲仆。

这时绳其自觉不妙，赶快地强勉摄心静念，无奈神气欲驰，正闹得浑身战栗、握握欲仆，恰好村庙中午夜清钟徐徐敲起，铿然一声，流韵满空之间。这里绳其悚然一惊，恍如梦觉。忙瞅大娘时，仍坐得纹丝不动，并且意态怡然而现华色，就仿佛受用得什么似的。于是绳其感触之下，若有所悟。这才死心塌地地遗却形骸，静坐下来。这次却怡然寂然，杳杳冥冥，已得静中三昧。

也不知经历若干时，忽觉微风振窗，戞戞作响。却闻杜大娘笑道："好了，好了。你这次坐到这当儿，想是已得诀法，且将静中光景道来如何？"

绳其连忙张目，只见杜大娘业已笑吟吟站在蒲团跟前。于是绳其从容起坐，两人仍趸就窗案前相与落座。绳其一述静坐中光景，杜大娘笑道："得之矣！你参悟得'心死'两字，这内功静坐，便已成功，以后便是导息运气的节度火候了。导息，当使绵绵若存，如保婴儿；运气，须令意之所及，气便随之。这气之为用，至大至刚，世间无物可比其坚实。你看乾坤之所以不息，日月之所以永明，也无非是这浩然之气，流行其间。人能永保这本赋的气体，所以为用最大。武功家有剑气合一的造诣，便是练习此气，可代剑用，又名之为罡气，迨至气化为剑。不用时，只存养于呼吸之间，欲用时，能掣然飞出，刺人于千里之外。古来剑客，往往人目之为仙，就因其气用太神，有似仙道。其实他也是功力深至，逐渐而成，何曾有什么仙道呢？再者武功家运炼罡气，凡是端人正士，更容易成就。因为端人正士所行为，都合天理，其气自壮。这就是孟夫子所说的'浩然之气'。有此好气质，再加以运炼，所以其功易就。古来剑术，必传端正之人，虽是预防流弊，也因端正之人容易成功之境。今你既得静坐的诀法，此后俺便当循序授教了。"

绳其听了，不由大悦。当时便恭听了杜大娘许多指教，方才各散。从此绳其便逐日价内外功一齐精进。那属于内功的有飞拳、点穴等法，都是罡气作用。点穴之说，诸君大概都晓得，不须作者费词。那飞拳，俗又名为"百步拳"，便是距敌人数步之外，提起拳头，遥作揸势，那敌人即便应声而倒。因为拳虽未到，其气已达哩。

那属于外功的，便是诸般拳术、诸般器械以及飞石打标。其中更有一路"混元剑法"，是当年白头商老太创作的一种绝技。何为混元？是混合诸路剑法中的绝招妙招，以元气盘旋之，色举之，故名混元。那剑法舞开来，端的是神妙非常。

绳其气质本佳，又加以大娘指教得法，不消三两月光景，早已武功大进。但是绳其因一心苦学，不但没暇去淘气，便是行动坐卧间，不是攒眉沉思，便是无端地嗤然而笑。那高氏暗笑之下，有时节去引逗他说笑，他也不大理会。

便是这般光景，堪堪地残冬将尽。建中那里已将到放馆的时光，思量着约绳其一同转去。这日，便寻向思恭家，和绳其相商量。方一脚踏到宅门，便听得前院中飕飕风响并思恭夫妇嬉笑之声。建中入去张时，只见绳其正在院中闲习拳脚，耍得风团儿一般。

思恭夫妇却站在二门前，一见建中入来，高氏便笑道："建中弟来得正好。不然，俺正想请你去哩。你的来意不消说，俺已猜着。定是约绳其弟一同回家去过年。可巧，俺今天是吃散伙饭的日子（腊月散佣工回家，明春再集，例有酒食，谓之吃散伙，此风吾乡犹存）。俺一来趁势给你们发脚送行，二来还给你们贺喜，你道好吗？"

建中听了，正在一愣，绳其便收住拳势，拖了建中笑道："你不要理她。不知怎的，她今早从杜大娘那里踅回来，便向俺乱吵贺喜，问她怎的，她又说什么天机不可泄露，等老弟你来再说。你道怪吗？"

高氏听了，正在抿嘴而笑。思恭却望望高氏，向绳其等笑道："你们若欲知什么喜事，只消问我。和她磨嘴皮子做甚？俺两个夜来一头卧下，白睡不去，只剩了嘴闲着，自然须想些话儿搭趁。她便这么长、这么短笑嘻嘻地告诉我一大套。你说那当儿，我爬伏着，八下里忙碌，偏那榻子又咯咯吱吱。她那当儿说话又断断续续，不大接气儿，所以我模模糊糊地听得不大清爽。但是大概价是这么回……"

　　一个"事"字没出口，只见高氏红着脸儿抢过来，一把掩住思恭嘴子，却笑道："你这呆子，胡呲的是什么？你又知道大概咧。"于是手一指，向思恭额上一戳，瞋着眼儿道："真难为你，好话也叫你说坏了。"因向建中等笑道，"你们不晓得，便是夜来俺两个整治了些浆洗的旧布片，他压我坐（谓坐平布片也），既是压的压，坐的坐，那榻子未免咯吱。我既可劲儿往下坐，自然说话气儿不匀，便是这么一回事。你说他就说了个连汤带水，沫沫渍渍，气不煞人吗！"

　　这一描白不打紧，早招得建中、绳其哈哈都笑。说话间，大家暂入室内，建中向绳其说过相约之意，绳其沉吟道："老弟有母挂念，放馆后自当回家省视。我的意思竟不想转去，恐怕耽误了习艺功夫。二来余福嘴碎得很，他动不动便说些成家立业老板板的话给我听。便是我在此习艺，他便不以为然。眼见得这次转去，又要听他絮话。"

　　建中道："话虽如此说，这岁时年节，还当回去一趟，与老太太上上香火才是。"绳其听了，含笑点头。一瞧思恭夫妇却不知何时趔出，因笑道，"你瞧俺表嫂，只吵着与咱们贺喜，这事儿俺却瞧个仿佛。因为她谈话间，常说我和你都该定头亲事。她这个闷葫芦，说不定便是给咱们做媒的勾当。"

　　建中笑道："若是如此，大哥只管定亲事，俺却不忙。我的意思是功名大就后方议婚姻。不然添一人口，夺母之养，如何使得？"绳其笑道："你又来咧！你再不说村庄女子没得出色的罢了，却掮出这等大题目来。不瞒你说，我和你所见略同。少时，俺表嫂若果提亲，咱只给她个摇头不要就是。"

　　正说着，却闻思恭在院中吵道："要，要，这仙桃仙果的，如何不要？过得这村便没这店咧。"

　　绳其等忙从窗间外望时，只见思恭端定一托盘热腾腾的酒菜，后跟高氏，却用个精致添盘儿，托了四个红红白白的大桃儿，就似从树头新摘的一般，趔趁着趔来。于是两人赶忙一挤眼儿，却闻高氏笑道："今天这席酒是喜酒。人家杜大娘今早晨又巴巴地唤得俺去，送俺这桃儿，咱这才是鲜果哩。"说话间和思恭趔入，便就案上摆好酒菜。

　　绳其瞧那桃儿十分鲜艳，不容分说，拿起一个来便是一口，随手儿又递给建中一个。一面大嚼得甜香满口，一面笑道："这桃儿端的可爱，这时光还这么新鲜。"高氏笑道："可知是新鲜哩。人家杜大娘纸包绢里收藏着，专待有口头福的来尝新，怎的不新鲜呢？"

这里思恭哼了一声，便就案列好座位。当时四人坐下来，高氏先与建中、绳其满上一杯，然后自斟一杯，却擎着壶儿笑道："你两个先满满地饮过三杯，俺便告诉你这天大的喜事。"绳其乖觉，忙用脚悄蹴建中，便笑道："吃三杯容易，但是表嫂说出来，若不是什么喜事，却怎处呢？"

高氏摇着头儿，用手一掠鼻尖，便笑道："俺少时说出来，你两个若不乐得合不煞嘴，嫂嫂就算输。你两个就乖乖地吃三杯吧。"

正说着，思恭暴起，嗖一声从高氏手中夺过酒壶道："吃三杯算什么？你瞧我先闹一壶子。"说着，对了壶嘴，咕嘟嘟便是一气。这一来招得绳其、建中都笑。高氏便道："你先别逞疯，少时准备着给弟弟们贺喜吧。"

思恭一咧嘴儿道："我早就喜在这里了。你瞧瞧这桃儿，咱自把桃园售与杜宅，好些年也没吃着，如今忽然又吃着，这不该喜吗？"高氏嗔道："少说闲话！难道你自家霸着酒壶不成？"于是拎过壶来，又与绳其等各满两杯，然后笑道，"如今俺实告诉你这桩喜事吧。俗语云'男大当婚，女大当嫁'。"

绳其听了，忙笑瞟建中，使个眼色。又见高氏道："如今你两个也都老大不小的咧，应该定头亲事才是。嫂嫂今天特来做媒，现有两位花枝似的大闺女，眉儿眼儿，头儿脚儿，一言抄百总，就是东海龙王的三公主、王母娘娘的老闺女也没有那么俊的。并且门当户对，和你们正是天造地设的两对夫妻。你们如今定下这亲来，这不是天大的喜事吗？据嫂嫂想来，像这等的好姑娘，你两个想没什么大挑拣的咧。"

建中绳其听了，方相视一笑，却见思恭倏地直立起来。正是：

绿酒联欢处，红丝欲系时。

欲知后事如何，且听下回分解。

第 六 集

第一百十一回

系红丝鸾凤定配
争鹿皮牛马其风

　　且说绳其、建中方相视一笑，暗暗会意。只见思恭立起来便吵道："没得挑拣，一百个没挑拣。从我这里说，这两份亲事算且定下咧。"因向绳其等道，"你两个不用怙惙，将来娶过来不如意时，我教给你们一个方法。你们四只手攒足了劲，只向她屁股上肉厚处撕，问她还做媒不做媒？但是这头亲委实不错。就我等眼儿瞧那两位姑娘也怪好的。若比起她来就强得多咧。她不过只会过庄稼日子，大秋上又筛又簸，劈腿叉脚地忙一阵。再着了紧蹦子，打个连三拐（谓打稻也），闹个老虎打偎窝（谓坐地之场工也），也就完了她的能为咧！人家那两位姑娘却不然，文的会描鸾绣凤，武的……"

　　一言未尽，却被高氏笑着拉了一把道："你只吃你的酒，好多着哩。弟弟们哪个不比你机灵？遇着这等好姑娘，自然是一定允亲。但是说了半晌，这两位姑娘究竟是哪个呢？没别的，你两个欲知其人，还须各一杯。不然，嫂嫂且叫你心头小把儿挠着。"说着，与绳其等各斟一杯。

　　正在满面含笑之间，只见绳其一推那杯，却笑道："这杯酒俺们两个一对儿不吃。建中弟这会子不愿意说媳妇，巧咧，俺一心习艺，也不忙着添累赘。老实说，表嫂不必费心做这媒吧。"

　　高氏听了，正在眼儿一怔，思恭忙吵道："嘿嘿，绳其弟，快别这般说。快吃酒，快吃酒。这两位姑娘好得紧哩。"

　　这时高氏不暇理他，眼睛一转，便笑道："绳其弟，你这话当真的吗？你们意思俺有什么不晓得。你以为嫂嫂一个庄家妇人家与你做媒，好煞了不过是个臭财主家的黄毛丫头，因此便不愿意。你哪里晓得，嫂嫂便是没眼色，岂肯不讲个男才女貌、班班配配？"思恭道："是的，鲇鱼配鲇鱼，鲤鱼配鲤鱼，俺也晓得的。"

高氏嗔道:"你别打岔。"因接说道:"嫂嫂这里还没说出是谁家姑娘,你们便先吵不要,端的令人长气!如今咱话说开了,放在这里,你们知得是谁家姑娘后,若是后悔,再请我做媒时,哼哼!不是嫂嫂放个刁难,你们两个不拘是谁,非先向我下上一跪,我还是不做这媒咧。"说着,笑望绳其,点点头儿,却向建中道,"弟弟,你是个老好子性儿,不消说,你是听了绳其弟的调遣。你不要上他的老当。这会子你只说个要,少时只瞧他矮了半截,才有趣哩。"建中听了,不由一面憨笑,一面瞧着绳其。

高氏一回头,却见绳其正向建中挤眼儿,一面乱摇两手,见高氏瞧过来,便笑道:"嫂嫂只管说出是谁家姑娘,便真是东海龙王三公主、王母娘娘的老闺女,俺们是一百个不后悔。若说为媳妇拜媒人,更不成功。建中弟膝盖软和,或者可以,俺是男儿,膝下有黄金,怕屈不了腿子哩。"思恭见了,一面笑,一面乱拉建中道:"老弟,你快说要,省得少时陪他下跪。"

正这当儿,高氏却笑作一团道:"你快别乱,建中弟我不怪他,我只不服气绳其弟弟。你快给他先拿拜垫来吧。"说着,向绳其正色道,"你真个不要吗?你道俺说的两个姑娘是哪个?好在这两个姑娘你和建中弟都相过人家。"

绳其机灵,一听此话,不由瞧科,忙跳起来,大叫道:"要,要!俺先说的话通不算数。好表嫂,俺是和你闹着玩哩。岂有你老做媒不要之理?别说是黄毛丫头,便是白毛丫头、紫毛丫头,连建中弟的主意俺也替他拿定。俺们是一百个要定咧。"

一席话招得思恭正在哈哈大笑,那高氏也笑得花枝乱颤,便赶忙一敛笑容道:"你要啊,这会子却迟了!这两个姑娘便是杜大娘跟前的玉英、瑶华。杜大娘打算着,玉英许配于你,瑶华许配建中,因你和建中弟都有文武全才。方、王二姓和白洞商家又有老年的世谊,杜大娘故有此意。当那日你等夜入杜宅,俺寻你们出来时,有个仆妇又撮我回去,便是杜大娘托我做媒。杜大娘为慎重起见,令我当时不提,直至近些日,见你两个性情材质确是大器,今天早晨,才唤我去嘱提此亲。如今话既说明,表弟你不要好办,难道人家有花朵似的姑娘怕馊了、臭了不成!再者,俺做事就不会拉丝扯线,咱们是简断截说。俺既碰了你老大钉子,摸摸头皮,痛不痛,倒不算回事。倒是人家杜大娘静候消息,俺还须回复人家去哩。"说着,一绷脸儿,倏地站起来,向建中道,"老弟,你是怎么说吧?你若愿意,俺这趟去就回复人家,趁势给你定下。"

一言未尽,却闻背后咕咚一声,接着绳其便唤道:"表嫂别忙,还有俺那份亲事哩，小弟这厢有礼了。"

高氏回身一瞧，忍不住扑哧一笑，再要假沉脸儿已来不及。原来绳其业已直撅撅跪在那里，并且挤猫脸、杀鸡脖地一阵乱央。慌得高氏一面笑，一面来扶绳其之间，只见思恭忽笑得前仰后合，冷不防扑通一声连椅便倒，忙跳起来，大笑道："表弟，你这一下跪，俺也想起俺的老典故来咧。当初俺和你表嫂成亲时，虽没向媒人下跪，却向你表嫂跪了大半晌。因为她使性子，不肯脱衣裳哩。"

一句话招得建中也大笑起来，便趁势斟满一杯，捧向高氏道："千不是万不是，却是俺和绳其兄的不是。请嫂嫂不要见怪，且吃这杯和事酒，依然请做大媒何如？"于是大家都各大笑。

绳其便噪道："表嫂是个痛快性儿，咱索性就痛快上来。杜大娘既候消息，你快就去回复了，咱再安稳稳吃酒不更好吗？"高氏笑道："哟！这会子你忙咧。巧咧，俺还不忙哩。一报还一报，嫂嫂且会叫你心头小把挠哩。"大家听了，又各都笑。于是便杯来盏去，款洽起来。

饮酒之间，绳其、建中即时允婚，方议及准备定礼，高氏却笑道："不劳你们再费心，你们那各人一串老钱，人家杜大娘便作为定礼了。俺早就说，你们那日被人家捉住，倒得了便宜。今日看是如何？"绳其、建中听了，只剩了孜孜含笑。

不提当日酒罢后高氏自去回复杜大娘，即时定议玉英、瑶华的亲事。且说绳其、建中无端地各得美妇，好不欢喜。过了两天，即便结伴回家。许氏娘子知得建中定了瑶华的亲事，欣喜之下，便道："我儿既定亲事，依我之意，俟明年春天，就娶来完婚，多少在家中也替我些手脚。"

建中笑道："娘不要忙，俺和绳其兄都拿定主意咧。功名不大就，是不娶亲的。"许氏笑道："你们小人家，话儿就说得这么满。功名迟早有份，岂可耽搁婚事？"建中笑道："娘只管忙怎的？好在今年便有恩科的春秋两试。倘若俺和绳其兄都得中了，那时一同完娶，岂不甚好？"许氏笑道："你哥儿两个，就似穿一条裤子的。"

不提这里母子欣慰之下且说家常，且说绳其抵家之后，兴冲冲将自己武功大进的光景并定亲之事向余福一说。余福喜道："主人定亲，倒是正事。但是依老奴愚见，主人还是从读书中试上做工夫才是。只管死求白赖地习武功做甚？眼见得今年又有恩科乡试，您见人家王相公早早地中了举，不眼热吗？"

绳其恐他再絮聒，便道："俺都晓得。今年俺一定好好用功的。"余福喜道："这便才是。"次日，绳其又到建中家，瞧望过许氏娘子。

转瞬间残冬已过，又是春正。建中因春闱在即，只好俟会试后再赴馆地。灯节之后，绳其正想自赴葛垯，恰好有个豹子窝的乡人来村中贩卖山果之类，便住在麻娘娘家。绳其偶和他闲谈起来，便笑道："你老兄几时转去？俺有些土物儿捎给豹子窝一个朋友，可以的吗？"乡人笑道："当得，当得。你这位朋友叫什么呀？"绳其道："此人是个秀才，却以打猎为业。他姓……"

乡人忙道："哟，俺知得咧！您说的不是那晋大侉吗？您这土物儿却没法与他捎去。他如今遭了人命官司，被捉到官，住的草房儿都交邻家看管。您这土物交给谁呀？"绳其听了，大惊之间，那乡人已从容说出一席话来。

原来前两月间，晋楚材偶值匮乏，便捡了一张绝好的鹿皮，趱向邻村一处集场上出售。趱来趱去，趱到一处赌场跟前，便随意坐向一旁，略为歇脚。原来这等赌场就在村头庙台上露天地下，聚集着一班无赖，或是赶老羊，或是跌博，本是插圈作局、捉弄乡愚的。场中更见不到什么钱，便在腰包中现来现掏，就为的是不定何时打起吵子，便一哄而散。但是捉不到乡愚的时节，这班无赖闲得没干，便自家杀家轵子，倒是真杀真斫，为一文钱的争竞，便可以翻脸大骂。

当时楚材坐向庙台之旁，便见一个无赖叫牛大的和一个叫马二的，两人正在胡骂乱卷，一面作局。看光景，牛大是赢家，马二是输家。牛大是得意扬扬，嬉皮笑脸，马二是粗脖子红脸，业已气得雷秃子一般。

这时马二手颠骰子，目视牛大的钱注，大喝道："老子刀快，不怕你小子脖子粗。你瞧这一家伙。"

当啷声，骰子落盆，倒招得楚材暗暗好笑，原来正是个血鼻子大臭。马二那里方直着眼睛，牛大却一面望着楚材所持的鹿皮，一面做得意之状道："人真是时气来了城墙也挡不住。俺方瞧这张鹿皮怪好的，就有呆小子给爷爷送钱来买。这可不是别的，爷爷就有这份鸿运。"说着，向楚材招手道，"喂，你那鹿皮俺买下咧。价钱多少随你要，反正有呆鸟给咱们送钱。"

楚材好笑之下，一面站起，方要报说价钱，那马二却气吼吼地问牛大道："你别只管打欢翅，你敢再干一下子吗？"牛大微笑道："再干哪，你须赔过这注钱，咱们是从新打鼓另开船。不然你胡赖起来，老子却没工夫和你算账哩！"

马二听了，目中烟火恨不得一口吞了牛大，便拍胸道："你瞧老子曾欠过谁的钱来？便吓得你孙子样儿。"于是赌气子掏出钱袋，便赔输注。牛大一面掳钱揣起，一面瞧着马二袋中只剩了十来文钱。正在龇牙儿一笑，马二已狠命地一摔钱袋道："我看你小子还说什么？快下注来，你若沾到就走，我□你……"

牛大一瞪眼睛道："喂，朋友，别上荤腥儿。咱这是钱到货齐、一掷两眼瞪的勾当，你刻下只剩十来文，你要干，先须亮梢（赌语谓摆出钱也）。哼哼！好小子，你向老子跟前使道儿，且叫你做梦去吧。"说着，一推头上的歪帽，从容站起，一面哼唧着"姐在南园摘黄瓜"，一面趁向楚材道："你这鹿皮倒还不错。俺给你两挂溜干褚（市语谓钱也），你道好吗？"

楚材道："你要买，须两吊五百文。"牛大道："好咧，横竖有孙子孝敬咱的钱，算甚鸟事？买物虽吃亏，还有物在。不然，寻个小娘儿快活一下子，马上用掉还不算，自己还要搭赔些什么哩。"说着，一耸肩儿，方要取那鹿皮，不提防有人从背后莽熊似的跑来，尽力子将自己一推，便大喝道："搁着你的，你小子也不怕便宜咬了手。这鹿皮俺给三吊钱，俺还要哩。"说着，又开大手，向楚材手内便夺。

慌得楚材连忙一闪之间，这里牛大瞧那人却是马二，便大怒道："哈哈，你这种给朋友丢脸的东西，真也少有。输急了却来撒赖。凡事有个先来后到，你就敢搅爷爷买物件？闲话少说，爷爷这里接着你的。"说着，一个箭步蹿上去。

那马二也大怒道："大爷有钱，要买定咧。"于是两人对喝一声，拳脚齐上，顷刻打了个揪头掠髻。招得其余无赖都拍手喝彩，并围拢了许多村人。这时楚材闪向一旁，见他们只顾蛮打，料想这份交易不如不做。正想趁乱踅去的当儿，只见牛大倏地跳出圈子，一跃丈把高，大骂道："老子不买这鹿皮满不打紧。马老二，你是好些的，少时咱们村外再见。"说着掉臂踅去。

这里楚材叠起鹿皮，方要举步，只见众观者忽地一闪，那马二便横着眼儿奔向自己道："你这厮好没道理。怎的他买你便卖，俺给你三吊钱，你倒不哼不哈。难道他是你爹，你做买卖，还看人行事？如今你爹也被俺打跑，干脆说，你把鹿皮拿来，由老子赏你几个钱，好多着的哩。"说着，一溜歪斜，方伸手夺那鹿皮，早被楚材架住胳膊道："不要胡闹，不卖咧。"

马二喝道："你就什么不卖咧？你敢说三声不卖，我马上认你干爹。大料你这野鸟也不晓得马二爷多么霸道。"说着，就伸手之势，嗖的一拳。

楚材侧身躲过，顺手儿捉住他手腕，向外一操道："好没来由，哪个和你玩笑不成？"一声未尽，但见马二头重脚轻地向后便倒，扑通一声，业已红光崩现。接着众村人一声大喊，便有一个赌场中无赖名叫卢三的，抢上前劈胸抓住楚材。

楚材仔细一望，不由也一时惊呆。正是：

　　　　既起无明火，难逃缧绁囚。

欲知后事如何，且听下回分解。

第一百十二回

遭缧绁飞来无妄灾
走县城忽遇胡书吏

且说楚材被卢三揪住，一瞧马二时，却已仰八叉摔死在地。原来他后脑着地，恰碰在一块三尖子石棱上，一下刺破头脑，脑浆都出哩！

当时这一哄，那当地地保也便跑来，楚材见闹了人命，不消说是俯首到官。这时，卢三那小子算是抓住有把的烧饼咧。因为马二无亲无眷，只是打游飞的穷光蛋一个，便寄住在卢三家。不知怎的，从赌场弄得钱来，倒肯与卢三的老婆用。又不知怎的，卢三和马二两人便不分内外。那老婆卧榻上，有时是马，有时是卢，又有时卢、马齐来。就这乱七八糟中，又不知怎的，卢、马两人便拜了把子，居然是你兄我弟。这时马既归天，卢当出世。所以卢三便做了马二的苦主，和地保送楚材到官哩。

且说绳其当时听罢小贩一席话，只替楚材暗叫得苦。便去向建中一说此事，建中骇然之下，便道："人口传闻，或者不尽属实。再者，即便属实，楚材这官司总是误伤人命，不至死罪，这两月多的时光，他还许已经被释。怎的使人到他家探探消息才好。"

绳其道："这只须俺去一趟，便知分晓。"说罢，别过建中。一瞧日色业已过午，绳其心急，回到宅内，便忙忙结束行装。余福只认他是要赴葛垞，便道："主人忙碌怎的？三两日间王相公便要赴京去考，索性等送他走后，你再赴葛垞不好吗？"说着，便叹道，"你若不是武功分心，上年时怕不中举？这会子和王相公都去会试，多么好啊。"

绳其好笑之下，因将楚材遭事之事并自己要赶楚材家觇探之意一说。听得余福一张嘴噘得老长，便直撅撅地道："不是老奴找着挨主人骂的话，主人若不是专好武功，多所交接，哪里来的这些乱弹的事？如今既和晋爷是好友，他既遭事，便不能不管。但是只须遣人去探探就是。他倘若没被开释，你怕不须向县城里走一遭吗？咳，这都是好武功、爱交接生的麻烦。你若像王相公似的，只抱书本，多么好哇！便是那会子，又有咱赴遵化的给你捎到一封信，说是什么遵化捕头姓刘的，托他捎来的，又不知是什么乱弹的事。且待老奴取来你瞧瞧，若是没要紧的事，简直不必理他，放着自己的功不用，只管闹这些，还有完吗？"说着，恨恨趑出。

绳其知他性儿，暗暗好笑，也不理他。却纳罕遵化捕头姓刘的素不相识，为甚与自己通信？正在怙怢，余福取信到来，绳其启封一瞧，不由欣然。原来却是刘东山问候的书信，因为他被遵化某捕头邀去，帮办些盗案等事，便寓在某捕头家中，所以那捎信人误以为是刘捕头。书中寒暄之外，便述自己到遵化后，很办了几起盗案，并言遵化山水雄丽，邀绳其抽暇去游玩。绳其向余福一说书中之意，余福方才放心下来。

不提绳其修书，将自己和建中情形并在葛垆习武定亲等事寄书去回报东山。且说余福横拦住绳其自赴豹子窝，便忙着遣个佣工前去探听。只四五日的光景，却将绳其急得什么似的。又料着楚材未必便被开释，势须赴城料理打点。便催促余福准备出应用的财物，以便官中使用。

闹得余福正在没好气，恰好建中明日将入都会试，合村人都当件喜事传说，有的还向余福道："若是你家主人那年也中了举，这时一同去会试，咱南北两村岂不越显旺气？如今你主人只好俟乡试再进京了。"听得个余福又是眼热，又是心下别扭。你说他哪里有好气？合该众佣工倒霉，一天到晚，只是瞧余福的拉拉脸子。

这日大家正在场房中操作，只听余福正在院中吵道："他妈的，你就马上滚回去，这里没得闲饭给你吃。一个稍长大汉，被老婆抓打出来，却来找寻我老人家。"便闻又有人丧声㧬气地道："你老别着急，你听听这回事，到底是怨哪个？她无论怎的巴叉，说煞了也是个女人家，横竖不该瞧男人们精着光着的。咱村外有个死水坑，每年秋里，都有些愣小伙子在那里光溜溜地摸鱼。她便是馋掉下巴，也不该和他们要鱼去呀。你当那气煞人的老婆，她就能偷偷跑到那里，和那群山精似的光王八蛋抢得跌跌滚滚。吃我一阵风，将她揪回家来打个半死。从此她便没好气，苦得一张脸子，整天价待滴水。那面相小模样，就像你老人家似的。"余福道："你还胡说！"

听得众佣工正在怙怢，即又闻那人道："爹，俺的性子你大略也该晓得。她既是气不出，巧咧，俺也是出不来气。于是俺两个从此便鸡肠鸽肚，往往便半夜里一个气不顺，不是她冷不防地端我一脚，便是我瞅个空子捶她两拳。你老想，半夜里两口子打架，大概是谁也管不得，并且也不便问。那前街后巷、东邻西舍家，睡得好好的觉，只好且听俺两个厮打吵闹。大约着把人家早都闹烦咧。便是这前些日，灯节前后的光景，村中大家彼此请酒，也是常事。有一次，俺吃酒回去，那老婆因在邻家斗纸牌，输了个精眼毛光，正没好气，见我便只管嘀啵。我也没理她，见铺盖底下有串钱，我也不晓得便是她借的人家钱，想明日赴邻家翻稍（俗谓输家想赢回所负，谓之翻稍）的。当时俺拾了那串钱，信步出门，只是心下别扭，想起自己偌大一条汉子，只管蹲在家里，没得发生，怎生是好？一时间，又想起你老家这般年纪，说不定哪时便挺了腿子，得不着儿子的孝养，俺……"

余福忙道："哼，你们少气我些，我这里就担待不起了。"那人道："俺当时一路别扭，本想用那钱去还一份酒债。不想路上却逢着一伙人在那里跌博，这次说实了，是我手儿闲，不该把那钱输去。但是既输去，也没奈何。哪知俺刚回得家去，那老婆便红了眼睛，俺也没好眼瞅她。当时俺两个一路忤打，直招得一街两巷的人，便有邻舍们一面劝开我们，一面攒眉向我们说道：'罢呀，余老庆，你们两口儿成日价打打闹闹，噪街坊，也不是个玩法。两口儿有了别扭勾当，只须离些日，不知不觉再见了面，便都眉欢眼笑的咧。你与其乌眼鸡似的在家打老婆，怎不外边转转去咧？况且新正大月，你也该去瞧瞧你爹，顺便儿住上几天，哪些不好？'俺听了甚是有理，所以好心好意地来瞧望你。不想你又这么个嘴脸。"说着，嘣的声，似乎是赌气子掷物于地。

众佣工出来瞧时，却见余庆满身上行尘仆仆，方猱头狮子似的抱着头蹲在地下。身边丢着个大麻袋，里面大概是携来的土物之类。那余福却直着眼儿瞅了他，气得作声不得。于是大家趄去，方要去客气余庆，只见绳其匆匆趄来，便喊道："老伙儿，快与我收拾行装，只今日俺便赴城。"

原来那赴豹子窝的佣工业已趄回，向绳其一说所探的情形。是楚材依然在牢里监押，并探得那卢三深恨楚材坏了马二，以致少了进钱的来源，现方在城钉案，非叫楚材抵偿不可，楚材这时正在危急哩！当时余福向绳其问明缘故，越发地好气，便指着余庆，发恨道："瞧你这些麻烦事，都是你招出来的，我只赶你回去就是。"说着，方要奔去，却被众佣工拖住。

这里绳其问明余庆来的缘故，便笑道："你来得正好，你且跟我进城去住些日。一来省得你在家打架，二来俺在城中不定须耽搁多少日。有你伺候，我也方便些。"于是拖起余庆，便又向余福吵备行装。

余福一面命余庆携了麻袋，且同众佣工去歇息用饭，一面道："主人便赴城料理，何争这一日？明日王相公便赴京，你送他走后再去，岂不甚好？人家是忙自己的功名，你却为人家瞎忙，这是哪里说起？"说着，便去整备行装。

一时间，又吆喝得众佣工掐头蠓似的乱跑乱撞。百忙中，又絮絮叨叨嘱咐余庆进城后一切小心。偏那余庆一面唯唯，一面在下房中大杯价吃起酒来。

不大时光，已吃得红扑扑的脸儿，从佣工们声知楚材在牢等事，只气得乱骂卢三。余福听得，又将他呵斥一顿。绳其听了，唯有暗暗好笑。当晚，便多带了些打点儿官事的财物，一宿晚景匆匆已过。次日早起，去送过建中赴都，便回来结束停当，命余庆背了行装，即便直奔平谷县城而来。

不提这里余福送得绳其出村，又嘱咐余庆许多小心的话，方才踅转。且说绳其因挂念楚材，一路价飞步行走。却见余庆居然没事人似的，和自己或前或后，因诧问道："你没练得甚武功，怎的也有此脚步？"

余庆笑道："不知怎的，小人这鸟脚向来是这么快。只见上路，一日间敢好也走他个四五百里。"绳其听了，甚是惊异，又问他些寻常武功之类，余庆亦能略知首尾。那平谷县城四外是群山围绕，离红蓼洼不过五十多里路。日才过午，两人早已行抵城内，只见三街六市倒也颇颇热闹。恰值这日是集场，各村赶集的人十分拥挤，有许多的小酒肆，里面都酒客满座，大半是戴毡帽、系猪毛绳的乡客，正在大吃二喝，牛肉炸丸子地乱吵乱要。又有些墙角檐下地摊儿的酒场、锅盖似的面饼、血块似的猪头肉，趁着黄沙碗的蒜汁儿、灰瓦盆的小米饭。也有许多短衣乡客，每人手内把着个沙酒壶，在那里一面吃喝，一面少头没尾地乱谈些官事。

有的道："昨天某讼司进衙去，和官儿谈子半天体己话。"有的道："今天，某头儿又奉票下乡，可不知为甚事体。方才向这里过去，还和我点点头儿哩。"便有人忙蹾下酒壶，抢说道："你哪里晓得这些事？这事该问我才对。那会子，俺在西门口买猪子，正遇着某头儿，我就怕他拉我去吃酒。咱赶集上店的人，为甚扰人家呢？再者，人家忙忙地承应官府，许多公事咱也须睁眼睛。我正在闪向人背后，你说某头儿，怪不得人家大红大紫，在官儿跟前是站得起来的班头。你说人家真眼明手快，来得机灵。不知怎的，那么些人中他愣会张见我咧。其实，咱穿着上并不起眼，到这会子，我还纳闷哩！当时，某头儿急吵子摆脸，定要拉我去吃酒。是我好央歹央，他方才饶了我。还订在下集，不见不散。我那时搭趁着问他今天下乡之事，却是因为有一家儿，儿媳妇揪掉公公的小辫儿。据公公说是媳妇凶，在婆婆房中揪掉的。据媳妇说，是公公没人样，在媳妇房中揪掉的。所以下乡传那个婆婆来质问。"说着得意道："你们想，人家某头儿是什么闲暇人，错非我，他有工夫讲这一套话吗？这事该问我才对，你哪里晓得？"

大家听了，都各点头，又都望着说话的那人，面上现出欣羡他和某头儿交好的神气，便只管拣加精带肥的猪头肉，大块价布将过去。原来平谷村民的风气是椎鲁健讼，都以认识几个讼师或在官人役为荣。所以在集场上，便这般乱噪。

当时绳其趃过一段街坊，行抵一座高大的文昌阁跟前，只见那阁势临十字街心，由阁底下分为东西南北四条大街。那所在，赶集人众越发拥挤。

绳其正在略为张望，想寻店道，那余庆愣怔怔捎了行装，跑向前面，向一个吃汤圆的老太婆便问道："喂，你这妈妈子，可知得大牢狱在哪里吗？"

那老太婆正嘻哈着，托着热碗，一面煨手，一面喝热汤。这一来，便似耳根起个霹雳，吓得瘪嘴，向下一磕，溅了一嘴巴子热汤汁。便望望余庆，骂道："我看你这厮就像牢里抱出，出西门的货。老娘又不是什么官媒婆押过你娘，晓得什么大牢大狱？"

余庆大怒，正待向前分说时，却被绳其拖走道："你怎的比我这心忙。这会子咱不落店，先寻大牢怎的？"

余庆道："晋相公不是在大牢里吗？咱先到牢里瞧瞧他，把带来的银子交给官儿。回头咱便领晋相公出牢，这件事不就干脆完了吗？咱还落店怎的？晋相公走不动，待我背了他，敢好今天日落时光，咱就转回去咧。"

绳其听了，也不暇笑他，便由那阁下信步北去。方望见一处店门，却又闻余庆在后面和人吵将起来。绳其回望去，却见余庆嘴里衔着一大块切糕，一面指手画脚，向那卖切糕的乱跳。绳其料他没得钱，忙趃回把与人家钱。

方同余庆趃向店门首，想要入去，只听背后有人唤道："方相公，甚事进城哪？一向却少见哪。"

绳其回头一瞧，却是在刑房里当贴写的胡八先生。原来这胡八和王原甚是熟稔，绳其曾在王原座上见过他两次，所以两人也自认识。当时绳其忙含笑迎去，彼此拱手。因他是官中人，或知楚材案情等事，绳其便把到来营救楚材之意一说。胡八笑道："此事好办，俗语云'火到猪肉烂，钱到公事办'。如今是钱来挡挡的世界。有钱事自好办。并且这案子俺知底细，少时咱再细谈。你相公只要信得及我，托我去办，管保省钱落面子就是。"

绳其哪知官中人的操纵劲节，便欣然道："如今好咧，俺就拜托你老兄。那么，咱先到店谈谈。"胡八眼睛一转道："不瞒你相公说，都因我办事诚实，大家抬爱，有点儿官事儿都来托办。一天到晚，忙得人什么似的。这不是嘛，俺这就到西关客店，给人家了结一宗事。人家成桌的鱼翅席摆在那里，你说，咱能不到场吗？"说着，向店院南隔壁一指道，"舍下便在这里，方兄何妨便在舍下呢？咱自己人通没讲究。"

绳其听了，正在客气，却听得隔壁门内有妇人吵道："孩子这里只管饿得吱吱地哭，叫你上街买点儿棒子面来，紧等着下锅，你却只管没紧没慢！"

那胡八听了，慌忙便走，一面回头道："少时咱们再见，方兄请放心，事儿好办哪。"

这里绳其一面点头道:"专候台驾。"一面寻望余庆时,却听得隔壁门儿吱扭一响,便有个雪白面孔露出。正是:

急难来良友,相逢有狡胥。

欲知后事如何,且听下回分解。

第一百十三回

狡胡八做局取财
莽余庆窥窗闻秘

且说绳其听那门儿一响，便见有个三十多岁的妇人，生得又白又胖，擦着一脸厚铅粉，怪模怪样，向外一探头儿，见胡八趱去，却向自己瞟得一眼，即便缩入。却自语道："怪不得这天杀的谈得起劲，原来又遇他爹咧。"

绳其听了也没在意。及至入得店时，却见几个店伙围着余庆在一处内院门首大家乱吵。门内还有个媳妇子指手画脚地嚷道："这野厮，既是误入，就该快滚。他却手内着他娘那狼棍子，向人乱甩还不算，他还觉着有理似的哩。"

余庆道："既是茅厕，许你撒尿，也许我撒尿，咱各撒各的，干你鸟事！难道为住你这店，俺还憋煞不成。"众店伙忙道："你少说句吧。你要解手，本该先问茅厕，如何自己闯入内院，向娘儿们茅厕中胡闹起来。"

绳其趱上去，一问所以，却是余庆误入内院女厕，以致相吵。绳其一面好笑，一面暗想道："怪不得余庆在家安生不得，原来如此戆莽，只好叫他给我看屋子罢了。"于是拖了余庆，便奔客室。

不提绳其这里安置一切，一面歇息吃茶用饭，一面且候那胡八先生。且说胡八无意中遇到绳其，又知他手头宽裕，是个玩官事的利巴头（俗谓不在行之意），这注油水大可以从容揩抹。欣然之下，就集场上溜了一会子，本想抓了饭东，且抄白食。哪知趱来走去偏遇不到，百忙中又觉肚内泛上饿来咧。瞧瞧日色业已挫西，心想却吃嚼绳其，又觉得刚一会面，便帮吃帮喝，未免有失官人们的身份。没奈何，就粮店里买了棒子面，随手儿又买了个黄金塔（玉黍面所做，俗谓黄金塔，贫人所食），遮遮掩掩，就僻静处吃罢，不由精神陡长，便一路哼唧着小曲儿，趱回家中。

他老婆便骂道："你可是自家肚皮饱，便大事完毕。老娘跟你挨……"胡八忙摇手道："悄没声的，隔壁店内还有咱财神爷哩。"于是附他老婆耳朵低低数语。

不提那老婆听了，登时眉欢眼笑，接过棒子面来且去下锅。且说绳其就店中歇息一会儿，见胡八只管不来，正要去且瞧楚材，只听胡八在窗外笑道："有劳方兄久候，方才真把我急坏咧。我越忙着向这里来，他们偏捉我灌酒。那席上刚上了鱼翅大件，却是我借尿遁走咧。只是这会子一肚子油腻，没别的，我且扰方兄两杯酽茶吧。"说着，笑吟吟踅入。

这里绳其方赶忙地逊坐斟茶，胡八却夺过茶壶道："那不济事，我自己来吧。"于是自斟自饮，一气儿灌了两三杯，却抹抹胸口道，"这会子，俺胸间才觉舒服咧。咱们吃油腻东西真不成功。你说，我就因人情熟，热心眼儿，爱给朋友了事，所以免不了受吃喝的罪。这不是吗？今天晚上署内舅老爷在南巷里小玉子家请客，死求白赖又算上我。我本想不去，但因方兄那会子说起料理令友的官事，此一去，倒是接洽那舅老爷的机会。"

说着，移了座儿，向院中张张，随手掩了门。然后凑向绳其，附耳道："你不晓得，这了官事，走门路，真须留神。差不多便被人撞了木钟，你饶白花了钱。那真正署内拿事张大嘴的人晓得了，你反招许多不便。如今咱单钻这位舅老爷，这便是个巧招儿。错非咱们的交情，我是不出这等力的。因为舅老爷顶了一脑袋高粱花，从乡下来，到署没多日，他那眼孔是小的。二来他虽知使钱，却摸不着什么诀窍，只须给他个三头二百的，便乐得他忘了生日咧。方兄你瞧怎样？合意时，你就斟酌个数目，我心里也有谱儿。至于和他磨嘴皮子，那都在我。横竖是家里出的嘴，磨层皮去也不算什么，保管咱不花冤钱就是。"说着，又越发低声道，"打点官事，第一须咔嚓一家伙拖进钱去，进给他一了百了。倘若因循起来，你这财主打点官事的名儿出去，署中那群饿狼们都瞧你是块肉，大家串合了，拿起筋节来，你老兄有钱可花吧。你瞧这事怎样呢？"说着，又望望掩的门，哧地一笑。

一席话不打紧，竟将个伶俐不过的绳其登时怔住。原来绳其只是急于救援楚材，至于打点官事的勾当，他哪里在行？当时听得胡八的话，只剩了咧嘴憨笑。那胡八是何等奸猾，便忙笑道："如今这么办吧。待我今晚先探探那舅老爷的口风，咱只要得省的就省，明天咱再定规，你道好吗？"

绳其道："便是如此。但是事办得须越快越好，俺费些钱倒不在乎。"胡八听了，暗笑之下，却正色道："唔唔，真个的咧。从我这里说，咱就不能多费钱。不然，要朋友干吗呀？"说着站起来，义形于色地方要踅去，绳其便道："左右你老兄多费心就是。等我且去瞧望敝友，也叫他心下安慰。"

胡八听了，索性又坐下来，便道："方兄，你自己去探望贵友，怕不成功吧！"绳其道："你老兄说的敢是进监的花费吗？俺已准备下了。"

胡八道："话不是这等讲。那禁卒小牢子们好不歹斗。他抓着生虎儿，且会敲你的大竹杠哩。你把花费交给我，你到那里不必说话，我管保给你省得多。况且初次出手，这底子可别打坏了。你这次花了一吊冤钱，下次他便望你三吊五吊不止哩。"

绳其道："好好，如此一发劳乏你老哥。"说着，取出一包碎银，约有四五两。胡八接过，颠了颠，嗖一声揣入怀内，便道："你托着不必说话，只大样样的，他测不透你的路数，咱就能省钱。"说着，和绳其一齐举步。

绳其唤余庆看屋子时，余庆却已在对面厢房中鼾鼾大睡，揉着眼子跑过来，张得胡八一眼，也没言语。于是绳其跟了胡八，出得店向北便走。经过那衙署之前，正有许多公人们攒三聚五在照壁前闲坐。见胡八领了绳其，便乱笑道："胡八哥，喜幸呀。真是老天饿不煞瞎眼的雀儿，你怎便抓……"

胡八忙整起面孔道："少说闲话。这年头儿憔悴。"众人越发乱笑道："你瞧这小子，还壮起来咧！"说着，大家齐上。那胡八便一面笑，一面左闪右躲，一路价轻趋俏步，早已趱向署门之西。

绳其好笑之下，抬头一看，那座黑魆魆、高耸耸的监狱早已现在面前。那犴狴门口正有两个小牢子闲坐，一见胡八，便跑上来一阵撕掠。胡八一面笑着乱打，一面骂道："该死的们，老子给你们送财来，你却……"说着，一使眼色，三个人便揪扭着，离得绳其十余步。

绳其但见胡八和小牢子们咬了一回耳朵，便从怀内摸了一阵，唰一声，探出手忙递向一个牢子袖中。那一个小牢子便笑着望望绳其。接银的那牢子便笑道："既是你胡八爷来，好办的事。少时，俺头儿那里有我去交代就是。"说着，和那牢子去开牢门之间，这里胡八早跑到绳其跟前，小语道："你瞧，咱就省得一两头。方兄，快去瞧望贵友，我只在县前茶馆里候你吧。"说着，笑眯眯低头趱去。

这里绳其即便跟了牢子匆匆入狱。和楚材相晤之下，自有一番感慨喜慰的光景。绳其慰问一回，又略言来此营救之意。恐胡八在外久候，即便便嘱楚材安心静待，逡巡趱出。向县前茶馆中寻了一回，却不见胡八。

正要自行回店，却见胡八从别的茶馆中含笑趱出，一言不发拖了绳其便走，一面道："了不得，俺真成了个忙神咧。只方才在那茶馆吃杯茶的时光，便有两起子来寻我的。一是舅老爷遣人催请，一是东乡里某大户买牛漏税，托我向署中去说情儿。你说我哪有工夫管他的闲账？"

绳其一面唯唯，一面将入牢的光景一说。胡八拍手道："如何？俺既领你来，他们是不敢怠慢的。署里管狱的二爷和我是一个人儿。他们若得罪我，我只消问那二爷一句话，他们便受不得哩。今天俺既给你疏通了顺溜路子，以后便是牢里的铺垫花费也都顺手。不然，禁卒们摆布犯人，搓圆拍扁，由他性儿，好不凶实。"说话间，行至岔路，胡八忽地驻足道："方兄，咱就此别过，俺就去赴席，和那舅老爷接洽，你只管赚好了吧。"说着，向怀内乱摸，忽笑道："我真也忙昏咧。方才给你省的那一两银，却被茶馆中熟人借去，只好明日俺再奉还。"

绳其忙道："你只管用，还还什么？"胡八遥应道："岂有此理！俺交朋友，先讲个财帛分明。明天一定奉还。"

不提这里两人匆匆分手。且说胡八那老婆傍晚时光刷罢锅灶，高兴之下，就温水洗了个澡儿，披着棉袄，光着下身，偎在榻上破被子边。一面用破布擦抹腿叉，一面暗想道："不想这天杀的瞎猫撞着死耗子，也会抓着瘟生。少时他和什么舅老爷去关说事，无论怎的，也要落个十几两银。但是横财只一注，钱到他手胡乱花掉了，老娘还是挨饿。不如想法儿拘过这钱来，或是放个纸牌局，或是买两个大母猪。至不济养些母鸡，也会下蛋，都是生法哩。"

正在想得十分得意，一面价用那破布搓揉得要紧所在热辣辣的当儿，忽闻背后有人咻地一笑道："俺真是运气亨通咧。想什么就有什么。俺正要这么着，你就摆在这里。这次俺腰里有钱气就粗，看你还敢别扭。闲话少说，咱便在榻沿上吧。"说着，伸过一手，先掠去破布，接着扳过老婆的脑袋，就腮上便香了一口。下面那手已不知摸向哪里去咧。

那老婆一瞧是胡八，便一面身儿乱扭，一面骂道："该死的！你好容易遇点儿彩兴事，还不快去干，却来这里歪缠。亏你不羞，还敢说腰里有钱，方才连那棒子面钱都是俺从对门张大婶借的。你便是会着那舅老爷，闹好了，也不过赚十几两银。没的老娘就高兴由你撮弄？"说着，一推胡八，却忽地哟了一声，一乜眼儿，笑唾道，"没人样的，老娘今天偏不。你倒会端相所在，还榻沿上，不消说，你外面吃嚼了瘟生，灌了一肚子热酒，不觉冷还倒罢了，又引起你那股子劲儿。老娘这里盼钱还没盼到手，又冷哈哈地却还不想穷开心咧。"

胡八听了，只是嬉笑，但是下面那只手依然不知做甚。但见老婆索性一仰头儿，歪在胡八肩上，饧着眼儿，似嗔似笑，两腮上渐渐红晕，下面脚儿是时伸时缩，两只白生生腿儿半晌价微微一动，又簇着眉儿，微笑道："偏不，偏不！看你怎的。"

胡八都不理她，只一面摆布，一面笑道："俺胡八爷不发财，就吃了你这婆子穷嘴的亏，十几两银就看在你眼里，亏你还说盼着。如今俺这注彩兴，少说着也须赚方某三四百两，你怎说十几两的指望呢？不然，俺就会这么高兴吗？"说着，下面手势一动，老婆一面乱扭，一面道："你没的来哄人，自俺嫁你以来，也没见你抓过成百的银子。如今你和舅老爷接洽了，暗中剥层

310

皮儿，好煞了不过十几两的油水。三四百银，你还须打杠子去哩。"

胡八笑道："你晓得什么？给你个棒槌，你就当针（同真）。什么舅老爷，还不知在哪个狗肚子里转筋哩。这是我谎方某人的招儿。他花的银两干脆是咱们稳得。你想还没得三四百银吗？再者还不止此。我有法儿耽搁着他，叫他且向咱手中常常进贡。说不定咱从此发财都未可知。我只愁你这穷嘴婆子享不起大福哩！你不信时，方才俺和方某转了一遭儿，先落他白花花的二两头，这是吹大气不成？"于是略一回上面那只手，从怀中掏出个碎银包儿掷在榻上。却一拉脸儿道，"你不，咱就不。大爷有钱，没的只稀罕你这婆子？"

这一来，只喜得那婆子眉欢眼笑，一面一交腿儿，夹紧胡八那只手，一面搂定胡八脖儿道："真的吗，就这么大的油水？你且说个缘故俺听听。"胡八一扭脸儿道："不要轻薄，我嫌你嘴里臭气和穷气。若问缘故，我还没高兴说哩。"

那老婆料他是意有所在，于是笑嘻嘻一声不哼，只放了胡八，就榻上一转身儿，仰面卧倒。那胡八还要矫作，当不得眼前光景忍耐不得，顷刻之间，两人在榻沿上也不知做些什么。但闻两人低声嬉笑声中，又夹着榻声吱咯。

少时，那老婆觉胡八已到分际，便将扬的两脚一钩胡八的脖儿，接着便臀儿上耸，却笑道："你这个不说玩笑的人，看起来俺就不该理你。如今你气头儿也消咧，且说出怎的捞大油水，我欢喜了，料想你也没得亏吃哩。"

胡八喘吁吁地道："你不晓得，方某人真呆得可笑。他不知要打点晋楚材的官事，要紧的先须打点卢三。只要卢三不钉案，官中方面稍为点缀便成功。卢三那穷光蛋又见过什么世面？只须个百十两银子，他便乐得放手咧。你瞧着，等我赚足了方某的银子，我再叫他去打点卢三。"说着，越发地气息加促，又笑道，"那……时，咱银……子也赚咧，人情……也作咧……你道好……"

一语未尽，只听窗外大呼道："好，好！你们只顾这么好，却不道苦了我们哩。来，来，且去见我们主人吧。"声尽处闯进一人，不管三七二十一，从胡八背后，抄住他捧臀的手，向后便拖。这时，那老婆两条白腿儿，急切间下不得胡八臂弯，只略一牵拽之间，两口儿已扑通一声都跌于地。吓得老婆一时间痴迷卧地，动弹不得。那胡八一面系裤，一面望那人时，却是余庆。

原来余庆自绳其和胡八出店后，依然倒头大睡。傍晚时光，却被尿憋起来，晓得店内院厕中不许他去解手，便愣怔怔地撞到隔院墙下。闷浑浑地小解已毕，却闻得隔院胡八笑语之声，不由暗想道："胡八这厮诡头诡脑，不像什么正经朋友！俺主人还没回店，他怎已跑回家去，且待我张张再说。"于是略一耸身，轻轻跳落墙这边，就正室窗外先倾耳一听。却正是胡八喘促促说

311

捞取大油水，并绳其欲了此事，须打点卢三的当儿。但又闻得有种异样声息。余庆不由笑且恨道："可见贼人胆发虚，他揣着这等坏主意，说话就喘颤，不要管他，且拉去等我主人。"想罢，这一径地大呼闯入。百忙中竟将胡八夫妇拖跌于地，霍地分开哩。

当时胡八猛见余庆，不由怒从心上起，也顾不得去拖老婆，方一回身要和余庆揪扭。哪知余庆虽听得胡八密语，却不甚清爽，以为是这老婆教给胡八这捞取油水的方法，便猛可地挡开胡八来揪之手，奔上前，拖住老婆两条腿子，意思叫她快起来穿裤，和胡八去见绳其。

这一来老婆大骇，又因隔壁店中所住的闲杂人等本多，说不定就有强梁人们，便以为这条愣汉是要来如此云云。于是惊骇之下，便乱挣乱踹，一面杀猪似叫将起来。气得个胡八只顾乱踩脚道："反了，反了!"当时满室内反覆盈天，招得隔壁店伙们都扒着墙探头而望。

正这当儿，那胡八只听绳其在窗外喊道："余庆，你怎的如此胡闹，你敢是吃醉了吗?"说着，一步闯入，一见那老婆光着下身，乱舞腿子的光景，不由倒退两步，便忙喝住余庆，问之作闹的缘故。可笑胡八夫妇一对儿都愣住咧。胡八是因这注大财就要失掉，那老婆是猛见绳其，不知又是怎么档子事。

两口儿呆望一回，毕竟胡八有些主意，便问绳其道："方兄，你这贵价也特煞鲁莽。如今闲话少说，咱且向店中细谈吧。"余庆道："你一片坏主意，都自己说出，还谈些什么?"

绳其喝道："不要多嘴。俺只在街坊上游玩了半晌，来迟一步，你竟如此胡闹!"说着，三人出得室来，直赴隔壁店中。

不提老婆这里做梦一般，自穿着衣裤。且说胡八和绳其到得店中，胡八一抹羞脸儿，便向绳其一揖道："俺们官人们见钱想生发，本是分应如此。不然，一家八口的只好喝西北风了。俺的主意既被你晓得，心中委实抱愧。但是你另寻别人去打点，也未见得便强似小弟，你若欲了贵友之事，诚然须先打点卢三。但是卢三好不狡猾，他又是个打油飞的角色，错非小弟还能拿服他。你若寻别个去打点，恐怕连他的踪影都摸不着哩。如今小弟想转转面孔，结识你方兄一个朋友。你只须用三百两银，俺给你包办这事，打点卢三并官中各项，一包在内。不怕俺赔上老婆，俺也要转这面孔。不然，俺和贵村王原十分厮熟，此后俺还有面孔再见他吗?"说着，面现诚恳之色。

绳其思量一回，料他不是假话，估量费用真不算多，当即一口应允。

话休烦絮，从此绳其在店除隔数日一瞧楚材之外，或是去出外散步，或是教给余庆些寻常武功，一任那胡八去料理官事。转眼间个把月，那胡八一面派人四下里抓寻卢三，一面向绳其随时报告。原来卢三以赌为业，只是各处里乱趁局头，所以一时抓不着他。

这日，绳其在店枯坐，因为日子已多，打点卢三之事还没甚头绪。正在发闷，只见胡八欣然趋来道："这次可千妥万当咧！卢三跟前已经说好，是他独得二百银，不再钉案。官中方面，一百银便可分配。今且先打发那卢三清路大路，看光景，此事三两日间就能一切完毕，令友便可减了罪名，开释出牢了。"

绳其听了，也自欣然，便即时将二百银交与胡八，赶入牢中去通知楚材，回来便静候佳音。不想胡八一连数日竟不照面。绳其向他家去寻，只见那老婆苦得脸子待滴水，回说是不知胡八所在。绳其怙憷之下，未免起疑。那余庆便吵道："你老好上他的当，他先既没好主意，你老如何还信服他？他这又不知是怎么回事。俟今晚俺再去偷听听他们，说不定他们还有坏主意哩。"

绳其道："你不须管，俺瞧胡八这次没得虚假。那卢三既是狡猾之辈，或有变卦亦未可知。且待今晚俺去看看探探，再作道理。"

余庆听了，赌气子用过晚饭，便去倒头大睡。这里绳其闷坐沉思一回，恰听得隔院胡八两口儿嘀嘀哝哝，似乎拌嘴，又夹着胡八叹气并老婆哭泣之声。于是绳其悄步出室，就隔院墙下，轻轻一跃，已到胡八院内。就正室窗隙一张，倒觉心下好笑。正是：

　　夫妇燕居地，相看类楚囚。

欲知后事如何，且听下回分解。

第一百十四回

出牢笼良朋握手
戏丑妇莽仆摸金

且说绳其向窗内一张，只见胡八夫妇正在靠榻桌儿前，嗒然对坐。那老婆两眼已哭得烂桃儿一般，胡八便叹道："我这也是没奈何，为转面孔，也说不得。谁想卢三背后还有个把线的，便是西门口跛脚秦讼师。那个老王八好不歹斗，卢三那厮便被他撺掇变了卦咧，非要三百银不可。俺这些日托人靠脸，向卢三好说歹说，他让到二百六十两，少一毫也不成功。其实，秦讼师是要弄卢三，自己多赚银子，将来这二百六十两，都落在秦讼师手，卢三也不过是磕磕听赏的勾当。这个呢，咱不必管他，只是这多出来的六十两，若再翻回头去，向人家方某人说活，人家未免越发瞧咱不够朋友咧。俺为转面孔，只好自己咬咬牙，赔上此数。咱走外面的人，有时钱可以吃亏，这声名却不可吃亏。如今只好暂典出这房子，以后俟我有钱时，再设法取赎吧。"

老婆哭道："这秦讼师还这样作孽！他老婆长得丑八怪似的，没人要，不断地夜晚上当街拉人，倒贴人家，哪个不晓？如今俺只好咒这老王八弄得这钱去，叫他老婆都贴给人家吧。"

绳其听了，惊笑之下，又瞧他夫妇苦楚光景，好生过意不去。方在沉吟着，想要转步，恰好身后有人一拉，绳其回望时，忙向那人一摆手，两人登时由墙上跳回店院。那人不由分说，由门后抄起一根门闩，便道："你老且去和胡八理会，等我先毁掉这秦讼师再讲。那西门口一家门口，果有个丑女人常站门子，俺是见过的，那里一定是秦讼师家哩。"说着，便要闯去。却被绳其喝住，夺下门闩道："你都不要管，俺自有道理。"

原来那人便是余庆，那会子一觉醒来，不见绳其，料是在胡八家窥探，所以他也跟踪而来，听了个不亦乐乎。不提余庆当时只好噘了嘴，仍去困觉。且说绳其怙悇一会儿，恐胡八明日便去典房子，便忙取了六十两银，命店伙去请过胡八道："实不相瞒，俺因你老兄多日不面，未免起疑。那会子俺闻得你夫妇拌嘴，因又到你院中听听。你为难之要，俺已尽知，多的这六十两，岂可叫老兄典房出赔？"说着，取银递与胡八道，"银两在此，俺但求事体速了就是。"

那胡八接了银子，自是欣然。不提胡八连夜里便去寻卢三，交代清楚。且说绳其次日会着胡八，知卢三一面业已妥当，即便将打点官中的一百银也交胡八。果然是钱能通神，不消十来日，官中已将楚材作为误伤的罪名，轻轻开释。

楚材到店，和绳其会面之下，大家欣慰自不消说。楚材因挂念家下，先行转赴豹子窝。这里绳其因胡八这次总算出力，便一连请他吃了两日酒，又酌送礼物等，一耽搁又是几天。总计绳其这次料理官事，连店中一切所用花费，便耗去四百多两。蹉跎光阴三个多月，已是四月底的光景。

这日胡八与绳其置酒饯行，绳其由酒肆转来，业已将二鼓时分。寻觅余庆开发店账，准备明早起行时，余庆却自不见。问起店人来，也都不晓得。绳其因夜间光景，那余庆愣头青似的在街上胡拨，或有不便，于是重复出店，各处张寻。直至将三鼓，店门都闭，哪里有余庆的影儿？绳其一路怙惘，慢步回店，方近店门，却闻余庆在背后唤道："主人敢是才吃酒回头吗？"说着，笑吟吟踅过来。

绳其见他面有喜色，并且穿了新衣履，辫子也梳得光亮亮的，因微嗔道："这深夜里，你向哪里去胡撞？俺早就回店，却因寻你又复上街，难道你不晓得明日登程？这会子还不在店。"余庆笑道："俺就因明日登程，这里有个王八蛋欠我几个钱，所以去讨将来。咱为甚白便宜他呢？"

绳其听了，以为他是向酒家算沫渍账等事，也没在意，便相与进店，算清店账，又略为整理行装，即便各自歇困。

次日，绳其早起结束，正用汤点，却听得店人们相与谈论道："这年头儿真蹊跷，大城里面贼老哥就动了手咧。西门口秦讼师家夜来失窃，秦讼师因被人邀去作词讼呈子，那贼哥却把他老婆光溜溜仰缚在炕上，嘴内堵了一块破蓝布，窃去了二百多银。真是恶人天报，那秦讼师一年价坑害多少人，诈人钱财，这还罢了，最混账的，他还走俏道儿。便是他后对门有个媳妇子，他就霸占着，那媳妇的男人不在家，他便溜过去胡闹，不晓得他自己的老婆也一般地拉人倒贴。这次，他老婆被贼老哥剥光腔缚在炕上，不消说，那贼老哥一定是快活够了，才摸得银子去哩。这就叫恶人自有恶人磨，眼前

315

现报。"

绳其听了，诧异之下，想起胡八老婆诅骂秦讼师的话，正觉好笑，却听得余庆气吼吼地道："你们说话要留阴功。你怎知那贼大哥便快活够了才取银子？难道你给那老婆垫屁股来吗？那老婆常在街上站门子，谁又没见过她那副尊容儿？假如我做贼老哥，我也不高兴撮弄她哩。"

店人便道："奇哩！这干你余爷鸟事，就气得你这个样儿？你又怎便知那贼老哥不快活够了才取银子，难道你在旁拉挡那贼老哥来吗？俗语说得好'是贼就该杀'，贼骨头、贼肉、贼心、贼肺、贼肝花，坏就成了的贼王八，还有甚善心好意？别说那老婆那么丑，便是再丑上一百倍，横竖她有个那物儿，那贼挨刀的凑口的肥肉不闹一口，难道给人留念想不成？"

余庆喝道："你别乱骂，反正你说贼老哥快活够了才取银子，这句话俺就不信。"店人道："信不信由你，反正是贼没好人。"

绳其听了，便走去喝住余庆道："你怎的这等没要紧？咱还不快些上路，却和人抬杠怎的？"那余庆听了，还恶狠狠瞪了店人一眼，方自去背负行装。

主仆两人出得县城，一径地便奔归路。这时，已是初夏炎天，十分燥热。绳其走了一会子，一望余庆已落后里把地。少时，余庆赶上，业已脑袋上汗淫淫的，只嘟念道："真是远行没轻载。"

绳其也没理会，又因他本有脚力，便撒开飞行步法，哒哒哒一路好走。约莫离城二十余里之遥，来至一带长林边，却闻余庆在后面唤道："主人慢走，你这二百多银两还入行装中吧。都是那店人一阵胡吵，闹得我不便拿出打入行装，死沉地坠在腰中却不成功。"

绳其愕然驻足，正不知他噪的是什么。那余庆已自赶到，拉了绳其就林中歇坐下，径从腰中掏出四封银两，以外还有个小包儿，约有十来两。绳其忸望那银封的式样，便是自己交胡八打点卢三的那项款子。正在诧异之间，那余庆却笑前仰后合，便说出一片话来。

原来余庆气那秦讼师不过，料想那二百六十两银一定被秦讼师拘在手中。昨日晚上，绳其被胡八邀去吃酒，余庆在店中吃了两杯闷酒儿，不由愣性发作，暗想道："难道这好端端银子就白便宜姓秦的狗头不成？不如趁空儿硬去索取回。好在有胡八的过付，他赖不得。好便好，不好我便硬抢得来，不能赖我是上门打劫。"

想得得意，因明日起程，便换上新衣履，将旧的打入行装。又到街上剃头店中梳梳辫子，挨至初交二鼓时分，便匆匆向西门口秦宅而来。那秦宅却在一个半截死胡同口上。当时余庆从黑魆魆的胡同中摸到秦宅，一推大门，却是虚掩的。闯然迈入，正要喊唤，却见由门房黑影中闪出一人，不容分说，将自己一把抱牢。接着，便唧的一声，香了个嘴儿，却笑骂道："小猴儿，今天俺当家的没在家，我觉着你便忍不得跑将来咧。上次在门房里没舒齐，今晚放心大胆，只要你有本事，老娘且管你个够。乖乖儿，快来吧。"说着，伸下一手，向自己的胯下乱摸。

余庆一听是妇人语音，又是这等话头，不由猛想起定是秦讼师的老婆又在门口拉人。暗自惊笑之下，却想道："姓秦的既不在家，只好向这婆娘理论。"于是索性地一声不哼，转去捻了那老婆下摸的手儿。那老婆却低笑道："你怎的就不言语使起性子来？前天晚上你来得晚些，偏那后胡同中小冯子才走后，俺那会子有些昏头晕脑，没如了你的意。你敢是因此便拉脸子吗？少时叫你舒齐就是。"

余庆听了，几乎笑出。逡巡之间，已被那老婆撮入内室，但是室中却没点灯。这时老婆放了手，余庆只好在暗中且立。逡巡之间，一伸手却触着案上放的火柴。老婆忙道："不要点灯吧。前天晚上，小冯子走后，次日俺邻家的张妈妈见了我只是笑，又掏火推车地乱噪。俺这里矮墙小户的，不消说，室内点着明晃晃灯，是被她瞧见什么把戏咧。左右咱两个是春王正月、天子万年的老对子，谁还没见过谁的小模样不成？咱摸黑儿更来得扎实，你就快来吧。"说着，就榻上一阵窸窣，似乎是一阵脱光，却又嘟念道，"你瞧瞧你便这么使性子。一总儿也不言语，也不凑弄来，难道还须老娘抱你上场吗？"

余庆听了，再也忍不得，便一面摸去火柴，点上灯烛，一面回身笑喝道："你瞧我是哪个？"

这一声不打紧，不但那老婆啊哟一声，登时吓昏，便连余庆也闹得连连倒退。原来那老婆业已白羊似的昏在榻上。灯光下那副奇丑尊容儿好不难看！当时余庆见她昏去，没法交代索取银两之事，暗想道："这倒不如来个痛快的。"于是便趁势缚了她，又堵了她嘴子，径从一只衣箱内探手摸取，恰好摸着绳其的原封银两，只是那六十两的封儿却剩了十来两。想是秦讼师把那数十两给了卢三哩。

当时余庆说罢，听得绳其又惊又笑，因正色道："你如此胡闹，却不该的。这夜入人宅岂是小事？"余庆道："俺是气那秦讼师不过，倘若觉得不合理时，咱就把这银再送还他。"绳其听了，越发好笑，只得命他将银两打入行装中，即便起行。

日既将午，已近村头。刚逡巡入去，绳其抬头一望，不由略怔。正是：

方排良友难，又有捷音来。

欲知后事如何，且听下回分解。

第一百十五回

捷春闱官星照山左
成嘉礼宾客闹华堂

 且说绳其刚趑入村中，只见父老数人一色的衣冠整洁，从对面笑语而来。一见绳其便笑道："少见，少见，你才从城中转来吗？所办事体想已了结咧！"绳其一面唯唯，一面上前厮见，便笑道："诸位今天怎的如此齐楚？敢是向哪里随礼份去吗？"

 众父老笑道："难道你竟不晓得，在城中没听得人传说吗？如今王建中业已高中第三十四名进士，刻下殿试都毕，以即用知县，分发山东，如今在京未回。前两日有信到家，敢好三五日间也就转来咧。俺们正向他家去贺喜哩。"

 绳其听了，这一喜非同小可，却又张口结舌说不得什么。眼看着大家欣然趑去之间，这里余庆却愕然道："他们的说什么鸟话？怎知县知县的乱吵。难道咱取回秦姓的银子，官儿晓得了哩？"

 绳其好笑之下，一面向他说明缘故，一面趑到家中。一瞧余福却没在家，问起众佣工来，方知那许氏娘子因连日价贺客盈门，特唤余福伺候一切。绳其听了，甚是欣慰，便一面命余庆安置行装，一面歇息。用过饭，方起身略整衣冠，想到建中家探望一切之间，只听余福在院中向一佣工吵道："你们这群人，都是死面做的。主人到家这会子咧，就不知去叫我。还是王宅贺客们有遇见咱主人的，向我说起来，我才晓得。便是余庆也是废物哩。"

 那佣工便笑道："你老别闹咧。反正您这些日见人家王宅热闹，自家没好气便了。"余福道："我怎的没好气，难道咱主人乡试中了举，咱宅上不会热闹吗？就稀罕人家吗？"

 绳其听了，料他是眼热建中得官，便连忙趋出，却笑道："老伙儿，你忙忙地转来怎的？在王宅忙碌吧，俺也正要向王宅去探望哩。"余福望见绳其，不由笑逐颜开道："探望什么，反正人家是功成名就咧，您却……"

绳其恐他唠叨起又没完，便连忙一说在城中了结事体的情形。这时，一旁急坏余庆，连连地向绳其直使眼色，恐他说出摸取秦讼师银两的事，见绳其瞒起那一段，方才心下释然。

那余福听绳其说了一套，通不理会，便一面跟绳其入室，先恭恭敬敬地拜罢，然后正色道："主人这一趟虽是成全了朋友，却也耽搁许多光阴。转眼间乡试就到，主人真须……"绳其忙道："俺都晓得，少时咱再细谈。俺就去王宅探望，他那里事体忙，你便同我再去吧。"

余福道："要说王宅且是忙哩！前两日，葛垞庄杜家并那馆地东家都遣人来贺喜。俺并听得王老太太嘟念，俟王相公由京回头，便择日与他完婚。因为这榜下即用，由部里领凭到省是八十天的期限。过两日，王相公回头定然热闹忙碌。"说话间，主仆出得室来。正要拔步，恰有佣工来寻余福料理点事体，余福便倔道："你这会子又瞧见我咧。那会子主人到家，你们怎想不起我来呢？如今我忙忙的，没得工夫。"

正乱着，恰好余庆趸来，绳其便道："老伙儿，你且在家料理，我带余庆去吧。他到王宅也能替你的手脚。"

不提余福听了自和那佣工一路唠叨，且去料理事体。且说绳其领了余庆，直到建中家，命余庆拜见过许氏娘子，自向前边伺候贺客。这里绳其向许氏贺过喜，又询回建中在都的情形。许氏便笑道："你瞧你弟弟虽是得了中，居了官，倒把我愁煞咧。头一宗，是分发到山东，那山东侉子们一来牛性难治，二来那地面惯出强盗。那兖沂曹济一带，老年时，成群搭伙地占山大王并各种教匪等，闹得好不凶实。听老年人讲起来，就如梁山泊宋大王等人一般。你想你弟弟大妞儿似的，倘若得着那一带的缺分，怎生是好？"

绳其笑道："那不要紧。将来建中弟做到施大人的分位，俺去给他当黄天霸，单管收拾蟊贼子如何？"许氏道："哟！这个你弟弟可担待不起。你弟弟做到施大人分位，你怕不做到尚书阁老吗？第二件，我是愁你弟弟既要出去做官，便须先完婚事。这节呢也倒好说，横竖媳妇有在那里，娶来就是。我愁的就是你弟弟小两口热辣辣地走后，只丢我在家，不把我想……"说着，语音咽住，眼圈儿便红起来。

绳其大笑道："依我看，您通不必愁，正该欢喜才是。您这家事便干脆托付王原叔经管，您只跟着建中弟去当老太太。再者，新妇过门后，也离不得你老人家调理教导。此一去虽是官游，依然是骨肉团聚，可有什么愁的呢？"

许氏一听，不由眉欢眼笑，便道："大相公，我今还有件事和你商量。"说着，略一沉吟，却微微含笑。

320

绳其只当是许氏虑及赴官出门的盘川费用等事，便慨然道："您不须虑得，俺早已打算下咧。您用多少，只管向我说就是。"

许氏愕然之下，早瞧科绳其误会之意，便笑道："俺并非虑得出门费用等事。俺是和你商量，你同建中既一块儿定的亲，如今便一块儿娶亲，不越发热闹吗？"绳其大笑道："俺却不忙哩！人家建中弟是官成婚就，俺跟着热闹怎的？"

说笑间，天色将晚，绳其即便辞归，便留余庆在王宅伺候一切。一连两日，绳其又同了王原、世禄等在王宅照应一切。过得几日，建中由都回家，大家见了，欢欣热闹自不必说。这时王宅门前气象顿异，整日价贺客盈门。近村人是不必说，那城中并远村的人们，无不接踵而来。忙得建中迎张送李。其中有些送贺赆、荐仆人的，建中都和绳其商量着婉言谢绝。

忙得十来日方稍静下来，接连着许氏娘子便择日与建中完婚。一面价准备青庐，一面专人去通知葛垱杜宅。这一番忙碌，不但许氏忙得发昏，便连绳其、余福也忙得不可开交。

过得数日，吉日将到，新亲公馆中也便由王原等准备停当。及至新亲到来，那男女送亲客便是吴思恭夫妇。这一来越发热闹。因为高氏是个满场飞舞的角色，既遇到如此兴头事，自然是吱吱喳喳，高兴异常。

当时高氏和许氏娘子会面之下，彼此谈起来，甚是投机。吉期既到，两宅里悬灯挂彩，鼓吹伧佇，又行的是亲迎之礼。那建中穿起簇新七品公服，帽插金花，十字披红，坐下是高头大马，被一班笙箫细乐引将来，好不风流俊俏。张得个高氏合不煞嘴地只顾笑，百忙中瞧着思恭跑进跑出，却又软答答地叹一口气。那绳其一旁瞧着，虽是好笑，却也不暇去打趣她。

当时王宅中宾客喜傧拥挤满堂。鼓乐声中喜鞭响动。建中、瑶华拜堂已罢，嘉礼告成。这一对佳儿佳妇，端的羡煞了许多观众，于是内外价分头热闹。新房中由许氏娘子并族中妇女一面价照应女客，一面闹过许多的妈妈例儿，如面喜坐福之类。这时忙坏了个帮忙的麻娘娘，里里外外，连踢带打，是文武一齐来。百忙中又瞅着瑶华的眉儿眼儿、手儿脚儿，口中啧啧地怪响。一会儿请新人吃茶，一会儿请新人方便，招得大家都笑。外面客室内，却由王原、绳其、世禄等照应一切。

将要坐席，那建中也不拘俗例，自来周旋众客。这一来满堂中欢笑如潮，真是目有视，视建中；耳有听，听建中；口有语，语建中。又有些和建中平辈的，大家便将建中困在核心，诙笑成一片。

少时，列席都备，由王原斟酒让座，大家谢一声正要就座，忽闻院中一声"阿弥陀佛"，便有人笑道："世禄相公别逗笑儿。出家人若有这么一天，还了得吗？真是和尚成家，铁树开花。你不要忙，不定何时，我和尚也给你贺喜哩。"说着，踅进两人，却是世禄拖定了明。

那了明穿了簇新的僧衣僧鞋，新剃得光悠悠的头，手持贺仪，原来是特来贺喜。这时，世禄跳钻钻的一只手还在了明光头上。王原笑喝世禄，忙接过贺仪来。方要趁势让座，却见室门外纸花一晃，便有人笑道："你这秃厮，没事只软搭搭地发懒。着了急，一般也会出头露脑。昨天俺叫你早来贺喜，你却这会子才像雨后发蘑菇，挺将出来。"

大家望去，却是麻娘娘戴着一头纸花儿，从门外招摇而过。于是大家哈哈一笑，纷纷落座之间，王原却向仆人道："你快去吩咐厨下，做几样素菜来。了明师父怕不用荤的。"了明忙道："您又来咧！我何曾专吃斋素？人家说得好，酒肉穿肠过，佛在当中坐。和尚家方便第一，为甚忙碌碌地叫人家厨司务刷锅刷勺呢？"

大家听了，正在都笑，忽闻大门外马蹄隆隆，到门前便驻。大家方在怙惔，只见一仆人飞奔而入。正是：

  酒人方入座，贺客又临门。

欲知后事如何，且听下回分解。

第一百十六回

刘东山酒筵谈捷盗
吴思恭憨语逗娇妻

且说大家听得大门外马蹄声驻，正怙惚或有远客到来，便见一仆人飞步入报道："如今遵化刘东山刘爷特来贺喜。"

绳其大悦，拉了建中方要起迎，早听得东山在院中哈哈地笑道："俺这贺客来得特迟，倒像特来赶嘴一般。来来来，且罚我三杯。"说着，大叉步趄入室中，便左挈绳其，右携建中，只顾大笑。于是王原并众客哄然迎上，一面彼此寒暄，一面瞧东山时，只见他面色丰腴，精神勃勃，内作缚裤急装，外披青绸长衫，腰间佩刀，头戴遮阳凉笠，脚下是抓地虎薄底快靴，左颊上却有一处斜尖子刀伤，还涂着青色敷药。

大家这时见过礼，正要让这位远客上座，恰好跟东山的一个捕伙趄进，手持锦缎一轴并贺仪一封，置在靠窗茶几上。刚要退出，东山便道："伙计，你把那马喂罢遛遛，不必摘鞍。咱们吃得喜酒罢，还要连夜转去哩。"

那捕伙唯唯退出之间，绳其、王原一齐道："岂有此理！刘兄既到这里，总要盘桓些日，如何当日便转去？"东山道："您不晓得，便是我也要盘桓些日才好，无奈捕务吃紧。且待我贺过喜再说吧。"于是亲自致过喜仪，先向建中、王原致贺已毕，又欲入内给老太太贺喜。经建中拦住代谢，乱过一阵，大家这才纷纷落座。

须臾，开起筵来，由仆人们按筵进酒，王原把盏，敬过东山两杯。这时绳其和东山彼此谈过几句别后的情形，绳其正要动问什么捕务便这等吃紧，只听室门外响亮亮一阵流水拍板，便有人拉开噪子，高唱道："花烛堂前喜气扬，百年佳偶会鸳鸯。今朝金童配玉女，明年添个状元郎。哈哈哈，金榜题名，洞房花烛，天月二德，今天是大吉大利。穷小子没别的敬意，且来贺个晚喜吧。"说着，哗啦一声，却有二百青铜钱，用红绳系着，抛在阶下。大家

323

望去，却是本村的丐头。原来这个俗例名为“撞喜”，都是由丐头来起发，主人家照例地酒肉款待以外，还须给他喜钱。

慢表当时自有执事人等扶出丐头，照例打发。且说绳其逡巡间敬过东山一杯酒，便道：“您端的有甚吃紧捕务，便要转去？”

东山道：“你不晓得，皆因这么一回事。不瞒方兄说，俺自被某捕头邀到遵化，很给他办了两件重案，如三台营的赛毛贲、石门镇的蔡二老虎。这两个泼贼血案累累，都经我一手拿办。后来又破了两起路劫大案，因此俺竟闹得颇有微名，便是某捕头也离我不得。近来某捕头因年岁已高，又挣得家成业就，便寻思老当捕头，总是剃头刀擦屁股——险门子。说不定运气一背晦，被仇家架出去，马上就打了包儿（俗谓悍贼脔割捕头也），连个全尸都落不下。他如此一想，便去奉官退役。那官儿因地面盗贼颇多，哪里肯准他退役？便面谢他道：‘只要你寻出能人接着你的捕务，俺便准你退役。’某捕头听了，为难之下，便想到我身上。方兄，你是晓得我的，左右俺是到处漫游，家邻也没得牵挂，便暂且当个捕头倒也罢了。不想俺当时应充某捕头之后，横不楖子又出了岔子。”说着，饮过一杯。

大家也陪了一杯，东山接说道：“原来某捕头有个外甥，姓魏，诨名儿‘冲天炮’。这小子生得浑浑实实、黑魆魆的，压油墩一般。若说笨气力真有点儿，只就是急燎鬼似的，蛮来狠干，精细处一些没得。他在某捕头手下多年，自以为很够资格，便和我争当那捕头。某捕头名知他那份粗鲁性儿，分派不开拿总的（俗谓捕头曰拿总的）勾当，却又没法拦他那份高兴。依着我是干脆让给他。某捕头因他不成功，却不准我让。

“正这当儿，遵化南乡姜女庙地面又出了一起血案，是贼人夤夜入宅，连伤二命，抢去了金珠细软。那事主当夜竟不觉得，直至天明，方惊哄报案。于是某捕头自赴事主家，踏看盗路。知是个飞檐走壁的角色，不像近处的笨贼。怙惙之下，忽得一计，便向我和老魏道：‘你二人正争执去当捕头，叫我也没法料理。如今趁此盗案，你二人各显能为，便去踏捕。哪个能破这案，便当捕头，岂不甚妙？’于是俺两人欣然应允。老魏自去瞎抓他的，但是直到我由遵化向这里来时，他还整日价攒着眉头，在捕房里出大气，似乎是抓不着什么头绪。”

众客听至此，都哈哈一笑。绳其便道：“这不消说，刘兄准将那案子破咧！”

东山笑道:"谈何容易! 若是破了案, 我还忙着连夜转去做甚?"说着, 手拊颊伤道, "你瞧, 我案子没破, 倒先带了彩咧。"大家听了, 都各注视之间, 东山又接说道:"当时俺探明那贼绰号儿'飞天鼠', 却是关外地面一个滚了马的强盗。想是他在遵化地面有投靠之所, 所以撞入关里胡闹。你说这厮真好大胆! 那当儿他的窝处便在遵化东关外一处娼家, 白日里乔装踏道, 夜间便出去做活儿。因他生得干干瘦瘦, 不挂凶相, 偶上街坊, 都是文绉绉地一步三摇, 便如游学先生一般。因此便是捕快们也都不理会。

"俺是怎么瞧穿他呢? 却因一日傍晚时光, 俺从城外水泉地面经过, 那所在长年地被泉水浸淫, 有一片沮洳积水, 约莫也有三四丈宽。俺那时走到那里, 正在积水旁一株大树后去解手儿, 活该那厮露马脚。俺当时但闻嗖的一声, 急望时, 却是那厮恰趱到水边, 竟自一跃而过。你想, 若不是黑道上的朋友, 哪里有此手脚? 从此俺便留上他的神。及知他在某娼家落脚, 俺便带人趁夜价前去办案。又活该事情别扭, 俺和飞天鼠在院中交手正酣, 不想一个巡风的捕伙眼睛发瞒, 猛望那娼妇披着一件被单儿从屋内撞出来, 向后院一跑。他只认是还有贼伴, 便大喊道:'刘爷仔细, 这里还有贼伙哩!'俺当时略一怔望。好泼贼一紧刀锋, 唰一声便奔俺面颊。饶是俺闪得伶俐, 左颊上已被他划伤。众捕伙一声惊呼之间, 那泼贼一跃登屋, 竟自逃去。"

绳其顿足道:"却是可惜。假如俺在那里时, 定从下面给他一家伙, 叫他屁股眼子着镖。"大家听了, 都各一笑。东山正要接说时, 却好喊席赞礼的执客到来。于是王原起身, 捧一个朱漆盘儿, 中置满满的一杯酒, 挨席对饮。此名为"描酒", 众客必须哄然离座, 王八吵湾似的客气一阵。接着便是赞礼执客趋前, 搀定新郎, 就正中间席站定。那执客便顿开喉咙, 开腔道:"诸位亲友, 鞍马劳顿, 一路风霜, 东家这里过意不起, 特命新郎叩谢, 劝饮几杯。"说着, 向四座一瞟, 又喝道, "诸位亲友吩咐咧, 两礼(俗谓四叩曰全礼, 减半曰两礼)……便两礼吧。"于是按定新郎, 实胚胚地便是两拜。接着又喊道:"落忙(在场服役人等, 俗谓落忙的)的爷们儿, 添热酒哇。"就这声中, 众客们又复落座。这个怯礼儿就叫作新郎谢席。

当时客席前乱过这阵, 接着便是热腾腾、香喷喷的红烧大肘子端将上来。跟手儿又是四道肥实汤点, 是流油的长缨烧卖、露肉的裂皮酥合, 趁着红红绿绿的八宝汤、漂漂亮亮的三鲜面, 又有大盘的荷叶饼督作后队。

这一来, 众客大震。许多乌黑的眼珠儿都跟了这些东西乱滚, 哪里还顾听东山讲话？只就王原举箸，道声"请"字之间，大家从馋涎灌满的喉咙中鸣了一声，顷刻间，杯箸齐鸣，羹匙乱响。一时间人响都无，但闻咕嗋之声。

直至仆人撤具，又上新馔，大家方略为置箸。一阵价舐唇抹嘴，有的摸着肚皮，咳一声一个饱嗝，然后向东山道："真个的，方才你老说那贼竟自跑掉。后来端的怎样呢？"

这时东山和绳其也都吃得酒足饭饱。东山一笑，因接说道："当时那贼既逃去，俺只得威吓那娼妇，想从她口中寻些贼的踪迹。哪知那娼妇早已吓昏，通不晓得。后来还是俺连日踏访，方探得那飞天鼠又蹯伏在遵化城北白马川一带。那白马川距景忠山不甚远，四外价山林合沓，本是盗贼藏匿之所。俺正要多带捕伙前去跟缉的当儿，恰好又有俺的眼线来报说：'那白马川地面，还有个暴发邪财的土豪，姓李名德，所居之处，叫作白马庄。这李德平日价使枪弄棒，专好交接些不三不四的人，家里住起雉堞式的城宅，修筑的庄院铁桶一般。据他自己说，远处有许多商店，他隔个一两月便出门一趟，回来便大车小辆饱载而归。本庄无赖们都倚他为靠山，在城北一带村镇中横着膀子走，一提白马庄三字便没人敢惹。便是远处那些魑魅人们也都没时没晌地在李德家趸进趸出，人都称李德为李一爷。如今那飞天鼠既蹯到白马川，巧咧他就许投奔李德。有李德护庇他，若去办他更要费手。刘爷您莫如从速去捕为是。'俺听了眼线的话，甚是有理，又一问李德毕竟是甚等样人？那眼线也不尽知，只知李德之为人如上所述，又有些邪僻怪气。俺当时闻报，既知飞天鼠蹯伏所在，事情便有了一大半头绪，便是从这里回头，再去办案，想也跑不掉他，所以俺先来贺喜。但是也不可过迟，所以俺须连夜转去。如今俺业已叨扰醉饱，咱们闲话少说，改日再见吧。"说着站起，向四座拱拱手儿就要拔步。

慌得王原、建中连忙拉挽之间，绳其却鼓掌大笑道："什么作耗的飞天鼠便叫您如此奔忙。俺若得闲时，便同您去，一把抓他来摔煞，岂不痛快？"

东山笑道："方兄别忙，将来俺若当上捕头，遇了棘手案件，怕不来相烦吗？"说罢，和绳其建中略一握手，长揖径行。

不提东山转去并当时酒罢客散建中和瑶华洞房中一切情形。且说那高氏本是个伶俐好胜的性儿，今见建中少年科第，如此风光，指日间便去赴官，真是锦片前程，不可限量！一时间想起思恭，若攀附着跟建中去，倒也是很好机会。只是思恭愣怔怔儿，自己又有些不大放心。

这日，瑶华、建中就公馆中行过回门的礼节，高氏送得新夫妇去后，正在沉吟思恭之事。只见思恭匆匆跑入道："了不得，咱快收拾转去吧。他们只顾打趣我，硬想叫我野鸟入笼，真是岂有此理。"高氏笑道："你瞧你愣怔样儿，可怎么好？谁叫你野鸟入笼，什么混话呀？"

思恭道："唔，凶来兮！你不晓得，便是今早晨建中老弟不知怎的，瞧我像个人儿似的咧，愣叫我跟他去，当什么鸟幕友。你想这种罪俺哪里受得了？俺在家中种起几亩薄田，日出而作，日入而息，吃饱了黄米粗粮饭，没事时就篱下一蹲，和村人们说说笑笑，除了课晴问雨，便没得鸟事。到俺心头下麻烦，人生一世，草活一秋，自由自在地过这一辈子，也就罢咧！何必没罪找枷扛，抛家离业去当幕友。一到官衙中，拘拘束束，便是连个屁也放不痛快。更霸道的，还须穿靴戴帽见人会客，整天价端那臭架子。但是这些呢，俺还勉强受得了，只有一件，俺是万万受不得的。不但俺受不得，大料着你也未必受得。你想那年时咱两个怄气，坑中间置个炕几儿，只不过个把月的光景，就弄得人没些高兴。如今我这一去，不定是十年八载，你自想想，咱两个是你受得呢，是我受得的呢？所以，我一口回绝建中弟，摇掉头地只是个不去。但是那会子俺偷眼瞟着建中弟，又和绳其喊喊喳喳，大概还是要捉弄我。咱如今三十六计，走为上计，叫他们抓不着我。"说着，忙碌碌就要脱卸长袍，打叠行装。

哪知高氏听了，倒登时喜上眉梢，咧开小嘴只顾笑。少时却一沉面孔，便唾道："难道为你这么大个人，一些好歹也不知，只是死没出息的调调儿。这是人家建中弟好意提拔你，你倒有福不会享，还说这些没志气的话！既是个男子汉，谁不想往高处爬，脱胎换骨？你只在家中窝憋一会子，黑汗白流地闹一辈子，又待怎的？那官衙中难道有老虎吞了你？一遭生，两遭熟，还有三天的利巴不成！俺这会子正思量向建中弟说带你出去。如今人家既瞧得起你，真是天大机会。再者，你不要只管糊涂，若不是俺为人为到那里，人家建中弟还未必想到你这块草料呢！你且住了鸟乱，等我去寻绳其弟，咱就此一口应承了跟建中弟去，比什么都强。"

思恭听了，不由一怔，因沉吟道："你这话也似有理。但是方才我没说吗？我野鸟入笼，还是小事一段，只是俺总觉舍不得你。"高氏笑唾道："没人样！人是地行仙，十天不见走一千。等你在外发达了，难道我就不会寻你去吗？"

一言未尽，只听门外有人大笑道："不须以后去寻，你老两口儿和他小两口儿一同去，不省得彼此都受不得吗？"说着跳进一人，高氏望去，不由一张笑脸上泛出淡淡的脂粉颜色。正是：

去就待商量，又来劝驾客。

欲知后事如何，且听下回分解。

第一百十七回

剑虹村侠徒驰远誉
栖霞县群盗劫官衙

　　且说高氏猛见来人踏进，却是绳其，料得思恭一番呆话都被绳其听去。不由脸儿一红，忙笑道："你瞧你表兄，气不煞人吗？他遇着机会，不去答应人家，倒来和我胡……"

　　绳其一面就座，一面故意正色道："表嫂，也别这么说。俺表兄所虑的也未尝不是。若是寻常出门，隔个一月两月的便回头，那是没得什么怗惚。如今跟建中弟一去，虽不能如薛平贵一般一去十八年，大概三年五载中总不能回家。俺表兄在外面孤零零的，或值风雨之夜，或值酒醒梦回，冷不防地怗惚起表嫂来，天理人情。先别说事大小，无论怎的，总是件要紧事。再者，这话再说回来，便是从表嫂这面说吧，你想热辣辣的，忽然……"说着，忍不住扑哧一笑。

　　这时高氏瞧着绳其的鬼脸神气，早已笑得前仰后合。便猛可地一指，戳向绳其脑门，踩得小脚儿哒哒山响，便笑道："你别胡说咧！我看你们哥儿俩是结着伙儿成心来气我。如今你表兄浑透腔，人家提着小辫往上拔，他只管打坠嘟噜，你不说是开导他，却来打趣我。如今闲话少说，俺就去应允了建中弟，给你表兄个霸王硬上弓。他去也须去，不去也须去，我到底试试他怎的便受不得。"说着，没好地瞅瞅思恭，眉头一挑，脸儿一绷，竟真有些气将来。

　　这一来，吓得思恭一面抓耳挠腮，一面正在惊悚。绳其却瞅瞅思恭，忙向高氏道："表嫂，你不晓得哩。你猜俺表兄怎的回答建中弟？他当时倒没说自己出门受不得，只说是表嫂一刻也离不得他。闹得建中弟似信不信，又一想表嫂或者真离不得他也未可知。所以这会子叫我来先探探你的意思。如今俺瞧表嫂光景，是一百个离得他咧。那么，不须你去寻建中弟，俺就去代达尊意何如？"

　　高氏听了，正气得红着脸儿作声不得，思恭忙吵道："没有的事，我何曾如此说法？我当时对建中弟只说是两口子过日子，有事须大家商量，若是你嫂嫂离得我时，我便去。我何曾说她定离不得我？又加上'一刻'两字呢？"

几句话不打紧，招得高氏也哧一声笑咧，便赌气子道："算了吧，我是和你们吵不得的，待我自寻建中弟去。"

正乱着，只见帘儿一启，建中趱入，向高氏便是一揖道："嫂嫂既愿意思恭兄前去帮忙，真再好没有。这次虽是远行，倒也来去自如。绳其兄说一去十八年的话，嫂嫂不要信他吧。"这一来，招得大家都哈哈大笑。

不提当时一言为定，思恭跟建中去做幕游。且说建中家热闹过几日，许氏留高氏不得，只得置酒送行。一番风光自不消说。那建中夫妇因须去拜别杜大娘，并须便辞却馆地，便同思恭高氏等直赴葛垤。杜大娘那里款待娇客并娇女，自有一番热闹光景，这都不必细表。

不几日，建中夫妇并思恭一同转来，这时，却忙煞了许氏娘子并绳其。许氏是因全家远行在即，逐日里准备行装，并向王原托付家事。绳其是因建中盘费拮据，这次赴官，连着眷口，再说榜下即用，虽说是得缺快，但是到省之后，一切需用少说着也须有千八百银的准备。那余福逐年积蓄，虽有此数，但是整包地顷刻拿来，也觉不易。所以绳其只是每日里和余福东颠西跑，一面出稑存谷，一面收取放出去的款项。过了几日，也便诸事就绪。只是那许娘子踌躇起所带的男女仆人，又甚是为难。因为自建中得官后，那来荐男女仆人的，虽是接踵不断，却没当意的。

这日，偶和绳其谈起此事，绳其便笑道："如今只须带麻娘娘并余庆去，便再好没有。他两个都有粗笨手脚，在道途上，且是便当。"于是即日定议，麻娘娘趁空儿安置家事，准备从行自不消说。那余庆听得叫他也跟去，便登时大高其兴，一面价准备行装，一面价寻刀觅剑。余福命他向家中去一趟，一来略为安置，二来走别妻子。余庆哪里肯去？却被余福骂了一顿。

不多日，行期将届，先由王原雇好长行的骡车，接着便是两村父老排日价与建中置酒饯行。一时风光热闹，自不必说。不提建中走别过两村父老，即便携着登程，到得山东后，自有一番官绩事业。且说绳其当时恋恋送行，直至七八里外，方和建中握手珍重而别。

刚慢步趱回，那余福却直撅撅地道："依老奴看来，主人竟不必再赴葛垤习什么武功咧！您瞧王相公，此去多么风光！您也该眼热中试才是，只管那踢跳怎的？"

绳其听了，付之一笑。过了两月，即便直赴葛垤，依然住在思恭家，从杜大娘日习武功。没得数月光景，已届秋闱，绳其同晋楚材再踏槐黄，依然落第。绳其殊不理会，那余福却生了两日撅尾巴气。

有话即长，无话即短。从此绳其在葛垞习艺，端的是武功大进。转眼间，已将三年。其间曾屡接建中手书，说是抵省后为日不久，即先署理海丰县（今名无棣）。海丰地瘠濒海，盐枭甚凶，余庆勇健，甚得其力。又有手书，是在平度县中所发。书中畅叙契阔之外，并言已由栖霞请得耿先生到平度相助为理。耿先生牵领捕健，屡获巨盗，因此自己颇有能吏之名，兼有升擢之望。

绳其得书后，和杜大娘都欣慰非常，这也不在话下。但是在这三年中，绳其的武功声闻早已大著，不消说自有些声应气求的侠少，并江湖上过往的朋友，纷纷慕名来访。绳其又好结纳，因此每值绳其来家，座上宾客总是常满。饮食歌呼，比艺角力，既已闹得乌烟瘴气。那过往的朋友们有时困乏了，还须临行时酌赠馈赆。绳其虽慷慨成性，满不在乎，哪知暗含着却闷坏余福。几次价劝绳其早早完婚，整理家事，以待中试飞腾，无奈绳其通不理会，却越发倜傥自喜。来家有暇时，又必赴豹子窝，和楚材盘桓些时，不知不觉也学会了打猎能为。每次趑回，便带些狐兔之类，张得余福只好干眙老眼，俟绳其又赴葛垞时，便是他撒闷气的当儿咧，无非是找寻那班佣工们的晦气。

光阴荏苒，早又是一年光景。那杜大娘见绳其武功大就，一日置酒内室，小酌绳其，并请得高氏来，连玉英也在末座。原来绳其自订婚玉英后，因在杜宅日习武功，便不拘俗礼，和玉英只如兄妹一般，并不回避哩！当时大家落座，一面饮酒，一面谈笑。绳其因说起建中屡有书来，官况甚好。杜大娘便道：“便是上月里瑶华也有书来，甚是想念她玉英姊，又说是建中已经补缺栖霞，不日便去赴任。”

绳其笑道：“妙，妙！栖霞是耿先生的故里，他助建中弟办些捕务，想越发得手哩。”高氏听了“栖霞”两字，忽地怔怔地若有所思。绳其因笑道：“表嫂想什么？莫非俺表兄近日没得书信吗？”

高氏笑道：“他若没书信，倒令人心下不怙悢。就因他头几日有封书信，便是从栖霞来的，俺看了只管憋主意，也没向人说。这会子俺打算去信叫他回家哩。”绳其诧笑道：“这是为何？难道表嫂想……”说着，瞟瞟玉英，却又咽住。这一来招得高氏和杜大娘都自暗笑。

高氏便道：“咱且说正经的。你说呀，俺见你表兄的信，险些儿没把我吓煞。原来山东侉子们那么凶实，他竟趁新官到任去抢衙门。那晚上，吓得你表兄藏在床底下，幸亏耿先生和余庆有本事，当时杀退那班强盗，虽然没得损失，大家都吓一大跳。事发之后，将个瑶华姑姑吓慌，依着她就要接大娘娘来，亏得耿先生没过得十来日便将盗首捉获，余盗四散。他发信时，业已安静下来。你说不吓煞人吗？”

绳其等听了，不由都为骇然，便向高氏细问缘故。原来栖霞县城外十来里之遥有座五峰山，久为群盗出没之地。当耿、刘两人都漫游在外时，群盗越发恣肆。后来耿先生由平谷回家时，曾集合当地乡壮入山痛剿一次，贼势为之稍敛。及至耿先生从建中幕游，群盗趁势又复恣肆，恰又从远处蹿来个悍贼，群盗便奉以为魁，不断地打家劫舍，闹得栖霞县分竟为难治之区。那上宪因建中历任捕盗，号称能吏，所以便将他题补此缺。

那盗魁虽知建中武健，却不知耿先生在其幕中。当建中下车伊始并官眷都到之时，那盗魁便乔装入城，觇伺动静。既见建中恂恂长厚的光景，本是意存轻藐。不想过得两日，那前任的官眷搬出衙署，瑶华进署时又被那盗魁张见。那盗魁本是凶淫之辈，于是便心存不良，定意去抢劫衙署并劫取瑶华。当事发那晚上，恰值耿先生被人请去吃酒，余庆在署，每夜里照例有巡视之职。

当晚，二鼓敲过，余庆提刀，巡至二堂后面。忽见二堂上前坡脊似乎人影一晃。余庆抖手一镖打去，即闻得有人啊呀一声，接着瓦坨乱响。余庆这里方叫得一声有警，便闻大堂前喊声大举，又有一阵刀仗碰撞并索鞭乱响之声。慌得余庆一个健步蹿入二堂。早望见火燎如飞，夹着十数个彪形大汉，一色的包头短衣，各执兵仗，一声呼啸，业已火杂杂地撞入宅门。为首一人，舞得一条九节索鞭，势如游龙，从火光中大叫道："五峰山好汉们全伙在此。有不怕死的只管来。"这人便是盗魁。

余庆大怒，一面连呼有警，一面想提刀闯去。略一逡巡，忽又恐内宅有失，百忙中，连发两镖，嗖嗖打去。群盗喊一声，向后略退的当儿，却见一片刀光，直从西花厅屋脊上横飞下来。只就地一旋刀势，早已截翻三两个贼徒，接着便刀影翻飞，直奔盗魁，并大叫道："余庆不要慌，你只顾去保护内宅，这里都有我哩。"

余庆听得是耿先生，心下稍安。正要跑向二堂后去守内宅之间，这里耿先生已和盗魁杀作一团。那宅门外的本衙卫队并捕健人等也便各执兵器，大呼赶到。余庆不暇耽搁，三脚两步，方转向内宅门前，早闻得麻娘娘在门里边反叛泼贼地乱骂。宅门外正有两个笨贼跳钻钻地用手中朴刀向门上乱劈乱戳。余庆大怒，赶将去一刀一个，都已斫翻。

正这当儿，便闻二堂院中没好地喊杀一阵，接着便吆吆喝喝直哄出去。须臾，又闻得城防营警号吹动，余庆料得盗已逃去，便叩门向麻娘娘道："如今盗已退去，且请主人等不必惊慌。"说罢正要转步，恰好耿先生也自蹿来，见内宅无恙，方才放心。

这时满院中火燎如画，许多厮仆们有的从床下钻出，有的从被中抖起，也都乱哄哄地集拢来。大家跟了耿先生、余庆，到二堂院中一瞧，只见院中有个受伤的贼，和那从二堂滚落的贼正相与卧地呻吟，连那被余庆戳倒的两人，共捉获四个贼徒。于是一面将四贼监押起来，便请建中连夜审讯，一面还恐隐避之处藏有贼徒，当由余庆领了大家逐处寻望。这时厮仆们却一个个精神暴长，有的道："可惜我那把腰刀昨天拿出磨去咧！不然，瞅个冷子，我闪在黑影里，多少也砍他两个贼脑袋玩玩。"有的道："这话不错，你说手内没家伙，真是干着急。俺那时提了夜壶，闪在房门后，只要贼一探头，俺一定给他一家伙。"又有应声的道："那还用说吗！事到临头，你不招呼他，他就要招呼你哩。"

正乱着，已近思恭室外，大家便道："真个的，这么鸟乱，怎么没见吴师爷的影儿呀，倘若被贼们架了去可了不得！"

余庆喝道："不要胡说，方才俺问耿先生，是从吃酒处闻警赶来。因宅门前被贼堵住，便从西马号墙上跳进，由西花厅上杀将下来。那当儿耿先生由这里过时，还似乎见吴师爷在室内，怎的便会被贼架去呢？"

说话间，大家闯入思恭室内，提灯一照，叫声苦不知高低，只见榻上被子抖翻，枕头和一件长袍抛在地下，夜壶倒歪着，流了一地尿，却没得思恭影儿。瞧那光景，似乎贼曾入室一般。这一来闹得余庆不由大惊，便道："你们且向别处寻寻吴师爷，等我报与耿先生，急速抢他回来要紧。"

说着方要拔步，只见一个仆人走去一揭榻帏，便嚷道："有在这里了。"于是拖着脚子，由榻下拖出一人。光着脚儿，只穿一身小裤褶，满头脸上都是蛛丝尘土，见了大家，还只顾直着眼儿。

余庆趱进一瞧，谁说不是思恭呢！原来那会子思恭一觉醒来，马马虎虎地用过夜壶，方要去接续断梦，忽遥闻二堂院中一阵嚷喧之声。他以为是建中坐晚堂审什么案件，倒也不大理会。逡巡间刚一合眼，又闻器械磕撞的声音，吓得他倏地坐起。方摸着穿上小裤褶，要去点灯之间，却闻卫队们大喊道："捉捉，休要放走贼徒。"就这声中，思恭便一骨碌滚下榻来，一径地钻入榻底，所以闹得满室内一塌糊涂哩。

当时余庆等人也不暇笑他，便又同耿先生就署外巡察一番。须臾，追赶贼人的卫队捕健也便趱转，却又捉到两个贼徒。即时经建中略为研问，即便和那四个贼上镣入狱。次日，耿先生留余庆护署，便率领卫队捕健，又酌带城防兵丁，到五峰山去剿贼人时，早已一个也没得咧。但是耿先生却不动声色，一面暗和人张扬出去，说是那六个贼人，经建中审问，已定某贼为盗魁，这件事已就此了结，不再搜捕，一面却多方乔装，暗为踏访，果然那盗魁中了计策。

一日，那盗魁扮作个乡农模样，在东城外一片野茶馆中假作吃茶歇脚，正在觇听动静。忽地外面一声喊，抢进十来个作公的，单刀铁尺，一阵价围将上来。盗魁大惊，托地跳起，方想拔家伙拼命拒捕，便觉背后有人啪的声便是一脚，大喝道："你这泼贼，逃向哪里？且叫你认识耿某。"说着，转过一人，就盗魁跌倒之势，啪啪地向他胁叉上又是两脚。于是众捕健蜂拥而上，登时将盗魁缚将起来。

原来耿先生扮作个小贩儿，尾缀盗魁既入茶馆，便去知会了捕健们。自己却先进茶馆，只作叫卖，望见捕健拥入，便趁势发作哩。

以上所述，那便是思恭家信中的情节。当时高氏娓娓述罢，便笑道："你瞧山东地面真个歹斗。俺只挂记着瑶华姑姑不怎的吃吓哩！"

玉英听了，眉儿一挑，正在微微一笑，那绳其却以拳拄案，其声砰然，便含笑说出一番话来。正是：

　　　　盗迹传闻处，雄心欲起时。

欲知后事如何，且听下回分解。

第一百十八回

一封书东山约良友
望彭城箫曲寄哀吟

　　且说当时绳其含笑道："几个蝨贼子算得甚事？可惜那时俺没在那里。俺若在时，趁那贼们进衙，便给他个滚汤泼老鼠，一窝儿都是死，岂不痛快！"高氏笑道："是呀！"说着，向玉英笑道，"若是妹儿你也在那里，瑶华姑姑还许吃不着吓哩。你俩……"

　　玉英忙道："什么你俩你仨的，快吃酒吧。"这一来，招得杜大娘也自微微而笑。

　　须臾，玉英先起去，绳其也离席去方便。杜大娘便向高氏道："你瞧这两个傻孩儿，真也怪有趣的。如今绳其武功已成，不久也当转去。依我之意，是叫他择日迎娶玉英。一来他们嘉礼完毕，二来也了却俺一桩心愿。"说着，忽叹道，"人事无常，是说不定的，趁我好端端的，眼见他们大事完毕，不是件快活事吗？"

　　高氏笑道："哟！你老这可是没的说咧，你老金刚似的身体，怕不寿活百岁，有甚不好端端的呢？至于命绳其迎娶的话，恐怕他那老牛性儿是劝不转的。他立志是中试之后，和建中弟一般，方才完婚。俺几次价曾劝说他，他只向人憨笑，通不在乎。"

　　杜大娘笑道："如此倒是有志气，但是小人儿们心性，也瞧不得他那牙关上的劲儿。你只透透俺这番意思，看是如何？"高氏听了，也便笑道："也是呀，小人儿们心性真也说不定。那么俺就向他透您这意思。"

　　正说着，忽闻玉英在自己室内喊唤仆妇，杜大娘便向高氏低笑道："悄没声的吧，那妮子也是个广东蛤蟆，南蝉（难缠）哩。"

　　高氏不由眼珠一转，忙笑道："那个主儿自然是由我和他去磨牙。不知这个主儿，你老探过她的意思吗？"杜大娘道："哟！可了不得。若妮子们也三条六件地作起怪来还成功吗？俺叫她出阁，她自然没得话讲。"

　　高氏摇头道："不妥，不妥。如今的姑娘们眼高心大，说不定也暗含着憋点儿小主意。你老却不要大包大揽，还是先探探她是正经。不然，俺便是向绳其一边说妥了，倘闹个按下葫芦瓢起来，不是白费唇舌？"

杜大娘失笑道："你大嫂倒是个虑事精，俺就不信这个。都这么扭头别脚，那出赁花花轿的不都饿煞吗？你且稍候，我就去问问她。"说着，便离席趄去。

这里高氏饮过两杯，早听得杜大娘和玉英一时间只管喊喳。少时杜大娘却咯咯地笑。这里高氏听得杜大娘欢笑，正疑惑玉英应允出阁，只见杜大娘笑得什么似的，趄来道："你大嫂真罢了的。你怎便虑起事来一虑一着。如今那妮子果不出你所料，真是老天没错配，和绳其正是一对拧性种。原来她也非像瑶华那么风光不出阁哩。既如此，你大嫂便不须去理那一个咧。"两人说话之下，不由都笑了一阵。

不提当时酒罢，高氏转去且寄书思恭，回报平安。且说这年又当乡试之年，绳其被余福唠叨得只得由葛垞庄转来，且自一心准备举业。又驰书于楚材，相约按日会文，以资磨炼。闹过几日，绳其颇觉自己文笔生喳喳的，以为是分心武功，心不沉静之故。不想楚材寄得课文来，绳其一瞧，却有一片感慨衰讽之气。绳其是疑他精神不佳，或有疾痛，便又向豹子窝去了一趟，见楚材精神如故，方才放下心来。

两人盘桓之下，又是十余日。及至绳其趄转，却值村中春社。绳其和王原是两村头脑人，自然脱不得清净，家家酒宴、处处笙歌地闹过几日，好容易静下来，已是三月望后。绳其方要用功，说也凑巧，王原那里又有了热闹事儿。

原来三月十七日是王原生辰，便有他一班朋辈并本村人们商议着与他做寿。又因建中在外官达，大家瞧王原是个叔伯（叔伯者，俗谓旁派，非正根之意）老太爷的角色，便索性地要趁势热闹一下子。不但大家聚金送礼送戏，并且悄没声地做成一方"保卫桑梓"的匾额，要就做寿时恭送于他。直至一切都备，方才去通知王原。王原没法推辞，只好拼着心痛钱，忙碌碌地准备筵席，且去做寿。那绳其自又须掺在里面，一连价忙过几日。

这日绳其方从王原处回头，趄至大门边，恰值余福背着脸子，一面指挥一个佣工扫地，一面叹道："咳！真是一家有事，四邻不安。你瞧王家做回寿，又慌得咱主人心都飞起。眼睁睁便是秋天下大场咧，他也不赶紧用功。像人家王建中相公，当时用功时，鸡叫起来，一直闹到二更大后。不然，人家怎的中试做官呢？像咱主……"正要说下时，忽一回头，望见绳其已到背后，因笑道，"不是老奴唠叨嘴碎，这些日只管一事不了一事的，闹得您也没法用功。如今静下来，您也真该理会些正经咧。"

绳其笑道:"便是哩!俺何尝不想用功?只是总有事体。前些日俺赴豹子窝时,那晋相公因遵化地面山深林密,有几处很好的猎场,曾约我去打猎玩耍并逛逛那里山水,俺就因怕耽搁工夫,都辞掉没去哩。"余福道:"这便才是,以后想也没什么乱弹的事咧。"

正说着,只见一骑马泼啦啦地跑来。上面一人结束劲健,头戴卷檐凉笠,身披青绸长衫,腰系板带,佩一柄短刀,脚下是薄底快靴,一手提鞭,在马上东张西望,并一面望望宅门,又瞧瞧日影。看那人光景,似乎是个捕班上的朋友。

绳其等正在瞧望,只见那马到门便驻,那人霍地翻身下马,便向绳其拱手道:"老兄是这宅上什么人?便劳驾进内通禀一声,小人是遵化捕总刘东山爷打发来的,有封要紧信件,特致这宅上方绳其爷。便烦引进则个,小人还向他处邀请朋友,是不可稍迟的。"说着,从怀中取出书信。绳其一面怙惚,一面接见书信,忙笑道:"只在下便是方某。刘爷有甚事体,特烦足下远步,且请内歇息细谈如何。"

这时余福在一旁,正瞧得直了眼,那人却向绳其致敬道:"如此好咧!方爷瞧书自明,总言之,俺家捕总是专候大驾,小人还有别事干办,不得奉陪细谈了。"说着拱拱手,上马加鞭,竟自如飞跑去。

这里余福顿足忙喊道:"你且慢走,这是哪里说起?俺家主人是没工夫出门的。"再瞧那人时,笠影依稀,业已不见。这一来闹得余福正要发怔,那绳其已自将书瞧罢,便笑道:"老伙儿,不必着急。这信中没甚要事,是刘东山爷约我去帮他办件案子,大约俺去个十来天便可了事,不至于多所耽搁。"

余福偏道:"便是耽搁到过了大场,也须认命。谁叫主人交得好朋友、习得好武功。这一去,办个案子显显能为,不比中试还风光吗?"

绳其知他性儿,只好待他发作过,然后道:"他这信中,只说是案件要紧,却没说什么案件,大概无非盗案之类。好在前些日晋楚材也邀我赴遵化逛逛。如今俺便约他同去,就势会会刘爷,多着十来日也便转来咧。但是他信中又嘱咐我带那面乾元镜去,却不知何用。"

余福听了,索性地一声不哼,赌气子夺过那佣工的扫帚来,自去扫地。不提绳其好笑之下,当晚沉吟一回,便收拾行装,并带了古镜和应用器械之类。且说绳其次日里去访楚材,两人相见了,把臂欢然。绳其用过酒饭,连将自己来意一说,并出示东山书信。楚材慨然道:"既是朋友有事相烦,理当去助他一臂。东山远处求友,一定是紧要案件,那么咱就明日同行何如?"绳其听了,不由大悦。

当晚,楚材置酒,就那空庭明月之下两人酬酢起来。一面说笑,一面互

337

相猜测东山端的是甚要案。楚材便笑道："对此良宵，咱只管打这闷葫芦怎的？到东山那里怕不晓得？俺近来吹弄铁箫，又翻谱新声，作了两支曲儿。一名《破阵曲》，一名《望彭城》，自谓音节还飒飒可听，且待我献技一回，遣此良夜何如？"说罢，从室内取出铁箫，就明月下呜呜咽咽吹将起来，端的是穿云裂石。

先吹的是《破阵曲》，一时间音节高亮，亢厉雄发，真有士卒纵横、望鼓齐鸣、千军万马蹴踏赴敌之概，听得绳其精神顿旺。正在连饮两杯、拊掌称善之间，便见楚材戛然声止，顷刻又移宫换羽，婉转悠扬，吹起那《望彭城》的曲儿。这曲儿共是三折，音节间特为悲凉幽咽，每折将毕，必为低回迟恋之声，俨如有人望远思深、踯躅叹息一般。

这时微云掩月，山风徐振，那庭树叶儿一阵价萧萧戚戚然，就和那哀怨箫音一般。听得绳其不由正襟危坐，形神俱寂。正暗诧楚材为何如此忧思之深，恰好庭树上的栖雀儿一阵价扑啦惊飞。绳其忽见掩的柴门边似乎人影一晃，刚喝一声："是哪个？"楚材这里也便戛然吹止。两人跑向门边张时，不由相与大笑。原来是微云开处，那月光照的楼影儿。

当时，两人相与归座，绳其便笑道："吾兄这两支箫曲端的不凡。《破阵曲》使人神旺，更为有趣；只是这《望彭城》，音节虽妙，却衰飒些儿。我辈前程无量，以后不要吹这支曲儿吧。"

楚材笑道："俺制这曲儿时，也不知其所以然。只循声按节之间，自然地便成此调。俺想声音之道甚是微妙。昔日嵇叔夜的《广陵散》相传为神授，都是欺人之谈。大概他也是无心间成就那曲哩。"说着，手抚铁箫，翘首南望，竟是若有所思。

绳其见状，颇为诧异，因笑道："声音妙处固是难说，但是俺却很爱这《破阵曲》。往年俺从耿先生时，也学过许多音乐玩耍，不知这曲儿俺也学得成吗？"楚材欣然道："此曲并不繁难，只须中气足，便能吹出发扬踏厉之概哩！"

绳其道："如此说好了，俺的中气颇不为弱，且待我试试瞧。"于是接过铁箫吹起来，果然发声洪亮。楚材大悦道："老弟中气胜我多多，这便是武功精进的效验。今既欲学，只消我略授曲谱便成功的。"于是命绳其置下铁箫，两人便就樽前一唱一和，循声按拍起来。

绳其本略通音律，这时随楚材发声，竟丝丝入扣。不消一个更次，试吹此曲，那箫声比楚材吹得雄壮许多。楚材大悦之下，听听村柝时，业已三记响尽。

不提当时两人罢酒一宿晚景。且说楚材次日和绳其早起结束，一面托邻

338

人照应门户，略带行装，佩了柳叶宝刀，提了一根杆棒，便和绳其匆匆拔步，一径取路直奔遵化。

行过一日，尽是些崎岖山路。遥望正北面燕山横亘，群峰逶迤，不见首尾，便如一条长蛇一般。两人一面浏览，一面前进。当晚寻旅店歇了。次日午尖时分，已入遵化境界，那道路稍为平坦，正向北望去，但见郁郁青青，山套山的，气象甚旺。

楚材四顾，便赞道："你瞧这遵化地面端的好片山势。咱此行所事毕后，倒好打猎玩玩。"绳其随口道："正是哩。这遵化是陵卫所在，有马兰峪、石门镇诸名胜要隘，都设有官兵驻守，自然是气象阔大。但是东通冷口，西近喜峰，毗连着关外口外，地面上多有不靖，也就因山川险扼、五方杂处之故哩。"说话间，两人投入旅店，向店人一问程途，方知距遵化州城还有百十余里哩。

当时匆匆饭毕，依然起行。日斜时分却经过一处村镇，也有四五家小店生意，只是街坊上萧条冷落，住户人家一半儿关门闭户，那小店柜台上却都置个水盆。

绳其走得口燥，便从一处小店买得两个酸梨子，与楚材分吃，一面价把与店伙十来文钱。那店伙接过却向水盆一抛，望望绳其，微微一笑。绳其笑道："你这店中也干净得过分。一个铜钱洗它做甚？"店伙笑道："你老是过路客，还不晓得，俺这里奇怪得紧哩。皆因……"

一言未尽，只见一个老店伙恶狠狠抢将过来，向那店伙便是一口浓唾。正是：

　　逡巡来远客，渐次得奇闻。

欲知后事如何，且听下回分解。

第一百十九回

清风庙双侠山行
草桥驲店翁夜哄

且说那老店伙抢过来唾道："你这厮是属噘嘴骡子的，不值钱就在嘴上。放着生意不去照顾，哪里这些淡话。如今地面上乱乱的，你胡呲什么？"

绳其等见了，也没在意。趄出街坊数里远近，却经过一道山岭，岭上面树石幽森，颇有风景。遥望岭头草树深处，隐隐露红墙一角，似有庙宇，问起岭上樵人来，却是什么清风娘娘庙。不多时登至岭头，两人稍憩。四望山势，被那西下的残阳照得红红紫紫。

正觉得十分有趣，恰好身旁深草中蹿出一只兔儿，一径地向那红墙所在便跑。两人如飞赶去时，还没半里之遥，已至红墙跟前。绳其腿快，啪的声一脚跺去，因茅草太滑，兔儿跑掉，倒滑了绳其一跤。于是楚材大笑，便扶起他，相与趄入那庙中。

只见颓廊败壁，荒草多深，破殿三间，里面却塑着个云仪月态、风裳霞帔的女郎，眉黛含颦，幽怨可掬。像旁塑有两个宫装侍女，一个捧剑而立；那一个，却肩着雨伞包裹，衣盛飘拂，仿佛远行之势。那殿壁下竖有短碑，两人就碑瞧时，碑文便载的是这清风娘娘的出身来历。

大略是娘娘穆姓，名清风，淮南人。其夫李鸣盛，当明成化时，以罪戍边，没为辽阳某将军家奴，罪满当归，而绝无音耗。于是清风趄寻其夫。因家贫便徒步负装，一路价鬻歌乞食，间关憔悴。行至这山岭之下，就村落中一处大宅前乞食。不想那宅中主人却是一个当地土豪，专好渔色，家中设有地窨密室，诱得有姿色妇女，便藏置其中任意宣淫。

当时土豪一见清风，虽然蓬鬓风尘，却是天然国色。大悦之下，问知她寻夫的缘故，假作失敬道："原来是嫂嫂到了。俺一向便在某将军处当过差官，尊夫李鸣盛和俺意气相投，曾结为兄弟。他罪满之后，俺便借与他资本，现在辽阳某县中经营商店。嫂嫂不须去寻他，只在俺家暂住，待俺命人唤他来，接取于你如何？"说罢，又赞叹不已。

那清风哪知就里，正在困苦中得知其夫下落，又遇着这么个好叔叔，自然是欢喜异常。于是计中牢笼，当被那土豪诱入宅内一处静室中。便有伶俐仆妇们前来伺候，一切酒饮款待，十分尽礼。又请清风沐浴更衣，奁具膏沐等物一切都备。清风因其夫有了着落，心下畅然，自不免稍事修饰，这一来，容光焕发，好不俊样。那土豪隔两日一来客气，却老实实地谈两句闲话便退。那时新的食物衣服却只管命仆妇们流水似送来，比孝敬他妈还周到十二分。闹得清风感佩之下，认定那土豪是个一百成的大好人，不会有别的缘故了。

转眼间，已是半月余，清风理得丰容盛鬋，态有余妍，有时徘徊庭中，就似画上走下来的美人一般。土豪见了暗暗心喜。这日晚时，清风正在默坐支颐，怙惋其夫还没到来，心下有些闷闷。只见一个仆妇笑嘻嘻地跑来道："穆娘子大喜呀，如今你丈夫有书信到来，说是不久就来接你。俺主人方在那里瞧信，请你就去哩。"

清风大悦之下，款动金莲，跟了仆妇匆匆便走。须臾趋近内院一处书房中，却不见土豪在内。清风刚要问时，那仆妇却向粉壁上不知怎的，用手一摸，噗啦略响，那壁上便现出个精巧门儿。远望里面，似有灯烛光亮。清风略怔之间，仆妇便道："那里面是俺主人藏积珍宝之所，来往书信也藏里面，你且快去瞧信吧。"于是将清风向壁门内一推，转身自去。

这里清风忽到暗处，略为闭目凝神，睁眼望时，不由大诧。只见身到一处雪洞也似的屋内，案上是红烛高烧，壁上是字画都满，壁衣地毯，象几雕床，铺设得便如仙宫一般。靠北壁雕漆案上还设有一席酒筵，业已俎堆兰肴，樽泛金波。正面上，并设着两个座儿，筵上两只汇足铜烛檠，上插华烛，照得亮堂堂的。靠东壁下却设有钿床，这时锦帐深垂，杳无声息。张得清风正在发怔，忽见那帐门只管簌簌地乱动起来，接着便是一阵男女嬉笑之声。

清风恍然大悟之下，料是不妙，正要返奔壁门时，只见帐门启处，突地跳出一双赤身男女，不容分说，四手齐上，登时将自己一把捉牢，便要揪入帐中。那女的是个俏丽仆妇，一面将清风推入男子怀中，一面笑道："你们且去快活，俺且吃酒等你们。"

这里清风惊怒之余，一瞧男子便是那土豪，情知中了人的奸计。挣扎之间，猛地心生一计，便笑道："不必如此。你便是爱我，也须成个礼数。如今既设有酒筵，便当合卺礼数如何？"说着，竭力脱身，便趋筵前。

这里土豪哈哈大笑，方胡乱着穿上衣裤，陡见背后人影一闪，便有一根铜烛檠向自己胁下刺来。原来清风志在全节，拼着玉碎，百忙中却抄起烛檠，欲杀此獠呢！但是一荏弱妇女，哪里能敌得土豪，不消说，一缕香魂顷刻间便断送在土豪之手。从此便时时现形村中，颇多灵异。

那土豪自害清风后，不多几日，竟自阖门染疾，尽数死掉。于是当地人们既领清风之贞烈，又屡感灵异，便为之立庙岭巅，以镇此地。至于娘娘之称，不过是后人尊敬烈女之意罢了。

当时绳其等读罢短碑，便笑道："这又是孟姜女寻夫一类的故事了。"说话间趱出庙来，业已天色将晚。两人刚下得那岭，却好从对面趱来个骑驴的客人，绳其拱手道："借问老兄一声，此去遵化州城还有多远，今天还赶得到吗？"

那客人略为驻驴，一面笑道："你老哥这话却是笑谈了。此去州城还有四十多里，便赶到时怕不要夜半时光。况且刻下州城日色才落，便要紧闭，你便赶去，也进不得城了。"绳其道："为甚州城关得恁早？"

那客人驱着驴子，业已趱过数步，因回头道："刻下遵化地面捣乱得沫沫溃溃，连他娘的皇上娘娘都有在那里了，怎的不早关城门呢？"

绳其等听了，只认是地面上不靖，客人们随口笑谈，也没在意。又趱过数里，业已暝色四合。遥望前面却有一处小小村落，地名草桥驲。两人奔去瞧时，不觉一怔。只见街坊人家一律关门大吉，连个人芽狗芽都没得。并且各家门首都贴着"姜太公在此，诸邪远避"的字样。有的那字帖下还有烧过的香烬。

两人见状，不解其故，因要询问旅店所在，便去叩一家的门儿。啪啪地敲过一阵，通没人搭腔，又连叩两家，也是如此。这时，却趱经一处草房门首，两扇白板门儿也关得铁桶相似。绳其走去叩门，却听得汪的一声狗叫。绳其焦躁之下，因骂道："难道这村中的人都死绝了不成？"

正要转身，却闻里面有个老妈妈子颤声道："外面是哪个呀？不要乱骂。若是过路的，快向西去，井沿旁有棵歪脖树的那家儿，却是豆腐坊挂开店。你到那里叫门时，不要擂鼓似的，只须轻叩，并须说明来历。不然，地面上乱腾腾的，他那里也是不敢开门的。方才砰砰地险些把人吓煞，这是哪里说起。"一路唠叨，那语音竟自转入后面。

绳其等听了，诧异之下，即便如言趱去。过得半段街坊，果见路北里一眼石井，那槎枒歪树之旁有三间矮草房儿，四扇板门紧紧闭着。门上有"财源茂盛"四个大字，一边墙上垩了一条白灰，上写"张家豆腐坊"。于是绳其趱去，轻轻叩门。这次真不含糊，里面居然有人应声道："来咧，来咧！"绳其、楚材一听，不由色然而喜。原来两人这时早已走得又饥又渴咧。

当时绳其听得那人足音近门，便不待他来致问，索性一气儿说明来历。那人沉吟道："既是过路客人，你且稍待。"说着窸窸窣窣下去门闩，又仿佛就门缝瞅了一回，然后启门。一见绳其等，便笑道："客官莫怪，俺这里近些日都是早关门户。你且请进吧。"

绳其瞧那人时，却是个年老店翁，十分和气。于是和楚材相与进店。那店翁先忙着又关紧板门，然后引客入内。绳其等一路留神，只见小小院落颇为净洁。那宿客之室便是正房西间儿。当绳其等趄进院中时，正有个老妈妈子在西厢灶下整治晚饭，一见绳其等雄赳赳地带刀提棒，不由哟了一声，就座的矮凳上一晃身儿，险些栽倒。

那店翁忙道："不打紧的，你只快些整备茶汤就是。"说话间向正房西间一指道，"客官请进。俺且去料理你的饭食，咱是早吃早罢早困觉，天明早走路，比什么都强。"

这里绳其等进得西间儿，相与放下行装，安置一切。只见里间黑洞洞的，诸物凌杂，也望不清什么。须臾，店翁取到一只矮脚炕儿，然后趋向北壁一个破立柜前，伸入手只管乱掏，并诧异道："怪呀！昨天俺去给人落忙，方摸了半支大蜡来，是哪个又加塞起来咧？"因急唤道，"家里的，俺那段又粗又长的东西，你三不知地又夹到哪里去咧？如今紧等它用，你别只管夹不够的。"

绳其听了，正在好笑，便闻灶下那老妈妈道："你这老忘性，真没有的。午饭时你剩的那块大白薯，你不是高情大意地叫俺吃了吗？如何这会子又瞎寻呢。"店翁顿足道："好捣嘴子，俺说的是什么？"接着忽笑唤道，"家里的，有在这里了。"于是从怀中摸出火柴来，哧一声划着，点将起来，登时满屋明亮。

绳其望时，却是半段挺粗的绿蜡，上面还有"金童引路"等字样，大概是店翁给人家落忙丧事拔将来的。便见他就烛台上插好那蜡，即便匆匆趄出。这里绳其等随意歇息，一面瞧屋内时，除器物凌杂之外，靠壁角还倚着一杆破花枪，却用钱串儿绑上个破镰刀，算作枪锋。又有一面只剩外圈的破锣，也置在壁角。

绳其瞧了一会儿，因向楚材道："大哥，你瞧这一路光景，大概是地面不靖，所以小村中也闹得萧条冷落。如今口燥得紧，咱且唤店翁先泡茶来。"说话间正要发声喊唤，只听灶下那老妈妈道："你可是没的说咧。如今既不便开门去借荤腥儿和菜蔬，无论什么体面客人，也须将就些儿。横竖还有鸡蛋，少时炒上一盘，配上大豆腐，也就是咧。俺那只老母鸡一天一个蛋，你算算，一年三百六十日，便是三百六十个蛋。这三百六十个蛋，再孵出小鸡来，小鸡卖了钱，再买母鸡，那蛋是越下越多，母鸡也越来越有，你算算该是多大利钱。如今一下子断送了它，却是一百个合不着哩。"

店翁笑道："依你这算计，还不发财了吗？倘若半夜里被黄鼬拉了去了，

343

连个屁也不值。这等乱腾腾的年光，你也该想开些儿。咱将那鸡子与客人用了，一来不少得钱，二来咱们这些日子连夜辛苦，听更坐夜的，连顿好饭吃都没空。如今给客人整治鸡子，咱至不济也落些骨头啃啃、肥汤呷呷。又做了生意又解馋，眼前算盘你不打，倒去算你娘的没影疙瘩账。"

老妈妈道："快算了吧，你去给客人送茶是正经。原来你是馋着嘴头子想缘故，便惦记上俺那鸡子咧。"说着两人一阵拌嘴，倒听得绳其、楚材相视而笑。

须臾，店翁噘着嘴，送进泡茶。绳其便笑道："你只管和你老伴拌嘴怎的。既有鸡子，便把来下饭，你不须啃骨头呷汤，我看你这人十分和气，少时鸡子熟了，咱便大家同用。至于鸡的价钱随你算，你道好吗?"

那店翁听了，只乐得嘻开大嘴，便道："如此好咧。本来你大远地奔了来，也须用些合适饭食。若在往年太平时，不怕三更半夜，您想用荤腥儿都现成，如今却没处去买办。所以俺才想起俺老伴那只鸡子来，你瞧她就这么死心瞎……"一个"眼"字没说出，却听得老妈妈在灶下笑吵道："得咧!你这还不该得意地摆布我吗? 还不向灶洞里快捉鸡子去。你拿鸡，我摸蛋，不怕闹得团团转。你那里弄净毛儿，我这里也弄出热水出来咧。咱们快些咕唧（谓焐退鸡也）完了，也好打发客人用饭。"

几句话招得店翁也扑哧声笑咧。于是匆匆趄出，老两口儿便登时杀鸡为黍地忙碌起来。须臾，饭食都熟，便由店翁一样样端入客室，就炕几上摆列停当，夹七杂八倒摆了满满一几。绳其等仔细瞧时，只见四个碟儿，一碟是盐卤豆，一碟是葱拌腐皮，一碟是韭花炒豆腐，那一碟灰灰白白，乍望去甚清爽，取箸一尝，却辣得咧嘴，原来是辣椒拌麻豆腐（麻豆腐者，腐之糟粕稍精者。白菜心炒食之，风味集绝，省费而美味，吾侪措大，不可不知。一笑）。四碟之外，便是两盘。一盘是黄澄澄的炒鸡蛋，那一盘便是热腾腾煮黄白斩鸡子。黄粱饭外，又有两大壶酒。

当时店翁安置都毕，便给绳其、楚材各斟一杯，却嘻着嘴道："小村中又遇着这样年头儿，是没得可吃的。客官们都须包涵一二。你老赶热便请用吧，酒不够只管言语。不瞒你说，小老儿生平就是好喝盅儿，家里有的是清煮酒，你尝尝，好体面味道哩。"说着，趄着腿儿方要趄去，绳其便拍炕道："老店东，你只管放心请坐。咱们先饮个认识盅儿。俺有言在先，鸡钱随你算，是不扣你饭钱的。"

楚材瞧着正在好笑，那店翁已乐得两眼没缝，逡巡道："既如此小老儿恭敬不如从命。你二位真是常出门的人，就这样大方和气。"说着回手，登时从怀中掏出个酒盅，置在几上。

那臀尖儿方一沾炕，却听得西邻家有人唤道："大叔哇，你老把柴草且借俺一捆。"慌得店翁应声跑去。须臾转来，便笑道："借柴草也不睁眼，通不管人闲忙。"说着取酒自斟。刚要落座，又听得东邻有妇人唤道："大哥呀，你们老两口可是想得开咧。这种年头儿吃吃喝喝是赚的，便煮得鸡子这么香喷，活该俺家狗儿有口福。他昨天恰才种了痘花儿，快借给俺一碗鸡汤发表发表吧。"

店翁听了，赶忙援脚又跑。须臾转来却笑道："真他妈的麻烦。你说开门过日子，对门隔壁的，面面相关，能说不应酬吗？如今咱可该闹一盅咧。"说着，撩起衣襟方要就座，只听街坊上远远地警锣响动。

须臾各家警锣接续相应，又夹着人喊狗叫，顷刻间满村大乱。绳其等正在一怔，只见店翁的臀尖儿方又离炕，便有一人飞步抢入，不容分说，抄起那面破锣来即便喤喤敲起。

那店翁啊呀一声，也便雄赳赳拾起花枪，和那人直撞出去。绳其等见此光景，摸头不着，也便各提刀棒，火杂杂直跟将去。正是：

衔杯方款洽，闻警又仓皇。

欲知后事如何，且听下回分解。

第一百二十回

衔杯酒略述天魔女
入州城初睹赛秦琼

且说绳其等闻得警锣，便见那老妈妈抢进来，和店翁各抄枪锣奔将出去，以为是村中有警，于是也各提刀棒匆匆跟出。因不便远去，只好立在店门前张望。只见街东头一簇火燎，众村人乱哄哄都奔向那里，并乱吵道："捉，捉！这泼贼如此伶俐，没的就是传说的那话儿吧。"

正在纷乱之间，却听得一声喊起，接着便又哄然一笑，那许多聚拢的火燎竟自纷纷四散。一时间锣声都静，但闻各家关闭门户之声，并有妇孺们唧唧呱呱地喧笑一阵。这一来望得绳其等好不诧异，料是没得什么警动。

正要暂且掩上店门转身入室之间，恰好店翁老两口儿匆匆踅转。那老妈妈一瘸一点，扶了店翁却骂道："真他娘的丧气。一个浪猴子便闹得山摇地动，真成了耍活猴咧。明天非叫叶九子那王八沿门赔礼不可。他若不依，咱便打煞那猢狲，让他没得弄。"说话间踅至店门。

绳其等迎上，方要问什么缘故，那店翁掮着破枪和锣，却大笑道："好叫客官们吃惊，这等年光真没法说。人的胆儿都虚哩，但有个风吹草动，便乱得一天星斗。别的都是小事，咱还是吃酒去吧。"

说话间大家踅进店，老妈妈接过枪锣，自就厨下。这里店翁关好店门，和绳其等踅入客室，这才重新坐下来，相与共酌。那店翁一连气吃过三杯，然后笑道："客官你猜方才这阵鸟乱是怎么回事呀？便是这街东头有个耍猴为生的叶九子，养了一个挺大的大马猴。不知怎的那会子脱了锁咧，三不知地却钻入邻家后园里。偏巧邻家有个媳妇子到后园去方便，刚脱出屁股蹲在那里，忽觉有个毛茸茸的手掌儿就屁股上摸了一下，接着便身影一晃，跳向面前。那媳妇当时吓昏，便跳起来一路乱喊，声言有警。及至大家都赶去，真见那一带房屋上有一人跳耸如飞，却就是一声不响。及至叶九赶到，上屋去捉将下来，大家方知并没得贼，却是他养的那大马猴。你说这不是笑话吗？若不是这样年头儿，大家也不至于如此地心虚胆怯哩！"

绳其听了，不由触起一路上所见光景，并那驻驴客人所说州城早闭的话。因向店翁一述所见闻，并问道："你这村中的门户也如此严紧，自然是因地面不安静。但是毕竟有甚等的盗贼，便闹得各处萧条呢？"

店翁道："你若问毕竟有甚盗贼，俺这村中虽只管自家闹得马仰人翻，也说不甚清。因为前些日，俺村中人有向城里赶集的，他回来便瞎吵起来。说是近来围城左近直闹大窃案，都是高去高来的盗贼。那大户人家不但失窃，连有姿色的妇女都愣会丢了两个，急得州官搓手，捕总瞪眼。他又听得城里传说，有关外一个女强盗，绰号儿'飞天魔女'，由关外作了血案，因当地缉捕得凶，便遁迹到此。人家关外的捕健能手业已跟踪到来，便住在城内刘捕总处。他又听人说，那女盗生得一貌如花，乍望去就是个风吹便倒的美人儿，但是却凶得紧，善使一柄雁翅宝刀，来去无踪，便似闪电娘娘一般。这还不算，那女盗又能呼风唤雨，撒豆成兵，那能为简直就大咧。"

绳其听了，不由笑向楚材道："大哥你听听，这大概就是刘东山说的什么要紧案件了。"

楚材点头之下，店翁又接说道："自他回村来那么一吵，大家吃惊之下又未免疑神疑鬼，怕她女盗来闹鬼八卦，所以都老早地关了门户，有的就贴起'姜太公在此'的字样。近些日，俺这一带村落又办起守望乡会，一家一条枪、一面锣，闻警都到，不到有罚。俺儿子没在家，只好今天叫他妈提出锣去，却不道没来由地赶了一阵大马猴哩。"说着，哈哈一笑，自饮一杯，又与绳其等斟满。

绳其笑道："老店翁，我且问你。你说了半天，这个飞天魔女现在哪里，曾有人见过她吗？"

店翁吐舌道："见了她还了得吗！今晚一个大马猴还吓得人颠三倒四，哪里禁得起见的？至于她现在哪里，恐怕州里捕班人们也未必晓得哩。咱们说是说，笑是笑，如今遵化是是非之地，你二位到城公干毕，不必耽搁是正经哩。"

不提店翁连吃带说，将那嫩鸡子了却一半，方才笑眯眯踅去。且说绳其等相与怙愓一回，少时饭毕，唤店翁撤去，即便各自安歇。

次晨，结束登程，数十里远近，不消巳分时已行抵遵化西关。只见许多人都聚拢在北路一处岔道口上，面向北路，若有所望，便如瞧什么热闹一般。并且纷乱讲道："好家伙，连那虎也似的关外捕健都受了伤，可知是个茬儿哩。"又有的道："若不是茬儿，她就能在关外拒捕伤了十来条人命，一屁股跑到这里吗？"

绳其等听了略为驻足之间，早见北路上行尘大起，车马声喧，一行人滔滔走来。前面是三四个短衣捕伙，各提器械，一个个垂头奢脑。背后却是一辆敞车儿，上面歪着个彪形大汉，结束劲健，颇颇雄壮，却用条蓝布巾包着头额，上箍绷带，一条条干渍的血迹直挂到脸颊边。瞧他面色便如蜡烛一般，不断地气喘如牛，紧合双目，在那车上颠顿得只管发抖。紧跟车后却是两匹马，马上人一色的伶俐短衣，胁下佩刀，瞧那打扮也是捕健模样。一个生得黑紫面孔，浓眉大眼，那一个却生得干筋瘦骨，尪白面孔，疙瘩眉毛，小圆眼儿，顾盼间倒颇有精神。

但是这时两人信马由缰跟定那车儿，只管松搭松咪地走。少时，那车儿由北路岔口转向长街，后面两骑马向前一闯。绳其等掺在观众中，向后略退的当儿，便见北路上尘头起处，又有两骑马衔尾跑来。前骑上是一伶俐捕伙，后骑上那人头戴玉色绸裹的飞檐草笠，外披青绸衫，内穿劲装短衣，低着头儿，若有所思。

前一骑跑至路口，突地拨向长街之间。众观者又纷纷议论道："捕家遇着棘手案件，真也须吃得辛苦。你瞧他们出去这一趟，就是七八日的光景。"又有人道："捕家拿人拿趴了，踏访逃人下落，是不能不耽搁的，何况其中又有受伤的呢？"说着，呼地一拥。这里绳其等立脚不住，方随拥势踉出数步，恰好那后一骑倏地跑到身旁。两下里彼此一望，不由都哟了一声。马上那人连忙下马之间，绳其、楚材也便趋步上前，彼此握手欢笑，原来那人正是刘东山。

东山便道："方兄同了晋爷来，真是再好没有。这几日俺正思念方兄，且到舍下细谈吧。"绳其道："你这里毕竟有甚紧要案件？便是那个送信人到舍下时也十分忙碌。"

东山攒眉道："棘手得紧，且容到舍下奉告。"说着，牵骑前导，三人直奔州城。东山一面价呼唤前骑道："你且同江爷、胡爷到捕班中安置秦爷。俺稍暇再去照应。"那前骑应声跑去，这里三人也便匆匆拔步。

方到西城门，只见许多的城防兵丁肩荷破枪，腰横锈刀，都在那里踅来踅去。城门半掩，还有个把总官儿垂头奢脑地坐在马扎子（即行椅也）上。背后站着两个佝偻老兵，两人的年岁共计来说少说着也有百十多岁，都穿着少颜落色的长袍马褂，反披着前襟稍显出趄趄神气。一个破靴靿子业已开花，却用麻批子胡乱绑在腿上，两手恭敬敬捧定把总老爷那顶官帽，涅白大顶，虫蛀的披肩蓝翎，已如破笤帚一般。一个是手提马棒，那一只手却提了把总的长杆烟筒。三个人塑像似摆在那里，望见东山等踅入，只没精打采地眨眨眼儿。

百忙中，那把总又大大地哈了一声，来了个呵欠，接着阿嚏一声，涕泪

348

交流，也不知是犯了什么烟瘾咧！正这当儿，一个卖柴村人直撅撅地方要进城，却被众兵丁拦住一阵盘诘。就这鸟乱中，东山等已进城门。

绳其一路留神，只见街坊上商肆云连，十分繁盛，但是那肆门儿只开一扇。街上不远便有两个兵丁，有的蹲向肆檐下谈天儿，有的就小贩摊上胡乱抓吃。绳其见状，正暗想州城中如此景况，可见是地面不靖。逡巡间，长街尽处，趸入一条深巷。

东山便指一处大门道："只此间便是舍下。"一言未尽，早有个公人匆匆地由内趸出。正是：

  邀客将投辖，趋衙又赴公。

欲知后事如何，且听下回分解。

说到这里，续编第六集已毕。诸公欲知究竟，请看作者续撰的《奇侠平妖录》。如绳其、楚材大闹白马川，活捉妖人李德，大战天魔女；大盗丁顺寻仇，商兰姑病殁，玉英伤死；绳其结冤，剑劈丁顺，送友之丧，愤游辽东，得遇施照。其间经多少险阻，方成剑术绝诣；白莲教首李孟周啸聚铁臂僧吴元化、粉面郎君陶保成、赛霹雳王天福等大乱山东；建中致书邀友，绳其仗剑平贼……许多的新颖热闹节目，尽在《奇侠平妖录》中披露结束。

本书据上海华成书局民国十九年四月版整理。